V. C. ANDREWS®

Olivia

Autorin

Mit ihrem ersten Roman *Blumen der Nacht* wurde V. C. Andrews zur Bestsellerautorin. Es folgten zahlreiche weitere spektakuläre Erfolge, unter anderem *Wie Blüten im Wind, Dornen des Glücks,* oder *Schatten der Vergangenheit.* Nach ihrem Tod brachte ihre Familie zusammen mit einem sorgfältig ausgewählten Autor eine neue V. C. Andrews-Serie auf den Markt, die mit dem Titel *Zerbrechliche Träume* begann und weltweit ein begeistertes Echo hervorrief. Inzwischen gibt es bereits fünf packende mehrbändige Familiengeschichten, die alle bei Goldmann erschienen. V. C. Andrews-Romane wurden in viele Sprachen übersetzt und faszinieren Millionen von Lesern und Leserinnenn inn aller Welt.

Folgende Titel sind von V.C. Andrews® bereits erschienen:

DAS ERBE VON FOXWORTH HALL:
Gärten der Nacht. Roman (9163) · Blumen der Nacht. Roman (6617) · Wie Blüten im Wind. Roman (6618) · Dornen des Glücks. Roman (6619) · Schatten der Vergangenheit. Roman (8841)

DIE CASTEEL-SAGA:
Dunkle Wasser. Roman (8655) · Schwarzer Engel. Roman (8964) · Gebrochene Schwingen. Roman (9301) · Nacht über Eden. Roman (9833) · Dunkle Umarmung. Roman (9882)

DIE CUTLER-SAGA:
Zerbrechliche Träume. Roman (42045) · Geheimnis im Morgengrauen. Roman (41222) · Kind der Dämmerung. Roman (41304) · Stimmen aus dem Dunkel. Roman (41305) · Stunde der Nacht. Roman (43691)

DIE LANDRY-SAGA:
Ruby. Roman (44291) · Dunkle Verheißung. Roman (43202) · Fesseln der Erinnerung. Roman (41590) · Tödlicher Zauber. Roman (41598) · Karussell der Nacht. Roman (41629)

DIE LOGAN-SAGA:
Melody. Roman (41635) · Im Netz der Lügen. Roman (35111) · Das Lied der Nacht. Roman (35229) · Stärker als der Sturm.· Roman (35292) · Olivia. Roman (35375)

DIE ORPHAN-SAGA:
Dunkler Schmetterling. Roman (35454)
Die Flucht der Waisen. Roman (35456)

und:
Das Netz in Dunkel. Roman (6764)

V. C. ANDREWS®

Olivia

Roman

Der fünfte Band
der Logan-Saga

Deutsch von Uschi Gnade

BLANVALET

Die Originalausgabe erschien unter dem Titel
»Olivia« bei Pocket Books, New York

Umwelthinweis:
Alle bedruckten Materialien dieses Taschenbuches
sind chlorfrei und umweltschonend.

Blanvalet Taschenbücher erscheinen im Goldmann Verlag,
einem Unternehmen der Verlagsgruppe Bertelsmann.

Taschenbuchausgabe November 2000

Umschlaggestaltung: Design Team München
Umschlagfoto: Zefa/Masterfile
Satz: DTP Service Apel, Hannover
Druck und Bindung: GGP Media, Pößneck
Verlagsnummer: 35375
KvD · Herstellung: Heidrun Nawrot
Made in Germany
ISBN 3-442-35375-0
www.blanvalet-verlag.de

3 5 7 9 10 8 6 4 2

Prolog

Der Frühling auf dem Kap überraschte mich immer wieder von neuem. Es war fast so, als rechnete ich nie mit seiner Rückkehr. Die Winter konnten lang und trostlos sein, die Tage von der eisigen Kälte der Nacht klirrend, aber der graue Himmel und die kälteren Winter machten mir nie soviel aus wie anderen Leuten, vor allem meiner jüngeren Schwester Belinda. Solange ich zurückdenken kann, glaubten unsere Schulkameraden, der Winter sei mir ohnehin lieber. Ich kann mich nicht genau erinnern, wann oder wie es begann, aber eines Tages sprach jemand von mir als Miss Cold und von Belinda als Miss Hot, und bis zum heutigen Tage blieben diese Etiketten an uns haften.

Als sie ein kleines Mädchen war, stürzte Belinda mit Begeisterung aus dem Haus, um an die frische Luft zu eilen, den Wind in ihrem Haar einzufangen, sich im Kreis zu drehen und zu lachen, bis ihr schwindlig wurde und sie in den Sand fiel, hysterisch, aufgeregt und mit Augen, die fast so hell leuchteten wie zwei Geburtstagskerzen. Alles, was sie tat, war eine Explosion. Sie redete nie langsam, sondern sprach immer so, als würden die Worte ihre Lunge sprengen und sie müßte sie hervorsprudeln, ehe es zu spät war, und sie starb. Ganz gleich, was sie tat oder sagte, es endete im allgemeinen damit, daß sie keuchte: »Ich mußte es euch einfach sagen, ehe ich sterbe!«

Im Alter von zwölf Jahren wiegte sie beim Gehen die Hüften wie eine reife Frau, drehte kokett die Schultern und ähnelte einer gründlich ausgebildeten Kurtisane. Sie wedelte mit den Händen wie eine Geisha mit ihrem Fächer, und sie tat so, als wollte sie ihre koketten Augen und ihr verlockendes Lächeln zwischen ihren kleinen Fingern verbergen. Ich sah, wie erwachsene Männer die Köpfe nach ihr umdrehten und sie anstarrten, bis ihnen aufging, wie jung sie war, und dann warfen sie fast immer einen zweiten Blick auf sie, um ihren Eindruck zu bestätigen, wobei sich ihre Gesichter vor Enttäuschung verfinsterten. Ihr Gelächter war ansteckend. Wer in ihrer Nähe war, wenn sie lachte, verzog das Gesicht ausnahmslos zu einem strahlenden Lächeln, als hätte sie jeden mit einem Zauberstab berührt, um den Trübsinn, die Traurigkeit oder die Depressionen zu verscheuchen. In ihrer Gegenwart verwandelten sich andere Leute, vor allem Jungen, in Trottel, die nicht mehr ernst zu nehmen waren und denen plötzlich alles andere entfallen zu sein schien; sie vergaßen ihre Verantwortlichkeiten, ihre Pflichten, ihre Termine und insbesondere ihren eigenen Ruf. Auf Belindas Geheiß hin ließen sie sich zu den albernsten Dingen hinreißen. »Du siehst aus wie ein Frosch, Tommy Carter. Laß uns hören, wie schön du quaken kannst. Mach schon«, spottete sie, und Tommy Carter, zwei Jahre älter als sie und kurz vor seinem letzten Jahr in der Highschool, kauerte sich hin wie eine Kröte und quakte zum Gelächter und Applaus der anderen. Im nächsten Moment hatte sich Belinda von ihm abgewandt und trieb jemand anderen an die gefährlichen Grenzen, an denen der gesunde Menschenverstand und die Würde enden.

Ich wußte schon immer, daß sie sich in Schwierigkeiten bringen würde. Mir war nur nie klar, wie weit die Katastrophe reichen würde. Ich versuchte, ihr Benehmen zu korrigieren, ihr beizubringen, wie sie sich damenhafter gab, und vor allem, daß man gegenüber Jungen und Männern Vorsicht walten lassen mußte. Sie überhäuften sie ständig mit Geschenken, und sie nahm alle an, wenn ich sie auch noch so nachdrücklich davor warnte.

»Damit gehst du eine Verpflichtung ein«, sagte ich. »Gib diese Dinge zurück, Belinda. Nichts ist gefährlicher, als einen jungen Mann mit leeren Versprechungen hinzuhalten.«

»Ich fordere sie doch nicht auf, mir Geschenke zu machen«, protestierte sie. »Nun ja, vielleicht lasse ich ab und zu eine Andeutung fallen, aber ich setze niemanden unter Druck. Und deshalb bin ich niemandem etwas schuldig. Es sei denn, ich möchte jemandem etwas schuldig sein«, fügte sie dann mit einem schelmischen Lächeln hinzu.

Aus irgendwelchen Gründen blieb es weitgehend mir überlassen, Belinda die Ermahnungen zu erteilen, die sie so dringend brauchte.

Unsere Mutter scheute vor Verantwortung und Verpflichtungen zurück. Jedes unerfreuliche Wort und jeder unschöne Anblick waren ihr verhaßt. In ihrem Vokabular wimmelte es von Beschönigungen, Worten, die nur dazu dienten, die dunklen Wahrheiten über unsere Welt zu verschleiern. Die Leute starben nicht, sie »gingen endgültig von uns«. Daddy war nie gemein zu ihr, er war nur »nicht bei Laune«. Aus ihrem Mund klang das so, als sei gute Laune etwas, dessen Vorrat sich erschöpfte und jederzeit aufgefüllt werden konnte, wie ein leerer Tank. Wenn eine von uns krank war, behandelte sie uns, als seien wir selbst schuld daran. Erkältungen zogen wir uns aus Unachtsamkeit zu, Bauchschmerzen, weil wir etwas Falsches gegessen hatten. Jede körperliche Beeinträchtigung war die Folge einer schlechten Wahl, die wir getroffen hatten, und wenn wir uns gehörig anstrengten, würde alles vergehen und wir würden wieder froh sein.

»Kneif die Augen ganz fest zu, und wünsch es weg. So mache ich es«, sagte sie in solchen Momenten.

Das Schlimmste war für mich, wie sie über alles hinwegging, was Belinda anrichtete. Ihre Versäumnisse waren nie etwas anderes als »nur ein vorübergehender Rückfall«. Ihre Streiche und der Unfug, den sie anstellte, waren immer darauf zurückzuführen, daß »ihre Jugend die Oberhand gewinnt. Sie wird bald aus diesem Stadium herauswachsen«.

»Dazu wird es nie kommen, Mutter«, sagte ich dann mit der Autorität einer Hellseherin.

Aber Mutter hörte nie auf mich. Sie wedelte dicht an ihren Ohren mit den Fingern in der Luft herum, als seien meine Worte nichts weiter als lästige Fliegen, die sich auf diese Art vertreiben ließen. Jedesmal, wenn ich mich beklagte, war ich »mit dem falschen Fuß aus dem Bett aufgestanden«.

Man brauchte nur zu blinzeln, und alles würde vorübergehen: Stürme, die Krankheiten, Belindas schlechtes Benehmen, Daddys miserable Laune, Konjunkturrückgänge, Kriege, Seuchen, Verbrechen, all das würde von allein verfliegen, gemeinsam mit allem anderen, was auch nur im entferntesten unerfreulich war.

Das Zimmer unserer Mutter war immer voller Blumen. Sie haßte Feuchtigkeit und modrige Gerüche. Sie füllte ihre Tage mit den Melodien von Spieluhren aus und trug tatsächlich eine Brille mit rosarot getönten Gläsern, denn sie haßte »die stumpfen Farben, das Ausbleichen der Dinge, die ärgerlichen dunklen Wolken, die ihre Gesichter mit den häßlichen Prellungen herausstrekken«.

Belinda, beschloß ich, hatte viel mehr von ihr als von unserem Daddy. Wir hatten beide Mutters zierliche Gestalt geerbt, und es stand schon früh fest, daß keine von uns beiden viel größer als eins fünfundfünfzig werden würde. Mutter maß barfuß kaum mehr als einen Meter fünfzig. Belinda war noch kleiner als ich, und ich muß zugeben, daß ihr Gesicht einen vollendeten Schnitt aufwies. Ihre Augen waren blauer. Meine waren eher grau. Sie hatte die kleinere Nase, und ihr Mund hatte perfekte Proportionen. Ihre Lippen waren immer ein wenig hochgezogen, was das winzige Grübchen in ihrer linken Wange zur Geltung brachte. Als sie noch ganz klein war, legte Daddy einen Finger darauf und tat so, als sei es ein Knopf. Dann wurde von Belinda erwartet, daß sie tanzte, und das tat sie dann auch, und wie!

Schon im Alter von zwei oder drei Jahren war sie überschwenglich.

Daddy lächelte so strahlend, daß dieses Lächeln seinem Herzen entspringen mußte, wenn sie sich im Wohnzimmer im Kreis drehte und Pirouetten beschrieb wie eine Ballerina, mit ihrem hoch erhobenen rechten Arm und dem Zeigefinger auf ihrem Scheitel. Mutter lachte und klatschte, wie es auch unsere jeweiligen Gäste taten.

»Kann Olivia nicht auch tanzen?« fragte Colonel Childs, einer von Daddys engsten Freunden, eines Tages. Ich blickte auf, und Daddy starrte mich einen Moment lang an, ehe er langsam den Kopf schüttelte und mir dabei eindringlich ins Gesicht sah.

»Nein, Olivia tanzt nicht. Olivia denkt«, sagte er mit einem beifälligen Nicken. »Sie plant und organisiert. Sie ist mein kleiner General.«

Als wir älter wurden und Daddy mich weiterhin von Zeit zu Zeit seinen kleinen General nannte, zog mich Belinda damit auf, indem sie in den Korridoren oder am Eßtisch vor mir salutierte. Dann lachte sie, drückte mich an sich und sagte: »Ich mache doch nur Spaß, Olivia. Sieh mich nicht so haßerfüllt an.«

»Wenn man sich selbst ernst nimmt und eine gewisse Selbstachtung besitzt, dann heißt das noch lange nicht, daß man haßerfüllt ist, Belinda. Du solltest es mal ausprobieren.«

»Oh, nein, das kann ich nicht. Mein Gesicht läßt sich nicht zu solchen Falten in der Stirn verziehen. Meine Haut rebelliert dagegen. Sie spannt sich an und schnellt zurück«, rief sie aus, und als sie fortlief, wehte ihr perlendes Lachen hinter ihr her wie die Bänder eines Drachens.

Es war frustrierend, sie zu beobachten. Wie kam es bloß, daß weder meine Mutter noch mein Vater sahen, was ich sah? Unser Daddy war selten ungehalten über die Dinge, die Belinda sagte oder tat, und wenn er es doch war, dann fiel sein Mißmut so schnell von ihm ab, daß man meinen könnte, es sei nichts geschehen. Sowie er seine Stimme gegen sie erhoben hatte, riß er sich zusammen und zügelte sein ansonsten heftiges und aufbrausendes Temperament.

Viele Male war ich Zeuge seiner Wutausbrüche gewesen und hatte erlebt, wie er gegen Politiker, Regierungsbeamte, Anwälte und andere Geschäftsleute wetterte. Ich sah ihn Dienstboten so streng ins Gebet nehmen, daß sie sich mit niedergeschlagenen Augen, gesenkten Köpfen und blassen Gesichtern zurückzogen. Seine Worte waren so ätzend, daß er jemanden mit einem Satz lebendigen Leibes häuten konnte.

Aber wenn er Belinda ausschalt, trat er im gleichen Moment den Rückzug an. Ich konnte nahezu sehen, wie er die Hand ausstreckte und die Worte zurücknahm, sie wieder zwischen seinen Lippen verbarg. Wenn sich auch nur ein Tränenschleier über ihre Augen zog und sie glasig werden ließ, behandelte er sie, als hätte sie eine tödliche Wunde davongetragen, und es endete gewöhnlich damit, daß er ihr etwas Neues kaufte oder ihr etwas Wunderbares versprach. Es war, als ermöglichten ihm nur ihr Lächeln und ihr Lachen, den Tag zu überstehen.

Manchmal, wenn wir alle zusammen am Eßtisch saßen oder nach dem Essen im Wohnzimmer etwas im Fernsehen anschauten oder lasen, sah ich Daddy an und stellte fest, daß er Belinda anstarrte, sein Gesicht voller Bewunderung, während sich seine Augen an ihren zarten Zügen labten wie die eines Kunstsammlers, der eine seltene Antiquität oder ein Meisterwerk zu würdigen versteht.

Warum sieht er mich nicht so an, fragte ich mich bekümmert. Ich hatte nie etwas getan, wofür er sich hätte schämen müssen oder was ihn unglücklich gemacht hätte. Ich wußte, daß er stolz auf meine Leistungen war, aber er benahm sich, als erwartete er genau das und nicht weniger von mir. Mir wurde klar, daß er alles, was ich leistete, als selbstverständlich hinnahm, und doch entsprach ich immer seinen Erwartungen, sei es nun, daß ich in der Schule einen Preis gewann, von seinen Geschäftspartnern Komplimente bekam oder zu Hause Erfolge zu verbuchen hatte.

Als ich das Mädchenpensionat mit den größtmöglichen Auszeichnungen abschloß, gab er mir einen Kuß auf die Stirn und drückte mir die Hand. Ich erwartete schon fast, daß er mir einen Orden an die Brust heften und mich befördern würde. Meine

Belohnung bestand darin, daß ich einen verantwortungsvollen Posten im Familienbetrieb bekam, bis zu dem Tage, an dem ein feiner junger Herr an Daddy herantreten und um meine Hand anhalten würde, um mich zu ehelichen. Ich verstand nie, aus welchem Quell er derlei Hoffnungen und Erwartungen schöpfte. Daddy weigerte sich schlichtweg zu sehen, daß sich die Zeiten geändert hatten und junge Männer heute nach Frauen mit anderen Eigenschaften als der Ausschau hielten, daß sie »aus guter Familie« stammten, und er begriff auch nicht, daß die jungen Männer heute nicht mehr so förmlich waren. Es war fast, als glaubte er, unsere Familie sei von dem gesellschaftlichen und politischen Wandel ausgenommen, der alle anderen betraf.

Wenn sein Glaube jemals angezweifelt wurde, schüttelte er den Kopf und sagte: »Es ist nicht gut für das Geschäft, wenn sich die Leute schlecht benehmen. Aus schlechtem Benehmen läßt sich kein Profit schlagen. Wann immer man in diesem Leben etwas tut, sollte man sich einen Moment Zeit nehmen und sich fragen: Was springt unter dem Strich dabei heraus? Wer danach handelt, wird immer die richtige Wahl treffen.«

Das gehörte zu den Dingen, die er Belinda beibringen sollte, fand ich, aber sie belehrte er nie. Tatsächlich erteilte er ihr nur äußerst selten einen Ratschlag. Ihr war es gestattet, ein freier Geist zu sein, der unbekümmert, spontan und ohne jede Reue durch unser Haus und unser Leben flatterte, für immer befreit von jeder Verpflichtung, Sorge und Verantwortung.

Wenn ich Daddy ihretwegen zur Rede stellte, nickte er und vermittelte mir den Eindruck, ich sei im Recht, und dann hörte er plötzlich auf zu nicken und sagte: »Du wirst eben auf sie aufpassen müssen, Olivia.«

»Wann wird sie endlich anfangen, auf sich selbst aufzupassen, Daddy? Dieses Jahr beginnt ihr letztes Schuljahr«, gab ich zurück.

»Manche Frauen werden eben nur ältere Mädchen«, brachte er vor.

Ich war der Meinung, er fände nur Ausflüchte für sie, und das versetzte mich jedesmal wieder in Wut. Weshalb fand er immer diese Ausreden für Belinda? Warum packte er sie nicht eines Tages einfach am Genick und schüttelte sie, bis dieses alberne kokette Lächeln von ihrem Porzellangesicht fiel und vor ihren Füßen zerschellte? Warum brachte er sie nicht dazu, erwachsen zu werden? Warum zwang er sie nicht, den Konsequenzen ihres Handelns ins Gesicht zu sehen? Genau darin drückt sich nämlich Reife aus, verkündete ich in meiner imaginären Ansprache, einer Ansprache, die meine Eltern nur selten zu hören bekamen, und wenn es doch einmal dazu kam, dann schenkten sie ihr so gut wie keine Beachtung.

»Ich will nicht erwachsen werden«, hatte Belinda einmal dreist gestanden. »Erwachsen sein ist langweilig und unerfreulich und bringt finstere Mienen und Sorgen mit sich. Ich will für den Rest meines Lebens ein kleines Mädchen bleiben und Männer um mich haben, die sich um mich kümmern.«

»Besitzt du denn gar keine Selbstachtung, nicht einmal einen Funken davon?« fragte ich sie.

Sie zuckte die Achseln und ließ etwas Zartes in diesen Augen und auf diesen Lippen spielen, die auf so viele Gesichter ein Lächeln zauberten.

»Ich werde sie dann haben, wenn ich sie brauche«, erklärte sie.

Manchmal schnürte sich mein Magen zusammen, wenn ich mit ihr sprach. Dann spürte ich, wie sich die Muskeln in meinen Armen und Beinen zu stählernen Tauen anspannten. Die Frustration drohte mich zu zerbrechen. Am liebsten hätte ich sie geohrfeigt und eine Spur von Verstand in dieses alberne kleine Gesicht gehämmert.

Und dann umarmte sie mich jedesmal und sagte: »Du wirst genug Selbstachtung für uns beide haben, Olivia. Das weiß ich ganz genau. Ich kann ja so froh sein, dich als ältere Schwester zu haben.«

Hinterher eilte sie aus dem Haus, um ihre Freundinnen zu treffen und mit ihrer Schar von männlichen Verehrern zu flirten, und mir blieb es überlassen, die Aufgaben oder Pflichten zu erfüllen, die Daddy uns beiden aufgetragen hatte.

Ich muß gestehen, daß ich manchmal dastand, ihr beim Flirten zusah und wünschte, ich wäre ihr ähnlicher. Wenn sie nachts ihr Gesicht auf das Kopfkissen legte, war ihr Kopf immer von zuckersüßen Gedanken erfüllt, wogegen meiner zur Hauptstraße für die Parade der Sorgen und die Inspektion der Pflichten wurde. In ihren Ohren hallten Musik und verlockende Versprechungen. Meine waren mit Fakten und Terminen angefüllt. Ich war Daddys lebender Terminkalender. Er konnte seine Fingerspitzen auf Belindas Grübchen legen und ihr dieses Lächeln entlocken, das sein Herz wärmte, aber auf mich brauchte er nur mit dem Finger zu zeigen, damit ich ihm den Zweck eines geschäftlichen Treffens in allen Einzelheiten darlegte.

Es war nicht etwa so, als wäre er undankbar gewesen. Ich glaubte ihm, wenn er mit seinem »kleinen General« prahlte, aber etwas in meinem Inneren, die Belinda in mir, wünschte sich, daß er mich auch in anderer Hinsicht erwähnte. Ich weiß, daß er mich für bedeutsamer und vielversprechender hielt, wenn es darum ging, der Familie zum Erfolg zu verhelfen, aber sagte er sich denn nie, daß auch ich hübsch war? Konnte ich nicht attraktiv und verantwortungsbewußt zugleich sein?

Leider, schloß ich, dürften sich meine Befürchtungen bewahrheitet haben: Daddy war wie die meisten Männer; er wurde schwach, wenn er ein kokettes Lächeln sah, eine alberne, oberflächliche Geste, eine schnelle Umarmung und einen Kuß bekam, als wäre Zuneigung eine Art Ersatz für Verantwortungsbewußtsein und Fleiß.

Etwas in meinem Inneren sagte mir, wenn ich von Männern bewundert werden wollte, müßte ich meine Schwester nachahmen und anstelle von Gedanken und Ideen Seifenblasen in meinem Kopf schweben lassen.

Aber wäre ich dann glücklicher gewesen? Die meisten Männer, die mir in meinem Leben begegnet waren, wollten mich davon überzeugen, daß es der Fall wäre, aber ich war wild entschlossen, nicht wie meine Mutter das Spielzeug eines Mannes zu werden. Belinda hält sich für glücklich, aber sie begreift nicht, wie wenig die Männer wirklich von ihr halten und wie gering ihr Respekt vor ihr ist, schloß ich. Sie mochten sich zwar nach ihr sehnen und sie begehren, aber wenn sie ihre Lüste gestillt hatten, wenn sie sie ausgenutzt hatten, ihrer überdrüssig waren und sie achtlos liegen ließen, wo würde sie dann enden, wenn nicht im Elend? Sie würde an einem abgeschiedenen Ort um ihre verlorene Jugend und Schönheit weinen und die Welt dafür hassen, daß es so etwas wie den Alterungsprozeß gab. Sie würde als kleines Mädchen sterben.

Ich würde als Frau sterben, und ich würde mich nicht dazu mißbrauchen lassen, einen Mann zufriedenzustellen. Ja, ein Teil von mir wollte so sein wie Belinda, aber das war der Teil von mir, den mir Männer eingeimpft hatten, der Teil, den ich unterdrücken konnte.

Nennt mich ruhig den kleinen General. Nennt mich Miss Cold und Belinda Miss Hot, dachte ich.

Aber am Ende wird man vor mir Respekt haben, und was zählt am Ende wirklich mehr, Respekt oder Liebe? Niemand wußte wirklich, was Liebe war. Wie viele Ehemänner und Ehefrauen besaßen schon dieses sogenannte Zauberband?

Es war eine simple Entscheidung, fand ich: Träumer oder Realist zu sein und den Tag danach zu gestalten, was ich wollte, und nicht, was ich mir erhoffte.

Belinda tanzte, und mein Vater lächelte. Meine Mutter floh vor Schmerz und Dunkelheit, und ich, ich stand hinter ihnen allen wie eine undurchdringliche Mauer und hielt Katastrophen von unserer Schwelle fern. Am Ende würden sie mich alle zu schätzen wissen.

Und was hätte erstrebenswerter sein können als das?

Der glasklare Klang von Belindas Lachen fiel in die dunklen Korridore meiner eigenen Zweifel und erfüllten meinen Geist mit kleinen Funken, die dafür sorgten, daß ich mir nie absolut sicher war.

1
Schreie in der Nacht

Anfangs glaubte ich zu träumen, denn als ich wach wurde und die Augen aufschlug, hörte ich nichts weiter als das leise Pfeifen des Windes, der vom Meer her wehte. Der Mondschein, der nur durch meine hauchdünnen weißen Gardinen gefiltert herein strömte, tauchte die Wände in ein bleiches, gelbes Licht. Meine Fensterläden klapperten gegen die Schindeln, und dann hörte ich das Geräusch wieder, diesmal mit weit aufgerissenen Augen. Ich lauschte, und die Erwartung einer entscheidenden Ankündigung oder eines bedeutenden Ereignisses ließ mein Herz einen stetig anschwellenden Trommelwirbel schlagen. Eine Weile später hörte ich das Geräusch wieder.

Es klang wie eine Katze beim Liebesspiel, aber wir hatten keine Katzen. Daddy haßte Haustiere, denn er empfand sie in erster Linie als Verpflichtung, der er keinen Reiz abgewinnen konnte. Die einzigen Tiere, die seiner Ansicht nach einen Zweck erfüllten, waren Wachhunde oder Blindenhunde, und für beides hatte er keine Verwendung. Unser Haus lag weit genug vom Zentrum von Provincetown entfernt und war von drei Meter hohen Mauern mit einem großen Tor umgeben, das Daddy jeden Abend von Jerome, unserem Hausdiener, abschließen ließ. Außerdem bewahrte Daddy seine Schrotflinte unter dem Bett auf, »nur für alle Fälle«. Er sagte, das sei viel billiger, als einen Köter durchzufüttern, was sich nämlich, unter dem Strich, nicht lohnte.

Diesmal war das Geräusch sogar noch lauter. Ich setzte mich so schnell auf, daß man hätte meinen können, eine Feder hätte mich in die Höhe schnellen lassen, aber dann erkannte ich, daß die schrillen Schreie weder meiner Einbildung noch einem Alptraum entsprangen. Die Geräusche drangen durch die Wand zwischen meinem und Belindas Zimmer. Es war nicht direkt ein Heulen, und es war auch kein Kreischen. Die Laute klangen irgendwie vertraut, und doch ging etwas äußerst Fremdes von ihnen aus. Es war gewiß kein Laut, den Belinda selbst von sich gab, doch er drang zweifellos aus ihrem Schlafzimmer.

Ich stieg aus dem Bett, nahm meinen Morgenmantel von dem Stuhl neben dem Bett und steckte die Arme in die Ärmel, als ich mein Zimmer verließ. Daddy und Mutter waren bereits aus ihrem Schlafzimmer gekommen. Mutter trug noch ihr Nachthemd, und Daddy stand in seinem Schlafanzug da. Das gräßliche Geräusch war immer noch zu hören.

»Was zum Teufel ...« Daddy ging auf Belindas Tür zu. Ich folgte ihm, und Mutter hielt einen gewissen Abstand, aber als Daddy die Tür öffnete und erkannte, daß der furchtbare Schrei von Belinda ausgestoßen wurde, stürmte Mutter an seine Seite.

»Was ist los, Winston?« rief sie.

Daddy schaltete das Licht an, und uns bot sich ein absolut erstaunlicher und bedrohlicher Anblick.

Belinda lag auf dem Fußboden. Ihr Nachthemd war blutig und bis zu ihren Brüsten hochgezogen. Zwischen ihren Beinen lag ein neugeborener Säugling, der noch mit der Nabelschnur und der Nachgeburt verbunden war.

In Belindas Augen stand rasendes Entsetzen. Die Augen des Babys waren geschlossen. Es fuchtelte mit seinen winzigen Armen herum und blieb dann reglos liegen.

»Jesus, Maria und Josef«, rief Daddy tonlos aus. Das Erstaunen hatte seine Füße am Boden festgenagelt.

Mutters Augen rollten in ihren Kopf zurück, und sie brach vor Daddys Füßen zusammen, als sei ihr Rückgrat zu Gelee geworden.

»Leonora!«

»Bring sie ins Bett, Daddy«, sagte ich. »Ich kümmere mich um Belinda.«

Er vergewisserte sich noch einmal, daß sich ihm dieses Bild tatsächlich bot und er sich den Anblick nicht nur eingebildet hatte. Dann ging er in die Hocke, schlang einen Arm unter Mutters Achseln, hob sie hoch, als sei sie selbst ein Baby, und trug sie ins Schlafzimmer zurück.

Ich betrat Belindas Zimmer und schloß eilig die Tür hinter mir. Unsere Dienstboten im Erdgeschoß waren inzwischen bestimmt auch wach geworden. Belinda wimmerte. Ihre Augen verdrehten sich, als wankte der Raum. Sie hatte die Arme erhoben, fürchtete sich jedoch, den Säugling oder sich selbst zu berühren.

»Ich konnte nichts dagegen tun. Es ist von allein so gekommen, Olivia«, stöhnte sie. Sie bebte von Kopf bis Fuß. Ich trat zu ihr und sah auf den blutigen Anblick hinab.

»Du warst schwanger? Du bist die ganze Zeit schwanger gewesen?« fragte ich ungläubig.

»Ja«, sagte sie keuchend.

Jetzt leuchtete mir alles ein. Im Lauf der letzten Monate hatten Daddy und ich mehrfach Bemerkungen dazu gemacht, daß Belinda rapide zunahm. In der letzten Zeit hatte sie sich heißhungrig auf jede Mahlzeit gestürzt und schien sich überhaupt nicht an ihren breiten Hüften und ihrem aufgeschwemmten Gesicht zu stören. Mir war das eigentlich egal. Daddy war derjenige, der sich darüber beklagte. Seine geliebte kleine Barbie-Puppe verschwand vor seinen Augen, und an ihrer Stelle wuchs dieses zügellose Geschöpf heran, das sich keinen Zwang antat und das ich meine Schwester nannte.

O doch, ein- oder zweimal hatte ich Dinge gesagt wie: »Hast du denn gar keine Angst, daß du dein Gefolge von Verehrern verlieren wirst?«

Das schien ihr keine allzu großen Sorgen zu bereiten, obwohl es stimmte, daß immer weniger junge Männer zu Besuch kamen oder sie zum Segeln einluden, zu Spaziergängen am Strand oder zu einem Abend in der Stadt. Als ich sie jetzt anstarrte, wie sie sich auf dem Fußboden ihres Schlafzimmers wand und ihr Kind stumm und regungslos zwischen ihren Schenkeln lag, begriff ich, warum sie mehrfach glühend darauf beharrt hatte, sich nicht nackt vor mir sehen zu lassen. In ihrem Kleiderschrank entdeckte ich eine Schachtel mit einem Korsett. Was ich jetzt auch verstand, war ihr plötzlich erwachtes und ganz untypisches Interesse an diesen unförmigen weiten Kleidern, die sie immer »Omakleider« nannte, wenn ich sie trug.

Ich kniete mich neben sie und streckte eine Hand nach dem winzigen Brustkorb des Säuglings aus. Er fühlte sich jetzt schon kalt an. Kein Herzschlag war zu fühlen, und die Brust hob und senkte sich auch nicht bei jedem Atemzug.

»Ich glaube nicht, daß es am Leben ist«, sagte ich.

Sie wimmerte wieder.

»Bitte, Olivia, bring es fort. Ich ... kann es nicht anfassen«, sagte sie.

Ich ließ mir Zeit und starrte das runzlige kleine Geschöpf eine Weile an, betrachtete die Gesichtszüge, die blauen Lippen und die Finger, die so winzig waren, daß selbst einer meiner kleinen Finger so groß war wie fünf Finger an einer dieser kleinen Hände.

»Es war ein Junge«, sagte ich, aber nicht etwa, weil sie es wissen wollte, sondern nur, um meinen eigenen Gedanken laut auszusprechen.

Belinda schloß die Augen und begann zu hyperventilieren. Ich sah mir einen Moment lang an, wie sie litt, denn ich war immer noch verblüfft, wie gut sie dieses Geheimnis gehütet hatte. Was würde unser Daddy jetzt von seiner süßen kleinen Prinzessin halten, fragte ich mich.

»Machst du dir eigentlich die geringste Vorstellung davon, wie furchtbar das ist, Belinda? Hast du dir denn über diesen unvermeidlichen Ausgang keine Gedanken gemacht? Warum bist du nicht eher mit der Sprache herausgerückt, damit Daddy etwas unternehmen konnte, statt alle hinters Licht zu führen und deine Schwangerschaft geheimzuhalten?«

»Ich hatte Angst«, murmelte sie und begann zu schniefen und zu schluchzen. »Ich dachte, dann hassen mich alle.«

»Ach, und jetzt lieben wir dich alle?« konterte ich. Sie schloß die Augen und hielt einen Moment den Atem an.

»Bitte, bitte, Olivia, hilf mir«, flehte sie.

»Wie viele Monate warst du schwanger?« fragte ich.

»Ich weiß es nicht genau, aber mindestens sechs oder sieben«, sagte sie eilig.

»Deshalb ist das Kind so winzig. Es ist eine Frühgeburt. Ich wußte, daß du mit manchen deiner Freunde Sex hattest, Belinda. Ich wußte es ganz einfach. Ich habe dir doch gleich gesagt, daß das passieren wird. Ich habe dich gewarnt. Und jetzt sieh dir an, was dir dein unbändiges, selbstsüchtiges Benehmen eingetragen hat.«

Sie schluchzte.

»Genau«, murmelte ich. »Wir werden alle einmal blinzeln, und schon ist es ungeschehen gemacht.«

»Bitte, Olivia ...«

»Wer ist der Vater?« fragte ich schroff. Sie antwortete nicht. »Du mußt es sagen, Belinda. Wer auch immer es ist, er trägt mindestens die Hälfte der Verantwortung. Daddy wird es wissen wollen. Wer ist es? Arnold Miller?«

Das war ein Junge, mit dem sie viel mehr Zeit verbracht hatte als mit den anderen.

»Nein«, sagte sie eilig. »Arnold und ich sind nie weit genug gegangen.«

»Wer war es dann, Belinda? Ich denke gar nicht daran, Rätselraten mit dir zu spielen. Sag es mir. Wenn du es mir nicht sagst, lasse ich dich hier liegen. Dann kannst du die ... Katastrophe selbst ausbaden.«

»Ich weiß es nicht«, jammerte sie. »Bitte, Olivia.«

»Wie kann es sein, daß du es nicht weißt? Es sei denn ... mein

Gott, Belinda, mit wie vielen Jungen hast du geschlafen? Und so kurz hintereinander, daß du dich nicht festlegen kannst, wer der Vater dieses ... dieses Kindes sein könnte?«

In dem Moment wußte ich nicht, was mir mehr ausmachte, daß sie so viele Geliebte hatte oder daß ich keinen einzigen gehabt hatte.

Sie schüttelte einfach nur den Kopf.

»Ich weiß es nicht, Olivia. Ich weiß es nicht. Ich will niemandem die Schuld zuschieben. Bitte.«

»Daddy wird eine Antwort vor dir verlangen, Belinda«, warnte ich sie. »Er wird sich nicht mit einem ›Ich weiß es nicht‹ begnügen.«

Sie schlug die Augen auf und sah mich an, und einen Moment lang glaubte ich, sie würde den Vater ihres Babys nennen. War es jemand, den ich auch gut kannte?

»Also, was ist?«

»Ich kann niemandem die Schuld zuschieben, wenn ich es nicht mit Sicherheit weiß«, erklärte sie schließlich. »Das geht doch nicht, oder?«

»Jeden von ihnen trifft die Schuld. Du könntest sie ebensogut alle nennen und jeden einzelnen schwitzen lassen«, sagte ich, denn ich fand, das sei eine angemessene Strafe und obendrein ausgleichende Gerechtigkeit.

»Ich kann es nicht tun«, sie schüttelte den Kopf so heftig, daß ich glaubte, er würde sich von ihrem Hals losreißen.

»Von mir aus tu, was du tun mußt. Du wirst ja sehen, was passiert. Du wirst es selbst sehen«, sagte ich voraus.

Ich stand auf und ging in Belindas Bad, um Handtücher zu holen. Dann kehrte ich zurück und rollte den toten Säugling auf eines der Handtücher. Ich legte ihn gerade mitsamt der Nachgeburt und der Nabelschnur auf das Bett, als Daddy die Tür öffnete und eintrat. Er sah sich um, wobei seine Augen im ersten Moment Belinda mieden. Sein Blick fiel auf das Kind, ehe er mich fragend ansah.

»Ich glaube, es ist tot, Daddy«, sagte ich.

Er nickte.

»Höchstwahrscheinlich«, sagte er und ging auf das Bett zu. Langsam streckte er seine große Hand aus und legte die Spitze seines Zeigefingers an den Hals des Säuglings. »Ja«, sagte er. »Ein Segen.«

Belinda fing an zu wimmern.

»Laß das sein!« fauchte ich und beugte mich über sie. »Willst du etwa, daß Carmelita dich hört und angerannt kommt?«

Belinda drehte sich auf die Seite und schluchzte gedämpft.

»Kannst du sie säubern und sie wieder ins Bett bringen?« fragte mich Daddy.

»Ja, Daddy.«

»Blutet sie? Oder fehlt ihr sonst etwas? Werden wir einen Arzt brauchen?«

»Nein, das glaube ich nicht.«

»Vergewissere dich. Ich komme gleich wieder«, sagte er.

»Wie geht es Mutter?«

»Ich konnte sie inzwischen ein wenig beruhigen, aber sie zittert immer noch von Kopf bis Fuß«, sagte er bekümmert. »Sowie ich Belinda in die Badewanne gesetzt habe, schaue ich nach ihr«, versprach ich ihm.

»Gut.« Er eilte aus dem Zimmer.

»Steh auf, Belinda. Ich kann dich nicht heben und ins Bad tragen. Ich lasse Wasser in deine Wanne laufen. Bedeck dich wenigstens. Du bietest einen absolut ekelerregenden Anblick, wie du ächzend und stöhnend auf dem Boden liegst«, sagte ich.

Sie antwortete mit einem Wimmern und begann sich auf die Ellbogen zu ziehen. Sie hatte Blut an den Beinen, schien aber jetzt nicht mehr zu bluten. Sie holte wieder tief Atem und seufzte so tief, daß ich schon glaubte, sie sei bewußtlos geworden.

»Hast du Schmerzen?«

»Ich brauche keinen Arzt«, sagte sie. »Mir wird es bald wieder gutgehen.«

»Es mag sein, daß du keinen Arzt brauchst, aber ob es dir bald wieder gutgehen wird, bleibt abzuwarten«, sagte ich.

Ich warf noch einen Blick auf den toten Säugling. Die Farbe seines spärlichen Haares konnte ich nicht erkennen, weil klebriges Blut den Kopf überzog. Es war zwecklos, ihn zu betrachten, um zu bestimmen, wer der Vater sein könnte, sagte ich mir. Dann ging ich ins Bad, um für Belinda Wasser einlaufen zu lassen.

Nachdem ich ihr in die Wanne geholfen hatte, hörte ich Daddy ins Zimmer zurückkommen. Ich ging zur Tür und sah, daß er einen kleinen Schuhkarton aus Pappdeckel mitgebracht hatte. Er sah mich an, als er den toten Säugling hochhob, das Handtuch enger um ihn schlang und ihn dann so behutsam, als sei er noch am Leben, in den Karton legte.

»Wir werden selbst saubermachen müssen«, sagte er und wies mit einer Kopfbewegung auf den Fußboden. »Ich will nicht, daß die Dienstboten etwas erfahren, Olivia.«

»Darum kümmere ich mich schon, Daddy.«

»Wie geht es ihr?«

»Ihr fehlt nichts. Sie ist am Leben«, sagte ich mit scharfer Stimme. Er nickte wieder und nahm den Karton.

»Was wirst du jetzt tun, Daddy?«

Er blieb stehen.

»Ich werde das arme Ding begraben müssen«, sagte er.

Einen Moment lang stand ich nur da und starrte ihn an, wie er den behelfsmäßigen Sarg an sich drückte.

»Müssen wir es nicht irgend jemandem melden?« fragte ich.

»Wenn wir das tun, Olivia, dann wird in jedem privaten Haushalt und in jedem Wirtshaus von Provincetown nur noch über diesen schrecklichen Vorfall geredet. Belinda wäre damit ganz bestimmt nicht geholfen, und für die Familie wäre es äußerst schädlich. Sie hat es blendend hingekriegt, all das vor uns geheimzuhalten, aber du mußt sie einem strengen Verhör unterziehen, um sicherzugehen, daß niemand sonst etwas davon weiß«, fügte er hinzu.

»Ja, Daddy.«

»Und vergiß nicht, nach deiner Mutter zu sehen, sowie du hier fertig bist.«

»Natürlich sehe ich nach ihr, Daddy.«

Er starrte einen Moment lang vor sich hin und sah dann den Karton in seinen Armen an.

»So müssen wir es halten«, sagte er, mehr zu sich selbst als zu mir. Dann wandte er sich ab und eilte mit dem Karton im Arm aus dem Schlafzimmer.

Ich kehrte ins Bad zurück und sorgte dafür, daß Belinda sich wusch. Ich half ihr beim Abtrocknen und brachte ihr dann ein frisches, sauberes Nachthemd. Nachdem ich sie wieder ins Bett gepackt hatte, ging ich nach unten und begab mich zur Besenkammer. Ich ertappte mich dabei, daß ich auf Zehenspitzen lief und in meinem eigenen Haus herumschlich wie ein Einbrecher, weil ich Carmelita, die das Haus sauberhielt und für uns kochte, und Jerome nicht wecken wollte. Ich holte einen Eimer, einen Schrubber, Scheuerlappen und Putzmittel. Dann kehrte ich in Belindas Zimmer zurück und füllte den Eimer mit heißem Wasser.

Zum Glück hatte sie sich von der Bettkante auf den Bettvorleger sinken lassen, und der Teppich hatte das meiste Blut aufgesogen. Ich rollte ihn zusammen und wischte dann alle Spuren des grauenhaften Vorfalls auf. Belinda lag mit geschlossenen Augen da, stöhnte leise und schluchzte gelegentlich. Während ich den Boden schrubbte, ließ ich einen erbarmungslosen Schwall von Klagen und bitteren Tadeln los.

»Diesmal hast du es wirklich geschafft. Mutter ist außer sich. Und Daddy war leichenblaß. Bis in alle Ewigkeit werden wir Alpträume haben. Was hast du denn geglaubt? Daß alles von allein wieder weggeht und niemand etwas davon erfährt?«

Ich unterbrach mich und sah in ihr mattes kleines Gesicht hinunter.

»Hast du geglaubt, eine Schwangerschaft sei so etwas wie

eine Erkältung oder die Masern? Vielleicht hast du dir bleibende Schäden zugefügt, Belinda. Vielleicht wirst du jetzt nie mehr auf anständige Weise ein Kind bekommen können.

Niemand wird dich jetzt noch heiraten wollen. Was hast du dir bloß dabei gedacht?« keifte ich. Wie konnte das passieren? fragte ich mich. Wie konnte jemand sich selbst und seiner Familie etwas Derartiges antun? Nicht einmal Belinda hätte ich das zugetraut.

»Bitte, Olivia. Bitte, hör auf. Bitte«, flehte sie und hielt sich die Ohren zu.

»Ich sollte wirklich aufhören. Ich sollte alles stehen und liegen lassen. Dann kannst du den Dreck selbst wegmachen«, murrte ich. »Weiß sonst noch jemand etwas von deiner Schwangerschaft? Du hast es doch nicht etwa einer deiner albernen Schulfreundinnen erzählt, oder?« bohrte ich. Belindas Freundinnen waren vorwiegend verwöhnte Gören, die meiner Meinung nach alle nur Stroh im Kopf hatten.

»Nein, niemand weiß etwas davon«, schwor sie mir. »Ich habe mich vor und nach dem Sportunterricht immer allein umgezogen, und ich habe nie in der Schule geduscht.«

»Ich rate dir, die Wahrheit zu sagen«, warnte ich sie.

Ich ging ins Bad und säuberte die Wanne, damit Carmelita auf keine Spuren der Tragödie stieß.

Daddy kehrte zurück. Sein dunkelbraunes Haar war wüst zerzaust, und seine Augen wirkten gemartert und schockiert. Er sah den Bettvorleger und die nassen Lappen und hob alles auf.

»Das werde ich auch alles verscharren«, murmelte er. »Es muß so sein, als sei nichts von alledem je passiert.«

Er sah sich panisch um.

»Du hast alles, Daddy. Du hast nichts vergessen.«

»Gut«, sagte er und stürmte hinaus. Nie hatte ich unseren Vater so rasend erlebt. Das jagte mir tatsächlich mehr Angst ein als Belinda, die die meiste Zeit mit geschlossenen Augen dalag.

Ich stellte mir vor, daß sie sich fürchtete, ihm jetzt ins Gesicht zu sehen.

Nachdem Daddy wieder gegangen war, machte ich mich auf den Weg zu Mutter, um nach ihr zu sehen. Sie saß auf der Bettkante und sammelte gerade ihre Kräfte, um aufzustehen und nach Belinda zu sehen. Sie sah immer noch recht blaß aus und atmete schwer.

»Mutter, du solltest dich wieder hinlegen«, sagte ich und eilte an ihre Seite.

»Wie geht es Belinda?«

»Sie wird bald wieder gesund sein. Ich habe dafür gesorgt daß sie sich wäscht und sich wieder ins Bett legt.«

»Und …«

»Um alles übrige hat sich Daddy gekümmert.«

»Gekümmert?«

»Das Baby ist augenblicklich gestorben, Mutter«, sagte ich. »Es war eine Frühgeburt. Daddy hat das Baby geholt und es irgendwo begraben. Er hat gesagt, er will nicht, daß jemand etwas davon erfährt.«

»Begraben?« keuchte sie und schüttelte den Kopf. »Gott, vergib uns«, flüsterte sie.

Ich glaubte, sie würde jeden Moment nach vorn sacken und auf den Boden fallen, und daher packte ich ihre Ellbogen und versuchte, sie dazu zu bringen, daß sie sich wieder ins Bett legte, aber sie schüttelte den Kopf.

»Ich muß nach ihr sehen, Olivia.«

Sie zog sich wacklig auf die Füße. Ich schlang einen Arm um ihre Taille und half ihr zur Tür. Sie fand mit jedem Schritt mehr Kraft und kehrte in Belindas Schlafzimmer zurück.

Belinda fing an zu schluchzen, als Mutter auf sie zukam.

»Es tut mir leid, Mommy«, flüsterte sie. »Es tut mir so leid.« Mutter setzte sich auf ihr Bett und zog sie an sich. Belinda weinte, und Mutter wiegte sie in ihren Armen.

»Mein armes Kind«, sagte sie.

»Armes Kind? Sie sollte ausgepeitscht werden«, murrte ich, aber auch mir tat sie gegen meinen Willen leid. Ich wollte ihr keine Spur von Mitleid entgegenbringen.

»Ganz ruhig, mein Liebling, ganz ruhig. Es ist alles wieder gut. Es wird alles wieder gut werden«, summte Mutter.

Schließlich hörte Belinda auf zu schniefen und wischte sich die Wangen trocken.

»Ich weiß, daß ich es dir hätte sagen sollen, Mommy, aber ich konnte es einfach nicht. Ich habe mich zu sehr geschämt und gefürchtet«, erklärte sie.

»Damit hast du alles nur noch schlimmer gemacht, Belinda. Ein solches Geheimnis kannst du nicht vor deinen Eltern und deiner Schwester bewahren«, sagte Mutter und sah mich an. Belinda sah mich auch an. »Wir lieben dich alle und möchten dir gern helfen.«

»Ich weiß, Mommy. Es tut mir leid«, sagte sie.

»Wie konnte so etwas passieren?« fragte Mutter. Es war ein heiseres Flüstern, und ihr Blick war jetzt mehr mir zugewandt als Belinda.

Soweit ich zurückdenken konnte, hatte sich Mutter an mich gewandt, wenn sie etwas über Belinda in Erfahrung bringen wollte. Sie ging immer davon aus, daß ich für meine jüngere Schwester verantwortlich war, aber ich hatte den größten Teil des Jahres im Mädchenpensionat verbracht. Ich war nicht dagewesen und wußte von Belindas Eroberungen nur durch die Gerüchte, die in Umlauf waren, und das Wenige, was ich in den Ferien selbst beobachtet hatte. Es war Belindas letztes Jahr im College, und ich fand, ihr würden zu viele Freiheiten zugestanden, viel größere Freiheiten als die, die mir gestattet worden waren. Wenn ich nicht im Haus war, war Mutter nicht auf dem laufenden, was Belinda tat und wo sie sich herumtrieb. Sie durfte bei ihren Freundinnen schlafen und bis weit nach Mitternacht ausgehen. Daddy war immer zu beschäftigt, um es zu bemerken. Und jetzt konnte man sehen, wohin das geführt hatte, sagte ich mir.

»Sie behauptet, sie wüßte nicht, wer der Vater ist«, stellte ich in den Raum. »Anscheinend gibt es zu viele Kandidaten.«

»Was?« fragte Mutter mit ungläubig verzerrtem Gesicht. Hielt sie Belinda etwa für eine Art Engel, bloß weil Daddy sie immer wie seinen kleinen Cherub behandelte? »Zu viele? Wie kann es zu viele gegeben haben, Belinda?«

»Ich weiß es nicht, Mommy. Bitte, ich will nicht daran denken. Bitte«, flehte sie und fing wieder an zu schluchzen.

»Wir sollten es wissen«, beharrte ich. »Daddy sollte es wissen und persönlich hingehen.«

»Vielleicht ist es besser, wenn wir es nicht wissen«, schloß Mutter und beugte sich Belindas tränenreichen Grimassen und ihrem Wehklagen. »Was nutzt das jetzt noch?«

»Menschen sollten für ihre Handlungen zur Verantwortung gezogen werden, Mutter. Daddy wird es wissen wollen«, fügte ich mit fester Stimme hinzu.

»Ich habe Durst«, stöhnte Belinda.

»Schon gut, Schätzchen, schon gut. Olivia wird dir ein Glas Wasser holen.«

»Ich brauche etwas Kälteres, ein Getränk mit Eis«, verlangte sie.

»Dann hol es dir doch selbst«, fauchte ich.

»Olivia, bitte«, sagte Mutter und sah mich mit ihren liebevollen Augen an.

»Wir sollten sie jetzt nicht verhätscheln, Mutter. Sie hat uns allen etwas Furchtbares angetan«, sagte ich, denn ich fühlte mich mißbraucht. Mutter sah mir weiterhin wortlos ins Gesicht und flehte mit ihren Augen. Ich wandte mich ab, eilte aus dem Zimmer und lief die Treppe hinunter.

Carmelita war endlich von den Schritten auf der Treppe und dem Treiben im ersten Stock geweckt worden. Sie war eine große Frau mit sehr dunkler Haut, halb Portugiesin, halb Negerin, das, was wir auf dem Kap eine Brava nennen, und sie arbeitete schon seit zehn Jahren für unsere Familie. Sie war Mitte vierzig, schlank, hatte ein schmales Gesicht und Augen, die die Farbe von Obsidian hatten. Carmelita war für unsere Familie die perfekte Haushälterin und Köchin, denn sie war kräftig, tüchtig und unaufdringlich. Sie schien uns alle kritiklos hinzunehmen, ohne sich eine Meinung zu bilden, und wenn sie nicht arbeitete, zog sie sich diskret zurück.

Ihr Haar, so schwarz wie Lakritze, hing gelöst auf den Schultern, als sie in Nachthemd und Morgenmantel aus ihren Räumlichkeiten kam.

»Ist jemand krank?« fragte sie.

»Belinda«, sagte ich.

»Ach. Kann ich irgendwie behilflich sein?«

»Nein, danke, Carmelita«, sagte ich. »Ich komme schon allein zurecht«, sagte ich entschieden. Einen Moment lang heftete sie ihre dunklen Augen auf mein Gesicht, ehe sie ausdruckslos nickte und sich wieder in die Dienstbotenzimmer am hinteren Ende des Hauses zurückzog. Ich wußte, daß sie mir nicht glaubte, aber selbst, als ich noch ein kleines Mädchen war, hatte Carmelita nichts, was ich zu ihr sagte, je in Frage gestellt.

Als ich Belindas Getränk aus der Küche holte, kam Daddy durch die Hintertür und die Speisekammer ins Haus. Er stand einen Moment lang da, sein Gesicht schweißüberströmt, seine Hände mit Erde verkrustet.

»Alles erledigt«, sagte er. »Wie steht es oben?« fragte er dann und blickte zur Decke auf.

»Mutter ist bei ihr. Ich hole ihr gerade ein kaltes Getränk.«

Daddy nickte und betrachtete seine schmutzigen Handgelenke und Hände, ehe er mich wieder ansah.

»Du verstehst doch, warum ich es so handhabe, nicht wahr, Olivia? Unter dem Strich ist es das Beste zum Schutz der ganzen Familie.«

»Ja, das verstehe ich, Daddy.«

»Sie hat dir gesagt, daß niemand sonst etwas davon weiß?«

»Behauptet hat sie es«, erwiderte ich, wenn auch nicht ohne skeptisch zu gucken, was Daddy jedoch ignorierte.

»Gut«, sagte er. »Gut.«

»Sie will mir allerdings nicht sagen, wer der Vater ist«, fügte ich hinzu. »Sie behauptet, sie wüßte es nicht.«

Er schüttelte den Kopf.

»Vielleicht ist es besser so. Wir können es uns nicht leisten, Anschuldigungen vorzubringen, ohne zu riskieren, daß wir in einem Hornissennest herumstochern.«

»Wer auch immer es ist, er sollte nicht ungeschoren davonkommen, Daddy.«

»Es ist aus und vorbei«, sagte er. »Wir sollten das alles begraben und die Dinge ruhen lassen«, fügte er hinzu und ging dann, um sich die Hände zu waschen, ehe er zu Belinda zurückkehrte. Wieder einmal, dachte ich, kommt meine verzogene Schwester mit einer ihrer abscheulichen Schandtaten ungeschoren davon.

Als ich mit dem Wasserglas in Belindas Zimmer zurückkehrte, hatte Mutter dafür gesorgt, daß sie es sich bequem gemacht hatte und ruhig dalag. Ich reichte ihr das kalte Getränk, und sie nippte daran und blickte lächelnd zu mir auf.

»Danke, Olivia. Es tut mir leid, daß du meinetwegen soviel durchmachen mußtest.«

»Das mußte ich allerdings«, sagte ich, ohne mit der Wimper zu zucken. Es sah aus, als würde sie gleich wieder in Tränen ausbrechen, und dann würde sich Mutter noch elender fühlen. »Ruh dich jetzt aus, Belinda. Du willst doch nicht ernstlich krank werden«, fügte ich gnädig hinzu. Ihr Gesichtsausdruck verwandelte sich augenblicklich. Dankbarkeit drückte sich auf ihren Zügen aus, und sie nahm meine Hand. »Du bist meine beste Schwester«, sagte sie. Fast hätte ich gelacht.

»Ich bin deine einzige Schwester, Belinda.«

»Ich weiß, aber du bist so gut zu mir.«

»Ja, sie ist gut zu dir. Sie ist gut zu uns allen«, sagte Mutter und lächelte mich an. »Und jetzt haben wir alle dringend unsere Ruhe nötig.«

»Wie kannst du jetzt schlafen, als sei nichts passiert?« murrte ich. Falls Mutter mich hörte, ignorierte sie meine Worte bewußt.

Daddy öffnete die Tür und sah hinein.

»Was ist?« fragte er.

»Es geht ihr gut, Winston«, sagte Mutter.

»Das ist gut. Es ist das beste, wenn wir uns so benehmen, als sei nichts vorgefallen«, riet er uns.

»Du könntest ebensogut so tun, als sei dort draußen kein Meer«, bemerkte ich.

»Dein Vater hat recht, Olivia. Es ist niemandem damit gedient, daß wir darüber reden. Selbst unter uns sollten wir es nicht zur Sprache bringen. Laß uns die Augen schließen und uns vorstellen, es sei nur ein Alptraum gewesen«, schlug sie vor.

Es überraschte mich nicht, diese Worte von ihr zu hören. So und nicht anders handelte Mutter die meisten unerfreulichen Dinge in ihrem Leben ab. Selbst ein Ereignis wie dieses wurde nicht anders gehandhabt.

Sie beugte sich vor, um Belinda einen Kuß zu geben. Belinda lächelte sie an, und dann verließ Mutter das Zimmer. Daddy stand noch einen Moment lang da und musterte mich, den Fußboden und schließlich Belinda.

»Wir gehen jetzt alle schlafen«, sagte er und ging.

Ich sah Belinda an. Sie lächelte zaghaft, doch ich sah sie kopfschüttelnd an.

»Ich bin so müde, Olivia«, sagte sie. »Ich fühle mich auch innerlich so schwach, aber ich wollte niemandem Sorgen bereiten. Daddy würde es gar nicht gefallen, wenn ich zum Arzt gehen müßte.«

»Du wirst es überleben«, sagte ich. »Und jetzt schlaf.«

Ich sah mich noch einmal im Zimmer um, ehe ich ging. In der Tür blieb ich stehen und schaute Belinda an. Sie wirkte so zart, als sei sie wieder ein kleines Mädchen. Im nächsten Moment war sie eingeschlafen.

Ich lag wach in meinem Bett und dachte weder an Belinda noch an meine Eltern. Ich dachte an den toten Säugling, dessen Lebensfunke so schnell erloschen war und der schon so kurz darauf irgendwo auf unserem Grundstück verscharrt worden war, so daß er gewiß keine Erinnerung besaß, jemals in diese Familie hineingeboren zu sein.

Ich fand, im Moment sei er glücklicher dran als wir übrigen.

Belinda blieb für den Rest der Woche zu Hause. Wir erzählten jedem, sie hätte die Grippe. Ich bildete mir ein, Carmelita wüßte, daß etwas viel Ernsthafteres vorgefallen war. Sie brachte Belinda die Mahlzeiten und sah daher, daß sie nicht hustete und ihre Nase nicht lief. Mutter verhätschelte Belinda und benahm sich, als seien unsere Lügen wirklich wahr Ich hörte, wie sie am Telefon mit ihren Freundinnen redete und ihnen erzählte, wie krank Belinda war.

»Abends ging es ihr noch so gut, und am nächsten Tag hat sie sich hundeelend gefühlt«, redete sie drauflos und beschrieb die Symptome. Sie behauptete sogar, sie hätte den Arzt angerufen, um seinen Rat einzuholen.

All das widerte mich an. Am meisten überraschte mich, wie schnell sich Daddy an die Fassade gewöhnte, die er und Mutter errichtet hatten. Am folgenden Morgen war er um die gewohnte Zeit auf, saß angekleidet am Frühstückstisch und las seine Zeitung, als handelte es sich bei den Ereignissen der vergangenen Nacht tatsächlich nur um einen bösen Traum. In seinem Gesicht fand ich keinen Hinweis, bis auf den kurzen, scharfen Blick, mit dem er mich ansah, als Carmelita ins Eßzimmer kam und sich nach Belindas Befinden erkundigte. In dem Moment setzte Mutter zu ihren weitschweifigen, detaillierten Erklärungen an und sprudelte einen Schwall von plätschernden Notlügen heraus. Daddy machte einen äußerst zufriedenen Eindruck.

Seit meiner Rückkehr aus dem Mädchenpensionat arbeitete ich als Buchhaltungslehrling für ihn. Daddy hatte beschlossen, es sei die reinste Vergeudung, mich in eine liberale Kunstschule zu schicken, »nur um die Zeit zu überbrücken, bis du einen braven, anständigen Mann zum Heiraten findest, Olivia. Jeder Mann, der für eine Ehe mit dir in Frage kommt, wird es zu schätzen wissen, daß du praktische Erfahrung mitbringst.«

Ich war ohnehin nicht scharf darauf, aufs College zu gehen, und im Umgang mit Zahlen hatte ich mich schon immer sehr geschickt angestellt. Daddy behauptete, ich besäße einen ausgeprägten Geschäftssinn. Er sagte, das hätte er schon gewußt, als ich als kleines Mädchen Moosbeeren aus unserem Sumpf verkauft hatte. An der Straße, die durch unser Anwesen führte, baute ich einen Verkaufsstand auf. Die Touristen fanden es niedlich, ein kleines Mädchen zu sehen, das im Umgang mit Geld einen solchen Ernst an den Tag legte. Daddy zeigte sich beeindruckt davon, daß ich ihm mein Geld komplett aushändigte und ihn bat, es für mich auf einem verzinsten Sparkonto anzulegen, statt es in Süßwarengeschäften und Spielzeugläden auszugeben.

»Wenigstens habe ich jemanden in der Familie, dem ich mein Geschäft vererben kann«, erklärte er. Er hatte sich damit abgefunden, daß er keinen Sohn haben würde, aber ich glaube, mit der Zeit empfand er mich nicht mehr als einen minderwertigen Ersatz. Dazu machte er mir im Büro zu viele Komplimente.

Daddy war ein Selfmademan, im wahrsten Sinne des Wortes, ein Millionär, dessen Erfolgsgeschichte den amerikanischen Traum veranschaulichte: ein kleiner Unternehmer, der kluge geschäftliche Entscheidungen traf und seine Firma aufbaute, die er dann langsam, aber stetig vergrößerte. Viele Lokalzeitungen berichteten ausführlich über ihn, und sogar in den Tageszeitungen von Boston wurde ein Artikel über ihn veröffentlicht.

Er hatte mit einem einzigen Fischerboot begonnen und dann ein zweites und ein drittes gekauft. Es dauerte nicht lange, bis er eine ganze Flotte besaß, die einen ständig wachsenden überregionalen Markt mit Meeresfrüchten versorgte. Im Lauf der Expansion kam eine Konservenfabrik für Krabben in Boston hinzu. Später baute er eine beeindruckende Kette von verwandten Geschäftszweigen auf und griff zu der scharfsinnigen Maßnahme, einen maßgeblichen Marktanteil auf dem Transportsektor zu erwerben, damit er seine laufenden Geschäftskosten selbst bestimmen konnte. Seinem eigenen Eingeständnis zufolge war er zeitweilig ein unbarmherziger Geschäftsmann gewesen, der den Wettbewerb im Keim erstickt und seine Preise gesenkt hatte, um Rivalen aus seinem Territorium zu vertreiben. Sein Ansehen in der Politik wuchs ständig. Die Regierung schloß Verträge mit ihm ab, und er weitete seinen Einflußbereich zusehends aus, während er gleichzeitig die Märkte, über die er bereits herrschte, halten konnte.

Nach weniger als sechs Monaten kannte ich unser Stammhaus in- und auswendig, und Daddy gestattete mir sogar, bei einigen seiner geschäftlichen Besprechungen anwesend zu sein, damit ich zuhören und noch mehr dazulernen konnte. Nach diesen Terminen wandte er sich oft an mich, weil er meine Meinung hören wollte, und häufig befolgte er meine Ratschläge.

Belinda dagegen kannte sich nicht im geringsten aus, wenn es um unsere Firma ging. Nach ihrem Benehmen und ihren Einstellungen zu urteilen, strömte ein unablässiger Geldregen auf uns herab. Wenn wir Geld brauchten, war es da, und es kam nie zu einer Dürreperiode. Die Worte: »Das können wir uns nicht leisten, Belinda«, hatte sie niemals gehört.

Ich hielt ihr oft Strafpredigten, weil sie undankbar war und all das nicht zu würdigen wußte.

»Du nimmst alles, was du hast, als selbstverständlich hin, ganz so, als stünde es dir zu«, warf ich ihr vor.

Sie sah mich mit ihrem reizenden Lächeln an und zuckte die Achseln. Ich hätte sie eines Mordes bezichtigen können, und sie hätte genauso reagiert. Sie ließ sich selten auf eine Diskussion ein oder stritt etwas ab. Es war, als glaubte sie, gegen Verantwortung und Schuldbewußtsein würde sie immer immun sein, weil ihr eine Art heiliger Absolution erteilt worden war, und sie genau das tun konnte, was ihr kleines Herz gerade begehrte, ungeachtet aller Konsequenzen.

Selbst jetzt bewahrheitete sich das wieder, sagte ich mir erbost, da unsere Eltern behaupteten, es sei besser, so zu tun, als sei nichts vorgefallen. Belinda hatte Grippe, das war alles. Fast glaubte ich, Daddy hätte sich selbst eingeredet, daß er keine Frühgeburt verscharrt hatte.

Als ich am Tag darauf aus dem Büro zurückkam, schlenderte ich hinter unserem Haus umher, denn ich war neugierig, ob ich die Grabstätte finden würde, obwohl sie nicht markiert war. Hinter dem Haus erstreckte sich unser Grundstück fast einen Morgen weit zu den Klippen, von denen aus man auf den Atlantischen Ozean blickte. Sie fielen jäh zu dem felsigen Strand ab. Es gab etliche ungefährliche Fußpfade, die zu unserem kleinen Privatstrand führten, nicht weiter als einen Steinwurf entfernt. In unserem Garten standen Ahornbäume mit ausladenden Kronen und einige Eichen, und ein großer Teil des Landes war in seinem ursprünglichen Zustand belassen worden. Zwischen den Brombeersträuchern wuchsen Giftsumach und wilde Rosen, und mehr als einmal war Belinda damit in Berührung gekommen und hatte hinterher wochenlang an den Folgen gelitten.

Ein großer Rasen wurde von Krokusbüscheln, Kaisertulpen, Narzissen und Osterglocken gesäumt. Es gab eine Laube und einen Teich mit Bänken am Ufer, und ich fand es enorm erholsam, dort zu sitzen und auf das Meer hinauszuschauen.

Manchmal lief ich bis an den Rand der Klippen und beobachtete die Gezeiten, hypnotisiert von den rhythmischen Bewegungen der Wellen, der Wogen, die sich brachen, der Gischt, die von den Felsen aufsprühte, und ich lauschte den Schreien der Möwen, wenn sie herabtauchten, um sich auf Muscheln zu stürzen. Oft trat ich an den Rand des Abgrunds und schloß die Augen.

Ich konnte meinen Körper schwanken spüren, als sei er in Versuchung, von der Klippe zu stürzen und auf den Felsen darunter zu zerschellen.

Als sie noch jünger war, fürchtete sich Belinda vor dem Ozean. Sie hatte keinen Spaß am Segeln, und die Gefahren der Kriegsschiffe und der Geruch von Seetang waren ihr ein Greuel. So gut wie nie, wenn überhaupt jemals, machte sie sich auf die Suche nach Treibholz. Für sie gab es nur einen einzigen Grund, an den Strand zu gehen, nämlich um dort eine Party zu feiern, und selbst dann hielt sie sich dem Wasser so fern, daß nicht einmal die Gischt der Wellen, die am Ufer barsten, sie besprühen konnte. Einmal nahm ich sie an den Rand der Klippen mit. Ich war damals neun, und sie war sieben, und ich forderte sie auf, die Augen zu schließen. Dieser Gedanke jagte ihr solche Angst ein, daß sie augenblicklich kehrtmachte und zum Haus zurückrannte. Daran dachte ich jetzt, und ich fragte mich, was ich wohl getan hätte, wenn sie von den Klippen gestürzt wäre.

Jerome war gerade damit fertig, Unkraut zu jäten, als ich auf der Suche nach dem Grab zur Hintertür hinauskam. Er nickte mir zu und machte sich auf den Weg zum Schuppen. Mit verschränkten Armen lief ich möglichst lässig den Pfad aus Schieferplatten hinunter und ließ dabei ständig meine Blicke umhergleiten, da ich nach Anzeichen Ausschau hielt, die auf frisch umgegrabene Erde hinwiesen. Ich lief bis zum Rand der Klippe, doch mir fiel nirgends etwas auf. Wo konnte Daddy den Karton und die anderen Sachen bloß verscharrt haben? Ein kleines Loch hätte wohl kaum genügt, oder doch?

Ich lief auf die Ahornbäume zu und blieb stehen, als ich glaubte, unter einem der Bäume eine Stelle gefunden zu haben, die so wirkte, als sei sie umgegraben worden. Ich trat näher, und als ich mich hinkniete und mir den Boden genauer ansah, beschloß ich, daß das der Ort sein mußte. Diese Vorstellung ließ mich erschauern, und ich stand auf, als rechnete ich damit, daß der tote Säugling stumm um Hilfe rufen würde.

Jahre später sollte ich an diese Stelle zurückkehren und sie vollständig überwachsen vorfinden, doch inmitten des Fingergrases und des flachen Gärtnergrüns würden sich Wacholdersträucher in der Brise vom Meer her wiegen und mich wieder an diese entsetzliche Nacht erinnern.

Im Moment war ich jedoch erbost. Es behagte mir überhaupt nicht, mich deprimiert zu fühlen. Und es paßte mir auch nicht, Belindas Sünden zu begraben, weil ich nichts von Lügen hielt. Wer lügt, ist angreifbar und schwach, sagte ich mir. Daddy stand aufgrund dessen, was er getan hatte, in meinen Augen jetzt als ein weitaus schwächerer Mann da als bisher, obwohl ich sicher war, daß auch er Alpträume hatte.

Ich floh von dem Ort und haßte Belinda dafür, daß sie uns alle in diese gräßliche Lage gebracht hatte.

Daddy hätte dafür sorgen müssen, daß Belinda die Konsequenzen selbst zu tragen hatte, fand ich. Statt dessen ließ er zu, daß sie die ganze Woche im Bett blieb und verhätschelt wurde. Ich glaubte, er würde das Thema nie wieder zur Sprache bringen, aber zu meinem Erstaunen schnitt er es an einem Abend gegen Ende jener Woche von sich aus an. Er saß in seinem Arbeitszimmer und überprüfte die Geschäftsbücher der Familie, als ich vorbeikam und er mich hereinrief.

»Mach die Tür zu, Olivia«, befahl er mir, sowie ich eintrat. Ich tat es und drehte mich dann zu ihm um. Er saß steif hinter seinem Schreibtisch. »Wir müssen all das hinter uns lassen, Olivia. Dein verändertes Benehmen in der letzten Woche ist mir aufgefallen. Du siehst mich an, als würdest du von mir erwarten, daß ich noch etwas sage oder tue.«

»Ich wollte mich nicht als dein Gewissen aufspielen, Daddy«, sagte ich, und er zuckte zusammen, als hätte ich ihm ins Gesicht gespuckt. »Es tut mir leid. Mir fällt es nun mal schwer, so zu tun, als sei nichts passiert.«

»Hör mir zu, Olivia. Die wichtigste aller Eigenschaften ist die Loyalität. Jede Familie ist eine Welt für sich, und jeder Angehörige dieser kleinen Welt muß sie um jeden Preis beschützen. Nur dann kann man nach individueller Freiheit, Interessen und Talenten streben. Die Familie geht vor. Der einzige moralische Grundsatz lautet: Was gut für die Familie ist, ist gut«, sagte er und sah mich fest an. »Das ist die Lektion, die mich mein Vater gelehrt hat, und ich hoffe, daß auch du dir diese Lektion zu Herzen nehmen wirst.«

»Solange wir unter uns sind, können wir einander kritisieren und Dinge bereuen, aber sowie die Familie bedroht ist, müssen wir all das hintenanstellen. Das ist das Glaubensbekenntnis, nach dem ich lebe, Olivia. Es ist die einzige Flagge, vor der ich salutiere, und der einzige Zweck, für den ich mein Leben lassen würde.«

Ich starrte ihn einen Moment lang an. Daddy sah aus, als würde er gleich weinen. Seine Lippen waren fest zusammengekniffen, seine Wangen aufgeblasen.

»Verurteile mich nicht dafür, daß ich euch alle liebe und so sehr an meinem Familiennamen und dem Ruf der Familie hänge, Olivia. Lerne daraus«, flehte er mich an.

Ich holte tief Atem. Daddy und ich hatten in der Vergangenheit zahlreiche Gespräche geführt, aber ich hatte so gut wie nie, wenn überhaupt jemals, gesehen, daß Tränen in seinen Augen standen. Er tat mir leid, und ich bedauerte, daß ich ihm Schuldgefühle eingeflößt hatte.

»Das verstehe ich, Daddy«, sagte ich. »Ich verstehe es wirklich.«

»Das ist gut, Olivia, denn ich setze all meine Hoffnungen in dich. Du wirst viele Entscheidungen für unsere Familie treffen müssen, wenn ich einmal nicht mehr da bin, und ich hoffe, du wirst dich immer an diese Woche erinnern und dir merken, was ich dir als Richtschnur nahegelegt habe.«

»Ich werde es mir merken, Daddy«, versprach ich ihm.

Er lächelte und stand auf. Dann kam er um seinen Schreibtisch und legte einen Arm um mich.

»Ich bin stolz auf dich, Olivia.« Er gab mir einen Kuß auf die Stirn. »Sehr stolz sogar«, sagte er.

Ich beobachtete, wie er an seinen Schreibtisch zurückkehrte. Er wirkte müde, wie ein Mann, dem zu viele Lasten aufgebürdet worden sind. Ich blieb noch einen Moment, bis er den Blick auf seine Papiere senkte. Erst dann ging ich und ließ ihn allein.

Seine Worte verfolgten mich selbst dann noch, als ich an jenem Abend die Lichter ausgeschaltet und den Kopf aufs Kissen gelegt hatte. Gemeinsam mit der Erinnerung an die Tränen in seinen Augen verweilten sie.

Man zahlt einen furchtbaren Preis dafür, die Leitung zu übernehmen, dachte ich, und man trägt eine furchtbare Last mit sich herum.

Vielleicht war Belinda besser dran als wir alle, insbesondere besser als ich.

Man brauchte sich nur anzusehen, was sie angerichtet hatte, und doch hielt sie heute nacht wie in den meisten anderen Nächten ihre Stofftiere im Arm, schloß die Augen und träumte von Parties, von bimmelnden Glöckchen, von Girlanden und Musik und Freunden, die sie mit ihrem Lächeln betörte.

Meine Träume dagegen drehten sich um ein Fleckchen Erde hinter dem Haus und meinen Vater, wie er den Karton im Boden versenkte, während er durch seine Tränen summte: »Für die Familie. Es ist alles nur zum Besten der Familie.«

2

Das ist meine Party

In den ersten Tagen war Belinda wahrhaft eine Invalide. Sie aß kaum etwas, und was sie doch aß, konnte sie häufig nicht bei sich behalten. Ihr sonst so rosiger Teint schwand, und erst gegen Ende der Woche kehrte ein wenig Farbe in ihre Wangen zurück, gerade rechtzeitig für ihre Pläne. Am Samstag kamen nach dem Mittagessen drei Jungen aus ihrer Highschool, um sie zu besuchen. Sie brachten ihr Blumen und Pralinen mit. Carmelita erschien in der Tür des Wohnzimmers, in dem sich Mutter, Daddy und ich aufhielten.

»Drei junge Männer sind gekommen, um Belinda zu besuchen«, kündigte sie unbeteiligt an.

»Drei?« fragte Daddy und zog die Augenbrauen hoch.

»Ja, Sir.«

»Jungen?«

»Ja, Mr. Gordon.«

Daddy sah mich an, und ich zog eine finstere Miene.

»Das ist aber nett«, bemerkte Mutter. Sie lächelte mich an, obwohl ich weiterhin finster blickte.

»Führen Sie sie herein«, ordnete Daddy an und nahm eine steife Haltung ein wie sonst vor geschäftlichen Treffen, von denen er erwartete, daß sie sich schwierig gestalten würden. Er hatte eine Art an sich, die Schultern hochzuziehen und gleichzeitig den Hals einzuziehen, bis er einem Raubvogel ähnelte. Daddy hatte eine gewölbte Brust und eine kräftige Gestalt, und wenn er sich aufblähte und seine Augen wie Stahl funkelten, wirkte er sehr einschüchternd.

Ich kannte jeden der Jungen, die Carmelita hereinführte. Sie alle waren im Lauf des Jahres bereits hier gewesen, um Belinda zu einer Verabredung abzuholen. Zuerst trat Arnold Miller ein, der mein Hauptverdächtiger gewesen war, weil Belinda in den letzten Monaten soviel Zeit mit ihm verbracht hatte. Er war sehr groß, mindestens eins dreiundneunzig, hatte hellbraunes Haar und grüne Augen mit braunen Sprenkeln, und er sah gut aus. Nach allem, was Belinda mir erzählt hatte, mochte sie ihn, weil er im Sport das As der Schule war, der beste Basketballspieler und ein Baseballstar. Die meisten Mädchen wünschten ihn sich als ihren Freund. Beneidet zu werden war etwas, was Belinda weit mehr auskostete, als geliebt zu werden.

Arnolds Eltern besaßen ein Sägewerk und ein Geschäft für Gartengeräte, eines der größten Einzelhandelsgeschäfte in Provincetown. Arnold war das älteste von drei Kindern, ausnahmslos Jungen, Ich hielt ihn für relativ schüchtern, aber ich war nicht sicher, ob er nur in meiner Gegenwart in diese Rolle schlüpfte. Belinda hatte lediglich gekichert, als ich sie vor ein paar Monaten zum ersten Mal nach ihm gefragt hatte.

Neben Arnold stand Quin Lothar, der sein bernsteinfarbenes Haar lang trug. Es fiel ihm fast auf die Schultern, was Daddy bei jungen Männern verabscheute. Auch Quin war sehr beliebt, weil er in der Schule seine eigene Band hatte, mit der er Musik machte, aber meiner Meinung nach sah er nicht annähernd so gut aus wie Arnold. Quins Gesichtszüge waren zu grobschlächtig, und er hatte eine niedrige Stirn und Augenbrauen, die über seinen braunen Augen zu weit vorstanden. Sein rechter Mundwinkel schien sich immer in seine Wange einzuschneiden, und daher erweckte er gewöhnlich den Eindruck, hochnäsig zu grinsen. Als ich ihn jetzt ansah, sagte ich mir, er müsse der Vater sein. Er wirkte auf mich, als sei er durchaus in der Lage, Belinda zu schwängern und sich nichts daraus zu machen.

Mit seiner abgetragenen Hose und seinem ausgewaschenen Pullover war er schlampig gekleidet. Offenbar legte er keinen

Wert auf sein Äußeres und auch nicht darauf, einen guten Eindruck auf meine Eltern zu machen.

Der dritte junge Mann war Peter Wilkes, ein pummeliger kleiner Kerl mit einem weichen, runden Gesicht. Sein Vater war der Direktor der Cape Coast Sparkasse. Belinda behauptete, er hätte genug Geld, um es mit beiden Händen rauszuwerfen. Die anderen duldeten ihn und bezeichneten ihn als wandelndes Portemonnaie, nicht nur hinter seinem Rücken, sondern auch in seiner Gegenwart. Wenn sie sich etwas wünschte, prahlte Belinda, dann bräuchte sie es nur im Schaufenster anzusehen, und schon ginge er hin, um es für sie zu kaufen.

Er trug ein weißes Frackhemd mit Kragenknöpfen, eine sportliche Hose und elegante Schnürschuhe, aber irgendwie sah er auch nicht besser aus als die beiden anderen. Vielleicht lag es daran, wie sich die Kleidungsstücke an seinem korpulenten Körper machten.

Quin war zum Sprecher ernannt worden.

»Guten Tag«, sagte er. »Wir wollten nachsehen, wie es Belinda geht. Wir dachten uns, wir könnten sie vielleicht ein wenig aufheitern«, fügte er hinzu. Peter faltete seine Wangen zu einem Lächeln zusammen und hob eine Pralinenschachtel hoch.

»Wenn es Ihnen recht ist, gäbe ich ihr gern die Pralinen«, sagte er. »Importware, versteht sich.«

Arnold hatte Blumen mitgebracht. Er nickte lediglich und hielt den Strauß hoch wie die Freiheitsstatue ihre Fackel.

Daddy sagte nichts. Manchmal hielt er seine Worte einen kleinen Moment länger als üblich zurück und sprach erst dann, wenn niemand mehr damit rechnete. Das tat er, um andere Leute aus dem Takt zu bringen, sie auf die Probe zu stellen. Die eintretende Stille war nur kurz, doch sie löste bei den drei Knaben Unbehagen aus. Sie warfen einander schnelle Blicke zu, krümmten sich buchstäblich und sahen erst mich, dann meine Mutter und schließlich den Fußboden an, ehe sie ihre Augen wieder Daddy zuwandten.

»Ich habe auch ein paar Notizen mitgebracht – über den Unterricht, den sie verpaßt hat«, fügte Peter hinzu und zog einige Zettel aus seiner Hosentasche.

»Das ist sehr aufmerksam«, sagte Mutter schließlich.

»Habt ihr Jungen denn keine Angst, euch so kurz vor Ende des Schuljahres anzustecken und selbst krank zu werden?« fragte Daddy und kniff die Augen argwöhnisch zusammen. »Nein, Sir«, erwiderte Arnold eilig.

»So nah kommen wir ihr nicht«, fügte Quin hinzu, und sein Mundwinkel schnitt sich noch tiefer in seine Wange. Peter strahlte inzwischen.

»Das möchte ich doch hoffen«, murmelte Daddy. »Olivia«, sagte er und drehte sich zu mir um. Ich wußte, was das hieß. Er wollte, daß ich die Jungen in Belindas Zimmer führte und als Anstandsdame dortblieb.

Mit sichtlichem Widerwillen erhob ich mich.

»Vielleicht schläft sie«, sagte ich.

»Sie weiß, daß wir kommen«, warf Quin hastig ein. »Wir haben heute vormittag angerufen, um ihr zu sagen, daß wir etwa um diese Zeit hier sein werden.«

»Sie hätte uns etwas davon sagen sollen«, murrte ich und sah Daddy an. Er nickte zustimmend, sagte jedoch kein weiteres Wort. Statt dessen wandte er sich seiner Zeitung zu und zog dann eine seiner Zigarren aus dem Etui auf dem Beistelltisch.

»Sind das Havannas, Mr. Gordon?« fragte Peter, als Daddy die Zigarre anzündete.

Daddy zog die Augenbrauen hoch.

»Was weißt du über Zigarren?«

»Nicht viel, aber mein Vater raucht Havannas. Ich kann Ihnen welche besorgen«, fügte er hinzu. Seine aufdringlichen Versuche, sich einzuschmeicheln, waren nicht zu übersehen. »Ich bin durchaus in der Lage, mir meine Havannas selbst zu beschaffen«, erwiderte Daddy finster.

»Seid ihr gekommen, um Belinda zu besuchen oder um mit meinem Vater zu quasseln?« fragte ich die drei.

Quin versetzte Peter einen Rippenstoß, und sie folgten mir alle aus dem Wohnzimmer und die Treppe hinauf.

»Normalerweise ist es meinen Eltern nicht recht, daß meine Schwester männliche Besucher in ihrem Zimmer empfängt«, sagte ich, als ich sie nach oben führte. Einer der Jungen kicherte, aber ich gab ihm nicht die Genugtuung, mir anmerken zu lassen, daß ich ihn gehört hatte.

Vor Belindas Schlafzimmertür blieb ich stehen und drehte mich um, während sich die drei eifrig um mich drängten. Was war das bloß für eine Macht, die Belinda ausübte und bewirkte, daß junge Männer derartige Begeisterung und ein solches Begehren an den Tag legten, fragte ich mich. Lag es schlichtweg an ihrer Promiskuität, oder hatte sie tatsächlich etwas ganz Besonderes an sich, etwas, was ich nie ausstrahlen würde, etwas, was einem in die Wiege gelegt wird und den wahren Reiz ausmacht? Etwas Erregendes, ein Versprechen, das die männlichen Hormone aufwühlt, als rührten Hexen einen Trank in ihrem Kessel?

»Einen Moment«, sagte ich. Ich konnte den heißen Atem der erwartungsvollen Knaben in meinem Nacken spüren. Wenn sie Pferde gewesen wären, hätten sie geschnaubt, dachte ich. Ich klopftc an.

»Ja?« rief Belinda.

»Du hast Besuch. Bist du salonfähig?«

»Ja, Olivia. Sie können reinkommen«, sagte sie, und ich öffnete die Tür.

Jeder, der Belinda in diesem Moment sah, hätte meinen Bericht über die Geburt angezweifelt. Sogar ich mußte zugeben, daß ihre strahlende Erscheinung mich beeindruckte. Ich wußte, daß Carmelita nach dem Frühstück nicht mehr oben gewesen war, und daher stand eindeutig fest, daß Belinda ihr Zimmer aufgeräumt und die Vorhänge weit aufgezogen hatte, damit der helle Sonnenschein hereinströmen konnte und alles frisch und sauber wirkte.

Belinda trug eines ihrer durchsichtigen Nachthemden. Es war tief ausgeschnitten und zeigte die Konturen ihrer reifen Brüste. Sie trug ihr seidig gebürstetes Haar offen, und es fiel ihr auf die Schultern. Die Spitzen wölbten sich sanft nach außen. Belindas Haar hatte schon immer einen kräftigeren Farbton und mehr Glanz aufgewiesen als meines, und sie tat viel mehr für ihr Haar, als es mir bei meinem eigenen Haar die Mühe wert gewesen wäre. Wenn es nach ihr gegangen wäre, hätte sie die Wände ihres Zimmers von oben bis unten verspiegelt. Sie schien es nie müde zu werden, ihr eigenes Spiegelbild zu betrachten.

»Deck dich anständig zu, oder zieh deinen Morgenmantel an«, befahl ich ihr. Sie errötete und zog sich schnell die Decke über die Brust.

»Wer macht mir denn seine Aufwartung?« erkundigte sie sich wie eine Südstaatenschönheit.

Die drei Jungen betraten zaghaft ihr Zimmer.

»Sie behaupten, sie hätten dich angerufen, und daher wüßte ich nicht, wie du dich fragen kannst, wer es ist, Belinda«, bemerkte ich. Sie ging nicht auf meine Bemerkung ein und konzentrierte sich auf die Knaben.

»Die sind für dich«, sagte Arnold eilig und hielt ihr den Strauß roter Rosen hin.

»Oh, sind die schön, nicht wahr, Olivia? Ob wir wohl eine Vase dafür finden könnten?«

»Wir?« fragte ich.

Sie legte den Kopf zur Seite und lächelte albern.

»Also, ich glaube nicht, daß es sich gehören würde, wenn ich selbst aus dem Bett aufstünde«, sagte sie und ließ die Lider flattern.

Mit einem Murren trat ich vor und nahm ihr die Blumen ab. Auf der Kommode stand eine Vase. Ich ging ins Bad, um sie mit Wasser zu füllen.

»Ich hoffe, du darfst Süßigkeiten essen«, hörte ich Peter Wilkes zu Belinda sagen.

»Natürlich darf ich das«, sagte Belinda. »Olivia hat auch eine große Schwäche für Süßigkeiten«, fügte sie laut hinzu, als ich aus dem Bad kam.

»Nein, ganz und gar nicht«, sagte ich. Ich stellte die Vase auf den Nachttisch und stopfte die langstieligen Rosen hinein.

Belinda begann kichernd die Schachtel zu öffnen. Sie zog eine Praline heraus, steckte sie zwischen ihre Lippen, schloß die Augen und stöhnte so lüstern, daß die drei Jungen die Augen weit aufrissen und herumruckelten, als würden sie gemartert.

»Belinda, das ist wirklich ekelhaft«, sagte ich. »Wenn du die Praline essen willst, dann iß sie. Du brauchst sie nicht vorher mit deinem Speichel vollzutropfen.«

Sie lachte und sog die süße Leckerei in ihren Mund. Dann bot sie den Jungen Pralinen an, und jeder von ihnen nahm sich eine. Ich schüttelte heftig den Kopf, als sie mir die Schachtel hinhielt.

»Könntest du sie bitte auf meinen Tisch stellen, Olivia«, sagte sie.

Ich seufzte tief und bemühte mich gar nicht erst, meine Verärgerung zu überspielen. Wie war es dazu gekommen, daß ich plötzlich ihre Zofe war, fragte ich mich, doch ich tat, worum sie mich gebeten hatte.

»Erzählt mir alles, aber auch wirklich alles, was ich verpaßt habe, und laßt nichts aus, auch wenn es euch nur wie eine belanglose Kleinigkeit erscheint«, sagte Belinda. Sie klatschte in die Hände und ließ sich auf ihr großes, flauschiges rosa Kissen sinken. Ihr Haar fiel wie ein Rahmen um ihr Gesicht und betonte den strahlenden Glanz ihrer Augen.

»Arnold hat die Baseballsaison gestern mit einem Zu-Null-Sieg beendet«, verkündete Peter. »Er hat die gesamten neun Innings geschafft und nur drei Treffer verpaßt!«

»Oh, erzählt mir bloß nichts über Sport. Spielstände und

Fouls, etwas anderes bekomme ich von euch Jungen nie zu hören. Das ist langweilig.«

»Langweilig?« sagte Peter.

Quin lachte.

»Klar ist es das«, sagte er. »Sport ist immer langweilig.« Er beugte sich zu Belinda vor. »Ich habe einen neuen Song für die Band geschrieben. Wir nennen ihn: ›Führe mich an den Strand‹.«

»Den müßt ihr mir unbedingt vorspielen«, sagte Belinda.

»Klar. Komm zu uns in die Garage, sowie es dir wieder gutgeht.«

»Am Montag werde ich wieder gesund sein, nicht wahr, Olivia?«

»Auf mich wirkst du jetzt schon reichlich gesund«, sagte ich trocken.

»Quin ist gestern erwischt worden, als er auf der Toilette geraucht hat. Am Montag kommt er nicht zur Schule«, enthüllte Arnold mit einem hämischen Lächeln.

»Ach, wirklich! Erzähl mir das ganz genau«, sagte Belinda und beugte sich so gespannt vor, als hätte Quin in ihrer Abwesenheit etwas Bedeutendes bewerkstelligt.

»Froschauge ist reingekommen, als ich sie gerade erst angezündet hatte. Er muß mich von seiner Tür aus beobachtet haben und hat nur auf die Gelegenheit gelauert. Er hat es auf mich abgesehen, seit ich damals diese komische Brille getragen und ihn nachgeahmt habe, erinnerst du dich noch?«

»Natürlich erinnere ich mich daran. Es war schrecklich komisch.«

Als Belinda lachte, lachten alle anderen ebenfalls.

»Und da fragen sich die Leute, warum ich nicht ins Lehrfach gehen will«, murmelte ich. Sie drehten sich zu mir um.

»Du hast doch selbst gesagt, du hättest Mr. Garner auch nicht leiden können, als du in der Highschool warst, Olivia«, sagte Belinda.

»Ich habe gesagt, er brächte nicht gerade viel Begeisterung für seine Arbeit auf, aber als einen Frosch habe ich ihn nicht bezeichnet.«

Wieder lachten alle, als hätte ich etwas Komisches sagen wollen.

»Jerry hat Barbara einen reichlich teuren Ring geschenkt. Es ist schon fast so etwas wie ein Verlobungsring«, fuhr Peter fort. »Er hat mir erzählt, sie hätten vor, kurz nach dem Schulabschluß zu heiraten.«

»Das weiß ich schon. Marcia Gleason hat es mir gestern abend am Telefon erzählt«, sagte Belinda.

»Selbstmord-Jerry, so nennen wir ihn«, sagte Quin lachend.

»Macht euch nicht über ihn lustig«, stöhnte Belinda, als stünde sie dicht vor den Tränen. »Er und Barbara sind wirklich verliebt. Es ist wunderbar; wenn man jemanden findet, mit dem man sein ganzes Leben verbringen möchte, jemanden, der sich mehr aus einem macht als aus sich selbst, jemanden wie meinen Vater.«

Das Lächeln der drei Jungen verflog, und sie akzeptierten die Zurechtweisung. Belinda hielt sie wie Marionetten an ihren Fäden, dachte ich und sah sie mir der Reihe nach genauer an. Wer war der Vater ihres toten Fötus? Gewiß nicht Peter Wilkes, es sei denn, Belinda hatte ihn dazu gebracht, ihr im Gegenzug etwas Kostspieliges zu kaufen. Das brachte sie fertig, sagte ich mir.

»Ist diese Woche sonst noch jemand an Grippe erkrankt?« erkundigte ich mich. Einer von ihnen wußte bestimmt die Wahrheit über Belinda.

Quin und Arnold sahen einander an und schüttelten dann die Köpfe.

»Ich glaube nicht«, sagte Arnold. »Bobby Lester ist ausgefallen, aber er hat sich beim Spiel den Knöchel verstaucht.«

»Uns bleiben nur noch wenige Wochen bis zu den Abschlußprüfungen. Es ist ein harter Schlag, den Unterricht jetzt zu verpassen«, sagte Peter. »Und dabei fällt mir etwas ein, Belinda. Hier sind meine Notizen aus dem Kurs für englische Literatur.«

»Oh, danke, Peter. Das ist ganz süß von dir.«

»Süßer als die Pralinen?« fragte ich. Belinda lachte.

»Meine Schwester ist manchmal so komisch«, erklärte sie. Sie nahm die Notizen entgegen und legte sie neben sich ab. »Später werde ich für die Prüfungen lernen.«

»Das wäre ja etwas ganz Ungewöhnliches«, hauchte ich tonlos, aber doch laut genug, daß sie mich hören konnten.

»Olivia!«

»Du weißt, daß du die Prüfung in Englisch bestehen mußt, wenn du deinen Abschluß machen willst, Belinda.«

»Du hast gesagt, du würdest mir beim Lernen helfen«, jammerte sie. Die Blicke der Jungen wanderten von ihr zu mir, während wir miteinander redeten.

»Das tue ich auch, wenn du dich ernsthaft bemühst.«

»Es ist mir ernst damit.«

»Ich komme diese Woche zu euch raus und lerne mit dir«, erbot sich Peter eilig.

»Das ist sehr nett von dir, Peter. Seht ihr, jemand macht sich etwas aus mir«, rief sie freudig aus. Ihre Blicke glitten von einem Jungen zum anderen, und jeder einzelne von ihnen schmolz zu einem anbetenden Bewunderer, als sie ihren Blick wie eine Segnung die Runde machen ließ und sie innerhalb von Sekunden in Andächtige verwandelte. Dieser Anblick widerte mich an. Wo gab es heute noch wahre Männer? Ich konnte mir nicht vorstellen, daß Daddy sich so benommen hatte, als er im Alter dieser Jungen war.

»Ich wünschte, du hättest das Spiel gesehen, Belinda. Als ich diesen letzten Ball geworfen habe …«

»Jetzt fängst du schon wieder damit an, über Sport zu reden. Wenn du nicht sofort aufhörst, mache ich die Augen zu und schlafe ein«, drohte sie.

Wenn sich das Gespräch nicht um sie drehte, verlor sie jedes Interesse.

»Ich wollte damit doch nur sagen, daß ich an dich gedacht

habe. Dieser Wurf ist für Belinda, habe ich mir gesagt«, erklärte Arnold.

»Oh.« Sie wurde wieder munter, und ihr Grübchen zeigte sich. »Das ist natürlich etwas ganz anderes. Du hast meinetwegen gewonnen. Ich will, daß das alle erfahren«, verkündete sie. Arnold nickte wie ein Soldat, der den Befehl erhalten hat, durch die Straßen von Provincetown zu ziehen und die Neuigkeiten herauszuplärren.

»Meine Band ist aufgefordert worden, auf der Abschlußfeier am Strand zu spielen«, platzte Quin heraus, weil er Belindas Aufmerksamkeit wieder auf sich lenken wollte.

»Das ist ja wunderbar«, rief Belinda aus.

»Darf ich dich abholen und dich auf die Party begleiten?« fragte Arnold hastig.

»Ich kann meinen Vater bitten, daß er mir den Cadillac leiht«, schlug Peter vor.

»Ich nehme mein eigenes Motorrad. Du kannst uns beim Aufbauen zusehen«, mischte sich Quin ein.

Belinda ließ sich die Angebote durch den Kopf gehen und sah mich an.

»Was tätest du, Olivia?«

»Ich ginge zu Fuß hin«, sagte ich trocken.

Belinda brach in ein anhaltendes Gelächter aus.

»Zu Fuß. Das finde ich großartig. Ja, genau. Also, wer begleitet mich zu Fuß?«

»Wenn du das möchtest«, sagte Arnold hastig, »komm ich natürlich mit dir.«

Vielleicht war er doch der Vater, sagte ich mir. Sie hatte es zu schnell bestritten.

»Ich bin mir noch nicht sicher. Ich werde darüber nachdenken«, sagte Belinda auf ihre saudumme Art. Sie ließ ihr Versprechen, die Angebote anzunehmen, wie Köder vor ihnen baumeln, und die drei standen da und knabberten wie erbärmliche dumme Fische daran.

Ich zog mich in eine Ecke des Zimmers zurück. Dort saß ich, beobachtete sie und hörte mir an, wie sie alle endlos und ewig über ihre Pläne für den Abend nach den Prüfungen redeten. Sie strahlten eine Aufregung aus, an der ich liebend gern teilgehabt hätte. Als ich die Schule abgeschlossen hatte, hatte ich keine Abschlußparty besucht. Daddy, Mutter, Belinda und ich waren einfach nur ins Steak and Brew House gegangen und hatten dort zu Abend gegessen. Hinterher hatte ich dann in meinem Zimmer gesessen, aus dem Fenster in die Nacht hinausgeschaut und an die Lagerfeuer am Strand gedacht, an die Musik und das Gelächter, all die Dinge, an denen ich nicht teilnahm. Niemand hatte mich zu der Party eingeladen, und es war mir ein Greuel, Parties mit meinen Freundinnen zu besuchen, ausnahmslos Mauerblümchen. Das Schlimmste war herumzustehen und zu hoffen, irgendein Junge würde mich beachten, als sei ich eine Bettlerin, die als milde Gabe ein wenig Freundlichkeit ersehnte. Diese Genugtuung würde ich keinem Jungen jemals gönnen. Wenn Einsamkeit der Preis war, den ich bezahlen mußte, bis sich ein Richtiger für mich fand, dann war ich bereit, ihn zu bezahlen, beschloß ich und bemühte mich dann, nicht mehr daran zu denken.

Aber das Einschlafen fiel mir nicht leicht, wenn ich mich fragte, was für eine Sorte Mann wohl an meine Tür klopfen, mir Pralinen und Blumen bringen und so aufgeregt herumstehen würde wie diese drei, die sich um Belinda scharten, eifrig auf ein Kompliment versessen, auf einen freudigen Blick, ein Versprechen, das über meine Lippen kam.

»Es ist schon ziemlich spät«, kündigte ich schließlich an. Sie drehten sich alle zu mir um, als merkten sie eben erst, daß ich noch da war.

»Ja, ich muß rechtzeitig zu einer Probe erscheinen«, sagte Quin.

»Ich hoffe, dir geht es jetzt wieder besser«, sagte Arnold.

»Das hoffe ich auch«, schloß sich Peter an.

Belinda beugte sich vor und ließ die Decke wieder unter ihre Brüste fallen. Drei Augenpaare wurden groß und hefteten sich auf den tiefen Spalt zwischen ihren Brüsten. Ich räusperte mich vernehmlich und nickte ihr zu, und sie zog die Decke wieder hoch.

»Ich rufe dich morgen an«, versprach Arnold.

Die beiden anderen versprachen es ihr ebenfalls und verließen dann das Zimmer. Ich folgte ihnen zur Tür und sah ihnen nach, wie sie die Treppe hinunterliefen, ehe ich mich wieder zu Belinda umdrehte.

»War das nicht nett?« fragte sie.

»Welcher von ihnen war es, Belinda?«

»Wie bitte?«

»Du weißt genau, was ich meine. Wer war der Vater?« Sie schüttelte den Kopf.

»Ich habe dir doch schon gesagt, daß ich es nicht weiß, Olivia. Und außerdem hat Daddy gesagt, wir sollten nicht mehr darüber reden«, rief sie aus und begrub ihr Gesicht im Kopfkissen.

»War es einer von ihnen? Ja, nicht wahr?«

»Bitte, Olivia.«

»Ganz gleich, wer es ist – weiß er es? Weiß er, was sich in diesem Zimmer abgespielt hat?«

»Hör auf, Olivia.« Sie schlug sich die Hände auf die Ohren. »Ich höre dir nicht länger zu.«

Ich trat dicht an ihr Bett.

»Hast du ihn angerufen und ihm erzählt, was vorgefallen ist und wozu sich dein Vater gezwungen gesehen hat? Ja oder nein?«

»Nein. Ich weiß nicht, wen ich anrufen sollte, das habe ich dir doch gesagt.«

»Es ist einfach ekelhaft, Belinda. Als wäre es nicht schon ekelhaft genug, zu tun, was du getan hast, aber daß du dann auch noch zu allem Überfluß nicht weißt …«

Sie fing an zu weinen.

»Ich werde bestimmt wieder krank, und dann kann ich nächste Woche nicht zur Schule gehen«, drohte sie an.

»Für die Schule wird das kein großer Verlust sein«, murrte ich.

Ich ließ sie heulend liegen und ging nach unten, um Daddy zu suchen. Er saß in seinem Büro und ordnete Papiere in Akten ein. Dort bewahrte er all unsere persönlichen Steuerunterlagen und familiären Dokumente auf. Bei meinem Eintreten wandte er sich vom Aktenschrank ab.

»Findest du nicht, es war ziemlich dreist, einfach hier aufzutauchen, Daddy? Bestimmt ist einer von ihnen ...«

»Laß das, Olivia«, sagte er und hob eine Hand. »Wir haben es aus unserem Gedächtnis gelöscht.«

»Ich weiß, Daddy. Ich bin nur ... so wütend auf sie, weil sie uns das angetan hat.«

»Ja, ich weiß, aber du mußt auf sie aufpassen, Olivia. Diese Lektion haben wir gelernt.«

Warum Daddy bei Belinda und niemandem sonst, nicht einmal meiner Mutter, Schwäche duldete, war eine Frage, die mir wie eine Gräte im Hals steckte.

»Ich verlasse mich darauf, daß du auf sie aufpaßt«, sagte er. »Auf dich wird sie hören.«

»Bisher hat sie es nicht getan, Daddy. Das hat sich in einer schrecklichen Form erwiesen.«

»Ich weiß, aber ich glaube fest daran, daß sie sich ändern wird«, beharrte er.

Ich starrte ihn einen Moment an, und er mußte den Blick abwenden, etwas, was bei ihm nur äußerst selten vorkam. Zwischen Daddy und mir bestand eine unausgesprochene, aber gelebte Verbindung, ein beiderseitiges Verständnis. Wir wußten, daß wir einander nicht belügen konnten.

Im Moment log er mich an, und ihm war klar, daß ich es wußte. Er glaubte nicht wirklich, daß Belinda sich ändern konnte.

Warum log er?

Meine Wut auf Belinda blies sich auf wie ein Ballon, der mit Haß gefüllt ist, weil sie Daddy dazu brachte, daß er log.

Eines Tages, gelobte ich mir, würde sie begreifen, was sie angerichtet hatte, und sie würde um Vergebung flehen. In meinem Innersten war ich jedoch der Überzeugung, daß es bis dahin zu spät sein würde und ich diese Vergebung nicht mehr gewähren konnte.

Erstaunlicherweise bestand Belinda ihre Abschlußprüfungen in Englisch, wenn auch nur mit knapper Not und einer Menge Nachhilfeunterricht. Ich hatte jedoch ganz entschieden den Eindruck, daß sie auch von Seiten ihrer Lehrer ein wenig Hilfe bekommen hatte, vielleicht aufgrund von Daddys gesellschaftlichem Rang. Im Lauf der Woche vor den Abschlußfeierlichkeiten bat Mutter Daddy, uns nach Boston zu bringen, damit wir dort ein hübsches Kleid für Belinda finden konnten. Sie wollte etwas ganz Besonderes aus ihr machen. Es war, als hätte Mutter eine Möglichkeit gefunden, die Schrecklichkeit, die sich ereignet hatte, wettzumachen: Sie befaßte sich so eingehend mit den Festlichkeiten für Belinda, daß ihr keine Zeit blieb, an etwas anderes zu denken oder sich zu erinnern. Mit einer einzigen Einkaufsorgie fegte sie die dunklen Wolken fort, die beharrlich in den Winkeln unseres Hauses hingen. Es würden keine Schatten mehr zurückbleiben, keine Erinnerungen, und alles würde wieder strahlend hell und fröhlich sein. Daddy schien ihr diesen Gefallen nur zu bereitwillig zu tun und ihr in eine Welt zu folgen, deren Motto war: »Nichts Böses sehen, nichts Böses hören.«

Im letzten Moment beschloß Mutter, sich sogar selbst zu überbieten und einen Modeschöpfer in unser Haus kommen zu lassen, damit er ein Modellkleid für Belinda entwarf. Die Kosten würden ohne weiteres dreimal so hoch sein wie die für ein Kleid von der Stange, aber wieder einmal kapitulierte Daddy vor der Schlacht, und zu meinem Erstaunen legte er sein berühmtes Maß

»Was springt unter dem Strich dabei heraus?« zur Seite. Diesmal gab es kein »Unter-dem-Strich«.

Ich mußte zugeben, daß Belinda am Tag der Abschlußfeier zauberhaft aussah. Auch der Nachmittag war wie geschaffen für eine Party im Freien. Eine sanfte warme Brise wehte vom Meer her, und der Himmel war türkis mit Wattewolken, die sich kaum wahrnehmbar am Horizont bewegten.

Es war beschlossen worden, Belinda sollte dasselbe Mädchenpensionat besuchen, in dem ich gewesen war, nur würde sie gleich dort beginnen und schon im Sommer an den Kursen teilnehmen. Daddy hielt es für klug, sie so schnell wie möglich von hier fortzuschaffen und ihr eine förmliche Erziehung angedeihen zu lassen, die sie damenhafter machen sollte. Seine Absichten waren unmißverständlich: Er wollte einen Siegespreis für den richtigen jungen Mann aus ihr machen.

Meine Abschlußfeier hatte nicht im Freien stattfinden können. Sie war auf einen regnerischen Tag gefallen. Im Auditorium war es stickig und sehr ungemütlich gewesen, da Dutzende von kleinen Kindern weinten, überall Blitzlichter aufflackerten und stolze Eltern und Großeltern winkten und wie Besucher in einem Zoo gafften. Ich war mir vorgekommen wie ein Tier in einem Käfig, gemeinsam mit meinen Klassenkameradinnen eingepfercht, während wir darauf warteten, daß die Reden endeten.

Belindas Abschlußfeier hatte eher etwas von einem vornehmen Picknick. Das Gelände war mit Luftballons und Girlanden geschmückt. Der Sonnenschein ließ alle fröhlich und lebhaft und vor Glück ausgelassen wirken. Kleine Kinder konnten umherlaufen und abseits von den Erwachsenen spielen. Der Marsch »Land of Hope and Glory« wehte melodisch durch die warme Luft. Alle erhoben sich, und die Schulabgänger kamen heiter und aufgeregt durch den Mittelgang, um ihre Plätze auf dem Podium einzunehmen.

Vielleicht lag es daran, daß es nicht meine eigene Abschlußfeier war, aber mir schien zudem alles viel reibungsloser abzulaufen. Die Reden waren nicht so lang, und im Nu wurden die Abschlußzeugnisse verteilt. Daddy überraschte mich mit seiner Aufregung. Er benahm sich genauso wie all die anderen stolzen Väter und eilte durch den Gang, um Belinda zu fotografieren, während sie ihr Abschlußzeugnis entgegennahm. Bei meinem Abschluß hatte er auf den professionellen Gruppenfotografen vertraut und war keinen Moment von seinem Sitz aufgestanden. Belinda nahm ihr Abschlußzeugnis mit ihrem gewohnten Flair entgegen und drehte sich fast vollständig im Kreis, um in Daddys Richtung zu lächeln.

»Dem Himmel sei Dank«, murmelte Mutter an meiner Seite. »Ich hatte meine Befürchtungen.«

Hinterher feierten wir im Clam and Claw, einem Restaurant unweit der Spitze von Cape Cod, das sich auf Meeresfrüchte spezialisiert hatte. Daddy lud einige seiner Geschäftspartner ein, sich uns anzuschließen, und schon bald sah ich, daß sich Belinda zu langweilen begann. Sie sprudelte über vor Glück, als Peter Wilkes im Restaurant auftauchte.

»Oh, das ist gut«, sagte sie, als er kam. »Ich dachte schon, ich würde vor Langeweile sterben.«

»Was hat das zu bedeuten?« fragte Daddy und unterbrach sein Gespräch, um zu Peter aufzublicken.

»Ich vermute, ich bin etwas zu früh dran«, sagte Peter.

»Das macht nichts. Dir ist es doch recht, Daddy?« fragte Belinda überschwenglich.

Daddy lächelte seine Gäste verlegen an.

»Tja ... du hast doch noch gar nicht aufgegessen, Belinda.«

»Oh, noch mehr kann ich nicht essen, Daddy. Ich bin satt.«

»Wohin gehst du?« fragte ich, als sie aufstand.

»Zur Strandparty, wohin denn sonst, du Dummkopf. Weißt du es nicht mehr? Daddy hat gesagt, daß es ihm recht ist«, fügte sie hinzu.

Ich sah Daddy an. Sein Blick traf meinen, und dann wandte er eilig den Kopf ab.

»Aber du wirst früh nach Hause kommen, Belinda. Schulabschluß oder nicht …«

»O Winston, seien Sie doch kein Unmensch«, sagte Mr. Collins. Er war einer von Daddys Geschäftspartnern. »Ein junges Mädchen schließt nur einmal im Leben die Highschool ab.«

»Dafür sei dem Himmel gedankt«, sagte Mutter, und alle am Tisch außer mir lachten.

Belinda lief um den Tisch herum., um alle zu umarmen und jedem einen Kuß zu geben. Sogar mir schlang sie die Arme um den Hals.

»Danke, große Schwester«, sagte sie. »Der Koffer ist einfach prima.«

Ich hatte ihr für ihre Reise zum Mädchenpensionat ein hochwertiges Gepäckstück geschenkt, einen praktischen Gegenstand, einen der wenigen praktischen, die sie erhalten hatte.

Peter lächelte mich matt an und eilte hinter Belinda her, die ihn an der Hand zur Tür zog.

»Tschüß«, rief er.

Ich warf einen Blick auf Daddy. Er sah hinter den beiden her, schaute mich kurz an und wandte sich dann ab, um sich mit Mr. Collins zu unterhalten.

Gut eine Stunde später verließen wir das Restaurant. Der Abend erwies sich als ebenso schön wie der Tag. Es war eine richtig laue Nacht. Als wir nach Hause fuhren, sah ich auf das Meer hinaus und überlegte mir, wie wunderbar es sein mußte, jetzt eine Strandparty zu besuchen. Ein nahezu wolkenloser Himmel gab den Blick auf unzählig viele Sterne frei. Nie war der große Bär so deutlich, so scharf zu sehen gewesen.

Als wir zu Hause ankamen, ging ich sofort in mein Zimmer. Ich wünschte mir nichts weiter als einzuschlafen, einzuschlafen und zu vergessen, einzuschlafen und zu träumen, ich sei ein anderer Mensch und an einem anderen Ort. Es dauerte lange, bis ich einschlief, weil ich mich von einer Seite auf die andere wälzte und zeitweilig mit weit offenen Augen dalag. Der Schlaf verbarg sich hinter einer verschlossenen Tür und war noch nicht bereit, mich in seinen Armen zu wiegen.

Erst mußt du leiden, sagte ich mir. Du mußt unter deiner Einsamkeit leiden.

Endlich schlief ich ein, wurde jedoch kurz darauf von einem erst sanften und dann lauten Klopfen an meiner Tür geweckt. Im ersten Moment glaubte ich, ich hätte es nur geträumt. Dann setzte ich mich auf und hörte es wieder.

»Ja?«

Daddy streckte den Kopf zur Tür herein.

»Es ist mir schrecklich unangenehm, dich damit zu belästigen, Olivia, aber ... ich meine ... deine Mutter macht sich auch Sorgen.«

»Sorgen? Warum denn das?«

»Es ist kurz vor drei Uhr morgens, und Belinda ist noch nicht nach Hause gekommen.«

»Das hat dir früher nie Sorgen bereitet«, sagte ich mit scharfer Stimme.

Er zögerte.

»Ja, nun, wenn man bedenkt, was passiert ist ...«

»Darüber sollten wir doch nicht reden, oder, Daddy?« fauchte ich. Ich war nicht besonders gnädig gestimmt.

»Bitte, Olivia.«

»Was willst du von mir, Daddy?«

»Könntest du sie suchen?«

»Am Strand?«

»Ja«, sagte er. »Wir wollen nicht, daß sie sich noch mehr Schwierigkeiten einhandelt.«

»Ich kann nicht glauben, daß sie so etwas täte«, sagte ich. Er blieb in der Tür stehen.

»Ich mache mir in erster Linie Sorgen um deine Mutter«, sagte er.

»Also gut«, sagte ich. »Ich gehe sie suchen.«

»Danke, Olivia.«

Ich stand auf und zog eine Hose und einen Pullover an. Auf dem Weg zur Tür schnappte ich meine leichte Jacke und eilte durch den Korridor und die Treppe hinunter, von meiner Wut angetrieben. Wie konnte sie bloß derart unsensibel und selbstsüchtig sein? Sie wußte, was Daddy und Mutter durchgemacht hatten. Beide waren großzügig und verziehen ihr alles, doch Belinda nutzte sie immer wieder aus.

Ich stieg in meinen Wagen und fuhr zur Küstenstraße. Ich wußte, daß es am östlichen Ende des Kaps einen Strand gab, den die Schulkinder immer bevorzugt hatten, sogar schon vor meinen Zeiten. Wie zu erwarten sah ich auf dem Weg, daß dort noch Wagen geparkt waren. Sie würden die ganze Nacht durchmachen.

Ich fand eine Lücke, parkte und stampfte dann über den Sandstrand auf eines der Lagerfeuer zu. Zu meiner Rechten hörte ich Gelächter und Radiomusik, die der Wind zu mir trug. Er peitschte mein Haar und sprühte mir Sand ins Gesicht. Der Ozean mit seinen weißen Schaumkronen rollte tosend auf den Strand.

Um das Feuer sah ich Pärchen, die sich in Decken gehüllt hatten, aber keines der Mädchen war Belinda. Sie blickten neugierig zu mir auf. Manche von ihnen hatten Whiskey und Wein mitgebracht.

Ich setzte meinen Weg zum nächsten Lagerfeuer fort, und meine Wut kochte über wie heiße Milch in einem Topf. Auch hier war von Belinda nichts zu sehen, aber ich erkannte Marcia Gleason und Arnold Miller. Arnold wäre fast aus seiner Decke herausgesprungen, als er sah, wie ich auf ihn zusteuerte.

»Wo ist meine Schwester?« fragte ich barsch.

»Belinda?« sagte er benommen und setzte sich langsam auf. Ich konnte sehen, daß Marcias Oberkörper unter der Decke entblößt war.

»Nein, meine anderen zehn Schwestern. Natürlich meine ich Belinda. Wo steckt sie?«

»Ich bin nicht sicher ...«

»Jemand wird sich eine Menge Ärger einhandeln, wenn ich sie nicht innerhalb einer Minute finde«, drohte ich. »Wissen deine Eltern eigentlich, wo du im Moment steckst und was du tust, Marcia?« fragte ich bissig.

»Ich dachte, sie wäre nach Hause gegangen«, jammerte Marcia. »Als ich sie das letzte Mal gesehen habe, wollte sie mit Quin einen Spaziergang machen. Die beiden sind über den Hügel gelaufen«, fügte sie hinzu und wies auf die Böschung hinter sich. Ich sah einen Moment lang finster auf sie hinab.

»Ich hoffe, ich brauche nicht wiederzukommen«, sagte ich und lief auf die kleine Anhöhe zu, die sich am Strand erhob. Ich konnte hören, wie Arnold Marcia dafür ausschalt, daß sie mir einen Tip gegeben hatte.

Nachdem ich den kleinen Hügel erklommen hatte, sah ich lange Zeit gar nichts. Dann fiel mir zu meiner Rechten eine Bewegung auf, und ich entdeckte zwei Köpfe, die aus einem Schlafsack herausschauten. Als ich näher kam, sah ich unmißverständliche Bewegungen im Schlafsack. Blut schoß mir ins Gesicht.

»Belinda!« schrie ich, aber meine Stimme wurde vom Wind fortgetragen. Im Näherkommen schrie ich ihren Namen noch einmal, und schließlich hielten beide inne und zögerten. Ich rief noch einmal nach ihr.

»Olivia?« hörte ich sie sagen.

»Du verdammtes Miststück«, schrie ich, und sie stoben auseinander wie Ratten. Quin tastete im Sand nach seinen Kleidern. Als ich endlich neben den beiden stand, zog er gerade seine Hose hoch. Belinda hatte sich nicht von der Stelle gerührt. »Wie kannst du das bloß tun?« herrschte ich sie an.

»Wir wollten gerade ...« Quin tastete nach seinen Turnschuhen.

»Ich weiß genau, was ihr gerade getan habt, Quin Lothar«, sagte ich.

»Ich muß jetzt gehen. Es ist schon spät«, sagte er und sprang auf, ohne sich die Zeit zu lassen, in seine Schuhe zu schlüpfen. Im nächsten Moment war er in der Dunkelheit verschwunden.

Belinda wimmerte.

»Du hast mir meine Abschlußparty verdorben«, sagte sie schluchzend.

»Ich habe dir ... Weißt du überhaupt, daß Mutter und Daddy vor Sorge außer sich sind? Und nachdem ich dich jetzt gefunden und selbst gesehen habe, was du hier treibst, hatten sie allen Grund zur Sorge. Wie konntest du das tun – nach allem, was passiert ist?« fragte ich, und meine Verwunderung war deutlich zu hören. Kannte Belinda tatsächlich keine Grenze?

»Wir haben aufgepaßt«, sagte sie.

»Es ist beruhigend, das zu wissen. Springst du eigentlich in jeden x-beliebigen Schlafsack am Strand, Belinda?«

»Nein. Heute ist meine Abschlußparty!« erklärte sie, als sei das eine offizielle Genehmigung, jegliche Moral abzulegen.

»Zieh dich an, und komm augenblicklich mit mir nach Hause«, sagte ich.

»Aber alle bleiben die ganze Nacht hier.«

»Daddy hat mich geschickt«, betonte ich, um sie zu beeindrukken. Sie rührte sich nicht vom Fleck. »Belinda, ich gehe nicht ohne dich nach Hause.«

»Es ist einfach abscheulich«, rief sie aus. »Du warst froh, daß du herkommen und mich holen konntest. Du willst nämlich nicht, daß ich meinen Spaß habe, weil du nie deinen Spaß hast.«

»Wenn du das hier darunter verstehst, deinen Spaß zu haben, dann hast du vollkommen recht«, fauchte ich sie an. »Und jetzt zieh dich an. Und zwar sofort!«

Sie kroch aus dem Schlafsack und begann sich anzuziehen. Ich konnte ihr nicht dabei zusehen. Mein Ekel war zu groß. Daher wandte ich mich ab und sah in die Richtung, aus der das Tosen der Brandung zu vernehmen war.

Sollte Belinda etwa recht haben? War ich tatsächlich hergekommen, um sie zu holen, weil ich neidisch auf sie war? Wenn mir in der Highschool jemand begegnet wäre, zu dem ich mich hingezogen fühlte und der sich zu mir hingezogen fühlte, wäre ich dann auch am Strand gewesen?

Etwas in meinem Inneren sagte nein, ich wäre vernünftiger gewesen, aber in jenem Augenblick fühlte ich mich deshalb nicht wohler, und ich empfand mich auch nicht als überlegen. Statt dessen fühlte ich tiefe Traurigkeit

Belinda schmollte, als wir über den Strand zum Wagen stapften. Musik und Gelächter folgten uns.

»Ich werde nicht immer da sein, um dich vor dir selbst zu beschützen, Belinda«, sagte ich zu ihr, als wir den Wagen erreicht hatten.

»Prima!« warf sie mir an den Kopf.

Auf der Heimfahrt siedete sie. Sowie wir das Haus betreten hatten, stolzierte sie die Treppe hinauf und knallte die Tür ihres Schlafzimmers hinter sich zu. Daddy kam mir entgegen.

»Ist alles in Ordnung mit ihr?« fragte er.

»Ja«, sagte ich und beschloß, ihm die grausigen Einzelheiten zu ersparen. Er schien sie ohnehin nicht hören zu wollen.

»Danke, Olivia«, sagte er. »Du bist die Stärke dieser Familie, ihr stählernes Rückgrat. Und so wird es immer sein«, fügte er mit einem Nicken hinzu. Es war, als hätte er mich zum Erben seines Throns ernannt, ob er es wollte oder nicht.

Er hatte klargestellt, wer ich zu sein hatte.

Ich schlief ein und träumte von dem Schlafsack, den wir leer am Strand zurückgelassen hatten.

3

Wolf im Schafspelz

Eine Zeitlang glaubte ich, Belinda würde das Mädchenpensionat nicht besuchen, oder Daddy würde sich erweichen lassen und den Termin bis zum Herbst verschieben. Mehrfach geriet er ins Wanken und hätte ihrem Flehen fast nachgegeben. Sie unternahm verzweifelte Anstrengungen, ihn dazu zu bringen, und sie ächzte und stöhnte, weil sie den Sommer nicht frei haben würde, um ihn gemeinsam mit ihren Freunden auszukosten.

Wenn Daddy wankelmütig wurde, richtete ich ihn wieder auf.

»Du weißt genau, daß sie es mehr denn je braucht, Daddy. Deine Idee ist gut. Laß dir von ihr keinen Sand in die Augen streuen. Wenn sie nichts mit ihrer Zeit anzufangen weiß, werden wir alle Hände voll mit ihr zu tun haben«, rief ich ihm ins Gedächtnis zurück. Er kniff die Lippen zusammen und hielt an seinem Vorsatz fest, aber Belinda gab nicht auf.

»Wer geht schon im Sommer zur Schule? Doch nur, wer bei den Prüfungen durchgefallen ist. Ich bin nicht durchgefallen«, klagte sie und vergällte uns jeden Abend von neuem nach Kräften das gemeinsame Essen, um ihren Kopf durchzusetzen.

»Es wird dir gar nicht so vorkommen, als gingest du zur Schule, Belinda«, sagte Mutter zu ihr. »Es ist eine ganz besondere Schule mit einem wunderbaren Park und herrlichen Wohnheimen, nicht wahr, Olivia?«

»Ja«, sagte ich. »Dort wird einem alles geboten, und einige Lehrkräfte sind ganz ausgezeichnet.«

»Und trotzdem ist es eine Schule. Und ich muß in stickigen Klassenzimmern sitzen, während draußen die Sonne scheint und meine Freundinnen hier zu Hause segeln gehen und ihren Spaß haben, oder etwa nicht?« stöhnte Belinda. Sie schmollte, weigerte sich zu essen, stampfte durch das Haus, war beleidigt und ließ ihre schlechte Laune an allen anderen aus, als der Tag ihrer Abreise nahte.

In der Woche vor ihrem Aufbruch beharrte Belinda darauf, ihre Freunde und Freundinnen täglich ins Haus zu bestellen, damit sie sich von ihr verabschieden konnten, als zöge sie in den Krieg, und sie würden sie möglicherweise nie wiedersehen. Jedesmal, wenn jemand ging, war sie in Tränen aufgelöst.

»Niemand wird mir schreiben oder mich anrufen. Alle behaupten es, aber keiner wird es tun. Sie werden mich augenblicklich vergessen«, erklärte sie schluchzend.

»Wenn es dazu kommt, dann zeigt das nur, daß sie ohnehin keine guten Freundinnen waren«, sagte ich zu ihr.

»Richtig«, bestätigte Mutter.

»Oh ... so ein Blödsinn!« rief sie aus. Ihr Gesicht war vor Frustration gerötet, als sie in ihr Zimmer rannte.

Tatsächlich genoß ich ihre Aufbruchstimmung und kostete ihre unablässigen Klagen, ihr Schluchzen und ihr Schmollen aus. Meinem Gesichtsausdruck konnte sie entnehmen, daß sie von mir kein Mitleid zu erwarten hatte, und ganz gleich, was sie zu Mutter sagte und welche düsteren Vorhersagen sie traf, fand Mutter immer wieder etwas Beschönigendes zu sagen.

»Du wirst neue Leute kennenlernen und neue Freundschaften schließen, interessante neue Dinge sehen und soviel lernen. Überleg dir nur, welche Gelegenheiten sich dir bieten, Belinda, meine Liebe. Ich wünschte, ich wäre noch einmal jung und könnte auch ein Mädchenpensionat besuchen.«

»Und ich wünschte, ich wäre alt und hätte all das hinter mir«, gab sie erbost zurück, und Tränen strömten über ihre Wangen.

Das brachte mich zum Lachen: Belinda wünschte sich, alt zu sein.

»Du machst dir keine Vorstellungen davon, was Alter bedeutet«, sagte ich zu ihr. »Sowie du die erste Falte in deinem Gesicht entdeckst, wirst du mit Selbstmord drohen.«

»Nein, ganz bestimmt nicht. Du bist grauenhaft zu mir, Olivia. Wenn ich fort bin, werde ich dir fehlen«, drohte sie mir an, was mich nur noch mehr zum Lachen brachte und sie um so bitterer schmollen ließ.

Schließlich kam der Tag ihrer Abreise. Sie trug wenig dazu bei, sich darauf vorzubereiten. Carmelita mußte unter Mutters Aufsicht alles packen. Belinda packte nicht einmal ihre eigenen Toilettenartikel selbst ein. Es war abgemacht, daß wir alle gemeinsam mit der Limousine hinfahren würden, aber mir gelang es, mich im letzten Moment doch noch vor der Fahrt zu drükken. Daddy war enttäuscht. Niemand in unserer Familie konnte so gut mit Belinda umgehen wie ich. Dennoch war ich entschlossen, nicht stundenlang im Wagen zu sitzen und mir anzuhören, wie sie jammerte, daß wir alle grausam zu ihr waren.

Sie legte eine grandiose Darbietung hin, als Daddy sagte, sie solle aus dem Haus kommen und in den Wagen steigen. Sie stand auf den Steinplatten des Gehwegs und sah mich mit Tränen in den Augen an.

»Auf Wiedersehen, Olivia«, sagte sie und preßte die Hände auf ihr Herz. »Auf Wiedersehen, Haus. Auf Wiedersehen, ihr guten alten Zeiten. Hiermit verabschiede ich mich von meiner Kindheit und auch davon, jung zu sein und meinen Spaß zu haben. Man liefert mich Ungeheuern und Lehrerinnen mit grausamen Augen aus, die mir das Gefühl geben werden, ich sei ohnehin zum Scheitern verurteilt. Ich werde niemanden haben, den ich um Hilfe bitten kann, wenn ich müde bin oder mich einsam fühle.« Sie unterbrach sich und sah mich an. »Hör auf zu lächeln, Olivia. Du weißt, daß ich nicht übertreibe. Du bist selbst dort gewesen. Du weißt genau, wie es dort zugeht.«

»Belinda, dort wirst du endlich nicht mehr maßlos verhätschelt werden, falls es das ist, was du meinst, und zur Abwechslung kann es passieren, daß du größere Rücksicht auf die Gefühle anderer nehmen mußt als auf deine eigenen«, sagte ich.

»Du bist gemein. Ich hasse dich«, fauchte sie mich an und wandte sich dem Wagen zu, doch ehe sie einstieg, warf sie noch einen Blick auf mich. »Bitte, ruf mich an, Olivia. Ruf mich noch heute abend an. Bitte«, flehte sie.

»Ich werde dich anrufen«, versprach ich. »Und jetzt hör endlich auf, dich wie ein verzogenes Balg zu benehmen. Damit könntest du allen Beteiligten das Leben leichter machen«, sagte ich schroff.

Sie unterdrückte ihr Schluchzen, holte einmal tief Atem wie jemand, der unter Wasser taucht, und stieg in den Wagen. Ich mußte unwillkürlich lächeln. Vielleicht würde sie mir wirklich fehlen, überlegte ich, aber ich hoffte, sie würde sich ein klein wenig verändern, ein klein wenig erwachsener werden und genau das tun, was ich ihr angeraten hatte: uns allen das Leben erleichtern.

Auf Belindas Abreise folgte eine täuschende Phase der Ruhe. Daddy und ich waren mit seinen Firmen beschäftigt. Belinda rief ein paar Tage lang an und weinte am Telefon, ehe sie aufgab. Es sah schon ganz so aus, als sei uns doch noch ein ereignisloser Sommer beschert.

Nachdem Belinda jetzt zu den Akten gelegt war, so sicher abgeheftet wie ein Packen peinlicher Dokumente, wandte mir Daddy einen größeren Teil seiner Aufmerksamkeit zu und arrangierte so unauffällig, daß ich es nicht bemerkte, ein Rendezvous mit Clayton Keiser für mich, dem Sohn unseres Buchhalters. Dabei ging er keineswegs subtil vor. Eines Tages auf der Heimfahrt vom Büro teilte er mir mit, die Keisers kämen am Freitag zum Abendessen zu uns.

Natürlich hatte ich Clayton schon vorher getroffen. Er war fünf Jahre älter als ich, und auch er arbeitete jetzt, nach beendetem Studium am College, für seinen Vater. Ich hatte ihn immer nur mit einem flüchtigen Blick bedacht, und in der ganzen Zeit, seit ich ihn und seine Familie kannte, hatte ich kaum mehr als ein Dutzend Worte mit ihm gewechselt.

Harrison Keiser, Claytons Vater, sah aus, als hätte ihn ein Filmregisseur dafür ausgewählt, die Rolle des Buchhalters zu spielen. Er war ein hagerer Mann mit kleinen, funkelnden dunklen Augen und Detailbesessenheit, ganz gleich, wie unscheinbar oder bedeutungslos die jeweiligen Einzelheiten anderen Leuten auch erscheinen mochten. Sein Sohn Clayton war ihm wie aus dem Gesicht geschnitten und vereinte auch die Eigenschaften seines Vaters in sich. Beide hatten kleine runde Gesichter, dieselben Augen und dünne Nasen mit winzigen Nasenlöchern. Clayton hatte auch den teigigen Teint seines Vaters und dessen weiche, sehr feminine Lippen geerbt. Das Einzige, was er von seiner Mutter hatte, war das dichte, schimmernde kastanienbraune Haar, das er kurzgeschnitten trug, fast schon militärisch korrekt.

Ich war so viele Klassen unter ihm gewesen, daß ich mich aus meinen Schulzeiten nicht an ihn erinnerte, aber ich wußte, daß er unsportlich und der Inbegriff eines Bücherwurms war, mit dikken Brillengläsern und lammfromm. Er war zwar ein ausgezeichneter Schüler, aber er durfte nicht die Abschlußrede halten, weil in der Schule großer Wert auf Sport gelegt wurde. Daddy berichtete mir, damals sei eine heftige Diskussion entflammt, aber die Schule sei nicht von ihren Auswahlkriterien abgewichen, um Clayton zu seinem Recht kommen zu lassen. Ich glaubte, die Lehrer und die Verwaltung wollten ihn ganz einfach nicht als Schulsprecher und Repräsentanten vor sämtlichen Eltern und geladenen Gästen sehen.

Clayton war gerade fünf bis sieben Zentimeter größer als ich. Er war nach wie vor ein sehr schlanker, nahezu zerbrechlich wirkender Mann, doch er hatte diesen forschenden Blick, der mir das Gefühl vermittelte, er bildete sich ein Urteil über meine Aktiva und Passiva für ein Dokument, das den Titel »Olivia Gordon« trug und meinen Nettowert festlegte.

Anfangs nahm ich nicht wahr, was Daddy und Harrison Keiser ausgeheckt hatten, und mir fiel auch nicht auf, daß sich die Gespräche beim Essen an jenem Abend weitgehend um Clayton und mich drehten, bis Daddy schließlich sagte: »Vielleicht sollte Clayton Olivia zur Vernissage dieser neuen Ausstellung in der Galerie Sea and Shore einladen. Ich glaube, beide interessieren sich für Kunst.«

Ich weiß, daß ich knallrot anlief. Meine Blicke schossen von Daddy zu Clayton und von ihm zu meiner Mutter, die feixte wie die Katze in *Alice im Wunderland.*

»Gar keine schlechte Idee, was, Clayton?« warf Harrison Keiser hastig ein.

»Nein, Sir.«

»Also dann«, spornte ihn sein Vater an und wies mit einer Kopfbewegung in meine Richtung.

Clayton blickte von seinem Teller zu mir auf, als hätte er meine Anwesenheit gerade erst wahrgenommen. Er tupfte sich mit seiner Serviette die Lippen ab und räusperte sich.

»Ja. Hättest du Lust, dich von mir zum Abendessen einladen zu lassen und anschließend diese Vernissage zu besuchen, Olivia?« fragte mich Clayton vor der versammelten Tischrunde. Es hätte ebensogut auf der Titelseite der Lokalzeitung prangen können.

Dennoch brachte ich im ersten Moment kein Wort heraus. Es war, als hätten meine Stimmbänder eine Meuterei angezettelt. Ich sah, wie mich Daddy erwartungsvoll anstarrte. Endlich sog ich genug Luft für eine Antwort in meine Lunge. Natürlich sagte ich ja. Was hätte ich sonst schon tun können?

Das Gespräch wandte sich dann dem Thema zu, welches Restaurant das beste war, in das wir vor der Vernissage gehen konnten. Clayton hatte keine Meinung, ich ebensowenig. Tatsächlich wurde unser gesamter Abend von unseren Eltern geplant, als seien wir Figuren auf einem Schachbrett. Claytons Vater schlug vor, er solle zu seinem Herrenausstatter gehen, um sich einen neuen Anzug und eine neue Krawatte schneidern zu lassen. Seine Mutter fand, er solle sich eine neue Frisur zulegen. Meine Mutter sprach von einem Kleid, das sie gerade gesehen hatte, einem Kleid, von dem sie beschlossen hatte, es eigne sich perfekt für mich und würde einem solchen Anlaß durchaus gerecht.

Alle vier setzten ihre Diskussion über unsere arrangierte Verabredung fort, ohne sich auch nur ein einziges Mal an Clayton oder mich zu wenden und eine Meinung oder eine Reaktion von unserer Seite einzuholen. Clayton sah mich ein paarmal an, aber die meiste Zeit verbrachte er mit gesenktem Blick und konzentrierte sich auf das Essen, während er den Löffel und die Gabel mit der Präzision seines Vaters zum Mund führte und sich nahezu synchron mit seinem Vater die Lippen mit der Serviette abtupfte. Die beiden waren einander so ähnlich, daß es schon erschreckend war.

Gegen Ende des Abends, als die Keisers gingen, wandte sich Clayton endlich an mich. Alle anderen unterbrachen ihre Gespräche, als würde der Prinz endlich einen königlichen Erlaß verkünden.

»Ich komme um Viertel nach sechs, wenn dir das recht ist«, sagte er. »Wir werden fünfzehn Minuten brauchen, um das Restaurant zu erreichen. Damit hätten wir eine Stunde für das Abendessen, und von dort aus sind es etwa zwölf Minuten zur Galerie.«

Ich kam mir vor, als sollte ich meine Armbanduhr mit seiner synchronisieren. Daher nickte ich nur. Er kniff die Lippen zusammen, die größte Annäherung an ein Lächeln, die er zustande brachte, und dann wandte er sich seinen Eltern an der Tür wieder zu. Alle verabschiedeten sich und gingen.

Ich fiel sofort über Daddy her.

»Warum hast du mir das angetan? Ich hatte das Gefühl, in der Falle zu sitzen, und daher konnte ich nur ja sagen. Es ist mir gar nichts anderes übrig geblieben.«

»Er ist ein netter junger Mann, der sich in der Firma seines

Vaters hervortut. Solche jungen Männer findet man heutzutage nicht mehr allzu leicht, Olivia.«

»Ich fände lieber selbst einen netten jungen Mann«, sagte ich.

»Ich versuche doch nur, dir zu helfen, meine Liebe. Es kann nichts schaden, einen Versuch zu unternehmen. Es kostet dich schließlich nichts außer deiner eigenen Zeit«, fügte er hinzu und rief mir abrupt ins Gedächtnis zurück, daß ich mit einem Großteil meiner Zeit ohnehin nichts anfing. »Und dann ist da auch noch diese Vernissage. So etwas magst du doch, oder nicht? Unter dem Strich ist es kein Opfer.«

»Ich weiß, Daddy, aber ...«

»Dein Vater hat recht. Du solltest öfter ausgehen, meine Liebe. Selbst wenn aus Clayton und dir nichts wird, werden dich bei der Gelegenheit andere junge Männer herausgeputzt sehen und sich sagen, das ist jemand, den ich gern kennenlernen würde. Nur so geschehen wunderbare Dinge«, fuhr sie fort. »Es wird ja solchen Spaß machen, dir ein Kleid maßschneidern zu lassen, die passenden Schuhe zu finden, dir neuen Modeschmuck zu besorgen und zur Friseuse zu gehen.«

Mir wurde klar, daß Mutter diese Dinge nicht nur für mich wollte, sondern sie sich auch um ihrer selbst willen wünschte. Belinda war fort, und von Romantik wurde im Haus nicht mehr viel geredet.

»Also gut«, sagte ich und erbarmte mich, »aber ich kann mir nicht vorstellen, daß ich mit Clayton Keiser Spaß haben werde.«

»Solche Dinge weiß man im voraus nie, meine Liebe«, sagte meine Mutter. »Als ich das erste Mal mit deinem Vater ausgegangen bin, dachte ich mir dasselbe.«

»Nein, das ist nicht wahr, meine Liebe«, bemerkte mein Vater hastig.

»Ich habe es dir nie gesagt, Winston, aber an diesem ersten Abend habe ich mich vor dir zu Tode gefürchtet.«

»Wirklich?« sagte er lächelnd, als könnte er sich damit brüsten.

»Alle haben mir gesagt, ich solle mich vorsehen. Winston Gordon ist ein Mann, haben sie behauptet, der bekommt was er will, und er will eine ganze Menge. Seine Gelüste sind unstillbar«, erklärte Mutter.

Daddys Blick glitt von ihr zu mir, und als er Mutter dann wieder ansah, tauschten die beiden ein schnelles Lächeln miteinander aus.

»Tja, das mag damals zutreffend gewesen sein, aber mit zunehmender Reife habe ich gelernt, mich mehr zurückzuhalten. Ich strebe ein gewisses Gleichgewicht an und bemühe mich, alles sorgfältig zu durchdenken.«

»Sogar dieses Rendezvous hast du nach reiflicher Überlegung sorgsam für mich eingefädelt, Daddy?« sagte ich mit einem bitteren Lächeln.

Er dachte einen Moment nach und lächelte dann.

»Ja. Ja, Olivia, ich halte diesen jungen Mann für sehr vernünftig. Ich hoffe, der heutige Abend hat dir Spaß gemacht«, schloß er und zog sich mit einer Zigarre zurück.

Mutter tauchte in der kommenden Woche in einen Wirbel von Aktivitäten ein, um mein »perfektes Rendezvous« zu planen. Es sollte sich herausstellen, daß das Kleid, das ihr passend für den Anlaß erschienen war, doch nicht das Rechte war, und daher bestand sie darauf, nach Boston zu fahren. Ich versuchte, sie davon abzubringen.

»Für mich ist das kein wichtiges Ereignis, Mutter. Es ist nichts weiter als ein Rendezvous. Allein schon das Wort ist mir verhaßt. Es ist keine Verabredung, es ist ein Plan«, sagte ich.

»Unsinn. Jedesmal, wenn sich eine junge Frau in die Öffentlichkeit begibt, ist das ein großes Ereignis, Olivia. Du solltest dich so attraktiv und präsentabel wie möglich herrichten, oder etwa nicht?«

»Nein, wohl kaum«, sagte ich widerstrebend. Vielleicht hatte sie recht, sagte ich mir. Vielleicht legte ich nicht genug wert auf mein Äußeres, auf den Anblick, den ich bot. Vielleicht war es an der Zeit, daß ich endlich mehr zur Frau und weniger zur erfolgreichen Tochter wurde. Ich ließ mich von ihr herumführen, meine Maße nehmen, mich verhätscheln, mich frisieren und mich einkleiden, bis ich es wagte, mich im Spiegel anzusehen, und zu dem Schluß gelangte, daß auch ich attraktiv und hübsch sein und die Herzen der Männer brechen konnte. Belinda besaß in dieser Familie kein Monopol auf Schönheit. Es war höchste Zeit, daß ich ihr Konkurrenz machte. Am Abend der Vernissage fuhr Clayton um Punkt sechs Uhr fünfzehn vor unserem Haus vor und klingelte. Ich wartete oben, und mein Herz pochte, in erster Linie aus reiner Nervosität. Ich kam mir vor wie eine Schauspielerin mit Lampenfieber, unsicher, ob meine Füße sich bewegen würden. Ich hatte keinen Grund zur Unsicherheit. Mein Haar war nach der neuesten Mode geschnitten. Ich trug eine funkelnde Kette aus Gold und Diamanten und goldene Ohrringe mit winzigen Perlen. Mutter lieh mir auch zwei ihrer Ringe. Mein Kleid war aus smaragdgrüner Seide angefertigt und hatte einen V-Ausschnitt, der für meinen Geschmack zu tief war. Mutter bestand darauf, daß ich auf meinen Hals und meine Schlüsselbeine Make-up auftrug und auf den Teil meiner Brust, der hervorschaute, eine Spur von Rouge tupfte. Viele Male hatte ich Belinda dafür gescholten, daß sie sich allzu verführerisch zurechtmachte. Jetzt fiel es mir schwer, mich nicht selbst auszuschelten.

Bis Clayton eintraf, flatterte Mutter um mich herum wie eine magische Sylphe, die ihre winzigen Flügel spreizte, hier und dort eine Haarsträhne zurückstrich und sich vergewisserte, daß mein Parfum nicht zu aufdringlich und nicht zu dezent war.

»Oh, du bist schön, Olivia. Wirklich. Belinda würde vor Neid sterben«, sagte sie, und das zauberte ein Lächeln auf mein Gesicht.

Belinda hatte am Nachmittag angerufen. Mutter hatte sie über die Vorbereitungen auf dem laufenden gehalten, und Belinda stöhnte und wimmerte, daß sie nicht da war und mich sehen konnte.

»Ich sitze hier fest und muß lernen, wie ich mit einem Buch auf dem Kopf herumlaufe und anständig dasitze, anständig dastehe und die richtige Gabel und den richtigen Löffel wähle, während du deine Verabredungen hast! Das ist ungerecht, Olivia.«

»Du hast viele Rendezvous gehabt, Belinda. Sogar eines zuviel«, rief ich ihr kühl ins Gedächtnis zurück. »Und außerdem hattest du mehr als genug Spaß, während ich im Mädchenpensionat war und diese Dinge gelernt habe.«

»So ein Blödsinn«, rief sie aus. »Wenn du dir wirklich etwas aus mir machen würdest, dann brächtest du Daddy dazu, daß er meine Gefängnisstrafe hier verkürzt. Etwas anderes als ein feines Gefängnis für Snobs ist das hier nicht, Olivia. Es ist mir noch nicht gelungen, auch nur eine einzige Freundschaft zu schließen. Ich sehe nichts weiter als einen Haufen Nasenlöcher. Die recken ihre Nasen alle viel zu hoch in die Luft.«

Darüber mußte ich lachen.

»Ich fühle mich scheußlich hier, einfach furchtbar. Sogar die männlichen Lehrkräfte sind ... wie alte Damen. Sie würdigen mich keines Blickes, es sei denn, sie wollen mir etwas Blödsinniges beibringen, zum Beispiel, wie man jemanden bei der ersten Begegnung korrekt anspricht.«

»Überleg dir nur, wie vollendet deine Formen sein werden, wenn du die Schule hinter dir hast«, sagte ich.

»Das ist mir ganz egal«, sagte sie und listete der Reihe nach ihre zahllosen Klagen auf.

»Ich muß jetzt auflegen«, fiel ich ihr ins Wort. »Ich habe zu viel zu tun, um noch mehr Zeit am Telefon zu verschwenden.«

»Dann leg schon auf. Geh aus, und mach dir einen wunderschönen Abend, und dann kannst du an mich denken, wie ich hier eingesperrt bin und von Vorschriften reglementiert werde«, schloß sie.

Ich hörte die Türklingel und schnappte hörbar nach Luft.

»Clayton ist da«, kündigte Mutter an. Sie öffnete meine

Schlafzimmertür wie einen Bühnenvorhang. »Ich wünsche dir viel Spaß, Olivia.«

»Danke, Mutter«, sagte ich.

Carmelita hatte Clayton geöffnet. Er stand in der Eingangshalle und blickte auf, als ich die Treppe herunterkam. Ich fand, in seinem Anzug mit Krawatte sähe er aus wie der Kassierer einer Bank, der auf eine Spareinlage wartet. Ich hoffte, wenn wir allein miteinander wären, würde ein Teil seiner Steifheit von ihm abfallen.

Daddy kam aus seinem Büro gestürmt.

»Da sich mal einer an. Ist sie nicht wunderschön, Clayton?« spornte er den jungen Mann an.

»Ja, Sir«, sagte dieser und wandte sich an mich. »Du siehst sehr hübsch aus.«

»Danke.«

Carmelita stand abseits und beobachtete das Geschehen ausdruckslos. Als ich mich zu ihr umdrehte, zog sie jedoch eine Augenbraue hoch, und ein Ausdruck echten Erstaunens bildete sich auf ihrem Gesicht. Das bestärkte mein Selbstvertrauen. Ich nehme an, ich sah tatsächlich glänzend aus. Ich wünschte nur, Claytons Reaktionen wären eindeutiger gewesen, als er mit mir redete und mich ansah.

»Also«, sagte er mit einem Blick auf seine Armbanduhr, »wir sind pünktlich dran. Sollen wir gehen?«

»Ja. Gute Nacht, Daddy«, sagte ich.

»Viel Spaß. Macht euch einen schönen Abend«, rief er uns nach.

An Claytons Wagen war nichts auszusetzen. Er hielt mir die Tür auf, und ich stieg ein und äußerte mich dazu, sowie auch er eingestiegen war.

»Er ist schon fünf Jahre alt«, sagte er, ohne jede Spur von Dankbarkeit für das Kompliment. Es erschien mir ganz so, als erwartete er es. »Heutzutage muß man einen Wagen im Grunde genommen etwa sieben Jahre behalten, um die Geldanlage optimal auszuschöpfen«, sagte er, und dann kam er auf den Zeitrahmen von Abschreibungsobjekten zu sprechen.

Als wir im Restaurant saßen und uns die Speisekarten gereicht wurden, ging Clayton sämtliche Hauptgänge durch und erklärte mir die Kosten-Nutzen-Rechnung.

»Wir haben die Buchhaltung für ein Dutzend Restaurants übernommen«, fuhr er fort, »und daher wissen wir, wofür man den besten Gegenwert bekommt.«

»Warum bestellst du dann nicht einfach für mich«, sagte ich trocken und reichte dem Kellner meine Speisekarte.

»Mit dem größten Vergnügen«, sagte Clayton und tat es. Endlich kam er auf etwas anderes als Aktiva und Passiva zu sprechen, oder zumindest glaubte ich das, als er begann, mir Fragen zu meiner Person zu stellen, zu meiner Arbeit in der Firma meines Vaters und womit ich mir ansonsten die Zeit vertrieb.

Während des Essens sah er laufend auf die Uhr und äußerte sich dazu, wie wir im jeweiligen Moment innerhalb des zeitlichen Rahmens dastanden. Meistens gelangte er zu dem Ergebnis, daß wir uns an unseren Zeitplan hielten, aber als die Nachspeisen, die er bestellt hatte, später als erwartet eintrafen, geriet er ein wenig außer sich.

»Wir brauchen wirklich nicht gleich zu Beginn da zu sein, Clayton«, sagte ich. Er sah mich an, als sei es ein Verstoß gegen das elfte Gebot, zu einer Veranstaltung zu spät zu kommen.

»Menschen erkennt man an ihrem Verantwortungsbewußtsein und auch daran, wie präzise sie sich an ihren Zeitplan halten«, erklärte er mir. »Das ist der Grund, aus dem unsere Klienten zuversichtlich sind, wenn sie unserer Firma ihre Geschäfte anvertrauen.«

»Ja, sicher. Aber nicht alles ist eine rein geschäftliche Angelegenheit, Clayton.«

»Letztendlich«, beharrte er, »ist eben doch alles ein Geschäft.«

Ich war nicht zu einer Auseinandersetzung aufgelegt. Wir

aßen unseren Nachtisch, und ich ließ mich von ihm drängen. Er bemerkte, wir seien zwei Minuten später in der Galerie eingetroffen, als er vorgesehen hatte, aber das ginge schon in Ordnung.

»Gott sei Dank«, sagte ich. »Ich hatte schon begonnen, mir Sorgen zu machen.«

Er nickte, da ihm mein Sarkasmus entging.

Viele der geladenen Gäste kannten sowohl Clayton als auch mich. Ich sah die Belustigung in ihren Augen, als sie begriffen, daß wir ein Rendezvous miteinander hatten. Zahlreiche Besucher hatten etwas Nettes zu meiner äußeren Erscheinung zu bemerken.

Clayton schien tatsächlich eine Menge von Kunst zu verstehen, doch es gelang ihm, jedes Werk nach seinem potentiellen Marktwert einzuschätzen und sich darauf festzulegen, welches der Stücke eine gute Investition wäre und welches nicht.

»Vielleicht möchten manche Menschen ein Kunstwerk kaufen, weil es ihnen gefällt«, bemerkte ich, »und nicht wegen der Summe, die sie in zwanzig Jahren dafür einnehmen könnten.«

»Man sollte immer bedenken, welche Wertsteigerung man langfristig zu erwarten hat«, gab er zurück. »Ganz gleich, was man von seiner Geburt bis zum Tod unternimmt.«

Ich begann zu glauben, daß Clayton Keiser keine Empfindungen und kein Herz besaß, sondern lediglich einen Taschenrechner in der Brust. Dennoch überraschte er mich nach der Zeit, die er uns in der Galerie zugestanden hatte, mit der Frage, ob ich Lust hätte, mir ein Grundstück anzusehen, dessen Erwerb er in Betracht zog.

»Ich halte es für das perfekte Grundstück, um dort ein Haus zu bauen«, sagte er. »Gerade weit genug von den Nachbarn entfernt, damit man seine Ruhe hat, aber doch nicht so abgelegen, daß man sich isoliert fühlt. Und einen Ausblick hat man auch«, fügte er hinzu, »was natürlich den potentiellen Wiederverkaufswert erhöht.«

»Natürlich. Ja, das sähe ich mir gerne an«, sagte ich. »Läßt unsere knappe Terminplanung uns noch genügend Zeit dafür?« scherzte ich, doch er lächelte nicht.

»Ja, ich glaube schon.«

Wir fuhren etwa zwei Meilen aus Provincetown heraus, auf der Schnellstraße nach Süden, bis er verlangsamte und in eine Seitenstraße einbog. Von einer Straße konnte eigentlich kaum die Rede sein, eher von einem Feldweg, der mit Kies aufgeschüttet war, doch er endete auf einem Grundstück mit einer kleiner Anhöhe, eine perfekte Hanglage für ein Haus. Auf der anderen Seite fiel das Gelände sanft zum Meer ab. Man hatte einen phantastischen Ausblick auf den Nachthimmel.

»Was meinst du dazu?« sagte er.

»Es ist eine wunderschöne Lage. Du hast recht, Clayton.«

»Danke«, sagte er.

»Sollten wir vielleicht aussteigen?« fragte ich nach einem langen Moment des Schweigens.

»Nein. Der Boden könnte sich als schlammig oder uneben erweisen. Von hier aus sieht man ohnehin alles«, erwiderte er trokken, schaltete den Motor aber nicht an. Wieder zog sich das Schweigen in die Länge.

»Clayton?« sagte ich.

Er drehte sich eilig zu mir um, und ehe ich wußte, wie mir geschah, beugte er sich vor und küßte mich. Damit überrumpelte er mich derart, daß ich sprachlos war. Ich glaubte sogar, ich müßte lachen. Es war der unbeholfenste Kuß in der Geschichte der Menschheit, fand ich. Er verfehlte meine Lippen und küßte mich auf die Wange.

»Olivia Gordon, ich fühle mich wirklich zu dir hingezogen«, bemerkte er.

»Was?«

»Ich glaube, gemeinsam könnten wir sehr erfolgreich sein.«

»Clayton, wir sind gerade zum ersten Mal miteinander ausgegangen, und ich glaube kaum …«

Er stürzte sich wieder auf mich und packte mich diesmal an den Schultern, damit er mich an sich ziehen konnte. Seine Lippen landeten auf meinem Hals. Ich begann mich zu wehren. Er hielt mich fest und erstaunte mich mit der Kraft seiner Finger, und dann fiel er regelrecht über meine Brüste her, preßte seinen Mund darauf und rammte seine Zunge in den Spalt dazwischen. Von der heißen Nässe wurde mir augenblicklich übel. Er betatschte meinen Busen und manövrierte sein gesamtes Körpergewicht auf mich, wobei sein linkes Bein mein rechtes Bein gefangenhielt.

Ich stieß einen Schrei aus und wehrte mich weiterhin, aber er ließ nicht locker und stieß sein Becken an meine Hüfte. Ich spürte, wie er sich rieb und sich wand, und ich konnte seinen beschleunigten Atem und sein Stöhnen hören. Als er sich immer schwerer auf mich sinken ließ, fühlte ich mich wie eine Ertrinkende, jemand, der gewaltsam unter Wasser gedrückt wird.

Es gelang mir, meine rechte Hand zwischen unseren Körpern herauszuziehen, wo sie zwischen seiner und meiner eigenen Brust eingekeilt war, und ich begann, mit der Faust auf seinen Schädel einzuschlagen. Er schien sich nicht daran zu stören, falls er es überhaupt wahrnahm. Seine Bewegungen wurden immer hektischer, bis er wie unter großen Schmerzen aufschrie und auf mir zusammenbrach.

Lange Zeit lagen wir regungslos da. Ich fürchtete mich davor, mich abzuwenden oder mich aufzurichten, da ich Angst hatte, er würde zu einem weiteren Angriff ansetzen. Sein Atem ging jetzt wieder regelmäßiger.

Dann setzte er sich plötzlich auf, rückte seine Krawatte gerade und strich sich das Haar aus dem Gesicht.

»Danke«, sagte er. »Das war sehr schön.«

»Bring mich sofort nach Hause«, sagte ich in dem schärfsten Befehlston, den ich aufbieten konnte. Ich war immer noch derart verblüfft und erschrocken, daß mein Herz unkontrolliert hämmerte.

»Selbstverständlich«, sagte er seelenruhig. »Es ist ohnehin der rechte Zeitpunkt.«

Er ließ den Motor an. Ich hielt möglichst großen Abstand von ihm und lehnte meine Schulter an die Tür. Er wendete den Wagen und fuhr den Schotterweg hinunter, ohne ein Wort zu sagen, ehe wir auf die Schnellstraße eingebogen waren.

»Dann gefällt dir das Grundstück also«, sagte er. »Ich werde es diese Woche kaufen. Dort kann ich uns ein wunderschönes Haus bauen.«

»Ohne mich«, sagte ich. »Das kommt gar nicht in Frage.«

»Wie bitte?«

»Ich weiß nicht, was dich auf den Gedanken gebracht hat, wir beide könnten jemals ... Halt am besten einfach den Mund, Clayton. Bring mich nach Hause.«

»Wirklich? Und dabei dachte ich ... Also gut. Du solltest wenigstens den Wert dieses Grundstücks bedenken und auch das Potential nicht außer acht lassen, das eine Eheschließung für unsere Familien und für uns nach sich zöge.«

Ich sagte nichts, bis wir mein Elternhaus erreicht hatten. Er wollte aussteigen, um mir die Tür aufzuhalten, aber ich sprang aus dem Wagen und schlug die Tür zu, ehe er auf meine Seite laufen konnte.

»Gute Nacht, Olivia«, sagte er. »Können wir uns wiedersehen?«

»Uns wiedersehen?« fragte ich und hätte fast laut gelacht. »Ich halte dich für eine krankhafte, widerliche Person. Ich will dich nie wiedersehen«, sagte ich und eilte ins Haus.

Meine Eltern waren beide noch auf. Mutter las, und mein Vater sah sich die Spätnachrichten im Fernsehen an. Sowie sein Blick auf mich fiel, drehte er die Lautstärke herunter. Mutter legte ihr Buch auf den Schoß und lächelte. Nachdem sie mich eine Zeitlang angesehen hatte, verflog dieses Lächeln jedoch.

»Was ist passiert?« fragte Daddy mit zusammengekniffenen Augen. Ich konnte meine Gefühle nicht vor ihm verbergen.

Außerdem war mein Haar zerzaust, und ich sah aus, als sei ich einen Hügel hinuntergerollt.

»Clayton ist ein Trottel«, erwiderte ich.

»Was ist passiert?« fragte Mutter, und ihre Lippen bebten vor Besorgnis.

»Es hat sich herausgestellt, daß er nicht der Gentleman ist, für den er sich ausgibt«, sagte ich. »Belassen wir es dabei. In Ordnung?« fragte ich und sah Daddy an.

»Von mir aus«, sagte er. »Ich nehme an, es ist nichts Schlimmes vorgefallen.«

»Nein, zum Glück nicht«, sagte ich und stolzierte die Treppe zu meinem Zimmer hinauf. Als ich mich im Spiegel betrachtete und sah, wie zerzaust ich wirkte und daß ich ganz und gar nicht mehr wie die hübsche junge Frau aussah, die ich am frühen Abend gewesen war, fing ich an zu weinen. Dann hielt ich die Tränen zurück und sagte mir, genau das hätte Belinda in einem solchen Moment getan.

Mit einem Unterschied. Belinda hätte sich wahrscheinlich weitaus weniger gewehrt.

In den darauffolgenden Tagen kam Daddy kein einziges Mal auf meine Verabredung zu sprechen und stellte mir auch keine Fragen. Jedesmal, wenn ich Harrison Keiser begegnete, fiel mir auf, daß er den Blick abwandte. Ich malte mir aus, daß Clayton ihm eine andere Geschichte erzählt und mir die Schuld daran zugeschoben hatte, daß nichts aus unserer Beziehung werden konnte.

Mutter gelangte zu dem Schluß, es sei eben nicht so bestimmt gewesen. Manchmal war ihre Haltung fatalistisch, vor allem, wenn es um Romantik ging. Etwa fünf Tage nach meinem katastrophalen Rendezvous, meiner einzigen Verabredung in einem ganzen Jahr, klopfte sie an die offene Tür meines Schlafzimmers.

»Wie geht es dir, Olivia?« fragte sie und verzog augenblicklich das Gesicht, weil sie eine unerfreuliche Antwort erwartete.

»Mir geht es gut, Mutter.«

»Es tut mir leid, daß deine Verabredung mit Clayton kein Erfolg war.«

»Mir nicht. Die Vorstellung, wie ein Leben an der Seite einer solchen Kreatur aussehen muß, ist mir ein Greuel«

Sie lächelte und setzte sich auf mein Bett. Mutter und ich hatten nie wirklich die Gespräche miteinander geführt, die andere Töchter mit ihren Müttern führten. Das meiste, was ich über Männer und Sex wußte, hatte ich mir selbst angelesen und zusammengereimt. Bei diversen Gelegenheiten hatte Mutter versucht, ein intimes Gespräch mit mir zu beginnen, aber wir waren beide kläglich gescheitert.

»Manchmal«, setzte sie an jenem Abend an, »habe ich das Gefühl, daß mich die Schuld an deiner ... derzeitigen Lage trifft. Ich sage mir, ich hätte dir intensiver helfen sollen, jemanden zu finden, Olivia.«

»Das ist doch albern, Mutter.«

»Nein, nein, ganz und gar nicht«, beharrte sie. »Meine Mutter ist mir eine große Hilfe gewesen. Sie war eine sehr verständnisvolle und sensible Frau, eine wundervolle Gefährtin.«

»Ich komme schon allein zurecht«, sagte ich.

»Selbstverständlich, meine Liebe. Du bist zu intelligent, um nicht in jeder Hinsicht alles zu erreichen. Ich weiß, daß du viel intelligenter bist als ich, sogar noch intelligenter als dein Vater, obwohl ich niemals wagen würde, ihm das ins Gesicht zu sagen.«

Ich wollte protestieren, doch sie hob die Hand.

»Manchmal ist es jedoch besser für eine Frau, weniger intelligent zu wirken, Olivia.«

»Was?« Ich wollte gerade lächeln, als ich einen Ausdruck auf ihrem Gesicht bemerkte, den ich bisher noch nicht an ihr gesehen hatte. Sie wirkte plötzlich weiser und aufnahmefähiger.

»Manchmal darf eine Frau nicht so unbesonnen handeln oder so direkt sein wie ein Mann. Das ist sogar tatsächlich meistens der Fall. Statt dessen muß sie subtiler vorgehen, fast schon intrigieren. Du mußt lernen, einen Mann wie ein Instrument zu spielen, damit du bekommst, was du willst. Oder um zu erreichen, daß er tut, was du willst.«

Ich lehnte mich zurück, ein wenig schockiert.

»Was willst du damit sagen, Mutter?«

»Ich will damit sagen, daß es ein Geheimnis gibt, wie man eine gute Beziehung zu einem Mann aufbaut und dafür sorgt, daß die Beziehung Bestand hat, und dieses Geheimnis besteht einfach nur darin, dem Mann das Gefühl zu geben, daß er immer alles bestimmt. Jedesmal, wenn ich etwas will, es wirklich dringend haben will, gelingt es mir, deinen Vater in dem Glauben zu wiegen, daß er derjenige war, der ursprünglich diesen Wunsch hatte. Daß alles ganz allein seine Idee war. Verstehst du, auf diese Art fühlt er sich nicht manipuliert.« Sie beugte sich lächelnd zu mir vor. »Obwohl er ständig manipuliert wird.«

Ich zuckte zurück, als hielte mich ein Gummiband an der Stuhllehne fest.

»Das ist nicht wahr, Mutter. Daddy weiß immer ganz genau, was er tut, und er unternimmt nie einen Schritt, ohne die Konsequenzen eingehend zu durchdenken.«

»Selbstverständlich«, stimmte sie mir zu. »Aber gerade darin, wie er Dinge einschätzt und zu einer Schlußfolgerung gelangt, besteht mein kleines Geheimnis. Ich glaube, in Gesellschaft von Männern solltest du entspannter sein, Olivia. Du benimmst dich ganz so, als ob du ...«

»Als ob ich was, Mutter?«

»Als müßtest du ihnen Konkurrenz machen, gegen sie siegen, ihnen zeigen, wie sie ihre Sache besser machen können, und das wissen Männer an einer Frau einfach nicht zu schätzen. Du mußt dich bemühen, subtiler vorzugehen.«

»Ich soll Belinda ähnlicher werden, das meinst du doch?«

»In gewisser Weise stimmt das vermutlich«, gestand sie nikkend ein.

»Und mich schwängern lassen und mitten in der Nacht in meinem Zimmer Babies bekommen?« warf ich ihr an den Kopf. Sie zuckte steif zusammen.

»Natürlich nicht, meine Liebe. Man muß wissen, wann man nein sagen und standhaft bleiben muß.«

»Du meinst wohl, solange man Männern trotz allem den Eindruck vermittelt, es sei ihre Idee aufzuhören, nicht wahr?«

»Ja«, sagte sie.

»Offen gesagt, Mutter, will ich keine Frau von dieser Sorte sein, kein solcher Mensch. Ich will immer genau das sagen, was ich empfinde, und ich lege Wert darauf, so ehrlich wie möglich zu sein, und wenn ein Mann das nicht ertragen kann, dann ist er eben kein Mann für mich.«

»Oh. Was für ein Jammer«, sagte sie leise, mehr zu sich selbst als zu mir.

»Der Meinung bin ich nicht, Mutter.«

Sie sah mich lange an und seufzte dann tief. »Ich wünsche mir doch nur, daß du glücklich wirst, Olivia.«

»Ich werde glücklich werden, Mutter, aber unter meinen eigenen Bedingungen, und dazu zählt Selbstachtung«, beharrte ich.

»Wie du meinst. Du bist so klug, Olivia. Ich bin sicher, daß du den richtigen Mann finden, ihm eine denkbar gute Frau sein und eine glückliche Ehe führen wirst.«

Sie stand auf und sah sich einen Moment in meinem Zimmer um. »Du könntest dein Zimmer ein wenig aufhellen, meine Liebe, es freundlicher und heiterer gestalten. Die Wände streichen lassen, neue Vorhänge und eine neue Tagesdecke besorgen. Die Einwilligung deines Vaters kannst du mühelos einholen«, fügte sie hinzu.

»Indem ich es so hinstelle, als sei es seine Idee?«

»Ja, ganz genau.«

»Mir fehlt es an nichts, Mutter. Von mir aus kann alles so bleiben, wie es ist«, sagte ich.

Sie nickte und wandte sich dann ab, um zu gehen, blieb jedoch in der Tür noch einmal stehen. »Falls du jemals mit mir reden möchtest, Olivia, dann sollst du wissen, daß ich jederzeit für ein Gespräch aufgeschlossen bin.«

»Danke, Mutter. Ich werde nicht als alte Jungfer sterben. Das verspreche ich dir«, sagte ich.

Sie lächelte, als hätte ich die Zauberformel ausgesprochen, und dann ging sie.

Ich sah mich im Spiegel an. Wie kannst du dir so sicher sein, Olivia Gordon? Wer läuft dort draußen herum und wartet auf eine Frau wie dich? Gewiß gibt es jemanden, sagte ich mir, jemanden, der sich nicht daran stört, daß ich unter anderem auch Verstand besitze.

Ich wollte gerade aufstehen und mich für das Abendessen zurechtmachen, als ich Daddys schwere Schritte auf der Treppe vernahm. Ich konnte hören, daß er regelrecht rannte, und daher ging ich zur Tür.

»Olivia«, sagte er, »du mußt mich begleiten.«

»Was ist passiert, Daddy?«

Sein Gesicht war gerötet. »Eine Peinlichkeit, eine enorme Peinlichkeit. Ich habe gerade eben einen Anruf von Rosemary Elliot bekommen, der ersten Vorsitzenden des Mädchenpensionats.«

»Was?«

»Deine Schwester ist von der Schule verwiesen worden, wegen ... unmoralischen Verhaltens.«

4

Die ewige Brautjungfer

Daddy und ich brachen auf, ohne Mutter irgendwelche Einzelheiten zu erzählen. Daddy sagte lediglich, wir führen los, um Belinda nach Hause zu holen. Tatsächlich war auch er nicht über die Einzelheiten informiert.

»Mrs. Elliot wollte mir nichts weiter sagen«, berichtete er mir, nachdem wir losgefahren waren, »nur, daß ich kommen und sie abholen muß. Sie wollte am Telefon nicht näher darauf eingehen, hat sich aber bereit erklärt, uns in ihrem Büro zu erwarten. Es klingt übel, ganz übel. Was kann Belinda bloß angestellt haben?« fragte er sich laut.

»In Kenntnis ihrer Person und dessen, was sie sich gerade erst geleistet hat, ist alles vorstellbar«, erwiderte ich trocken.

Daddy sagte kein Wort. Eine Zeitlang fuhren wir schweigend weiter.

»Was wirst du jetzt mit ihr anfangen, Daddy?« fragte ich. »Der größte Teil des Sommers steht noch bevor, und du mußt Pläne für den Herbst schmieden. Belinda ist in keiner anderen Schule eingeschrieben.« Er seufzte und schüttelte den Kopf.

»Ich weiß es nicht, Olivia. Was schlägst du vor?«

»Was wäre mit der Fremdenlegion?«

Beinahe hätte er gelächelt. »Vermutlich werden wir zumindest für den Rest des Sommers eine Beschäftigung im Büro für sie finden müssen«, sagte er.

»Warum warten wir nicht ab, bis wir erfahren, was sie in der Schule Schreckliches angestellt hat, Daddy? Wenn es wirklich so schlimm ist, wie sie es anzudeuten scheinen, möchtest du ihr vielleicht Hausarrest geben. Es ist mein Ernst«, sagte ich, als er einen Seitenblick auf mich warf. »Du solltest ihr keinen gesellschaftlichen Umgang und keine Verabredungen erlauben, sie nicht ins Kino und an den Strand gehen lassen. Irgendwann muß sie etwas dazulernen. Mir sagst du immer, daß ich jeder Situation etwas Gutes abgewinnen soll, auch wenn sie noch so übel ist. Halte dich in dem Fall an dein eigenes Rezept«, schloß ich.

Er verstummte wieder. Warum konnte er mir nicht zustimmen? Und warum konnte er nichts gegen Belinda unternehmen, ehe sie unsere ganze Familie zugrunde richtete?

Meine eigenen Erinnerungen an das Mädchenpensionat stellten sich wieder ein, als wir auf das herrliche Grundstück und die gepflegten Gebäude zufuhren. Während meines Aufenthaltes dort hatte ich mich nur mit einem der Mädchen wirklich angefreundet, mit Katherine Hargrove aus Boston. Wir lernten gemeinsam, enthüllten unsere Gedanken über Jungen und die anderen Mädchen in der Schule, und wir gelobten einander, den Kontakt aufrechzuerhalten, aber kurz, nachdem wir das Pensionat verließen, verlobte sich Katherine mit dem Jungen aus Boston, mit dem ihre Eltern sie verheiraten wollten. Ich erhielt ein paar Briefe von ihr und schrieb zurück. Sie lud mich zu ihrer Hochzeit ein, aber ich fuhr nicht hin. Ich schob vor, in der Firma meines Vaters zu beschäftigt zu sein, und ich weiß, daß sie beleidigt war. Sie schrieb mir keine weiteren Briefe, nicht einmal eine Postkarte, sie rief nie an und reagierte auch nie auf den Brief, den ich ihr Monate später schrieb.

Wie leicht Freundschaften doch auseinandergehen, sagte ich mir. Es war fast so, als würden wir andere Menschen, sowie wir voneinander getrennt waren, und die Leute, die wir früher einmal waren und die wir kannten, wurden uns fremd. Ich hätte Katherines Hochzeit besuchen sollen, das begriff ich jetzt, aber es störte mich, daß sie verlobt war und heiraten würde, wogegen ich nicht einmal eine Bekanntschaft geschlossen hatte. Alle anderen in der Schule hatten vorhergesagt, ich würde als alte Jungfer enden, und ich wußte, daß viele dieser Mädchen dort erscheinen würden, mit einem selbstgefälligen Lächeln und der festen Überzeugung, daß sich ihre Prophezeiungen bewahrheiten würden. Ich hätte den Mut aufbringen müssen, ihnen selbstbewußt gegenüberzutreten, sagte ich mir, nicht nur um Katherine einen Gefallen zu tun, sondern auch um meiner selbst willen.

Nein, ich war keineswegs vollkommen. Ich war durchaus in der Lage, Fehler zu machen, aber nichts, was ich je tat, konnte sich an Belindas Irrtümern und Sünden messen. Sie stellte ein so großes Problem dar, daß ich regelrecht übersehen wurde. Schon in jüngeren Jahren hatte ich mich vernachlässigt gefühlt und war der Meinung gewesen, daß Daddy ihr mehr Aufmerksamkeit widmete, weil unsere Mutter nicht allein mit ihr fertig wurde. In den Genuß wie vieler intimer Gespräche zwischen Vater und Tochter war Belinda gekommen? Wie viele Male hatte er getan, was er jetzt gerade wieder tat, nämlich, zu ihrer Rettung herbeizueilen? Ja, sagte ich mir, in der biblischen Parabel vom verlorenen Sohn ähnelte ich dem braven Kind, das sich fragt, ob der Grund dafür, daß ich ignoriert wurde, wenn ich doch ebensosehr wie Belinda Aufmerksamkeit und Zuneigung brauchte, nicht gerade darin bestand, daß ich pflichtbewußt, produktiv und verantwortungsbewußt war.

Wir begaben uns direkt ins Verwaltungsgebäude und zum Büro der Rektorin. Als die Sekretärin uns sah, wurde sie nahezu ohnmächtig. Alles Blut wich in Erwartung einer häßlichen und unerfreulichen Szene aus ihrem Gesicht. Was konnte Belinda bloß angestellt haben, fragte ich mich und strengte meine eigene Phantasie an, um mir etwas einfallen zu lassen, was eine solche Reaktion hervorrufen könnte.

»Mrs. Elliot wird Sie empfangen«, sagte sie, nachdem sie einen Moment im Büro der Rektorin gewesen und gleich wieder herausgekommen war. Sie wich von der Tür zurück, als könnte sie sich durch die kleinste Berührung mit uns infizieren.

Mrs. Elliot, eine Frau von etwa sechzig, mit bläulich grauem Haar und grauen Augen, erhob sich von ihrem hölzernen

Schreibtischstuhl. Sie maß nicht mehr als einen Meter fünfundsechzig, aber ihr Auftreten, die Strenge in ihren Augen, die Steifheit ihrer Schultern und ihr imposanter Busen, der sich bei jedem tiefen Atemzug hob, ließen sie wesentlich größer wirken. Sie besaß ein markantes Kinn und kräftige, maskuline blaßrote Lippen, die jetzt in ihrem Bemühen, nicht die Stirn zu runzeln oder finster zu blicken, fest zusammengekniffen waren.

»Nehmen Sie bitte Platz, Mr. Gordon«, befahl sie und wies auf einen Stuhl. Sie sah mich an, um zu entscheiden, ob sie meine Anwesenheit nicht wünschte oder mich zum Bleiben auffordern würde.

»Ich hätte Olivia gern dabei«, sagte Daddy eilig.

»Ja, das geht in Ordnung. Olivia war eine unserer besseren Schülerinnen. Ich kann verstehen, daß Sie sich auf sie verlassen. Von Ihrer jüngeren Tochter hatten wir ein ebenso hervorragendes Benehmen erwartet«, fügte sie trocken hinzu. »Daher ist die Enttäuschung jetzt um so größer«, fuhr sie mit finsteren kleinen Augen fort.

»Was ist vorgefallen? Warum haben Sie sie von der Schule verwiesen?« fragte Daddy. Seine Körperhaltung war angespannt, und seine Hände umklammerten die Armlehnen des Stuhls so fest, daß die Adern hervortraten.

»Ich komme direkt zur Sache, Mr. Gordon, obgleich es reichlich unerfreulich ist, sich diese Dinge auszumalen, ganz zu schweigen davon, sie zu erörtern. Ich will Ihnen nicht vormachen, hier in unserer Schule sei immer alles reibungslos abgelaufen. Wir hatten das eine oder andere Problem. Unsere Mädchen stammen aus den verschiedensten familiären Verhältnissen und kommen von weit her. Das führt zwangsläufig zu einigen Schwierigkeiten. Schließlich erziehen wir junge Menschen, von denen manche nicht die bestmögliche Kinderstube genossen haben.

Mädchen haben alkoholische Getränke in ihre Zimmer mitgebracht, sie haben die Ausgangssperre nicht eingehalten, gegen das

Rauchverbot verstoßen oder ihre Zimmer nicht ordentlich aufgeräumt. Olivia weiß, daß es zu derlei Übertretungen gekommen ist, während sie selbst hier war«, sagte sie und wies mit einer Kopfbewegung auf mich. Ich nickte eifrig. »Gelegentlich ist es vorgekommen, daß ein männlicher Besucher zu lange im Haus geblieben ist, aber es ist niemals vorgekommen, daß ein junges Mädchen Alkohol in ihr Zimmer einschleust, das Rauchen gestattet und den ganzen Abend zwei junge Männer zugleich empfängt«, fügte sie hinzu und unterbrach sich, um Atem zu holen.

»Was?« fragte Daddy, als hätte er kein Wort von dem gehört, was sie gesagt hatte. »Zwei junge Männer empfangen ...«

»Sie müssen verstehen, Mr. Gordon, daß ›empfangen‹ eine reichlich beschönigende Bezeichnung für das ist, was sich tatsächlich abgespielt hat.« Sie sah mich an, ehe sie ihm den Blick wieder zuwandte. »Die jungen Männer waren beide entkleidet und haben in ein und demselben Bett mit Ihrer Tochter gelegen, die ebenfalls nackt war«, sagte sie und schluckte, als hätte sie gerade einen Eßlöffel Rizinusöl genommen.

Daddy starrte sie an.

»Beide?« sagte er schließlich.

»Ich fürchte, ja, Mr. Gordon. Mrs. Landford, die Heimleiterin, ist persönlich auf sie gestoßen, als sie den Rauch gerochen und das Gelächter gehört hat. Die beiden jungen Männer waren reichlich angetrunken und wären verhaftet worden, bestünde nicht die dringende Notwendigkeit, den Ruf der Schule und, soweit es möglich ist, Ihren eigenen guten Namen zu wahren. Jedenfalls sind sie dem Bezirksrichter diskret vorgeführt worden, der eine Strafe auf Bewährung ausgesetzt hat. Sie besuchen keine der Schulen in dieser Gegend hier, könnte ich noch hinzufügen. Es handelt sich um ...« Sie sah mich an. »... um Jungen aus dem Nachbardorf. Automechaniker«, schloß sie mit Mühe.

»Gütiger Himmel«, sagte Daddy.

»Jetzt ist Ihnen sicher klar, warum wir alle derart außer uns sind, Mr. Gordon.«

Daddy nickte.

»Mir wäre es das Liebste, wenn wir all das einfach ungeschehen machen könnten, und die einfachste Methode besteht darin, daß Sie Ihre Tochter augenblicklich nach Hause mitnehmen. Es tut mir leid. Dieses Pensionat ist nicht der rechte Ort für sie. Ich fürchte, wir können nicht für sie tun, was wir für Ihre Tochter Olivia getan haben«, fügte sie hinzu und sah mich wieder an.

»Wo ist Belinda jetzt?« fragte Daddy. Sein Gesicht war so rot, daß ich glaubte, seine Schädeldecke könnte jeden Moment explodieren. Ich hätte gern Mitleid mit ihm gehabt, aber in meinem Inneren hörte ich eine Stimme, die ständig wiederholte: *Was du gesät hast, wirst du ernten.*

»Sie steht unter Stubenarrest, und ihr ist mitgeteilt worden, daß sie ihre Sachen packen soll. Wir wüßten es zu schätzen, wenn es bei Ihrem Aufbruch zum geringst möglichen Aufstand käme, Mr. Gordon. Ich fürchte, wenn ein Mädchen von der Schule verwiesen wird, gibt es, wie Sie wissen, keine Rückerstattung, und unter den gegebenen Umständen würde eine Anhörung vor einem Prüfungsausschuß die Situation für Sie, sowie auch für uns, nur verschärfen. Ich hoffe, Sie sind in dem Punkt meiner Meinung«, sagte sie und nahm mit hochgezogenen Augenbrauen eine lauernde Haltung ein.

»Ja, gewiß«, sagte Daddy. »Olivia, könntest du sie holen?« fragte er mich. »Ich werde den Wagen zum Wohnheim fahren.«

»Ja, Daddy«, sagte ich. Mrs. Elliot lächelte mich an.

»Wie steht es um dich, Olivia? Ich hatte geglaubt, du würdest vielleicht die Universität von Boston besuchen«, sagte sie. »Bist du dort oder an einer vergleichbaren Einrichtung eingeschrieben?«

»Ich studiere nicht, Mrs. Elliot. Ich habe beschlossen, Daddy in seiner Firma zu helfen«, sagte ich. Sie wandte sich an Daddy.

»Ich bin sicher, daß Olivia Ihnen eine große Hilfe ist, Mr. Gordon.«

»Ja, das ist sie«, sagte er, und seine Stimme klang derart matt und gebrochen, daß ich sie nicht erkannte.

»Welch ein Jammer für uns alle, Mr. Gordon. Sie haben Ihre Last zu tragen, Ihren eigenen schwierigen Pfad zu beschreiten«, sagte sie. Daddy nickte und sah mich an.

Ich stand auf und verließ das Büro. Die Sekretärin blickte zu mir auf und bemühte sich zu lächeln, als ich an ihr vorbeilief und aus dem Verwaltungsgebäude eilte. Ich überquerte das Schulgelände mit schnellen Schritten. Sämtliche Klassenzimmer waren dunkel, mit Ausnahme des Musiksaals, in dem das Schulorchester probte. Die Musik wurde vom Wind zu mir getragen. Sie schien dem Anlaß angemessen zu sein, da es sich um einen Marsch handelte.

Etwa ein Dutzend Mädchen saßen im Aufenthaltsraum des Wohnheims, lasen, redeten miteinander oder sahen sich etwas im Fernsehen an. Bei meinem Eintreten blickten alle auf. Keine von ihnen wußte, wer ich war, da ich nicht mit Belinda hergekommen war, aber Mrs. Landford kannte mich und kam in dem Moment, in dem sie mich sah, durch den Korridor geeilt.

»Hallo, Olivia«, sagte sie mit einem flüchtigen Lächeln. »Wie geht es dir?«

»Es könnte nicht besser gehen«, erwiderte ich. Sie nickte und schüttelte dann den Kopf.

»Es tut mir leid für deine Familie«, sagte sie.

»Mir auch. Wo ist sie?«

»Hier entlang.« Sie machte kehrt, und ich folgte ihr durch den Korridor zum vorletzten Zimmer auf der linken Seite. »Sie ist bereit zum Aufbruch«, sagte sie und wies mit einer Kopfbewegung auf den Seiteneingang. »Vielleicht möchtet ihr lieber diesen Ausgang nehmen.«

»Wie Diebe in der Nacht«, bemerkte ich. In ihre dunkelbraunen Augen trat ein gequälter Ausdruck, und dann klopfte sie an Belindas Tür.

»Wer ist da?«

»Mrs. Landford. Deine Schwester ist hier, um dich zu holen, Belinda«, erklärte sie. Es dauerte einen Moment, bis Belinda die Tür öffnete. Es sah ihr ähnlich, mich warten zu lassen, dachte ich. Sie trug ihre Highschooljacke mit all den Sportabzeichen, die Arnold ihr gegeben hatte, und eine sportliche Hose. Ihr Haar war zurückgebürstet und zu einem Pferdeschwanz zusammengebunden, und ihre Koffer standen gepackt vor dem Bett.

»Hallo, Olivia«, zwitscherte sie, als hätte sich nichts auf Erden zugetragen. »Wo ist Daddy?«

»Er wartet im Wagen«, sagte ich zornig.

»Ihr beide nehmt diese Koffer, und ich trage die zwei kleinen Taschen«, erbot sich Mrs. Landford.

Belinda ließ sich absichtlich Zeit und schlenderte durch das Zimmer. Ich sah das kleine Lächeln auf ihren Lippen, den Ausdruck der Zufriedenheit. Jetzt bekam sie, was sie von Anfang an gewollt hatte. Ich zweifelte nicht daran, daß sie sich vorsätzlich hatte erwischen lassen. Ich hatte sogar den Verdacht, sie könnte den ganzen widerlichen Vorfall ausschließlich zu diesem Zweck eingefädelt haben. Ich schnappte mir einen der Koffer.

»Laß uns gehen«, ordnete ich an. »Jetzt sofort.«

»Von mir aus«, sagte Belinda und nahm den anderen Koffer. »Ich will doch gewiß keinen Moment länger hier bleiben, als es unbedingt sein muß«, scherzte sie, als sei sie diejenige, die darum ersucht hatte, das Pensionat verlassen zu dürfen.

Mrs. Landford folgte uns durch den Seiteneingang hinaus. Daddy saß im Wagen und starrte vor sich hin. Als er uns kommen sah, sprang er schnell auf und öffnete den Kofferraum. Ich reichte ihm den ersten Koffer.

»Hallo, Daddy«, sagte Belinda und reichte ihm den anderen.

Er sagte kein Wort, als er ihr den Koffer abnahm, ehe er die Reisetaschen verstaute, die Mrs. Landford trug.

»Steig hinten ein, Belinda«, ordnete er an, und sie kam seiner Anweisung nach. Ehe sie die Tür schloß, wandte sie sich an Mrs. Landford.

»Auf Wiedersehen, Mrs. Landford. Es tut mir leid, falls ich Sie in Verlegenheit gebracht haben sollte.«

»Falls?« sagte ich. »Falls?«

Belinda lächelte strahlend und schloß die Wagentür.

»Viel Glück, meine Liebe«, sagte Mrs. Landford zu mir. Sie drückte mir die Hand und kehrte ins Wohnheim zurück. Ich drehte mich zu Daddy um und rechnete schon fast damit, daß er seiner Wut Luft machen würde, doch er schüttelte lediglich den Kopf.

»Laßt uns losfahren«, sagte er und stieg in den Wagen.

Er sagte kein Wort, bis wir das Schulgelände verlassen hatten und auf die Schnellstraße zufuhren.

»Was ist, Belinda? Bist du jetzt zufrieden?« fragte er dann.

»Ich habe dieses Pensionat gehaßt, Daddy. Ich habe dir doch gesagt, wie sehr es mir verhaßt ist. Es macht mir gar nichts aus, daß man mich von der Schule verwiesen hat.«

»Wie konntest du ...« Er unterbrach sich und kniff die Lippen zusammen, als müsse er die Worte gewaltsam in seiner Kehle zurückhalten.

»Was hast du dir dabei bloß gedacht, Belinda?« fragte ich. »War dir denn ganz egal, was du dem Ruf unserer Familie damit antust? Ganz gleich, was wir tun, diese Geschichte kommt raus. Die anderen Mädchen werden ihren Familien und ihren Freunden davon erzählen.«

»Die sind auch nicht besser als ich. Ein Haufen spießiger Snobs, aber sie stellen auch alle so einiges an. Sie lassen sich bloß nicht dabei erwischen«, sagte sie zu ihrer Verteidigung. »Richtig. Ich bin sicher, daß sie alle so sind wie du«, bemerkte ich trokken.

»Wenn es doch wahr ist!«

»Schon gut«, sagte Daddy endlich. »Ich will nicht, daß eure Mutter etwas davon erfährt. Wenn wir nach Hause kommen, wirst du ihr einfach sagen ... daß du dort unglücklich warst.«

»Das ist nicht gelogen«, warf Belinda sofort ein.

»Natürlich ist es eine Lüge«, polterte ich. »Das ist nicht der Grund, aus dem wir dich nach Hause holen.«

»Du lügst auch manchmal, Olivia. Du bist selbst kein Engel, und du bist auch nicht vollkommen«, jammerte sie.

»Der Unterschied, Belinda, ist der, daß dir beim Lügen wohl zumute ist.« Ich drehte mich zu ihr um und sah sie an. »Mir aber nicht. Dein ganzes Leben ist im Grunde genommen eine einzige dicke, fette Lüge.«

»Ich wußte es. Ich wußte, daß du mich jetzt hassen wirst«, stöhnte sie. »Haltet am besten einfach an, und laßt mich irgendwo auf der Straße raus. Ich werde mir ein neues Zuhause und eine neue Familie suchen.«

»Damit du sie terrorisieren und zerstören kannst?« fragte ich.

»Nein. Haltet endlich an!«

»Schluß jetzt«, sagte Daddy. »Das zieht die Qualen nur noch mehr hinaus, und wir müssen auch an deine Mutter denken, Olivia. Bitte.«

»Ja, klar«, sagte ich. »Kehren wir noch mehr unter den Teppich. Lassen wir sie mit einer weiteren Schandtat ungestraft davonkommen. Damit ist ihr nicht gedient, Daddy«, beharrte ich.

»Darum kümmere ich mich schon«, sagte er. Es war eine leere Versprechung, deren Echo ich beinah aus dem hohlen Klang heraushören konnte. Dennoch ließ ich ihn daran festhalten und starrte auf der Heimfahrt größtenteils zum Fenster hinaus. Belinda schlief auf dem Rücksitz ein, und auf ihrem Gesicht machte sich ein selbstzufriedenes kleines Lächeln breit. Wieder einmal hatte sie bekommen, was sie wollte.

Ob Mutter die Falschheit durchschaute, kann ich nicht beurteilen, aber sie spielte brav mit. Sie hatte sogar Mitleid mit der armen Belinda, die ihre Sympathiebekundungen verschlang und die Situation nach Kräften nutzte, bis ich sie so wütend anfunkelte, daß sie den Mund hielt und in ihr Zimmer ging. Am nächsten Tag gelangte Daddy zu dem Entschluß, zumindest derzeit bliebe ihm nichts anderes übrig, als ihr im Büro eine Aufgabe zu übertragen.

»Auf die Art können wir sie wenigstens die meiste Zeit im Auge behalten«, argumentierte er. Mutter war nicht anwesend, als ich mich ihm in seinem Arbeitszimmer anschloß.

»Was könnte sie schon tun, Daddy?«

»Setze sie auf die Ablage an, Olivia.«

»Die Ablage?«

»Finde Tätigkeiten für sie, beschaffe ihr notfalls Arbeit, sorge dafür, daß sie beschäftigt ist. Bitte«, flehte er. »Sie in eine andere Schule zu schicken wäre nichts weiter als reine Verschwendung von Geld und Zeit. Sie eignet sich nicht dafür.«

»Was erwartest du denn dann von ihr?« fragte ich.

»Ich erwarte ... ich hoffe, sobald wie möglich einen passenden Ehemann für sie zu finden«, erwiderte er.

Du willst sie eher als mich verheiraten, hätte ich gern gefragt. Du willst sie an einen Ehemann abschieben und dafür sorgen, daß sie noch vor mir ihr eigenes Haus hat?

»Du meinst wohl, du willst einen armen, nichtsahnenden Trottel die Verantwortung für sie aufbürden?« gab ich statt dessen von mir.

»Sie besitzt gewisse Eigenschaften, die für sie sprechen, Olivia. Sie ist eine attraktive junge Frau. Glaubst du nicht, sie könnte jetzt unter Umständen etwas erwachsener werden?«

»Nein«, sagte ich finster. »Nicht, solange du darauf bestehst, für jedes ihrer Vergehen Ausflüchte zu finden.«

Er starrte mich an und seufzte dann.

»Bitte, Olivia. Ich bitte dich, die Dinge nicht noch schwieriger für uns zu machen, als sie es ohnehin schon sind«, flehte er.

Warum benahm er sich bloß so? Wo war der starke, strenge Mann geblieben, der mit soviel Autorität und Selbstbewußtsein eine Kette von Firmen leitete? Vielleicht hatte Mutter recht. Vielleicht war Daddy doch wie alle anderen Männer und ließ sich mühelos manipulieren. Vielleicht war meine Mutter die klügere von beiden.

»Du läßt dich einwickeln, Daddy«, sagte ich unbarmherzig. »Du bist ein Narr, wenn du ihr die Tränen, das Gestöhne und das Klappern mit den Wimpern wirklich abnimmst.«

Er wurde weiß, ehe das Blut wieder in sein Gesicht strömte. »Das ist nicht wahr, Olivia. Ich habe es dir doch schon öfter gesagt. Immer wieder habe ich versucht, es dir begreiflich zu machen, denn es ist wichtiger als alles andere ... die Familie geht vor. Nichts zählt mehr als die Familie. Wir müssen Belinda beschützen, weil sie das schwächste Glied in der Kette ist. Ich hatte gehofft, du hättest all das inzwischen begriffen und wärest in diesen Dingen mein wahrer Beistand, meine Helferin«, sagte er.

»Also gut, Daddy«, erbarmte ich mich. »Ich werde versuchen, eine Beschäftigung für sie zu finden, und ich werde noch einmal Anlauf nehmen, eine ehrenwerte und verantwortungsvolle Person aus ihr zu machen.«

»Das klingt schon besser, Olivia. Jetzt erweist du dich als eine echte Gordon«, sagte er.

Es war jedoch weitaus mehr erforderlich als die resignierte Haltung, mit der ich mich Daddys Logik beugte, um auch nur annähernd das zu erreichen, was er anstrebte. Belinda willigte selbstverständlich begeistert ein, in der Firma zu arbeiten, aber sie weigerte sich jeden Morgen, rechtzeitig aufzuwachen. Allmorgendlich blieb es an mir hängen, sie zu wecken und sie dazu anzutreiben, daß sie sich flink ankleidete. Meistens mußte Daddy morgens ohne mich aus dem Haus gehen, und ich mußte selbst fahren, damit Belinda und ich ins Büro kamen. Bei unserer Ankunft in der Firma war sie immer im Halbschlaf und jammerte und beklagte sich darüber, daß sie so früh aufstehen mußte.

»Wenn uns das Geschäft gehört, warum müssen wir uns dann an derart blödsinnige Tageszeiten halten?« fragte sie erbost.

»Gerade deshalb, weil uns das Geschäft gehört, Belinda.

Wenn *wir* uns nicht um die Firma kümmern, wer wird es dann tun? Den anderen Angestellten liegen unsere Interessen nicht am Herzen. Genau darum dreht es sich bei Verantwortungsbewußtsein und Erfolg«, belehrte ich sie, aber meine Belehrungen gingen, ebenso wie die Ermahnungen, die sie ihr Leben lang von ihren Lehrern erhalten hatte, zum einen Ohr hinein, wurden entstellt, bis sie nicht mehr den geringsten Sinn besaßen, und kamen dann unkenntlich und alles andere als einleuchtend zum anderen Ohr wieder heraus.

Sie schmollte und blies Trübsal, schlich wie eine Schlafwandlerin durch das Büro und erledigte in Stunden, was jeder andere Mensch innerhalb von Minuten geschafft hätte. Jede Kleinigkeit lenkte sie ab. Sie konnte eine geschlagene Stunde damit zubringen, aus dem Fenster zu schauen. Bei jeder sich bietenden Gelegenheit hing sie, trotz meiner wiederholten Warnungen und meiner ständigen Schelte, mit ihren Freundinnen am Telefon. Jedesmal, wenn ich sie ausschalt, weinte sie und lief zu Daddy, der mich dann bat, nicht ganz so streng mit ihr umzuspringen.

»Ich soll sie nicht ganz so hart rannehmen?« rief ich aus. »Jede Kleinigkeit, die sie erledigt, muß hinterher noch einmal erledigt werden. Sie verlegt dauernd Akten, bringt Unterlagen aus der alphabetischen Ordnung und verschlampt Dokumente ... sie tut es absichtlich, Daddy. Es ist das alte Spiel. Sie will zu Hause sein und ihre Freiheit haben, und sie will die Erlaubnis, sich zu amüsieren und überhaupt nicht zu arbeiten, und deshalb macht sie alles falsch und hofft nur, daß du aufgeben wirst, ihr etwas beizubringen.«

»Ich weiß«, sagte er. »Habe doch bitte etwas mehr Geduld mit ihr. Versuch es immer wieder. Gib nicht so schnell auf«, drängte er mich.

Wieder einmal fragte ich mich, warum. Was hatte sie bloß an sich? Von ihr ging etwas aus, was alles Zarte, Gefügige und Nachgiebige aus Daddy herausholte. Wenn ich eine solche Frage auch nur andeutete, schüttelte er lediglich den Kopf und bat mich, die Hoffnung und den Glauben nicht aufzugeben und einen besseren Menschen aus ihr zu machen.

Daddy hatte seine Absicht, sie möglichst schnell unter die Haube zu bringen, nicht vergessen. Dagegen war der Versuch, den er unternommen hatte, eine Beziehung zwischen mir und Clayton herzustellen, vollständig in Vergessenheit geraten. Ich wurde dauerhaft auf die Wartebank abgeschoben, und Belinda wurde in den Vordergrund gerückt. Daddy ließ sich das allerdings nie deutlich anmerken. Es war wie beim Fischen. Er warf seine Köder aus und hoffte, der richtige Fisch würde an der richtigen Angelschnur anbeißen.

Zu einem ersten groß angelegten Versuch kam es, als die Childs zu einem äußerst eleganten Abendessen bei uns eingeladen wurden, weitaus aufwendiger als die Essenseinladung, die dazu gedacht gewesen war, Clayton für mich zu angeln. Colonel Childs war Daddys Anwalt, und sein Sohn Nelson studierte im letzten Semester Jura. Kein besserer Fisch schwamm in unseren Gewässern, und ich begann zu glauben, daß auch kein gerissenerer Hai als Belinda in ihnen sein Unwesen trieb.

Vier- oder fünfmal im Jahr veranstaltete Daddy ein ausgefeiltes Galadiner, zu dem gewöhnlich zehn bis fünfzehn Gäste eingeladen wurden. Zu diesen Einladungen wurde ein Personalstab engagiert, und ein Partyservice bereitete das Menü von sechs Gängen vor. Manchmal wurde sogar für Unterhaltung gesorgt: Nach dem Essen erschien ein Pianist oder ein Geiger. Belinda waren diese Parties immer verhaßt gewesen. Für ihren Geschmack waren sie viel zu förmlich und erlegten ihr zu viele Einschränkungen auf. Sie mußte sich anständig benehmen, sich an die Etikette halten und durfte nichts Albernes tun oder sagen. Die Musik gefiel ihr nie, und es paßte ihr auch nicht, still und gehorsam dazusitzen. Im allgemeinen brachten Mutter oder Daddy Ausflüchte für sie vor und entließen sie im frühen Verlauf des

Abends, oder sie zog sich in ihr Zimmer zurück, um am Telefon Klatsch mit ihren Freundinnen auszutauschen.

Mir wurde klar, daß die Absichten über die üblichen hinausgingen, als ich feststellte, daß Daddy nur den Colonel und seine Familie zum Abendessen eingeladen hatte. Natürlich kannte ich den Colonel gut. Wegen der einen oder anderen Angelegenheit ließ er sich häufig in unseren Büros blicken. Daddy hatte inzwischen so viele Anteile an Firmen aufgekauft, daß es laufend rechtliche Fragen oder Probleme zu besprechen gab. Bei einem halben Dutzend gesellschaftlicher Anlässe war ich seiner Frau Elizabeth begegnet, einer stattlichen, attraktiven Frau aus einer der besten Familien Neuenglands. Die beiden hatten nur ein Kind, ihren Sohn Nelson, der die Größe von seiner Mutter und das gute Aussehen von seinem Vater geerbt hatte.

Nelson Childs war ein Adonis von der Sorte, die auf einem fliegenden Teppich durch die Highschool gleitet und auf akademischem und sportlichem Sektor gleichermaßen erfolgreich ist wie im gesellschaftlichen Leben. Er wirkte immer enorm gefaßt, organisiert und entspannt. Lehrkräfte mochten und bewunderten ihn. Er war höflich, folgsam und doch alles andere als ein Musterschüler. Seinen Mitschülern nötigte er Respekt ab. Sie wählten ihn zum Klassensprecher, zum Captain des Basketball- und des Baseballteams, und bei der Abschlußprüfung gewann er den Preis als bester männlicher Schüler seines Jahrgangs.

Unser Altersunterschied betrug nahezu fünf Jahre, aber es hätte ebensogut ein Jahrzehnt sein können. Obwohl sein Vater als Anwalt für meinen Vater tätig war, nahm Nelson meine Existenz in der Schule und auch andernorts kaum zur Kenntnis. Wahrscheinlich konnte er mich über die Köpfe der Mädchen hinweg gar nicht sehen, die sich wie Brautjungfern in der Hoffnung um ihn scharten, den Blumenstrauß seiner Aufmerksamkeit aufzufangen und zu seiner Freundin, seiner Partnerin für ein Rendezvous oder auch nur zum Objekt seines momentanen Interesses aufzusteigen.

Seine Augen waren mehr grün als braun, und bei den wenigen Gelegenheiten, bei denen ich ihm nahe genug kam, hatte ich den Eindruck, auch goldene Sprenkel sehen zu können. Er trug sein hellbraunes Haar kurz geschnitten, aber doch mit einer Stirnlokke, um seiner Frisur einen gewissen Stil und eine Form zu geben. Sein Lächeln war elektrisierend, das mußte ich ihm lassen. Ein Glanz, der das Ziel seines Lächelns wärmte, ließ sein Gesicht strahlen. Meines Erachtens trug Nelson Cupido Huckepack, um ihn zu seiner eigenen schelmischen Belustigung Pfeile schießen zu lassen.

Irgendwie gelang es Nelson, diese amourösen Gewässer zu durchschiffen, ohne seinen guten Namen zu beschmutzen. Er hatte nie eine feste Beziehung und löste doch nie andauernde weibliche Feindschaften aus, die ihm in die Quere gekommen wären. Es war, als sei allen Mädchen, mit denen er ausging, klar, daß man ihn nicht einfangen konnte. Er würde nie einem einzelnen Mädchen gehören; er gehörte ihnen allen.

Ich begann, Daddys Gespräche mit dem Colonel zu belauschen, wenn Nelsons Name fiel. Ich wußte, daß er kurz vor dem Abschluß seines Jurastudiums stand und trotzdem noch keinem Mädchen begegnet war, das sein Interesse längerfristig gefangennehmen konnte. Es wurde allgemein erwartet, Nelson würde sein Studium beenden, von der Anwaltskammer zugelassen werden und in der Firma seines Vaters arbeiten. Nur seine Familie mußte noch geplant werden; dann würde er beginnen, ein vollendetes Dasein zu führen, genauso wie sein Vater.

Meine Erinnerungen an Nelson und das, was ich dem Belauschen der Gespräche über ihn entnahm, ließ mich hinterfragen, ob Daddys Vorhaben klug oder auch nur realistisch war. Was könnte ein Mann wie Nelson Childs von einer wirren, koketten, eingebildeten jungen Frau wie meiner Schwester Belinda wollen? Für ein aufwendiges Abendessen, das einem solchen Zweck dienen sollte, warf Daddy nicht nur sein Geld hinaus, sondern er vergeudete zudem die Zeit aller Beteiligten. Belinda, sagte ich mir, würde sich von einem Mann von Nelsons überragender Intelligenz einschüchtern lassen, und obendrein würde sie sich niemals mit jemandem abgeben wollen, der in seinen eigenen Überzeugungen derart unerschütterlich war. Warum konnte Daddy das nicht erkennen?

Meine Erinnerungen an Nelson Childs wurden an jenem Abend von seiner physischen Gegenwart überlagert. Auch wenn ich mich bemühte, es nicht zu zeigen, war es für mich, als setzte eine Berühmtheit, die ich nur aus dem Fernsehen, aus Filmen oder aus Zeitschriften kannte, plötzlich einen Fuß in mein Haus. Die Zeit seines Studiums in einer anderen Stadt hatte ihn reifen lassen. Er schien jetzt schon eine Persönlichkeit zu sein, ein junger Mann mit Substanz und Format, sympathisch und durchsetzungsfähig.

Mutter war bezaubert. Daddy strahlte angesichts der Aussichten, und Belinda fühlte sich geschmeichelt, als ihr Nelson noch vor mir vorgestellt wurde. Als er sich zu mir umwandte, lächelte er und erinnerte sich lachend daran, wie er mich aus unseren Schulzeiten in Erinnerung hatte.

»Ja, an dich kann ich mich erinnern. Du warst so ein ernsthaftes kleines Mädchen«, sagte er. Das gefiel Belinda.

»Sie ist es immer noch«, sagte sie. »Alle nennen sie Miss Cold und mich Miss Hot.«

»Wirklich?« Er starrte sie einen Moment mit einem befremdlichen Interesse an, das mich neidisch machte.

»Nur Belindas strohköpfige Freundinnen sagen solche Dinge«, bemerkte ich.

»Strohköpfig?« fragte er und wandte sich dabei wieder an mich.

»Sie haben nur Stroh im Gehirn«, murmelte ich, und er lachte.

Unsere Eltern begaben sich ins Wohnzimmer, um dort Cocktails und Hors d'Oeuvres zu sich zu nehmen, während es uns überlassen blieb, Nelson das Haus zu zeigen. Er nahm sich Zeit für Daddys Bücher in der Bibliothek und äußerte sich zu der erlesenen Auswahl.

»Ich habe kein einziges von diesen Büchern gelesen«, prahlte Belinda, als sei das eine Glanzleistung, mit der man sich brüsten konnte.

Ich schnitt eine Grimasse, als ich mir Nelsons Reaktion ausmalte, doch er lachte nur.

»Tja, wenn die Leute behaupten, ein wenig Bildung sei gefährlich, dann droht Belinda jedenfalls keine Gefahr«, behauptete er.

Ich lachte, als Belinda lachte, denn ich glaubte, sie verstünde nicht, daß er sich in Wirklichkeit über sie lustig machte. Oder etwa doch nicht? Sein Blick verweilte auf ihr, als sie lachte. Ihr Lachen war melodisch, und sie hatte eine Art an sich, ihre Augen glänzen und ihr Gesicht strahlen zu lassen. Damit fiel sie überall auf, ganz gleich, in welcher Umgebung. Es war, als sei eine Kerze der Weiblichkeit in ihr albernes Herzchen gestellt und angezündet worden, damit sie leuchtend brannte und sich die Flamme in den Augen eines jeden Mannes widerspiegelte, der Belinda mit Interesse musterte.

»Welche Interessen hast du, Belinda?« fragte Nelson.

»Interessen?«

»Er meint, womit du deine Freizeit verbringst, Belinda. Nämlich den größten Teil deiner Tage. Belinda verrichtet nur ein paar leichte Ablagearbeiten im Büro«, enthüllte ich in der Hoffnung, seiner Neugier von Grund auf Einhalt zu gebieten und ihm von Anfang an zu zeigen, daß Belinda nur äußerst begrenzte Fähigkeiten besaß.

»Eine gräßliche Arbeit«, sagte sie eilig, und er lachte wieder. »Der Sommer ist dafür da, daß man seinen Spaß hat, nicht für blöde Arbeiten. Niemand in unserem Alter sollte gezwungen sein, im Sommer zu arbeiten«, stellte sie in den Raum.

»Die meisten Leute sind nicht so glücklich dran wie wir, Belinda. Sie müssen arbeiten, um Geld für ihren Lebensunterhalt und ihr Studium zu verdienen«, rief ich ihr ins Gedächtnis zurück.

Sie zuckte die Achseln, als hätte ich etwas so Bedeutungsloses gesagt, daß es keine Antwort erforderte.

»Wir sind aber nun mal glücklich dran. Das hast du selbst gesagt. Weshalb also sollten wir arbeiten?« entgegnete sie.

Nelson lachte wieder.

»Sie ist unverbesserlich«, sagte ich.

Er nickte. »Stimmt.«

»Ist das schlimm?« fragte Belinda.

Nelson dachte einen Moment nach. »Vielleicht nicht«, sagte er. »Vielleicht ist es zwischendurch sogar erfrischend.« Er warf mir einen schnellen Blick zu. »Für dich und deine Familie allerdings nicht, soweit ich gehört habe, Olivia.«

Jetzt war ich an der Reihe, die Achseln zu zucken.

»Was sie von jetzt an mit ihrem Leben anfängt, spielt für mich keine Rolle mehr«, sagte ich. »Ich habe aufgegeben.«

»Sie meint das nicht so. Sie sagt ständig abscheuliche Dinge, die sie gar nicht so meint«, erklärte Belinda.

Nelson nickte, als hätte er sie verstanden.

Wir wurden zum Abendessen gerufen, und Nelson nahm galant den Platz in unserer Mitte ein, um sich bei uns beiden einzuhaken und uns ins Eßzimmer zu führen. Währenddessen sagte ich mir immer wieder, ein Mann wie er würde sich nur vorübergehend über jemanden wie Belinda amüsieren. Gewiß suchte er jemanden mit Tiefgang, jemanden wie mich.

Daddy hatte die Sitzordnung so arrangiert, daß Nelson zwischen Belinda und mir saß. Belinda verbrachte einen großen Teil der Zeit damit, zu kichern und Nelson Dinge ins Ohr zu flüstern. Mutter bemühte sich ab und zu, sie mit strengen Blicken zur Ordnung zu rufen, aber Daddy war der Fehler unterlaufen, ihr zwei Gläser Wein zu gestatten. Jetzt war sie beschwipst.

Das Gespräch bei Tisch wandte sich von der Politik ab und der Mode zu. Wenn Nelson etwas sagte, lauschten alle. Er besaß eine charismatische Ausstrahlung, eine umwerfende Persönlichkeit und große Beredsamkeit. Ich ertappte mich dabei, daß ich fast allem zustimmte, was er zu sagen hatte, und das gab ich ihm deutlich zu verstehen. Er schien es zu schätzen, und eine Zeitlang galt seine Aufmerksamkeit weit mehr mir als Belinda, die sich daraufhin, wie ich erwartet und sogar gehofft hatte, schnell langweilte und unruhig wurde.

Sie überraschte mich jedoch, als das Abendessen endete und zum Abschluß Kaffee serviert werden sollte.

»Ich möchte keinen Kaffee trinken. Warum unternehmen wir nicht statt dessen einen Spaziergang am Strand?« schlug sie vor.

Nelson dachte darüber nach.

»Gar keine schlechte Idee. Heute ist ein sehr warmer Abend«, sagte er. Er warf mir einen Blick zu, und ich wußte, daß er auf den Vorschlag eingehen würde.

»Das wäre sicher sehr nett«, flötete ich und gestand Belinda widerstrebend zu, daß sie eine gute Idee gehabt hatte.

Wir entschuldigten uns. Daddy wirkte äußerst zufrieden. Ich konnte ihm ansehen, daß er glaubte, sein Plan bewährte sich. Als wir das Wohnzimmer verließen, um uns auf den Weg zu machen, beugte er sich vor, um mit mir zu flüstern.

»Ein wunderbares Paar, nicht wahr, Olivia? Die perfekte Lösung für unser kleines Problem«, sagte er.

Ich sah ihn an und erwiderte mit einem scharfen Tonfall: »Ich dachte, der Colonel sei ein guter Freund von dir, Daddy. Wie konntest du ihm das antun?«

Das Lächeln schwand von seinem Gesicht, als hätte ich ihn geohrfeigt.

»Sie ist keine schlechte Partie, Olivia. Sie ist das hübscheste Mädchen in Provincetown«, sagte er.

Ich fühlte, wie sich mein Herz verschloß, als hätte sich eine kleine Faust darum geschlungen und so fest zugedrückt, daß ein Schmerz durch meine Brust zuckte. Tränen erstarrten unter meinen Lidern. Ich schluckte und nickte dann.

»Stimmt«, sagte ich. »Das hatte ich ganz vergessen.«

Ich wandte mich ab und holte Belinda und Nelson direkt vor der Tür auf dem Pfad ein, der zum Strand hinunterführte.

Es war eine prachtvolle Nacht mit so vielen Sternen, daß der Himmel wirkte, als sei er mit Tausenden und Abertausenden von Glassplittern angefüllt, die bis ans Ende der Welt funkelten. Die Luft war warm, und es war auch schwüler als gewöhnlich.

»Seht euch die Sterne an!« rief Belinda aus. »Ist das nicht der Große Bär?«

»Wo?« Nelson trat neben sie, und sie schmiegte sich an ihn, als sie auf das Sternbild deutete. »Nein, das ist der Kleine Bär. Dort drüben«, sagte er und drehte sie an den Schultern um, »ist der Große Bär.«

»Ich wußte gar nicht, daß es auch einen Kleinen Bären gibt. Hast du das gewußt, Olivia?«

»Natürlich«, sagte ich.

»Ist es nicht hinreißend, wie die Sterne auf dem Wasser glitzern?« plapperte Belinda weiter, ohne auch nur auf meine Bemerkung einzugehen. Sie nahm Nelson an der Hand und zog ihn hinter sich her. »Kommt schon, laßt uns die Schuhe ausziehen und über den Sand laufen.«

»Was?«

»Das ist doch albern, Belinda. Er trägt schöne Schuhe und …«

»Nein, nein, es ist schon gut«, sagte Nelson lachend. »Ich glaube, das könnte mir Spaß machen.« Er setzte sich neben Belinda und zog seine Schuhe und Socken aus. Dann sah er mich an. »Kommst du nicht mit, Olivia?«

»Ich weiß, wie kalt das Wasser ist«, sagte ich.

»Nein, es ist überhaupt nicht kalt«, sagte Belinda und sprang auf.

»Belinda hat sich früher schrecklich vor dem Meer gefürchtet«, sagte ich.

»Aber jetzt fürchte ich mich nicht mehr«, rief sie aus. »Manchmal muß ich hineinsteigen, um mich abzukühlen, oder hast du das vergessen? Ich bin Miss Hot.«

Nelson lachte, und sie zog wieder an seiner Hand. Ich sah zu, wie die beiden auf die Brandung zurannten.

»Ihr werdet klatschnaß werden«, rief ich, aber das Tosen des Meeres übertönte meine Stimme. Widerstrebend zog ich meine Schuhe und Strümpfe aus und lief hinter den beiden her.

Belinda kreischte, planschte im Wasser herum und rannte mit Nelson, der sich an ihre Hand klammerte, durch die Brandung. Sein Gelächter trieb auf das Meer hinaus. Plötzlich blieb Belinda stehen. Wir waren einen guten Kilometer vom Haus entfernt, und vor uns war der Strand finster und menschenleer.

»Es ist so warm, und das Wasser ist wirklich nicht allzu kalt, stimmt's?« fragte Belinda.

»Nein«, sagte Nelson. »Erstaunlicherweise ist es nicht so kalt, wie ich dachte.« Er sah sich nach mir um.

»Die Temperatur einer Badewanne hat es nicht gerade«, sagte ich.

»Ich gehe rein«, erklärte Belinda plötzlich.

»Was?« Nelsons Gesicht schimmerte im Licht der Sterne, und sein Lächeln war sanft und zärtlich.

»Nacktbaden, meine ich. Hast du das nie getan?«

»Belinda!« rief ich aus. »Wage es bloß nicht.«

»Oh, ich meinte doch nicht ganz nackt«, sagte sie. »Hier draußen sieht man ohnehin nicht viel. Warst du nie nackt baden, Nelson?« fragte sie herausfordernd.

»Doch, klar, aber ...«

»Schau nicht hin, es sei denn, du kommst mir nach«, sagte sie und knöpfte ihre Bluse auf.

»Belinda, hör augenblicklich damit auf«, befahl ich ihr. Sie schlüpfte aus ihrer Bluse und zog flink ihren Rock aus. Im nächsten Moment stand sie in ihrem BH und Slip da.

»Auf geht's«, schrie sie und rannte auf die Wellen zu. Nelson sah mich an.

»Was sagst du dazu?« fragte er.

»Das kommt überhaupt nicht in Frage. Ich gehe zurück ins Haus«, sagte ich mit pochendem Herzen.

»Das Wasser wirkt tatsächlich einladend«, sagte er und nickte vor sich hin. Dann zog er sein Hemd aus.

Ich starrte ihn erstaunt an, als er aus seiner Hose schlüpfte und sich an meiner Gegenwart überhaupt nicht störte. Dann rief er nach Belinda und stürzte sich ins Meer. Ich beobachtete, wie die beiden im Wasser planschten und herumtollten. Sie warf sich ihm in die Arme, und einen Moment lang versanken beide, tauchten wieder auf und lachten wie zwei Teenager. Ich war fasziniert, neidisch und wütend zugleich.

»Wenn du nicht ins Wasser kommst, könntest du uns vielleicht Handtücher besorgen«, rief Nelson.

»Ja, Olivia. Das wäre nett von dir.«

Belinda stand im Wasser, und das Licht der Sterne ließ ihren Busen schimmern. Ihr Slip war jetzt durchsichtig, und Nelsons Shorts bedeckten auch nicht gerade allzuviel.

»Einverstanden«, rief ich. »Ich bin gleich wieder da.«

Ich eilte durch die Dunkelheit, glitt auf dem Sand aus und verfluchte Belinda tonlos. Als ich das Haus erreichte, schlich ich mich behutsam in die Waschküche, ohne bemerkt zu werden. Ich nahm Handtücher aus dem Wäscheschrank, und als ich wieder hinauseilte, kam ich mir wie ein mitschuldiger Verschwörer vor. Zum Zeitpunkt meiner Rückkehr an den Strand waren beide aus dem Wasser gekommen und saßen sehr dicht nebeneinander.

»Beeil dich, wir sind am Erfrieren«, rief Belinda.

»Das bezweifle ich nicht. Wahrscheinlich holt ihr euch beide eine Lungenentzündung oder sowas.«

»Uns wird schon nichts passieren«, sagte Nelson. Ich bemühte mich, ihn nicht anzusehen, als ich ihm ein Handtuch reichte und Belinda ein zweites Handtuch zuwarf.

»Zieh die nassen Sachen besser aus«, sagte Nelson und rückte ein Stück von Belinda ab. Er schlang das Handtuch um sich und schlüpfte aus seiner Unterhose. Belinda, die weniger Hemmungen hatte, zog ihren BH und ihren Schlüpfer aus. Ich stand zwischen ihr und Nelson und reichte ihr so schnell wie möglich ihre Kleidungsstücke.

»Jeder, der einen von euch beiden sieht, kann deutlich erkennen, daß ihr im Wasser gewesen seid«, sagte ich, nachdem sich beide wieder angezogen hatten.

»Wir gehen in mein Zimmer und trocknen uns das Haar«, schlug Belinda vor.

Zu zweit eilten sie zum Haus zurück, und ich kam mir vor wie das fünfte Rad am Wagen, als ich ihnen folgte. Oben in Belindas Zimmer sah ich zu, wie sich die beiden das Haar trockneten. Belinda ging ins Bad, um einen frischen Schlüpfer und BH anzuziehen.

»Behalte sie einfach hier«, sagte Nelson zu ihr und reichte ihr seine nasse Unterhose. »Bis sie wieder trocken ist.«

»Ich kann sie unten in den Trockner stecken«, bot ich an.

»Nicht nötig. Ich komme auch ohne sie aus«, sagte er. Er sah Belinda an. Ihre Augen funkelten vor Aufregung und Gelächter. »Das war prima«, sagte Nelson. »Ich hätte nie geglaubt, eines der Galadiners mit meinen Eltern könnte so spannend sein. Danke.« Er wandte sich an mich. »Vermutlich sollten wir uns am besten unten blicken lassen und so tun, als sei alles in bester Ordnung. Wie sehe ich aus?«

»Gut«, sagte ich widerstrebend.

»Ich komme gleich nach«, flötete Belinda.

Nelson und ich gingen und stiegen die Treppe hinunter. Wir konnten hören, daß sich unsere Eltern im Wohnzimmer laut miteinander unterhielten.

»Deine Schwester ist einfach toll«, sagte Nelson.

»Du brauchst nicht mit ihr zusammenzuleben«, erwiderte ich.

Er lachte. »Ja, ich wette, mit ihr hat man alle Hände voll zu tun, was?«

»Das würde ich als eine Untertreibung bezeichnen«, sagte ich zu ihm.

Er lachte wieder.

Er war klug genug, um zu begreifen, was ich meinte. Da war ich ganz sicher. Aber spielte das überhaupt eine Rolle?

Männer waren blind. Manche von ihnen stellten sich vorsätzlich blind, fand ich.

5
Der Weg zum Altar

Falls einer unserer Elternteile bemerkt hatte, daß Nelson und Belinda schwimmen gegangen waren, wurde im weiteren Verlauf des Abends nichts davon erwähnt. Nachdem Belinda nach unten gekommen war, hatten sie und Nelson wieder Hunger, wahrscheinlich von ihren Possen im Wasser, und sie aßen ihren Nachtisch und tranken dazu Kaffee. Ich nahm nur eine Tasse Kaffee zu mir. Nelson und ich rissen das Gespräch weitgehend an uns und redeten über Politik, Cape Cod und Geschäfte. Diesmal gab es keine musikalische Einlage und keine andere Form der Unterhaltung nach dem Abendessen, und daher erklärte Colonel Childs, sowie wir den letzten Gang beendet hatten, für ihn und seine Familie sei es an der Zeit zu gehen. Nelson mußte am frühen Morgen wieder in sein juristisches Seminar zurückkehren.

An der Tür sagte Nelson zu Belinda und mir, er würde sich nach seiner Rückkehr bei uns blicken lassen. Daddy sah mich mit gespannten Augen an, aber ich schüttelte den Kopf. Nachdem Mutter mit Belinda nach oben gegangen war, nahm Daddy mich zur Seite und forderte mich auf, in sein Büro zu kommen.

»Was ist? Wie sind sie miteinander zurechtgekommen?« fragte er.

Ich dachte einen Moment nach und ließ mich dann auf den Ledersessel neben seinem Schreibtisch plumpsen.

»So grauenhaft, wie ich es von Anfang an erwartet habe«, sagte ich. »Sie hat sich wie üblich lächerlich gemacht.«

»Was?« Daddy setzte sich hinter seinen Schreibtisch. »Was ist passiert? Beim Abendessen schienen sie sich doch so gut zu verstehen.«

»Sie wollte einen Spaziergang am Strand unternehmen, aber in Wirklichkeit hatte sie einen anderen Trumpf im Ärmel Daddy. Sie hat sich ausgezogen und ihn aufgefordert, mit ihr schwimmen zu gehen.«

»Sie hat sich ausgezogen?«

»Ich dachte, ich würde vor Scham sterben.«

»Oh, nein«, sagte Daddy, und sein Gesicht verlor die rötliche Färbung, die von all dem Wein kam, den er getrunken hatte.

»Oh, doch. Ich habe alles versucht, um sie dazu zu bringen, daß sie sich benimmt, aber es war zwecklos. Belinda wird immer Belinda bleiben, Daddy. Wir können uns ebensogut gleich damit abfinden.«

Er nickte betrübt.

»Wenigstens habe ich es versucht. Ich hatte die Idee, und ich habe mich bemüht.« Er blickte mit glasigen Augen zu mir auf. »Ich bin müde. Laß uns schlafen gehen«, sagte er.

»Mach dir keine Sorgen, Daddy. Dir wird schon noch etwas einfallen«, sagte ich. Er lächelte und tätschelte meine Schulter.

»Ganz recht, ganz recht«, sagte er.

»Mein Verdacht hat sich bestätigt. Nelson Childs sieht sich nach einer Frau mit Format um«, fügte ich hinzu, als ich das Büro verließ. »Belinda ist einfach nicht die Richtige für ihn.«

»Ich verstehe«, murmelte Daddy hinter mir her, doch er kam nie auf den Gedanken, Nelson könnte eine gute Partie für mich sein. Seine Aufmerksamkeit galt, wie üblich, ausschließlich Belinda. »Wie dem auch sei, so schnell gebe ich nicht auf. Ich habe auch noch einen Trumpf im Ärmel«, sagte Daddy.

Ich drehte mich auf der Treppe um. »Was soll das heißen?«

»Laß mir ein paar Tage Zeit, um die Einzelheiten zu durchdenken«, erwiderte er kryptisch. Ich glaubte, damit meinte er, ihm würde schon noch etwas anderes einfallen, wie er Belinda und Nelson Childs zusammenbringen konnte. Er hatte jedoch eine gänzlich andere Möglichkeit ins Auge gefaßt, nämlich eine, die für seine Begriffe »von einem unternehmerischen Standpunkt aus vernünftiger« war. Außerdem war er der Meinung, es könnte nützen, wenn wir eines unserer formellen Familientreffen abhielten und er Belinda den Vorschlag persönlich unterbreitete.

»So können wir weitere Mißverständnisse und schlechtes Benehmen vermeiden«, erklärte er, als er drei Tage später seinen Entschluß ankündigte, das Treffen anzuberaumen.

»Wenn du dir wünschst, daß sich Belinda in Zukunft nicht mehr schlecht benimmt, dann kannst du dir ebensogut die ganze Welt wünschen, Daddy.«

»Wir werden es ja sehen. Wir werden es ja sehen«, sagte er, und in seinem Blick drückte sich wilde Entschlossenheit aus.

Von Zeit zu Zeit beraumte Daddy diese Sitzungen an, um über unsere Familie zu reden, unsere Firma, unser Zuhause und unser Leben. Mutter kam sogar seinem Wunsch nach, Notizen zu machen, und er brauchte sie nur anzusehen, wenn er auf etwas zurückkommen wollte, was er bei einer früheren Gelegenheit angesprochen hatte, sei es in Form einer Erklärung oder in Form einer Frage. In seinen Augen handelte es sich bei ihren Aufzeichnungen um unsere Familiengeschichte. Mutter hielt darin sämtliche einschneidenden Daten fest, Geburtstage, Konfirmationen, Impfungen, Kinderkrankheiten, Schulabschlüsse und andere bedeutsame Ereignisse. Daddy war es sehr wichtig, unser aller Leben schriftlich festzuhalten. Dadurch erschienen wir eher wie eine geschlossene Einheit, ein unabhängiges Ganzes.

Ich entschloß mich also, endlich doch ein Gespräch mit Belinda über Nelson Childs zu führen, einfach nur, um zu sehen, ob sie sich Hoffnungen machte, zwischen ihm und ihr könnte sich jemals eine Romanze entwickeln. Nelson hatte nicht angerufen und auch sein Versprechen nicht gehalten, uns nach seiner Rückkehr wieder einen Besuch abzustatten, aber jeder Versuch herauszufinden, was zu einem bestimmten Zeitpunkt in Belindas Kopf vorging, entsprach dem Bemühen, den Wind anzuschirren.

Ich ging in ihr Zimmer und brachte das Thema zur Sprache, als sie sich gerade zum Schlafengehen fertigmachte.

»Nelson?« sagte sie und verwandte seinen Namen, als seien sie schon seit Jahren intim miteinander bekannt. »Wohl kaum.« Sie betrachtete sich träumerisch im Spiegel, fuhr sich durch das Haar und untersuchte dann mit schmerzlich verzogenem Gesicht eine unauffällige Hautunreinheit auf ihrem Kinn.

»Ja, Nelson Childs.«

»Ich denke kaum noch an ihn«, sagte sie verdrossen. »Ich glaube nicht, daß man mit ihm viel Spaß haben könnte.«

»Was soll das heißen?« Ich war nach wie vor argwöhnisch. Sie hätte sich problemlos ohne mein Wissen bei ihm melden können. »Bei diesem Abendessen kürzlich, als du dich hinterher vor seinen Augen bis auf die Unterwäsche ausgezogen hast und bei Mondschein schwimmen warst, hattest du wahrlich deine Freude an ihm.«

»Ach, das. Na und, was heißt das schon?« sagte sie. Sie drehte sich zu mir um. »Schließlich habe ich sowas nicht zum ersten Mal getan. Ich dachte mir, es könnte lustig werden, und er schien es auch zu mögen.«

»Und warum denkst du dann jetzt nicht mehr an ihn?«

»Er ist mir zu ernst. Ihn interessiert nur seine Karriere. Als du fortgegangen bist, um uns Handtücher zu holen, hat er über nichts anderes als sein Studium geredet. Und seine Pläne, ein erfolgreicher Politiker zu werden. Er glaubt, eines Tages wird er Präsident der Vereinigten Staaten. Ich fand ihn ziemlich langweilig, und das habe ich ihm auch gesagt«, fügte sie hinzu. »Er hat sich genauso benommen wie dir gegenüber, als wir hinterher den Schokoladenkuchen gegessen haben, erinnerst du dich noch?«

Ich war verblüfft. Ebenso achtlos, wie sie eine alte Zeitschrift weggeworfen hätte, tat sie einen so glänzenden Fang wie Nelson Childs ab. Und das ausgerechnet, weil er langweilig war? Nelson Childs hätte niemals langweilig sein können, sagte ich mir. Sie war hier diejenige, die langweilig war.

»Also, noch mal von vorn. Habe ich das wirklich richtig verstanden? Am Strand, nachdem ihr beide schwimmen wart, hast du ihm gesagt, daß du ihn langweilig findest?«

»Ja, ganz genau.«

»Und was hat er daraufhin getan?«

»Er hat gelacht, sonst gar nichts. Wie er auch über alles andere gelacht hat, was ich gesagt oder getan habe. Siehst du, deshalb bin ich sicher, daß er nicht besonders viel von mir hält. Und angerufen hat er mich auch nicht. Du hast ihm seine Unterhose an die Universität nachgeschickt, und er hat sich noch nicht einmal bei uns gemeldet, um sich zu bedanken, so ist es doch?«

In dem Punkt hatte sie recht. Seine ausbleibende Reaktion hatte mich tief enttäuscht. Ich hatte mir große Mühe gegeben, das Kleidungsstück so zu verpacken, daß niemand peinliche Fragen stellen würde.

»Offen gesagt, mir ist es gleich, ob er doch noch anruft oder bei uns vorbeischaut. Ich will nicht mehr an ihn denken.«

»Um so besser«, sagte ich zu ihr. »Dann denk nicht mehr an ihn.«

Sie wandte sich vom Spiegel ab.

»Warum erbost dich das so sehr?« Sie starrte mich einen Moment lang an und lächelte dann. »Er gefällt dir, stimmt's, Olivia?« sagte sie. »Du hast dich endlich in jemanden verliebt!«

»Das ist nicht wahr.«

»Oh, doch. Und wie wahr es ist. Meine Schwester ist verliebt«, verkündete sie ihrem Spiegelbild, als sei damit nur bewiesen, wie ähnlich ich ihr war. »Träumst du von ihm und malst dir aus, mit ihm zusammen zu sein? Warum rufst du ihn nicht an? Warum besuchst du ihn nicht in seiner Universität?« fragte sie und sah dabei immer noch ihr Spiegelbild an. Es war, als spräche sie mit sich selbst.

»Man läuft Männern nicht nach, Belinda«, fauchte ich. »Und ich habe auch nicht gesagt, ich sei in ihn verliebt. Das hast du gesagt.«

»Du bist es aber«, sagte sie zuversichtlich und drehte sich wieder zu mir um. »Na und? Warum willst du es nicht zeigen? Wenn ich mich verliebe, zeige ich es immer. Und warum darf man einem Mann nicht nachlaufen? Warum sind Männer etwas Besonderes?«

»Es geht nicht darum, daß Männer etwas Besonderes sind. Wir sind etwas Besonderes. Und deshalb dürfen wir uns nicht einfach an sie ranschmeißen. Wenn ich mit dir rede, komme ich mir manchmal vor, als redete ich mit ... mit einer Vierjährigen.«

»Bloß weil ich weiß, daß du in Nelson Childs verknallt bist, brauchst du dich nicht gleich über mich zu ärgern.«

»Ich bin nicht in ihn verknallt!« schrie ich.

»Oh, doch, das bist du. Wenn du es ihm schon nicht sagst, könnte ich es ihm eigentlich bei Gelegenheit sagen.«

»Wenn du etwas dergleichen tust, Belinda Gordon, dann werde ich dir persönlich die Zunge herausreißen«, drohte ich.

Sie lächelte schelmisch, und ich sah die Schadenfreude in ihren Augen.

»Belinda, ich warne dich.«

»Schon gut, schon gut«, sagte sie, doch sie hörte tagelang nicht auf, mich zu necken. Im Büro stellte sie sich so, als hätte sie Nelson am Telefon, oder sie schrieb N. C. auf meine Notizblöcke. Ich konnte noch so laut flehen oder sie mit meinen finsteren Blicken ansehen – sie lachte nur. »Der kleine General hat sich verliebt«, summte sie.

Ich berichtete Daddy von ihren Streichen im Büro, aber er schalt sie nicht aus. Statt dessen kaufte er ihr einen Singvogel in einem vergoldeten Käfig. Das wünschte sie sich schon seit einer ganzen Weile. Es schien, als würde Daddy sie immer mit Geschenken überhäufen, ganz gleich, was sie tat oder wie sie sich benahm, wogegen er mir lediglich ein stattliches Gehalt bezahlte. Er rechtfertigte es damit, ich könnte mir alles, was ich wollte, selbst kaufen. Belinda konnte das nicht, aber wessen Schuld war das, wenn nicht ihre eigene?

Ich wußte, daß Daddy tiefere Beweggründe hatte, als er ihr den Vogel kaufte, doch ich sagte voraus, der Vogel würde entweder verhungern oder an einer anderen Form von Vernachlässigung sterben.

»Wird er nicht«, gab Belinda zurück. »Er wird sich in meinem Zimmer sehr wohl fühlen und ein glückliches Leben führen, einem Zimmer, das selbst an regnerischen Tagen von Sonnenschein durchflutet ist. Das stimmt doch, Mommy?«

»Ja, Liebling«, erwiderte Mutter wie eine Aufziehpuppe, deren Mechanismus man betätigt hat.

Dennoch mußte Belinda anschließend ständig daran erinnert werden, den Käfig zu säubern und den Vogel täglich zu füttern. Schließlich fing sie an zu klagen und fragte, warum das Hausmädchen, das ohnehin schon alles tat, nicht auch diese Aufgabe übernehmen könnte.

Am darauffolgenden Dienstagabend kündigte Daddy an, nach dem Abendessen würden wir zu unserer Familienbesprechung zusammenkommen. Es gäbe wichtige Dinge zu erörtern.

»Oh, nicht schon wieder eines von diesen gräßlichen Treffen«, rief Belinda am Eßtisch aus. »Ich habe nichts angestellt, Daddy. Hat jemand behauptet, ich hätte mir etwas zuschulden kommen lassen?« fragte sie und sah finster in meine Richtung.

»Es geht nicht darum, daß jemand etwas angestellt hat«, sagte er.

»Haben wir wieder zuviel Geld für Kleider ausgegeben?« fragte sie und sah Mutter an.

Daddys Gesichtsausdruck konnte ich entnehmen, daß er davon nichts wußte.

»Laß uns bis nach dem Essen warten«, warf Mutter eilig ein.

Ganz gleich, wieviel sie für Belinda ausgegeben haben mochte, sie wollte nicht, daß sich Daddy ausgerechnet jetzt Gedanken darüber machte. »Es ist besser für die Verdauung, wenn wir während des Essens keine ernsten Angelegenheiten besprechen.«

»Weshalb müssen wir überhaupt ernste Angelegenheiten besprechen?« jammerte sie. »Männern macht es Spaß, über ernste Angelegenheiten zu reden, aber Frauen sollte man das nicht zumuten.«

»Was für eine alberne Bemerkung. Frauen sind nicht weniger intelligent als Männer, Belinda. In vielen Fällen sind sie sogar intelligenter«, sagte ich zu ihr.

»Wer will schon gern intelligenter sein?« murrte sie.

Belinda schmollte und stocherte betont lustlos in ihrem Essen herum, aber ich war gespannt. Daddy hatte mir die Einzelheiten dessen, was er zur Diskussion stellen wollte, noch nicht mitgeteilt. Ich wußte nur, daß es sich um Belindas Zukunft drehte. Vielleicht hatte Daddy eine andere Lösung gefunden, aber er hatte seinen Plan für sich behalten.

Wir versammelten uns wie üblich in seinem Büro. Belinda und ich nahmen auf dem roten Ledersofa Platz, und Mutter setzte sich auf den Ledersessel rechts neben Daddy. Sie hatte ihr Notizbuch aufgeschlagen und hielt erwartungsvoll den Stift gezückt.

»Hast du das heutige Datum vermerkt?« fragte Daddy.

»Ja, Winston.«

»Gut. Dann werden wir zur Tagesordnung schreiten. Uns allen ist klar, daß sich von Zeit zu Zeit die Notwendigkeit ergibt, zum Besten der Familie Opfer zu bringen und Anstrengungen zu unternehmen«, begann er.

»Mir graut, wenn er das sagt«, murmelte Belinda. »Gewöhnlich heißt das, daß er uns etwas Hartes abverlangen will.«

»Psst, meine Liebe«, sagte Mutter. Ihre Haltung bekundete, daß sie jederzeit bereit war, die entscheidenden Worte zu notieren.

»Schon in alten Zeiten, als sich Könige und Königinnen Gedanken darüber machten, wie sie ihre Macht und ihren Reichtum vermehren könnten, galt ein Großteil ihrer Überlegungen der Frage, mit wem sie ihre Kinder verheiraten und inwiefern diese Eheschließungen der Familie und dem Königreich von

Nutzen sein könnten«, fuhr er fort. »Nun, genauso denken auch heute noch die erfolgreichsten Familien. In der Hinsicht hat sich nichts geändert.«

»Belinda«, fuhr er fort und wandte sich direkt an sie, »du kennst Carson McGil, Daniel McGils Sohn, der eine Privatschule besucht hat. Ich weiß, daß du ihn kennst, weil er gerade erst kürzlich mehrfach mit dir geredet hat, das stimmt doch?« fragte er, ehe sie etwas auf seine erste Bemerkung antworten konnte.

Belinda warf einen Blick auf mich und sah dann Daddy an. »Ich habe nichts Böses mit ihm angestellt, Daddy. Er hat mich nur auf ein kaltes Getränk eingeladen, und dann habe ich einen Spaziergang auf dem Pier mit ihm gemacht.«

»Anscheinend war er recht angetan von dir. Vor ein paar Tagen hat er mich in meinem Büro aufgesucht, um mit mir über dich zu reden«, fuhr Daddy fort. Weder ich noch Belinda hatten Carson dort gesehen. Ich sah Daddy skeptisch an, doch er ignorierte meinen Gesichtsausdruck. »Ein netter junger Mann, vornehm und anständig. Er hat mich gefragt, ob er bei dir um deine Hand anhalten darf«, fügte Daddy eilig hinzu.

»Was?« sagte Belinda.

»Er will dich heiraten«, übersetzte ich. Sie saß mit offenem Mund da.

»Carson McGil will mich heiraten?« Sie wollte laut loslachen, doch Daddy sah sie finster an.

»Ja, und ich fand, er sei eine gute Partie für dich. Er wird die Konservenfabrik seines Vaters erben, und eine Fusion mit einem unserer Unternehmen ist bereits im Gespräch.«

Belinda sah wieder in meine Richtung, diesmal hilfesuchend, aber ich starrte sie nur ausdruckslos und bar jeden Mitgefühls an.

»Ich bin nicht verliebt in Carson McGil, und selbst, wenn ich es wäre, bin ich noch nicht reif für eine Ehe, ganz gleich, mit wem«, sagte sie.

»Und warum nicht?« fragte Daddy.

»Ich bin eben noch nicht soweit.«

»Natürlich bist du das. Du bist eine attraktive junge Dame und hast einem brauchbaren Mann genug zu bieten.«

»Olivia ist noch nicht einmal verlobt«, hob Belinda flink hervor.

»Olivia baut sich im Moment beruflich eine Karriere auf. Es wird nicht lange dauern, bis auch sie jemanden gefunden hat, da bin ich ganz sicher«, beharrte Daddy. Er sah mich an und richtete seinen Blick dann schnell wieder auf Belinda. »Der junge Mann würde gern um dich werben«, sagte Daddy mit seinem einschüchternden Blick und zog die Schultern zurück.

»Um mich werben?«

»Er möchte sich um dich bemühen«, sagte ich mit einem kleinen Lächeln. »Dich dazu bringen, daß du dich in ihn verliebst.«

»Richtig, genauso ist es, und ich bin sicher, daß du dich in ihn verlieben wirst«, beharrte Daddy. »Wie könnte es auch anders sein? Er sieht gut aus und ist sehr intelligent. Er wird dir ein hingebungsvoller Ehemann sein.«

Belinda schien vollständig verwirrt zu sein, und ich kostete jeden einzelnen Moment aus.

»Etwas Besseres hätte dir gar nicht passieren können, meine Liebe, und der Familie ist damit sehr geholfen. Sind alle meiner Meinung?« Er sah Mutter an.

»Ja«, sagte sie. »Ich glaube, es wäre gut für Belinda, wenn sie heiraten würde.«

»Das finde ich auch«, stimmte ich zu. Belinda erweckte den Eindruck, als hätte sie einen Schlag ins Gesicht bekommen. Sie sah erst Mutter und Daddy und dann mich an, ehe sie mit einem seltsamen Lächeln die Augen niederschlug.

»Ich verstehe nicht das Geringste von den Dingen, mit denen sich eine Ehefrau auskennen muß«, sagte sie. »Ich kann weder kochen noch nähen, und ich kann nicht putzen und keine Haushaltsbücher führen, und für Kinder brächte ich keinerlei Geduld auf.«

»Ach, wirklich?« sagte ich. »Das ist allerdings ein Jammer, wenn man bedenkt, daß du beinah eines hättest.«

Es herrschte Totenstille.

»Darüber wollten wir nicht mehr reden«, sagte Belinda schließlich.

»Dann fang du nicht davon an«, gab ich zurück. »Mutter, du kannst schriftlich festhalten, daß ich mit Daddy einer Meinung bin. Carson McGil gäbe einen wunderbaren Ehemann für Belinda ab, und unserer Familie wäre damit gedient. Ich weiß, daß wir schon seit fast einem Jahr mit seinem Vater in Verhandlungen stehen.«

»Belinda? Willigst du ein, daß er herkommen und um dich werben darf?« fragte Daddy.

Belinda verdrehte die Augen zur Decke und seufzte.

»Vermutlich schon«, sagte sie. »Aber mach mir keine Vorwürfe, wenn er mich nicht mag«, fügte sie hinzu.

»Dann wäre das also beschlossen«, sagte Daddy. »Ich werde ihm Bescheid geben, und er wird sich bei dir melden. Er ist ein talentierter junger Mann, der sich in seiner Firma hervortut. Laß dir eine so gute Gelegenheit nicht entgehen«, warnte Daddy.

»Wir könnten eine altmodische Hochzeit feiern, mit einer Trauungszeremonie hinter dem Haus, nicht wahr, Winston?« fragte Mutter.

»Ich wüßte nicht, warum sich das nicht machen ließe«, sagte Daddy. »Warum verfaßt du nicht eine vorläufige Gästeliste, meine Liebe, und wenn der Zeitpunkt näherrückt, brauchen wir nur noch allerletzte Änderungen vorzunehmen?«

»Wie könnt ihr meine Heirat planen, ehe ich auch nur verliebt bin?« rief Belinda entrüstet aus.

»Um ehrlich zu sein, Belinda, die Liebe ist etwas, was sich erst nach der Hochzeit einstellt. Ich meine, die wahre Liebe«, sagte Daddy. »Denk immer daran, wieviel du für die Familie tun kannst, und du wirst sehen, daß sich alles zum Besten entwikkelt.« Er schlug die Hände zusammen und erklärte die Besprechung für beendet.

Belinda war wie betäubt. Ein Teil von ihr wollte sich über Daddys Ansinnen entrüsten und empört darauf reagieren, daß ihr ein so wesentlicher Aspekt ihres Lebens vorgeschrieben wurde, aber andererseits war da auch dieses eitle Gesicht, das sie aus jedem Spiegel anlächelte und die Flammen ihrer Selbstgefälligkeit anfachte. Ein Blick in den Spiegel genügte, um sie davon zu überzeugen, sie sei ein so lohnender Fang, daß noch viele andere Männer ihren Vater aufsuchen und sich die Gunst ausbedingen würden, um sie werben zu dürfen. Sie würden um die Chancen wetteifern, sich um sie zu bemühen, damit sie sich in sie verliebte. Mir wurde schnell klar, daß sie nichts weiter als eine Form von Vorsprechen darin sah. Wenn Carson sich nicht bewährte, würde schon bald ein anderer an die Tür klopfen.

»Es tut mir wirklich schrecklich leid, daß Daddy davon ausgeht, ich würde vor dir heiraten, Olivia«, sagte sie an jenem Abend zu mir. »Vermutlich ist es so ähnlich, als empfände ich meine Schönheit als einen Fluch.«

»Das macht doch nichts«, sagte ich und unterdrückte mühsam mein Gelächter. »Ich werde es überleben.«

»Carson hat sich zu einem recht hübschen jungen Mann gemausert. Hast du ihn in der letzten Zeit gesehen?« fragte sie. »Nein, aber ich gehe auch nicht so oft aus wie du, Belinda. Wenn du sagst, daß er gut aussieht, dann glaube ich dir aufs Wort.«

»Daddy macht sich ja solche Sorgen um mich«, murmelte sie. Sie dachte einen Moment nach. »Mal sehen, was passiert. Jedenfalls werde ich es versuchen«, schloß sie und seufzte so tief, daß ich glaubte, sie würde luftleer in sich zusammensacken.

»Tu das«, sagte ich.

Da sie sich zu ihrer Zufriedenheit eingeredet hatte, es sei ihr eigener Wunsch gewesen, Carson näher kennenzulernen, hieß Belinda ihn herzlich willkommen, als er sich zu einem ersten Besuch anmeldete. Carson war ein Einzelkind und vom Tag seiner Geburt an verwöhnt und verhätschelt worden. Seine Eltern beschlossen schon früh, ihn in einen privaten Kindergarten und anschließend in Privatschulen zu schicken, und daher kannte er in unserer Gegend nur wenige junge Leute. Ich war ihm bei zwei verschiedenen Anlässen begegnet und fand ihn eingebildet und langweilig.

Mit seinen langen, dichten Wimpern, seinen zarten Händen mit den auffallend langgliedrigen Fingern und seiner schlanken Gestalt von einem Meter fünfundachtzig wirkte er irgendwie weibisch. Er hatte dunkelbraunes Haar, grünlich braune Augen und vollendet geformte Lippen. Ich fand, er hätte einen zarteren Teint als die meisten Mädchen, die ich kannte. Fest stand, daß er von allen Mädchen um seine Wimpern beneidet wurde.

Nachdem ich ihm das zweite Mal begegnet war, sagte ich zu Mutter, er wirkte auf mich, als sei er nach einem Lehrbuch aufgezogen worden. Alles, was er trug, paßte immer ganz genau zusammen. Und er sagte immer genau das Richtige, die Dinge, die sich gehörten. Kurz und gut, er war nahezu das absolute Gegenteil von Belinda, was mich die Aussicht einer Verbindung dieser diametralen Gegensätze noch amüsanter finden ließ.

Belinda genoß es jedoch, jetzt im Mittelpunkt der Aufmerksamkeit aller zu stehen, und besonderen Spaß bereitete es ihr, Carson an einer unsichtbaren Leine umherzuführen. Sie strahlte, wenn er ihr Türen aufhielt und beim Abendessen ihren Stuhl zurechtrückte. Sie war noch ausgelassener als sonst, wenn sie in seinem Rolls Royce zu Restaurants oder Galaveranstaltungen fuhren, und sie beharrte darauf, da sie jetzt von einem so galanten Kavalier umworben wurde, bräuchte sie kostspieligere Kleider und echten Schmuck. Daddy leistete so gut wie keinen Widerstand, wenn Belinda und Mutter zu einem ihrer häufigen Einkaufsbummel nach Boston aufbrachen, um dort genau das

Richtige für einen Anlaß aufzutreiben, zu dem Carson Belinda begleiten würde.

Nach allem, was ich sehen konnte, war Carson von ihr geblendet. Die meisten Mädchen, die er kannte oder um die er sich bemühte, ließen sich trotz seines perfekten Benehmens und seines guten Aussehens nicht von ihm beeindrucken, und siehe da, jetzt eroberte er tatsächlich das Herz einer der schönsten jungen Frauen in der Stadt, die im heiratsfähigen Alter waren. Belinda durchschaute schnell, in welcher Form sie ihn ausnutzen konnte, und schon bald behandelte sie ihn wie einen Golden Retriever, der aufs Apportieren abgerichtet ist. Sie schickte ihn auf Botengänge, ließ ihn dies und jenes holen und erreichte mit einem Blick oder einer Geste, daß er augenblicklich aufsprang und alles andere stehen- und liegenließ.

Und als er ihr dann den Heiratsantrag machte und ihr einen Ring mit einem Diamanten schenkte, der so groß war, daß den Leuten die Augen aus dem Kopf fielen, schwenkte sie diesen Ring wie eine Fahne. Nie saß sie da, ohne ihre Handfläche an die Wange zu pressen, damit niemand um sie herum den Ring übersehen konnte, und sie trug nie mehr Handschuhe.

Mutter begann die Hochzeit zu planen, und Daddy hatte das Gefühl, es sei ihm gelungen, das wichtigste Ziel in seinem Leben zu erreichen: Bald, sogar schon sehr bald, würde die Verantwortung für Belinda an einen anderen Mann übergehen. Was Belinda betraf, so überraschte sie mich damit, daß sie offenbar jeden einzelnen Aspekt auskostete: die Ankündigungen ihrer Hochzeit in den Klatschspalten, die Einladungen zu formellen Galadiners, die aufdringlichen Schmeicheleien und die Aufmerksamkeit, mit der sie überhäuft wurde.

»Endlich bin ich angesehen«, sagte sie eines Abends zu mir. »Und du hast geglaubt, dahin würde ich es niemals bringen.«

Sie lachte und ging in ihr Zimmer, um sich für ein Abendessen mit Carson zurechtzumachen.

Dennoch nagte etwas an den Mauern meiner Selbstzufriedenheit, bis Argwohn durch die Ritzen zu sickern begann und meine Einbildungskraft anregte. Ich beobachtete Belinda und Carson genauer, wenn sie zusammen waren. Ja, er war zweifellos in sie vernarrt, aber jemand wie er langweilte Belinda normalerweise schon nach kurzer Zeit, sagte ich mir. Sie ertrug weit mehr von ihm, als ich erwartet hätte. Sie fügte sich Daddys Wünschen allzu widerspruchslos. Irgend etwas, warnte mich das kleine Stimmchen in meinem Inneren, stimmt hier nicht.

Die Wahrheit war die, daß ich oft den Eindruck hatte, wenn ich Belinda und Carson zusammen sah, sie könne ihn mühelos zum Frühstück verspeisen. Oft neckte sie ihn; sie brachte ihn dazu, alberne Dinge zu tun; sie lachte über Dinge, die er sagte, und jedesmal, wenn sie ihn küßte oder ihn liebevoll streichelte, ähnelten ihre Zärtlichkeiten denen, die eine Schwester mit ihrem Bruder ausgetauscht hätte. Gewiß hatten sie das Stadium der Liebe noch nicht erreicht, an das Belinda in einer Beziehung gewöhnt war, sagte ich mir. Ich bezweifelte, daß sie schon miteinander im Bett gewesen waren, und als ich sie danach fragte, lachte sie und sagte zu mir: »Carson ist der Überzeugung, ein Mann und eine Frau sollten nicht miteinander schlafen, ehe sie verheiratet sind.«

»Und was hast du dazu gesagt?« fragte ich.

»Ich habe ihm gesagt, der Meinung sei ich auch«, sagte sie.

»Dann glaubt er also, du seist jungfräulich?«

»Olivia! Natürlich glaubt er das. Weshalb sollte er es nicht glauben?«

Warum er es nicht glauben sollte, dachte ich. Ich bin sicher, daß dein Name auf Toilettenwänden steht, mein liebes Schwesterlein. Was ist mit deinen früheren Freunden und mit dem, der dich geschwängert hat? Natürlich kannte Carson keinen dieser Jungen, und falls ihm doch zu Ohren kommen sollte, wie sie über Belinda redeten, dann würde er es ohnehin nicht glauben, und an den Orten, an denen Belindas Name möglicherweise auf Toilettenwänden stehen könnte, verkehrte er auch nicht. Er war absolut einwandfrei, und dafür hielt er Belinda ebenfalls. Vielleicht wünschte er sich so sehr, alles an ihr sei echt, daß er es sich einredete. Jeder, schloß ich daraus, entscheidet sich für seine eigene Version der Wahrheit und paßt sie seinen Vorstellungen davon an, wie die Dinge sein sollten, und die Aspekte, die sich nicht ganz so leicht in das Bild einfügen lassen, wirft er wie kleine Fische ins Wasser zurück. Die einzige Realität war die Realität, die wir als wahr anerkannten.

Damit erklärte ich mir Carsons Verhalten, doch die Überlegungen, die ich zu Belinda anstellte, waren damit noch lange nicht befriedigend erschöpft. Warum war sie eine derart brave Tochter und eine geradezu perfekte Verlobte? Daddy wollte glauben, sie hätte sich verändert, sie sei zu Erkenntnissen über sich selbst und ihr Leben gelangt und mehr oder weniger über Nacht erwachsen geworden. Auch Daddy zählte zu diesen Personen, die sich ihre Version der Wahrheit aussuchten, dachte ich.

Die Hochzeit war für den Frühling geplant. Inzwischen verging kein einziger Tag, an dem Mutter nicht irgendeinen Aspekt der Feierlichkeiten durchdachte, erörterte oder klärte. Es sollte eine der vornehmsten und verschwenderischsten Hochzeiten auf dem Kap werden, und Belinda würde der Star dieses Ereignisses sein. Sie schwelgte in dieser maßlosen Aufmerksamkeit, und in ihrem Zimmer stapelten sich überall Kataloge von Brautkleidern, Stoffproben, Fotos von Frisuren, Schuhen, Blumenarrangements und Kleidern für Brautjungfern. Wochenlang herrschte Trubel im Haus und auf dem Grundstück, denn Leute von zahlreichen Dienstleistungsunternehmen gingen bei uns ein und aus – Schneiderinnen, Floristinnen, Innenausstatterinnen, die Leute vom Partyservice. Sie alle unterbreiteten ihre Vorschläge, gaben Proben ihres Könnens und beantworteten Fragen. Unser Alltag stand im Zeichen des bevorstehenden Ereignisses, und beim Abendessen und bei Daddys Familienbesprechungen gab es kein anderes Thema mehr. Es sah wahrhaft so aus, als drehte sich die ganze Welt nur noch um Belinda, ihr Glück und ihre Wünsche. Die Prinzessin würde demnächst zur Königin gekrönt werden.

Es gab zahllose Gründe dafür, daß Belinda glücklich sein sollte und es offenbar auch war, doch trotz allem blieb ich skeptisch. Ihre Nachsicht mit Carson bereitete mir nach wie vor Sorgen. So lange war sie bisher mit keinem Mann zusammen gewesen, und schon gar nicht mit einem, der nicht bereits ihr Liebhaber war.

Es stimmte schon, ihr gesellschaftliches Leben war ein Wirbelwind von Aktivitäten. Es gab nicht eine einzige Veranstaltung, deren Besuch Carson nicht vorgeschlagen hätte, und für jeden dieser Anlässe hatte Belinda spezielle Vorbereitungen zu treffen. Ein großer Teil ihres Lebens wurde davon in Anspruch genommen, genug, um sie vom Büro fernzuhalten und ihre Tage auszufüllen. Daddy war nie zuvor so glücklich gewesen, und Mutter war ebenfalls sehr entspannt.

»Ist es nicht grandios«, sagte Daddy eines Tages. »Vor einem Jahr haben wir noch geglaubt, sie würde ihr Leben lang eine Katastrophe sein und von einem tragischen Ereignis ins nächste schlittern, und jetzt ... jetzt wird sie eine echte Dame der guten Gesellschaft von Cape Cod, stimmt's?«

»Ja, Daddy«, sagte ich. »Ich hoffe es.«

»Sei nicht so pessimistisch, Olivia. Wenn man etwas so detailliert plant, dann klappt es meistens. Wer sich gründlich vorbereitet hat«, belehrte er mich, »steht im allgemeinen gut da.«

Ich lächelte und nickte, um ihn in seiner Freude zu bestärken, aber ich war nicht annähernd so überzeugt wie er. Und dann wurde mir an einem Märzabend die Rechtfertigung für meinen Argwohn lebhaft präsentiert, so lebhaft, daß ich es nicht verwinden konnte.

Ich war noch wach, als Carson Belinda früh von einer Wohltätigkeitsveranstaltung in North Truro nach Hause brachte. Daddy und Mutter waren ins Bett gegangen, weil Daddy eine schlimme Erkältung hatte und Mutter den Eindruck gewann, bei ihr könnte es auch jeden Moment losgehen. Ich sah mir etwas im Fernsehen an und ging dann nach oben, um zu lesen. Meine kleine Nachttischlampe brannte noch. Es war still im Haus. Ich hörte, wie Carsons Rolls Royce vorfuhr, und ich hörte, daß Belinda ausstieg und Carson sie zur Haustür begleitete. Sie kam sehr leise ins Haus und stieg auffallend leise die Treppe hinauf. Ich streckte den Kopf zur Tür heraus, als sie vorbeikam.

»Was ist passiert?« fragte ich.

»Ich habe Bauchweh«, sagte sie. »Richtige Krämpfe. Wahrscheinlich bekomme ich meine Periode, und außerdem haben sie dort doch nur Reden gehalten. Ich bin zweimal eingeschlafen! Ich bin ja so müde. Ich gehe gleich ins Bett.«

Ich nahm die für Belinda so typische Antwort mit einem Nikken zur Kenntnis und blickte ihr nach, als sie in ihr Zimmer ging. Ich las noch ein Weilchen und schaltete dann das Licht aus. Als ich mir die Decke bis ans Kinn zog, hörte ich, wie der Fußboden vor meiner Tür quietschte, und dann konnte ich eindeutig Schritte hören, die die Treppe hinunterliefen. Da ich neugierig geworden war, stand ich auf und schaute gerade noch rechtzeitig zur Tür hinaus, um Belindas Kopf am unteren Ende der Treppe verschwinden zu sehen. Ich glaubte, sie sei nach unten gegangen, um sich etwas gegen ihre Krämpfe zu holen. Da ich selbst Lust auf ein Glas Milch hatte, schlüpfte ich in meinen Morgenmantel. Als ich nach unten kam, war jedoch nirgends etwas von Belinda zu sehen. Tatsächlich brannte noch nicht einmal Licht in der Küche.

Mir fiel allerdings auf, daß die Hintertür einen Spalt offenstand, und daher lief ich schnell darauf zu und trat auf die kleine Veranda. Im ersten Moment sah ich niemanden, und dann fiel mein Blick auf Belinda, die rasch über den Strand auf unser Bootshaus zulief. Weshalb ging sie um diese Uhrzeit dorthin, fragte ich mich.

Ich ging wieder ins Haus und holte eine meiner Jacken aus dem Garderobenschrank in der Eingangshalle gleich neben dem Vordereingang. Dann kehrte ich zur Hintertür zurück und folgte Belinda. Aufgrund von Daddys ursprünglichem Unternehmen, seiner Boote und seiner Aktivitäten, ehe er die Firma zielstrebig erweitert hatte, besaßen wir ein größeres und nobleres Bootshaus als die meisten anderen Familien. Vor ein paar Jahren, ehe Daddy das Herrenzimmer in ein Büro umgewandelt hatte, hatte er einen kleinen Teil des Bootshauses zum Büro umfunktioniert und mit einigen Aktenschränken, einem Schreibtisch, mehreren Tischen, Stühlen und einem Sofa eingerichtet. Die Wände waren mit Korkplatten verkleidet und mit präzisen Daten über das Wetter, die Fischerei und die Hummerreusen vollgeklebt.

Dünne Schleierwolken durchzogen den Nachthimmel, aber der Halbmond schien hell genug, um jedes Hindernis aufzuzeigen und das Meer und den Strand in sein Licht zu tauchen. Ich war etwa zehn Meter vom Bootshaus entfernt, als ich glaubte, Gelächter zu hören, und dann entdeckte ich den matten Lichtschein im Bürofenster. Während ich näher darauf zuging, spitzte ich die Ohren und glaubte, eine fremde Stimme zu vernehmen, eine männliche Stimme. Mein Herz schlug einen Trommelwirbel. Einen Moment lang konnte ich kaum atmen. Ich sog Luft in meine Lunge und trat ans Fenster.

Im ersten Augenblick sah ich nichts, niemanden. Dann entdeckte ich die beiden auf dem Fußboden, denn der Schein der kleinen Lampe ließ ihre nackten Körper schimmern. Ich wich zurück und fühlte mich, als sei mir ein Hieb in die Magengrube versetzt worden. Nein, dachte ich. Es kann nicht sein. Wie kann das sein? Es ist ein Traum. Ich stehe hier draußen und bin in einem Alptraum gefangen, der ganz allein mein Werk ist. Ich werde die Augen fest zukneifen, und wenn ich sie wieder öffne, liege ich behaglich in meinem eigenen Bett.

So kam es natürlich nicht. Ich stand immer noch am Fenster. Der Wind war kräftiger geworden, und die Brandung schlug auf die Felsen unter mir. Langsam sah ich noch einmal durch eine Ecke des Fensters. Er war über ihr, hatte die Hände auf ihren Brüsten liegen und den Rücken durchgewölbt, sein Gesicht in meine Richtung gewandt. Ihre Arme umfaßten seine Taille, und ihre Beine waren um ihn geschlungen. Er öffnete die Augen, und sein Gesichtsausdruck zeigte mir deutlich, daß er mich durchs Fenster schauen sah.

Ich wartete gar nicht erst, bis ich seinen Aufschrei hörte. Ich machte kehrt und rannte zum Haus zurück, und als ich die hölzernen Stufen zur Terrasse hinter dem Haus erreichte, keuchte und hustete ich. Ich würgte trocken. Es kam mir vor, als sei mein Magen umgestülpt worden.

Dann sah ich mich um, weil ich hörte, wie die Tür des Bootshauses geöffnet wurde. Ich sah ihn dastehen, als Silhouette im Mondschein, und in meine Richtung sehen.

»Nelson?« hörte ich sie rufen. »Komm zurück. Jetzt komm endlich wieder rein. Da ist niemand. Ich habe nicht die ganze Nacht Zeit.«

»Schon gut, ich komme ja schon«, sagte er. Er blieb noch einen Moment stehen und kehrte dann ins Büro zurück.

Ich holte zweimal tief Atem und preßte mir die Hand aufs Herz, damit es mir kein Loch in die Brust schlug, während ich mich auf den Rückweg machte. Ich war in Schweiß gebadet und so naß, daß ich mir vorkam, als sei ich ins Meer gefallen. Ich schlich mich in die Eingangshalle, hängte meine Jacke auf und kehrte wieder in mein Zimmer zurück. Dort zog ich mein Nachthemd aus und ging ins Bad, um mich unter die Dusche zu stellen. Ich zog ein anderes Nachthemd an, kroch wieder ins Bett und zog mir die Decke bis ans Kinn.

Mein Herz hämmerte dumpf unter meinen Brüsten. Ich lag mit weit offenen Augen da und überzeugte mich davon, daß ich tatsächlich draußen gewesen und die beiden wirklich im Bootshaus miteinander gesehen hatte. Es war kein Traum, kein Alptraum, den ich ausschließlich mir zuzuschreiben hatte.

In zwei Monaten, dachte ich, wird sie Carson McGil heiraten, und die Trauungszeremonie wird nur wenige Meter von der Stelle stattfinden, an der sie jetzt liegt und mit dem Mann schläft, dem meine Liebe gehört.

Ich hörte, wie Belinda in ihr Zimmer zurückkam, doch ich stand nicht auf, um sie zur Rede zu stellen. Statt dessen tat ich am nächsten Morgen beim Frühstück so, als wüßte ich von nichts. Belinda quasselte unaufhörlich und jammerte Mutter vor, wie langweilig die Veranstaltung gewesen sei und warum sie schon so früh nach Hause gekommen sei.

»Ich habe dich gar nicht kommen hören«, sagte Mutter zu ihr. »Hast du sie gehört, Olivia?«

Ich sah Belinda an.

»Ja, ich habe sie gehört, als sie nach Hause gekommen ist«, sagte ich geschwind. Belinda lächelte.

»Ich mußte etwas gegen meine Krämpfe einnehmen, und daraufhin bin ich gleich eingeschlafen«, sagte sie. Ich starrte sie an, aber sie merkte es nicht.

»Ich muß zur Arbeit gehen. Wir haben heute eine Menge zu tun«, sagte ich und verließ das Haus, so schnell ich konnte, da ich das Gefühl hatte, wenn ich auch nur noch einen Moment länger geblieben wäre und geschwiegen hätte, hätte ich im nächsten Augenblick laut herausgeschrien, was ich tatsächlich gesehen hatte, und wer wußte, was ich Mutter damit angetan hätte. Ich erschauerte bei dem Gedanken daran, was passieren würde, wenn Daddy dahinterkam.

Als ich in die Commercial Street einbog, sah ich Nelson Childs und seinen Vater aus dem Sea Loft kommen, einem beliebten Frühstückslokal. Sie verabschiedeten sich mit einem Händedruck voneinander, und Nelson ging auf seinen funkelnden roten Wagen zu. Impulsiv scherte ich in die Parklücke hinter seinem Wagen ein, und er blickte überrascht auf. Als er mich sah, verblaßte sein verblüfftes Lächeln, und sein Gesicht wurde todernst. Dann fing er seine Gedanken im freien Flug auf, schleuderte sie wieder in seinen Hinterkopf, lächelte erneut und winkte zur Begrüßung. Ich kurbelte mein Fenster herunter.

»Guten Morgen«, sagte er und blieb neben mir stehen. »Ich war gerade mit Dad frühstücken.«

Aus seiner Nervosität konnte ich schließen, daß er den Verdacht hatte, er hätte mich in der vergangenen Nacht am Fenster gesehen.

»Ich glaube, wir beide sollten uns ein Weilchen miteinander unterhalten, Nelson.«

»Uns unterhalten?«

»Über die vergangene Nacht«, sagte ich finster. Seine Lippen bebten, und seine Augen füllten sich mit Beklommenheit.

»Letzte Nacht?«

»Warum steigst du nicht einfach ein?« schlug ich vor. Er nickte und lief um den Wagen herum zum Beifahrersitz. Einen Moment saßen wir beide schweigend da.

»Ich habe gehört, wie Belinda das Haus verlassen hat, nachdem sie von einer Verabredung mit Carson zurückgekommen ist. Ich war neugierig, und daher bin ich ihr zum Bootshaus gefolgt.«

»Oh«, sagte er. Er sah starr vor sich hin. »Ich dachte mir schon, daß du es warst.«

»Ich bin enttäuscht von dir, Nelson. Du weißt, daß du eine Affäre mit einer Frau hast, die verlobt ist und bald heiraten wird, und ich könnte noch hinzufügen, daß es sich um eine Frau handelt, die nicht besonders gescheit ist. Sie ist meine Schwester, und ich liebe sie, aber ich bin mir auch über ihre Schwächen im klaren. Wenn es um Beziehungen zwischen den Geschlechtern geht, ist sie nicht übermäßig raffiniert.«

Ein Lächeln machte sich auf seinem Gesicht breit.

»Ich meine damit nicht, daß sie keine gute Liebhaberin ist. Ich bin sogar sicher, daß sie eine … ganz bemerkenswerte Geliebte ist, aber sie hat sich schon früher in Schwierigkeiten gebracht, in üble Schwierigkeiten. Du machst dir keine Vorstellung davon, wie übel«, fuhr ich erbarmungslos fort.

»Mein Vater hatte alle Hände voll damit zu tun, sie aus einer Katastrophe nach der anderen zu retten, aber diese jüngste Katastrophe stellt eine Bedrohung für die Grundfesten unserer Familie dar, und dazu lasse ich es nicht kommen.«

Ich wirbelte zu ihm herum. »Ich persönlich würde euch beide bloßstellen«, sagte ich. »Du könntest ebensogut deine Sachen packen und auf dem nächstbesten Schlepper anheuern, Nelson Childs. Du sprichst davon, dich in ein hohes Amt wählen zu lassen und dir eine Anwaltskanzlei aufzubauen? Und worauf willst du die aufbauen? Auf einem gewaltigen Skandal?«

»Olivia, bitte, ich ...« Er schlug die Augen nieder. »Ich will noch nicht einmal versuchen, mich zu verteidigen. Du hast recht, vollkommen recht«, gestand er. »Ich habe mich von meinen Hormonen regieren lassen. Ein solcher Skandal würde unser beider Familien ruinieren.«

»Von Belinda ist so etwas jederzeit zu erwarten. Tatsächlich habe ich sogar damit gerechnet, aber festzustellen, daß ausgerechnet du in diese Angelegenheit verwickelt bist ... Das hätte ich niemals von dir geglaubt, Nelson. Ich bin ja so enttäuscht«, fügte ich hinzu. Ich stand kurz vor den Tränen.

Er nickte. »Ich bin auch enttäuscht von mir.« Er drehte sich zu mir um, mit feuchten Augen und energischen Lippen. »Du hast wahrscheinlich keinen Grund, mir zu glauben, Olivia, aber ich schwöre dir, daß ich dich nicht noch einmal enttäuschen werde«, sagte er.

Ich wandte mich ab und starrte mit pochendem Herzen zum Fenster hinaus. Wie gut er aussieht, dachte ich. Wie sehr ich wünschte, er würde mich umarmen, mich begehren und für mich alles aufs Spiel setzen, wie er es für Belinda getan hatte. »Ich möchte dir gern vertrauen, Nelson«, sagte ich.

»Ich danke dir«, erwiderte er eilig. »Ich habe großen Respekt vor dir, Olivia. Es ist mir wichtig, nicht den Respekt zu verlieren, den du für mich hegen könntest.«

Ich sah ihn an. Warum konnte er sich zwischen uns beiden nicht mehr als nur gegenseitigen Respekt vorstellen?

»Den Respekt anderer Menschen muß man sich verdienen«, sagte ich.

»Das stimmt.«

Ich sah ihm einen Moment in die Augen und wandte dann den Blick ab. »Also gut«, sagte ich. »Der Vorfall wird unter uns bleiben.«

»Danke, Olivia. Ich werde dich nicht enttäuschen«, gelobte er.

Ich nickte. Ich war bereits enttäuscht, aber ich hätte nicht ausdrücken können, warum es so war. Ich ließ den Motor an.

»Ich muß heute nachmittag wieder an meine Universität zurückkehren«, sagte er. »Viel Glück für die kommende Woche.«

»Das wünsche ich dir auch«, sagte ich, ohne ihn anzusehen. »Tschüß dann.«

Ich sah ihm nach, als er ausstieg und zu seinem Wagen lief. Er drehte sich zu mir um, lächelte und winkte, und ich fuhr weiter. Mein Herz war schwer, und seine dumpfen Schläge kamen mir eher wie die einer alten Standuhr vor, deren Ticken verdeutlichte, daß eine weitere Sekunde, eine weitere Minute und schon bald eine weitere Stunde meines Lebens vergangen sein würde und ich immer noch ganz allein war.

Zwei Wochen später kam Daddy während der Arbeit in mein Büro, um mir mitzuteilen, er hätte gerade gehört, daß sich Nelson Childs mit einer jungen Frau aus einer der besten Bostoner Familien verlobt hatte.

6
Saure Trauben

In den Wochen, die zwischen meinem Gespräch mit Nelson und dem Tag lagen, an dem ich schließlich von seiner Verlobung erfuhr, gestattete ich mir, meiner Phantasie freien Lauf zu lassen und ihn mir an meiner Seite vorzustellen. Hinterher schalt ich mich dafür aus, daß ich so dumm gewesen war, noch dümmer als Belinda, denn sie konnte ihren Träumen nachhängen und sie dann vergessen und einfach von einem anderen träumen, wogegen ich mit meinen zerronnenen Träumen wie mit Familienerbstücken umging, die irreparabel zerbrochen waren.

Ich hatte tatsächlich einen Anruf von Nelson erwartet. Ich stellte mir vor, er sei in der festen Überzeugung aus meinem Wagen gestiegen, daß ich etwas ganz Besonderes war, ein so außergewöhnlicher Mensch, daß er mich gern näher kennenlernen wollte, mich öfter sehen und immer wieder mit mir reden wollte. Ich besaß Substanz. Ein so intelligenter und ehrgeiziger Mensch wie er war sich doch gewiß darüber im klaren, wie entscheidend es für ihn war, eine Frau zu finden, die meine Vorzüge besaß. Ich malte mir aus, wie er eines Morgens wach wurde, sich an den Kopf schlug und sich sagte: »Was habe ich mir bloß gedacht? Die ganze Zeit über war Olivia Gordon zu haben, ungebunden, attraktiv und vernünftig, und ich lasse mich mitten in der Nacht auf verbotene Treffen mit ihrer kindischen Schwester ein und setze meine gesamte Karriere, meinen eigenen Ruf und den Ruf meiner Familie aufs Spiel, und wozu das alles?«

Jeden Moment würde im Büro oder zu Hause das Telefon läuten, und am anderen Ende der Leitung würde Nelson sein, der mich fragte, ob wir beide an dem Abend, an dem er aus dem

College zurückkam, zusammen essen gehen könnten. Ich würde so tun, als müßte ich es mir erst noch überlegen, und dann würde ich einwilligen, und wir würden miteinander ausgehen und einen wunderbaren Abend verbringen, in dessen Verlauf wir entdeckten, daß wir tatsächlich ähnliche Interessen und Ambitionen hatten. Auf dieses Rendezvous würde ein weiteres folgen, und dann noch eines, und nach Wochen, spätestens nach ein paar Monaten, würde er mir einen Heiratsantrag machen. Direkt auf Belindas Hochzeit würde die Ankündigung meiner eigenen Verlobung und der bevorstehenden Eheschließung folgen. Innerhalb von wenigen Tagen würde ich zu einem Höhenflug ansetzen und sie so schnell überflügeln, daß ihr der Kopf schwirrte. Endlich, endlich, würde ich dafür belohnt werden, daß ich die brave Tochter war.

Daddys Worte über Nelson ähnelten daher einem Donnerschlag in meinem Kopf. Schwarze Gewitterwolken wurden von einem Sturm der Todesqualen um meine Gedanken herumgewirbelt, und dieser Sturm heulte immer wieder laut und ungläubig: »Nein! Nein!«

»Der Colonel hat mich gerade angerufen, um mir mitzuteilen, daß sich Nelson mit einer Louise Branagan verlobt hat. Ihr Großvater war Richter am Obersten Gerichtshof. Nächste Woche wird die Verlobung in sämtlichen Gesellschaftsspalten angezeigt, und sie planen eine Verlobungsparty, die einen Monat nach Belindas Hochzeit stattfinden wird.«

Ich nahm Daddy kaum zur Kenntnis. Ich starrte ihn einfach nur an, und mein zertrampeltes Herz verbarg sich hinter meinem unbeteiligten Gesichtsausdruck.

»Vermutlich habe ich weit daneben gelegen, als ich mir eingebildet habe, ich könnte Nelson Childs mit Belinda verheiraten, was?«

»Ja, Daddy«, sagte ich und dachte mir, wir hätten beide weit daneben gelegen.

Für den Rest des Tages und auch in den darauffolgenden Tagen war ich zu nichts zu gebrauchen. Ich lief trübsinnig im Haus herum und mied alle anderen, insbesondere Belinda, die auf den Wolken ihres eigenen Lächelns und ihres klirrenden Gelächters schwebte, als bestünde sie aus Luft und wir übrigen seien Tonklumpen. Sie ließ sich unablässig darüber aus, was für ein wunderbares Leben sie und Carson führen würden, und sie schilderte das Haus, das sie sich von ihm bauen lassen würde, die Kleider, die er ihr kaufen würde, die Wagen, die sie fahren würde, und die Reisen, die sie geplant hatte.

»Wir haben beschlossen ... eigentlich sieht es eher so aus, daß ich beschlossen habe ... wir sollten unsere Flitterwochen auf den Bermudas verbringen. Dort werden wir im teuersten Hotel wohnen. Ich war im Reisebüro und habe mich erkundigt. Ich habe gesagt, nur das Beste sei gut genug für mich, und wegen der Kosten bräuchten sie sich keine Sorgen zu machen. Sie sollten die Rechnung einfach an Carson McGil schicken Ich werde mich langsam an diese Worte gewöhnen müssen, nicht wahr, Olivia?« Sie lächelte. »Setzen Sie es bitte auf die Rechnung, und schicken Sie alle Rechnungen an Carson McGil.«

»Wenn man jemanden heiratet, Belinda, dann sollte man sich aus diesem Menschen etwas machen. Man sieht es nicht darauf ab, ihn in den Bankrott zu stürzen, und man tut auch sein Bestes, um ihn in keiner Form zu verletzen. Von euch beiden wird erwartet, daß ihr zusammenhaltet, in guten und in schlechten Zeiten. Von euch wird erwartet, daß ihr füreinander da seid«, belehrte ich sie.

»Das ist doch lächerlich. Von mir darf man nicht erwarten, daß ich für ihn da bin. Er sollte immer für mich da sein, mich beschützen, für mich sorgen und alles Erdenkliche tun, um mich glücklich zu machen«, gab sie zurück.

»Und du trägst nichts dazu bei, ihn glücklich zu machen?«

»Wenn ich glücklich bin, wird auch er glücklich sein. Wenn ich traurig bin, wird auch er traurig sein«, sagte sie drohend. »Das hat Carson bereits begriffen, und er akzeptiert es. Wenn er mich will, muß er mich nehmen, wie ich bin. Das weiß er, und ich versichere dir, liebe Schwester, daß er mich will, daß er mich ganz, ganz dringend haben will.«

Sie kicherte, und als sie weitersprach, senkte sie ihre Stimme zu einem Flüstern.

»Ich habe ihm eine sensationelle Hochzeitsnacht versprochen, Genüsse, die seine kühnsten Phantasien übersteigen, und du solltest sehen, wie er sabbert. Ich schwöre es, ihm hängt die Zunge manchmal raus wie einem Hund, der hechelt. Meine Küsse behandelt er, als sei jeder einzelne von ihnen ein Juwel, und daher küsse ich ihn bewußt nicht oft. Er glaubt, daß mir vor Sex graut.«

Ich schüttelte den Kopf, und sie schnitt eine Grimasse.

»Ich werde nicht unglücklich sein, Olivia«, beharrte sie und schürzte die Lippen. »Wenn ich Carson heirate, dann tue ich all das nur, weil es für die Familie von Nutzen ist, aber ich muß doch nicht obendrein auch noch unglücklich werden, oder?«

»Gott bewahre!« sagte ich. »Anfangs hast du mir wirklich leid getan, Belinda. Ich dachte, du hättest dich vielleicht auf etwas eingelassen, was du wirklich nicht tun willst, aber inzwischen ist mir klar geworden, daß Carson derjenige ist, den ich bemitleiden sollte.«

»Wie gräßlich. Wie kannst du nur so etwas Scheußliches sagen.« Sie lächelte, und ihre Augen funkelten im Mondschein. »Ich höre den Neid trippeln«, flötete sie.

»Das ist nicht wahr.«

»Tripptrapp, tripptrapp.«

»Hör auf damit!«

»Dann hör du auf damit, mir meinen Spaß zu verderben. Carson ist sehr froh darüber, daß er mich hat. Wenn du ihn heute fragst, wird er dir sagen, er sei der glücklichste Mann auf Erden. Wahrscheinlich ist er es tatsächlich. Er bekommt die Frau seiner Träume«, fügte sie hinzu und ging. Offenbar glaubte sie an ihre eigene Propaganda.

Sie war keineswegs die Frau seiner Träume. Ich fand die Vorstellung ekelerregend, alle Männer könnten so leichtgläubig und blind sein wie Carson McGil, aber so sah ich es inzwischen. Sogar Nelson Childs hatte sich von meiner Schwester betören lassen.

Kurz darauf kam Carson eines Samstagnachmittags, um Belinda zu einem Einkaufsbummel in Boston abzuholen. Sie hatte bereits damit geprahlt, wie großzügig sie mit seinem Geld um sich werfen würde und daß sie darauf bestehen würde, von ihm in eines der edelsten Restaurants der Stadt eingeladen zu werden. Dann würde sie im Wagen einschlafen und es ihm überlassen, sie wie ein Chauffeur nach Hause zu bringen. »Und«, fügte sie zuversichtlich hinzu, »er wird es mit Freuden tun.«

Daddy war mit Geschäftsfreunden angeln, und Mutter hielt sich oben in ihrem Zimmer auf, weil sie wieder einmal üble Bauchschmerzen hatte. Diese Anfälle häuften sich in der letzten Zeit. Sie schob sie auf ihre eigene Nervosität wegen Belindas bevorstehender Hochzeit und all der Vorbereitungen. Ich glaubte ihr.

Carmelita öffnete Carson die Tür und ließ ihn im Wohnzimmer warten. Ich saß in Daddys Arbeitszimmer und sah einige Rechnungen durch, weil er mich gebeten hatte, sie zu überprüfen. Ich hörte das Läuten an der Tür und wandte mich gleich wieder meiner Arbeit zu. Kurz darauf tauchte jedoch zu meinen Erstaunen Carson in der Tür des Arbeitszimmers auf und sah hinein.

»Oh, es tut mir leid, wenn ich dich gestört habe«, sagte er mit einem matten Lächeln. »Ich warte auf Belinda. Sie ist nicht rechtzeitig fertig geworden.«

»Wie üblich«, sagte ich. »Du störst mich nicht, Carson. Komm rein.« Ich lehnte mich in Daddys überdimensionalem Ledersessel zurück. Gewiß mußte ich darauf wie eine Puppe gewirkt haben.

»Ein schönes Arbeitszimmer. Es hat ... Charakter. Ich kann

deinen Vater darin erkennen. Dieser Raum ist wie für ihn geschaffen«, murmelte Carson, der sich umsah und meine Augen mied. Ich fragte mich, warum ihn meine Gegenwart so nervös machte.

»Stimmt zwischen dir und Belinda alles?« fragte ich ihn ohne Umschweife.

Er wandte sich abrupt zu mir um und nickte. »Oh ja, allerdings. Aber es ist eine aufregende Zeit für uns beide. Sie will unbedingt alles richtig machen«, fügte er hinzu.

»Endlich«, murmelte ich.

»Wie bitte?«

»Schon gut. Es freut mich, daß ihr beide so glücklich miteinander seid«, sagte ich und zog meinen Stuhl an den Schreibtisch, da ich mich meiner Arbeit wieder zuwenden und dieses alberne Gespräch beenden wollte, ehe es wirklich begonnen hatte.

»Nun ja, wir haben unsere kleinen Höhen und Tiefen, wie jedes andere Paar auch, aber insgesamt ...«

Ich sah ihn an. Im letzten Moment hatte ihn doch noch das Lampenfieber erwischt, dachte ich. Vielleicht war er nicht ganz so dumm, wie er mir bisher erschienen war. Plötzlich tat er mir tatsächlich leid.

»Meine Schwester kann sich glücklich schätzen, einen so guten Fang wie dich gemacht zu haben, Carson.«

»Oh, nein«, sagte er bescheiden, und sein Gesicht rötete sich vor Verlegenheit. »Ich bin derjenige, der sich glücklich schätzen kann.«

»Du hast eine sehr großzügige Haltung«, sagte ich, »wenn man Belindas unerfreuliche Vergangenheit bedenkt.«

»Was soll das heißen?« Er lächelte, und in seinen Augen standen Fragezeichen. »Unerfreuliche Vergangenheit?« Er preßte sich den Hut an die Brust, als sei er ein Schutzschild gegen die Steinschleudern und Pfeile, die ich auf ihn abschießen könnte.

Ich lächelte bittersüß. »Nun, da du jetzt mehr oder weniger zur Familie gehörst, solltest du ruhig wissen, daß Belinda Probleme hatte. Sie hat ein Mädchenpensionat besucht, verstehst du, aber das hat sich nicht bewährt, und wir mußten sie nach Hause holen.«

»Ach, das«, sagte er, und die Erleichterung war ihm anzusehen. »Sie hat es mir haarklein erzählt.«

»Es dir erzählt? Was hat sie dir erzählt?« Ich lehnte mich wieder zurück und preßte die Fingerspitzen aneinander.

»Daß man sie zu Unrecht beschuldigt hat, einem Mädchen im Wohnheim Schmuck gestohlen zu haben, und daß die Mädchen, die alle neidisch auf sie waren, sich hinter das andere Mädchen gestellt haben. Unter diesen Umständen konnte sie natürlich nicht weiterhin dort wohnen«, sagte er mit der Entschiedenheit eines Beschützers.

»Das also ist das Märchen, das sie sich ausgedacht hat?«

»Wie bitte?«

»Belinda ist von der Schule verwiesen worden, Carson. Es ist besser, wenn du die Wahrheit weißt. Eines Tages wirst du sowieso dahinterkommen.«

»Wegen Diebstahls von der Schule verwiesen«, sagte er nikkend.

»Nein, nicht wegen Diebstahls«, erwiderte ich. Er starrte mich einen Moment lang an, warf dann einen Blick auf die offene Tür und setzte sich.

»Was war es denn sonst?«

»Nennen wir es Promiskuität«, sagte ich. Die Augenbrauen sprangen ihm fast aus dem Gesicht.

»Promiskuität?« Er unterbrach sich und faßte Mut, um die Worte herauszubringen. »Du meinst Promiskuität sexueller Natur?«

»Mir wäre keine andere Form bekannt«, sagte ich zuckersüß. »Aber das war ihr eine Lehre, und auch die anderen Vorfälle haben ihr eine Lektion erteilt«, sagte ich. »Ich glaube, du brauchst dir jetzt keine Sorgen mehr zu machen.«

»Welche anderen Dinge?«

»Probleme, die sie hatte, als sie noch die Highschool besucht hat«, sagte ich so beiläufig wie möglich. »Alle Mädchen haben in dem Alter Probleme.«

»Hattest du welche?«

»Keine, die sich an ihren Problemen messen ließen, aber Belinda ist nun mal Belinda«, erwiderte ich.

»Was soll das heißen?«

»Jeder Mensch hat seine eigene Persönlichkeit, Carson. Manche von uns gehen mit ihren Körpern freizügiger um als andere. Ihre Gelüste sind ausgeprägter. Darin liegt doch gerade der Reiz, nicht wahr? In den Unterschieden. Du liebst sie, weil sie so ist, wie sie ist, das stimmt doch?«

»Ich ... ich dachte, ich wüßte, wie sie ist.«

»Worüber redet ihr eigentlich miteinander, wenn nicht über euer beider Vergangenheit?« fragte ich in aller Unschuld.

»Ich habe ihr alles über mich erzählt, das stimmt schon, aber sie hat nie etwas von ... sagtest du nicht Promiskuität? ... erwähnt. Ich meine, was hat sie getan?«

»Du mußt dir klar machen, daß sie damals weniger reif war als heute«, sagte ich.

»Es ist nicht allzu lange her«, erwiderte er eilig.

»Die Ereignisse haben sie heranreifen lassen«, sagte ich. »Das passiert manchmal, wenn wir Dinge tun, deren Konsequenzen ungeahnte Ausmaße annehmen.«

»Du meinst, es hat eine Art Skandal gegeben?«

»Beinah. Daddy und ich haben es gerade noch rechtzeitig verhindert«, prahlte ich.

Er schüttelte den Kopf. Seine Augen waren glasig, und er wirkte benommen. »Ich hatte keine Ahnung. Wer weiß sonst noch etwas davon?«

»Außer der Familie? Die Schulverwaltung, natürlich einige andere Mädchen und selbstverständlich die beteiligten Jungen«, sagte ich.

»Jungen? Du meinst, es war nicht nur einer?«

»Ach, wozu über etwas reden, was ein Mädchen getan hat, als sie jung und unreif war, Carson? Das ist nicht mehr dasselbe Mädchen, das du heute kennst, stimmt's? Sie ist nicht das Mädchen, dem du einen Heiratsantrag gemacht hast, das Mädchen, dem du ein Haus bauen willst, das Mädchen, von dem du dir Kinder wünschst, vorausgesetzt natürlich, daß sie überhaupt noch Kinder bekommen kann.«

»Was? Weshalb sollte sie das nicht können?«

»Das ist eine ganz andere Geschichte, Carson. Es erscheint mir nicht richtig, darüber zu reden, noch nicht einmal mit Belindas zukünftigem Ehemann. Es ist etwas, was ihr unter euch abmachen solltet, du, deine Frau und dein Arzt«, fügte ich hinzu.

»All das ist mir ... völlig neu«, sagte er kopfschüttelnd. »Ich lausche nicht, wenn geklatscht wird, und ich kenne so wenige von Belindas gleichaltrigen Bekannten. Tatsächlich habe ich nicht eine einzige ihrer Freundinnen kennengelernt.«

»Da hast du nichts verpaßt«, sagte ich. »Ihre Freundinnen sind ... äußerst unangenehm. Du würdest keine von ihnen in deinem Haus sehen wollen, von ihrem Erscheinen auf deiner Hochzeit ganz zu schweigen.«

Sein Mund sprang auf.

»Es tut mir leid«, sagte ich, »aber ich habe meinem Vater versprochen, diese Dokumente heute noch zu überprüfen und die notwendigen Korrekturen vorzunehmen, und ...«

»Ja, sicher.« Er erhob sich.

Wir hörten, wie Belinda die Treppe hinuntersprang. Carson sah mich mit dem Ausdruck eines Mannes an, der sich im nächsten Moment in sein Verderben stürzen wird.

»Carson McGil«, zwitscherte Belinda in der Eingangshalle. »Wo versteckst du dich? Ich weiß, daß du es nicht wagen würdest, zu einer Verabredung mit mir zu spät zu kommen. Carson?«

Er kam ihr entgegen, als Belinda in der Tür des Büros auftauchte.

»Hier steckst du also. Du hast bei Olivia vorbeigeschaut? Wie nett. Wir fahren jetzt nach Boston, Olivia.«

»Ich weiß. Du hast es mir bereits zweimal erzählt, Belinda.«

»Wird es dir nicht langweilig, typische Männerarbeiten zu verrichten?« sagte sie mit einem schelmischen Lächeln.

»Das sind keine Männerarbeiten. Es sind auch keine Frauenarbeiten. Es ist schlicht und einfach Arbeit«, sagte ich. »Dieses Wort hat sich nie wirklich in Belindas Wortschatz eingeschlichen«, erklärte ich Carson. Er nickte.

»Ich will auch gar nicht, daß es sich in meinem Wortschatz häuslich einrichtet«, jammerte Belinda. »Nicht arbeiten, sondern spielen, das ist das Wort, das in meinem Haus der beliebteste Gast sein wird. Stimmt's, Carson?«

Er sah erst sie an und dann mich. »Wir sollten jetzt besser gehen«, kündigte er an.

»Viel Spaß. Euch allen beiden«, sagte ich.

Carson nickte und setzte sich in Bewegung. Belindas Augen kniffen sich einen Moment argwöhnisch zusammen, und dann verschwand der Gedanke, der über die Leinwand ihres Geistes gehuscht war und wurde von ihrer gewohnten Ausgelassenheit abgelöst.

»Danke, Olivia. Wir werden ganz bestimmt unseren Spaß haben«, gelobte sie und hängte sich schleunigst bei Carson ein.

Ich hörte, wie sie das Haus verließen und alles wieder in Stille versank. Der kleine Knoten, der sich in meiner Magengrube fest zugeschnürt hatte, löste sich, und Wogen warmer Schadenfreude strömten in mein Herz und durchdrangen meine Adern mit Befriedigung. Es hatte mir gut getan zu beobachten, wie Carsons Gesicht Sprünge bekommen hatte – wie eine dünne Tonmaske. Männer sollten die Hauptlast ihrer eigenen Dummheit tragen, sie zu spüren bekommen. Sie sollten fühlen, wie der Absatz der Wahrheit auf ihre nackten Zehen trampelte.

Ich war frei von jedem Schuldgefühl. Wenn Carson Belinda nicht so akzeptieren konnte, wie sie war, dann war das sein Problem, nicht meines. Eines Tages würde er zu mir kommen und sich bei mir für meine Aufrichtigkeit bedanken und auch dafür, daß ich die einzige war, die es gewagt hatte, ihm die Augen zu öffnen. Auch Belinda würde ihm gegenüber jetzt ehrlich sein müssen. Die Wahrheit sollte zur Basis einer Ehe gehören, oder etwa nicht? Daddy war im Unrecht, wenn er das alles begraben wollte. Wie hätte es ihm gefallen, wenn er ein Boot gekauft hätte, um hinterher festzustellen, daß der Rumpf schwache Verbindungsstücke hatte? Wie hätte es ihm gefallen, die Wahrheit herauszufinden, wenn er bereits auf See war? Nun, genauso wäre es Carson McGil ergangen, oder etwa nicht? Eines Tages, nachdem sie schon monatelang verheiratet waren, wäre die Wahrheit über Belinda ans Licht gekommen, und Carson hätte sich wie ein Mann auf einem sinkenden Schiff gefühlt. Es war besser, wenn er sich über die Gefahren im klaren war, ehe er aufs Meer hinausfuhr, über die Schwächen seines kleinen Bootes der Liebe.

An jenem Nachmittag fühlte ich mich eine Zeitlang wie jemand, der einen enormen Akt der Barmherzigkeit verübt hat. Wer hätte mich kritisieren können, weil ich dafür gesorgt hatte, die Ehe meiner Schwester auf eine Grundlage des Vertrauens zu stellen? Ja, ich fühlte mich blendend. Ich fühlte mich, als hätte ich für jede anständige und vernünftige Frau in ganz Amerika eine Lanze gebrochen, und wenn Männer wie Nelson Childs und Carson McGil das nicht zu würdigen wußten, dann war das ein Jammer. Eines Tages würden sie es mir hoch anrechnen.

Nachdem ich Daddys Buchhaltung abgeschlossen hatte, aß ich zu Mittag und ging in die Laube, um zu lesen. Es war ein herrlicher Sonnentag, und nur da und dort zogen schneeweiße Wolken über den azurblauen Himmel. Das Meer war ruhig; die Segelboote sahen aus, als hätte sie der Pinsel eines Künstlers auf die Leinwand des Atlantischen Ozeans getupft. In der salzigen Luft hing ein frischer, geradezu köstlicher Duft. Ich liebte unser Haus wahrhaftig. Ich hing an ihm und wußte es zu schätzen. Ich hätte an keinem anderen Ort leben können. Hier würde ich mein Leben einrichten, einen Ehemann finden und meine eigene Familie gründen. Trotz der jüngsten Vorfälle war ich in der Hinsicht zuversichtlicher und fühlte mich selbstsicherer. Überall um mich herum stellte sich die Natur zu Schau und lehrte eine klare Lektion: Am Ende siegen die Starken. Es ist nur eine Zeitfrage.

Ich saß noch nicht lange in der Laube, als eine kleine Bombe explodierte. Belinda kam durch die Hintertür aus dem Haus gestürzt, tränenüberströmt und die Hände erhoben, als seien die Fäden einer Marionette um ihre Handgelenke gebunden.

»Da bist du! Da steckst du also! Du Verräterin. Du gräßliche, neidische Schwester.«

Sie kam über die Wiese gerannt. Ihre hohen Absätze verfingen sich im Gras und ließen sie fast stolpern. Sie zog sich die Schuhe von den Füßen und warf sie erbost von sich, ehe sie weiterlief.

»Was ist los, Belinda? Weshalb bist du schon so früh zurück?« fragte ich mit ruhiger Stimme und ließ mein Buch auf meinen Schoß sinken.

Einen Moment stand sie siedend und stammelnd da, und dann hielt sie sich am Geländer fest.

»Du hast Carson von meinem Verweis aus dem Mädchenpensionat erzählt«, sagte sie anklagend, und ihr rechter Zeigefinger wies auf mich wie ein Messer. Ich konnte sehen, daß sie ihn mir gern ins Auge gestochen hätte.

Ich zuckte die Achseln. »Er wußte doch schon, daß du das Mädchenpensionat überstürzt verlassen hast«, sagte ich, und meine Stimme war immer noch beherrscht und leise.

»Ja, schon, aber er dachte, es läge daran, daß ich von dort fortgehen wollte, weil man mich beschuldigt hat, ich hätte einem anderen Mädchen albernen Modeschmuck gestohlen!«

»Was? Das wußte ich nicht, Belinda. Wie kannst du erwarten, daß ich bei all den Lügen, die du den Leuten auftischst, noch den Überblick behalte? Wenn du dir eine Geschichte ausgedacht hast, dann hättest du mir das sagen müssen, damit ich sie bestätigen kann, falls Carson fragt. Ich dachte, du hättest ihm die Wahrheit gesagt, und daher habe ich …«

»Genau, was hast du? Wie konntest du ihm erzählen, daß man mich mit zwei Jungen im Bett erwischt hat?«

»Das habe ich ihm nicht erzählt«, sagte ich. Inzwischen sprach ich mit überzeugender Selbstsicherheit. Schließlich hatte ich es ihm nicht erzählt. »Ich habe nie behauptet, du seist mit jemandem im Bett erwischt worden.«

»Das hast du nicht gesagt? Aber er hat behauptet … und daher dachte ich, du hättest es ihm erzählt, und dann habe ich ihm selbst alles erzählt. Oh, ich habe ihm viel zuviel erzählt«, rief sie aus.

»Ja, darauf würde ich wetten. Du hast ihm von dir aus mehr Informationen als nötig gegeben. Aber genau diese Gefahr bringt es mit sich, wenn man eine Beziehung auf einem Fundament von Unwahrheiten aufbaut, Belinda. Du weißt nie, wann es unter dir einsackt und das gesamte Gebäude einstürzt.«

»Er war so schockiert, und er hat mir zahllose Fragen über mein Leben in der Highschool gestellt. Ich dachte mir nur, einige der Jungen müßten wohl mit ihm gesprochen haben, ihm Lügen erzählt und übertrieben haben …«

»Damit geprahlt haben, daß sie dich geschwängert haben?« Sie sah mich an. »Ja, so ungefähr.«

»Soll das heißen, du hast ihm erzählt, daß du schwanger warst?«

»Nicht direkt. Er wollte wissen, ob ich Kinder bekommen kann. Vorher hat er nie über Kinder gesprochen, und daher wußte ich nicht, was er meint. Er hat gesagt, vielleicht könnte ich keine Kinder bekommen, und ich habe gesagt, natürlich könnte ich das. Er wollte wissen, weshalb ich so sicher sei. Ich habe nichts gesagt, aber er …«

»Er ist nicht so dumm, wie du gehofft hast, ist es das?« fragte ich.

Sie schüttelte den Kopf. »Ich weiß es selbst nicht. Er war so wütend auf mich, daß er von einer Minute zur nächsten den Wagen angehalten hat, und dann ist er umgekehrt und hat mich nach Hause gefahren. Er hat gesagt, er müßte allein sein und in Ruhe nachdenken.«

Sie hatte die Arme über ihren Brüsten verschränkt und schmollte. »Eine solche Frechheit«, schnaubte sie.

»Wenn er dich so sehr liebt, wie du glaubst, dann wird ein kleines Mißverständnis keine Rolle spielen«, sagte ich.

Sie dachte darüber nach und blickte dann zu mir auf. »Was soll ich jetzt tun? Was soll ich ihm sagen?«

»Wenn er sich meldet und anfängt zu klagen, dann sagst du zu ihm: Nimm mich, wie ich bin, oder nimm mich gar nicht. Das würde ich jedenfalls sagen.«

»Ja«, stimmte sie mir zu und nickte. »Genau das werde ich tun. Stell dir das mal vor – einfach umzukehren und mich nach Hause zu bringen, nachdem er mir einen Einkaufsbummel und ein Abendessen versprochen hat. Und was soll ich jetzt mit dem Rest des Tages anfangen? Ich bin schick herausgeputzt, und für meine Frisur und mein Make-up habe ich Stunden gebraucht.«

»Hast du ihm das zu verstehen gegeben?«

»Nein. Das hätte ich aber tun sollen. Und ich werde es auch tun«, sagte sie. »Ich rufe ihn jetzt gleich an und bestehe darauf, daß er sofort hierher zurückkommt, sonst kann er schon sehen, wo er bleibt.«

»Es ist ein schöner Tag«, sagte ich und sah aufs Meer hinaus. »Wenn er nicht zurückkommt, solltest du dich auch in die Laube setzen und lesen.«

»Lesen? Lesen! Ich habe Einkäufe zu erledigen. Ich wollte ein neues Cape für mein rotes Samtkleid kaufen«, winselte sie.

»Du findest mich jederzeit hier«, sagte ich, »falls du nicht nach Boston fahren solltest.«

Sie starrte mich einen Moment an. Dann biß sie sich mit flammenden Augen auf die Unterlippe, machte kehrt und stolzierte zum Haus zurück.

Mein Blick fiel auf das Bootshaus. Stell dir mal vor, Carson hätte Wind davon bekommen, dachte ich. Wahrscheinlich wäre er tagelang im Kreis gefahren. Dieser Gedanke entlockte mir ein Lächeln. Mir fiel ein Zitat ein, das ich kürzlich gelesen hatte. »Ein Mann verliebt sich mit den Augen, eine Frau mit den Ohren.« Carson McGil war das beste Beispiel dafür, schloß ich. Vielleicht würde ich dieses Zitat eines Tages auf ein Kissen stikken lassen und es ihm schicken, damit er mit dieser Weisheit unter seinem Kopf schlafen konnte. Männer, dachte ich verächtlich.

Ich wandte mich meinem Buch wieder zu. Nie war ich zufriedener mit mir selbst gewesen.

Belinda kochte für den Rest des Tages, weil Carson nicht zu Hause war und ihren aufgebrachten Anruf daher nicht persönlich entgegennehmen konnte, und er rief erst am frühen Abend zurück. Wir hatten gerade das Abendessen beendet. Es herrschte eine Atmosphäre wie bei einer Totenwache. Belinda schmollte, nachdem sie lauthals Phrasen darüber gedroschen hatte, wie miserabel sie von Carson behandelt worden war. Daddys Gesicht hatte sich in finstere Falten gelegt, während er mit runzliger Stirn dumpf vor sich hinbrütete. Mutter, die immer noch Probleme mit dem Magen hatte, aß wenig, wimmerte gelegentlich vor Schmerz und saß die meiste Zeit mit zitternden Lippen da. Belinda aß noch weniger. Nur ich schien einen gesunden Appetit zu haben. Ich versuchte, ein Gespräch in Gang zu bringen, indem ich über das neue Buch redete, das ich gerade las, und schwärmte, was für ein wunderschöner Tag es gewesen sei.

»Für mich war es bestimmt kein schöner Tag«, rief Belinda uns allen ins Gedächtnis zurück. »Ich habe den größten Teil des Tages damit zugebracht, am Telefon zu warten.«

»Du überraschst mich, Belinda«, sagte ich. »Du hast bisher noch nie einen Mann in dieser Form über dein Leben bestimmen lassen.«

Sie sah mich einen Moment wütend an, und dann blinzelte sie mehrfach schnell hintereinander und nickte. »Du hast recht.«

»Meine Güte, meine Güte«, stöhnte Mutter.

»Ihr regt eure Mutter auf«, warnte uns Daddy. Seine Warnung klang fast wie ein Knurren. Belinda beschloß, wieder zu schmollen, und ich aß schweigend.

Sowie das Abendessen beendet war, zog sich Mutter in ihr Zimmer zurück und hielt sich den Bauch. Ich fand, ihr Teint sei blaß und teigig.

»Warum geht sie nicht zum Arzt?« fragte ich Daddy. Er warf nachdenklich einen Blick auf die Tür.

»Sie wird hingehen. Ich glaube, im Moment sind es nur ihre Nerven. Diese ganze Geschichte mit Belinda«, fügte er hinzu und wedelte mit der Hand durch die Luft. Belinda hatte sich ebenfalls in ihr Zimmer zurückgezogen. »Was könnte zwischen den beiden vorgefallen sein?« fragte Daddy.

»Ich weiß nur, daß das Gespräch auf ihre Vergangenheit gekommen ist, Daddy. Carson hat gar nicht gefallen, was er gehört hat, und sie hat ihm vermutlich mehr als nötig erzählt. Du hast selbst gewußt, daß ihm einige ihrer Unbedachtheiten irgendwann zu Ohren kommen würden. In Provincetown sind die Leute auch nicht verschwiegener als anderswo, wenn es um Klatsch geht.«

»Hm«, sagte er. »Ich hätte nicht gedacht, daß das noch eine Rolle spielt, wenn sie erst einmal auf dem Weg zum Altar sind«, murmelte er.

Plötzlich hörten wir Belinda eilig die Treppe herunterkommen. Sie blieb in der Eßzimmertür stehen, um uns mitzuteilen, daß Carson endlich angerufen hatte.

»Das ist gut«, sagte Daddy.

»Und?« fragte ich, als ich den Ausdruck der Gereiztheit in Belindas Augen sah.

»Er holt mich in zehn Minuten ab, aber nur, um zu reden, und nicht, um mich in ein nettes Lokal einzuladen«, erwiderte sie.

»Ich hoffe, er hat Ohrstöpsel dabei, weil ich nämlich vorhabe, ihm erst mal eine handfeste Standpauke zu halten.«

»Sag bloß nichts, was du hinterher bereuen wirst, Belinda«, warnte Daddy. »Ein reifer Mensch denkt erst und redet dann.«

»Ich weiß selbst, wie sich ein reifer Mensch benimmt, Daddy. Er kehrt nicht auf dem Weg nach Boston um und beschließt, nicht mit mir zu unternehmen, was er mir versprochen hat; und ein reifer Mensch unterläßt es auch nicht den ganzen Tag lang, meine Anrufe zu beantworten, stimmt's? Ich halte mich für die Reifere von uns beiden.«

»Ich wollte damit nur sagen, du solltest daran denken, daß ihr beide bald verheiratet sein werdet. Euch steht es bevor ein gemeinsames Leben aufzubauen, und da solltest du jetzt nichts verderben«, riet ihr Daddy.

»Wenn hier jemand etwas verdirbt, dann ist es Carson«, beharrte sie.

Ich konnte ein kleines Lächeln nicht unterdrücken, kniff jedoch die Lippen zusammen, damit Daddy es nicht sah. Belinda konnte starrköpfig sein, wenn sie sich von ihrem Stolz und ihrer Arroganz leiten ließ. In der Hinsicht war sie vielen Menschen, die ich kannte, nicht unähnlich, und dazu zählte sogar Daddy.

Belinda ging ins Bad, um ihr Make-up zu überprüfen. Kurz darauf läutete Carson an der Tür; Belinda bat ihn jedoch nicht ins Haus. Sie öffnete ihm persönlich, folgte ihm nach draußen und befahl ihm, augenblicklich loszufahren.

Ich ging ins Büro, um mit Daddy über die Arbeit zu sprechen, die ich an jenem Tag für ihn erledigt hatte. Er wirkte abgelenkt und ging nach oben, um nach Mutter zu sehen. Als er zurückkam, sagte er, sie sei eingeschlafen, stöhnte aber im Schlaf.

»Das gefällt mir gar nicht«, sagte er kopfschüttelnd. »Sie hat kein Fieber. Es ist keine Darmgrippe.«

»Spiel nicht den Arzt, Daddy. Fahr sie lieber morgen früh zu einem richtigen Arzt.«

»Ja«, sagte er. »Du hast ja so recht, Olivia. Du hast immer

recht, wenn es darum geht, vernünftige Entscheidungen zu treffen. Ich wünschte, Belinda besäße ein Zehntel deines gesunden Menschenverstandes«, sagte er, »aber ich fürchte, sie ist ohne jeden Funken davon geboren worden.«

Fast eine halbe Stunde später wurde die Haustür zugeschlagen, und wir blickten beide erstaunt und erwartungsvoll auf. Dann hörten wir, wie Belinda die Treppe hinaufstürmte.

»Was hat das alles zu bedeuten?«

»Ich weiß es nicht«, sagte ich. »Aber ich werde es herausfinden.«

»Komm anschließend sofort zu mir, und berichte mir alles, was sie dir erzählt hat«, sagte er.

Ich nickte und folgte Belinda die Treppe hinauf zu ihrem Zimmer. Sie hatte die Tür geschlossen. Ich klopfte leise an, ehe ich die Tür öffnete und sie auf dem Bauch liegend vorfand. Ihr Kopf hing über die Bettkante. Sie war eher aufgebracht als in Tränen aufgelöst.

»Was ist passiert?« fragte ich.

Sie drehte sich um, und ich sah, daß ihr Gesicht mehr als nur eine Spur gerötet war, und ihre Mundwinkel waren weiß. Ihre Augen loderten vor Wut.

»Er sagt, jetzt kann er mich nicht mehr heiraten. Er sagt, er hat den ganzen Tag damit verbracht, darüber nachzudenken, und er hat sich mit seinen Eltern darüber unterhalten, und sie sind seiner Meinung. Da hat er also den ganzen Tag gesteckt. Mit seiner Mutter und mit seinem Vater hat er geredet, statt mit mir. Ich soll Daddy sagen, daß er für alle Unkosten aufkommen wird, die uns bisher entstanden sein könnten. Ich habe meinen Verlobungsring aus dem Fenster des fahrenden Wagens geworfen.«

»Du hast was getan?«

»Ich habe die Scheibe geöffnet und ihn während der Fahrt rausgeworfen, das ist alles. Die meiste Zeit haben wir dort verbracht. Er hat mit seiner Taschenlampe die Straße und den Boden neben der Straße abgesucht und die Sträucher durchgekämmt. Gefunden hat er ihn aber nicht«, sagte sie zufrieden. »Er hat gesagt, morgen früh würde er gleich wieder hinfahren. Ich hoffe, er verbringt den Rest seines Lebens mit der Suche.« Sie lächelte gehässig.

»›Wie konntest du einen Ring wegwerfen, der Tausende von Dollar wert ist!‹ hat er geschrien. Ich habe ihm ins Gesicht gelacht und gesagt: ›Wie kannst du eine Frau wie mich bloß deshalb wegwerfen, weil du Gerüchte gehört hast und diese dummen Geschichten glaubst?‹ Du wärest stolz auf mich gewesen, Olivia. Ich habe ihm gesagt, er sei ein Schlappschwanz, eine Niete, ein Jammerlappen, ein Muttersöhnchen, und wenn er jemals mit einer Frau ins Bett gehen wollte, dann müßte er schon in ein schwarzes Viertel fahren und eine Prostituierte bezahlen, und selbst die würde ihn noch abweisen. Du hast recht gehabt. Er liebt mich nicht wirklich, nicht, wenn er mir das antun kann. Ich habe ihm gesagt, daß er mir nach wie vor einen Einkaufsbummel und ein Abendessen in Boston schuldet und daß ich ihm das auch noch auf die Rechnung setze.«

»Dann ist die Heirat also abgeblasen«, sagte ich nickend.

»Daddy wird außer sich sein wegen der Firma, aber ich konnte nichts dafür, Olivia.«

»Ich werde es ihm erklären«, sagte ich.

»Tätest du das für mich? Danke, Olivia. Ich kann ja so froh sein, daß ich dich als meine große Schwester habe. Du bist klug. Und für deine Ratschläge danke ich dir auch«, sagte sie. »Tja«, fuhr sie dann fast im selben Atemzug fort, »ich denke, ich sollte jetzt am besten ein paar von meinen Freunden anrufen, damit sie wissen, daß ich wieder zu haben bin, was? Sonst wächst mir noch Moos unter den Füßen«, sagte sie und griff nach dem Telefon.

Ich beobachtete sie einen Moment, ehe ich ihr Zimmer verließ, um zu Daddy zu gehen. Anderen Frauen hätte es vielleicht das Herz gebrochen und sie hätten die ganze Nacht geweint, aber Belinda benahm sich, als hätte sie sich mit einem beliebigen Freund verkracht.

Daddy blickte von seinem Schreibtisch auf, sowie ich in der Tür auftauchte.

»Also, was ist?« sagte er, ehe ich auch nur dazu gekommen war, einzutreten.

»Carson hat die Verlobung gelöst. Die Hochzeit ist abgeblasen, Daddy.«

»Das hatte ich befürchtet«, sagte Daddy, nachdem er tief Atem geholt und die Luft eine Zeitlang angehalten hatte. »Deine Mutter wird am Boden zerstört sein.«

»Er hat ihr gesagt, er käme für sämtliche Kosten auf, die dir entstanden sein könnten. Sie hat seinen Verlobungsring zum Fenster hinausgeworfen«, fügte ich eilig hinzu, damit er sich nicht fragte, ob nicht vielleicht doch die Chance bestand, daß sie es sich noch einmal anders überlegen würden.

»Was hat sie getan? Sie hat ihn aus dem Fenster geworfen? Haben sie ihn gefunden?«

»Nein«, sagte ich.

»Mein Gott. Der Ring war fünfundzwanzigtausend Dollar wert, Olivia. McGil hat sich gerade erst gestern vor mir damit gebrüstet.«

»Das sieht Belinda ähnlich«, sagte ich und zuckte die Achseln.

»Sie ist eine Verrückte. Jetzt werden wir niemals jemanden für sie finden, nicht, nachdem sich diese Geschichte herumgesprochen hat.«

»Vielleicht nicht, Daddy«, sagte ich. »Vielleicht werden wir den Tatsachen ins Gesicht sehen und das Beste daraus machen müssen.«

»Ja«, sagte er. »Das kann schon sein.« Er senkte den Blick auf seinen Schreibtisch, ehe er mich mit müden und betrübten Augen ansah. »Nun, ich vermute, jetzt sollte ich meine Gedanken und meine Energien am besten auf dein Wohlergehen richten, Olivia. Da stehen meine Erfolgsaussichten besser.«

»Ich komme schon allein zurecht, Daddy.«

»Ich weiß. Das ist mein Trost«, sagte er. »Aber ich kann dich nicht bloß deshalb vernachlässigen, weil Belinda in jeder Hinsicht versagt und alles ruiniert, was ich für sie zu arrangieren versuche.«

Er erhob sich.

»Ich schätze, ich muß jetzt nach oben gehen und deiner Mutter die Nachricht unterbreiten. Falls sie noch schläft, kann es sein, daß ich bis morgen früh damit warte«, sagte er.

»Du solltest wahrscheinlich so oder so bis morgen warten, Daddy. Gib ihr die Chance, heute nacht gut zu schlafen, damit sie sich von den Problemen mit ihrem Magen erholen kann.«

»Ja. Ja, du hast wieder einmal recht, Olivia.«

Er blieb vor mir stehen und drückte mir einen Kuß auf die Stirn.

»Gute Nacht. Ich danke dir dafür, daß du mein kleiner General bist«, sagte er.

Ich war so verstört, daß ich beinah einige der Tränen vergessen hätte, die sich unter meinen Lidern gebildet hatten, aber sie blieben, wo sie waren. Ich sah ihm nach, als er mit hängenden Schultern und gesenktem Kopf nach oben ging. Er war ja so deprimiert; Mutter lag krank im Bett, und Belinda plauderte am Telefon fröhlich mit ihren Freunden. Von dem dramatischen Bruch mit Carson schien sie sich gänzlich erholt zu haben. Morgen um diese Zeit würde alles so sein, als hätte es ihn nie gegeben.

Ja, dachte ich, irgendwann, vielleicht erst in Jahren, würde Carson McGil mir begegnen. Er würde nicken, vielleicht den Hut abnehmen und sich bedanken.

Dessen war ich mir so sicher, wie ich mir des morgigen Tages und der Versprechen sicher war, die Daddy mir geben würde.

7
Ein Neubeginn

Daddy wartete bis zum Morgen, ehe er Mutter von Belindas fehlgeschlagener Hochzeit berichtete. Es traf sie sehr hart, und sie konnte tatsächlich nicht zum Frühstück nach unten kommen. Es war ein grauer Tag; die aschfarbene Wolkendecke hing tief, und eine steife Brise wehte zum Meer hin. Daddy glaubte, daß uns Nordostwind bevorstand, und daher ging er mit Jerome aus dem Haus, um sich zu vergewissern, daß alles gegen einen Sturm gesichert war. Der Winter war so mild gewesen, daß wir in unserer Vorsicht nachgelassen hatten. Seit dem letzten echten Sturm schienen Ewigkeiten vergangen zu sein. Doch je weiter der Tag fortschritt, desto mehr bestätigten sich Daddys Vorhersagen.

Ich begab mich augenblicklich nach oben, um nach Mutter zu sehen, als Daddy uns mitteilte, sie fühlte sich nicht gut genug, um zum Frühstück nach unten zu kommen.

»Sie hat überhaupt keinen Hunger«, fügte er hinzu. »Ich lasse ihr eine Tasse Tee nach oben bringen.«

»Das mache ich schon«, sagte ich und ging in die Küche, um Tee kochen zu lassen. Belinda hatte bereits Pläne geschmiedet. Sie würden den Tag bei Kimberly Hughes verbringen, und ich war sicher, daß sie dort ihre anderen hohlköpfigen Freundinnen treffen würde, die nichts Besseres zu tun hatten, als sich alles über ihre abgebrochene Liebesbeziehung zu Carson anzuhören. Ich konnte mir die Übertreibungen und das ganze Getue deutlich vorstellen, die Schau, die Belinda abziehen würde. Sie genoß es wirklich, im Mittelpunkt zu stehen. Sie war auch tatsächlich derart von ihren Plänen in Anspruch genommen, daß sie sich nur flüchtig nach Mutter erkundigte.

Es brach mir das Herz, Mutter bleich und tränenüberströmt zu sehen. Ihre Lider waren so leuchtend rot, daß es mir vorkam, als sei ein Teil der rosaroten Tönung ihrer Brillengläser um ihre Augen herum getropft. Ihre Lippen begannen zu zittern, sowie ich auf das Bett zukam. Sie streckte mir ihre matte, kalte Hand entgegen.

»Olivia, was ist passiert? Winston erzählt mir unzusammenhängendes Zeug. Warum kommt es nicht zu der Hochzeit? All die Pläne, die wir schon gemacht hatten, die Gästeliste, die Dekorationen und …«

»Bitte, Mutter, darüber darfst du dich jetzt nicht aufregen«, sagte ich. »Trink eine Tasse Tee. Sieh zu, daß du etwas Warmes in den Magen bekommst.«

»Ja, ich trinke meinen Tee«, sagte sie, »aber du mußt solange hier sitzen bleiben und mir alles erzählen, was du weißt.«

Die Teetasse klapperte bedenklich auf der Untertasse, als Mutter sie von mir entgegennahm. Sie führte die Tasse an die Lippen und nippte kaum von der Flüssigkeit. Ihre Augen forschten über den Rand der Tasse hinweg besorgt in meinem Gesicht, um Anhaltspunkte zu finden. Ich setzte mich auf ihr Bett.

»Keiner von uns sollte sich wirklich über diese Vorfälle wundern, Mutter«, begann ich mit ruhiger Stimme. »Wir haben schon immer versucht, Belinda vor sich selbst zu schützen. Wir haben uns immer bemüht, ihre Sünden und Vergehen zu begraben.«

Mutter wand sich, als ich das Wort aussprach, und ich unterbrach mich, da mir die gar nicht so vage Anspielung auf die Frühgeburt aufging, den Säugling, der hinter unserem Haus im Boden verscharrt war.

»Wenn man Dinge geheimhält, wenn man lügt oder die ganze Wahrheit oder einen Teil der Wahrheit für sich behält, dann besteht immer die Gefahr, daß etwas ans Licht kommt und man noch scheußlicher dasteht. Genau das ist im Falle von Belinda passiert. Carson ist hinter einige ihrer Unbedachtheiten in der

Vergangenheit gekommen und war außer sich. Belinda wußte nicht mit der Situation umzugehen. Sie hat ihm tatsächlich noch mehr erzählt als das, was er ohnehin schon wußte. Während ihrer gesamten Verlobungszeit hat sie sich als ach so jungfräulich und unschuldig ausgegeben. Der krasse Gegensatz zwischen der Illusion und der Realität hat ihn wahrscheinlich noch mehr abgeschreckt als alles andere«, sagte ich. Ich unterbrach mich, schaute auf meine Hände hinunter und fragte: »Daddy hat dir das mit dem Verlobungsring erzählt?«

»Was ist damit?«

»Es ist mir ein Greuel, dir diese Dinge zu erzählen, wenn du ohnehin schon so krank bist.«

»Ich werde schon wieder gesund. Erzähl es mir«, flehte sie.

»Trink deinen Tee, Mutter. Bitte.«

Sie zwang sich, einen Schluck zu trinken. Dabei schloß sie die Augen und verzog das Gesicht, und ich konnte ihr ansehen, daß sie selbst den Tee kaum herunterbrachte. Mein Herz pochte heftig.

»Du wirst heute zum Arzt gehen«, beharrte ich, »und wenn ich dich persönlich hinbringen muß.«

»Schon gut, Olivia. Ich gehe ja hin. Du hattest gerade etwas über den Verlobungsring gesagt?«

»Sie hat ihn aus dem Wagenfenster geworfen, als Carson über ihre Lügen aufgebracht war.«

»Was? Du meinst ...« Sie schüttelte den Kopf, als wollte sie die Worte aus ihren Ohren schütteln.

»Er ist verschwunden. Er konnte ihn nicht finden. Das ist, als suchte man im Meer nach einem ganz bestimmten Fisch.«

»Meine Güte, meine Güte. Was werden die Leute sich bloß denken? Und was werden sie sagen? Es war ein so teurer Ring.«

»Sie werden schon darüber hinwegkommen«, prophezeite ich, aber sie schüttelte wieder den Kopf, diesmal langsamer und bedächtiger.

»Nein. Es wird zu einem Skandal kommen, ganz ähnlich der Potter-Affäre«, sagte sie.

Mutter sprach von der berüchtigten Geschichte Helen Potters, der Tochter eines Multimillionärs und Weingroßhändlers in Hyannis Port, die man, nachdem sie schon mit dem Sohn eines reichen Bauunternehmers aus Boston verlobt war, mit ihrer besten Freundin nackt im Bett ertappt hatte. Sie behaupteten, es sei alles ganz unschuldig gewesen, aber der Schaden war angerichtet, und die Hochzeitspläne fanden ein jähes Ende. Helen wurde nach Europa geschickt und verschwand schließlich in einer Unzahl von Geschichten. In einigen hieß es, sie hätte einen neuen Namen angenommen und einen ungarischen Baron geheiratet, in anderen wurde sie als leidenschaftliche Lesbierin in Paris geschildert, die am linken Seineufer lebte. Die Wahrheit spielte wirklich keine Rolle Ihre Freundin wurde später Ärztin und zog nach Kalifornien, aber die Potters waren gesellschaftlich nicht mehr tragbar. Sie wurden von jeder Veranstaltung ausgeschlossen und erholten sich nie mehr von diesem Schlag. Als Mr. Potter schließlich einen Schlaganfall hatte und starb, fanden sich nur seine Frau und die Hausangestellten an seinem Bett ein. Die Affäre Potter gab Stoff für Klatsch und anzügliche Witze her, aber Eltern, denen ihr gesellschaftlicher Status am Herzen lag, setzten diese Affäre häufig auch als Drohung ein, damit sich ihre Söhne und Töchter im Rahmen des guten Benehmens bewegten.

»Es ist nicht halb so ernst, Mutter. Jeder, der Belinda kennt, weiß, daß sie impulsiv und albern ist.«

»Was wird jetzt aus ihr werden?«

»Mit der Zeit wird sie jemand anderen finden, da bin ich ganz sicher«, sagte ich, wenn auch ohne jede echte Überzeugung. Mutter schloß lediglich die Augen und nickte. Dann reichte sie mir die Tasse und die Untertasse. »Du mußt mehr trinken«, sagte ich.

»Ich bin müde. Laß mich ruhen, Olivia.«

»Ich gehe nach unten und sage Daddy, er soll einen Arzt ins Haus bestellen, Mutter.«

»Es sind nur die Nerven«, sagte sie.

»Es können nicht nur die Nerven sein. Es geht jetzt schon zu lange so, und ...«

»Ich habe etwas vernachlässigt, und deshalb bin ich jetzt nervös«, gestand sie plötzlich.

Ich starrte sie mit pochendem Herzen an.

»Was willst du damit sagen, Mutter? Was hast du vernachlässigt?«

»Vor einer Weile ist mir ein kleiner Knoten aufgefallen, kaum größer als eine Erbse.«

»Ein Knoten? Wo?«

»Hier«, sagte sie und berührte ihre linke Brust. »Ich habe es Doktor Covington gegenüber am Rande bemerkt, und er hat mir geraten, zu einer Untersuchung in seine Praxis zu kommen, aber ich ... ich dachte, es wird schon von allein wieder vergehen.«

»Mutter!«

»Der Knoten hat sich nicht zurückgebildet. Er ist sogar ein wenig größer geworden, und schon allein der Gedanke daran macht mich so nervös, daß ich nichts essen kann und ständig müde bin.«

»Du wirst morgen zum Arzt gehen«, ordnete ich an. »Ich gehe augenblicklich nach unten und sage es Daddy.«

Sie leistete keinerlei Widerstand. »Meinetwegen, aber sieh zu, daß er sich keine Sorgen macht. Es könnte immer noch sein, daß es gar nichts zu bedeuten hat.«

»Solange du morgen zum Arzt gehst«, sagte ich.

»Ja, ich gehe hin.«

Ich stand auf und eilte nach unten, um Daddy zu sagen, Mutter hätte sich bereit erklärt, zum Arzt zu gehen, aber ich hielt mein Versprechen nicht. Ich sagte ihm, warum sie so nervös war. Er wurde blaß und rief Doktor Covington augenblicklich an.

»Er sagt, er hätte ihr immer wieder gesagt, sie solle in seine

Praxis kommen. Mein Gott, sie hat kein Wort davon gesagt. Ich hätte ihre gesundheitlichen Probleme ernster nehmen sollen.«

»Es ist alles gut, solange sie jetzt hingeht, Daddy.«

»Was? Ach ja, der Arzt sagt, es ist besser, wenn wir sie gleich ins Krankenhaus bringen, vor allem, da du gesagt hast, der Knoten würde größer Er wird sie einweisen und sie dort den Untersuchungen unterziehen«, schloß Daddy.

»Ich helfe ihr bei den Vorbereitungen«, sagte ich und eilte in dem Moment auf die Treppe zu, in dem Belinda die Stufen hinunterkam.

»Wir bringen Mutter ins Krankenhaus«, sagte ich zu ihr. Sie stand schon in der Tür.

»Ach, warum denn das?«

»Sie hat einen Knoten in der Brust. Deshalb ist sie in der letzten Zeit derart nervös gewesen.«

»Einen Knoten? Weshalb sollte sie dort einen Knoten haben? Igitt.«

»Manchmal ist es nichts Ernstes, aber oft ist es Krebs«, sagte ich.

»Krebs?« Sie dachte einen Moment nach und fragte dann: »Was passiert jetzt?«

»Sie muß sich eingehenden Untersuchungen unterziehen.«

»Oh. Wenn das so ist, was soll ich dann tun?«

»Tu, was du deiner Meinung nach tun solltest«, gab ich zurück und ging nach oben, um Mutter bei den Vorbereitungen zu helfen.

Belinda besuchte ihre Freundin, hinterließ jedoch bei Daddy die Nachricht, sie würde von dort aus im Krankenhaus anrufen und rüberkommen, falls es sich als notwendig erwies. Das Wetter verschlechterte sich allerdings so schnell, daß wir froh sein konnten, gerade noch rechtzeitig mit Mutter ins Krankenhaus zu kommen. Der Regen floß in Strömen und färbte den Himmel bleigrau. Es regnete immer noch unerbittlich, als Belinda endlich anrief. Daddy sagte ihr, sie solle bloß bleiben, wo sie sei.

Damit, versicherte ich ihm, hatte er Belinda das Herz nicht gebrochen.

Aber draußen tobte tatsächlich ein wüster Sturm. Der Wind bog Bäume so heftig, daß Äste abbrachen. Der Verkehr kam zum Stillstand. Der Himmel wurde dunkler und immer dunkler, bis der Eindruck einer Sonnenfinsternis entstand. Der Regen ließ nicht nach, sondern fiel jetzt als eine Art Hagelschauer, der gegen die Scheiben prasselte und auf Wände und Dächer trommelte. Alle eilten umher, von der Heftigkeit des Unwetters aufgescheucht.

Zum Glück hatte Doktor Covington das Krankenhaus fünf Minuten vor unserem Eintreffen erreicht und war da, um Mutters Einweisung zu überwachen.

Doktor Covington war gerade sechzig geworden, hatte aber immer noch einen dichten Haarschopf, den Mutter »chamäleonfarben« nannte. Bei Tag oder in hellem Kunstlicht wirkte sein Haar bernsteinfarben, doch in der Nacht oder in gedämpftem Licht sah es dunkelbraun aus. Soweit ich zurückdenken konnte, war er unser Hausarzt gewesen. Er war sanft und umgänglich, kein Mann von vielen Worten, und doch trat er streng und entschieden auf, wenn er eine Diagnose stellte oder eine Behandlung anordnete. Ich erinnere mich noch, daß ich fand, er besäße die perfekte Veranlagung und Gemütsverfassung für einen Arzt: selbstbewußt bis hin zur Arroganz, aber gerade deshalb fühlte man sich bei ihm sicher und hatte den Eindruck, in guten Händen zu sein. Wenn es darum ging, sich ein Bild von der gesundheitlichen Verfassung eines Patienten zu machen, war für Demokratie kein Spielraum gegeben. Das hatte ich Belinda einmal erklärt, als sie darüber klagte, Doktor Covington sei für ihren Geschmack zu kalt.

»Er hat Mikroskope anstelle von Augen und in jedem Finger ein Thermometer«, jammerte sie. Sie war damals erst zwölf, und ich hielt es für einen guten Scherz. »Hör auf zu lachen. In seinen Adern fließt kein Blut, sondern Hustensaft.«

»Du brauchst ihn nicht zu mögen, Belinda. Schließlich nimmt er nicht an einem Beliebtheitswettbewerb teil. Hier werden keine Stimmen abgegeben. Man hört ihm einfach nur zu und tut, was er sagt.«

»Ich mag ihn nicht«, hatte sie beharrt.

»Dann solltest du besser nicht krank werden«, hatte ich zu ihr gesagt.

Doktor Covington war nicht sehr groß, gut einen Meter siebzig, aber ich empfand ihn schon immer als eine imposante Erscheinung mit Durchsetzungsvermögen. Er war verheiratet, und sein einziges Kind, ein Sohn, hatte ebenfalls Medizin studiert und sich in einem Krankenhaus in Connecticut hochgearbeitet. Mutter mochte seine Frau Ruth, doch diese hielt sich von den üblichen gesellschaftlichen Veranstaltungen fern. Die beiden nahmen nur selten Einladungen zum Abendessen an und luden nicht oft Gäste zu sich ein; dabei beschränkten sie sich weitgehend auf Ärztekollegen und deren Angehörige.

Daddy und ich warteten im Krankenhausfoyer. Wir lasen Zeitschriften, um uns abzulenken und uns die Zeit zu vertreiben, und gelegentlich redeten wir mit dem Krankenhauspersonal. Endlich kam Doktor Covington persönlich.

»Nun, Winston«, setzte er an, »es hat sich herausgestellt, daß das eigentliche Problem nicht Leonoras Magen ist, sondern etwas, was sie zu lange für sich behalten hat. Vor den Konsequenzen graut mir. Ich glaube, ihr hat auch davor gegraut, und deshalb hatte sie nervöse Magenbeschwerden. Ich werde ihren Magen gründlich untersuchen, aber ich bin zuversichtlich, daß uns die Ursache bereits bekannt ist. Was ihr ernsthafteres Problem angeht«, fuhr er fort, »so hat sie es betrüblicherweise geleugnet. Sie hat sich geweigert zu glauben, es könnte etwas Ernstes sein. Ich hoffe, daß sie recht gehabt hat. Wir werden augenblicklich eine Gewebeprobe entnehmen und sie untersuchen. In der Zwischenzeit werde ich ihre Magenkrämpfe behandeln. Wenn das alles ist …«

»Was meinen Sie?« fragte ich den Arzt unverblümt. Mein Herz pochte rasend und trommelte einen Rhythmus der Furcht in meinem Brustkorb, aber Daddy schien kein Wort herauszubringen.

»Es ist das Beste, nicht zu voreiligen Schlußfolgerungen zu gelangen, ehe die Laborergebnisse vorliegen, Olivia«, erwiderte Doktor Covington.

»Aber es besteht die Möglichkeit, daß es sich um eine bösartige Geschwulst handelt?« fragte Daddy schließlich.

»Selbstverständlich. Gerade deshalb sollten Frauen die Symptome niemals vernachlässigen«, sagte Doktor Covington und sah dabei mich an.

Daddy stöhnte leise.

»Lassen Sie uns nicht gleich vom Schlimmsten ausgehen. Ich werde tun, was ich tun muß, um zu einer klaren Diagnose zu gelangen, Winston. Wir werden die Biopsie durchführen. Ich habe mich bereits mit Doktor Friedman in Boston in Verbindung gesetzt, einem Spezialisten, der ein Freund und Kollege von mir ist. Er wird sich mit mir beraten, sowie wir die Untersuchungsergebnisse haben.«

Daddy nickte.

»Das Unwetter läßt nicht nach. Es sieht nach einem heftigen Sturm aus«, bemerkte Doktor Covington mit einem Blick auf den Haupteingang. »Sie ruht jetzt ungestört. Ich habe ihr etwas gegeben, was ihr beim Einschlafen hilft. Ihr beide könntet ebensogut nach Hause fahren. Kommen Sie später wieder, Winston.«

»Wir sind im Büro, falls Sie uns brauchen sollten«, sagte Daddy.

»Eine gute Idee. Sehen Sie zu, daß Sie beschäftigt sind«, sagte Doktor Covington.

»Es sieht so aus, als bräche auch über unsere Familie ein Unwetter herein«, murmelte Daddy, nachdem Doktor Covington gegangen war.

»Du hast gehört, was er gesagt hat, Daddy. Laß uns nicht gleich vom Schlimmsten ausgehen.«

Er nickte, doch in seinen Augen stand kein Optimismus.

Wir hatten eine furchtbare Rückfahrt zum Büro und kamen auf dem Weg an zwei Unfällen vorbei. Der Sturm legte sich nicht vor dem späten Nachmittag. Für den größten Teil des Tages sorgten Daddy und ich dafür, daß wir zu tun hatten, doch ab und zu schaute er kurz in mein Büro herein, um mir zu sagen, daß er noch nichts gehört hatte.

»Vermutlich ruht sie sich im Moment aus«, bemerkte er. »Wir fahren vor dem Abendessen wieder hin, und anschließend können wir in ein Restaurant gehen«, beschloß er. »Hat Belinda sich gemeldet?«

»Nicht seit dem späten Vormittag«, erwiderte ich.

»Gut, daß sie beschäftigt ist. Andernfalls wäre sie uns nur im Weg«, sagte er.

Als sie sich um fünf immer noch nicht gemeldet hatte, rief ich bei Kimberly an. Das Telefon läutete so lange, daß ich schon glaubte, niemand würde abnehmen. Endlich ging Kimberly ran, ließ mich jedoch fast eine weitere Minute warten, ehe ich Belinda am Apparat hatte.

»Ich wollte dich gerade anrufen«, sagte sie hastig. Ihre Stimme klang atemlos.

»Was tust du gerade?«

»Nichts«, erwiderte sie. »Wie geht es Mommy? Kommt sie morgen wieder nach Hause?«

»Wohl kaum, Belinda. Sie haben ihr eine Gewebeprobe entnommen und behandeln ihre Probleme mit dem Magen.« Ich erklärte ihr alles, und sie schwieg.

»Daddy will, daß wir alle drei vor dem Abendessen hinfahren, und dann werden wir irgendwo in der Stadt etwas essen«, teilte ich ihr mit. »Kannst du innerhalb der nächsten Stunde hier sein?«

»Ja, klar. Bruce fährt mich hin.«

»Bruce? Wer ist Bruce?«

»Bruce Lester, Kimberlys Cousin. Er ist richtig süß, aber er geht noch zur Highschool«, sagte sie.

Ich wollte keine weiteren Fragen stellen. Ich fürchtete die Antworten. Fünfundvierzig Minuten später traf Belinda ein, und wir brachen alle auf, um Mutter zu besuchen. Das Sedativum, das der Arzt verschrieben hatte, um sie ruhigzustellen, machte sie lethargisch und schläfrig. Während wir da waren, nickte sie immer wieder ein. Belinda war deutlich anzusehen, daß der Anblick von Mutter, die an einen Tropf angeschlossen war, ihr Unbehagen bereitete. Schließlich entschied Daddy, wir sollten jetzt gehen.

Sowie wir das Krankenhaus verlassen hatten, plapperte Belinda ohne Punkt und Komma vor sich hin. Sie erzählte uns, wie sie ihren Tag verbracht hatte, und schilderte ihre Freundinnen, von denen sie viele schon seit einer ganzen Weile nicht mehr gesehen hatte. Weder Daddy noch ich schenkten ihr viel Beachtung, doch das schien sie nicht wahrzunehmen, und falls sie es doch merkte, störte sie sich nicht daran.

»Alle finden, ohne Carson sei ich besser dran. Sie sagen alle, es wäre ohnehin eine katastrophale Ehe geworden. Seine Mutter hätte sich laufend in alles eingemischt und mir das Leben zur Qual gemacht. Manchmal entwickelt sich alles zum Besten«, flötete sie.

Daddy sah starr durch sie hindurch und rührte sein Essen kaum an.

»Richtig, Belinda«, sagte ich. »Du bist in keiner Schule eingeschrieben. Du kannst keine nennenswerten Begabungen aufweisen. Heiratskandidaten hast du im Moment nicht. Es hat sich alles zum Besten entwickelt«, sagte ich trocken.

Sie lachte. »Mach dir keine Sorgen. Heiratskandidaten habe ich sofort an der Hand, wenn ich sie haben will«, sagte sie mit soviel Zuversicht, daß es mich ärgerte.

Daddy zog die Augenbrauen hoch und schüttelte den Kopf.

»Im Moment sollten wir uns Sorgen um eure Mutter und um nichts anderes machen«, erklärte er schließlich.

Das setzte Belindas Gequassel ein Ende, und dafür war ich dankbar. In dem Moment, in dem wir das Haus betraten, eilte sie jedoch sofort nach oben, um sich ans Telefon zu hängen und ihr Geplänkel mit jedem beliebigen Gegenüber fortzusetzen, das bereit war, ihr zuzuhören. Daddy tat mir leid. Er wirkte enorm gealtert und so müde. Mein ganzes Leben lang hatte ich mir vorgestellt, Daddy hätte Stahl in den Knochen. Kein Mann war mir je stärker erschienen oder hatte mir mehr Respekt abverlangt. Es war eher erschreckend als schmerzlich, ihn jetzt so schwach und niedergeschlagen zu sehen.

Er schenkte sich einen Schnaps ein, setzte sich in sein Büro und starrte aus dem Fenster auf den Himmel, der sich allmählich aufklarte, bis er so müde war, daß er die Augen nicht mehr offenhalten konnte.

Belinda kam am nächsten Morgen nicht mit uns ins Krankenhaus. Sie brachte es nicht fertig, früh genug aufzustehen, und Daddy und ich hielten es beide für besser, sie nicht mißmutig um uns herum zu haben, während wir auf Doktor Covington warteten.

»Ihr Magen hat sich durch die Behandlung halbwegs beruhigt«, erklärte der Arzt, »und sie hat etwas gegessen. Sie ruht sich jetzt aus.«

»Wie lange dauert es, bis Sie die Ergebnisse haben?« fragte ich.

»Mindestens noch einen weiteren Tag«, sagte er. »Ich werde heute nachmittag mit Doktor Friedman telefonieren.«

Ich ahnte, daß er mit dem Schlimmsten rechnete. Weshalb sonst hätte er sich so schnell mit einem Spezialisten beraten wollen? Ich behielt meine Mutmaßungen für mich. Daddy und ich besuchten Mutter, die augenblicklich wissen wollte, wo Belinda war.

»Wir bringen sie später mit, Mutter«, sagte ich. »Sie hat es nicht fertiggebracht, rechtzeitig aufzustehen, und Daddy und ich hatten nicht die Geduld, auf sie zu warten«, erklärte ich. Ich sah den Schmerz in ihrem Gesicht.

»Was wird bloß aus ihr werden?« murmelte sie.

»Es wird alles gut werden«, sagte ich.

»Natürlich wird sie sich gut machen«, stimmte Daddy mir zu. »Eine junge Frau, die so aussieht und aus einer Familie wie der unseren stammt? Wie könnte da noch etwas schiefgehen?« brummte er.

Mutter nickte, doch es mangelte ihr an Zuversicht. Unsere Blicke trafen sich, und sie sah meine wahren Gefühle. Ich konnte niemanden belügen und schon gar nicht Mutter, erst recht nicht, wenn es um Belinda ging.

Wie ich vorhergesehen hatte, kam es zum Schlimmsten. Manchmal kann man spüren, wie sich eine Tragödie anbahnt. Der Wind trägt sie mit sich, eine graue Bestie mit einer schweren, klebrigen Haut, die sich an die tiefsten Winkel der Seele heftet und einen niederdrückt, sich einnistet wie ein Parasit, um jede Hoffnung und jedes Glück aus einem herauszusaugen.

Doktor Covington rief uns am späten Nachmittag des nächsten Tages in sein Sprechzimmer. Diesmal hatte Belinda Daddy und mich begleitet. Sie saß still da und hatte plötzlich das Gesicht einer Fünfjährigen, von Grauen, aber gleichzeitig auch von Unschuld erfüllt.

»Ich fürchte, das Ergebnis der Gewebeuntersuchung ist positiv, Winston«, begann Doktor Covington.

»Ist das gut?« flüsterte Belinda etwas zu laut.

»Es tut mir leid«, sagte Doktor Covington und sah sie an, »aber es ist kein gutes Zeichen, nein, ganz und gar nicht. Doktor Friedman findet, wir sollten eine Brustamputation vornehmen und anschließend mit Chemotherapie weitermachen.«

»Wann?« fragte ich, ehe Daddy auch nur Luft geholt hatte.

»Wir können Sie diesen Dienstag in Boston einschieben«, erwiderte er.

Daddy nickte mit hängenden Schultern.

»Dann tun Sie das«, sagte er mit fester Stimme, doch seine dunklen Augen blickten gequält.

»Wir werden sie noch heute nach Boston verlegen und mit den Maßnahmen beginnen, die vor einer Operation erforderlich sind«, sagte Doktor Covington.

»Weiß sie es schon?« fragte ich.

»Ja«, sagte Doktor Covington. »Ich halte nichts davon, eine Diagnose vor dem Menschen geheimzuhalten, der am direktesten von ihr betroffen ist«, sagte er.

»Sie haben es ihr gesagt? Aber das muß sie doch sehr traurig gemacht haben«, stöhnte Belinda.

»Sie hat es erstaunlich gut verkraftet«, sagte Doktor Covington. »Ihre Mutter hat zu mir aufgeblickt und gesagt: ›Dann werden Sie also alles wieder in Ordnung bringen. Ich blinzele nur mal kurz, und schon ist alles wieder gut.‹«

Sein Gesicht verzog sich zu einem Lächeln. Tränen traten in meine Augen. Das sah Mutter mal wieder ähnlich, dachte ich.

»Dieser Nordoststurm kürzlich«, sagte Daddy mit einem tiefen Seufzen, als wir das Sprechzimmer des Arztes verließen, »war gar nichts gegen das Unwetter, das uns bevorsteht.«

Wir folgten dem Krankenwagen, der Mutter nach Boston brachte. Zeitweilig hatte ich den Eindruck, Belinda fände es in erster Linie spannend, daß wir in Boston im Hotel wohnen, in Restaurants essen und Zeit für Einkäufe finden würden, und darüber vergäße sie ganz die Sorge um Mutter. Ganz gleich, wie oft ich sie anfauchte – sie plapperte unablässig vor sich hin und benahm sich wie ein Kind, das eine aufregende Reise antritt. Im Hotel brach sie dann in Tränen aus, weil ich sie dafür ausgescholten hatte, daß sie mit dem Pagen flirtete.

»Ich fürchte mich genausosehr wie du, Olivia, und ich mache mir auch ebensolche Sorgen. Ich bemühe mich nur, nicht daran zu denken. Dir macht es nichts aus, daran zu denken. Dein Gehirn ist wie ... wie eine Festung im Vergleich zu dem kleinen Haus meines Gehirns. In meinem ist nicht soviel Platz, und ich bin auch nicht so stark wie du. Also hör auf, mich anzuschreien!« flehte sie mit schmerzlich verzerrtem Gesicht.

Ich starrte sie einen Moment an. Sie hatte recht, sagte ich mir.

»Laßt uns jetzt nicht streiten«, sagte Daddy flehentlich. »Wir müssen stark und fröhlich wirken. Das sind wir eurer Mutter schuldig.«

»Dann sag ihr, sie soll endlich aufhören, auf mir rumzuhakken«, stöhnte Belinda.

»Ich werde kein weiteres Wort sagen. Tu, was du willst. Von mir aus kannst du dich den ganzen Tag lang lächerlich machen«, sagte ich. Das gefiel ihr.

Schließlich gab Daddy einigen ihrer Bitten nach, und wenn wir gerade nicht im Krankenhaus waren, ging er mit ihr einkaufen oder gab ihr Geld, damit sie allein in den Kaufhäusern herumstöbern konnte. Die Schachteln stapelten sich im Hotelzimmer. Als ihr die Ideen ausgingen, kaufte sie sogar Dinge für mich ein.

Der Chirurg teilte uns mit, die Operation sei gut verlaufen, aber erst nach der Chemotherapie seien Ergebnisse und weitere Prognosen zu erwarten. Sowie sie gänzlich von der Operation genesen war, würde die Therapie beginnen, und diese konnte in einem Krankenhaus in unserer Nähe durchgeführt werden.

Am dritten Tag nach der Operation war Mutter so überschwenglich und aufgeweckt, wie wir sie schon seit einer ganzen Weile nicht mehr erlebt hatten.

»Seht ihr«, sagte sie zu uns, »ich wußte doch gleich, daß die Ärzte alles wieder in Ordnung bringen würden.«

Belinda sah diesen willkommenen Überschwang als eine Gelegenheit an, Mutter von all den Dingen zu erzählen, die sie gekauft hatte, und sie schilderte ihr auch haarklein, wo sie überall gewesen war. Das amüsierte Mutter, und ich begann mich zu fragen, ob es nicht vielleicht doch besser war, daß Belinda genauso war, wie sie war. Die beiden lachten viel miteinander, und auch Daddys Stimmung hob sich.

Er engagierte eine speziell ausgebildete Krankenpflegerin für Mutter, als sie nach Hause gebracht wurde, und eine Zeitlang sah es aus, als hätten wir den Sturm überstanden. Daddy und ich arbeiteten wieder zu den gewohnten Zeiten, und Belinda nahm ihren gesellschaftlichen Umgang wieder auf. Allabendlich diskutierten wir darüber, was die Zukunft wohl für sie bereithielt. Mir ist klar, daß unser Optimismus jeden vernünftigen Rahmen sprengte, denn wir sprachen sogar davon, sie in einer der besseren Universitäten einzuschreiben. Daddy versprach, mit einigen seiner einflußreichen Geschäftsfreunde zu reden, um zu sehen, was sich machen ließe.

Mutter begann ihre Chemotherapie, die zu Beginn recht verheerende Auswirkungen hatte. Innerhalb von kürzester Zeit fiel ihr das Haar aus, und sie versank wieder in ihre Teilnahmslosigkeit und Erschöpfung. Das Haus nahm immer mehr den Charakter einer Krankenstation an. Die Pflegerin lief umher, der Arzt kam häufig zu Besuch, und überall standen Geräte herum, die für Mutters Behandlung erforderlich waren.

Die ersten Frühlingstage wären mir fast entgangen, doch Mutter erinnerte mich daran, als sie darum bat, ins Freie gebracht zu werden, damit sie ihre Blumen sehen und die Vögel hören konnte. Die Margeriten blühten, und die Petunien keimten. Die Tulpen, Narzissen und Osterglocken erstrahlten in ihrer Farbenpracht. Unsere Bäume waren dicht belaubt und grün, und wieder einmal wiegten sich die Wacholdersträucher auf den Hügeln im Rhythmus der lauen Brise. An den Wochenenden waren jetzt häufiger Segelboote zu sehen. Es schien, als sei die Welt wieder zum Leben erwacht, und das brachte einen Grund zur Hoffnung und zur Freude mit sich. Eine Zeit für den zarten Beginn von Romanzen und Beziehungen brach an, eine Zeit, in der man damit rechnen konnte, daß etwas Wunderbares passieren würde.

Dennoch war ich überrumpelt, als eines Tages ein junger Mann in die Firma kam, um Daddy zu besuchen, die meiste Zeit jedoch damit zubrachte, sich mit mir zu unterhalten. Er hieß Samuel Logan und war der Sohn eines Mannes, der eine kleine Flotte von Fischerbooten und Hummerreusen und eine Firma für den Vertrieb von Meeresfrüchten besaß. Samuel war groß, etwa eins fünfundachtzig, und gut gebaut. Seine schelmischen grünen Augen wurden durch seinen dunklen Teint und sein hellbraunes Haar betont. Ich fand, unter den Männern, die jemals auch nur eine Spur von Interesse an mir gezeigt hatten, sei er derjenige, der bei weitem am besten aussah.

»Ich finde es sehr schön, daß du Seite an Seite mit deinem Vater arbeitest«, sagte er. »Meinen wenigen Gesprächen mit ihm habe ich entnommen, daß er deiner Mitarbeit sehr hohen Wert beimißt. Die meisten Frauen, die ich kenne, sind reine Schaufensterdekorationen. Ich meine«, fügte er eilig hinzu, »gegen gutes Aussehen ist nichts einzuwenden. Du siehst wirklich nett aus, aber es ist schön, wenn auch noch etwas dahintersteckt und sich nicht alles nur auf die Verpackung beschränkt.«

Ich erwiderte nichts darauf, und er schien verlegen zu sein.

»Verpackung war nicht so gemeint, als spräche ich von Waren. Ich wollte damit sagen, eine vollständigere Person, abgerundeter. Vermutlich kann ich mich nicht gerade besonders gut ausdrücken«, schloß er, als ich immer noch dasaß und ihn anstarrte.

»Ich verstehe, was du meinst«, sagte ich schließlich. Sein Lächeln kehrte zurück, und die Freude ließ seine grünen Augen noch leuchtender strahlen.

»Prima«, sagte er. »Also, was hältst du davon, heute abend mit mir zu essen?«

»Wie bitte?«

»Äh ... essen zu gehen. Natürlich in ein Restaurant deiner Wahl«, fügte er hinzu.

»Du lädst mich zum Abendessen ein?«

»Ja, allerdings«, sagte er mit fester Stimme. »Ich würde es als eine Ehre ansehen, wenn du mir Provincetown zeigen würdest. Vorausgesetzt natürlich, du hast heute abend Zeit«, fügte er hinzu. »Ich will mich nicht aufdrängen. Ich meine, wenn du in Ruhe darüber nachdenken möchtest ...«

»Ich habe schon schwierigere Entscheidungen getroffen«, sagte ich. »Vermutlich möchtest du nicht ausgerechnet Fisch oder Meeresfrüchte essen, sondern zur Abwechslung etwas anderes«, fügte ich hinzu und merkte selbst, daß ich mich eher wie ein Oberkellner gab und nicht wie eine Frau, die gerade zu einem Rendezvous aufgefordert worden ist.

Er lächelte. »Von Meeresfrüchten kann ich gar nicht genug bekommen, aber ich mag auch italienisches Essen.«

»In dem Fall kenne ich genau das richtige Lokal«, sagte ich.

»Das habe ich gleich gewußt. Soll ich einen Tisch reservieren?«

»Das mache ich schon«, sagte ich. »Hol mich um sieben ab.«

»Also dann, bis um sieben«, sagte er und schlug sich auf die Knie, ehe er aufstand. »Ich freue mich schon darauf. Wenn das so ist, dann verabschiede ich mich nur noch schnell von deinem Vater und breche auf.«

Ich sah, wie er fast über seine eigenen Füße fiel, als er sich auf den Rückweg ins Büro meines Vaters machte. Ehe er verschwand, winkte er mir noch einmal zu. Ich saß da und schüttelte verwundert den Kopf. Ich wußte nicht, wie lange ich schon darauf gewartet hatte, daß mich jemand, der meines Erachtens gut aussah, jemand, von dem ich wußte, daß auch Belinda ihn als gutaussehend eingestuft hätte, zu einem Rendezvous auffordern würde. Es hatte schon so ausgesehen, als würde es niemals dazu kommen, und jetzt hatte es sich so locker und so schnell ergeben, daß mir der Kopf schwirrte. Ich ging in Daddys Büro, um es ihm zu erzählen. »Dann hat er dich also endlich doch gefragt?« sagte er.

»Was soll das heißen?« Mein Argwohn erwachte. »Hast du mich etwa wieder verkuppelt?«

»Nein, nein«, sagte er hastig. »Er hat mich nach dir gefragt, und ich habe gesagt, es sei schon möglich, daß du heute abend essen gehen würdest. Das ist alles. Ehrlich«, erwiderte er und hob beschwichtigend seine große rechte Pranke.

»Er wollte mich von sich aus zum Essen einladen?«

»Ja, Olivia, so war es. Hör auf, mich so verkniffen anzusehen. Und sei nicht so hämisch.«

»Übernehmen wir die Firma seines Vaters, Daddy?« Er tat so, als sei er in seine Büroarbeiten vertieft. »Daddy?«

»Das könnte schon sein«, gab er zu, »aber es hat nichts damit zu tun, daß Samuel Logan dich zum Abendessen eingeladen hat.«

»Warum ist mir das nicht ganz geheuer?«

Er zuckte die Achseln. »Hör endlich auf, dir diese dummen Fragen zu stellen. Du bist eine junge Dame mit einem ansprechenden Äußeren, und es ist an der Zeit, daß ein junger Mann von ansprechendem Äußeren auf dich zukommt, Olivia.«

Ich sah ihm ins Gesicht, bis er die Augen abwenden mußte. Ich wollte ihm glauben. Ich sagte mir, für einen Abend würde ich mir erlauben, meiner Mutter und Belinda etwas mehr zu ähneln. Ich würde mir gestatten, ein Weilchen zu träumen und an Regenbögen zu glauben.

Als ich an jenem Abend nach Hause kam und Mutter berichtete, ich hätte eine Verabredung, war sie sehr glücklich. Ihr bleiches Gesicht bekam ein wenig Farbe, und sie setzte sich im Bett auf, um mir bei der Auswahl eines Kleides behilflich zu sein. Sowie Belinda nach Hause kam und sah, daß ich mich für ein Rendezvous zurechtmachte, ließ sie sich von der Aufregung anstecken. Es war, als glaubte sie, alles, was sie je getan hatte, sei damit gerechtfertigt, daß ich mit einem Mann ausging und ihr damit plötzlich ähnlicher wurde. Sie setzte sich auf mein Bett und sah zu, wie ich in meinem Zimmer umherflatterte, Ohrringe auswählte und mich frisierte.

»Warum läßt du mich nicht deine Nägel lackieren, Olivia?

Das kann ich sehr gut. Heute habe ich Kimberly die Nägel lackiert.«

»Ich lackiere meine Fingernägel nie«, sagte ich.

»Das solltest du aber tun. Männer mögen auffallende Farben. Du brauchst einen dunkleren Lippenstift.«

»Ich habe gar keinen Lippenstift aufgetragen.«

»Ach so«, sagte sie lachend. »Dann brauchst du ganz entschieden einen dunkleren Farbton, und außerdem solltest du dir die Augenbrauen zupfen und nachzeichnen.«

»Bloß, weil mich ein Mann zum Abendessen eingeladen hat, werde ich mich noch lange nicht in jemanden verwandeln, der ich nicht bin, Belinda.«

»Du brauchst dich nicht zu verändern, aber du kannst dich attraktiver machen. Das ist keine Sünde, solange du es nicht übertreibst«, behauptete sie. »Schließlich mußt du es mit deinen Rivalinnen aufnehmen«, schloß sie.

»Was?« Ich drehte mich zu ihr um. »Wohl kaum. Schließlich habe *ich* ihn nicht zum Abendessen eingeladen. Es war *seine* Idee.«

Sie schüttelte verständnislos den Kopf. »Das spielt keine Rolle. Wenn du mit einem Mann ausgehst, willst du besser aussehen als die anderen Frauen, die er an diesem Abend zu sehen bekommt. Was ist daran so schrecklich? Frisier dir das Haar. Laß es nicht einfach hängen, wie es hängt. Und schmink dich. Hier«, sagte sie und öffnete ihre Handtasche, »probier es mal mit diesem Farbton. Mir steht er gut, und wir haben einen ganz ähnlichen Teint.«

Ich sah den Lippenstift, den sie mir hinhielt, nachdenklich an.

»Nimm schon, er beißt nicht, Olivia. Wenn du dich damit siehst und es dir nicht gefällt, dann wischst du ihn einfach wieder ab.«

»Also gut«, sagte ich.

Sie lächelte wie eine betörende Verführerin, die mich verlockt hatte, der Sünde einen ersten Schritt entgegenzugehen. »Ich frisiere dich«, sagte sie gleich darauf und ging ins Bad, um meine Bürste zu holen.

»Warte, ich habe nicht gesagt ...«

»Setz dich einfach hin und überlaß das mir, Olivia. Laß mich ein einziges Mal etwas für dich tun«, flehte sie.

Ich starrte sie einen Moment an. Sie wirkte absolut aufrichtig.

»In Ordnung«, sagte ich. »Was ändert das schon?«

»Du wirst es sehen. Es macht einen gewaltigen Unterschied«, versprach sie mir und begann.

Als ich mich eine Stunde später mit gezupften Augenbrauen, einer Spur Rouge auf den Wangen, Lippenstift und einer kunstvollen Frisur im Spiegel ansah, wagte ich zu glauben, vielleicht sei ich doch so hübsch wie Belinda.

»Du hast nichts zum Anziehen«, behauptete sie. »Bediene dich bei mir. Such dir ein Kleid aus, das hier ein wenig spannt«, sagte sie und legte die Hände auf ihre Rippen. »Und«, flüsterte sie, »trag darunter meinen neuen gepolsterten BH.«

»Das ist alles überflüssig. Ich habe selbst ein hübsches Kleid.« Ich zeigte ihr das Kleid, das Mutters Billigung gefunden hatte, ein dunkelblaues Seidenkleid mit einem zarten Spitzenkragen. Belinda verzog das Gesicht.

»Besonders sexy ist das nicht gerade«, sagte sie. »Es sieht aus wie ein Kleid für eine von Mommys Teegesellschaften.«

»Ich will nicht sexy wirken. Ich will einen ordentlichen und anständigen Eindruck machen.«

»Wie langweilig«, summte sie. Dann eilte sie in ihr Zimmer und kehrte mit dem tief ausgeschnittenen Abendkleid zurück, das ich ihrer Meinung nach tragen sollte. »Probier es wenigstens an«, drängte sie mich. »Mit dem BH.« Sie hielt mir die Kleidungsstücke hin, bis ich sie ihr aus der Hand nahm. Dann ging ich ins Bad, um mich anzuziehen. Es war schon eine ganze Weile her, seit mich zum letzten Mal jemand nackt gesehen hatte. Selbst in Belindas Gegenwart zog ich mich nicht mehr aus. Ich wollte nicht, daß sie mit ihren Blicken meine Brüste maß und meine Taille und meine Hüften eingehend musterte, um zu sehen, ob irgendwo ein Gramm Fett zu finden war. Sie hatte sich schneller entwickelt als ich mich in ihrem Alter, und ihrer Entwicklung wollte sich anscheinend kein Einhalt gebieten lassen, wogegen meine Entwicklung eines Tages ihren Höhepunkt erreicht hatte und abgeschlossen war.

Als ich aus dem Bad kam, stieß Belinda einen Pfiff aus.

»Ist das etwa Olivia Ann Gordon? Meine Schwester?«

»Jetzt hör schon auf«, sagte ich, doch ich warf einen Blick auf mein Spiegelbild. So sexy hatte ich tatsächlich noch nie ausgesehen. Ein Flattern regte sich in meiner Brust. Wagte ich es wirklich, in diesem Kleid auszugehen und mich so zu zeigen? »Ich weiß nicht recht«, sagte ich.

»Tu es, Olivia. Du wirst es nicht bedauern. Komm schon, führ dich Mommy und Daddy auch in diesem Kleid vor.«

»Ich weiß nicht recht«, sagte ich noch einmal, doch ich begab mich tatsächlich in Mutters Schlafzimmer. Daddy war auch da. Er saß an ihrem Bett. Bei meinem Eintreten blickten beide auf. Daddys Gesicht drückte Erstaunen aus. Mutter lächelte.

»Du siehst ganz und gar hinreißend aus, meine Liebe«, sagte sie.

»Ich wußte doch, daß ich zwei wunderschöne Töchter habe«, sagte Daddy. »Jeder Mann müßte blind sein, um dich zu übersehen, Olivia.«

»Meinst du nicht, daß das zu weit geht, Mutter?«

»Nein, ich finde, du siehst gut aus«, sagte sie.

»Siehst du?« prahlte Belinda. »Das ist mein Werk. Ich habe sie eingekleidet.«

»Und gerade deshalb bin ich mir nicht sicher«, sagte ich, aber Mutter nickte mir beifällig zu. »Also gut, dann gehe ich eben in dieser Aufmachung aus.«

»Wohin gehst du?« fragte Daddy.

Ich spürte, wie mein Kinn herunterfiel.

»O nein! Ich habe vergessen, den Tisch zu reservieren!« rief ich aus.

Mutter lachte tatsächlich. Ich lief eilig los, um den Anruf zu machen, und ich hoffte nur, es würde keine Probleme geben. Ich wollte zu Antonio auf der Spitze des Kaps gehen. Für mich war dieses kleine Restaurant schon immer etwas ganz Besonderes gewesen. Zum Glück gab es keine Schwierigkeiten, für Viertel nach sieben einen Tisch zu reservieren. Jetzt brauchte ich nur noch auf Samuel Logan zu warten.

Er kam fast fünfzehn Minuten zu spät und entschuldigte sich mit der Behauptung, er hätte sich auf der Suche nach unserem Haus verirrt.

»Ich bin in die falsche Straße eingebogen und habe mir den Weg von einem älteren Mann beschreiben lassen, der mich in eine andere falsche Straße geschickt hat«, erklärte er, und sein Blick glitt ständig zwischen meinem Gesicht und Belinda hin und her, denn sie stand hinter mir und wartete darauf, daß ich sie vorstellte.

»Das ist meine Schwester Belinda«, sagte ich schließlich. Sie sprang ihn fast an und streckte die Hand nach seinem Gesicht aus, als erwartete sie von ihm einen Handkuß anstelle eines Händedrucks.

»O ja. Ich kann die Ähnlichkeit deutlich sehen«, sagte Samuel.

»Olivia findet, daß sie in einem meiner Kleider zu sexy wirkt«, platzte Belinda heraus.

»Belinda!«

»Nein, sie sieht genau richtig aus«, sagte Samuel und lächelte sie an. Sie klapperte mit den Wimpern und lächelte affektiert.

»Das habe ich ihr auch gesagt. Da siehst du es, Olivia«, sagte Belinda, ohne Samuel aus den Augen zu lassen.

»Wir sind spät dran«, sagte ich. »Ich möchte nicht, daß sie unseren Tisch an jemand anderen vergeben.«

»Richtig«, sagte Samuel. »Es hat mich gefreut, dich kennenzulernen, Belinda.«

»Ganz meinerseits, soviel steht fest«, sagte sie. Er lachte, und wir gingen aus dem Haus.

»Ich wußte gar nicht, daß du eine Schwester hast«, sagte Samuel. »Dein Vater hat sie nie erwähnt.« Er hielt mir die Wagentür auf, und ich stieg ein, ohne etwas zu erwidern. »Wohin fahren wir?« fragte er, nachdem er hinter dem Lenkrad Platz genommen hatte.

»Zu Antonio, auf der Spitze des Kaps. Es ist ein kleines Restaurant, aber besseres Essen findet man nirgends, und man hat von allen Tischen aus einen schönen Ausblick«, sagte ich.

»Das klingt prima. Was tut deine Schwester? Arbeitet sie auch für deinen Vater?«

»Belinda tut gar nichts«, sagte ich mit scharfer Stimme.

»Gar nichts?«

»Sie spielt«, sagte ich.

»Oh. Ein angenehmes Leben, wenn man es sich leisten kann«, sagte er. »Kein Wunder, daß sich dein Vater so viele Gedanken über dich macht.«

»Anscheinend haben mein Vater und du ausführlich über mich geredet«, sagte ich.

Er lachte.

»Tja, da wir unter Umständen Geschäftspartner werden, habe ich es für eine gute Idee gehalten, dich kennenzulernen. Du und ich, wir beide werden eines Tages die Leitung unserer Familienbetriebe übernehmen. Deiner ist natürlich größer als meiner, und es könnte sogar sein, daß ihr uns übernehmt, aber ich kann mir keine bessere Firma vorstellen, wenn es um eine Übernahme von Logan Enterprises geht.«

»Du hast keine Geschwister?«

»Nein. Meine Mutter ist gestorben, als ich klein war, und mein Vater hat sich nie wieder verheiratet.«

»Manchmal wünschte ich, ich wäre ein Einzelkind«, murmelte ich. Er hörte es und lachte.

Wir hatten das Glück, einen Tisch direkt an dem Fenster zu

bekommen, von dem aus man auf das Wasser blickte und eine schöne Aussicht auf den Leuchtturm hatte. Blinkende Lichter, die so wirkten, als gehörten sie zu einem Luxusdampfer, bewegten sich langsam über den Horizont, und um das Schiff herum hatte der Himmel einen purpurnen Schimmer.

»Du hast wirklich ein wundervolles Restaurant gewählt, Olivia. Ich sehe schon, daß ich alle wichtigen Entscheidungen in meinem Leben dir überlassen kann«, sagte Samuel.

»In deinem Leben? Bloß, weil ich heute abend mit dir essen gehe, spiele ich in deinem Leben noch lange keine Rolle.«

Sein Lächeln war das Lächeln eines Menschen, der ein tiefes, dunkles Geheimnis kennt. »Das ist ein Versehen, das hoffentlich bald korrigiert werden wird«, bemerkte er. Seine Kühnheit kam so überraschend, daß ich fast laut gelacht hätte. Auf seinen Wunsch hin bestellte ich für uns beide.

Wie üblich war das Essen köstlich. Ich weiß, daß ich zuviel Wein trank, denn ich konnte die Glut in meinem Hals und auch in meinem Gesicht spüren. Samuel bestritt den größten Teil des Gespräches. Er erzählte von sich selbst, seinem bisherigen Werdegang, seiner Familie und seinen Plänen.

»Ich bin ziemlich viel umhergereist, aber einen so wunderbaren Ort wie das Kap habe ich bisher noch nirgends gefunden. Wie steht es mit dir?«

»Ich bin nicht gerade weit gereist«, sagte ich, »aber es gefällt mir sehr gut hier.«

»Genau. Vom ersten Moment an, als ich dich gesehen habe, war mir klar, daß wir beide eine Menge gemeinsam haben, und ich rede nicht nur von geschäftlichen Interessen«, sagte er.

Obwohl ich zuviel Wein getrunken hatte, zog ich überrascht die Augenbrauen hoch. Was hatten wir beide miteinander gemeinsam? Eine bedeutsame Gemeinsamkeit war mir bisher noch nicht aufgefallen. Ihm schien es zu genügen, daß er der Überzeugung war und sie aussprach. Damit wurde seine Behauptung richtig.

Ich mußte zugeben, daß er ein sympathischer und einnehmender Mann war. Er schien reif für sein Alter zu sein. Und auffallend gesetzt.

»Segelst du gern?« fragte er.

»Ich habe es gelernt, aber ich stelle mich nicht besonders geschickt an. Allerdings bin ich gern als Passagier auf einem Segelboot.«

»Das trifft sich blendend«, behauptete er. »Ich bin ein guter Segler und ein grauenhafter Passagier Auf einem Boot habe ich am liebsten ständig zu tun. Ich helfe sogar unseren Fischern und erledige die Dreckarbeiten. Mein Vater fand ohnehin, einen besseren Einstieg als den praktischen könnte ich gar nicht haben, um von der Pike auf alles über unser Geschäft zu lernen. Arbeiten, nicht nur erben. Es sieht so aus, als hieltest du es genauso. Rein ins Geschäft und ordentlich mit anpacken«, sagte er.

Er streckte seinen Arm über den Tisch und nahm meine Hand.

»Ich würde gern morgen mit dir Segeln gehen. Vielleicht könnten wir ein Picknick einpacken. Das Wetter ist vielversprechend, und der morgige Tag scheint sich blendend zu eignen.«

»Ich weiß nicht recht«, sagte ich. »Meiner Mutter geht es nicht gut, und es könnte sein, daß ich gebraucht werde.«

»Das mit deiner Mutter tut mir leid. Ich hoffe, daß es ihr bald wieder besser geht, aber ich hoffe auch, daß deine Familie dich für ein paar Stunden entbehren kann. Ich rufe dich morgen früh an, einverstanden?«

»Also ... gut, einverstanden«, sagte ich.

»Prima.«

Er hielt meine Hand weiterhin in seiner, und ich ließ es zu, bis ich eine vertraute Stimme hörte, die einzige Stimme, die nur ein einziges Wort, eine einzige Silbe zu äußern brauchte, und schon bekam ich Herzrasen.

Es war Nelson Childs, der durch den Gang kam und eine große, elegant zurechtgemachte Brünette an der Hand hielt. Sie hatte hellblaue Augen und eine Figur, die aussah, als sei sie von einem Bildhauer modelliert worden.

»Olivia. Schön, dich zu sehen«, sagte er und blieb an unserem Tisch stehen. »Ich möchte dir Louise Branagan vorstellen, meine Verlobte. Louise, das ist Olivia Gordon, eine alte Freundin«, sagte er. Ich fand, er legte viel zuviel Betonung auf das Wort »alt«. Sie reichte mir die Hand.

»Es freut mich, Sie kennenzulernen«, sagte sie mit einem strahlenden Lächeln.

»Gleichfalls«, sagte ich. »Das ist Samuel Logan.«

»Ich kenne Samuel«, sagte Nelson hastig, und die beiden lächelten einander wie Verschwörer an.

»Ach ja?«

»Ja, in früheren Zeiten haben wir uns manchmal einen hinter die Binde gekippt, stimmt's, Samuel?«

»Mindestens einen zuviel«, sagte Samuel. »Hallo, Louise. Schön, dich wiederzusehen.«

Mein Blick wanderte von Samuel zu den beiden, und das Erstaunen breitete sich wie ein Ausschlag auf meinem Gesicht aus.

»Ich hoffe, ihr kommt nächste Woche beide zu unserer Verlobungsparty. Es sieht so aus, als hätten sich meine Eltern selbst überboten, wie sie es immer tun«, sagte Nelson. Dann wurde sein Gesichtsausdruck ernster. »Wie geht es deiner Mutter, Olivia?«

»Sie tut ihr Bestes«, sagte ich zu ihm. Ich wartete nur darauf, daß er es wagte, nach Belinda zu fragen, aber er nickte betrübt.

»Tja, wir wollten euch nicht stören. Viel Spaß noch, und ich hoffe, wir sehen euch bald wieder«, sagte er.

»Nett, Sie kennengelernt zu haben«, warf Louise über die Schulter zurück, als die beiden den Weg zu ihrem Tisch fortsetzten.

»Sind sie nicht ein hübsches Paar?« sagte Samuel voller Bewunderung.

»Ich bin müde«, sagte ich. »Es war ein langer Tag, und ich muß noch nach meiner Mutter sehen.«

»Ja, gewiß. Ich bestelle gleich die Rechnung«, sagte er und winkte unseren Kellner an den Tisch.

Samuel redete auf der Heimfahrt ununterbrochen. Ich hörte ihm nur mit einem Ohr zu, denn es bereitete mir immer noch Schwierigkeiten, mich von der unerwarteten Begegnung mit Nelson zu erholen. Er wirkte reifer und umwerfender denn je, und es wurmte mich, daß sich Louise Branagan tatsächlich angemessen an seiner Seite ausnahm. Wie hätte ich es gegen eine solche gesellschaftliche Größe jemals aufnehmen können, wenn sie noch dazu eine Schönheit sondergleichen war?

»Dann rufe ich dich also gegen zehn Uhr an, wenn es dir recht ist, ja?« sagte Samuel, sowie wir in die Einfahrt bogen. Das Tor stand noch für uns offen.

»Was? Ach so, ja. Sicher.«

»Der Abend hat mir großes Vergnügen bereitet, Olivia. Wirklich«, sagte er, als er anhielt. »Ich hoffe, dir geht es ähnlich.«

»Ja, es hat mir Freude gemacht, Samuel. Ich danke dir.«

Er beugte sich zu mir hinüber und drückte mir einen schnellen Kuß auf die Wange. »Ich freue mich schon auf morgen und auf viele weitere Tage.«

Wieder einmal überrumpelte er mich mit seiner Kühnheit. Ich konnte nur nicken. Er stieg schnell aus und eilte um den Wagen herum, um mir die Tür aufzuhalten. Dann begleitete er mich zur Haustür, und dort legte er mir seine Hände auf die Schultern, um mich zu sich umzudrehen.

»Gute Nacht«, sagte er und beugte sich herunter. Diesmal küßte er mich auf die Lippen. »Ich komme mir vor wie ein Pirat, der einen vergrabenen Schatz gefunden hat«, sagte er und kehrte zu seinem Wagen zurück. Ich stand sprachlos da. Cape Cod war berüchtigt für sein Wetter, berüchtigt dafür, daß ein Unwetter aufziehen und gleich wieder vorüberziehen konnte, alles innerhalb von einem einzigen Vormittag. Kein Wunder, daß es Samuel Logan hier so gut gefiel, dachte ich und ging ins Haus. Seine Energie und seine Entschlossenheit reizten und überwältigten mich. Jemand hatte ein Feuer in ihm entfacht, sagte ich mir. Ich hoffte nur, daß ich es war.

8

Geständnisse auf dem Totenbett

Es gab Zeiten, in denen ich glaubte, jemand hätte Samuel Logan den Ratschlag gegeben, jede freie Minute meines Lebens zu beschlagnahmen, wenn er sich in mein Herz einschleichen wollte. Seit jenem ersten Abendessen verging kein einziger Tag, an dem er nicht anrief und die eine oder andere Unternehmung vorschlug. Meistens genoß ich seine Gesellschaft wirklich. Unser Segelausflug verlief erfreulich und war ein voller Erfolg. Samuel stellte sich geschickt an und schien sich auf dem Meer noch wohler und sicherer zu fühlen als auf dem Land.

»Ich habe das Meer im Blut«, sagte er zu mir. »Wie hoch der Salzgehalt im menschlichen Körper normalerweise auch sein mag – bei mir ist der Prozentsatz doppelt so groß. Mein Vater sagt, als Baby sei ich nie so friedfertig gewesen wie dann, wenn er und meine Mutter mich in einem Boot mitgenommen haben. Das Brausen der Wellen und das Rauschen der Brandung waren das beste Schlaflied. Wir sind beide Kinder des Meeres, Olivia. Unser Leben ist derart mit dem Ozean verbunden, daß wir uns nicht weit vom Ufer entfernen können.«

Ich saß da und lauschte seinen Ansprachen beim Abendessen, im Wagen oder während wir durch die Stadt liefen, und dabei dachte ich mir, daß Samuel Logan, ganz gleich, was er sonst noch sein mochte, mit Sicherheit ein guter Handelsvertreter war. Er konnte sich blendend verkaufen. Ich mußte mir eingestehen, daß ich seine Aufmerksamkeiten genoß. Es machte mir Spaß, in Restaurants und ins Kino eingeladen zu werden, mir Wagentüren aufhalten zu lassen und einen gutaussehenden Mann als ständigen Begleiter an meiner Seite zu haben, bis die Leute begannen, Notiz davon zu nehmen und uns als ein Paar anzusehen. Ich wußte, daß Mutter sich für mich freute. Belinda dagegen rechnete sich all das als ihr Verdienst an.

»Wenn ich dich nicht dazu überredet hätte, daß du dich ordentlich zurechtmachst, hätte er möglicherweise längst kein Interesse mehr an dir, Olivia.«

»Wenn er sich nur wegen einer Spur Wangenrouge und Lippenstift immer noch für mich interessiert, dann tut er mir leid«, sagte ich zu ihr. Sie verstand es natürlich falsch.

»Dann hast du also mit ihm geschlafen. Wie war es?« fragte sie eines Abends, als ich mich gerade fertigmachte, um wieder einmal mit ihm essen zu gehen. »Hast du alles bekommen, was du dir davon erhofft hast?« fügte sie mit ihrem albernen Gelächter hinzu.

»Natürlich habe ich nicht mit ihm geschlafen«, schnauzte ich sie an. »Ich springe nicht mit dem erstbesten Mann ins Bett, der sich um mich bemüht. Oder mit jedem Mann, der sich um mich bemüht – ganz im Gegensatz zu jemandem, den ich gut kenne.«

»Hat er es etwa noch nicht probiert?« bohrte sie unerschrokken weiter, und ihre Augen funkelten verrucht. »Hast du dir nicht gewünscht, er würde es probieren?«

»Hör auf damit«, sagte ich und wandte mich wieder dem Spiegel zu. »Es mag ja sein, daß du dich mit deinen hohlköpfigen Freundinnen so unterhältst, aber mit mir nicht. Vergiß es.«

»Was tut ihr denn dann miteinander? Das frage ich mich wirklich.«

Ich drehte mich abrupt zu ihr um.

»Du fragst dich, was wir miteinander tun? Das, was reife Erwachsene miteinander tun. Wir gehen essen. Wir reden miteinander. Wir bewundern die Landschaft. Wir besuchen Galerien und gehen ins Theater oder ins Kino und unterhalten uns hinterher über die Geschichte und die einzelnen Personen. Wir lernen einander besser kennen, um zu sehen, ob wir wirklich zusammen passen, und dann, viel später, wenn wir im Umgang miteinander unbefangen sind, entwickeln wir uns auf anderen Gebieten weiter«, belehrte ich sie.

Sie brach in Gelächter aus.

»Was ist daran so komisch, Belinda?«

»Bis dahin werdet ihr beide graues Haar und keinen Zahn mehr im Mund haben«, behauptete sie.

»Aber ich werde keine Schwangerschaft geheimhalten müssen, und mich wird man auch nicht aus einem Mädchenpensionat hinauswerfen«, entgegnete ich. Das Lächeln flog von ihrem Gesicht wie ein verängstigtes Vögelchen und wurde schnell von einer finsteren Miene abgelöst.

»Ich wollte doch nur einen Scherz machen, Olivia. Du brauchst nicht gleich so eklig zu werden.«

»Ich bin jetzt schon spät dran«, sagte ich, da ich dieses alberne Gespräch augenblicklich beenden wollte. Ich wandte mich von Belinda ab.

»Okay.« Sie trat vor meine Kommode und zog eine Schublade auf. »Den brauche ich heute abend selbst«, sagte sie und holte ihren BH heraus.

»Wohin gehst du?«

»Ich gehe aus, um mich auf anderen Gebieten weiterzuentwikkeln«, warf sie mir an den Kopf und verließ mein Zimmer.

Ich spürte, wie ich vor Wut knallrot wurde, doch als ich mir Gedanken über Belinda machte, mußte ich lächeln. Es war amüsant. Zum ersten Mal, soweit ich zurückdenken konnte, war Belinda tatsächlich neidisch auf mich. Unsere Eltern sprachen über meine Beziehung mit Samuel und stellten mir Fragen zu unseren gemeinsamen Unternehmungen, während Belinda dastand oder dasaß und notgedrungen zuhören mußte. Freunde der Familie äußerten sich ihr gegenüber zu meiner und nicht etwa zu ihrer eigenen Romanze. Das Entscheidendste war jedoch, soweit ich das beurteilen konnte, daß ihr Samuel trotz ihres koketten Auftretens keine nennenswerte Beachtung schenkte. Neid quälte Belinda, und sie wußte nicht, wie sie verhindern konnte, daß er die rosa Wolken beschmutzte, auf denen sie schwebte. Gehässigkeit und Wut waren ihre einzigen Schutzmechanismen. Ich nahm an, sie wolle einfach nur aufsässig sein, als sie eines Abends beim Essen ankündigte, sie würde die Verlobungsparty bei den Childs' nicht besuchen.

»Du kannst mit Olivia und Samuel hingehen, Daddy«, sagte sie. »Von meinen Freunden wird sowieso niemand dort sein.«

»Du solltest versuchen, dir andere Freunde zu suchen, Belinda«, sagte ich.

»Meine Freunde sind prima.«

»Sie sind nur dann prima, wenn du niemals aus der Highschool hinauswachsen willst«, gab ich zurück. Ihre Augen schimmerten vor Tränen, die dicht bevorstanden.

»Bloß, weil du jetzt ständig einen festen Begleiter hast, bildest du dir ein, alles über die Männer zu wissen. Du kannst es einfach nicht lassen, mir vorzuschreiben, was ich mit meinem Leben anfangen soll. Ich bin nicht du.«

»Das war schon immer klar zu erkennen.«

»Und ich will auch gar nicht du sein!«

»Hört augenblicklich mit diesem Gekeife auf«, befahl Daddy. Zum Glück nahm Mutter ihr Abendessen inzwischen immer in ihrem Zimmer ein und brauchte sich daher Belindas Gejammer nicht anzuhören.

Belinda stopfte sich ein Stück Brot in den Mund und funkelte mich finster an, als wolle sie damit sagen, sie schluckte ihre Worte zwar hinunter, nicht aber ihre Gedanken.

»Wenn du nicht zu dem Fest mitkommen möchtest, dann brauchst du nicht mitzukommen, Belinda«, gab Daddy nach.

Ich sah ihn erstaunt an. Er würde doch gewiß seinen Freund Colonel Childs nicht beleidigen wollen, aber bei eingehenderer Betrachtung begriff ich, daß es ihm wahrscheinlich lieber war, wenn Belinda nicht mitkam. Dann brauchte er sich keine Sorgen wegen ihres Benehmens oder der Albernheiten zu machen, die sie mitunter von sich gab. Er hatte ohnehin schon genug Sorgen.

Mutter schien ständig schwächer zu werden, und sie hatte wieder Probleme mit dem Magen. Daddy und ich fürchteten, daß wir alle von der Auswertung der nächsten Untersuchungsergebnisse nur gräßliche Nachrichten zu erwarten hatten. Diese bösen Vorzeichen hingen über unserem Haus wie ein Sturm, der drohte, unsere Familie ins Meer hinauszuspülen. Daddy trug eine Maske des Trübsinns, mit finsteren Augen und tiefen Falten von der Nase zu den Mundwinkeln, die ich bisher nicht an ihm wahrgenommen hatte. Er bewegte sich mit schwerfälligen Schritten und hängenden Schultern voran, und seine Kraft wurde von den Schatten der Trübseligkeit aufgesogen, die sich an die Wände unseres Hauses hefteten, in allen Winkeln lauerten und sich die Lippen schleckten, in freudiger Erwartung des Grauens, das demnächst an unsere Tür klopfen würde. Aber vorher passierte noch etwas anderes.

Am Morgen des Tages, an dem Nelson Childs seine Verlobungsparty feierte, rief Samuel an, um zu fragen, ob er mich auf der Stelle sehen könne.

»Hat das nicht Zeit, bis du kommst, um mich zu dem Empfang bei den Childs' abzuholen, Samuel?«

»Nein«, sagte er. »Ich brauche unbedingt vorher einen Moment mit dir allein, Olivia. Bitte«, flehte er.

Mutter schlief von Tag zu Tag länger, und da die Pflegerin im Haus war, gab es für mich nicht viel zu tun. Ich willigte ein, frisierte mich, zog eine meiner neuen Baumwollblusen und einen passenden Rock an und ging nach unten, um zu warten. Daddy war in die Firma gefahren, um dringende Arbeiten abzuschließen. Er hatte versprochen, rechtzeitig nach Hause zu kommen, damit er sich für die Party umziehen konnte. Dennoch hatte er gesagt, er würde uns dort treffen und nicht mit Samuel und mir gemeinsam hinfahren.

»Ein fünftes Rad am Wagen könnt ihr ohnehin nicht gebrauchen«, scherzte er. »Du kommst inzwischen sehr gut ohne mich zurecht, Olivia.« Er bemühte sich, amüsant zu sein, aber ich wußte, daß er keine Lust hatte, ohne Mutter zu der Party zu gehen. Sie bestand darauf, daß er sich dort blicken ließ und auch in ihrem Namen Glückwünsche überbrachte. Belinda, die immer noch entschlossen war, das Fest nicht zu besuchen, stand bewußt früher als sonst auf und machte sich auf den Weg zu Kimberly. Sie behauptete jedenfalls. dort würde sie den Tag verbringen.

»Diese snobistischen Parties sind ohnehin langweilig«, sagte sie zum Abschied, »aber wünsche Nelson viel Glück von mir«, fügte sie mit einem Funkeln in den Augen hinzu. »Ich hoffe, er hat bekommen, was er will.«

Ich beschloß, sie schlichtweg zu ignorieren, und daher ging sie aus dem Haus. Ihr albernes Lachen wehte hinter ihr her. Ich war allein, als Samuel an der Tür läutete. Carmelita öffnete ihm und führte ihn ins Wohnzimmer. Dort wartete ich schon auf ihn.

»Tja«, sagte er und sah sich nervös um. Er trug einen Straßenanzug und eine Krawatte. »Deine Schwester ist nicht zu Hause?«

»Zum Glück nicht«, bemerkte ich.

Auch ihn schien dieser Umstand zu erleichtern. »Das ist gut«, murmelte er und blieb weiterhin in der Tür stehen.

»Was ist so wichtig, daß es sich nicht auf den Nachmittag verschieben läßt, Samuel?« fragte ich. »Bis dahin sind es nur noch ein paar Stunden.«

»Selbst ein paar Minuten wären mir zu lang«, sagte er mit dem Lächeln eines Menschen, der ein tiefes Geheimnis hat und es zu enthüllen gedenkt. »Darf ich mich setzen?«

»Selbstverständlich. Bitte«, sagte ich, und er setzte sich auf den Sessel, der dem Sofa gegenüberstand. Einen Moment lang drehte er seinen Hut in den Händen, und dann lächelte er wieder.

»Ich muß schon sagen, die Childs haben Glück mit dem Wetter gehabt. Ein schöner Tag für eine Verlobungsparty«, sagte er.

»Ja, aber daß wir schönes Wetter haben, wußte ich schon, ehe du gekommen bist, Samuel.« Er sah, daß meine Geduld schwand.

Schließlich räusperte er sich, zog die Schultern zurück und begann. »Auf dem Weg hierher habe ich mir überlegt, daß wir beide noch nicht allzu lange zusammen sind, aber die Zeit, die wir miteinander verbracht haben, war sehr intensiv, und schließlich«, fuhr er fort, ohne zwischendurch Luft zu holen, »zählt nicht der Zeitraum, den zwei Menschen gemeinsam verbringen, sondern das, was sie in Gesellschaft des anderen aus ihrer Zeit machen. Stimmst du mir in dem Punkt zu?«

»Ja, gewiß«, sagte ich.

»Dann bist du ebenfalls der Meinung, daß wir unsere gemeinsame Zeit sehr gut genutzt haben?« fragte er mit neuem Mut.

»Andernfalls würde ich meine Zeit nicht mit dir verbringen«, erwiderte ich. »Ich neige nicht dazu, meine Zeit zu vergeuden.«

»Nein, natürlich nicht. Und genau das hat mich zu der Überzeugung gelangen lassen, daß ich nicht zu direkt bin und die Dinge nicht überstürze.«

»Dinge? Was für Dinge, Samuel?«

»Die Dinge zwischen uns. Ich bin gekommen, um dir zu sagen, wie sehr ich deine Gesellschaft genossen habe. Ich möchte sie nicht missen, und, was noch wichtiger ist, ich mag die Unterbrechungen nicht.«

»Unterbrechungen?« Ich schüttelte den Kopf und lächelte verwirrt. Wovon sprach er bloß?

»Die Nächte, die Vormittage, Teile des Nachmittags … ich spreche von der gesamten Zeit zwischen unseren Verabredungen«, sagte er.

Ich sah ihn immer noch verwirrt an und schüttelte den Kopf. »Was willst du damit sagen, Samuel?«

»Ich habe dir gleich gesagt, daß ich mich nicht besonders gewandt ausdrücken kann. Es dauert manchmal ein Weilchen, bis ich zur Sache komme.« Er nahm eine steifere Haltung auf dem Sessel ein. »Ich will damit sagen, daß mir Olivia Gordon als Dauerdiät recht wäre.«

»Was? Dauerdiät?«

Er griff in seine Jackentasche und zog ein kleines Schächtelchen heraus. Sein Lächeln wurde strahlender, als er von seinem Sessel aufstand und dann auf einem Knie vor mir niedersank. »Ich dachte, dir könnte es gefallen, wenn wir es auf die altmodische Art handhaben«, begann er und öffnete das Schächtelchen.

Darin lag ein Verlobungsring, der es durchaus mit dem Ring aufnehmen konnte, den Carson McGil Belinda geschenkt hatte, nur fand ich, dieser hätte eine elegantere Goldfassung und den vornehmen Baguetteschliff.

»Ich habe mir die Freiheit herausgenommen, diesen Ring anfertigen zu lassen«, fuhr Samuel fort, »in der Hoffnung, daß du eine Verlobung mit mir ernsthaft in Betracht ziehen würdest.«

Ich war benommen von dem funkelnden Diamanten und dem Heiratsantrag und saß wie betäubt da. Samuel blieb vor mir knien und hielt mir den Ring in dem kleinen Schächtelchen hin. Langsam, fast schon so, als fürchtete ich, wenn ich ihn berührte, würde er sich in Luft auflösen, zog ich den Ring aus dem Schächtelchen und sah ihn mir genauer an. Er war atemberaubend.

»Da ich keine Mutter habe, die mich beraten könnte, mußte ich mich auf einen guten Juwelier verlassen«, sagte er. »Ich hoffe, er gefällt dir.«

»Es ist ein wunderschöner Ring«, keuchte ich. Das magische Funkeln hypnotisierte mich.

»Probier ihn an«, drängte Samuel.

Ich dachte darüber nach und tat es dann, und ich mußte feststellen, daß der Ring perfekt saß. Ich drehte meine Hand, um ihn aus allen Richtungen zu betrachten. Die Hand, von der ich geglaubt hatte, sie sähe so dünn und knochig aus, wirkte jetzt, als gehörte sie einer Prinzessin.

»Woher wußtest du, welche Ringgröße ich habe?«

»Dazu war eine kleine Verschwörung nötig«, gestand er. »Zwischen mir und deinem Vater. Er hat mir einen deiner Ringe gegeben, und ich habe ihn danach maßanfertigen lassen.«

Ich ließ meine Hand auf meinen Schoß fallen, als hätte der Ring plötzlich das Gewicht eines Bleiklumpens. »Mein Vater weiß bereits Bescheid?« stöhnte ich. Ich war bitterlich enttäuscht.

Samuel nickte. »Ich wollte in seinen Augen nicht als voreilig dastehen«, sagte er eilig. »Und ich dachte mir, wenn er mir einen deiner Ringe besorgt, nun, wie du siehst, hat es insofern geklappt, als der Ring paßt.«

»Ich mag keine Geheimnisse, und schon gar nicht, wenn ich die einzige bin, die nicht eingeweiht wird«, wetterte ich, als stünde ich auf der Kanzel.

Er schüttelte den Kopf.

»Ich versichere dir, daß hier keine heimlichen Machenschaften vorliegen. Niemand sonst weiß etwas davon«, sagte er. »Bitte«, fuhr er fort, »bekomm jetzt keinen falschen Eindruck.«

Ich spielte mit dem Ring, zog daran, als wollte ich ihn abstreifen, und drehte ihn dann an meinem Finger. Samuel beobachtete mich, und seine Augen weiteten sich vor Furcht und Vorfreude zugleich.

»Ich glaube von ganzem Herzen daran, daß wir ein wunderbares Leben miteinander führen können, und ich hoffe, du empfindest das auch so«, fuhr er fort, ohne meine Finger aus den Augen zu lassen. »Wir haben gemeinsame Interessen. Unsere Ambitionen sind dieselben. Ich hoffe, ich habe dich nicht verärgert«, fügte er hinzu, als ich nichts erwiderte.

»Es kommt so plötzlich. Ich hasse Überraschungen. Ich bin gern vorbereitet.«

»Ich weiß, aber warum kann etwas Schönes nicht plötzlich passieren? Die schlimmen Dinge passieren oft von einem Moment auf den anderen, wie du selbst weißt. Jedenfalls«, fuhr er fort, »habe ich beschlossen, heute, der Tag, an dem wir Nelsons Verlobungsparty besuchen, sei ein prachtvoller Tag, um unsere eigene Verlobung bekanntzugeben.«

Ich dachte darüber nach und lächelte in mich hinein. Ja, das konnte man wohl sagen, dachte ich. Ich malte mir den Ausdruck auf Nelsons Gesicht aus, wenn er den Ring an meinem Finger sah, aber auch den Ausdruck auf den Gesichtern all dieser anderen Menschen, die nur zu gern glaubten, ich würde niemals heiraten. Sie waren überzeugt, daß ich als alte Jungfer enden und die Firma meines Vaters leiten würde, während sich meine Schwester, meine schöne Schwester, einen reichen und gutaussehenden jungen Mann angelte. Schockiert sein würden sie, alle miteinander!

»Meinst du nicht, es wäre ein guter Tag für eine solche Bekanntmachung?« verfolgte Samuel den Faden weiter.

Ich wurde unvermittelt aus meinem Tagtraum herausgerissen und schaute auf ihn hinunter. Er sah mich an, als würde ich jeden Moment einen richterlichen Urteilsspruch verkünden.

Seine Augen sahen mich ängstlich an, und es stand auch die Befürchtung darin, eine Ablehnung zu bekommen.

»Ja«, sagte ich. »Es wäre tatsächlich ein blendender Tag dafür.«

Ein strahlendes Lächeln ließ sein Gesicht leuchten. Er küßte meine Hand und sprang auf. »Das ist ja wunderbar. Ich bin der glücklichste Mann auf Erden, noch glücklicher als Nelson Childs, denn ich bin sicher, daß wir eine bessere Ehe führen werden«, fügte er hinzu. Ich zog die Augenbrauen hoch.

»Wirklich?«

»Ja, wirklich. Wirklich. Wir passen perfekt zusammen, Olivia. Wir haben keine Kupplerin gebraucht, die uns zusammenführt. In dem Moment, in dem ich dich in diesem Büro gesehen habe, wie du hinter deinem Schreibtisch gesessen und mit der Emsigkeit einer Biene gearbeitet hast, wußte ich, daß wir beide ein großartiges Gespann wären. Eines Tages wird uns das ganze Kap gehören. Ich schwöre es dir.

Ich habe schon ein ganz spezielles Haus für uns ins Auge gefaßt, Olivia«, fuhr er fort. »Es ist ein großes zweistöckiges Haus, sehr alt und von großem Prestige. Ursprünglich ist es um 1780 herum erbaut worden. Ich habe vor, es bis auf die Außenmauern abzureißen und alles zu modernisieren. Wir können an das alte

Haus anbauen. Morgen bringe ich dich hin, und dann kannst du gleich anfangen, es mit unseren Architekten zu planen. Ich möchte, daß es am Tag nach unserer Hochzeitsreise fertig ist und alles für uns bereitsteht«, sagte er.

»Das klingt ganz so, als hättest du das alles schon seit einer Weile geplant, Samuel, nämlich schon zu einer Zeit, zu der wir einander unmöglich gekannt haben können«, bemerkte ich mit argwöhnischen zusammengekniffenen Augen.

Er starrte mich einen Moment lang an und lachte dann. »Nun, ich habe schon seit einer Weile vor, die perfekte Frau für mich zu finden, und ich habe mich auch damit auseinandergesetzt, wo wir dann leben könnten. Das Haus steht auf einem erlesen schönen Stück Land zwischen Provincetown und North Truro und hat seinen eigenen privaten Zugang zum Strand, genauso, wie ihr es hier habt. Das Grundstück bietet Platz für Gärten, und man hat einen phantastischen Meerblick. Du wirst sehen, daß du nichts aufgeben mußt, wenn du mich heiratest. Morgen früh fahre ich gleich als erstes mit dir hin«, versprach er. »Ich bin so früh hier, wie du willst. Wann soll ich kommen?«

Ich mußte lachen. »Laß mich ab und zu Atem holen, Samuel. Mir schwirrt der Kopf, und mir ist schon ganz schwindlig von diesen dramatischen Erklärungen, die du wie ein Ausrufer von dir gibst.«

»Genau das wünsche ich mir. Ich möchte, daß dir vor Überraschungen und Glück schwindlig ist«, sagte er. »Ich muß jetzt nach Hause fahren, um meinem Vater die gute Neuigkeit zu überbringen, und in drei Stunden bin ich dann wieder da und hole dich zu Nelson Childs' Verlobungsparty ab. Denen werden wir die Schau stehlen«, versprach er mir und klatschte in die Hände.

Er lief aus dem Zimmer und machte dann noch einmal kehrt, eilte zurück und drückte mir einen schnellen Kuß auf die Wange. »Danke«, sagte er. »Ich danke dir dafür, daß du mich zum glücklichsten Mann auf Erden gemacht hast.«

Er lief zur Tür hinaus und ließ mich benommen sitzen. Der Diamant funkelte im Schein der Lampe neben mir, und mein Herz galoppierte.

Was für eine wunderbare Überraschung das für Mutter sein wird, dachte ich, als ich aufstand. Ich fühlte mich etwas wacklig auf den Beinen, als die Erkenntnis dessen, was hier vorgefallen war, zu mir durchdrang. Ich war verlobt, und zwar mit einem sehr gut aussehenden Mann. Von einem Moment zum anderen hatte ich Belinda wieder hinter mir zurückgelassen, und es würde alles seine Ordnung haben: Die ältere Tochter würde als erste verheiratet werden. Mutter würde sich sicher freuen, und sie konnte so dringend etwas gebrauchen, was sie glücklich machte und ein Lächeln auf ihr mattes, schmales Gesicht zauberte.

Als ich auf die Treppe zuging, hörte ich eine innere Stimme fragen: »Aber liebst du ihn denn, Olivia?« Ich blieb stehen. »Davon hat er nichts erwähnt«, murmelte ich vor mich hin. Er hat noch nicht einmal gefragt. Es war, als wüßte er, daß Liebe etwas ist, wovon ich glaubte, daß es sich erst mit der Zeit zwischen zwei Menschen entwickelt. Diejenigen, die behaupteten, vom Blitz getroffen zu sein und bei jedem Kuß Glocken läuten zu hören, waren Menschen, die in einem Märchen lebten und sich in Liebesromane und -filme hineinversetzten. Wenn die Realität sie einholte, waren sie enttäuschter als alle anderen. Die besten Ehen waren Ehen von der Sorte wie die, in die ich einwilligen würde: eine Ehe, die auf vernünftigen, logischen Überlegungen aufgebaut wird, auf einem festen Fundament. Die Liebe würde sich später einstellen, dachte ich. Dann würden wir einander in die Augen sehen und sagen: »Ja, ja, uns verbindet noch mehr, ein emotionales Band, das jetzt stark genug ist, um zwei unabhängige Menschen mühelos aneinander zu binden. Jetzt ist es angebracht und richtig zu sagen ›Ich liebe dich‹, denn jetzt bedeuten diese Worte etwas.«

Ich stieg die Stufen hinauf und ging in Mutters Zimmer. Sie schlummerte. Ihre Pflegerin blickte zu mir auf.

»Ich werde eine Zeitlang bei ihr bleiben«, sagte ich.

»Wie Sie wünschen.« Sie stand auf. »Ich gehe nur kurz nach unten und trinke eine Tasse Kaffee«, sagte sie und warf einen Blick auf Mutter. Mit finsteren Augen schüttelte sie den Kopf. »Rufen Sie mich, falls Sie mich brauchen«, sagte sie, ehe sie ging.

Ich setzte mich ans Bett und beobachtete, wie Mutter mühsam und flach atmete. Ihre Brust wirkte schwer, und ihr Kopf, der durch die Verheerungen der Chemotherapie schnell kahl geworden war, war in einen seidenen Schal gehüllt. Ihre Haut war so teigig und weiß, daß es wirkte, als sei sie vollkommen blutleer.

Nach einem Weilchen wimmerte sie und verzog das Gesicht, und dann schlug sie die Augen auf und sah mich dasitzen.

»Oh. Olivia, meine Liebe. Bist du schon lange hier?«

»Nein, erst seit ein paar Minuten, Mutter. Ich bin gekommen, um dir etwas zu erzählen, damit du es als erste erfährst«, sagte ich trotz des Umstands, daß Daddy in Samuels Pläne eingeweiht gewesen war und vielleicht sogar schon alles geplant hatte, ehe Samuel selbst auf die Idee gekommen war.

»Was willst du mir erzählen, meine Liebe?« fragte sie und versuchte, sich zu mir umzudrehen. Ich schüttelte ihr Kopfkissen auf und war ihr dabei behilflich, sich aufzusetzen. Obwohl meine Hand wie ein Kolibri um ihr Gesicht flatterte, fiel ihr der Ring nicht auf. Es war, als sei sie teilweise erblindet.

»Samuel Logan war gerade hier, Mutter.«

»Ach, wirklich? Wie spät ist es? Ist dein Vater schon umgezogen?«

»Es ist noch früh. Samuel war nicht hier, um mich zu der Verlobungsfeier abzuholen. Er ist gekommen, um seine eigene Verlobung bekanntzugeben.«

»Ach, ja!« Sie schüttelte den Kopf. »Ich wußte gar nicht, daß er ...«

»Mit mir«, sagte ich.

»Was? Mit dir?«

Ich hob die Hand, um ihr den Ring zu zeigen. Sie starrte ihn an, und dann bekam ich das Lächeln, das ich mir gewünscht hatte, das Lächeln, auf das ich gehofft hatte, das Lächeln, das meine Mutter so oft in ihrem Leben aufgesetzt hatte, dieses freudige, glückliche, hoffnungsvolle Strahlen, das ihre Augen wieder zu den Juwelen werden ließ, die sie früher einmal gewesen waren. Sogar eine Spur von Farbe kehrte in ihr reizendes Gesicht zurück.

»Olivia, das ist ja wundervoll! Was für ein schöner Ring. Du bist verlobt. Eine schönere Nachricht hättest du mir gar nicht überbringen können!«

»Du mußt also wirklich wieder gesund werden, Mutter. Wir müssen unsere eigene Verlobungsparty und die Hochzeit planen, und ich muß ein Haus bauen. Du wirst mir bei den Gesprächen mit den Architekten helfen müssen. Es gibt so viel zu tun. Wir haben keine Zeit für diese blödsinnige Krankheit, Mutter.«

Sie ließ sich wieder auf ihr Kissen sinken und lächelte mich ganz seltsam an.

»Warum siehst du mich so an, Mutter?« fragte ich und spürte, wie ein dunkler Schatten über mein Herz fiel.

Sie seufzte und schloß die Augen. Einen Moment lang glaubte ich, sie sei tatsächlich gestorben, so still lag sie da, und so lange blieben ihre Augen geschlossen.

»Mutter!«

Sie öffnete die Augen.

»Das klang ganz nach mir, Olivia, mehr als alles andere, was ich je von dir gehört habe. Du bist nie diejenige gewesen, die Tatsachen ignoriert hat. In all diesen Jahren hast du mich jedesmal ausgeschimpft, wenn ich mich geweigert habe, Schwierigkeiten oder Leid zu sehen, Enttäuschungen oder Niederlagen. Hör auf, dir etwas vorzumachen, Mutter, hast du dann gesagt. Davon, daß du sie ignorierst, verschwinden diese Dinge nicht. Sie sind immer noch da. Erinnerst du dich nicht mehr?«

»Doch, aber ...«

»Nun, ich bin in meinem Leben an einen Punkt gelangt, an dem ich deinen guten Rat befolgen muß, Olivia.«

Sie drehte sich um und warf einen Blick auf die Brille mit den rosaroten Gläsern, die auf ihrem Nachttisch lag.

»Es hat jetzt keinen Zweck mehr, sie aufzusetzen. Dadurch würde sich nichts ändern. Es war angenehm, in meiner eigenen Phantasiewelt zu leben, aber es war nicht richtig. Ich habe es immer gewußt, Olivia. In Wahrheit war ich selbstsüchtig. In der Hinsicht hat Belinda mehr von mir als von ihrem Vater. Komisch«, sagte sie mit einem matten kleinen Lachen, »aber es hat sich herausgestellt, daß du ihm ähnlicher bist. Das hat ihn gefreut. Ich weiß es ganz genau. Es hat ihm das, was er vor vielen, vielen Jahren getan hat, erleichtert«, sagte sie, und ihre Augen nahmen mich nicht wahr, während sie die Bilder im Innern ihres Kopfes ansah.

»Was soll das heißen, Mutter? Was hat er vor vielen, vielen Jahren getan?«

Ihre Lider flatterten, und als sie sich zu mir umwandte und mich wieder ansah, drückte sich Resignation in ihren Zügen aus.

»Ich liege im Sterben, Olivia. Doktor Covington ist vorhin hier gewesen, und du weißt ja selbst, wie brutal ehrlich er sein kann. Es ist seine Philosophie, seinen Patienten gegenüber direkt und ehrlich zu sein.«

»Mutter ...«

»Nein, nein, die Ergebnisse sind zurückgekommen, und sie sehen gar nicht gut aus, Olivia. Es breitet sich aus und wütet in mir. Ich kann fast spüren, wie es durch meine Knochen dringt«, sagte sie mit einem weiteren kleinen Lachen, das mich fast um den Verstand brachte.

»Daddy hat nie gesagt ...«

»Tu nicht so, als hättest du nicht gewußt, daß ich nicht wieder gesund werde, Olivia. Wenn es um kleine Notlügen geht, stellst du dich nicht geschickt an, weil dir jede Falschheit und Unaufrichtigkeit unerträglich ist, ganz gleich, welchem Zweck sie dient. In deinen Augen rechtfertigt der Zweck niemals die Mittel, meine Tochter. Ich bin nicht dumm genug, mir einzubilden, ich könnte vor meinen Schöpfer treten und erwarten, daß Er Unaufrichtigkeit gutheißt. Das ist ein Tag, von dem ich geträumt habe, ein Tag, vor dem mir gegraut hat, und zwar nicht, weil es ein Tag ist, an dem ich meinem eigenen Hinscheiden ins Auge sehen muß. Es ist ein Tag, an dem all meine Lügen entlarvt werden, an dem die Winde der Wahrheit hineinstürmen und Heuchelei fortwehen, die Fassaden zum Einsturz bringen und die Masken herunterreißen. Jetzt bleibt nichts anderes mehr als Aufrichtigkeit.«

»Bitte, tu dir das nicht an, Mutter. Wir werden dir einen anderen Arzt besorgen. Wir werden ...«

Sie hob matt eine Hand. »Ich stehe nicht so fassungslos davor, wie ich es für möglich gehalten habe. Wenn man ein Leben lebt, das in erster Linie auf Lügen aufgebaut ist, dann glaubt man, man würde in Panik geraten, wenn dieses falsche Fundament zerbröckelt, aber weißt du was, Olivia? Ich empfinde eine Art Erleichterung. Ich fühle mich ... gestärkt durch die Wahrheit, auch wenn es seltsam klingt. Du hast recht gehabt mit deiner Behauptung, man solle der Wahrheit ins Gesicht sehen, weil man nur so ein stärkerer Mensch würde.«

»Ich kann mir nichts aus dem zusammenreimen, was du sagst, Mutter. Ich werde mich persönlich mit Doktor Covington und deinen anderen Ärzten unterhalten und ...«

»Das geht ihn und den ganzen Rest nichts an«, sagte sie.

»Das betrifft nur dich und mich, Olivia. In erster Linie dich und mich, in zweiter Linie deinen Vater«, fügte sie hinzu.

Sie schloß die Augen wieder und schwieg so lange Zeit, daß ich wieder einmal glaubte, sie sei gestorben. Schließlich griff sie nach meiner Hand und sah mich an.

»Ich will, daß du verstehst und mir glaubst, daß dein Vater und ich einander so sehr lieben gelernt haben, wie es in einer Ehe nur irgend möglich ist. Er braust auf und poltert, und er beklagt sich darüber, wieviel Geld ich ausgebe oder wie ich die Dienstboten behandele, wie ich mit dir und Belinda umgehe, alles

Mögliche, aber sowie er seine Ansprache gehalten und wie eine menschliche Windmühle mit den Armen durch die Luft gerudert hat, sackt er in diesem Bett in meinen Armen zusammen, und wir liegen in dieser Umarmung da, bis wir einschlafen. Wir trösten einander und tun, was getan werden muß, um uns gegenseitig Kraft für den bevorstehenden Tag zu geben. Du und Belinda, ihr habt diese Seite von ihm nie gesehen, aber sie ist da. Du kannst es mir glauben Olivia, dieser Aspekt ist da, und er ist wichtig. Ich liebe ihn wirklich sehr.«

»Das weiß ich, Mutter.«

»Ach, wirklich?« Sie lächelte. »Du hast immer geglaubt, daß ich deinem Vater zur Last falle, nicht wahr? Du hast immer geglaubt, daß er tobt und wütet und sich über dieses Haus aufregt wie jemand, der in eine Falle gegangen ist. Sei mir gegenüber ehrlich, Olivia. Bemitleide mich nicht heute für das, was mir morgen bevorsteht.«

»Ja«, gab ich zu. »Dieses Gefühl habe ich oft gehabt, aber es schien immer so, als könnte er mit seiner Unzufriedenheit umgehen und unbeirrt weitermachen.«

Sie nickte lächelnd. »Das ist die Kraft, die unserer Liebe entspringt, Olivia. Ich hoffe, es wird dir mit Samuel auch so ergehen. Natürlich wirst du es nicht von Anfang an haben. Dieses Gefühl stellt sich erst mit der Zeit ein, mit wachsendem Respekt und mit der Erkenntnis, daß ihr letztendlich gemeinsam eine Einheit seid.«

»Ich weiß, Mutter. Mehr erwarte ich nicht«, sagte ich und senkte den Kopf.

»Du hast mehr verdient«, sagte sie. »Du bist nicht nur mir eine vorbildliche Tochter gewesen, sondern auch deinem Vater. Er ist sehr, sehr stolz auf dich, Olivia«, sagte sie und fügte nach einer Pause hinzu: »So stolz, als wärest du seine eigene Tochter.«

Ich riß den Kopf herum und blickte auf. »Was?« Gewiß ist sie nicht mehr bei klarem Verstand, dachte ich. »Ich bin seine Tochter.«

Sie schüttelte den Kopf. »An dem Tag deiner Geburt haben Winston und ich ein Gelübde abgelegt. Die Initiative ist mehr von ihm ausgegangen als von mir.«

»Was für ein Gelübde?«

»Niemals die Wahrheit zu enthüllen. Er hat geschworen, er könnte damit leben. Ich war damals noch nicht in ihn verliebt, aber ich glaube nicht, daß ich ihn jemals mehr geliebt habe als in jenem Moment.«

Ich schüttelte den Kopf. »Was willst du mir sagen, Mutter?«

»Du weißt, daß meine Eltern und die Eltern deines Vaters uns zusammengeführt haben. Unser beider Leben ist mehr oder weniger von anderen Menschen geplant worden. Ich habe damals nicht geglaubt, daß mir ein Zusammenleben mit ihm möglich ist, von Liebe ganz zu schweigen. Es hat einen anderen gegeben, jemanden, der in den Augen meiner Eltern nicht halb so erstrebenswert war, einen jungen Mann, einen Fischer, der für deinen Großvater und für deinen Vater gearbeitet hat. Jetzt«, sagte sie und sah in die Ferne, »erscheint er mir nur noch wie ein Traum, mehr nicht.«

Ich glaubte, mir sei das Herz in die Magengrube gerutscht. Meine Brust fühlte sich kalt und leer an. Ich schüttelte den Kopf. Das Zimmer begann sich zu drehen, und daher schloß ich die Augen und atmete tief durch.

»Du darfst mich nicht dafür hassen. Du darfst niemanden dafür hassen«, sagte Mutter, und es war kaum mehr als ein Flüstern. Sie war bereits sehr matt.

»Ich verstehe nicht, was du damit sagen willst, Mutter.«

»Du willst es nicht verstehen, Olivia. Du benimmst dich schon wieder so, wie ich mich immer benommen habe. Während ich mit deinem Vater verlobt war, habe ich mich weiterhin mit diesem jungen Mann getroffen. Wir waren intim miteinander, und kurz vor unserer Hochzeit war ich schwanger von ihm. Dein Vater hat es gewußt. Mein Fischer ist fortgegangen, und Winston und ich haben geheiratet. Mein Fischer war ohnehin nicht die Sorte Mann, die zu ihren Taten steht. Er war ein Herumtreiber, lebenslustig und unbeschwert, gutaussehend und so betörend wie ein Singvogel. Sein Lachen hat in meinen Ohren wie eine Melodie geklungen. Heute glaube ich manchmal, daß es ihn gar nicht wirklich gegeben hat. Ich denke, vielleicht hat er nur in meiner Einbildung existiert. Vielleicht war es alles nur eine Ausgeburt meiner Phantasie. So kennst du mich am besten – wenn ich mir selbst und anderen etwas vormache«, sagte sie. »Nun, das war mein früheres Ich; das heutige Ich muß die Lügen abstreifen und nackt im Licht der Wahrheit dastehen. Ich habe mit dem Gedanken gespielt, in den Tod zu gehen, ohne es dir zu sagen. Ich habe mich gefragt, wozu es gut sein soll, was es dir nützen soll. Es könnte passieren, daß du furchtbar darauf reagierst, mich haßt, deinen Vater weniger liebst, deine Schwester haßt, aber ich bin immer wieder zu der Erkenntnis gelangt, daß ich vor den obersten Richter treten werde, und ohne ein reines Gewissen, nicht von meiner Schuld befreit, wäre ich nicht in der Lage, aufzublicken und Ihm in die Augen zu sehen. Es kann also sein, daß meine Gründe egoistisch sind, Olivia. Ich bitte dich, mir zu verzeihen und mich nicht zu hassen. Ich bin eine verängstigte Frau, die versucht, genug Kraft für das zu schöpfen, was ihr bevorsteht.«

Ich starrte sie sprachlos an. Das war also der Grund, aus dem mein Vater meiner Schwester alles verzieh. Deshalb lag ihm ihre Zukunft mehr am Herzen als meine, und deshalb hatte er versucht, sie als erste zu verheiraten und in Sicherheit zu wissen. Das erklärte die Zurückhaltung, die Kluft, die gewisse Förmlichkeit, die ich zwischen mir und ihm ständig wahrgenommen hatte.

Mein Schock wurde von Wut abgelöst, von rasendem Zorn, und diese wiederum von schlichter Resignation. Was ließ sich jetzt noch daran ändern? Wie konnte ich wütend auf meine Mutter sein, wenn sie auf der Schwelle des Todes stand? Groll auf Belinda schwoll allerdings in mir an, eine Form von Eifersucht, die ich mir nie ausgemalt hatte, aber dafür hatte ich jetzt keine Zeit. Mir blieb auch keine Zeit für Selbstmitleid, keine Zeit, um zu toben und zu wüten, keine Zeit, Mutter und Vater zur Rede zu stellen und ihnen vorzuhalten, daß sie eine Lüge gelebt und mich betrogen und gezwungen hatten, dieselbe Lüge auch zu leben.

»Winston hat dich deshalb nie weniger geliebt, Olivia. Er hat beschlossen, dich als seine eigene Tochter anzusehen, und er ist nie von diesem Entschluß abgewichen. Ich schwöre es dir. Nicht ein einziges Mal hat er das Thema angeschnitten oder mir nachträglich Vorwürfe deshalb gemacht. Dein Vater, der Mann, vor dessen kaltem Realismus und vor dessen Stärke du Respekt hast, hat sich nie von dieser Illusion gelöst. Er hat die Tatsachen akzeptiert und seine eigene Realität und auch meine daraus entwikkelt, und dafür liebe ich ihn um so mehr. Bitte, bitte, liebe ihn auch nur noch mehr dafür«, flehte sie. »Sag etwas, Olivia.«

Ich schüttelte den Kopf. »Ich habe zuviel Neues auf einmal zu verarbeiten, Mutter.«

»Ich weiß, aber ich werde dich bitten, mir auf dem Totenbett ein Versprechen zu geben, Olivia. Versprich mir, daß du nie einem anderen erzählen wirst, was ich dir gerade erzählt habe. Laß Belinda niemals erfahren, was du weißt. Und deinen Vater auch nicht. Das ist meine allerletzte Bitte an dich«, sagte sie. »Wirst du das tun? Versprich es mir. Bitte.«

Ich schloß die Augen. Es war, als schluckte ich die Wahrheit und begrübe sie tief in meinem Innern. »Ich verspreche es dir«, sagte ich.

»Und du lügst nie«, rief sie mir ins Gedächtnis zurück. Sie lächelte und setzte sich mit aller Kraft, die ihr noch geblieben war, auf, um die Arme nach mir auszustrecken.

Ich zog sie an mich, und sie schlang die Arme so fest um mich, wie ihre schwachen Muskeln es gestatteten. Ich hielt sie länger an mich gedrückt, als ich erwartet hatte, hielt sie, als sei es eine Frage von Leben und Tod. Sie gab mir einen Kuß auf die Wange und schloß die Augen.

Ich ließ sie behutsam wieder auf ihr Kissen sinken. Sie lächelte und nahm meine Hand.

»Ich habe mich ein wenig verausgabt. Jetzt werde ich mich ausruhen, aber weck mich, wenn dein Vater nach Hause kommt. Ich möchte deine Verlobung mit Samuel mit ihm feiern«, sagte sie. Ihre Hand löste sich von meiner und fiel auf das Bett zurück wie ein kleiner Spatz, der seine Flugtauglichkeit verloren hat.

Ich deckte sie zu, damit sie es behaglich hatte, und dann stand ich da und sah auf sie hinab. Sie schien vor meinen Augen zu schwinden, zu schrumpfen, bis nur noch ein kleines Mädchen blieb. Ich ließ sie schlafen, denn gewiß drehten sich all ihre Gedanken nur um Dauerlutscher und Zuckerstangen.

Ich kann mich nicht erinnern, durch den Korridor und in mein Zimmer gegangen zu sein. Es war, als hätte mich eine schwarze Wolke mit sich gerissen. Plötzlich stand ich vor meinem Frisierspiegel und sah mein Gesicht an. Ich lachte mich selbst aus, weil ich mir früher einmal gewisse Ähnlichkeiten mit meinem Vater eingebildet hatte. Lug und Trug waren tatsächlich Geschwister, aus demselben verzweifelten Verlangen geboren, in einer Welt zu überleben, in der es vor Widersprüchen wimmelte, dic wir weitgehend selbst erschaffen hatten, Verlockungen, die unseren eigenen Gelüsten oder Phantasien entsprangen. Was für ein Dummkopf du doch gewesen bist, Olivia Gordon. Die Lektion war unmißverstandlich. Das Überleben war entscheidender als die Aufrichtigkeit.

Die Aufrichtigkeit war vielleicht der größte Luxus überhaupt, und diejenigen, die ihn sich leisten konnten, waren die eigentlich Seligen an diesem Ort, den wir unser Zuhause nannten. Sie fürchteten sich nie davor, zu sprechen und gehört zu werden.

Und wir übrigen? Wir übrigen mußten uns mit gedämpften Stimmen begnügen.

9

Eine Wendung zum Schlimmeren

Daddy vollbrachte eine schauspielerische Glanzleistung, für die er einen Oscar verdient hätte, als er nach Hause kam und ich ihm meinen Verlobungsring zeigte. Natürlich war ich in Versuchung, die Illusion des Staunens über meine Verlobung zu zerstören und ihm zu sagen, ich wüßte, daß er bereits über Samuels Absichten informiert war, und ich wüßte auch, daß er von Anfang an die Finger im Spiel gehabt hätte, aber da Mutter oben in ihrem Zimmer im Sterben lag, waren wir dringend auf gute Neuigkeiten angewiesen. Ich beschloß, mich Daddy in der Welt der Vorspiegelungen anzuschließen. Wir waren eine Familie auf offener See, die verzweifelt die Hände nach einem Rettungsboot der Hoffnung ausstreckte. Was Mutters Enthüllungen anging, war ich entschlossen, sie für den Moment und vielleicht für alle Zeiten tief in meinem Innern zu begraben. Daddy sollte mir niemals ins Gesicht sehen und dort erkennen, was ich wußte.

»Ich freue mich so sehr für dich«, sagte er. »Ich freue mich für uns alle. Es ist eine perfekte Verbindung. Ihr werdet glücklich miteinander werden, und wir werden etwas Gewinnbringendes aufbauen. Unter dem Strich heißt das, auch die Ehe kann eine vernünftige Partnerschaft sein.«

»Ich weiß, Daddy. Ich habe es Mutter schon erzählt, und sie ist ganz aufgeregt. Allerdings wirkt sie sehr müde und enorm geschwächt. Diese Behandlung bringt sie um.«

»Ja«, sagte er betrübt, und die Verzweiflung kehrte zurück und schwemmte das Glück aus seinen Augen. Er schüttelte den Kopf. »Ich weiß nicht, ob ich wirklich zu dieser Party gehen sollte. Ich bin nicht gerade in Stimmung für Menschen, Musik und Gelächter.«

»Komm eine Zeitlang«, sagte ich zu ihm. »Zeige dein Gesicht, und dann kannst du wieder gehen.« Er nickte.

»Du hast recht. Du machst immer die vernünftigsten Vorschläge, Olivia.«

Er gab mir einen schnellen Kuß auf die Stirn, und mir drängte sich gegen meinen Willen der Gedanke auf, daß sich in seinem Kuß eine gewisse Reserviertheit und Kälte ausdrückten. Trotz des Versprechens, das er Mutter gegeben hatte, und trotz allem, was er selbst sich wünschte, hielt ihn etwas in seinem Innern davon ab, wirklich mein Vater zu sein. Er gratulierte mir noch einmal zu meiner Verlobung, ehe er nach Mutter sah.

Ich war diesmal ganz allein losgezogen und hatte mir für die Verlobungsfeier bei den Childs' etwas zum Anziehen gekauft. Es war ein zweiteiliges marineblaues Ensemble, Rock und Jacke aus Strickstoff, und dazu eine Seidenbluse. Ich hing mir eine schmale Perlenkette um den Hals und steckte passende Ohrringe an, und dann gönnte ich mir mehr Schminke denn je und wählte einen von Belindas leuchtend roten Lippenstiften. Ich stand vor dem Spiegel und überprüfte die Länge meiner Jackenärmel bei jeder Bewegung, um sicherzugehen, daß der Ring in jeder Haltung auffiel. Nachdem ich mich zu meiner Zufriedenheit zurechtgemacht hatte, ging ich zu Mutter, um mich ihr zu zeigen, aber sie schlief immer noch. Ihre Pflegerin blickte von dem Buch auf, das sie las, sah Mutter an und drehte sich dann mit einem behutsamen Kopfschütteln und Sorge in den Augen wieder zu mir um. Ich nickte, schlich mich aus dem Zimmer und schloß die Tür leise hinter mir. Ich schaue nach meiner Rückkehr nach ihr, sagte ich mir und ging nach unten, um auf Samuel zu warten.

Samuel war derart aufgeregt und glücklich, daß er beim Reden fast auf seinem Sessel herumhopste, während er mir von der freudigen Reaktion seines Vaters auf unsere Verlobung berichtete.

»War deine Mutter glücklich darüber?« fragte er, als wir zu den Childs fuhren.

»Ja, aber es geht ihr gar nicht gut, Samuel. Ihr Zustand bereitet mir große Sorgen«, sagte ich. »Von Tag zu Tag wird sie schwächer und schmaler. Es ist, als verbliche sie in ihrem Bett.«

»Das tut mir ja so leid«, sagte er und verstummte. Finstere Gedanken schlichen sich wie die Flut heran, um unsere Gehirne in trostlose Bilder einzutauchen.

Dieser bedrückende Moment dauerte jedoch nicht lange an. Der Anblick des Anwesens mit den teuren Wagen, die die Auffahrt säumten, elegant gekleidete Menschen, die umherliefen, und die Musik des kleinen Orchesters, die in der Luft hing – all das ließ die trübsinnige Stimmung von uns abfallen. Alles, was in der Gesellschaft von Cape Cod Rang und Namen hatte, war versammelt, aber auch Gesellschaftskolumnisten mit ihren Fotografen im Schlepptau, die Schnappschüsse von einflußreichen Paaren, Politikern und reichen Geschäftsleuten machten.

Es war ein warmer Tag, teilweise bewölkt, mit einer sachten Brise aus Südwesten, und besseres Wetter hätte man sich für eine Party am Nachmittag gar nicht wünschen können. Die Gäste waren überall verstreut: Sie standen auf der Veranda, saßen an Tischen, die vor dem Orchester aufgebaut worden waren, schlenderten über die Rasenflächen oder durch die Gärten. Zwischen den Kronen der Rotahornallee hinter dem Haus war das tiefblaue Meer zu sehen.

Tausende von Ängsten keimten in mir auf, als ich aus Samuels Wagen stieg, dessen Tür mir ein livrierter Bediensteter aufhielt. Samuel und ich blieben einen Moment stehen und durchdachten alles. Es war naheliegend, daß Neuankömmlinge das Interesse der Gäste auf sich zogen, die bereits versammelt waren, und daher ruhten im ersten Augenblick die Augen aller auf uns. Ich sah, wie Köpfe zusammengesteckt wurden, um zu tuscheln, hörte Gelächter zu meiner Rechten und bemerkte dann Nelson und seine Verlobte, die in der Nähe der Bar, die man im Freien aufgebaut hatte, mit einem halben Dutzend Paaren in ein Gespräch vertieft waren. Während er zuhörte und nickte, hatte ich den Eindruck, daß er in meine Richtung sah.

»Laß uns ein Glas Champagner trinken«, schlug Samuel vor, nahm meinen Arm und führte mich auf die Kellnerinnen zu, die Tabletts herumreichten. Mit unseren Gläsern in der Hand gingen wir auf Nelsons Eltern zu und beglückwünschten sie. Nelsons Mutter bemerkte augenblicklich meinen Ring und erkundigte sich, was es damit auf sich hätte.

»Wir dachten, wir könnten uns eigentlich auch den glücklich verheirateten Paaren dieser Welt anschließen«, erklärte Samuel.

Die Neuigkeit sprach sich so schnell herum, daß es war, als hätte die laue Brise Lippen und flüsterte in jedes Ohr. Köpfe wandten sich. Einige Besucher gratulierten uns eilig, andere nickten nur und hoben die Gläser zu einem stummen zeremoniellen Glückwunsch. Als Daddy eintraf, war er gleich darauf von seinen Freunden und Geschäftspartnern umringt, und auch er wurde mit Glückwünschen überhäuft.

Nelsons Verlobte umarmte mich und gratulierte mir. Über meinen Ring geriet sie ins Schwärmen. Ihrer war ein wenig größer, aber ich fand meinen aufgrund des Baguetteschliffs eleganter. Ich war dem Juwelier dankbar, der Samuel beraten hatte, und schließlich sagte ich es ihm. Abgesehen von einer kurzen Begrüßung, einem Lächeln und einem beglückwünschenden Nikken verbrachte Nelson nicht viel Zeit mit uns. Fairerweise muß gesagt werden, daß sich die Gäste an allen Ecken und Enden um ihn rissen, und daher konnte er sich für niemanden allzuviel Zeit nehmen.

Kurz bevor wir alle an den Tischen Platz nahmen, damit das üppige Festmahl beginnen konnte, kam Daddy, um mir zu sagen, er würde jetzt unauffällig verschwinden. Er sei zu nervös wegen Mutter, sagte er, um noch länger zu bleiben.

»Sie weiß noch nicht einmal, daß ich aus dem Haus gegangen bin. Sie ist nicht wach geworden.«

»In der letzten Zeit schläft sie viel, Daddy.«

»Ich weiß.« Einen Moment lang verfinsterte sich sein Gesicht, doch dann lächelte er. »Alle schwärmen von dir, Olivia. Ich glaube, ihr beide habt den Childs einen Teil der Schau gestohlen, und jetzt steht ihr im Rampenlicht.«

»Das möchte ich bezweifeln, Daddy«, sagte ich. »Es ist eine sehr aufwendige Verlobungsfeier.«

Alles war bis ins Kleinste ausgefeilt, und es gab nur vom Feinsten: als Hors-d'œuvre Kaviar, anschließend Krabben- und Hummergerichte, aber auch erstklassiges Rinderfilet und gebratenen Truthahn, Schüsseln mit mindestens einem Dutzend Salatvarianten, ein halbes Dutzend verschieden zubereitete Kartoffelspeisen, portugiesisches Brot oder auch Brötchen und einen Dessertwagen mit Wiener Spezialitäten, der tatsächlich einen eigenen Applaus erhielt. Es war an nichts gespart worden, um diese Party zu einem der denkwürdigsten Anlässe der Saison zu machen.

Diejenigen, die sich Zeit ließen, um mit mir und Samuel zu sprechen, erkundigten sich nach Mutter, wollten aber in Wirklichkeit gar nicht über sie reden. Es war, als sei an jenem Nachmittag jede denkbare Anspielung auf etwas Unerfreuliches absolut verboten. »Dann fragt gar nicht erst«, hätte ich am liebsten zu den Leuten gesagt und es dabei belassen.

»Was für eine wunderbare Überraschung du deiner Mutter zu diesem schwierigen Zeitpunkt ihres Lebens bereitest«, sagte Mrs. Roddentrout, eine von Mutters Freundinnen zu mir, ehe der Kaffee serviert wurde. »Wirklich sehr rücksichtsvoll von dir, meine Liebe«, fügte sie hinzu, als ginge man her und verlobte sich, um andere glücklich zu machen.

»Ich versichere Ihnen, Mrs. Roddentrout, daß die Verlobung nicht für einen speziellen Zeitpunkt vorgeplant war«, erwiderte ich, und sie sah mich vollständig verwirrt an. Fast hätte ich gelacht.

Samuel kannte viele der Geschäftsleute auf der Party und

wurde den größten Teil des Nachmittags in Gespräche verwikkelt. Ich beobachtete Nelson und seine Verlobte und ertappte ihn gelegentlich dabei, daß er mich ansah und mir zulächelte oder sein Glas hob, um mir aus der Ferne zuzuprosten.

Nach dem Essen wurde getanzt, und ich war vollständig überrumpelt, als Nelson mich aufforderte, sowie er den ersten Tanz mit seiner Verlobten absolviert hatte.

»Es gehört sich, daß ich heute mit allen verlobten Frauen tanze, die anwesend sind«, sagte er. Samuel lachte. »Du gestattest es mir doch?«

»Ja, sicher«, sagte er, »aber du solltest besser Olivia fragen. Sie ist diejenige, die ihre Zustimmung geben muß«, fügte er weise hinzu.

»Miss Gordon?«

Ich stand auf, und wir begaben uns auf die Tanzfläche. Ich spürte, daß die Blicke sämtlicher Frauen auf uns gerichtet waren, als Nelson meine Hand nahm und mir seine andere Hand auf die Taille legte.

»Du siehst wunderschön aus. Ich freue mich wirklich für dich, Olivia«, sagte er. »Ich hoffe, du wirst genauso glücklich werden wie ich.«

»Ich weiß nicht, wie glücklich du werden wirst, Nelson, und daher möchte ich in dem Punkt nicht voreilig sein«, sagte ich.

Er lachte nervös. »Ich sehe jetzt schon, daß uns beiden im Umgang miteinander gar nichts anderes übrig bleiben wird, als immer direkt und wahrheitsliebend zu sein«, erkannte er. »Einverstanden«, sagte ich und sah ihm fest in die Augen. »Laß es uns hiermit geloben.«

»Also gut, laß uns gleich damit beginnen, Olivia«, sagte er herausfordernd.

»Von mir aus.«

Er brachte seine Wange dicht an meine und flüsterte. »Bist du verliebt, Olivia?«

»Bist du es?«

»Ich glaube schon«, sagte er.

»Ich rechne damit, daß es dazu kommen wird«, sagte ich.

Er zog langsam den Kopf zurück, und ich sah ihm in die Augen. Seine Augen funkelten und lachten. Mir wurde flau im Magen, und ich geriet in Panik. Ich fürchtete, er könne mir ansehen, wieviel ich mir aus ihm machte. Ich kam mir vor, als würde ich schon bald splitternackt vor ihm stehen, unfähig, auch nur einen Gedanken, ein Gefühl oder einen Traum vor ihm zu verbergen.

»Wir beide sind einander ähnlicher, als ich anfangs geglaubt hätte«, sagte er, und einen Moment lang wurden seine Augen dunkel und ernst. »Ich hoffe, wir werden immer Freunde sein.«

»Das hoffe ich auch«, sagte ich. Als er mich wieder an sich zog, war ich sicher, daß er das Pochen meines Herzens an seiner Brust spüren konnte.

»Hast du deiner Schwester gesagt, sie soll sich heute von hier fernhalten?« fragte er. Ich zuckte steif zusammen.

»Keineswegs. Sie hat geglaubt, sie würde sich hier langweilen«, sagte ich, und er lachte.

»Das mag ich auch an ihr. Sie sagt genau das, was sie denkt und fühlt. Das ist erfrischend, wenn man die meiste Zeit von Unaufrichtigkeit umgeben ist.«

»Erfrischend?« sagte ich und dachte jetzt wieder an die Enthüllungen meiner Mutter. »Manchmal wird man glücklicher, wenn man die Wahrheit für sich behält.«

Er zuckte die Achseln. »Wer weiß, wer von uns am glücklichsten werden wird? Ich wünschte, wir hätten eine Kristallkugel.«

»Einige von uns würde das nicht daran hindern, dieselben Fehler wieder zu begehen«, bemerkte ich.

Er lachte wieder, doch diesmal war es ein tieferes und dunkleres Lachen. Als der Tanz endete, brachte er mich an meinen Tisch zurück.

»Ich war schon ganz eifersüchtig«, sagte Samuel. »Ihr beide habt auf der Tanzfläche einen zu guten Anblick geboten.«

»Laß dich etwas mehr gehen, Samuel. Wenn du entspannt

bist, machst du auch eine gute Figur beim Tanzen«, riet ihm Nelson. Er zwinkerte Samuel zu, bedankte sich bei mir für den Tanz und kehrte an die Seite seiner Verlobten zurück.

Wir hatten die Party in dem Glauben besucht, wir würden dem Paar die Schau stehlen, aber im Moment hatte ich das Gefühl unterzugehen. Eine Woge von Traurigkeit durchspülte mich bis in mein Innerstes. Der Himmel war immer noch hellblau mit vereinzelten weißen Wolken, doch das Frösteln in meinen Knochen kündigte mir an, daß am Horizont bereits ein Sturm aufzog.

»Ich glaube, ich sollte jetzt besser nach Hause gehen, Samuel«, sagte ich. »Ich mache mir Sorgen um Mutter.«

»Ja, gewiß«, sagte Samuel. »Hier tut sich ohnehin nicht mehr viel.« Auf der Heimfahrt brüstete sich Samuel ausführlich damit, wie seine Freunde und Bekannten ihm zu unserer Verlobung gratuliert hatten.

»Jeder einzelne von ihnen fand, wir seien ein perfektes Paar, Olivia. Wir werden gemeinsam Großes auf die Beine stellen.«

Er schwafelte unablässig weiter, aber ich bekam nicht viel davon mit. In Gedanken war ich bei Nelson und unserem Moment der Nähe auf der Tanzfläche. Was hatte er in meinen Augen gesehen? Welche Wirkung hatte es auf ihn gehabt? Würden wir immer enge Freunde sein?

»Also, was ist?« fragte Samuel.

»Was meinst du?«

»Ich habe dich gerade gefragt, ob du glaubst, ich sollte morgen vorbeikommen, damit ich dir das Haus und das Grundstück zeigen kann. Wenn du willst, bestelle ich den Architekten auch hin.«

»Oh, es tut mir leid. Ich war tief in Gedanken an Mutter versunken. Du solltest mich gegen zehn anrufen, und dann kann ich dir sagen, wie die Dinge stehen«, sagte ich.

»Gut. Ich kann es kaum erwarten, es dir endlich zu zeigen, Olivia. Dein Vater hat es natürlich schon gesehen. Er findet das Anwesen spektakulär.«

»Du warst bereits mit ihm dort und hast ihm das Haus und das Grundstück gezeigt?«

»Nun, nicht direkt *unser* Grundstück. Ich war mit ihm dort, um ihm das historische Haus zu zeigen, als ich mit dem Gedanken gespielt habe, es zu kaufen. Ich achte seinen Geschäftssinn«, erklärte Samuel eilig.

All das erregte immer noch meinen Argwohn, aber ehe ich etwas dazu sagen oder eine weitere Frage stellen konnte, bogen wir in die Auffahrt ein, und ich sah den Krankenwagen, der vor dem Haus geparkt war.

»Oh, nein!« rief ich aus. »Ich wußte doch, daß hier etwas nicht stimmt.«

Samuel fuhr schleunigst vor und parkte vor dem Haus. Ich sprang aus dem Wagen und eilte zur Haustür. In der Eingangshalle blieb ich stehen, und als ich aufblickte, sah ich, wie die Sanitäter Mutter auf einer Trage die Treppe hinuntertrugen. Daddy lief hinter der Trage her, und ihm folgte die Pflegerin. Mutter schien nicht bei Bewußtsein zu sein.

»Was ist passiert?« rief ich aus.

»Ich glaube, sie ist in ein Koma gefallen«, sagte die Pflegerin. »Wir bringen sie ins Krankenhaus.«

»Doktor Covington wird uns dort treffen«, sagte Daddy.

»Ich kann Sie beide hinfahren«, erbot sich Samuel.

»Nein, nein. Das ist nicht nötig. Aber Sie könnten mir einen Gefallen tun«, sagte Daddy zu ihm.

»Und zwar?«

»Es geht um Belinda. Ich habe sie angerufen und ihr gesagt, wir kämen vorbei, um sie abzuholen, aber dazu müßten wir in die entgegengesetzte Richtung fahren. Wissen Sie, wie Sie zu Thomas Hughes' Haus kommen?«

»Ich finde es schon«, sagte Samuel. »Ich fahre hin und bringe sie ins Krankenhaus. Das tut mir alles sehr leid«, sagte er, als er beobachtete, wie die Sanitäter Mutter in den Krankenwagen verfrachteten.

Daddy und ich begaben uns sofort zu seinem Wagen, und Samuel fuhr los, um Belinda zu holen. Die beiden trafen ein, ehe sich Doktor Covington Zeit für eine Besprechung mit uns genommen hatte. Belinda heftete ihren Blick immer starr auf mich oder Daddy, wenn sie im Krankenhaus war. Alles andere um sie herum musterte sie nur mit verstohlenen Blicken, als glaubte sie, sie würde ebenfalls krank, wenn sie die Krankenschwestern und die Ärzte, die Patienten und die Geräte ansah.

»Samuel hat mir erzählt, ihr beide wäret der Knüller der Party gewesen«, begann Belinda. Sie erkundigte sich noch nicht einmal nach Mutter.

»Die Party interessiert mich im Moment herzlich wenig, Belinda. Wir haben Mutter gerade in einem Krankenwagen hergebracht. Denkst du denn nie an etwas anderes als an seichte Unterhaltung?«

»Ich wollte doch nur etwas Nettes sagen«, klagte sie. »Schließlich fürchte ich mich auch.«

Sie saß schmollend zwischen Samuel und Daddy. Ich lief vor dem Fenster auf und ab, bis Doktor Covington herauskam, um mit uns zu reden. Trotz seiner stoischen Haltung konnte ich ihm ansehen, daß die Dinge nicht gut standen.

»Sie liegt tatsächlich im Koma. Ich fürchte, das könnte das Beste sein«, fügte er hinzu. »Ihr Krebs hat sich ausgebreitet.«

»Können Sie ihn nicht einfach herausschneiden, wie beim letzten Mal?« rief Belinda aus.

»Ich fürchte, das geht nicht«, erwiderte er mild. »Dafür ist das Stadium zu weit fortgeschritten.«

Belinda begann zu schluchzen. Samuel legte einen Arm um sie, und sie ließ den Kopf auf seine Schulter sinken und weinte hemmungslos.

»Wie lange wird es noch so weitergehen?« fragte ich den Arzt. Daddy starrte ihn einfach nur an.

»Ein paar Tage, vielleicht eine Woche. Zum jetzigen Zeitpunkt ist das schwer zu sagen, Olivia«, erwiderte er. »Wir werden tun, was wir können, um ihr die Schmerzen zu ersparen«, versprach er. Er wandte sich an Daddy. »Es tut mir leid, Winston.«

Daddy öffnete die Augen weiter und ließ sie wie zwei kleine Scheinwerfer strahlen, die er gerade eingeschaltet hatte. »Danke«, sagte er und sah dann mich an.

»Wir werden kurz bei ihr hineinschauen und dann nach Hause fahren«, entschied ich. Daddy wandte sich mit fragendem Blick an Doktor Covington.

»Ja, das ist eine gute Idee«, sagte der Arzt, als hätte nichts von dem, was wir jetzt taten, noch eine nennenswerte Wirkung.

Belinda konnte nicht aufhören zu weinen, und daher blieb sie mit Samuel im Foyer. Daddy und ich betraten das Krankenzimmer. Die Krankenschwester trat zur Seite, als wir näherkamen. In ihren Augen stand eine klare Prognose; sie hatte schon früher Patienten in Todesnähe gesehen, und in ihrem Gesicht drückte sich keine falsche Hoffnung aus, nur ein mitleidiges Lächeln.

»Ich warte vor der Tür«, flüsterte sie und ließ uns mit Mutter allein.

Daddy ballte die Hände zu Fäusten, als wir auf Mutter hinunterschauten. Sein Körper spannte sich an, und einen Moment lang siegte die Wut über seinen Kummer.

»Sie erweckt nicht den Eindruck, als litte sie, Daddy«, sagte ich. Er nickte.

»Nein, sie leidet nicht«, sagte er und entspannte sich wieder. »Sie sieht sogar tatsächlich jünger aus.«

»So, wie ich sie kenne, träumt sie jetzt schon davon, an einem erfreulicheren Ort zu sein«, sagte ich.

Daddy lächelte mit feuchten Augen. Er nahm Mutters Hand in seine und stand da, und zum ersten Mal in meinem ganzen Leben wurde mir klar, daß er sie wirklich so sehr liebte, wie ein Mann eine Frau nur irgend lieben kann, ungeachtet dessen, wie er sie in all den Jahren meiner Meinung nach beurteilt hatte, und auch ungeachtet dessen, welchen Wert er ihr als seiner Frau in meinen Augen beigemessen hatte. In dem Punkt hatte Mutter recht gehabt.

Ich stellte mir etliche Fragen zugleich. Würde ich jemals so sehr von einem Mann geliebt werden? War Samuel zu einer solchen Liebe in der Lage? Und, was noch wichtiger war: Wollte ich wirklich, daß seine Liebe so stark war? Oder war ich wie Mutter? Schloß ich etwa einfach die Augen und träumte von einem erfreulicheren Ort, einem Ort, an dem der Mann, den ich wirklich liebte, bei mir war?

Mutter starb vier Tage später mitten in der Nacht. Wenige Stunden, bevor der Anruf kam, hatte es angefangen zu regnen, und die Tropfen ähnelten dem Ticken einer Uhr, als sie an meine Fensterscheiben pochten. Wie Tränen strömten sie im Zickzack an dem Glas hinab. Gelegentlich war in der Ferne ein helles Wetterleuchten zu sehen.

Ich hörte das Telefon läuten, und keine fünf Minuten später hörte ich ein leises Klopfen an meiner Schlafzimmertür. Das Herz pochte in meiner Brust. Ich spürte eine Woge von Hitze durch meinen Körper strömen. Auch wenn man schon lange mit schlechten Nachrichten rechnete, war es ein Schock, wenn es dann tatsächlich dazu kam. Ich stand langsam auf, schlüpfte in meinen Morgenmantel und ging zur Tür. Dort fand ich Daddy in seinem Schlafanzug, barfuß und mit zerzaustem Haar vor. Er war kreidebleich. Sogar seine Lippen hatten jede Spur von Farbe verloren.

»Der Anruf kam vom Krankenhaus«, sagte er. »Deine Mutter weilt nicht mehr unter uns.« Er wandte sich ab wie ein unbeseelter Todesbote und ging zu Belindas Zimmer, um an ihre Tür zu klopfen. Er mußte länger warten, bis sie die Tür öffnete. Ich stand in der Tür meines Zimmers und lauschte, während er ihr denselben Bericht erstattete. Dann hörte ich Belindas Wehklagen.

»Ich muß hinfahren«, sagte Daddy und drehte sich wieder zu mir um. »Papiere müssen unterschrieben werden.«

»Ich fahre mit dir«, sagte ich.

»Nein, nein, bleib lieber bei deiner Schwester«, erwiderte er. Dann ging er wieder in sein Schlafzimmer und schloß die Tür hinter sich.

Einen Moment lang blieb ich regungslos stehen und lauschte Belindas Heulen und Schluchzen. Ich selbst hatte bisher noch keine Träne vergossen. Nach einer Weile ging ich in Belindas Zimmer, um nach ihr zu sehen. Sie saß auf dem Fußboden vor ihrem Bett, hatte einen Arm an das Bettgestell gepreßt und ihren Kopf darin begraben und zuckte von Kopf bis Fuß.

»Mommy«, hörte ich sie wiederholt schluchzen. Endlich holte sie Atem, drehte sich um und blickte zu mir auf. »Olivia«, sagte sie mit zuckenden Mundwinkeln, »was werden wir jetzt bloß tun?«

»Tun? Es gibt nichts, was wir tun können. Ich werde Daddy bei den Vorbereitungen für die Beerdigung helfen«, sagte ich. Ich erkannte den Klang meiner eigenen Stimme nicht. Es kam mir vor, als spräche ich in einem langen, schmalen Tunnel; meine eigenen Worte hallten in meinen Ohren wider und klangen mechanisch, wie eine Stimme vom Band, eine emotionslose Tonbandaufzeichnung, ähnlich den Stimmen routinierter Telefonvermittlungen, die schriftliche Anweisungen ablesen.

»Und was soll ich tun?«

»Du darfst jetzt unter gar keinen Umständen etwas tun, was ihm noch mehr Kummer bereitet«, erwiderte ich.

»Was tue ich denn? Ich bereite ihm doch gar keinen Kummer!« protestierte sie.

»Ich habe im Moment weder die Kraft noch den Wunsch, die lange Liste von ärgerlichen Dingen durchzugehen, mit denen du ihm Kummer bereitest, Belinda. Mach einfach ein paar Tage lang nichts falsch. Bitte«, fügte ich hinzu und kehrte in mein eigenes Zimmer zurück.

Ich hörte sie wieder weinen. Dann hörte ich, wie Daddy aus seinem Zimmer kam und die Treppe hinunterlief. Ich öffnete meine Tür, um ihm nachzurufen.

»Bist du ganz sicher, daß du mich nicht dabei haben willst Daddy?«

»Was? Ach so. Nein, Olivia. Es wird nicht allzu lange dauern. Ruh dich aus. Sag Belinda, daß auch sie sich ausruhen soll. Ruht euch alle nur aus«, sagte er und verschwand die Treppe hinunter. Seine Schritte verklangen wie die Trommeln eines vorüberziehenden Leichenzuges. Ich hörte, wie die Haustür geöffnet und geschlossen wurde, und wieder herrschte Stille. Belinda fing wieder an zu weinen, diesmal jedoch lauter.

Ich legte mich ins Bett und starrte in die Dunkelheit. Dabei dachte ich an das letzte strahlende Lächeln meiner Mutter, ein Lächeln, das ich nie mehr sehen würde. Keine zehn Minuten später kam Belinda zu mir. Sie blieb am Fußende meines Bettes stehen, die Arme vor der Brust verschränkt, und ihre Schultern hoben und senkten sich im Rhythmus ihrer tiefen Atemzüge.

»Sie ist gestorben, ehe ich die Gelegenheit hatte, noch einmal mit ihr zu reden«, sagte Belinda.

»Was hättest du zu ihr gesagt?« fragte ich.

Sie blieb stumm. Schließlich wandte sie den Blick ab und holte noch einmal tief Atem. »Ich weiß es nicht. Es gab doch noch Dinge zu sagen, nicht wahr?«

»Von deiner Seite? Was hättest du schon sagen können? Doch nur: Es tut mir leid«, sagte ich, »und diese Worte wollte sie nicht hören.«

»Ich hätte mehr zu ihr gesagt als nur, daß es mir leid tut, Olivia. Ich hätte ihr gesagt, wie sehr ich sie geliebt habe, verstehst du.« Im matten Schein der Korridorbeleuchtung glitzerten Tränen in ihren Augen, während ihr Gesicht vor Wut rot anlief. »Wie kannst du in einem solchen Moment einfach daliegen und gemein zu mir sein?«

»Ich bin nicht gemein«, sagte ich mit ruhiger Stimme.

»Doch, das bist du. Du bist sogar noch gemeiner denn je zu mir, und das nur, weil ...«

»Weil?« fragte ich. Mein Herz blieb stehen, und als mein Herzschlag wieder einsetzte, war er beschleunigt. Meine Ohren rauschten jetzt schon, weil ich Böses ahnte.

»Weil ich mich mit Nelson Childs eingelassen habe«, warf sie mir an den Kopf. »Ich weiß, daß du es weißt.«

»Was? Wie kommst du dazu ...«

»Nelson hat es mir erzählt«, sagte sie. Ich starrte sie einfach nur an. »Das ist der Grund, aus dem du mich noch gemeiner behandelt hast als vorher, und du weißt es ganz genau«, sagte sie.

Wie konnte Belinda solche Einsichten gewinnen? Es war ausgeschlossen. Sie ging aufs Geratewohl auf mich los, weil sie selbst so sehr litt.

»Ich habe es aus anderen Gründen nicht gutgeheißen, Belinda, aber ich habe es nie jemandem erzählt.«

»Ihm hast du es gesagt. Das hat genügt«, sagte sie. »Du hast jetzt Samuel. Du solltest mich nicht hassen.«

»Ich hasse dich nicht. Sei nicht albern. Ich habe dir gesagt, du sollst im Moment nichts anstellen, was einem der Beteiligten noch mehr Kummer bereitet, stimmt's? Also tu es nicht.«

»Ich bin nicht neidisch auf dich. Ich bin nie neidisch auf dich gewesen, Olivia.«

»Und ich bin nicht neidisch auf dich, also hör endlich auf damit. Hör auf damit!« schrie ich.

Sie verstummte. »Nun, vielleicht bin ich doch neidisch auf dich«, gab sie dann zu.

»Ach, und wie kommt das, Belinda? Was habe ich schon, worum du mich beneiden könntest?« fragte ich amüsiert. Inzwischen war ich neugierig geworden.

»Du hast als letzte mit Mommy gesprochen«, sagte sie. »Das kann dir niemand nehmen, und darum beneide ich dich.«

Sie starrte mich in der Dunkelheit einen Moment lang an, und dann wandte sie sich ab und ging wieder in ihr Zimmer.

Durch die Wand konnte ich hören, wie sie sich in den Schlaf schluchzte. Ich lag da und mußte feststellen, daß sie mir mehr leid tat als ich mir selbst. Ich fragte mich, ob es wohl immer so sein würde.

Mutters Begräbnis war gewaltig. Zu dem Gottesdienst waren so viele Menschen erschienen, daß sich ein großer Teil von ihnen vor der Kirchentür drängte. Wir hatten den Sarg geschlossen aufgebahrt und mit ihren Lieblingsblumen bestreut: Narzissen. Der Geistliche pries sie als eine treue und liebende Ehefrau, eine Frau, die wahrhaft den Geist des Christentums personifizierte, voller Liebe und Vergebung, jemand, der sein Heim mit Licht und Freude erfüllte. Zwischendurch kam ein Punkt, an dem Belinda so laut schluchzte, daß ich sie mit harten, kalten Augen ansehen mußte, damit sie sich zusammenriß. Daddy wirkte benommen. Er sah starr vor sich hin, und nach dem Gottesdienst schüttelte er Hände und bedankte sich mechanisch bei den Leuten, die ihm ihr Beileid bekundeten.

Erst, als wir auf dem Friedhof angelangt waren, vor dem offenen Grab standen und darauf warteten, daß Mutter in die Erde hinabgelassen wurde, wurde mir endlich der Umstand bewußt, daß sie nicht mehr bei uns war. Ich war erstaunt über die Intensität meines eigenen Kummers. Mutter würde mir sehr fehlen. Ironischerweise hatte sie sich als der aufrichtigste Mensch in meiner Umgebung erwiesen. Ich würde niemals sein können wie sie, aber ich begriff, daß ich sie gebraucht hatte, sie immer noch brauchte und niemals vorher derart allein gewesen war.

Samuel stand neben mir. Er wollte mich in seine Arme ziehen, doch ich wich zurück und stand aufrecht und entschlossen da. Ich würde mich niemals in der Form auf einen Mann verlassen, in der sich Mutter auf Daddy verlassen hatte, sagte ich mir. Kein Mann würde jemals von sich behaupten können, er sei meine Stütze und mein Fundament.

Nelson war mit seiner Familie in der Kirche und auf dem

Friedhof erschienen. Seine Verlobte war nach Boston zurückgekehrt. Ich hörte einen Vorwand für ihre Abwesenheit, achtete jedoch nicht genau genug darauf, um mich an die Gründe zu erinnern. Die Childs kamen gemeinsam mit den anderen Trauergästen in unser Haus, um uns zu trösten. Unser Haus war mit Menschen angefüllt, deren Stimmen anfangs gesenkt und melancholisch waren, im Verlauf des Tages jedoch lauter und kräftiger wurden, bis tatsächlich der Klang von Gelächter zu vernehmen war, und was als eine Trauergesellschaft begonnen hatte, ging in eine Art seltsame Party über, bei der die Leute ihr Lächeln aufsetzten und im Humor eine Möglichkeit sahen, den Tod zur Tür hinauszutreiben. Für die meisten bewährte sich dieses Mittel. Natürlich tat es auch bei Belinda seine Wirkung.

Nach etwa einer Stunde war sie von ihrer Schar von hohlköpfigen Freundinnen und einer größeren Anzahl von jungen Männern umgeben. Sie sog die Aufmerksamkeiten aller mit ihrem Schwammlächeln und übertrieben langen Umarmungen auf, und gewissen Knaben hielt sie die Lippen hin, wenn sie sie tröstlich umarmen wollten. Ich beobachtete, wie sie sich in Scarlett O'Hara verwandelte, und dann floh ich vor dem Treiben durch die Hintertür aus dem Haus und stand allein im Dunkeln. Ich konnte sehen, wie die Regenwolken aus der Ferne auf uns zuzogen. Es würde nicht lange dauern, ehe sie ihre Tränen in den Wind fallen ließen, der sich einen Weg durch die Bäume und über die Anhöhen um unser Haus herum bahnte. Was wäre angebrachter gewesen als eine regnerische Nacht, dachte ich und schlang mir die Arme gegen die kühle Nachtluft um den Oberkörper.

»Ist es kalt draußen?« hörte ich fragen, und als ich mich umdrehte, sah ich Nelson hinter mir stehen. Er hielt ein Glas Bourbon in der Hand und drehte es, ehe er den nächsten Schluck trank, ohne mich aus den Augen zu lassen.

»Drinnen ist es auch kalt«, erwiderte ich.

»Ja, ich kann mir vorstellen, daß du es so empfindest«, sagte er. »Ich mochte deine Mutter. Sie war immer so fröhlich und unbeschwert. In ihrer Gesellschaft hat man sich wohl gefühlt. Meine Eltern haben sie sehr gern gehabt.«

Ich nickte.

»Wann habt ihr beide vor zu heiraten?«

»Samuel dachte sich, es wäre schön, wenn wir den Zeitpunkt etwa auf die Fertigstellung des Hauses abstimmen. Was ist mit dir?«

»Wir heiraten in gut einem Jahr. Wie ich Samuel kenne, könntet ihr es tatsächlich schaffen, noch vor uns getraut zu werden. Er wird alles daran setzen, zusätzliche Arbeitskräfte zu engagieren und den Ausbau voranzutreiben.«

»Du hast deine Verlobte ziemlich plötzlich kennengelernt«, sagte ich, »oder hast du sie schon gekannt, als du hier warst?« fragte ich und blickte betont zum Bootshaus. Nelson lachte.

»An Finesse fehlt es dir grundlegend, stimmt's, Olivia? Du stürzt dich gleich auf die Halsschlagader.«

»Wenn du damit meinst, daß ich mich unbeirrt auf die Wahrheit stürze, dann hast du recht«, sagte ich.

»Wir haben einander damals schon gekannt. Mein Entschluß, mich zu verloben, ist kurz darauf erfolgt«, erwiderte er.

»Dann wolltest du also nur einen Versuch machen, um zu sehen, ob du die richtige Entscheidung triffst?« fragte ich.

Er zuckte die Achseln.

»So in etwa.«

Wir starrten einander einen Moment an.

»Ich frage mich, wie es wäre, mit dir verheiratet zu sein«, sagte er. »Ist sich Samuel vollends darüber im klaren, was für eine starke, selbstsichere und kompetente Frau du bist? Die anderen Frauen, die er gekannt hat, waren alle wie ... wie ...«

»Belinda?«

Nelsons Lippen verzogen sich zu einem sarkastischen Lächeln. »Ja«, sagte er.

Ich sah auf das Meer hinaus. »Ich habe ihm keinen anderen

Eindruck von mir vermittelt als den zutreffenden«, sagte ich. »Ich habe mich genauso gegeben, wie ich bin.«

»Dann hat er das entweder akzeptiert, oder er wiegt sich in der Illusion, er könnte dich ändern«, sagte Nelson.

Ich lächelte, ohne mich zu ihm umzudrehen. »Du glaubst nicht, daß ich mich ändern kann?«

»Nein. Im Grunde genommen bin ich mir auch gar nicht sicher, ob es mir lieb wäre, wenn du dich ändern würdest«, sagte er und sah mir fest in die Augen, als ich mich wieder zu ihm umdrehte.

Ich hätte ihm gern gesagt, daß ich erwartet hatte, er käme wieder, um mich zu treffen, nachdem er damals mit seiner Familie zum Abendessen hier gewesen war; ich hatte damit gerechnet, daß er sich um mich bemühen würde, und nicht etwa mit seinem schmutzigen verbotenen Stelldichein mit Belinda im Bootshaus. Ich hätte ihm gern gesagt, ich hätte ihm mehr zugetraut als das, aber ich tat es nicht. Ich biß mir lediglich auf die Unterlippe und schluckte mein Bedauern und meine Enttäuschungen wie einen Schwall Galle.

»Dein Vater kann froh sein, daß er eine Tochter wie dich hat, vor allem jetzt«, fuhr Nelson fort. »Du wirst deine Familie zusammenhalten. Du bist stark.«

»Zu stark für dich?« wagte ich zu fragen.

Er lächelte. »Nein. Ich bin ein zu leichtfertiger Mensch für dich. Wir beide würden einander wahrscheinlich früher oder später umbringen«, scherzte er.

»Ja«, sagte ich und hüllte meine Enttäuschung in ein Lächeln.

Er trank einen Schluck von seinem Bourbon. »Darf ich dir etwas holen?«

»Nein. Ich komme gleich ins Haus zurück«, sagte ich. »Ich mußte nur kurz frische Luft schnappen. All diese Leute ...«

»Ja«, sagte er und nickte, als verstünde er mich, als könnte er mich jemals verstehen. »Du findest mich drinnen«, fügte er hinzu, berührte meine Hand und wandte sich dann ab, um wieder ins Haus zu gehen.

Ich stand da und versuchte zu schlucken. Es kam mir vor, als hätte sich die Luft um mich herum in Eis verwandelt. Wenige hundert Meter zu meiner Rechten lag Belindas toter Fötus in der Erde, wie ein Keim der Verdorbenheit, der dort gepflanzt war, eine Sünde, die in dem nutzlosen Versuch, sie dem Vergessen anheimzugeben, in das Dunkel hineingepreßt worden war. Belinda war in der Lage zu vergessen. Das war ihre Stärke. Sie konnte jeden ihrer vergangenen Tage auslöschen, wie sie in der Schule Kreide von der Tafel wischte, und sie konnte von vorn beginnen.

Ich konnte das nicht. Alles, was geschah, und alles, was ich tat und dachte, war unauslöschlich auf die Oberfläche meines Herzens geschrieben. Dieses Organ war jetzt schon mit Kratzern und kleinen Tränen bedeckt. Die größte Träne brachte die Erkenntnis, daß Nelson Childs niemals mir gehören würde.

Das Verlangen war grausam. Wir sollten uns nur die Dinge wünschen, die wir haben können, dachte ich; andernfalls wird die Sehnsucht zum Schmerz, und der Schmerz verwandelt uns in unzufriedene Geschöpfe, die mit krummen arthritischen Fingern dasitzen, finster zum Horizont blicken und wütend auf die Sonne sind, weil sie aufgeht und uns einen weiteren Tag voller Enttäuschungen beschert.

»Da steckst du also!« rief Samuel aus. »Nelson hat mir gesagt, daß du hier draußen bist. Meine arme Olivia«, sagte er und kam auf mich zu, um mich in seine Arme zu ziehen. Ich roch Whiskey und Zwiebeln in seinem Atem, und mein Magen drehte sich um. »In einem solchen Moment solltest du nicht allein sein, Olivia.«

»In einem solchen Moment kann man nur allein sein«, erwiderte ich.

»Ich werde dich dafür entschädigen, Olivia. Ich werde arbeiten wie ein Stier, um dich wieder glücklich zu machen. Gleich morgen früh fange ich damit an. Ich werde die erste Schaufel

Erde für das Fundament unseres Hauses ausheben. Ich werde …«

»Laß uns ins Haus gehen, Samuel«, sagte ich mit scharfer Stimme. »Es wird allmählich kühler.«

»Was? Ach so, ja. Natürlich.«

Er hatte seinen Arm unbeholfen um mich gelegt und ließ ihn dort liegen, als wir auf die Tür zugingen, und dann trat ich vor, und sein Arm fiel von mir.

Genau wie Mutters Hand, die mich meinem Schicksal allein überlassen hatte. Jetzt mußte ich selbst bewältigen, was auf mich zukam.

10

Die Braut, an die keiner geglaubt hätte

In den Tagen, die auf Mutters Beerdigung folgten, versank Daddy tiefer und immer tiefer in seinem eigenen Grab der Verzweiflung. Seine Augen blieben trostlos, trübsinnig, gehetzt. Mir war nie klar gewesen, wie sehr er sie liebte und auf das angewiesen war, was ich immer nur als ihr belangloses, albernes Geschwätz angesehen hatte. Ohne ihr Geplapper wurde unser Haus jedoch zum leeren Varietétheater, und jeder Laut hatte einen hohlen Hall. Ich erkannte, daß Mutter all die wahren Melodien in unserem Haus erschaffen hatte. Ihr Gelächter und ihre Symphonien von Gerüchten, mit komischen, unzusammenhängenden Informationen über dieses und jenes durchsetzt, hatten Daddy eine Atempause und einen dringend notwendigen Kontrast zu einsteren, verbissenen Gesprächen über das Geschäft gegönnt. Mutter war dagewesen, um ihn mit einem Kuß und einer Umarmung zu begrüßen, in ihrem neuesten Kleid Pirouetten für ihn zu drehen oder mit der Hand vor seiner Nase zu wedeln, damit er ihr neuestes Parfum schnuppern konnte.

Ihre Krankheit hatte er hinnehmen können, weil immer noch die falsche Hoffnung bestand, die der Flut von Alpträumen Einhalt gebietet, der Glaube, daß noch ein Wunder geschehen könnte, daß die Medizin und die Wissenschaft gerade noch rechtzeitig ein Mittel zur Heilung fänden, das, was im antiken Theater *Deus ex Machina* genannt wurde, ein Kunstgriff im allerletzten Moment, mit dem sich alles retten ließ und unsere Welt wieder ein gesundes Gleichgewicht fand.

Als der Tod jedoch an unsere Tür pochte, erstarb all diese

Hoffnung gemeinsam mit Mutters letztem Atemzug. Anfangs, genau genommen direkt nach dem Begräbnis, fiel es uns immer noch schwer zu glauben, daß sie fort war. Die bedrückende Realität schwebte wie ein anhaltendes Unwetter über unseren Köpfen, und die Wahrheit sickerte jeden Tag tiefer ein. Mutter war tatsächlich fort. Wir würden sie niemals wiedersehen.

Sogar Belinda bereitete es Schwierigkeiten, wieder aufzublühen. Sie schlich mit großen, tränennassen Augen durchs Haus, schlief tagsüber oft oder rollte sich einfach wie ein Baby in ihrem Bett zusammen und starrte die Wand an, mit dem Daumen auf den Lippen. Ihre Freundinnen riefen an, doch die Telefongespräche waren nicht annähernd so lang wie sonst, und keine von ihnen kam zu Besuch. Belinda schreckte sie mit ihren Tränen und ihrem bekümmerten Stöhnen ab.

Keiner von uns hatte großen Appetit. Wir trafen uns nur noch kurz und schweigsam zum Abendessen. Der Alptraum warf weiterhin seine Schatten auf unsere Tage, bis ich ankündigte, ich würde meine Arbeit in der Firma wieder aufnehmen. Bis dahin hatte sich Daddy immer nur kurz im Büro blicken lassen und war über einschneidende geschäftliche Dinge telefonisch auf dem laufenden gehalten worden. Unsere Firma arbeitete auf Sparflamme, und die Geschäfte waren zum Stillstand gekommen. Es wurden keine Entscheidungen getroffen. Alles war erlahmt.

»Wir müssen wieder ganztags zu unseren gewohnten Arbeitszeiten ins Büro gehen, Daddy«, sagte ich schließlich eines Abends beim Essen zu ihm. »Mutter würde nicht wollen, daß wir noch länger in dieser ausschließlichen Form um sie trauern. Du weißt doch selbst, wie sehr ihr graue Gesichter und Traurigkeit verhaßt waren«, sagte ich.

Er nickte.

»Olivia hat recht«, sagte Belinda. »Ich werde in Zukunft keine Einladungen mehr ablehnen.«

»Das ist nicht direkt das, was ich gemeint habe«, fauchte ich, aber sie wollte mich nicht hören.

Am nächsten Tag zog sie mit ihren Freundinnen los, kehrte in den Club der Strohköpfe zurück und nahm ihre unproduktiven Tätigkeiten wieder auf. Wenn es Vater vorher schon schwer gefallen war, ihre verschwenderische Ader zu erkennen, dann war er jetzt vollkommen außerstande sie wahrzunehmen. Es war fast so, als nähme er Belindas Existenz nicht zur Kenntnis. Sie brauchte Geld? Er schrieb einen Scheck aus, damit seine Ohren nicht von ihrem Flehen widerhallten. Sie wollte über Nacht bei einer Freundin bleiben, eine Party besuchen, die sich bis weit in die frühen Morgenstunden ziehen würde, ein Wochenende in Boston verbringen? Er nickte, winkte mit der Hand ab und begriff nicht einmal, was sie tat oder wozu er seine Zustimmung gab.

Ich war vollauf damit beschäftigt, im Büro für ihn einzuspringen, wenn er morgens nicht erschien oder schon früh die Firma wieder verließ, denn die Dinge mußten wieder ins Rollen gebracht werden. Ich traf Entscheidungen und unterschrieb Vereinbarungen und Schecks. Ich erstattete ihm haarklein Bericht über alles, aber er hörte nur mit einem Ohr zu und stellte so gut wie keine Fragen.

Samuel kam täglich zu Besuch. Er bemühte sich, wieder Schwung in unser Leben zu bringen, indem er den Architekten zu uns mitbrachte, damit wir darüber reden konnten, wie er den älteren Teil unseres Hauses modernisieren und Anbauten vornehmen würde. Bei einigen dieser Besprechungen war Daddy anwesend, hielt sich jedoch mit Äußerungen und Ratschlägen zurück. Für mich stellten diese Gespräche tatsächlich eine willkommene Ablenkung dar, vor allem, als ich der Tatsache ins Auge sah, daß dies für lange, lange Zeit mein eigenes Haus sein würde, meine eigene kleine Welt.

Die Arbeiten wurden ohne jede Verzögerung aufgenommen, und mit ihrem Beginn gingen Samuels häufige Zustandsberichte und seine Schilderungen der gemachten Fortschritte einher. Einmal in der Woche begab ich mich gemeinsam mit ihm auf das Grundstück und inspizierte die Bauarbeiten. Nelson Childs hatte mit seiner Prophezeiung richtig gelegen. Samuel ließ den Vorarbeiter weitere Arbeitskräfte einstellen, und sowohl der Umbau als auch die Anbauten an das Haus wurden in der Hälfte der Zeit, die man normalerweise dafür ansetzt, abgeschlossen.

»Es ist die reinste Verschwendung«, sagte ich zu ihm, »Leuten den eineinhalbfachen Lohn zu bezahlen, und das nur, damit wir einen Monat eher in das Haus einziehen können.«

»Verschwendung steht in einem direkten Verhältnis zu den Dingen, die einen glücklich oder unglücklich machen«, erwiderte Samuel. Es sah ihm gar nicht ähnlich, daß er mir so kraß widersprach. »Ich empfinde keinen einzigen Cent als vergeudet, wenn er dazu dient, mich eine Minute eher zu dir nach Hause zu führen, Olivia.«

Ich zog die Augenbrauen hoch und sah ihn an. Wie sehr ich mir doch wünschte, ich brächte dieselbe Intensität auf, dieselbe Sehnsucht und dasselbe Verlangen, und ironischerweise beneidete ich ihn darum, wie sehr er mich zu lieben und zu begehren schien. Gewöhnlich war die Frau diejenige, die es in ihrer Ungeduld kaum erwarten konnte, vor den Altar geführt zu werden. Alle Frauen, die ich kennengelernt hatte, waren nicht halb so nervös, von Zweifeln geplagt und unsicher wie die Männer, mit denen sie eine Ehe eingehen würden. Männer benahmen sich, obwohl sie die Heiratsanträge machten, ganz so, als seien sie diejenigen, die geködert und geangelt worden waren, und nicht etwa die Frauen. Es war, als sei die Ehe die unvermeidliche Gefängnisstrafe, die ihnen allen bevorstand.

Nelson war einer von ihnen. Jedesmal, wenn ich ihn traf und mich nach seinen Hochzeitsplänen erkundigte, sagte er, es sei noch nichts Konkretes festgelegt worden. Wozu sollte man sich übereilt in das Unvermeidliche stürzen? Es würde ihm nicht davonlaufen; seine Freiheit dagegen, sagte mir sein schelmisches Lächeln, würde ihm davonlaufen. Schon bald würde er sich angemessen benehmen müssen. Weshalb sollte er diese Entwicklung beschleunigen?

Außerdem, erklärte er, hatten die Branagans darauf bestanden, für den Empfang nach der Trauung das High Point House zu mieten, und das mußte mindestens zehn Monate bis ein Jahr im voraus gebucht werden. Auf ein bestimmtes Datum hatte man sich immer noch nicht geeinigt. Außerdem war die Zeit bis dahin notwendig, damit die Familien einander besser kennenlernen konnten. Der Colonel und seine Frau sollten als Gäste der Branagans nach Boston kommen, und die Branagans würden häufiger nach Provincetown rausfahren.

Eine zweite Verlobungsfeier für die Freunde der Branagans in Boston hatte bereits stattgefunden. Es gab schlichtweg noch sehr viel zu tun. Nelson sprach darüber, als handelte es sich um eine Präsidentschaftskampagne der Vereinigten Staaten, die bis in alle Einzelheiten gründlich geplant werden mußte. Beispielsweise war die Aussteuer der Braut noch zu vervollständigen, etwas, was Mrs. Branagan sehr ernst nahm. »Vor Jahren haben die meisten Mütter schon kurz nach dem Tag der Geburt ihrer Töchter damit begonnen, Bett- und Tischwäsche für deren Aussteuer zu nähen und zu besticken«, erklärte Nelson. »Heutzutage nähen und sticken die Frauen natürlich nicht mehr selbst. Sie verwenden allerdings fast soviel Zeit auf das Einkaufen und das Auswählen. Und dann erst die Planung der Hochzeit! Ich schwöre es dir, Olivia, Kabinettsitzungen im Weißen Haus dauern nicht länger und werden auch nicht mit größerer Ernsthaftigkeit betrieben. Manchmal treffen sich unsere Eltern auf neutralem Boden«, scherzte er. »Dann geht es um die Kleider für die Brautjungfern, meinen Smoking und darum, wie die Trauzeugen ausstaffiert werden, um die Gästeliste, das Menü, das Dekor der Einladungen, die Dekorationen und die Musik. All das muß diskutiert und analysiert und fast so zeremoniell beschlossen werden wie die Friedensverträge, mit denen Kriege enden. Es ist weiß Gott eine Unmenge von Diplomatie vonnöten, um zu verhindern, daß die jeweiligen Mütter einander die Augen auskratzen. Dad sagt, es sei ein Glück, daß sowohl er als auch mein Schwiegervater Jura studiert haben. Nein«, schloß Nelson, »so, wie die Dinge stehen, reichen weitere zehn Monate kaum.«

Ich wollte ihm nicht erzählen, daß ich all das selbst tat. »Dann hast du es also nicht eilig?« fragte ich ihn.

»Zugegebenermaßen nicht annähernd so eilig wie dein Verlobter«, sagte er zu mir, als er gut eineinhalb Monate nach Beginn der Bauarbeiten an einem Wochenende mit uns auf die Baustelle kam. »Samuel Logan ist von dir besessen. Du hast ihn verhext. Sieh dir nur an, wie er diese Arbeiter antreibt und aufheitert, damit sie noch härter und noch schneller arbeiten. Wenn er sie mit der Peitsche antreiben könnte, täte er es. Du hättest niemals in ein Datum für die Hochzeit einwilligen dürfen, das mit der Fertigstellung des Hauses zusammenfällt. Wie ich gehört habe, liegen die Einladungen schon in der Druckerei. Samuel hat mir erzählt, er hätte dich gebeten, sie in Auftrag zu geben, sowie die Elektriker ihre Arbeit aufgenommen haben.«

»Du bist weniger besessen?« Ich kam mir vor wie ein Fischer, der probeweise Hummerreusen auf den Grund sinken läßt, aber ich war einfach zu neugierig darauf, was Nelson für seine Verlobte empfand.

»Eine Frau erhebt Besitzansprüche auf mich«, scherzte er »aber besessen bin ich deshalb noch lange nicht.«

Er lächelte mich mit seinen wunderschönen Augen an, und mein Herz schlug dreimal so schnell wie sonst.

»Wie geht es deinem Vater inzwischen?« fragte er. Vielleicht war es klug von ihm, das Thema zu wechseln.

»Hundertprozentig hat er sich noch nicht erholt. Ich fürchte, dazu wird es möglicherweise nie kommen«, fügte ich in einem nüchternen Tonfall hinzu, der Nelson verblüffte.

»Das tut mir leid«, sagte er. »Aber vielleicht mit der Zeit ...«

»Die Zeit heilt keine Wunden, obwohl die Menschen das gewöhnlich glauben«, sagte ich. »Das Narbengewebe wird lediglich fester und härter. Das muß man akzeptieren, statt zu hoffen, alles würde soweit verheilen, daß derjenige oder diejenige wieder so wird wie früher.«

»Das ist eine harte und kalte Lektion, Olivia«, bemerkte er.

»So ist es nun einmal um die Wahrheit bestellt, Nelson. Meistens ist sie hart und kalt.«

Er starrte mich an, und ich wich seinem Blick nicht aus. »Eines Tages wirst du in dieser Stadt das Sagen haben«, prophezeite er. »Du bist von Natur aus eine Führungspersönlichkeit. Du hättest als ... als ...«

»Als Mann geboren werden sollen?« beendete ich den Satz für ihn.

Er zuckte die Achseln. »Tut mir leid. Ich weiß, daß Frauen heute mit demselben Respekt behandelt werden sollten, aber vermutlich bin ich in der Hinsicht immer noch ein wenig altmodisch.«

»Du bist der typische Chauvinist, das ist alles«, erwiderte ich, und er lachte.

»Ich bekenne mich schuldig«, äußerte er.

»Wessen bekennst du dich schuldig?« fragte Samuel, der sich uns gerade wieder anschloß.

»Der gängigen Klischeevorstellungen«, erklärte Nelson.

Samuel sah erst ihn und dann mich an, ehe er den Kopf schüttelte und die Veränderungen am historischen Teil des Hauses hervorhob, die ich vorgeschlagen hatte. Es war ein großes zweistöckiges Haus mit einem Seitengiebel. Ich hatte vorgeschlagen, über der getäfelten Haustür einen Ziergiebel anzubringen und dann unter dem Giebel eine Reihe rechteckiger Buntglasscheiben einzufügen. Ich wollte doppelte Schiebefenster, Sprossenfenster mit vielen kleinen Scheiben. Samuel hatte mir für jeden einzelnen meiner Vorschläge Komplimente gemacht. Allerdings entsprang keine dieser Anregungen meiner Phantasie. Ich hatte mich genauer mit dem Baustil der Zeit befaßt und kannte mich jetzt gut genug aus, um Vorschläge zu machen, die dem Architekten vernünftig erschienen.

Infolge der Fortschritte auf der Baustelle wurde das Datum für unsere Hochzeit soweit vorverlegt, daß manche Leute die Augenbrauen hochzogen. Einige besaßen sogar die Dreistigkeit anzudeuten, ich könnte eventuell schwanger sein. Belinda genoß diesen Klatsch. Ich tat, was ich konnte, um diesen Gerüchten ein Ende zu bereiten, aber das Datum unserer Hochzeit verschob ich nicht. Ich erhoffte mir, die Hochzeit würde dazu beitragen, daß Daddy sich wieder faßte. Ohne Mutter würde er meine Interessen vertreten müssen, und ich bemühte mich, ihm immer wieder Fragen und Entscheidungen vorzulegen, doch seine Antwort lautete jedesmal unverändert: »Tu, was du für das beste hältst, Olivia. Mach dir keine Sorgen, wenn es um die Kosten geht. Du brauchst keine Ausgaben zu scheuen.«

Er schlug sogar vor, ich sollte Belinda an der Planung der Hochzeit beteiligen, ein Vorschlag, den ich natürlich nicht ernst nahm. Belinda besaß keinen Geschmack, keine gute Erziehung und keinen Sinn für Anstand. Wenn es ihr möglich gewesen wäre, hätte sie meine Hochzeit in einen protzigen Alptraum verwandelt. Sie versuchte, mich dazu zu überreden, einige Mitglieder ihres Strohkopfclubs einzuladen, aber ich widersetzte mich.

»Ich werde keinen Menschen haben, mit dem ich auf dem Empfang reden oder tanzen kann. Bitte«, flehte sie, »lade wenigstens Kimberly und Bruce und vielleicht noch Arnold ein.«

»Das ist keine Party. Es ist eine Hochzeit«, sagte ich zu ihr.

»Aber ich dachte, der Empfang sei eine Party.«

»Keine Party von der Sorte, die du besuchst«, sagte ich. Schließlich erbarmte ich mich dann und erklärte mich bereit, Kimberly und Arnold einzuladen.

»Dann werden Kimberly und ich ihn miteinander teilen müssen«, stöhnte sie. »Ich bin sicher, daß mich keiner von Samuels Freunden oder Daddys Geschäftspartnern zum Tanzen auffordern wird. Ich werde ganz bestimmt keinen Spaß haben«, drohte sie.

»Dieser Tag ist mein Fest, Belinda, nicht deines. Ich finde, daran könntest du zumindest denken«, belehrte ich sie. »Wenn du heiratest …«

»Ich werde eine richtige Hochzeit feiern. Ich werde Daddy überreden, eine Yacht zu mieten, die Platz für hundertfünfzig Leute bietet, und die Trauung wird auf hoher See stattfinden, und es wird ein Feuerwerk geben, und die Band wird in einem Boot neben der Yacht ihre Musik spielen, aber so laut, daß die Entfernung nichts ausmacht.«

»Ich kann es kaum erwarten«, sagte ich trocken.

»Ich schon«, sagte sie lachend. »Ich bin noch nicht reif für eine Heirat. Mir ist der Gedanke unerträglich, für immer und ewig nur mit einem einzigen Mann zusammen zu sein und jeden Abend dieselben altbekannten Lippen zu küssen … igitt«, sagte sie und schüttelte sich, als wollte sie kalten Regen abwehren. »Ich finde, eine Frau sollte frühestens mit vierzig heiraten.«

»Das ist lachhaft, vor allem dann, wenn man eine Familie gründen will«, sagte ich.

»Ich gehe ohnehin nicht davon aus, daß ich eine gute Mutter wäre«, sagte sie.

Es erstaunte mich immer wieder, wie Belinda ihre Unzulänglichkeiten und Schwächen so mühelos erkennen und ebenso mühelos akzeptieren konnte. Sie war schon lange nicht mehr unzufrieden mit sich selbst. Dafür verachtete ich sie, und im gleichen Atemzug beneidete ich sie darum. Die Vorstellung, daß wir dieselbe Mutter hatten, war mir peinlich, und doch würde Belinda wahrscheinlich niemals auch nur eine einzige Sorgenfalte bekommen. Sie würde auf diesen verdammungswürdigen Schaumblasen durchs Leben schweben, lachend und zufrieden.

Das stellte sie schon allein dadurch unter Beweis, wie sie sich von Mutters Tod erholte und sich mit Feuereifer wieder ihrem oberflächlichen Lebenswandel hingab. Ihr trübes, blasses, bekümmertes Gesicht verwandelte sich in dieses strahlende Antlitz, daß sie wie eine lebensprühende aufgeblühte Rose in einem

Garten voller mittelmäßiger Blumen hervorhob. Sogar Samuel äußerte sich dazu. Ihr Kichern, ihre flinken Schritte und ihre Telefongespräche ließen das Haus vibrieren. Zeitweise wirkte Daddy schockiert und verwundert über den ausbleibenden Kummer. Dennoch gelang es nur Belinda, wieder ein kleines Lächeln auf seine harten, zusammengekniffenen Lippen zu zaubern und ab und zu für einen Moment die Last von seiner grüblerischen Stirn zu nehmen. Ich begann zu glauben, sie würde mit der Zeit Mutter in seinen Augen ersetzen. Sie würde die Musik und die Unbeschwertheit zurückbringen, und ich war allen Ernstes eifersüchtig.

Belinda ihrerseits schien mir die Aufmerksamkeit nicht mehr zu neiden, die meine bevorstehende Hochzeit mit Samuel weiterhin auf unser Haus zog. Sie war selbst wieder viel zu fröhlich. Ich wurde von Argwohn und Beklommenheit geplagt. Gewiß würde sie in irgendeiner Form etwas anstellen, was dem Familiennamen direkt vor meiner Hochzeit schadete, dachte ich. Wie immer fühlte ich mich wie jemand, der zur Decke aufblickt und auf das Geräusch wartet, mit dem der zweite Schuh auf den Boden fällt.

Unsere Hochzeit sollte nicht auf einer Yacht stattfinden, wie es sich Belinda für ihre Hochzeit erträumte, aber Samuel überraschte mich eines Tages mit Plänen für unsere Flitterwochen.

»Ich habe eine Yacht für uns gemietet«, sagte er. »Wir werden nach Hilton Head runtersegeln. Einen besseren Ort gäbe es für uns beide nach unserer Hochzeit gar nicht, meinst du nicht auch, Olivia?« fragte er hoffnungsvoll.

Samuel war in mein Büro gekommen, etwas, was er zunehmend häufiger tat, je näher das Datum unserer Hochzeit rückte. Tatsächlich war ich diejenige gewesen, die einen Zusammenschluß der Firma seines Vaters mit unserem Betrieb ausgehandelt hatte. Dabei mußte ich an einen Wal denken der eine Elritze verschlingt. Unsere Sachverständigen schätzten den Wert der

Firma der Logans auf knapp eine Million Dollar, die weitgehend in den firmeneigenen Booten angelegt war. Ich verhandelte direkt mit Samuels Vater und legte einen Firmenwert von einer Dreiviertelmillion fest, von der er neunzig Prozent in den Aktien unseres Betriebes anlegen mußte.

»Also gut, von mir aus«, sagte er. »Das bleibt ja jetzt ohnehin alles in der Familie.«

Ungeachtet meiner Eheschließung ließ ich keine Dokumente dieses Inhalts aufsetzen. Unsere finanziellen Interessen blieben weiterhin getrennt voneinander und klar abgegrenzt, aber ich willigte ein, Samuel gewisse direktoriale Aufgaben in unserer Firma zu überlassen, und ihm wurde ein Büro zugeteilt. Er beschwerte sich darüber, daß es nicht direkt an mein Büro angrenzte, aber er brachte seine Klagen nicht allzu energisch vor.

»Eines Tages wird die Trennwand zwischen uns ohnehin eingerissen«, sagte er. »Ich weiß, daß dein Vater das gern sähe.«

»Wir werden es ja sehen«, sagte ich.

Ich wußte, daß Daddy immer die Vorstellung gehabt hatte, jemand würde mich heiraten und schließlich die Leitung unserer Firma übernehmen. Daddy fiel es schwer, sich auszumalen, eine Frau könnte seine Firma leiten, trotz der Arbeit, die ich leistete, und der Entscheidungen, die ich bereits getroffen hatte. Er sah mich als Übergangslösung an, die eines Tages entfernt und dazu degradiert würde, den Haushalt zu führen und die Kinder großzuziehen.

Während dieser finsteren Phase seiner Depression und Verzweiflung war ich besorgt um seine Fähigkeit, die richtigen Entscheidungen für unsere Firma zu treffen. Demzufolge ließ ich von unseren Anwälten Dokumente aufsetzen, die mir die Vollmacht übertrugen, und sowie ich dazu bevollmächtigt war, verfaßte ich Statuten, die mich in meinem Posten absicherten. Kein Mann, nicht einmal mein eigener Vater, von dem ich inzwischen wußte, daß er mein Stiefvater war, würde mich nach Hause schikken, um Babies die Münder abzuwischen und ihre Windeln zu wechseln. Je eher Samuel das begriff, dachte ich, desto besser würde es für uns beide sein.

»Mir soll es recht sein«, sagte ich in Hinblick auf die Yacht, »solange wir schönes Wetter haben.«

»Ja, natürlich. Selbstverständlich«, erwiderte er und strahlte über das ganze Gesicht, weil ich eingewilligt hatte. »Ich wußte, daß dir die Idee gefallen würde. Sie ist einzigartig. Wir setzen uns nicht einfach nur in irgendein Hotel auf irgendeiner Insel ab, um in der Sonne zu faulenzen. Wir werden segeln und fischen und gemeinsam Neues erkunden. Darauf bin ich noch gespannter als auf die eigentlichen Trauungsfeierlichkeiten«, gestand er.

Mir ging es ebenso, aber das sagte ich ihm nicht. Belinda war meine Trauzeugin, und einige unserer Cousinen fungierten als Brautjungfern. Als das Ereignis näherrückte, kehrte tatsächlich ein wenig Leben in Daddy zurück. Die einzige große Entscheidung, die er für mich traf, bestand darin, für den Empfang den Fisherman's Club zu mieten.

In der Woche vor der Hochzeit wurden die letzten Kleinarbeiten an unserem neuen Haus abgeschlossen. Da wir nach unserer Hochzeitsreise direkt dort einziehen würden, begann ich, meine Sachen in das neue Haus transportieren zu lassen. Im Lauf der allerletzten Monate hatte ich Möbel bestellt. Die meisten waren bereits geliefert und aufgestellt worden. Jeder, der zu Besuch kam, behauptete, das Haus würde das reinste Schmuckstück werden.

Nelson nannte es im Scherz »Das Schloß von Cape Cod«. Er sagte, er sähe schon vor sich, daß ich es eines Tages tatsächlich mit einem Burggraben umgeben lassen würde. »Um den Pöbel fernzuhalten«, fügte er hinzu.

»Ein wahrer Jammer, daß du uns dann nicht mehr besuchen kannst«, antwortete Samuel, und die beiden lachten schallend. Ich begann mich zu fragen, ob Nelson geglaubt hatte, ich hätte eine zu hohe Meinung von mir selbst, um ihn auch nur in Betracht zu ziehen. Das sollte nicht etwa heißen, daß Samuel etwas

Besonderes hatte, was Nelson nicht gehabt hätte, und er hatte mir nie wirklich Grund zu der Annahme gegeben, zwischen uns sprühte auch nur ein Funke von romantischem Interesse. Ich suchte schlichtweg immer noch nach einem Grund dafür, daß der Mann, den ich so leidenschaftlich hätte lieben können, wie eine Frau ihren Ehemann lieben sollte, mir nie eine Chance gegeben hatte, noch nicht einmal die Chance, die er Belinda gegeben hatte. Die größte Ironie an der ganzen Geschichte: Nelson würde der Trauzeuge meines zukünftigen Ehemannes sein und mit mir vor dem Altar stehen, aber nur, um Samuel Logan den Ring zu reichen, von dem ich mir wünschte, er selbst würde ihn an meinen Finger stecken.

Wir hatten einen spektakulären Tag für die Hochzeit, und die Wettervorhersage für die darauffolgende Woche verhieß ausgezeichnete Bedingungen zum Segeln. Zum ersten Mal in meinem Leben schien es, als würde alles reibungslos ablaufen. Belinda gestand, daß sie mich um mein Glück beneidete.

»Ich hoffe, wenn ich heirate, erwische ich einen genauso schönen Tag«, sagte sie, während sie durch das Haus schwirrte, sich zurechtmachte und laufend in mein Zimmer gestürzt kam, um mir Vorschläge für meine Frisur und mein Make-up zu machen, ehe sie wieder in ihr eigenes Zimmer eilte, um Veränderungen an ihrer eigenen Frisur vorzunehmen. Jeder Außenstehende hätte geglaubt, es sei ihr Hochzeitstag und nicht meiner. Sie war weitaus nervöser als ich, und schließlich fiel es ihr selbst auf. Sie blieb in der Tür stehen, als ich seelenruhig das Mieder meines Brautkleids schloß.

»Bist du denn gar nicht aufgeregt?« rief sie aus.

»Doch, natürlich«, sagte ich mit ruhiger Stimme.

»Du wirkst aber nicht so. Du benimmst dich, als gingest du zu irgendeinem Geschäftsessen. Du heiratest heute. Heute ist deine Hochzeit!«

»Täglich heiraten Leute. In diesem Moment finden wahrscheinlich fünfzig andere Hochzeiten statt«, sagte ich trocken.

»Wie kannst du nur so etwas Albernes sagen! Niemand heiratet heute, außer dir. So solltest du es sehen. Wer interessiert sich schon für andere? Wenn ich heirate, wird die ganze Welt es erfahren und sich Zeit lassen, um es zur Kenntnis zu nehmen.«

»Darauf möchte ich wetten«, sagte ich, aber sie nahm meinen Sarkasmus nicht wahr. Statt dessen flatterte sie weiterhin wie ein Kolibri um mich herum, bis ich ihr schließlich sagen mußte, sie solle nach Daddy sehen und aufhören, sich Sorgen um mich zu machen.

»Ich schwöre es dir, Olivia«, sagte sie kopfschüttelnd, »du hast anstelle von Blut Eis in den Adern.«

Sie rannte los, um nach Daddy zu sehen, und ich betrachtete mich im Spiegel. Hatte ich tatsächlich anstelle von Blut Eis in den Adern? Stimmte etwas nicht mit mir, weil ich nicht albern kicherte und tief Atem holte, um meine überspannten Nerven zu beruhigen? Sogar die Vorstellung, aus diesem Haus auszuziehen, traf mich nicht halb so tief, wie ich erwartet hatte. Ich war hier aufgewachsen, hatte meine gesamte Freizeit in diesem Zimmer verbracht, geträumt und geplant und all meine kleinen privaten Gespräche mit Mutter hier geführt, und jetzt würde ich einfach so zur Tür hinausgehen, in eine Limousine steigen, mich zu einer Kirche fahren lassen und Gelübde ablegen, die mich für immer und ewig aus diesen vier Wänden herausholen würden. Ich hätte wenigstens ein paar Tränen vergießen sollen, fand ich. Wo blieben meine Tränen?

Ich beugte mich dichter zum Spiegel vor und musterte meine Augen. Sie waren trocken, aufmerksam und wach, wohl kaum die Augen eines Menschen, der mit heftigen Emotionen ringt.

»Bist du fertig?« hörte ich, und als ich mich umdrehte, sah ich Daddy in seinem Smoking in der Tür stehen. »Heute vermähle ich meine Tochter. Du siehst wunderschön aus Olivia. Deine Mutter hätte den heutigen Tag erleben sollen.«

»Danke, Daddy. Du siehst sehr gut aus. Und äußerst vornehm.«

»Nur für dich«, sagte er mit einem Seufzen. »Tja, ich schätze, wir sollten aufbrechen. Es ist an der Zeit.«

Ich sah mich noch ein letztes Mal im Spiegel an, und dann ging ich zur Tür. Dort blieb ich noch einmal stehen und warf einen Blick zurück auf das Bett und die Möbel, die Bilder und die Vorhänge.

»Hier wird es ziemlich leer sein, wenn du fort bist, Olivia«, bemerkte Daddy, als ihm auffiel, worauf sich meine Blicke richteten.

»Ich werde oft herkommen, Daddy. Das weißt du doch. Und du wirst oft in meinem Haus sein.«

»Ja, schon, aber es liegt mir nicht, mich in das Leben anderer Leute einzumischen, und in das meiner Tochter schon gar nicht«, sagte er.

»Ich werde es nicht als Einmischung empfinden.«

Er nickte.

»Gehen wir jetzt?« hörten wir Belinda panisch ausrufen. »Ich bin noch nicht mit dem Schminken fertig!«

»Dann schmink dich in der Limousine«, sagte ich. »Du wirst ohnehin noch damit beschäftigt sein, wenn ich schon durch den Gang zum Altar schreite.«

Daddy lachte, und Belinda ächzte und klagte, doch sie folgte uns die Treppe hinunter und zur Tür hinaus. Carmelita und Jerome standen lächelnd da und machten mir Komplimente zu meiner äußeren Erscheinung. Sie gratulierten Daddy, und wir stiegen in die Limousine.

Als wir losfuhren, sah ich mich noch ein letztes Mal um und heftete den Blick auf die Fenster von Mutters Schlafzimmer. In meiner Vorstellung sah ich, wie sich die Vorhänge um ihr lächelndes Gesicht teilten und sie mir einen Kuß zuwarf. In ihren Augen standen Freudentränen. Mir stockte der Atem. Ich schluckte ein leises Stöhnen und sah durch das Seitenfenster des Wagens die vorüberziehende Landschaft an und dachte dabei bewußt an gar nichts. Endlich bemerkte ich, was ich tat. Ich war derart benommen, daß ich Belindas unablässigen Redefluß kaum wahrnahm, ihre Klagen und Sorgen, wie sie sich auf den Fotos machen würde. Sie setzte Daddy unermüdlich zu und entlockte ihm gewaltsam Komplimente, bis sie schließlich mit sich selbst zufrieden zu sein schien.

»Seht euch bloß all die Leute an!« rief sie aus, als wir uns der Kirche näherten. »Ich bin so aufgeregt, wie ich es an meinem eigenen Hochzeitstag wäre, und dabei habe ich im Moment noch nicht einmal einen festen Freund!«

»Würdest du gern mit mir tauschen?« fragte ich provozierend.

Sie zog die Augenbrauen hoch, sah Daddy an und lachte. »Wohl kaum«, sagte sie. »Ich werde einen Filmstar oder einen Musiker heiraten, nicht irgend so einen langweiligen Geschäftsmann.«

»Dein Vater ist Geschäftsmann«, rief ich ihr ins Gedächtnis zurück.

»Das ist etwas anderes«, sagte sie und sah mich mit ihrem zuckersüßen koketten Lächeln an. »Er ist schließlich mein Vater.«

Sie sagte es mit Nachdruck, fast so, als wüßte sie irgendwoher, daß er nicht mein Vater war.

Als Daddy mich durch den Gang führte, entdeckte ich auf den Gesichtern etlicher Leute, die von den Bänken zu mir aufblickten, immer noch Ungläubigkeit. Sie sahen mich in meinem Hochzeitskleid, die Orgel ertönte, der Geistliche wartete am Altar mit Samuel und Nelson, die beide gut aussahen und sehr vornehm wirkten, ein Meer von Blumen schmückte die Kirche, und die Brautjungfern standen bereit, doch nichts von alledem wischte den ungläubigen Ausdruck von den skeptischen Gesichtern. Ich konnte die Fragen sehen und den Klatsch hören. Wie hatte Olivia Gordon das Herz eines so gutaussehenden Mannes wie Samuel Logan für sich gewonnen? Hatte ihr Vater ihr einen Ehemann gekauft? Die neidischen Augen ungebundener junger

Frauen, die noch auf ihren Traummann warteten, funkelten mich an. Ich sah starr vor mich hin, trotzig und selbstsicher.

Auf Nelsons Lippen spielte dieses schelmische Lächeln, als ich vor den Altar trat. Samuel strahlte. Seine Schultern waren zurückgebogen, seine Brust vorgereckt. Die Gäste verstummten, als der Pfarrer mit der Trauungszeremonie begann und die Worte, die Gebete und die Gelübde vorsprach, die mich für immer an diesen Mann und diesen Mann an mich binden würden.

Während ich meine Gelübde aufsagte, ließ ich meinen Blick zu Nelson gleiten und malte mir einen Moment lang aus, er und nicht Samuel sei derjenige, den ich heiratete. Als er Samuel den Ehering reichte, beugte er sich vor, um mir einen Kuß auf die Wange zu drücken. Das hatten wir bei den Proben nicht einstudiert. Ich hörte aus vereinzelten Kehlen hinter mir ein Keuchen, und mein Herz machte einen Satz und flatterte, während glühende Röte in mein Gesicht stieg. Samuel schien es nicht zu bemerken, und falls er es doch wahrnahm, mußte er glauben, er sei derjenige, dem meine Aufregung galt.

Die Ringe wurden ausgetauscht, und die Worte wurden gesprochen. Als der Pfarrer uns zu Mann und Frau erklärte, begann der Organist wieder zu spielen, und Jubelrufe waren zu vernehmen. Samuel küßte mich, und ich ließ meine Augen geschlossen, damit ich mir einbilden konnte, es seien Nelsons Lippen. Dann liefen wir eilig durch den Gang, während wir von Kindern und einigen der Erwachsenen mit Reis beworfen wurden.

Wir stiegen schnell in die Limousine und wurden schleunigst zurückgefahren, damit wir uns für den Empfang zurechtmachen konnten. Samuel wirkte so glücklich. Seine Augen waren wie zwei kleine Glühbirnen, strahlend vor Freude.

»Tja, Mrs. Logan«, sagte er. »Ich wette, es kommt dir alles wie ein Traum vor.«

»Ja«, gestand ich. »Das kann man wohl sagen.«

»Soll ich dich kneifen?«

»Nein, Samuel. Es ist schon in Ordnung. Ich kneife mich selbst, wenn ich es für nötig halte«, sagte ich, und er lachte, schlang seinen Arm um mich und zog mich enger an sich. Ich schloß die Augen und fragte mich zum ersten Mal, ob ich wirklich eine Ehefrau sein konnte.

Der Empfang war elegant und ausgelassen. Ich konnte mir nicht vorstellen, wie die Planung, die Nelsons Eltern und die seiner Verlobten über endlose Monate betrieben, zu einem wesentlich besseren Ergebnis führen sollte. Das Essen war köstlich. Wir hatten keine Unkosten gescheut, und es gab die besten Stücke vom Rind, Hummer, Krabben, Truthahn, Muscheln und Nudeln, wunderbare Gemüse- und Obstplatten und die erlesensten Desserts. Die Innenausstatter hatten den Saal in ein Wunderland aus Blumen und Glanz verwandelt. Unser Orchester spielte gut, und sämtliche Gäste, deren Erscheinen wir uns gewünscht und erwartet hatten, waren da. Alles war mindestens so nett wie bei Nelsons Verlobungsfeier. Jedesmal, wenn uns jemand zu dem gelungenen Empfang beglückwünschte, wandte sich Samuel an mich und ließ mir das gesamte Lob zukommen.

»Sie ist diejenige«, sagte er, »die das alles geplant hat. Ich war zu sehr mit den Arbeiten an unserem neuen Haus beschäftigt. In ganz Neuengland gibt es keine kompetentere Frau«, behauptete er.

»Einen loyaleren Untertan könntest du dir gar nicht wünschen«, scherzte Nelson, als er hörte, wie Samuel mich pries.

»Dich könnte ich mir wünschen«, warf ich ihm an den Kopf. Seine Augen wurden groß, und dann lachte er und machte eine tiefe europäische Verbeugung.

»Da brauchen Sie gar nicht erst lange zu bitten, Madam. Ich werde immer ein loyaler Untertan sein«, behauptete er und forderte mich wieder einmal zum Tanzen auf, als ein anderer Tänzer seine Verlobte für sich beanspruchte.

»Dennoch muß ich Samuel jetzt um Erlaubnis bitten. Du bist seine Frau«, sagte er und wandte sich an Samuel.

»Ich bin seine Frau, aber ich bin trotzdem noch eine eigenständige Person«, fiel ich ihm ins Wort. Nelson sah Samuel an, der bereits von einem anderen Gespräch abgelenkt wurde. Er zuckte die Achseln und reichte mir seinen Arm. Ich hing mich mit Freuden bei ihm ein. In meiner Vorstellung schwebten wir über dieser Tanzfläche. Als ich jedoch die Augen aufschlug, sah ich zu meiner Rechten Belinda, die uns anstarrte und lächelte. Ich zuckte augenblicklich steif zusammen.

Später, ehe Samuel und ich uns auf den Weg zur Yacht machten, kam Belinda auf mich zu und flüsterte mir ins Ohr.

»Vielleicht hast du überstürzt geheiratet, Olivia. Vielleicht hättest du doch noch eine Chance gehabt.«

»Wovon redest du, Belinda? Ich bin sicher, daß es sich nur um einen deiner albernen Einfälle handeln kann«, fügte ich eilig hinzu, damit sie nicht noch mehr sagte. »Kümmere dich um Daddy, solange ich fort bin. Du hast jetzt größere Verantwortung im Haus zu tragen.«

»Was?« fauchte sie entrüstet. »Wir haben immer noch Carmelita und Jerome.«

»Ich rede nicht von der Hausarbeit. Ich rede davon, daß du dich um Daddy kümmern mußt.«

»Daddys müssen sich um ihre Töchter kümmern, nicht umgekehrt«, flötete sie. »Hab viel Spaß auf deinem Boot, Olivia, und erzähl mir alles, wenn du zurückkommst.«

Sie umarmte mich und stürmte dann mit Arnold auf die Tanzfläche.

»Bist du soweit?« fragte Samuel.

»Ja. Ich möchte mich nur noch von meinem Vater verabschieden«, sagte ich und sah hinter Belinda her. Sie machte gerade Nelson schöne Augen. Ich sah, wie er ein Lächeln verbarg.

Ich eiste Daddy von seinen Gesprächspartnern los, um ihm zu sagen, daß wir jetzt aufbrechen würden.

»Du hast heute in der Kirche unglaublich schön ausgesehen, Olivia. Deine Mutter wäre stolz auf dich gewesen«, sagte er.

»Danke, Daddy.«

»Ich wünsche dir wunderbare Flitterwochen, und mach dir wegen uns hier bloß keine Sorgen, ja? Ich komme klar, und im Geschäft wird auch alles gut laufen.«

»Das hoffe ich, Daddy«, sagte ich und warf noch einmal einen Blick auf Belinda. Sie trank zuviel Champagner, und ich machte Daddy darauf aufmerksam.

»Es wird schon alles gutgehen«, versicherte mir Daddy. »Ich werde sie im Auge behalten«, murmelte er.

Wir umarmten einander, und dann reichte ich Samuel meine Hand. Wir winkten allen zum Abschied und verließen den Empfang. Die Limousine brachte uns zum Kai, wo wir bereits von unserer Yacht und der Mannschaft erwartet wurden.

»Ich finde diese Idee zunehmend besser, Olivia«, sagte Samuel, als wir an Bord gingen und zu unserer Kabine geführt wurden. »Nach einem solchen Empfang tut es gut, allein zu sein und nichts als das Meer um sich zu haben, was?«

»Ja, Samuel«, sagte ich. Ich hielt es tatsächlich für eine gute Idee.

»Wir wollen uns schnell umziehen, und dann können wir aufs Achterdeck gehen und beobachten, wie die Küste hinter uns aus der Sicht verschwindet«, schlug er vor und begann sich aus seinem Smoking zu schälen. Er wollte sich in meiner Gegenwart ausziehen und erwartete dasselbe von mir, aber soweit war ich noch nicht. Ich fand die Dinge, die ich tragen wollte, und ging damit ins Bad und zog mich um. »Das gefällt mir«, sagte er, als ich wieder herauskam. »Sittsamkeit verleiht unserer bevorstehenden Intimität etwas ganz Besonderes«, behauptete er. Dann lächelte er. »Von jetzt an, meine liebe Olivia, werden wir beide nichts mehr voreinander zu verbergen haben, am allerwenigsten unsere Körper.«

Ich bemühte mich, ebenfalls zu lächeln, aber mein Herz klopfte zu schnell und zu laut. Vielleicht hatte Belinda recht; vielleicht war man besser dran, wenn man sich auf einen solchen

Tag vorbereitete. Samuel nahm mich an der Hand und führte mich aufs Deck. Dort setzten wir uns und wurden von einem Mitglied der Mannschaft bedient, während wir die Küste immer weiter hinter uns ließen, als wir aufs Meer und in ein wahrhaft neues Leben aufbrachen.

Wir tranken ein Glas Wein und beobachteten den Sonnenuntergang.

»Bist du müde?« fragte Samuel.

»Ja. Es ist ein ziemlich anstrengender Tag gewesen.«

»Ein aufregender Tag. Ich bin sehr, sehr glücklich, Olivia. Ich verspreche dir, ein guter Ehemann und Vater zu sein.« Er lachte. »Außerdem weiß ich, daß du mir gehörig Bescheid geben wirst, wenn ich auch nur einen Schritt davon abweiche.«

»Was auch immer du tust, du solltest es tun, weil du es so willst, Samuel, und nicht etwa, weil ich wütend werden könnte.«

»Natürlich«, sagte er und beugte sich vor, um mich auf die Wange zu küssen. »Sollen wir jetzt ins Bett gehen, meine geliebte Mrs. Logan?«

Ich holte tief Atem, blickte zu dem ersten sichtbaren Stern auf und nickte. Wir gingen nach unten in unsere Kabine. Sowie wir dort eingetreten waren, wandte sich Samuel zu mir um und küßte mich auf die Lippen. Dabei hatte er seine Arme um meine Taille geschlungen. Er hielt mich so lange fest, daß ich protestieren mußte, weil ich keine Luft bekam.

»Tut mir leid«, sagte er. »Es liegt nur daran, daß ich so aufgeregt bin. Auf diesen Tag habe ich lange gewartet.«

»Lange? Das kannst du doch nicht im Ernst behaupten, Samuel. Sieh dir nur an, wie Nelson Childs auf seine Hochzeit und die Flitterwochen wartet.«

»Oh«, sagte er lachend. »Nelson hat seine Flitterwochen bereits hinter sich, das kann ich dir versichern. Du wolltest immer, daß wir warten, und jetzt ist die Warterei endlich vorbei. Soll ich dir helfen?« fragte er und legte die Finger auf die Knöpfe meiner Bluse.

»Nein, das kann ich selbst«, sagte ich eilig. »Laß uns das Licht ausschalten«, fügte ich hinzu. Er lachte und schaltete die Lampen aus, ehe er seinen Pullover auszog. Sogar im Dunkeln kehrte ich ihm den Rücken zu, als ich mich auszuziehen begann, und meine Finger zitterten derart, daß ich schon glaubte, es wäre vielleicht doch eine gute Idee gewesen, mir von ihm helfen zu lassen. Vielleicht hätte das alles erleichtert. Ja, schloß ich. Ich zog die Bettdecke zurück und legte mich, immer noch angezogen, hin. Samuel hatte nur noch seine Unterhose an.

»Was tust du da?« fragte er, als er neben mir ins Bett kroch, und mir fiel auf, daß ich immer noch angezogen war.

»Ich warte auf dich. Ich habe es mir anders überlegt«, sagte ich. »Zieh mich aus«, befahl ich, als sei er mein Diener.

»Mit dem größten Vergnügen«, sagte er. Ich hielt die Augen geschlossen, als er den Reißverschluß meines Rockes aufzog und ihn an meinen Beinen hinuntergleiten ließ. Ich öffnete die Augen erst, als ich nackt war und er sich schwer atmend an mich preßte und sein Mund meine Brüste mit Küssen liebkoste. Er stöhnte und nagte sachte an mir, und als sein Mund tiefer auf meinem Bauch hinunterglitt, keuchte ich. In meinem Innern kam eine Erregung auf, die ich mir bisher nur ausgemalt hatte.

»Olivia«, sagte er. »Meine ganz persönliche Mrs. Logan.«

Er war zwischen meinen Beinen, und seine steife Härte pochte an mich und glitt dann in mich hinein. Ich bemühte mich, meine Schreie zu schlucken. Es tat wirklich weh, aber ich fürchtete, es zu zeigen. Das war auch nicht nötig. Er wußte es ohnehin.

»Wie ich schon erwartet hatte«, sagte er. »Eine Jungfrau. Ich danke dir dafür, daß du dich für mich aufgespart hast«, fügte er hinzu, als hätte ich ihn seit dem Zeitpunkt meiner Reife gekannt und ihm einen lächerlichen Liebesschwur abgelegt. Er lachte und bewegte sich heftiger, schneller, so wild, daß das Kopfende des Bettes an die Wand klapperte.

»Samuel«, rief ich aus, »die Mannschaft.«

»Die haben Besseres zu tun, als ihre Ohren an die Wände zu

pressen. Mach dir keine Sorgen. Ich bin sicher, daß sie das alle längst hinter sich haben. Sie wissen ganz genau, was sich in einer Hochzeitsnacht abspielt.«

Männer, dachte ich, konnten selbst in diesem Moment so unsensibel sein, selbst dann, wenn es um etwas ging, was als eines der herausragendsten Ereignisse im Leben einer Frau galt. Der Schmerz setzte sich fort und siegte gegen die Lust, aber ich unterdrückte all das mit fest geschlossenen Augen. Mein ganzer Körper war wie eine geballte Faust.

»Entspann dich, Mrs. Logan«, summte Samuel. »Entspann dich, und hab deinen Spaß daran. Es kann nur besser werden«, sagte er.

Als er seinen Erguß gehabt hatte, drehte er sich um, lag keuchend neben mir, und seine Brust hob und senkte sich.

»So schön«, murmelte er. »So schön.«

Ich rollte mich zusammen und zog die Decke höher an mein Kinn. Dann spürte ich seine Hand in meinem Kreuz.

»Ist alles in Ordnung mit dir, Mrs. Logan?«

»Ja. Ich bin nur sehr müde«, sagte ich.

»Ich auch. Die Ehe«, behauptete er lachend, »ist anstrengender, als ich geglaubt habe.«

Wir schwiegen beide eine Zeitlang.

»Hör nur, wie das Wasser an den Rumpf schwappt«, sagte Samuel. »Ist das nicht ein hinreißendes Schlaflied, Olivia?«

»Doch.«

Das Boot schnitt sich durch das Wasser und schnitt mich von der alten Welt ab, die ich gekannt hatte. Es setzte mich einer neuen Welt aus. Was für eine Reise hatte ich angetreten, fragte ich mich. Als ich einschlief, träumte ich, ich hätte das Steuer übernommen und führte das Schiff durch die purpurne Nacht. Niemand sonst war an Bord. Ich glaubte, Belindas albernes Gelächter aus der Dunkelheit zu hören, und dann schien Mutter in weiter Ferne zu singen. Ich steuerte das Boot in ihre Richtung, aber dort war niemand. Es wurde sogar noch dunkler. Das Boot schlingerte und paßte sich dem Wellengang an. Vor mir sah ich ein kleines Licht. Als ich darauf zusteuerte, wurde es größer und leuchtete heller, und schon bald darauf wurde es zu Nelson Childs Lächeln. Ich segelte durch ihn hindurch, als sei er ein Geist, und dann drehte ich mich rasend um und sah, wie er hinter mir schrumpfte und verschwand.

Vor mir lag nur noch mehr Dunkelheit.

11
Die Flitterwochen sind vorbei

Als ich noch ganz klein war, nicht einmal sieben Jahre alt, glaube ich, war ich der festen Überzeugung, meine Eltern seien ihr ganzes Leben lang zusammen gewesen. Natürlich hatte ich Fotos von ihnen als Kinder gesehen, und auch Bilder von ihnen mit ihren eigenen Eltern waren mir vertraut, aber nichts von alledem schien mir wahr zu sein. Ich erinnere mich noch, daß ich glaubte, Familienalben und alte Fotografien seien wie Kinderbücher, Märchen und Legenden. Wie konnten meine Eltern vor dem Leben, das ich kannte, ein anderes Leben geführt haben? Sie waren schon immer hier gewesen, unsterblich, in der Zeit erstarrt, auf ewig jung. Daddy war schon immer Daddy gewesen, streng und stark; seine schweren Schritte hallten laut auf der Treppe, und sein Gelächter war volltönend, so maskulin. Mutter war schon immer Mutter gewesen, zierlich und zart; sie lächelte ständig, roch nach Parfum, trug farbenfrohe Kleider, und ihre Schritte waren so leicht wie ihr Lachen, so feminin.

Erst als ich wesentlich älter war, begann ich mich zu fragen, wie Mutters erster Tag ihres neuen Lebens wohl verlaufen war, ihres Lebens mit Daddy. Hatte sie ihr eigenes Haus aufgeregt betreten und es kaum erwarten können, jeden Aspekt ihrer neuen Identität zu erkunden, als sie aus ihren Flitterwochen zurückgekehrt war? Oder hatte ihr davor gegraut, sie könnte eine katastrophal falsche Entscheidung getroffen haben?

Daddy hatte sie nicht über die Schwelle getragen, soviel weiß ich. Sie hatte ihn immer wieder damit geneckt, daß er es nicht getan hatte. Belinda und ich bekamen oft zu hören, er sei statt dessen vollauf damit beschäftigt gewesen, seinen Dienstboten

Anweisungen zu erteilen und das Ausladen des Gepäcks zu überwachen. Ich war sicher, daß sie das Haus als erste betreten, dagestanden und sich gedacht hatte: Das also ist meine neue Welt, in guten wie in schlechten Zeiten. Hier bin ich jetzt. Ich fragte mich, ob sie wohl den Drang verspürt hatte, kehrtzumachen und fortzulaufen.

Samuel erbot sich, mich über die Schwelle zu tragen, aber ich lehnte sein Angebot ab.

»Das ist ein alberner Brauch. Ich finde ihn unsinnig«, sagte ich und stieß ihn von mir.

»Behaupte später niemals, ich hätte es dir nicht angeboten«, bemerkte er und trat zur Seite, damit ich unser neues Haus betreten konnte.

Tatsächlich hätte ich in dem Moment Beistand gebrauchen können. Wir hatten, wie es der Wetterbericht vorhergesagt hatte, blendende Segelbedingungen in unseren Flitterwochen, und wir unternahmen alles, was Samuel für die Reise geplant hatte. Wir liefen in Häfen ein und gingen in elegante Restaurants, doch ich kehrte keineswegs erfrischt und überschwenglich zurück, sondern mußte feststellen, daß ich mich ermattet fühlte und fix und fertig war. Wir hatten uns mehrfach geliebt, und es stimmte schon, daß es mit der Zeit angenehmer für mich geworden war, aber er schien es immer weitaus mehr zu genießen als ich, und das störte mich. Am letzten Tag unserer Flitterwochen setzte meine Periode ein. Es kam unerwartet, aber ich war nie so regelmäßig wie die meisten Frauen. Als ich es ihm mitteilte, sagte er augenblicklich, ich solle mir nichts daraus machen. Es störte mich überhaupt nicht, und ich klagte auch nicht. In der Tat war ich sogar erleichtert, aber ich ließ ihn so fürsorglich sein, wie er wollte.

Natürlich hatte ich genaue Vorstellungen davon, wie unser Haus aussehen sollte. Samuel erhob gegen keinen meiner Vorschläge Einwände, selbst dann nicht, als ich auf getrennten Schlafzimmern beharrte. Er gab sich mit einer Verbindungstür zwischen unseren Zimmern zufrieden.

»Jedesmal, wenn ich zu dir komme, wird es uns wie ein romantisches Abenteuer erscheinen, Olivia«, sagte er, als wir zum ersten Mal die Pläne des Architekten betrachteten, in denen meine Vorschläge berücksichtigt waren. »Ich werde leise anklopfen, und dann kannst du fragen: Wer ist da? Wir werden so tun, als träfen wir uns heimlich.«

»Ich finde, wir sind beide zu alt für solche Spielchen und Albernheiten, Samuel.«

»Oh, wenn es um diese Dinge geht, ist man nie zu alt, Olivia. Du kannst die Lichter ausgeschaltet lassen, wenn du magst, und ich werde so tun, als sei ich ein gutaussehender Fremder, der im Vorübergehen Licht in deinem Fenster bemerkt und dich dann hinausschauen sehen hat«, sagte er mit einem Lächeln.

»Das ist ja lachhaft«, sagte ich, doch ich spürte tatsächlich, wie die Bilder, die vor meinen Augen vorüberhuschten, mein Herz flattern ließen, vor allem eine Phantasie, die sich um Nelson Childs drehte. In meinem Tagtraum hatte ihm Samuel von unseren kleinen Spielchen erzählt, und er kam in mein Haus, wenn Samuel weg war. Er klopfte an diese Verbindungstür, und ich schaltete das Licht aus, und erst, als er dicht neben meinem Bett stand, wußte ich, daß es Nelson und nicht Samuel war. Ich spürte, wie mich diese Illusion erröten ließ. Samuel lachte, und sein Lachen holte mich schlagartig in die Realität zurück. »Erlaubst du dir einen Scherz mit mir, Samuel?«

»Nein. Nun ja, es mag schon sein, daß ich dich necken möchte, aber liebende Ehemänner necken ihre Frauen, Olivia.«

»Nicht in diesem Haus und nicht in dieser Ehe«, kündigte ich an. Er lachte wieder, doch dann sah er die Entschlossenheit in meinen Augen und wurde ernst.

»Also, dann benehmen wir uns eben so, wie du es wünschst, ehrenhaft bis ins Innerste. Sogar dann, wenn wir uns lieben«, sagte er. Er wußte, wie sehr mich dieser Ausdruck aufbrachte. Was für eine lächerliche Formulierung: Liebe machen, als sei Liebe etwas, was der Lust entsprang.

Ich sorgte dafür, daß an der Verbindungstür ein Schloß angebracht wurde, und obwohl es nie ausgesprochen wurde, war unmißverständlich klar, daß mir seine Besuche nicht genehm waren, wenn ich abschloß. Ich hatte bereits entschieden, häufig abzuschließen.

»Du kannst sicher sein, daß ich die Tür niemals von meiner Seite abschließen werde, Olivia«, scherzte er.

»Und du kannst sicher sein, daß ich dein Zimmer niemals zu einem anderen Zweck betreten werde als dem, etwas ungestört mit dir zu besprechen, Samuel. Ich bin in der Hinsicht nicht aggressiv«, hob ich hervor. Er lächelte.

»Ganz im Gegensatz zu deiner Schwester«, erwiderte er.

»Was weißt du über Belinda?« erkundigte ich mich schroff.

»Nur das, was dein Vater mir erzählt hat, mir anvertraut hat«, sagte er eilig. Dann lächelte er. »Ich kann verstehen, warum Männer dankbar sind, wenn ihre Frauen Söhne zur Welt bringen.«

»Belinda kann jeden dazu bringen, so zu fühlen«, stimmte ich ihm zu.

Sowie wir uns nach unseren Flitterwochen eingerichtet hatten, beschloß ich, meinen Vater zu besuchen, um zu sehen, wie er ohne mich zurechtkam. In gewisser Weise hoffte ich, der gesamte Haushalt sei zusammengebrochen und ohne mich klappte nichts. Ich wünschte mir, es sei absolut notwendig gewesen, daß ich das Personal und die Mahlzeiten überwachte. Mein Ego lechzte danach, aber das, was ich vorfand, brach mir das Herz, statt mich aufzurichten.

Als ich am hellen Nachmittag dort eintraf, lag das Haus im Dunkeln. Sämtliche Vorhänge waren noch zugezogen. Ich hatte meinen Hausschlüssel behalten, und daher trat ich einfach ein. Weder in der Eingangshalle noch in einem der Zimmer brannte Licht. Es war so still, daß ich schon glaubte, es sei niemand zu Hause, nicht einmal Carmelita. Einen Moment lang blieb ich stehen und lauschte, da ich hoffte, eine menschliche Stimme zu hören, aber sogar von Belindas albernem Geschwätz war nichts zu vernehmen. Ich blickte die dunkle Treppe hinauf und begab mich dann in Daddys Arbeitszimmer.

Im ersten Augenblick glaubte ich, er sei nicht da. Auch hier war es dunkel, die Vorhänge zugezogen, kein Licht angeschaltet. Ich wollte gerade kehrtmachen und die Treppe hinaufsteigen, um nachzusehen, ob Belinda in ihrem Zimmer war, als ich ein leises Stöhnen hörte und einen Schritt weiter in das Arbeitszimmer hineintat. Ich sah, daß Daddy auf dem Ledersessel eingeschlafen war, in sich zusammengesackt, der Kopf auf der rechten Schulter, und die Arme baumelten über die Lehnen. Neben dem Stuhl standen eine offene Whiskeyflasche und ein Glas mit mindestens zwei Finger breit Bourbon auf dem Fußboden.

Ich schaltete die Leselampe über dem Schreibtisch an, und das Licht, in das Daddy getaucht wurde, zeigte deutlich, daß er sich schon seit Tagen nicht mehr rasiert hatte. Sein weißes Hemd stand am Kragen offen und war mit Speiseresten und verschüttetem Whiskey bekleckert. Sein Haar sah aus, als hätte er es stundenlang gerauft. Er ächzte, fuhr sich mit der Zunge über die Lippen und nahm dann auf dem Stuhl eine andere Haltung ein.

»Daddy?« sagte ich.

Er verzog das Gesicht, als bereitete ihm dieses Wort Schmerzen, aber er öffnete die Augen nicht.

»Daddy?« Ich packte seinen Arm und schüttelte ihn. Seine Lider flatterten und öffneten sich dann, als er mich mit weit aufgerissenen Augen ansah.

»Was ist?« Er wollte sich hastig aufrichten, hielt jedoch in der Bewegung inne, als bereitete sie ihm große Schmerzen. Erst in dem Moment sah ich den Riß im Ellbogen seines linken Ärmels und das getrocknete Blut auf seiner Haut. Mein Blick glitt auf seine Hose, und ich sah die Schlammflecken und einen Riß über dem rechten Knie.

Er richtete sich auf.

»Olivia? Du bist zu Hause? Ich meine, du bist zurückgekommen? Welchen Tag haben wir heute?« Er rieb sich mit seinen trockenen Handflächen heftig die Wangen und feuchtete sich die Lippen an.

»Was ist passiert, Daddy? Was ist dir zugestoßen?« fragte ich zärtlich. War er in eine Schlägerei verwickelt worden? fragte ich mich.

»Passiert?«

»Deine Kleidung ist zerrissen, und du hast dich verletzt.«

»Ach, das«, sagte er und blinzelte mehrfach schnell hintereinander, um sich zu konzentrieren. »Ich hatte draußen hinter dem Haus einen kleinen Unfall. Es ist nichts weiter. Sieht schlimmer aus, als es ist.«

»Was für einen Unfall?«

»Ich bin über einen Baumstumpf gestolpert. Es war dunkel.«

»Was hattest du im Dunkeln draußen hinter dem Haus zu suchen? Was geht hier vor? Wo ist Belinda?« Ich warf ihm die Fragen so schnell an den Kopf, daß er nur ein einziges Wort hörte.

»Belinda?« Er fuhr sich mit der rechten Hand durch das Haar. »Ist sie nicht hier?«

»Ich weiß es nicht. Ich bin gerade erst gekommen und habe noch nicht oben nachgesehen. Was hattest du im Dunkeln draußen zu suchen, Daddy?« wiederholte ich.

»Was ich dort getan habe?« sagte er und zwang sich zu einem Lächeln. Es wirkte, als sei sein Gesicht zu Glas geworden, und das Verziehen der Lippen durchzog seine Wangen mit Sprüngen. All die kleinen Äderchen waren an die Oberfläche gekommen. »Ich wollte nur ... einen Spaziergang machen, genüßlich frische Luft schnappen. Deine Mutter und ich haben das häufig getan. Wir haben draußen hinter dem Haus gesessen und auf das Meer und die Sterne geschaut, aber der Himmel war bedeckt, und ich habe nicht aufgepaßt und mich nicht genau genug umgesehen.«

»Du siehst aus, als sei es ein schlimmer Sturz gewesen, Daddy. Es macht eher den Eindruck, als seist du gerannt, nicht spazierengegangen«, sagte ich und kniff argwöhnisch die Augen zusammen.

Er sah mir in die Augen.

»Was ist in Wirklichkeit passiert, Daddy?« fragte ich. Lügen zwischen uns waren wie Fische auf dem Trockenen. Ihr Leben war kurz und qualvoll.

»Dir kann ich nichts vormachen, stimmt's, Olivia? Dir konnte ich nie etwas vormachen«, sagte er. Seine Lippen zitterten; sein ganzes Gesicht bebte und erweckte den Eindruck, als würde es wirklich zerspringen wie Porzellan.

»Was ist passiert, Daddy? Was ist hier vorgegangen? Hat es etwas mit Belinda zu tun?«

Er schüttelte den Kopf und sah sich einen Moment lang panisch um. Seine Lippen bewegten sich, aber kein Laut kam hervor. Dann streckte er die Hand aus und schloß sie um den Hals seiner Bourbonflasche. Er führte sie an die Lippen und trank einen großen Schluck. Es war, als stellten der Geschmack und die Glut des Whiskeys in seiner Kehle sein Sprechvermögen wieder her.

»Ich habe seine Stimme gehört«, flüsterte er. Er beugte sich zu mir vor, mit wilden, weit aufgerissenen Augen. »Ich habe ihn weinen hören, Olivia.«

»Was?« Ich schlug mir die Hände auf die Kehle und wich einen Schritt zurück. »Wessen Stimme?«

»Psst«, sagte er und sah sich nach der Tür um. »Sie weiß nichts davon.«

»Wer?«

»Carmelita, aber manchmal sieht sie mich mit diesen anklagenden Augen an, Olivia«, sagte er kopfschüttelnd. »Ich glaube, sie hört ihn auch, und sie will wissen, was es damit auf sich hat. Gestern hat sie mir erzählt, daß sie mit dem Gedanken spielt, zu ihrer Schwester in New Haven zu ziehen. Jerome hat bereits gekündigt. Er geht nächsten Dienstag. Nach Florida, sagt er. Er behauptet, es sei nur wegen des Wetters, aber ich weiß, woran es in

Wirklichkeit liegt. Es liegt alles nur daran, daß sie es wissen«, fügte Daddy nickend hinzu. Dann trank er noch einen Schluck Whiskey und schloß die Augen.

Mein Herz pochte heftig. Ich hatte das Gefühl, meine Rippen schlügen aneinander. Ich holte tief Atem. Ich wußte genau, wovon Daddy sprach, aber ich mußte die Worte aus seinem eigenen Mund hören.

»Wessen Stimme hast du dort draußen gehört, Daddy? Wer weint?«

Er öffnete die Augen, blickte jedoch starr zur Decke auf.

»Ihr Kleiner, der Namenlose. Ich habe ihn wie einen Haufen Samen eingepflanzt. Deiner Mutter hat es immer zugesetzt, Olivia. Sie hat oft am Fenster gestanden, hinausgeschaut und an ihn gedacht. Dir und Belinda gegenüber hat sie nie ein Wort geäußert, aber manchmal ist sie nachts plötzlich aufgewacht, und dann hat sie leise geschluchzt. Ich brauchte nicht zu fragen, warum. Ich habe dasselbe Weinen gehört und es ignoriert.«

»Du hörst überhaupt nichts, Daddy. Es ist alles nur Einbildung, vielleicht deshalb, weil du zuviel trinkst«, sagte ich.

»Nein«, beharrte er.

»Schon gut, Daddy. Schon gut. Du solltest nach oben gehen und eine Weile schlafen. Ich sehe nach, ob Belinda zu Hause ist. Warst du während meiner Abwesenheit im Büro?«

»Ich weiß es nicht«, sagte er. »Ich glaube, einmal war ich dort. Die Zeit scheint im Flug vergangen zu sein. Deine Flitterwochen sind schon vorüber?«

»Ja, Daddy.«

»Hm. Wo steckt Samuel?«

»Er ist bei seinem Vater zu Besuch. Ich hatte gehofft, ich könnte heute abend mit dir essen gehen, Daddy. Mit dir und Belinda.«

»Oh, das ist eine reizende Idee. Ich mache mich nur schnell frisch und schlafe ein Weilchen, und dann treffen wir dich und Samuel«, sagte er.

»Du hast einen sehr üblen Sturz hinter dir, Daddy.«

»Was? Ach so, ja, ich glaube, ich bin über einen Felsen gestolpert und ein Stück den Hang hinuntergerollt.«

»Den Hang? Du meinst, du wärest fast zu den Felsen hinabgestürzt?«

»Oh ... nein«, sagte er. »Es ist nichts weiter.« Er wollte sich vom Sessel erheben. Ich konnte sehen, daß die Verletzung an seinem Bein ernster war, als ihm bewußt war. Das Laufen verursachte ihm große Schmerzen.

»Vielleicht sollte der Arzt einen Blick darauf werfen, Daddy?«

»Nein, nein«, sagte er eilig. »Das wird schon wieder gut. Ich mache mich nur frisch und ruhe mich ein Weilchen aus.«

»Weiß Belinda, daß du gestürzt bist?« fragte ich.

»Belinda?« Er starrte vor sich hin und dachte nach. »Oh, jetzt fällt es mir wieder ein. Ich glaube, sie war bei einer ihrer Freundinnen. Ich glaube, sie sind irgendwo hingefahren.«

»Wann?«

Er kratzte sich den Kopf.

»Es scheint, als sei sie gleich nach deiner Hochzeit gegangen.«

»Und seitdem ist sie nicht zurückgekommen?«

»Ich bin nicht sicher«, sagte er.

»Oh, Daddy. Du weißt doch, daß du sie im Auge behalten mußt. Du hast es mir versprochen.«

Ich nahm seinen rechten Arm und führte ihn zur Tür. Es schien ihm Schmerzen zu bereiten, mit diesem Fuß aufzutreten.

»Bist du ganz sicher, daß du nicht heute noch zum Arzt gehen willst, Daddy?«

»Mir fehlt nichts. Das wird schon wieder gut«, sagte er. »Du brauchst mich nicht festzuhalten, Olivia.«

»Okay. Ich gehe jetzt nach oben und sehe nach, ob Belinda zurückgekommen ist«, sagte ich und lief vor ihm her.

Die Tür zu Belindas Schlafzimmer stand offen, und ein Zurückschlagen der Bettdecke und der Anblick des Zimmers zeigten mir deutlich, daß sie seit einer ganzen Weile nicht mehr hier gewesen war. Ich hörte Daddys Stimme im unteren Stockwerk und kehrte zur Treppe zurück. Carmelita stand mit ihm am Treppenaufgang.

»Sind Sie das, Miss Olivia?« fragte sie und blickte zu mir auf. »Ich wußte gar nicht, daß Sie nach Hause gekommen sind«, sagte sie.

»Ich bin gerade erst gekommen. Wissen Sie, wo meine Schwester steckt?«

»Ich habe sie schon seit Tagen nicht mehr gesehen«, sagte Carmelita.

Daddy mühte sich auf den Stufen ab und zog sich am Geländer hoch. Ich eilte nach unten, um ihm zu helfen, da er wacklig auf den Füßen war. Carmelita war direkt hinter ihm und hatte ihre rechte Handfläche gegen sein Kreuz gepreßt, um ihm Halt zu geben. Sie sah mich an und schüttelte den Kopf. Wir brachten ihn in sein Zimmer, und er ging ins Bad, um sich auszuziehen und seine Verletzungen zu waschen.

»Wie lange geht das jetzt schon so?« fragte ich sie.

»Er hat am Tag nach Ihrer Hochzeit damit begonnen. Miss Belinda ist abgereist, und er war allein. Mitten in der Nacht habe ich ihn draußen hinter dem Haus gehört und Jerome rausgeschickt, damit er nach ihm sieht.. Ihr Vater hatte zuviel getrunken. Jerome hat ihn zweimal ins Haus zurückgeholt. Er hat geheult und schreckliche Dinge vor sich hingefaselt. Aber beim dritten Mal ist es zu einer Auseinandersetzung gekommen. Daraufhin hat Jerome gekündigt.«

»Und Sie gehen auch, habe ich gehört?«

»Ja«, sagte sie. »Ich kann jetzt von der Sozialversicherung leben und würde meine alten Tage gern genießen. Meine Schwester, die letztes Jahr ihren Mann verloren hat, möchte, daß ich bei ihr einziehe.«

Ich starrte sie an, und sie schüttelte den Kopf.

»Es tut mir leid, Miss Olivia, aber seit Ihre Mutter nicht

mehr bei uns ist, ich meine, dies ist einfach kein fröhliches, heiteres Haus mehr. Ich bin sicher, daß Sie schnell jemand anderen finden werden; ich bleibe noch, so lange ich kann«, fügte sie hinzu.

»Danke. Wo ist Jerome?«

»Oh, der fährt in die Stadt, sowie er seine Arbeitszeit hinter sich gebracht hat, Miss Olivia. Jetzt wissen Sie, wo er sich rumtreibt. Ihr Vater erlaubt ihm ohnehin nicht mehr, auf dem Grundstück zu arbeiten. Er will nicht, daß er etwas anrührt ... keine Blumen, keine Sträucher, kein Stutzen, kein Graben. Wie Sie selbst sehen können«, sagte sie mit einer Kopfbewegung in Daddys Richtung, »ist es Ihrem Vater ziemlich schlecht ergangen, und er hat zuviel getrunken. Ich bin froh, daß Sie wieder zu Hause sind«, sagte sie.

»Ich werde mich um ihn kümmern«, sagte ich zu ihr. Sie nickte.

»Ich bin unten, falls Sie mich brauchen.«

»Danke, Carmelita.«

»Es tut mir leid, Miss Olivia. Ihre Mutter war das Herz und die Seele dieses Hauses. Seit sie fort ist ...«

»Danke, Carmelita«, sagte ich streng. Sie hatte sich klar genug ausgedrückt. Ich brauchte es nicht laufend wieder zu hören. Sie kniff die Lippen zusammen und verließ das Zimmer.

Ich klopfte an die Badezimmertür.

»Ist alles in Ordnung, Daddy?«

»Ja«, sagte er. »Mir fehlt nichts. Ich werde nur schnell duschen und mich ein Weilchen ausruhen, und dann könnt ihr beide mir alles über eure Hochzeitsreise erzählen.«

»Bist du sicher, Daddy?«

»Ja«, sagte er.

Ich sagte mir, ich sollte ins Büro gehen und nachsehen, wie schlimm die Dinge dort standen, vor allem, was unerledigt geblieben war. Als ich gerade zur Treppe ging, wurde die Haustür geöffnet. Zuerst drang ihr Lachen herein, und dann folgte Belinda in Begleitung eines fremden jungen Mannes. Er hatte einen Arm um ihre Taille geschlungen. Sie drehte sich zu ihm um, und die beiden küßten sich in der Tür. Dabei glitt die Hand des Mannes an Belindas Rücken hinunter, bis sie auf ihrem Hintern lag und er sie nahezu vom Boden hob. Sie quietschte vor Entzücken.

»Belinda?«

Sie löste sich von ihm und blickte zu mir auf, hob sofort eine Hand zu ihren Lippen, lächelte jedoch weiterhin.

»Hoppla«, sagte sie und dann: »Hick.« Sie hatte einen Schluckauf.

Der junge Mann wich zurück. Er trug ein Hemd mit gelben und weißen Streifen und hatte langes, fettiges Haar. Seine Jeans waren ausgebleicht, und zu meinem Erstaunen stellte ich fest, daß er barfuß war.

Belindas hellgrüne Bluse stand so weit offen, daß der größte Teil ihrer Brüste entblößt war. Sie trug keinen BH.

»Hallo, Olivia. Das ist meine Schwester Olivia«, erklärte sie. »Olivia, ich möchte dir gern Bryan vorstellen.«

»Ryan«, verbesserte sie der junge Mann.

»Ja, richtig. Ryan. Ryan, das ist meine ältere Schwester Olivia. Sie hat gerade geheiratet. Wie waren deine Flitterwochen, Olivia? War es stürmisch auf dem Meer?« fragte sie mit einem dünnen Lachen.

Ich funkelte finster auf sie herab. Sie schwankte, hielt mühsam an ihrem Lächeln fest und streckte dann eine Hand seitlich nach dem Türrahmen aus, um sich dort abzustützen. Ich wandte mich an den jungen Mann.

»Ich glaube, Sie sollten jetzt besser gehen«, sagte ich. Er schien augenblicklich nüchtern zu werden.

»Ja, klar. Ich wollte nur ... ich kann ohnehin nicht bleiben«, erklärte er. »Ich muß ...«

»Mich interessiert nicht, warum Sie glauben, nicht bleiben zu können. Gehen Sie jetzt bitte«, ordnete ich an.

Er nickte.

»Einen Moment mal«, setzte Belinda an. »Ich habe Bryan heute zum Abendessen eingeladen.«

»Ich heiße Ryan«, verbesserte er sie wieder und wich zurück. »Schon gut. Ich habe keinen Hunger. Nett, Sie kennengelernt zu haben«, fügte er mit einem Blick auf mich hinzu und verschwand schleunigst.

»He!« rief ihm Belinda hinterher. Sie drehte sich wieder zu mir um und sah mich erbost an. »Das ist gar nicht nett von dir, Olivia. Er bringt mich nach Hause, den ganzen weiten Weg von …« Sie zögerte. »Von weit weg eben, und das mindeste, was wir tun können …«

»Du bist betrunken, Belinda, und du bist seit meiner Abreise nicht mehr zu Hause gewesen. Wo warst du?«

»Bei Freunden«, sagte sie und stemmte die Arme in die Hüften. »Du bist jetzt verheiratet und lebst in deinem eigenen Haus, also komm nicht einfach her, um mich herumzukommandieren. Und ich bin nicht betrunken.« Sie hatte immer noch Schluckauf, als sie auf die Treppe zuwankte.

»Ich muß ins Büro gehen«, sagte ich. »Ich denke gar nicht daran, meine Zeit damit zu vergeuden, dich auszunüchtern und auf dich aufzupassen. Du hättest nämlich hier sein müssen, um nach Daddy zu sehen. Du bist eine selbstsüchtige und rücksichtslose Person, Belinda, und eines Tages wirst du erwachen und feststellen, daß du auf einer Insel des Wahnsinns gestrandet bist. Ich werde nicht zu deiner Rettung kommen, das verspreche ich dir«, sagte ich und lief an ihr vorbei.

Sie versuchte, etwas zu erwidern, aber ich knallte die Tür hinter mir zu, ehe sie auch nur ein Wort herausbrachte. Mein Gewissen sagte mir, sie könnte bei dem Versuch, ihr Zimmer zu erreichen, die Treppe hinunterstürzen, aber das war mir egal. Wenn es dazu kam, dann geschah es ihr nur recht. Als ich in meinen Wagen stieg und zum Büro fuhr, war ich so wutentbrannt, daß bestimmt Rauch aus meinen Ohren herauskam.

Was ich im Büro vorfand, bestätigte meinen schlimmsten Verdacht. Nicht nur, daß Daddy nicht dort gewesen war, um sich um unsere Angelegenheiten zu kümmern, sondern zudem hatte er auch keinen der Anrufe im Haus entgegengenommen und niemanden zurückgerufen. Etliche Kunden waren abgesprungen.

Ich machte mich sofort an die Arbeit, und soweit es mir in den wenigen Stunden, die ich dort verbrachte, möglich war, stellte ich einen Anschein von Ordnung wieder her. Samuel, der mich schon suchte, rief im Büro an.

»Ich hatte das Gefühl, dort könnte ich dich finden, als Carmelita mir gesagt hat, du hättest schon vor Stunden das Haus verlassen. Ich dachte, wir gehen nicht gleich wieder an die Arbeit, sondern warten bis morgen, Olivia«, klagte er, als er hörte, was ich hier tat.

»Der Luxus ist mir nicht vergönnt. Mein Vater hat zu viele Dinge schleifen lassen, Samuel. Ich komme erst sehr spät nach Hause.«

»Aber ... was ist mit unserem Abendessen? Ich habe die Reservierungen im Club vorgenommen. Wir sind dort verabredet.«

»Ich bin nicht allzu hungrig. Geh ohne mich hin, wenn du willst«, sagte ich.

»Das ist doch lächerlich. Gewiß kann all das noch einen weiteren Tag warten«, stöhnte er.

»Es ist das Beste, wenn du jetzt gleich weißt, daß ich nichts liegen lasse, Samuel. Wenn etwas getan werden muß, dann tue ich es«, sagte ich in einem Tonfall zu ihm, der die Worte tief in sein Gehirn einritzen würde.

»Ja, selbstverständlich«, murmelte er. »Vielleicht sollte ich rüberkommen und dir helfen«, fügte er ohne jede Begeisterung hinzu.

»Es gibt hier nichts für dich zu tun. Es würde länger dauern, dir alles erst zu erklären, Samuel. Ich bin sehr erbost«, sagte ich und berichtete ihm ein wenig über Belindas Benehmen, während wir fort waren.

»Ich verstehe«, sagte er.

»Es ist besser, wenn ich mich in die Arbeit vertiefe, um mich von meiner Wut abzulenken.«

»Also gut. Wenn das so ist, dann gehe ich in den Club und warte dort auf dich. Vielleicht wirst du ja doch noch rechtzeitig fertig und ...«

»Warte nicht auf mich. Wenn ich es schaffe, komme ich«, versprach ich ihm, aber ich wußte selbst, daß es ein leeres Versprechen war. Samuel nahm dieses Angebot eilig an. Er unterschied sich nicht allzusehr von vielen anderen Menschen, die ich kannte: Sie gaben sich zufrieden, solange sie sich etwas vormachen konnten, sich in dem Glauben an etwas wiegen konnten, wovon sie selbst wußten, daß es nicht dazu kommen würde oder daß es nicht der Wahrheit entsprach.

Es gab soviel zu tun, daß ich ganz und gar darin aufging und der Zeit überhaupt keine Beachtung schenkte. Als Samuel wieder anrief, war er bereits vom Club zurückgekommen.

»Ich hatte damit gerechnet, dich hier vorzufinden«, sagte er. »Ich kann einfach nicht glauben, daß du immer noch am Arbeiten bist, Olivia.«

Sogar ich war erstaunt über die Uhrzeit.

»Ich mache mich sofort auf den Heimweg, Samuel«, sagte ich.

»Alle im Club wollten wissen, wo du steckst. Als ich ihnen berichtet habe, du seist gleich ins Büro gegangen, waren sie alle beeindruckt«, sagte Samuel. Ich hörte aus seinem Tonfall heraus, daß »beeindruckt« nicht gerade der Reaktion der anderen entsprochen hatte.

»Ich sollte besser anrufen und sehen, wie es meinem Vater geht«, sagte ich, denn mir wurde jetzt erst klar, daß ich mich gar nicht mehr bei ihm gemeldet hatte. »Wir sehen uns dann gleich.«

Als ich bei Daddy anrief, läutete das Telefon endlos, bis Carmelita schließlich den Hörer abnahm.

»Oh, Miss Olivia. Ihr Vater? Ich habe ihn nicht gesehen, seit wir ihm nach oben geholfen haben. Er ist eingeschlafen und zum Abendessen nicht nach unten gekommen.«

»Was ist mit Belinda?« fragte ich.

»Kurz nachdem Sie gegangen sind, habe ich sie in der Küche gehört. Ich bin hingegangen, um etwas zum Essen für sie zu richten, und dann ist sie auch nach oben gegangen. Ich dachte, sie sei auch eingeschlafen, aber vor einer Stunde habe ich jemanden an der Tür gehört, und sie ist aus dem Haus gegangen.«

»In Ordnung, Carmelita. Rufen Sie mich an, wenn Sie meine Hilfe brauchen«, sagte ich und gab ihr meine Privatnummer. Samuel saß im Wohnzimmer und sah fern, als ich in unser neues Haus zurückkehrte. Er wollte alles über die Arbeiten wissen, die ich erledigt hatte, aber ich sagte ihm, ich sei zu müde, um es ihm jetzt zu schildern oder gar alles, was ich getan hatte, noch einmal zu wiederholen.

»Für den Moment muß es genügen, wenn ich dir sage, daß die angefallenen Arbeiten beträchtlich waren, Samuel, aber es gibt noch eine ganze Menge zu tun.«

»Tja«, sagte er, klatschte und rieb sich die Hände, »vom morgigen Tag an werde ich da sein, um dir zu helfen, Olivia. Ich werde den Druck von dir nehmen. Das ist ein Versprechen. Wir werden hier etwas Richtiges aufbauen.«

»Wir haben hier bereits etwas Richtiges aufgebaut, Samuel. Wir müssen nur sehen, wie wir es aufrechterhalten«, sagte ich trocken.

»Ja, sicher. Du hast vollkommen recht«, stimmte er mir zu.

Ich trank eine Tasse Tee und aß ein paar Scheiben Toast, und dann beschloß ich, sofort ins Bett zu gehen. Samuel blieb unten und sah fern. In den kommenden Tagen mußte ich Einstellungsgespräche führen und unser Personal auswählen, aber gleichzeitig auch sehen, ob ich Daddy wieder auf die Beine brachte. Ich brauchte meine gesamte Kraft. Ich erinnere mich noch, wie erschöpft ich war, und erst als mein Kopf schon auf dem Kissen lag und die Lichter ausgeschaltet waren, ging mir auf, daß ich heute die erste Nacht in meinem neuen Haus schlief.

In den darauffolgenden Tagen und Wochen machte ich mir zunehmend mehr Sorgen um Daddy. Er erschien zwar wieder zur Arbeit, aber ich konnte ihm deutlich ansehen, daß er immer noch zuviel trank. Demzufolge achtete er nicht besonders gut auf sich und erweckte gelegentlich den Eindruck, als hätte er in den Kleidungsstücken geschlafen, in denen er ins Büro kam. Mir fiel auf, daß er häufig Probleme mit der Konzentration hatte. Er brauchte eine Stunde, um Dinge zu lesen und zu überprüfen, die er gewöhnlich innerhalb von Minuten abgehandelt hätte. Außerdem begann er in meinen Augen wesentlich älter auszusehen. Sein Haar war grauer; die Falten in seinem Gesicht vertieften sich, und die einst so stramme, aufrechte Haltung fiel von ihm ab, bis er gebeugt und fast im Rumpf geknickt durch die Gegend schlurfte, als hätte sich seine Traurigkeit zu einem bleischweren Gewicht auf seinen Schultern verwandelt.

Es war zwecklos, ihn nach Belinda zu fragen. Da ich jetzt nicht mehr im Haus lebte und Daddy zerstreut war, wirkte sie wie ein Luftballon, den jemand losgelassen und dem Wind übergeben hat. Es war unmöglich, sie zu bändigen. Ihre Launen wehten sie unberechenbar von einem Ort zum anderen. Sie mied mich nach Kräften und war selten zu Hause, wenn ich zu Besuch kam, und falls sie doch da war, machte sie sich immer gerade zurecht, um jemanden zu treffen. Daddy war schlichtweg überfordert. Ich bemühte mich, ihm klarzumachen, was hier geschah.

»Sehr stabil ist sie ohnehin nie gewesen, Daddy, selbst dann nicht, als sie noch unter meiner und deiner Aufsicht stand. Da ich jetzt nicht mehr im Haus lebe, mußt du genauer darauf achten, was sie tut, wen sie trifft und wohin sie geht. Gib ihr nicht so viel Geld. Bring sie dazu, über ihre Zukunft nachzudenken.«

»Ich weiß, ich weiß«, sagte er dann. »Ich werde besser auf sie aufpassen«, versprach er mir, aber es war, als sei sein Verstand ein Magnet, der seine Kraft verloren hatte. Alles, was vorher an ihm gehaftet hatte, löste sich jetzt, glitt davon, trieb umher und purzelte aus seinem Gedächtnis und seinen Gedanken.

Samuel sah, was mit ihm vorging, und er versuchte tatsächlich, ihm zu helfen, das mußte man ihm lassen. Er besuchte Daddy fast so oft wie ich, wenn Daddy nicht im Büro erschien oder wenn ich zuviel zu tun hatte und mir nicht die Zeit nehmen konnte. Wenn er Belinda zufällig in einer Bar oder in einem Restaurant sah, bemühte er sich, sie nach Hause zu bringen oder sie davon abzuhalten, daß sie zuviel trank. Er wußte, wieviel es mir ausmachte, von anderen Leuten von Belindas letzten Heldentaten zu erfahren, und daher versuchte er, den Schlag abzuschwächen, indem er mich vorher informierte.

Trotz seiner großen Schwüre und Proklamationen, er würde an meiner Seite sein und gemeinsam mit mir unsere Firma aufbauen, war Samuel froh, wenn er das Büro verlassen konnte. Es dauerte nicht lange, bis er sich als unser Experte für Public Relations ausgab.

»Wir müssen unbedingt Umgang mit anderen Geschäftsleuten pflegen, Olivia, und du machst dir ohnehin nichts aus alledem, was du als oberflächlich und anspruchslos ansiehst. Darum werde ich mich kümmern«, versicherte er mir und brachte es auf Spesenabrechnungen, die das Vierfache all dessen überstiegen, was wir jemals dafür verbucht hatten. Diese Ausgaben rechtfertigte er immer mit der Behauptung, sie seien von der Steuer absetzbar oder sie brächten uns neue Kunden. Das war selten der Fall. Tatsächlich hatten manche Leute, die er im großen Stil einlud, wenig oder gar nichts mit unserer Branche zu tun, und wenn ich das hervorhob, sagte Samuel ja, das stimme schon, aber sie hätten Verbindungen zu Leuten, die für unser Geschäft wichtig seien.

Daddy mißbilligte Samuels Vorgehen nicht, manchmal begleitete er ihn sogar und schien seinen Spaß daran zu haben. Da es derzeit kaum noch etwas gab, was ihm Freude bereitete, hielt ich mich mit meiner Kritik zurück. Samuel dagegen schien die Grenzen seiner eigenen Fähigkeiten und Interessen sowie auch seines Konzentrationsvermögens zu erkennen und zu akzeptieren, und daher versuchte er gar nicht erst, mir die Verantwortungen, die ich übernommen hatte, streitig zu machen.

»Das fällt eher in Olivias Zuständigkeitsbereich«, sagte er in solchen Fällen. Wie sich bald herausstellte, fiel so gut wie alles, was echte Arbeit erforderte, in »Olivias Zuständigkeitsbereich«.

Dennoch fand ich, zumindest zu Beginn, einige von Samuels Unternehmungen sinnvoll. Wir wurden schnell zu den Lieblingen der besseren Gesellschaft mit deren endlosen Einladungen und wohltätigen Veranstaltungen, und wir standen ganz oben auf jeder Gästeliste. Samuel bestand darauf, daß ich mir eine elegantere Garderobe zulegte und kostbareren Schmuck kaufte. Die meisten Stücke suchte er für mich aus und ließ unser gemeinsames Konto damit belasten. Auch an seiner eigenen Garderobe sparte er nie.

Wir begannen, unsere eigenen eleganten Galadiners zu veranstalten, und durch Samuels gesellschaftliche Aktivitäten lernten wir einflußreichere Persönlichkeiten kennen, beispielsweise Politiker und Regierungsbeamte, von denen viele tatsächlich Einfluß auf unsere Geschäfte nehmen konnten.

Der gesellschaftliche Anlaß, dem ich mit der größten Spannung entgegensah, war natürlich Nelson Childs' Hochzeit. Es waren Monate vergangen, seit ich ihn das letzte Mal gesehen hatte. Er hatte sein Jurastudium abgeschlossen, war von der Anwaltskammer angenommen worden und arbeitete jetzt in der Firma seines Vaters. Sein Name war bereits in das Firmenschild vor der Kanzlei seines Vaters eingraviert, und jedesmal, wenn ich daran vorbeifuhr und es sah, setzte mein Herz einen Schlag aus. Es kam vor, daß ich absichtlich Umwege machte, um an diesem Schild vorbeizufahren. Hinterher schalt ich mich dafür aus und sagte mir, daß ich mich benahm wie ein Schulmädchen mit

Liebeskummer. Er war nicht mein Bewunderer; er würde demnächst eine andere Frau heiraten, und ich war mit einem anderen Mann verheiratet. Wie kam ich also dazu, mich so zu benehmen?

Alle, die zu Nelsons Hochzeit eingeladen waren, wußten, wie viele Vorbereitungen und Überlegungen in die Planung der Trauung und des Empfangs eingeflossen waren. Die Erwartungshaltung war groß. Daddy und Belinda waren selbstverständlich eingeladen, aber Belinda sagte mir, sie würde nicht hingehen. Darüber war ich keineswegs unglücklich. Anläßlich einer der wenigen Gelegenheiten in der letzten Zeit, bei denen ich sie zu Hause vorgefunden hatte, hatte sie mir ihren Entschluß mitgeteilt. Sie war in ihrem Zimmer und packte eine Tasche für einen Ausflug, den sie mit neuen Freunden unternehmen würde.

»Wer sind diese Leute?« erkundigte ich mich schroff.

»Neue Leute eben. Ich habe sie selbst gerade erst kennengelernt. Du würdest sie nicht mögen«, fügte sie eilig hinzu.

»Und warum das? Weil sie trinken und keine feste Arbeit haben?« warf ich ihr an den Kopf. Sie unterbrach sich beim Packen und stemmte die Arme in die Hüften.

»Nein, sondern weil sie lieber ihren Spaß haben, als zu arbeiten.«

»Brauchen sie nicht zu arbeiten? Was sind das für Leute? Verzogene Kinder reicher Leute, so wie du, oder Tagediebe?«

»Ich will nicht mit dir über sie reden, Olivia«, sagte sie mit Tränen in den Augen.

»Dann kommst du also nicht mit zu der Hochzeit?« fragte ich. Sie lächelte mich an.

»Nein, Olivia. Du kannst ihn ganz für dich allein haben.«

Ich spürte, wie die Röte in meinen Hals und mein Gesicht aufstieg. »Ich finde das gar nicht mehr komisch, Belinda. Schließlich war ich nicht mit ihm im Bootshaus. Das warst du.«

»Ja, aber du hast dir gewünscht, du wärest es«, konterte

sie. Es kam mir vor, als sei die Luft um uns herum zu heiß zum Atmen.

»Dein Mann weiß, was du für Nelson empfindest«, fuhr sie fort.

»Hast du Samuel gegenüber eine dumme Bemerkung gemacht?«

»Nein, aber er weiß es. Das merke ich.« Sie beschäftigte sich wieder mit dem Packen. »Ihr beide seid nicht gerade ein Herz und eine Seele, mit euren getrennten Betten und euren getrennten Schlafzimmern.«

»Das ist nicht deine Angelegenheit.«

»Nein«, sagte sie lachend. »Es ist nicht meine Angelegenheit, und ich bin froh darüber, aber vielleicht gibst du Samuel keine Chance, sich zu bewähren«, fuhr sie fort, ohne sich durch meine Wut daran hindern zu lassen. »Wenn du ihm eine Chance gäbest, würdest du vielleicht nicht mehr ganz so oft von Nelson Childs träumen.«

»Halt den Mund!«

»Ich sage ja nur, daß ich glaube, Samuel ist ... könnte ein guter Liebhaber sein. Ist er es nicht?«

»Ich denke gar nicht daran, dieses blödsinnige Gespräch fortzusetzen, aber ich warne dich: Falls du irgend jemandem auch nur ein Wort von diesem Quatsch erzählen solltest und ich es zu Ohren bekomme ...«

»Ich weiß, dann wirst du mich aus der Familie ausstoßen« sagte sie. »Mach dir keine Sorgen. Es ist mir nicht wichtig genug, um etwas auszuplaudern. Ich bin viel zu sehr damit beschäftigt, meinen Spaß zu haben.«

»Auf unsere Kosten. Willst du denn niemals etwas aus deinem Leben machen?« fragte ich sie.

»Ich glaube, ich bin schon dabei«, sagte sie. »Ich habe meinen Spaß.«

Ich ließ sie stehen und ging zu Daddy, um mich über sie zu beklagen. Er schüttelte einfach nur den Kopf.

»Sie wird bald ruhiger werden, Olivia«, murmelte er. »Du wirst es ja sehen.«

»Du machst dir selbst etwas vor, Daddy. Das ist noch schlimmer, als andere zu belügen.«

Er starrte mich ausdruckslos an. Er hatte erschreckend viel abgenommen und war derzeit so blaß und müde. Ich brachte es nicht übers Herz, ihm noch mehr wegen Belinda zuzusetzen. Soll sie sich doch selbst zerstören, dachte ich und schob jeden weiteren Gedanken an sie weit von mir.

Statt dessen wollte ich darüber nachdenken, was ich zu Nelson Childs' Hochzeit tragen würde und wie ich gern aussehen wollte. Nichts, was ich in meiner Garderobe fand, erschien mir gut genug. Ich brauchte etwas ganz Besonderes. In meinem Hinterkopf hoffte ich, Nelson würde einen Blick auf mich werfen und sich sagen, vielleicht hätte er tatsächlich seine Gelegenheit verpaßt. Er hätte eine attraktive und intelligente Partnerin haben können, eine perfekte Partnerin, jemanden, der ihm geholfen hätte, all das zu werden, wozu er fähig war, anstatt irgendein Mädchen aus der guten Gesellschaft zu heiraten, das sich doch nur auf Parties herumtrieb.

Mir fiel die Schneiderin wieder ein, zu der Mutter gegangen war, als sie für Belindas Schulabschlußfeier etwas ganz Besonderes haben wollte. Sie führte mir die neueste Mode vor und entwarf ein Kleid für mich. Als ich sah, was sie vorhatte, dachte ich unwillkürlich, Belinda würde grüne Tränen des Neids weinen, wenn sie dieses Kleid sah. Es war aus smaragdgrünem Chiffon mit Pailletten an den Seiten des V-Ausschnitts, der tief in den Spalt zwischen meinen Brüsten reichte, und Pailletten auf den Manschetten der Ärmel. Dazu passend hatte ich eine Kette aus tropfenförmigen Diamanten mit den dazugehörigen Ohrringen, und ich ging einkaufen, um ein Paar Schuhe zu finden, das meine Garderobe perfekt abrundete. Dann ließ ich mir eine modische Frisur machen und ging zur Maniküre in einen Kosmetiksalon, was ich bisher nie getan hatte.

»Als Gast auf einer Hochzeit triffst du ausgefeiltere Vorbereitungen als für deine eigene Hochzeit«, neckte mich Samuel. Er lächelte, aber ich fragte mich, was sich hinter diesen lachenden Augen verbarg. Viele Wahrheiten wurden im Scherz ausgesprochen, und wer wußte, was Belinda wirklich zu ihm gesagt hatte?

»Man sollte meinen, du seist stolz auf mich«, erwiderte ich und wandte den Blick ab.

»Oh, ja, das bin ich. Wieder einmal werden wir Nelson und Louise aus dem Rampenlicht verdrängen. Es wird noch dazu kommen, daß diese Frau dich haßt, Olivia.«

»Das glaube ich kaum«, sagte ich, doch tief in meinem Innern hoffte ich, er möge recht haben, aber nicht etwa, weil ich ihr auf ihrer Hochzeit die Schau stehlen, sondern weil ich Nelson Childs' Herz für mich gewinnen wollte.

12

Die Hochzeit ihrer Träume

Nelsons Trauung erschien mir weitaus eleganter als meine eigene, vielleicht weil nicht der Ausdruck des Erstaunens und sogar der Geringschätzung auf den Gesichtern vieler Gäste stand. Es herrschte eine gänzlich andere Atmosphäre, die Atmosphäre, die einer kirchlichen Trauung entsprach. Dazu kam noch, daß sämtliche Gäste sich verhielten, als heirateten zwei Königskinder. Das heißt, alle außer mir. Überall waren »Ohs« und »Ahs« zu hören, ob nun angesichts des roten Samtteppichs oder des Arrangements vielfarbiger Rosen in Form eines Bogens vor dem Altar. Als Nelson mit seinem Trauzeugen Samuel an der Seite seinen Platz einnahm, starrten ihn sämtliche Frauen, ob jung oder alt, mit solcher Ehrerbietung an, daß selbst ein zufälliger Beobachter geglaubt hätte, eine Hollywood-Berühmtheit sei vor den Altar getreten, um die ehelichen Gelübde abzulegen. Es herrschte tiefes Schweigen, und dann seufzten die jugendlichen Bewunderinnen nahezu simultan, als Nelson über die versammelten Gäste hinwegschaute und strahlend lächelte.

Ein Stromstoß durchzuckte das Publikum, nachdem die Musik eingesetzt hatte und Louise Branagan am Arm ihres Vaters durch den Mittelgang schritt. Es war unmöglich nicht zuzugeben, daß sie wunderschön aussah. Nicht ein einziges Haar war verrutscht, und ihr Brautkleid mit der langen Schleppe wirkte, als sei es wahrhaft für eine Prinzessin entworfen worden. Die siebenjährigen Zwillinge ihrer älteren Schwester, die mit ihren runden lächelnden Gesichtern und ihrer Pfirsichhaut wie Engel wirkten, trugen die Schleppe. Louise bewegte sich mit Anmut und trat selbstsicher auf. Ein kleines, aber glückseliges Lächeln stand auf ihren Lippen, und ihr Blick war auf Nelson gerichtet, der ihr fest in die Augen sah. Fast konnte ich die Erregung zwischen den beiden wahrnehmen. Sogar die kleinen Kinder im Publikum wirkten, als seien sie von Ehrfurcht ergriffen. In den Zuschauerreihen herrschte, bis auf ein unterdrücktes Husten, tiefe Stille, als Louise den Altar erreichte und ihr Vater zur Seite trat.

Der Geistliche begann.

Nelson und ich hätten jetzt dort oben stehen sollen, dachte ich. Ware ich doch nur nachdrücklicher gewesen an jenem Abend, an dem er und seine Eltern bei uns zum Essen eingeladen waren, einem Essen, das Daddy arrangiert hatte, um eine Beziehung zwischen Nelson und Belinda herzustellen. Wäre ich doch nur direkter gewesen und hätte seine Aufmerksamkeit gefesselt, ihn erst mit Worten und Ideen bezaubert und ihn dann mit meiner Sexualität erregt. Wochen später wären Nelson und ich im Bootshaus gewesen, nicht Nelson und Belinda. Anstelle dieser zügellosen und nutzlosen Ausschweifung, die zu nichts führte, hätten wir eine alles verzehrende Liebesbeziehung beginnen können, die in unser beider Herzen ein so heftiges Feuer entfacht hätte, daß es sich durch nichts löschen ließ und sich die Leidenschaft durch nichts anderes ersticken ließ als die Aussicht auf ein gemeinsames Leben.

Aber so war es uns nicht bestimmt. Irgendein launischer und heimtückischer Kobold hatte ihn dazu bewegt, mir den Rücken zu kehren, und dann hatte er Belinda vor Nelsons Augen geschwenkt, ihn geneckt und in Versuchung geführt, bis er dieser Lockung erlegen war. Dann, um der bitteren Pille, die ich zu schlucken hatte, den Zuckerguß zu geben, mußte auch noch ausgerechnet ich diejenige sein, die ihn dafür verdammte, diejenige, die die Rolle des Moralpredigers übernahm, die Stimme des Gewissens und des Anstands verkörperte, ihn in Verlegenheit brachte und ihm Angst einjagte. Er würde mich immer als eine Art Ungeheuer ansehen, fürchtete ich, als eine Autorität und eine Macht und nicht etwa als einen zärtlichen und liebevollen Menschen. Nie zuvor in meinem Leben hatte ich derart verabscheut, wie ich war, wie an jenem Nachmittag in der Kappelle, als ich zusah, wie Nelson Childs einer anderen Frau seine Schwüre der Liebe und Hingabe ablegte. Als sie die erforderlichen Worte sprach, bildete ich sie ebenfalls mit den Lippen, und als er die Worte sprach, schloß ich die Augen und träumte.

Die Orgel setzte wieder ein, und alle erhoben sich, als Nelson und die Frau, die jetzt Mrs. Nelson Childs war, durch den Gang schritten, Glückwünsche entgegennahmen, in Kameras lächelten, in Blitzlichter blinzelten, winkten und sich aneinanderklammerten, als sie an ihren ergebenen Untertanen vorbeikamen, ihren Gästen, die in das Paar vernarrt waren.

»War das nicht eine grandiose Trauung, Olivia?« fragte Samuel überschwenglich, als er an meine Seite zurückkehrte.

»Doch«, sagte ich eilig.

»Sie hat himmlisch ausgesehen, findest du nicht auch? Was für ein schönes Paar die beiden abgeben, die Lieblinge von Provincetown, was?«

»So weit würde ich nicht gehen, Samuel«, murmelte ich. »Laß dich nicht ganz so sehr mitreißen.«

Er lachte und wandte sich an Daddy. »Was meinst du, Winston?«

»Eine schöne Hochzeit. Wunderschön, ja, wirklich«, murmelte Daddy. Ich fragte mich, ob er bedauerte, daß nicht Belinda oder sogar ich vor dem Altar gestanden hatte. Er wirkte zerstreut und wurde von einigen seiner Geschäftspartner eilig fortgezogen.

Nelson und Louise stellten sich gemeinsam mit ihren Angehörigen für die Fotografen in Pose, während die Gäste zum Empfang vorausfuhren. Da Samuel Trauzeuge war, saßen wir auf dem Podest über der Tanzfläche. Ein komplettes Orchester war engagiert worden, um Bigband-Klänge zu spielen. Es gab auch eine Sängerin. Als die Gäste eintrudelten, setzte die Musik ein.

Die Baers und die Stevenses saßen ebenfalls auf dem Podest, da Ron Baer und Carl Stevens Juniorpartner in der Kanzlei von Nelsons Vater waren, einer Kanzlei, die sich zu einer der erfolgreichsten in Provincetown, wenn nicht gar im ganzen nördlichen Bereich des Kaps entwickelt hatte.

»Ich bin ganz begeistert davon, wie Sie Ihr Haus gestaltet haben«, sagte Janet Baer zu uns. Sie sah Samuel an, als hätte er alles ganz allein getan.

»Das, was Sie sehen, ist in erster Linie Olivias Werk«, erwiderte er eilig.

»Ach? Sie scheinen in jeder Hinsicht Expertin zu sein, Olivia«, sagte sie mit einem zuckersüßen Lächeln, das einem den Magen umzudrehen drohte, wie der Genuß von zuviel Süßigkeiten.

»Was stellt Ihre Schwester derzeit an?« fragte Tami Stevens. Ich sah den schnellen Blick, den sie Janet zuwarf, sowie sie die Frage gestellt hatte. Es war verletzend gemeint, und diese Verletzung war mir persönlich zugedacht. Ich konnte sehen, wie hämisch sie sich freute.

»Sie wartet«, sagte ich trocken.

Die beiden Frauen sahen mich aus verschleierten, verwirrten Augen an. »Sie wartet? Worauf wartet sie denn?« fragte Janet.

»Auf eine Entscheidung«, erwiderte ich. Keine von beiden lächelte. Samuel lachte laut.

»Möchtest du mit mir tanzen, Olivia?« fragte er und erhob sich.

»Ja, gern«, sagte ich und stand auf.

»Nun«, sagte er zu den anderen Ehemännern, »wir sind alle hier, um es uns gutgehen zu lassen. Werft euren juristischen Ballast ab.«

Nie hatte ich Samuels Humor mehr zu schätzen gewußt. Ich ließ mich von ihm auf die Tanzfläche ziehen und vergrub mein Gesicht an seiner Schulter, um mein Gelächter zu verbergen.

»Die beiden sind so hochnäsig, daß ihnen die Fliegen in den Mund fallen«, scherzte Samuel.

Ich lachte. Hinterher trank ich Champagner und tanzte dann wieder, und als die Kappelle eine Pause machte und die Sängerin ans Mikrofon trat, um das Eintreffen von Mr. und Mrs. Nelson Childs anzukündigen, stand ich gemeinsam mit allen anderen auf und blickte zur Tür. Nelson und Louise hatten ihren großen Auftritt und eilten unter tosendem Beifall zu ihren Plätzen an der Mitte des Tischs auf dem Podest. »Diese Ehe muß sich Amor ausgedacht haben«, schrie Janet Baer über das Getöse. »Die beiden sind das perfekte Paar.«

»Wie sagt man doch so schön? Eine Ehe, die im Himmel geschlossen worden ist? Das hier ist eine dieser Ehen«, verkündete Carl Stevens.

Sie nahmen ihre Plätze auf dem Podest ein, und Samuel erhob sich augenblicklich und schlug mit seiner Gabel an sein Glas. »Meine Damen und Herren, ich würde gern auf etwas anstoßen. Der erste Trinkspruch des Abends.«

Alle standen mit ihren Champagnergläsern auf, und Samuel wandte sich an Nelson und Louise. »Auf Mr. und Mrs. Nelson Childs. Mögen sie so glücklich werden, wie Olivia und ich es sind.«

Ich hörte jemanden hinter mir hämisch kichern, aber sofort ertönte ein lautes »Hört, hört«, und alle tranken einen Schluck von ihrem Champagner. Die Musik setzte wieder ein, und das Festmahl begann.

»Wo werden Sie Ihre Flitterwochen verbringen?« fragte Janet Nelson. Er sah Samuel und mich an.

»Tja, im Gegensatz zu den glücklich verheirateten Logans fahren wir nicht aufs Meer hinaus. Wir fahren in die Berge, nach Aspen. Louise liebt das Wandern und hat vor, mich auf die eine oder andere Art zu ermatten.«

Er zwinkerte mir zu, und dann begannen wir alle zu essen. Hinterher, als Samuel aufgestanden war, um sich mit jemandem am Ende des Tisches zu unterhalten, beugte sich Nelson zu mir vor und flüsterte.

»Hat er recht gehabt, Olivia? Sollte ich hoffen, daß ich so glücklich werde wie ihr beide?« fragte er.

»Ich möchte doch hoffen, daß du dich immer bemühst, alles besser zu machen, Nelson«, sagte ich.

Er lachte stumm in sich hinein und wandte sich dann ab, um mit Freunden anzustoßen. »Moment«, sagte er und streckte den Arm aus, um mir Champagner nachzuschenken. »Willst du nicht mit uns anstoßen?«

Ich tat es, und dann trank ich noch ein Glas. Tatsächlich trank ich auf Nelson Childs' Hochzeit mehr, als ich jemals zuvor irgendwo getrunken hatte, und plötzlich spürte ich, daß mir ganz schummerig war. Es wurde so schlimm, daß ich mich nicht mehr sicher auf den Füßen fühlte und daher das Tanzen bleiben ließ. Samuel fand es komisch, aber mir war das Gefühl verhaßt, ich könnte versehentlich von der Welt herunterfallen.

»Ich glaube, wir sollten besser bald gehen«, flüsterte ich Samuel zu, doch meine Stimme war zu laut, und Nelson hörte es auch.

»Nicht, ehe du wenigstens einmal mit dem Bräutigam getanzt hast, Mrs. Logan«, sagte er. »Es ist Brauch, daß die Frau des Trauzeugen mit dem Bräutigam tanzt, oder, Samuel?«

»Ja, allerdings«, sagte er.

»Ich glaube nicht, daß ich das kann«, murmelte ich, aber Nelson war schon aufgesprungen und nahm mich an der Hand. Ich fühlte die Augen der anderen Frauen auf dem Podest, als wir zur Tanzfläche hinunterstiegen.

»Es tut mir leid, wenn ich mich zu fest an dich klammern sollte, Nelson, aber wenn du mich losläßt, klappe ich wahrscheinlich zusammen wie ein alter Regenschirm.«

»Halte dich so fest an mir, wie du magst«, sagte er und preßte mich an sich. Ich schloß die Augen und schmiegte meine Wange an seine Schulter.

»Dann sind wir jetzt also alle glücklich verheiratet«, sagte Nelson.

»Nicht alle«, sagte ich, denn ich dachte an Belinda.

»Irgendwann wird sie ruhiger werden und jemanden finden.«

»Mir macht Sorgen, wer der Arme sein wird«, sagte ich. Nelson lachte. Ich fühlte mich so wohl in seinen Armen, und mit geschlossenen Augen, der Musik in meinen Ohren, dem Gelächter und den Stimmen, die sich in den Hintergrund zurückzogen, war es mir wirklich möglich, mir einzubilden, dies sei meine eigene Hochzeit. Wie würde Nelsons Hochzeitsnacht mit seiner neuen Frau wohl aussehen? Samuel hatte angedeutet, sie hätten das alles längst vielfach hinter sich gebracht.

Ich war enttäuscht, als die Musik endete. Da ich fast gestolpert wäre, als wir den Tisch auf dem Podest umrundeten, stützte ich mich mit einer Hand auf Carl Stevens' Schulter, und das löste Gelächter aus.

»Ich finde wirklich, wir sollten jetzt nach Hause gehen, Samuel«, sagte ich, als ich mich hinsetzte und mein Gesicht vor Verlegenheit knallrot anlief.

Er stimmte mir zu, und wir standen auf und verabschiedeten uns von Nelson und Louise.

»Ich hoffe, wir werden alle richtig gute Freunde«, sagte sie zu mir, als sie mich umarmte.

»Das hoffe ich auch«, sagte ich.

Daddy schien mit dem Colonel und anderen Freunden seinen Spaß zu haben. Das freute mich für ihn. Zu meinem Schwindelgefühl kam noch diese Beschwingtheit hinzu, und ich kicherte auf der ganzen Heimfahrt. Samuel war sehr belustigt.

Er half mir die Treppe hinauf.

»Es ist eine echte Seltenheit, daß du auf die Hilfe eines anderen angewiesen bist, Olivia. Ich sollte diesen Moment in vollen Zügen auskosten«, sagte er.

Das brachte mich zum Lachen. Ich lachte über alles: Samuels überraschtes Gesicht, mein Zimmer, die Verbindungstür, mein schwankendes Spiegelbild. Ich bemühte mich, den Verschluß meines Kleides auf dem Rücken zu lösen, aber meine Finger stellten sich nicht besonders geschickt an, und auch das erschien mir rasend komisch.

»Lassen Sie sich weiterhin Beistand von mir leisten, Madam«, sagte Samuel. Ich plumpste auf mein Bett und ließ mich von ihm ausziehen. Die Lichter brannten noch. Ich hielt die Augen geschlossen und summte immer wieder die letzte Melodie, die ich auf der Hochzeit gehört hatte, die Melodie, zu der Nelson und ich getanzt hatten. Samuels Gelächter schien in die Ferne zurückzuweichen.

»Wenn das nichts ist!« begeisterte er sich. »Ich hätte im Traum nicht geglaubt, daß ich Olivia Gordon Logan einmal in diesem Zustand erleben darf.«

Als ich nackt war, trat Samuel einen Schritt zurück, blieb einen Moment stehen und kniete sich dann hin. Er beugte sich vor, um meine Brüste zu küssen und seine Lippen zart über meinen Bauch gleiten zu lassen. Ich erinnere mich noch, daß ich dachte, es hätte meine und Nelsons Hochzeitsnacht sein können, und wenn es so gewesen wäre, hätte ich mich wahrscheinlich ganz ähnlich gefühlt. Ja, dachte ich, als Samuel mich an meinen intimsten Stellen berührte und seine Lippen auf alle empfindsamen und weichen Stellen meines Körpers legte, nimm mich, wie ich noch nie genommen worden bin. Laß mich alle Vorsicht in den Wind schreiben und so unbesonnen und ungestüm wie Belinda sein.

Meine unterwürfige Art erregte Samuel in einem Maß, in dem ich ihn bis zu diesem Moment nie erregt hatte. In jener Nacht hatte ich das Gefühl, von ihm geschändet zu werden. Wir liebten uns, wie er es formuliert hätte, bis wir beide erschöpft waren. Zum ersten Mal seit unserer Hochzeit schlief Samuel neben mir in meinem Bett ein und war noch da, als ich am Morgen erwachte.

Ich setzte mich kerzengerade auf, als ich die Augen aufschlug und feststellte, daß er an mich geschmiegt dalag.

»Was hast du hier zu suchen?« schrie ich.

»Was?«

»Warum hast du nicht in deinem eigenen Bett geschlafen?«

»Was?«

»Hör auf, ›was‹ zu sagen«, fauchte ich. Ich fuhr mir mit den Händen durch das Haar und versuchte, mich an Dinge zu erinnern. Hatte ich mich auf der Hochzeit blamiert? Wieviel von dem, was ich von der letzten Nacht in Erinnerung hatte, war geträumt, und wieviel hatte sich tatsächlich abgespielt? Mein Kopf kam mir vor, als rollten Bleikugeln darin herum, die scheppernd aneinanderprallten und bei jedem Zusammenstoß Donnerschläge erklingen ließen. Ich stöhnte und haßte mich dafür, daß ich das zugelassen hatte.

Samuel stand auf, streckte sich und gähnte. »Du warst letzte Nacht ganz beachtlich, Olivia«, sagte er.

»Hör auf damit.«

»Ich soll aufhören? Wenn es doch wahr ist. Ich mußte dich nach Hause bringen, verstehst du. Mach dir keine Sorgen. Niemand war wütend. Nelson hat sich sogar wirklich darüber amüsiert.«

»Ach ja? Es freut mich, daß alle auf meine Kosten gelacht haben«, sagte ich.

Ich ging ins Bad und duschte so kalt, wie es mir irgend erträglich war. Als ich aus dem Bad zurückkam, hatte sich Samuel in sein Zimmer zurückgezogen und schlief bereits in seinem eigenen Bett. Ich schloß die Verbindungstür, setzte mich vor meine Frisierkommode und sah mein ungemachtes Bett an, das zerwühlte Bettzeug, Zeugnis der rasenden Leidenschaft der vergangenen Nacht.

Ich hatte es genossen, gestand ich mir ein, aber nur, weil ich mir einen anderen Mann an meiner Seite vorgestellt hatte. So würde es immer sein, dachte ich und spürte, wie heiße Tränen in meine Augen aufstiegen.

Die Liebe ist grausam, beschloß ich. Der Schmerz, den sie mit sich bringt, überwiegt das Glück. Ich wäre lieber unfähig gewesen zu lieben. Auf die Art wäre ich sicher, und niemand, kein Mann, könnte mir jemals weh tun.

In den darauffolgenden Tagen wurde über mein Benehmen auf der Hochzeit gemunkelt, aber es war nichts im Vergleich zu den Gerüchten, die sich weiterhin um Belindas Treiben in Provincetown und der näheren Umgebung rankten. Zweimal wurde ich von der Polizei angerufen, weil sie in einem Pub zuviel getrunken und eine Szene gemacht hatte, als sich die Besitzer weigerten, ihr und ihren Freunden mehr Bier auszuschenken. Einmal mußte ich sogar zum Polizeirevier fahren, um sie abzuholen. Sie behauptete entweder, jemand anderes sei schuld oder auf ihr würde herumgehackt, weil ihr Vater ein reicher Mann war.

Ich bemühte mich, Daddy das Schlimmste zu ersparen, aber nach einer Weile sagte ich mir, es wäre besser, wenn er genauer Bescheid wußte. Vielleicht würde ihn das dazu bringen, daß er ihr gegenüber endlich mehr Strenge walten ließ. Wir führten das Gespräch so oft, daß es sich angeboten hätte, es einfach auf Band aufzunehmen und es immer wieder zurückzuspulen.

»Wenn du sie nicht in eine Schule schickst oder eine echte Beschäftigung für sie findest, Daddy, wird sie sich in größere und immer größere Schwierigkeiten bringen. Gib ihr kein Taschengeld.«

»Ich werde etwas unternehmen«, versprach er. »Ich werde ein paar Anrufe machen und sehen, ob ich sie in einer guten Schule unterbringen kann.«

Vielleicht machte er ein oder zwei Anrufe, aber wenn ihm beim ersten oder zweiten Anlauf kein Erfolg beschert war, schob er die Angelegenheit wieder von sich, und wenn er tatsächlich etwas fand, was sich bewähren könnte, machte Belinda ihm eine Szene und stellte sich entschieden dagegen. Sie versprach ihm ständig, sich zu bessern oder etwas oder jemanden zu finden. Ein paar Monate ging sie mit dem Sohn eines der erfolgreicheren Restaurantbesitzer in Provincetown, und es sah schon so aus, als könnte es ernst genug werden, um eine Ehe in Betracht zu ziehen, aber wie sonst auch langweilte sich Belinda schnell und betrog ihn in aller Öffentlichkeit. Er brach mit ihr, und jede Hoffnung auf eine stabile Beziehung zerschlug sich damit.

Ich hätte gern mehr getan und selbst rabiatere Schritte unternommen, doch Daddys Energien schwanden, und sein Interesse an unseren Geschäften ließ weiter nach. Er trank selbst jeden Abend, um schlafen zu können, und er achtete immer weniger auf sich. Ich übernahm zusehends mehr Verantwortung und stellte fest, daß ich immer weniger Zeit für mich und meine Familie hatte.

Mein Faktotum und Fahrer Raymond fand einen Freund als Ersatz für Jerome, damit Daddy wieder jemanden hatte, und ich trieb als Ersatz für Carmelita eine andere Haushälterin und Köchin auf, aber sie zerstritt sich schnell mit Belinda und kündigte, und ich mußte wieder jemanden finden. Ich legte in dieser Zeit ein so hohes Tempo vor, daß ich kaum noch dazu kam, mir Gedanken über mich selbst zu machen, bis ich eines Morgens wach wurde und fast augenblicklich Übelkeit verspürte und mich erbrechen mußte. Samuel hörte den Tumult und klopfte an meine Tür.

»Ist alles in Ordnung mit dir, Olivia?«

Ich holte Atem, setzte mich auf den Wannenrand und dachte nach.

»Olivia?«

»Ja, ja«, sagte ich. »Es geht mir gut, Samuel.«

»Bist du sicher?«

»Ja«, sagte ich, aber kalte Furcht überfiel mich. Ich war schon immer so unregelmäßig gewesen, daß ich mir nie etwas dabei gedacht hatte, wenn ich meine Periode nicht bekam, und in der letzten Zeit hatte ich soviel zu tun gehabt, daß mir der Überblick über die Tage und Wochen entglitten war. Hier handelte es sich aber nicht mehr nur um eine Unregelmäßigkeit, sagte ich mir. Es war sogar für das zu lange her.

Ohne Samuels Wissen machte ich einen Termin bei Doktor Covington und ließ mich untersuchen. Er machte einen Test und rief mich ein paar Tage später an, um die Diagnose zu bestätigen.

»Ich gratuliere Ihnen, Olivia. Sie sind schwanger«, kündigte er mit einem bombastischen Tusch an.

Das Wort traf mich wie ein Eimer Eiswasser. Seit jenem Morgen, an dem ich die Tür zu Belindas Zimmer geöffnet und gesehen hatte, wie der geheimgehaltene Fötus zusammengerollt auf dem Fußboden lag, waren Schwangerschaften und Babies für mich finstere und mysteriöse Dinge. Wie würde die Geburt verlaufen?

Ich sagte es Samuel nicht gleich. Es war, als könnte ich verhindern, daß es eine Tatsache war, solange ich es vor ihm geheimhielt. Und dann war da dieser seltsame Traum, den ich in der Nacht hatte, nachdem mich der Arzt angerufen und mir die Neuigkeiten mitgeteilt hatte. Ich träumte, das Baby, das ich gebar, sähe Nelson derart ähnlich, daß Samuel glaubte, Nelson und ich seien zusammen gewesen. Als Samuel und ich uns geliebt hatten, waren meine Phantasien so ausgeprägt gewesen, daß mein Körper dem Baby Nelsons und nicht Samuels Gesichtszüge gab. Es war ein alberner Traum, aber er erschreckte mich. Später, als mein Baby geboren war und Samuel ähnlicher sah als mir, sollten mir diese wilden Gedanken noch lächerlicher erscheinen.

Am Morgen nach Doktor Covingtons Anruf teilte ich Samuel beim Frühstück schließlich die Neuigkeit mit.

»Es scheint, als hätten die Probleme, die ich in den letzten Tagen morgens gehabt habe, mit meinem Zustand zu tun, Samuel«, begann ich.

»Zustand? Was für ein Zustand?«

»Doktor Covington sagt, ich sei schwanger.«

»Nein! Schwanger? Das ist ja wunderbar«, rief er aus und sprang auf. »Wie viele Monate sind es schon?«

»Etwas mehr als drei«, erwiderte ich trocken.

Er klatschte in die Hände.

»Wir werden es meinem Vater sagen müssen. Und deinem Vater. Wir werden das Kinderzimmer vorbereiten müssen. Vorbereitungen! Vorbereitungen! Wir werden uns überlegen müssen, wie du in Zukunft weniger arbeiten kannst. Und wir müssen planen, welche Pflichten ich von jetzt an übernehmen sollte, damit ...«

»Nein, das werden wir nicht tun«, erklärte ich. »Ich denke gar nicht daran, weniger zu arbeiten.«

»Aber ... du bekommst doch ein Baby, und ich bin davon ausgegangen ...«

»Du solltest von gar nichts ausgehen. Wenn man ein Baby bekommt, dann ist das schließlich nicht so, als hätte man eine tödliche Krankheit, stimmt's? Also, was ist, stimmt's?«

»Ja, sicher, aber dein Vater und ich, wir haben uns gedacht, ich meine, wir sind immer davon ausgegangen, daß du mir einen Teil der Verantwortungen und des Geschäftsalltags abtreten wirst, sowie sich die Aussicht auf Nachwuchs bei uns abzeichnet.«

»Dazu wird es nicht kommen, Samuel«, sagte ich und sah ihn so streng an, daß er den Blick abwenden mußte. »Ich habe diese Firma an der Seite meines Vaters aufgebaut, und wie du weißt, mußte ich seit dem Tod meiner Mutter mehr und mehr Verantwortung übernehmen, aber ich habe uns überall einen besseren Stand verschafft, und ich habe nicht die Absicht, bloß, weil ich zufällig schwanger bin, zuzusehen, wie wir diesen Vorsprung wieder einbüßen.«

»Ich werde nichts unternehmen, was unsere Firma ruiniert, Olivia«, sagte er mit schmerzlicher Entrüstung. »Ich habe meinen Anteil dazu beigetragen, uns neue Kunden zu besorgen. Warum ...«

»Dann tu weiterhin das, was du bisher getan hast«, sagte ich gnädig. »Und ich werde es ebenso halten. Es wird zu einem kurzen Zeitraum kommen, in dem ich meine Arbeitsbelastung reduzieren werde, aber wir werden ein Kindermädchen haben, und ich werde ständig auf dem laufenden sein. Nur so kommt für mich eine Familie in Frage«, beharrte ich.

Er konnte mir deutlich ansehen, daß es keinen Raum für irgendeine Form von Kompromiß gab, wenn es um diese Dinge ging.

»Also gut«, willigte er ein und setzte sich wieder. Er wirkte, als sei ihm jeder Wind aus den Segeln genommen. »Wir tun natürlich das, was du für das Beste hältst.« Er drehte seine Kaffeetasse in den Händen. »Das sind ... das sind wirklich wunderbare Neuigkeiten. Mein Vater wird sich so sehr freuen. Und deiner auch. Wie fühlst du dich überhaupt?« fiel ihm plötzlich ein zu fragen. »Sagt der Arzt, daß alles in Ordnung ist?«

»Ja, es ist alles bestens.«

»Gut, gut. Ich frage mich, ob wir wohl einen Sohn bekommen, wieder einen Fischer, was?« Das Lächeln kehrte auf sein Gesicht zurück, als sei ein erlöschender Funke wieder zu einer kleinen Flamme geschürt worden. »Heute werde ich jedenfalls mit vorgereckter Brust durch die Gegend laufen.«

»Spiel es bloß nicht zu hoch, Samuel. Ich will nicht, daß Scharen von Neugierigen ihre Nase in meine Angelegenheiten stekken.«

»Ich soll es nicht zu hoch spielen? Wenn man ein Baby bekommt, dann kann man das gar nicht genug aufbauschen. Nur deshalb ... sind wir hier, Olivia. Das sagst du mir doch immer. Du sagst, das hätte dich dein Vater gelehrt ... die Familie, stimmt's?«

»Richtig, Samuel«, sagte ich. »Ich möchte nur keinen großen Aufstand im Büro.«

»Ich rufe meinen Dad an. Du erzählst es deinem Vater im Büro?«

»Ja«, sagte ich, aber an jenem Tag erschien Daddy nicht zur Arbeit. Er rief an, um zu sagen, es ginge ihm nicht gut und er bliebe zu Hause, um sich auszuruhen. Bei der ersten Gelegenheit, die sich mir bot, verließ ich das Büro und fuhr zu ihm.

In den frühen Morgenstunden hatte sich der Nebel in großen, wogenden Schwaden über die Landschaft gewälzt, und alles hatte kalt und gespenstisch gewirkt. Der Himmel war immer noch trostlos finster, als ich Daddys Haus erreichte.

Effie Thronton, das neueste Hausmädchen, öffnete mir die Tür. Sie war eine stämmige kleine Frau von siebenundvierzig Jahren, mit rundem Gesicht, Armen wie Nudelhölzern und Händen mit dicken Fingern. Sie wirkte eher wie eine Landarbeiterin und weniger wie eine Haushälterin, aber sie konnte zupakken und hart arbeiten, und sie nahm ihre Verantwortung ernst. Ich wußte, daß sie an Belinda schon bald einiges aussetzen würde, aber im Gegensatz zu den anderen Hausmädchen und Köchinnen war sie niemand, der einfach aufgab und ging. Sie hatte eine so dicke Haut, daß selbst Belindas eklige Bemerkungen und ihr schändliches Benehmen sie nicht durchbohren konnten. Belinda beklagte sich ständig über sie und bat Daddy oder mich, sie zu feuern, doch je unzufriedener Belinda mit jemandem war, desto mehr mochte ich diese Person.

»Oh, Mrs. Logan, ich bin ja so froh, daß Sie heute kommen, damit Sie selbst sehen können, womit ich fertig werden muß«, sagte sie zur Begrüßung.

»Was ist denn jetzt schon wieder passiert?« fragte ich.

»Folgen Sie mir einfach«, sagte sie und führte mich ins Wohnzimmer. Ich blieb erstarrt in der Tür stehen. Es war, als hätte ich eine Ohrfeige bekommen. Das Zimmer sah aus, als sei ein Orkan hindurchgefegt. Überall standen Gläser und Bierflaschen herum, und dazwischen waren Teller verstreut, einige umgedreht, andere mit Essensresten verkrustet. Ich sah Flecken auf dem Sofa und den Sesseln, Mutters geliebten Möbelstükken. Eine Lampe war umgefallen, der Tiffany-Schirm zerbrochen.

»Was ist passiert?« fragte ich, als ich wieder Luft bekam.

»Ihre Schwester hat eine spätnächtliche Party veranstaltet. Sie hatte mindestens ein Dutzend Leute hier, und es hat sich bis in die frühen Morgenstunden gezogen.«

»Und das hat mein Vater zugelassen?« fragte ich.

Sie sah mich finster an.

»Ihr Vater hat mit einer Flasche Whiskey auf dem Schoß im Tiefschlaf gelegen, in seinem Büro. Ich glaube, Sie werden einen professionellen Reinigungsdienst mit den entsprechenden Spezialgeräten für den Teppich und die Möbel bestellen müssen, Mrs. Logan. Ich werde mein Bestes tun, aber ...«

»Selbstverständlich, Effie. Ich werde die Leute selbst gleich herbestellen.«

»Dann mache ich mich jetzt an die Arbeit. Ich wollte nur warten, bis entweder Ihr Vater oder Sie dieses Zimmer gesehen haben.«

»Wo ist meine Schwester?« fragte ich. »Ist sie zu Hause?«

»Ja, aber sie ist nicht allein«, fügte sie hinzu und zog die Augenbrauen hoch.

»Und was ist mit meinem Vater?«

»Er hat sich heute am frühen Morgen in sein Schlafzimmer zurückgezogen, ohne auch nur einen Blick ins Wohnzimmer zu werfen, und seitdem ist er dort. Ich habe versucht, ihn dazu zu bringen, daß er etwas zum Frühstück zu sich nimmt, aber er hat nur eine Tasse Kaffee getrunken.«

»Danke, Effie.«

Ich machte mit rasendem Herzen kehrt, und meine Gliedmaßen spannten sich wie gedehnter Draht. Ich konnte spüren, wie sich meine Nackenmuskulatur verhärtete. Wut braute sich wie ein kleiner Tornado in meinem Innern zusammen, entsprang in meinem Bauch und setzte von dort ihren Weg in meine Brust und meine Kehle fort. Als ich Belindas Schlafzimmertür erreicht hatte, holte ich tief Atem und stürzte mich dann auf den Türknopf, verblüfft über meine eigene Kraft. Ich stieß die Tür so heftig auf, daß sie zurückschwang und an die Wand knallte.

Belinda und ihr Freund, die nackt und ineinander verschlungen in ihrem Bett lagen, rissen die Augen auf.

»Hm? Olivia?« sagte Belinda und setzte sich langsam auf. Die Decke fiel von ihren nackten Brüsten. Sie rieb sich die Augen, um klarer zu sehen, und vermutlich hoffte sie, auch meinen Anblick, wie ich in ihrer Tür stand, fortwischen zu können.

»Du bist noch abscheulicher, als ich es mir jemals ausgemalt hätte«, sagte ich. Der Mann neben ihr drehte sich auf den Rükken und bedeckte mit den Händen seine Augen, als schmerzte das Licht. Ich warf nur einen flüchtigen Blick auf ihn und sah, daß es niemand war, den ich kannte.

»Du solltest anklopfen, ehe du in mein Zimmer kommst«, rief Belinda aus.

»Davon rede ich nicht. Ich rede von dem ekelhaften Schweinestall, in den du unser Haus verwandelt hast. Wie kannst du es wagen, solchen Abschaum in dieses Haus mitzubringen? Es mag zwar sein, daß du keine Selbstachtung besitzt, aber du wirst die Familie achten«, griff ich sie an.

Sie fing an zu weinen und hörte dann wieder auf. Ihr Freund zog die Decke über sich und fing an zu lachen.

»Das ist gar nicht komisch. Ich weiß nicht, wer Sie sind, aber Sie sollten besser augenblicklich verschwinden«, sagte ich.

Er zog die Decke von seinem Gesicht und lächelte mich an.

»Ja, schon gut«, sagte er und wollte nackt aus dem Bett springen.

»Halt!«

»Von mir aus«, sagte er und deckte sich wieder zu.

»Das kannst du nicht tun«, jammerte Belinda. »Du lebst nicht mehr hier. Du hast jetzt dein eigenes Haus.«

»Solange Daddy am Leben ist, bin ich hier auch noch zu Hause«, sagte ich. »Kennt deine Verruchtheit denn gar keine Grenzen?«

Ihr Freund fing wieder an zu lachen.

»Dich sollte man einsperren«, sagte ich zu Belinda, »und ich bin sicher, daß der Tag kommen wird, an dem man dich einsperrt.«

Ich schlug die Tür zu und bebte derart von Kopf bis Fuß, daß ich stehenbleiben mußte, ehe ich den Korridor zu Daddys Schlafzimmer durchquerte. Ich hielt den Atem an und klopfte an die Tür. Da ich keine Antwort bekam, pochte ich noch einmal fester an, und dann öffnete ich die Tür und schaute hinein. Daddy lag nicht in seinem Bett, aber es brannte kein Licht, und die Vorhänge waren noch zugezogen. Ich lauschte nach dem Geräusch von laufendem Wasser im Bad. Als ich eintrat, sah ich, daß die Badezimmertür offenstand.

Vielleicht war er aufgestanden und nach unten gegangen, während ich in Belindas Zimmer war, sagte ich mir. Aber wie hätte er vorbeilaufen können, ohne das Geschrei zu hören? Verwirrt blieb ich einen Augenblick stehen, und dann sah ich seine Füße auf dem Boden neben dem Fußende des Bettes. Ich näherte mich langsam, und mein Herz fühlte sich an, als hämmerte ein kleiner Kobold einen Nagel hinein. Daddy lag ausgestreckt auf dem Fußboden, mit dem Gesicht nach unten und dem rechten Arm unter seinem Körper. Sein linker Arm war ausgestreckt, die Hand zu einer Klaue gekrümmt. Er trug seinen Schlafanzug.

»Daddy!« schrie ich und ging zu ihm. Ich kniete mich neben ihn und nahm seine Hand in meine. Sie war warm, und als ich ihm ins Gesicht sah, erkannte ich, daß seine Augen zugekniffen waren, als versuchte er, eine Szene zu betrachten, die in sein Gehirn eingraviert war.

»Daddy!« schrie ich wieder und schüttelte seine Hand.

Seine Lider öffneten sich wie zwei bleierne Türen an rostigen Angeln. Er schaute mich an, aber sein Mund, der grauenhaft verzerrt war, gab kein Wort von sich, nur ein unverständliches Murren. Seine Zunge wirkte geschwollen und unnatürlich vergrößert.

Ohne jedes weitere Zögern ging ich ans Telefon und rief einen Krankenwagen an. Dann rannte ich durch den Korridor zur

Treppe und rief nach Effie. Sie kam mit einem Wischlappen in der Hand aus dem verwüsteten Wohnzimmer geeilt.

»Mein Vater!« rief ich. »Er ist auf dem Fußboden zusammengebrochen. Bitte, helfen Sie mir.«

Als sie die Treppe heraufkam, drehte ich mich um und sah, wie Belinda, die ihren nackten Körper wie in eine Toga in ihr Laken hüllte, die Tür ihres Schlafzimmers öffnete und hinausschaute.

»Was soll denn jetzt schon wieder dieser ganze Trubel, Olivia?«

»Dein Vater«, fauchte ich sie an. »Du hast es endlich geschafft.«

»Was geschafft?«

Ich sah sie mit aller Wut und allem Zorn an, den ich aufbieten konnte. »Ich habe jetzt keine Zeit für dich«, sagte ich und kehrte dann an Daddys Seite zurück.

Effie und mir gelang es gemeinsam, ihn aufs Bett zu heben. Er schien nicht in der Lage, sein rechtes Bein zu benutzen, und der rechte Arm hing schlaff an seiner Seite herunter. Als wir ihn endlich in einer bequemen Ruhehaltung auf dem Bett liegen hatten, kam Belinda, die jetzt angezogen war, in Daddys Schlafzimmer.

»Was fehlt ihm?« fragte sie, und ihre Stimme war jetzt voller Furcht und Reue.

Ich starrte auf Daddy hinunter.

»Ich bin kein Arzt«, sagte ich barsch, »aber es sieht ganz so aus, als hätte er einen Schlaganfall gehabt.«

Genauso verhielt es sich natürlich. Die Sanitäter kamen und brachten ihn ins Krankenhaus. Dort trafen wir Doktor Covington, nachdem er ihn untersucht hatte.

»Es ist noch zu früh, um das exakte Ausmaß zu bestimmen«, erklärte er Belinda, Samuel und mir in der Eingangshalle, »aber für den Moment kann er die rechte Körperhälfte nicht bewegen, und sein Sprachvermögen ist beeinträchtigt.«

»Wie ist das passiert?« fragte Belinda eilig.

»Nun, Ihr Vater leidet jetzt schon seit einer ganzen Weile unter Hypertonie.«

»Was ist das?« fragte Belinda und schnitt eine Grimasse.

»Erhöhter Blutdruck. Ich setze ihm schon länger damit zu, daß er besser auf sich aufpassen und das Rauchen, das Trinken und die Zufuhr von Salz einschränken soll, aber manchmal ist die Ursache auch in zu großem Streß und zu vielen Sorgen zu suchen«, fügte er hinzu.

Ich sah Belinda finster an, und sie wandte den Blick ab.

»Wir glauben, daß ein Blutgefäß geplatzt ist und es zu einem Blutsturz im Gehirn gekommen ist. Ohne Blutzufuhr verfallen Bereiche der Gehirnsubstanz sehr schnell oder sterben ab, und das führt zur Lähmung der Gliedmaßen, die von jenem Bereich des Gehirns kontrolliert werden. Im Falle ihres Vaters ist auch das Sprachvermögen beeinträchtigt.«

»Wird es denn nicht wieder besser werden?« wimmerte sie.

»Ich glaube, daß sich durch eine gezielte Therapie Verbesserungen erreichen lassen, aber er wird nie mehr derselbe sein, der er vorher war«, sagte Doktor Covington auf seine schroffe und ehrliche Art. Dann wandte er sich wieder an mich. »Ich habe einen Neurologen herbestellt, der im späteren Verlauf des Tages nach ihm sehen wird. Den größten Teil der Fortschritte wird er während der kommenden sechs Monate machen. Wir müssen besser für ihn sorgen, und er wird sich jetzt an strikte Vorschriften halten müssen«, fuhr Doktor Covington mit einem kleinen Lächeln fort. »Kein Alkohol und keine Zigarren, und wir müssen ihn auf eine strenge Diät setzen.«

Belinda wirkte benommen. Sie setzte sich.

»Sehen wir erst mal, wie weit er sich im Lauf der nächsten Woche erholt, Olivia, und dann sprechen wir über die Therapie«, schloß Doktor Covington.

»Ich verstehe«, sagte ich. »Wie geht es ihm jetzt? Können wir ihn sehen?«

»Sie können ihn sehen, aber zeigen Sie ihm nicht, wie verstört

Sie sind. Wir müssen ihn ermutigen und ihm Hoffnung geben«, sagte Doktor Covington belehrend und sah dabei Belinda an, nicht Samuel und mich.

Als wir nach oben gingen, um Daddy zu besuchen, blieb Belinda wimmernd im Hintergrund. Ich hielt Daddys Hand, und er sah mich mit seinen hilflosen Augen an und versuchte, etwas zu sagen.

»Nicht jetzt, Daddy«, sagte ich. »Du mußt dich ausruhen und wieder gesund werden.«

Er schloß die Augen. Fast konnte ich ihn sagen hören: »Unter dem Strich läuft es darauf hinaus, daß ich nicht wieder gesund werde.«

Erst als wir das Krankenhaus schon verlassen hatten, stellte sich mir die Frage: Was würde ich jetzt mit Belinda anfangen? Daddy hatte ihr ungestümes Benehmen vorher schon kaum gebremst, aber wenigstens war er da gewesen. Wenn er nicht mehr zu Hause war, was würde sie dann erst mit dem Haus anrichten, und wie würde sie sich benehmen? Und dennoch hatte ich überhaupt keine Lust, sie in meinem eigenen Haus aufzunehmen.

Samuel war derjenige, der das Thema auf der Rückfahrt ansprach.

»Was wird jetzt aus Belinda?« fragte er in die Stille hinein, als wir betrübt und trostlos fortfuhren.

»Ich habe Angst«, stöhnte sie.

»Die solltest du auch haben«, sagte ich. »Schließlich waren es dein Benehmen und deine Streiche, die ihn belastet, seine Gesundheit angegriffen und zu seinem jetzigen Zustand geführt haben, Belinda. Du hast selbst gehört, was der Arzt über Streß gesagt hat«, klagte ich sie an. Sie heulte noch lauter.

»Olivia«, sagte Samuel sanft. »Tu das nicht ... es nutzt jetzt ohnehin nichts, nicht wahr?« fragte er eilig, als er die Wut in meinen Augen sah.

Ich spürte, wie ich ruhiger wurde. »Nein. Du hast recht. Es nutzt nichts.« Ich drehte mich um und sah meine Schwester an.

»Für den Moment wirst du mit zu uns nach Hause kommen«, sagte ich, »damit Effie das Haus in Ordnung bringen kann. Es ist ohnehin besser, wenn du nicht da bist.«

»Es tut mir leid, Olivia«, sagte sie.

»Dafür ist es jetzt zu spät. Dafür ist es schon lange zu spät«, sagte ich so leise, daß weder Samuel noch Belinda meine Worte hören konnten.

»Was für ein ungünstiger Zeitpunkt«, sagte Samuel. »Ich wette, du hattest nicht einmal Gelegenheit, es ihm zu sagen, oder, Olivia?«

»Nein.«

»Ihm was zu sagen?« fragte Belinda durch ihre Tränen des Selbstmitleids.

»Daß sie schwanger ist. Deine Schwester ist schwanger, und du wirst bald Tante werden«, sagte Samuel zu ihr.

»Ach, wirklich?«

Einen Moment raste mein Verstand Jahre voraus in die Zukunft, und ich malte mir aus, daß Belinda einen schlechten Einfluß auf mein Kind ausüben würde. Zu den ersten Aufgaben, die ich hatte, sowie er oder sie alt genug war, um es zu verstehen, gehörte es, mein Kind vor Belinda zu warnen. Sie würde mir immer eine Last sein, dachte ich.

»Ich werde mithelfen«, erbot sie sich jetzt. »Ich werde mich ändern, Olivia. Ich werde wieder im Büro arbeiten. Ich helfe dir.«

Darüber mußte ich lachen. »Und was willst du dort tun, Belinda? Dokumente verschlampen und die Telefonleitungen belegen, weil du mit Lieferanten flirtest?«

»Ich kann mich ändern«, wimmerte sie. Ich murrte. »Ich kann es wirklich!« beharrte sie.

Ich sah auf das Meer hinaus. Die Wellen waren höher, der Wind heftiger. »Ich bin müde«, sagte ich. »Bring mich nach Hause, und hilf Belinda dann, einige ihrer Sachen zu holen, Samuel.«

»In Ordnung«, sagte er.

Ich sah mich nach Belinda um. Auch sie schaute zum Fenster hinaus. Sie sah wieder aus wie ein kleines Mädchen, hilflos und bestürzt. Ich bemühte mich, Mitleid für sie aufzubringen, doch ich konnte an nichts anderes denken als an jene Nacht im Bootshaus und daran, wie sie sich an Nelson Childs geklammert hatte.

13

Belindas letzte Chance

Nachdem Samuel mich nach Hause gebracht hatte und mit Belinda weitergefahren war, um ein paar Kleider für sie zu holen und sie zurückzubringen, rief ich Effie an, um ihr mitzuteilen, was vorgefallen war, und ihr Anweisungen zur Reinigung des Hauses zu erteilen. Ihrem Tonfall konnte ich deutlich entnehmen, daß es ihr zwar leid um Daddy tat, daß sie jedoch andererseits äußerst froh war, Belinda in den nächsten Tagen nicht im Weg zu haben. Sie war sehr stolz auf ihre Arbeit und regte sich fast so sehr wie ich darüber auf, was Belinda angerichtet hatte.

Sowie ich das Telefongespräch beendet hatte, bat ich mein eigenes, gerade erst eingestelltes Hausmädchen Loretta, mir eine Tasse Tee zu kochen. Loretta hatte ich über eine Agentur in Boston gefunden, und sie war meines Erachtens ähnlich wie Effie veranlagt: ernsthaft, aufrichtig und tüchtig. Ich setzte mich in meinem Arbeitszimmer ans Fenster und schaute auf die stille, sehr graue Welt hinaus. Aus diesem Blickwinkel hatte ich einen Ausblick auf einen kleinen Ausschnitt des Meeres hinter dem Haus, und mir fiel ein Schleppnetzfischer auf, der nach Norden fuhr. Das Boot ließ Erinnerungen an meine Kindheit aufleben, als ich gelegentlich am Abend mit Daddy in der Laube gesessen hatte. Belinda hatte es schon immer langweilig gefunden, einfach nur dazusitzen, zu reden und auf die Landschaft hinauszuschauen, gewöhnlich hielt sie sich im Haus auf und telefonierte oder empfing Freunde, die zu Besuch gekommen waren.

»Wir können sehr froh sein, daß wir am Meer leben«, hatte Daddy zu mir gesagt. »Ich kann mir kein Leben in einer Stadt vorstellen, in der man von einem Hochhaus nur noch mehr

Backsteine, Beton und Stahl sieht. Hier haben wir diesen Ausblick und können Tag und Nacht Schiffe vorüberfahren sehen und uns ausmalen, wir reisten selbst zu exotischen Häfen oder in wunderschöne ferne Länder. Eines Tages wirst du vermutlich viele Reisen unternehmen, Olivia. Gewiß wirst du mehr von der Welt sehen als ich.«

»Warum, Daddy? Warum hast du nicht mehr Reisen unternommen?«

»Oh, vermutlich hatte ich zuviel mit meiner Firma um die Ohren. Ich fürchte, ich habe mich am Fußboden meines Büros festnageln lassen. Werde nicht so wie ich. Geh in die weite Welt hinaus. Tu etwas. Sieh dir Dinge an. Erkunde Neues«, riet er mir. »Sieh dir die ganze Welt an. Unternimm eine Schiffsreise, wann immer du kannst.«

Ironischerweise hatte ich das Gefühl, für mich sei diese Phantasie in noch weitere Ferne gerückt als für ihn. Unsere Firma hatte buchstäblich den drei- bis vierfachen Umfang von damals, als er und ich hinter dem Haus gesessen und verträumt auf vorüberfahrende Schiffe hinausgeblickt hatten. Mit dem wirtschaftlichen Wachstum ging das Drei- bis Vierfache der Verantwortung einher, und da ich noch dazu eine Schwester hatte, die eher ein Kind als eine Frau war, einen Mann, dessen geschäftliche Fähigkeiten beschränkt waren, und jetzt auch noch einen Vater, der fortan Invalide war, würde das Schiff, das mich auf meine Abenteuerreisen beförderte, noch lange Zeit am Kai verankert liegen, sagte ich mir.

Jedenfalls fiel mir wieder ein, wie Ishmael in *Moby Dick* zu Captain Pelig sagt, er wollte Walfänger werden, um die Welt zu sehen. Pelig sagte ihm, er solle sich an die Reling stellen, auf das Meer hinausschauen und ihm erzählen, was er sähe. Er sagte, er sähe nichts außer dem Wasser und dem weiten Horizont. »Tja«, sagte Pelig, »nun, da du die Welt siehst, sag mir, was du davon hältst.«

Für den größten Teil der Reise eines Seemanns war das die

Sicht der Welt von einem Schiff aus. Dieselbe Welt konnte ich von meiner eigenen Küste sehen. Ich war kein Matrose, und das Meer übte, auch wenn es noch so schön sein konnte, keine unwiderstehliche Anziehungskraft auf mich aus. Vielleicht war mein richtiger Vater tatsächlich Matrose, wie mir meine Mutter enthüllt hatte, aber die Sehnsucht nach der Erkundung der Meere, die er im Blut hatte, floß nicht in meinen Adern. Ich gab mich damit zufrieden, gelegentlich zum Spaß Segeln zu gehen und hier in meiner eigenen Welt zu leben, in der ich sicher und geborgen war und einen gewissen Einfluß auf mein eigenes Los hatte.

Als ich jetzt dasaß, fiel mir wieder ein ganz bestimmter Moment ein, in dem ich mit Daddy allein gewesen war. Ich hatte den Augenblick als etwas ganz Besonderes empfunden. Wir waren länger als sonst draußen geblieben. Die ersten Sterne waren schon lange am Himmel aufgetaucht, und die Sonne war an einem azurblauen Horizont versunken und hatte das Meer in ein tiefes Silbergrau getaucht. Die Lichter von Booten Meilen vor der Küste waren zu erkennen. Wir saßen stumm da, denn keiner von uns beiden verspürte das Verlangen, etwas zu sagen. Schließlich meinte Daddy, es sei an der Zeit, wieder ins Haus zu gehen. Mutter war schon nach oben gegangen, um sich ins Bett zu legen, und Belinda hielt sich in ihrem Zimmer auf und quasselte am Telefon und lachte dieses impulsive Lachen, das mich um den Verstand brachte. Daddy ging in sein Büro und schickte mich in mein Zimmer. Ich hörte, wie er später die Treppe hinaufkam und an meiner Tür stehenblieb. Er warf einen Blick in mein Zimmer.

»Du bist schon im Bett, nicht wahr?« fragte er.

»Ja«, sagte ich und fühlte mich wohlig und zufrieden.

Dennoch trat er näher und wickelte die Decke enger um mich, ehe er sich vorbeugte, um mir einen Gutenachtkuß zu geben. Das war nicht gerade etwas, was er besonders oft tat, und ich erinnere mich noch daran, daß ich fand, es sei ein ganz außergewöhnlicher Augenblick.

»Wir beide haben schon einige sehr erwachsene Gespräche miteinander geführt, Olivia«, sagte er. »Ich glaube, du wirst viel eher als andere Mädchen in deinem Alter erwachsen werden. Das freut mich, und gleichzeitig macht es mich traurig«, sagte er. »Dir wird ein Teil deiner Kindheit entgehen.«

»Sei nicht traurig, Daddy. Mir macht das nichts aus.«

»In Ordnung«, sagte er lächelnd. »Gute Nacht, mein kleiner General.«

»Gute Nacht, Daddy«, sagte ich.

Es gab nicht allzu viele derartige denkwürdige Momente in meinem Leben, aber als ich heute abend allein dasaß und an Daddy dachte, den ein Schlaganfall weitgehend außer Gefecht gesetzt hatte und der jetzt hilflos im Krankenhaus lag, kehrten diese vereinzelten, weit verstreuten Erinnerungen zurück, einige nur vage Bilder, andere äußerst lebhaft. Ich saß so lange da und dachte nach, daß mir gar nicht klar war, wieviel Zeit verging. Offenbar hatte Belinda eine ganze Weile gebraucht, um ihre Sachen zusammenzupacken; wahrscheinlich protestierte sie laufend, weil sie überhaupt eine Wahl treffen mußte.

Der graue Himmel war inzwischen bleiern, und das Meer verschwand regelrecht in der Abenddämmerung, ehe ich Belinda und Samuel ins Haus kommen hörte. Belinda klagte lauthals. Ich stand auf, um nachzusehen, was los war.

»Effie hat keinen Finger gerührt, um mir zu helfen, Olivia. Sie hat uns nur kurz angesehen, und dann ist sie sofort verschwunden, um irgendwas zu putzen oder so«, stöhnte Belinda. »Was ist das bloß für ein Hausmädchen? Ich will, daß du sie feuerst.«

»Sie ist die Beste von allen, die wir seit Carmelita hatten«, sagte ich. »Nun ist nicht gerade der rechte Zeitpunkt, um Personal zu entlassen und neue Hausangestellte zu suchen, Belinda. Es gibt weitaus Wichtigeres zu tun. Und jetzt richte dich im Gästezimmer ein. Loretta wird dir helfen«, sagte ich, als Loretta auftauchte. »Wir essen bald zu Abend, und dann werden wir alle versuchen, ruhiger zu werden und Kraft für die bevorstehenden Tage zu sammeln.«

»Na, prima«, meckerte sie und wandte sich dabei an Samuel. »Es klingt ganz so, als sei ich von nun an eine Gefangene im Haus meiner Schwester.«

»Wohl kaum«, sagte ich, »aber du wirst dich benehmen, solange Daddy im Krankenhaus liegt, und erst recht dann, wenn er nach Hause kommt und deine Hilfe braucht.«

»Vielleicht sollte ich eine Reise planen, damit ich niemandem im Weg bin«, schlug sie vor. Es sollte eine Drohung sein.

Ich nickte. »Ja, vielleicht solltest du das tun«, erwiderte ich. Das verpaßte ihr einen Dämpfer. Sie fing an zu stammeln und machte sich anstelle einer Erwiderung auf den Weg ins Gästezimmer.

Belinda unternahm ihre Reise erst, nachdem Daddy aus dem Krankenhaus entlassen worden war und seine Therapie zu Hause begonnen hatte. Sein Neurologe hatte das Gefühl, Daddys Motorik könnte im Lauf der ersten sechs Monate der Therapie zu sechzig Prozent wieder hergestellt werden, und er würde sich wieder verständlich ausdrücken können, aber anschließend würde jede weitere Besserung, falls es überhaupt dazu kam, lange auf sich warten lassen und nur schwer zu erreichen sein. Das hieß, daß er täglich Stunden mit einem Sprachtherapeuten und einem Physiotherapeuten verbringen mußte. Die notwendigen Geräte wurden ins Haus gebracht, und das Schlafzimmer wurde zum Therapiezentrum umgestaltet. Eine Zeitlang brauchten wir rund um die Uhr eine speziell ausgebildete Krankenschwester. Die Anwesenheit und die Aktivitäten der Ärzte, Therapeuten und Pfleger gingen Belinda auf die Nerven. Ironischerweise konnte Belinda, die wirklich blutsverwandt mit Daddy war, seinen Anblick in einem Rollstuhl, gekrümmt und in seiner Zurechnungsfähigkeit eingeschränkt, nicht ertragen. In den Monaten, in denen die Therapie zu Hause stattfand, mied sie ihn nach Kräften. Sie hielt sich häufiger als sonst im Büro auf, und das nur, um allem zu entkommen, und schließlich entschied sie sich dann, eine Reise zu unternehmen und Freunde in Florida zu besuchen. Ich war in den letzten drei Monaten meiner Schwangerschaft, und obgleich ich mich besser fühlte als während der gesamten übrigen Zeit, war ich froh, sie eine Zeitlang nicht um mich zu haben. Daddy war es ein Greuel, anderen zur Last zu fallen, und jeder meiner Besuche begann damit, daß er seinen Zustand beklagte und mir erzählte, ich sollte einfach alle fortschicken und ihn in Ruhe lassen. Er weinte auch oft, was Doktor Covington als eines der Symptome seines Zustands hinstellte.

Ich bemühte mich, ihn bei Laune zu halten, indem ich ihm jeden Nachmittag detaillierte Geschäftsberichte unterbreitete, aber die meiste Zeit war er zu erschöpft, um mir zuzuhören oder meine Darstellungen zu verstehen, und oft schlief er ein, während ich ihm Zahlen vorlas oder mich über Geschäftsabschlüsse und Verhandlungen ausließ. Dann blieb ich noch ein Weilchen bei ihm sitzen, um zu sehen, ob er wach wurde, ehe ich ihn wieder seiner Krankenschwester überließ.

Samuel machte seine Sache gut, wenn er bei Daddy war, und er suchte ihn fast täglich auf. Er war ohnehin nicht gern in einem Büro eingesperrt und stürzte sich mit Freuden auf jeden Vorwand, die Firma zu verlassen und Leute zu treffen, selbst dann, wenn es hieß, daß er bei Daddy saß und ihm bei der Therapie zusah. Er bekam die Erlaubnis, ab und zu eine Ausfahrt mit Daddy zu unternehmen, und an einem besonders schönen Wochenende machten die beiden sogar einen kurzen Ausflug mit dem Motorboot.

Ehe Belinda aus Florida zurückkehrte, statteten Nelson und Louise Childs Daddy einen Besuch ab. Samuel berichtete es mir noch am selben Nachmittag, und ich bedauerte, daß ich nicht dort gewesen war, obwohl ich das Gefühl hatte, wie ein kleines Luftschiff auszusehen. Seit der Hochzeit war ich Nelson nur mehrere Male kurz begegnet, aber das war gewesen, ehe ich aufgeschwemmt war und watschelte, statt zu gehen. Er und Louise waren vollauf damit beschäftigt, ihr Haus einzurichten, und Nelson hatte begonnen, in der Firma seines Vaters mehr juristische Aufgaben zu übernehmen. Ich hatte gehört, daß er sich vor Gericht gut gehalten hatte, und es war sogar schon im Gespräch, daß er sich um einen Richterposten im Landkreis bewerben könnte. Sechs Monate nach der Hochzeit wurde auch Louise schwanger.

»Er versucht doch nur, mit mir Schritt zu halten«, prahlte Samuel.

»Ich glaube kaum, daß man sich viel darauf einbilden kann, ein Kind gezeugt zu haben, Samuel«, sagte ich zu ihm. »Ich messe Männlichkeit jedenfalls gewiß nicht daran.« Er lachte nur und sah mich kopfschüttelnd an, wie er es immer tat, wenn ich etwas sagte, was seine Zustimmung nicht fand.

Im letzten Monat meiner Schwangerschaft verbrachte ich weniger Zeit im Büro. Samuel brachte die wichtigen Papiere mit nach Hause, damit ich sie überfliegen konnte. Eines Abends hatte ich eine leichte Blutung und mußte ins Krankenhaus gebracht werden. Es erwies sich als nichts Ernstes, aber während der letzten zwei Wochen war ich ständig gereizt und fühlte mich unwohl. Dann platzte an einem Sonntagabend direkt vor dem Abendessen die Fruchtblase, und Samuel fuhr mich schleunigst ins Krankenhaus. Dort gebar ich meinen ersten Sohn, den wir nach dem Vater meines Vaters Jacob nannten.

Ich hielt mein Baby in den Armen und blickte in Samuels strahlendes Gesicht auf.

»Er ist das beste Stück Arbeit, das wir gemeinsam geleistet haben, Olivia«, behauptete er.

»Wir?«

»Nun ja, ein wenig hatte ich doch wohl auch damit zu tun, oder etwa nicht?« protestierte er.

»Ja, das ist wahr. Ein wenig. Der übliche Beitrag eines Mannes. Ein wenig. Du hattest keine Rückenschmerzen, du hast dich nicht übergeben, du hattest keine Mühe damit, von einem Stuhl aufzustehen, und du bist auch nicht in einem Kreißsaal durch die Hölle gegangen«, rief ich ihm ins Gedächtnis zurück. Er lachte.

»Vermutlich nicht, aber er sieht aus wie ich, findest du nicht auch?«

»Vielleicht wächst sich das mit der Zeit aus«, sagte ich, und Samuel lachte noch schallender.

»Ich schwöre es dir, Olivia, wenn ich es nicht besser wüßte, glaubte ich glatt, wenn du Mutter und Vater zugleich sein könntest, dann hättest du dir das nicht nehmen lassen, und es hätte dich sogar gefreut«, sagte er.

Vielleicht hatte er recht. Jedenfalls, sagte ich mir und sah Jacobs winziges Gesicht und seine winzigen Hände an, hatte ich begonnen, meine eigene Familie zu gründen.

Wir engagierten augenblicklich ein Kindermädchen, das mir mit Jacob half. Sie hieß Thelma Stuart. Sie hatte selbst fünf Kinder, die inzwischen alle erwachsen und aus dem Haus gegangen waren und in anderen Gegenden ihr eigenes Leben führten. Ihr Mann war vor zwei Jahren gestorben. Sie suchte Arbeit, um sich zu beschäftigen, und sie hatte eineinhalb Jahre als Kindermädchen für ein Paar gearbeitet, das ich kannte und das kürzlich nach Kalifornien gezogen war. Sie war eine umgängliche und liebevolle Frau. Ich konnte froh sein, daß ich sie hatte, vor allem während der ersten Tage, da Jacob zu Babykoliken neigte.

Dennoch war Samuel begeistert, daß unser erstes Kind ein Junge war, und Jacobs Anblick schien tatsächlich dazu beizutragen, Daddy aufzumuntern. Unsere Besuche mit Jacob kostete er wirklich aus, und er wirkte angeregter, wenn das Baby anwesend war. Es machte ihm Spaß, den Kleinen im Arm zu halten. Inzwischen konnte er wieder beide Arme benutzen und hatte genug Kraft, um das Baby minutenlang zu wiegen, solange Thelma dabeistand. Darum brauchte ich sie gar nicht erst zu bitten. Vom ersten Tag in unserem Hause an waren Thelmas Beschützertriebe für Jacob so ausgeprägt, wie meine eigenen es später sein sollten.

Belinda reagierte seltsam auf den Anblick ihres neugeborenen Neffen. Sie lobte ihn natürlich überschwenglich, zeigte aber keinerlei Interesse daran, ihn in den Armen zu halten, ihn zu füttern oder über einen längeren Zeitraum in seiner Nähe zu sein. Zu Thelma sagte sie, Babies machten sie nervös. Wenn sie Jacob ansah und dann zu mir aufblickte, wußten wir beide, woher die Anspannung in ihrem Gesicht kam.

»Wer hätte geglaubt, daß du jemals Mutter wirst?« sagte sie lachend zu mir. Es war als Scherz gedacht, aber ich funkelte sie wütend an.

»Und warum nicht?« erwiderte ich nach einem Moment. »Schließlich mußte ich lange genug deine Mutter sein.«

»Wirklich sehr komisch, Olivia. Sehen Sie, Thelma, sie will mir immer eins auswischen. Ich könnte einen Komplex entwickeln.«

»Bitte, erspare uns das«, rief ich aus.

Thelma lachte, aber ich wußte, daß ihre Wahrnehmungsgabe geschärft war und sie erkannte, was für eine Last Belinda für mich gewesen war und auch jetzt immer noch war.

Als Louise Childs ihr Kind gebar, war Samuel wieder außer sich vor Begeisterung. Er kam ins Büro, um es mir mit einem strahlenden Lächeln auf seinen hämischen Gesichtszügen zu berichten.

»Rate mal«, sagte er, als er mein Büro betrat. »Louise hat heute morgen ihr Kind bekommen, aber es ist eine Tochter.«

»Gegen Töchter ist nichts einzuwenden, Samuel. Geht es beiden gut?«

»Ja, aber Nelson nicht. Er versteckt sich vor Scham«, sagte er lachend.

»Das einzige auf Erden mit einer geringeren Intelligenz als ein chauvinistischer Mann ist eine Miesmuschel«, bemerkte ich, und er brach in schallendes Gelächter aus.

»Trotzdem«, prahlte er, »habe ich einen Jungen.«

Jacobs erstes Lebensjahr verging so schnell, daß ich es kaum glauben konnte, als wir seinen ersten Geburtstag feierten. Daddys Verfassung hatte sich soweit gebessert, daß er wieder kurze Gespräche führen und mit einem Gehgestell laufen konnte. Sein rechter Arm war nicht mehr halb so kräftig wie vorher, und die Hand hatte mehr von einer Klaue. Er mußte sehr langsam essen und stellte sich enorm ungeschickt dabei an. Belindas Ekel wurde so groß, daß sie keine Mahlzeit mehr mit ihm einnehmen konnte und jedes gemeinsame Essen mied.

»Mir dreht sich der Magen um, wenn ich sehe, wie ihm die Suppe vom Kinn tropft oder wie ihm das Essen auf den Lippen klebt, Olivia. Schrei mich nicht an«, rief sie aus, als ich mich darüber beschwerte, daß sie Daddy sämtliche Mahlzeiten allein zu sich nehmen ließ. »In seiner Gegenwart kann ich nichts essen, und das regt ihn noch mehr auf.«

Ich bezweifelte nicht, daß es ihr Schwierigkeiten bereitete, mit ihm am Tisch zu sitzen. Sie hatte noch nie viel verkraftet. Ihr grauste schon, wenn sie sich in den Finger schnitt. Beim Anblick von Blut wurde sie weißer als Milch. Ich hatte nie vergessen, wie leichenblaß und entsetzt sie in der Nacht gewesen war, in der sie die Totgeburt gehabt hatte.

»Versuch wenigstens, ihm nicht das Gefühl zu geben, er sei eine Art Ungeheuer, Belinda. Stell dir vor, was er durchmacht, und denk an einige der unerfreulichen Situationen, in denen er dir geholfen hat.«

»Ich werde mich bemühen«, versprach sie, doch sie aß weiterhin selten mit ihm.

Vielleicht war es besser für Daddy, wenn sie ihm nicht unter die Augen kam. Sie fing immer noch herzlich wenig mit ihrem Leben an. Sie schrieb sich im Rahmen der Erwachsenenbildung für einen Sekretärinnenkurs an der Highschool ein und versprach, dort einige Grundlagen zu lernen, damit sie hinterher im Büro wirklich nützliche Arbeiten erledigen konnte. Daddy setzte tatsächlich große Hoffnungen in sie und war sehr aufgebracht, als er ein paar Monate später erfuhr, daß sie den Unterricht nicht mehr besuchte. Sie tat so, als sei sie zu den Kursen gegangen, aber in Wirklichkeit hatte sie sich mit ihren verkommenen Freunden getroffen, und sie waren von einer Bar zur anderen gezogen oder hatten bei schönem Wetter am Strand oder auf einer Yacht Parties gefeiert. Es wurde so schlimm, daß ich jeden Überblick darüber verlor, mit wem sie sich zusammengetan hatte und wen sie wann traf. Es gab ganz einfach zu viele neue Jungen in ihrem Leben.

Natürlich kamen mir laufend Geschichten über sie zu Ohren. Unsere Bekannten, vor allem die Frauen unserer Geschäftspartner, ließen liebend gern bei mir oder bei Samuel etwas durchsikkern. Schließlich entschied ich mich zu ernsten Schritten und suchte an einem frühen Nachmittag Daddy auf. Ich war entschlossen, meine Schwester davon abzuhalten, weiterhin den guten und ehrbaren Namen unserer Familie in den Schmutz zu ziehen. Weshalb sollte ich mich davor fürchten, in vornehmen Restaurants und bei gesellschaftlichen Anlässen zu erscheinen, mich davor fürchten jemand könnte sie erwähnen und mir den ganzen Abend verderben?

Ich fand Daddy schlummernd im Wohnzimmer vor und weckte ihn. Ich sagte ihm, ich sei gekommen, um mit ihm über Belinda zu reden. Seine Augen wurden dunkel.

»Wir können nicht länger tatenlos zusehen«, begann ich. »Ich habe an das Collier Business College in Boston geschrieben, und ich habe Belinda für ein Jahr für die Kurse angemeldet, die dort angeboten werden. Gestern habe ich mit Cousine Paula gesprochen, und sie hat sich bereiterklärt, Belinda ein Zimmer zu vermieten. Sie wohnt wenige Gehminuten vom College entfernt. Du mußt darauf bestehen, daß sie hingeht, und du mußt ihr damit drohen, daß sie keinen Penny mehr von dir bekommt, wenn sie diese Kurse nicht besucht und erfolgreich abschließt. Wenn du jetzt nicht energisch und entschlossen auftrittst, weiß ich nicht, was aus ihr werden wird. Dies ist mein allerletzter Versuch, ihr zu helfen.«

Er starrte mich aus diesen großen wäßrigen Augen an. Seine Unterlippe hing am rechen Mundwinkel immer noch herunter, und einige Zähne waren zu sehen.

Er nickte und versprach es mir, aber als Belinda ihren gewohnten Widerstand leistete, mußte ich ins Haus kommen und Daddy eine Stütze sein.

»Ich will nicht bei Cousine Paula leben«, jammerte sie. »Sie ist eine alte Meckerliese und sie wird mir das Leben zur Qual machen. Ich hätte lieber eine eigene Wohnung«, schloß sie. »Oder ich gehe gar nicht erst hin«, sagte sie anschließend und stampfte mit dem Fuß auf wie eine ungezogene Fünfjährige.

»Das verursacht enorme Kosten, und in deinem Falle wären sie, offen gesagt, mit einem großen Risiko verbunden, und Daddy und unsere ganze Familie haben deinetwegen schon genug Geld verloren. Du brauchst keine eigene Wohnung. Cousine Paula lebt allein. Es wird sich für euch beide bestens bewähren.«

»Sie hat mich nie gemocht, Daddy«, stöhnte sie, »und ich habe sie auch nie gemocht. Das ist die mit den Haaren auf dem Kinn. Wie kann eine Frau sich im Spiegel betrachten und zulassen, daß Haare auf ihrem Kinn wachsen?«

»Sie braucht sich schließlich nicht in dich zu verlieben, Belinda, und umgekehrt ebenso wenig. Befolge einfach ihre Vorschriften, und besuche die Schule. Das ist deine allerletzte Gelegenheit, etwas mit deinem Leben anzufangen.«

»Wozu denn? Ich werde ohnehin heiraten. Ich muß eben dafür sorgen, daß es jemand mit Geld ist.«

»Und wann wird es dazu kommen?«

»Schon bald«, versprach sie.

»Bis dahin wirst du etwas lernen. Wenn du genug gelernt hast, kannst du zurückkommen und in unserer Firma arbeiten«, fügte ich hinzu.

»Oh, wenn das keine wunderbaren Aussichten sind«, stöhnte

sie. Sie wandte den Blick ab und sah dann Daddy an. »Ich kann nicht ein Jahr lang nach Boston gehen. Daddy braucht mich hier.«

»Du bist so gut wie nie hier, und wenn du hier bist, bist du ihm sowieso keine Hilfe«, fauchte ich. »Also, Daddy und ich haben alles miteinander besprochen. Entweder du gehst aufs College, oder du suchst dir einen Job, einen echten Job, aber für uns wirst du nicht arbeiten. Bei uns gibt es ohnehin keine Arbeit für dich, solange du keine entsprechenden Fähigkeiten mitbringst, aber vielleicht kannst du als Kellnerin arbeiten oder sowas.«

»Als Kellnerin? Niemals.«

»Daddy wird dir kein Geld mehr geben«, sagte ich streng.

»Daddy«, sagte sie und wandte sich flehentlich an ihn. Ich sah ihn an, und er blickte mit bedrückten, traurigen Augen zu mir auf. Ich verzog das Gesicht zur Warnung, damit er nicht nachgab.

»Olivia hat … recht«, sagte er. Die Worte kosteten ihn Mühe, aber er brachte sie heraus. »Es war mein Fehler, daß ich dich nicht schon eher gezwungen habe, etwas zu tun.«

»Das ist ja toll. Ihr beide habt euch gegen mich verbündet!« Sie verschränkte die Arme unter den Brüsten und schmollte einen Moment, während sich ihr verschlagener kleiner Verstand in ihrem verzogenen Kopf wand und kringelte wie eine Schlange in einem Korb. Dann leuchteten ihre Augen auf. »Aber für die Zeit in Boston bekomme ich Taschengeld?«

»Du bekommst das, was du brauchst, was du wirklich brauchst. Eine angemessene Summe«, sagte ich.

»Daddy entscheidet, wieviel ich bekomme«, warf sie mir an den Kopf. »Wenn er das entschieden hat, gehe ich hin.«

Ich sah ihn an, und er schloß die Augen, öffnete sie wieder und sah mich an.

»Du bist eine verzogene Göre, Belinda. Du hast von deiner Familie bisher immer nur genommen, und du hast ihr nie etwas gegeben.«

»Ich tue mein Bestes«, rief sie aus. »Das stimmt doch, Daddy?«

Er verzog das Gesicht.

»Wir wollen dieses Gespräch jetzt beenden«, sagte ich. »Viel mehr verkraftet Daddy nicht. Ich werde die Vorkehrungen für deine Fahrt treffen und heute abend Cousine Paula anrufen.«

»Du kannst es wohl kaum erwarten, mich loszuwerden. Ich weiß nicht, woran das liegt«, flötete sie mit versonnenem Blick. »Dabei versuche ich doch gar nicht, dir jemanden wegzunehmen.«

»Es gibt niemanden, den du mir wegnehmen könntest und den ich nicht ohnehin abschreiben würde, wenn er sich mit dir einließe, Belinda.«

»Hm?«

»Vergiß es«, sagte ich. »Ich hoffe, diesmal bemühst du dich wirklich, dich gut zu halten. Ich kann es nur hoffen. Andernfalls ...«

»Was ist andernfalls?«

»Andernfalls verkaufe ich dich an den Meistbietenden«, sagte ich und ging, um mich um die Vorbereitungen zu kümmern.

Trotz ihrer Proteste verließ Belinda nur zu gern das Haus. Sie fand es immer aufregend, nach Boston zu fahren. Sie hatte Daddy entgegen meinen Wünschen dazu gebracht, ihr eine neue Garderobe zu kaufen, und mir war klar, daß sie vorhatte, aus Cousine Paulas Haus auszuziehen und sich eine eigene Wohnung zu nehmen, sowie sie eine Lösung gefunden hatte. Dann würde sie ihre strohköpfigen Freundinnen nach Boston einladen, und der gesamte Versuch, ihr dabei zu helfen, daß sie etwas aus sich machte, würde sich als eine weitere Pleite erweisen, soviel stand für mich fest. Dennoch hatte ich es zumindest versucht. Das war ich Mutter schuldig, und ich hatte das Gefühl, meine Schulden bei ihr auf Heller und Pfennig beglichen zu haben.

Ich ahnte ja nicht, daß ich gerade erst begann, die wahren

Kosten zu tragen. Ich war tatsächlich so dumm, mir einzureden, ich hätte endlich die richtige Wahl für Belinda getroffen. Sie schrieb sich ein und begann ohne jedes weitere Wimmern und Klagen ihre Ausbildung. Anfangs kam sie sogar mit Cousine Paula zurecht, und nach ein paar Wochen schickte sie uns ziemlich gute Zwischenzeugnisse von der Schule.

Nachdem sie Provincetown verlassen hatte, kamen die Gerüchte zum Erlahmen, und es war mir möglich, mich auf die Firma und auf meine Familie zu konzentrieren. Wir expandierten sogar noch mehr. Samuel berichtete mir, Nelson sei der Meinung, wir sollten uns überlegen, ob wir nicht Anteile an unserer Firma an der Börse anbieten wollten.

»Sag ihm, er soll zu uns rüberkommen und es persönlich mit mir besprechen«, sagte ich zu Samuel, aber Nelson kam nicht.

Sein Vater ging in den Ruhestand, und Nelson wurde Seniorpartner. Er gewann in Boston etliche bedeutende Fälle, und sowohl bei uns als auch in Boston berichteten die Zeitungen über ihn. Dann wurde Nelson für ein Richteramt ernannt. Man ging allgemein davon aus, er würde sich in der nahen Zukunft um ein politisches Amt bewerben.

Ich erinnere mich noch an das Gefühl, daß unser aller Leben eine lange und schwierige Klippe umschifft hatte und wir jetzt relativ sicher und zufrieden an der Küste entlangfuhren. Jacob rannte durch die Gegend und verbrachte viele seiner Nachmittage mit Daddy, dem es inzwischen wieder so gut ging, daß er begann, gegen das Rauchverbot und die Diätvorschriften zu verstoßen. Als ich ihn dafür ausschalt, bat er mich, ihm diese einfachen Vergnügungen zu gönnen. Sie seien alles, was ihm noch geblieben war, behauptete er.

Ich war derart mit meiner eigenen Arbeit beschäftigt, daß ich Samuel nur wenig Aufmerksamkeit schenkte, und daher fiel mir nie auf, daß er unglücklich war. Eines Abends legte er beim Essen sein Besteck hin und stützte die Ellbogen auf den Tisch.

»Ich finde, es ist an der Zeit, daß wir beide uns miteinander unterhalten, Olivia«, begann er mit fester Stimme und heftete seine Augen auf mein Gesicht wie zwei Lötkolben.

Dieser Tonfall war ganz und gar untypisch für Samuel, vor allem in Gegenwart unseres Personals. Ich zog die Augenbrauen hoch und sah dann Thelma an, die gerade damit fertig geworden war, Jacob zu füttern.

»Sie können ihn jetzt in sein Zimmer bringen, Thelma«, wies ich sie an, und sie tat es. »Was ist, Samuel?« fragte ich, sowie sie gegangen war. »Was könnte dich derart bedrücken, daß du in Gegenwart von Thelma so mit mir sprichst?«

»Du hast keine Ahnung?« fragte er voller Erstaunen.

»Nein, nicht die leiseste. Es tut mir leid, aber ich hatte in den letzten Tagen ziemlich viel zu tun. Jedenfalls bin ich nicht dazu aufgelegt, Rätselraten zu spielen. Wenn dich etwas bedrückt, dann sag mir unumwunden und ohne jede überflüssige Dramatik, worum es geht.«

Er schüttelte den Kopf und wandte den Blick einen Moment ab, ehe er mich wieder ansah. »Deine Tür, Olivia, ist jetzt schon seit vielen Monaten abgeschlossen. Ich habe es respektiert, und ich habe mich dir nicht aufgedrängt, aber es ist unnatürlich, daß ein verheirateter Mann und seine Ehefrau ein solches Leben führen«, sagte er. Dann lehnte er sich zurück. »Hast du gewußt, daß Louise Childs wieder schwanger ist? In dieser Ehe gibt es keine verschlossenen Türen.«

»Ach, darum geht es also. Du fürchtest, Nelson Childs wird dich bei diesem Wettbewerb im Babymachen überflügeln«, sagte ich anklagend.

»Nein, darum geht es nicht, Olivia. Mein Gott! Ich habe Bedürfnisse, männliche Bedürfnisse, und ich kann mir nicht vorstellen, warum du keine weiblichen Bedürfnisse hast. All diese Monate ... du hast dich nicht ein einziges Mal zu mir hingezogen gefühlt und dich überhaupt nicht für mich interessiert?«

Er wirkte verwundert, sogar verletzt. Ich war ihm wohlwollend gesonnen und lehnte mich zurück, um meinen Kaffee zu trinken. »Ich war nur sehr beschäftigt, Samuel. Es hat nichts mit dir zu tun.«

»Was soll das heißen – es hat nichts mit mir zu tun? Was glaubst du wohl, wie mir in all der Zeit zumute gewesen ist? Du gehst abends schlafen. Du schiebst deine Arbeit und deine Sorgen für ein kleines Weilchen von dir, oder etwa nicht?« Er sah mich finster an. »Also, was ist?«

»Es tut mir leid«, sagte ich. »Für Beziehungen hatte ich in der letzten Zeit den Kopf nicht frei.«

»Den Kopf?« Er lachte, und dann beugte er sich vor, faltete die Hände und legte die Arme auf den Tisch. »Ich hoffe, diese Tür ist heute nacht nicht abgeschlossen«, sagte er. Es klang wie die schlimmste Drohung, die jemand ausstoßen konnte. Ich spürte, wie die Glut in mein Gesicht aufstieg und mein Herz zu pochen begann.

»Schlag diesen Tonfall nicht bei mir an, Samuel. Das dulde ich nicht. Ich bin niemandes Spielzeug.«

Er schnaubte. »Spielzeug? Dieser Begriff trifft so wenig auf dich zu wie … wie auf eine Nonne.«

»Jetzt reicht es mir. Wir werden sofort das Thema wechseln«, befahl ich. Ich wandte mich von Samuel ab.

Ich spürte, daß er einen Moment finster meinen Rücken anblickte, und dann stand er auf und verließ das Zimmer. Ich saß zitternd da. Wie konnte er es wagen, so mit mir zu sprechen? Was hatte ihm den Mut verliehen?

Miss Hot und Miss Cold … ich konnte hören, wie die Kinder es im Chor sangen. Traf das auf mich immer noch zu? Samuel war keineswegs häßlich, und die meisten Frauen, die ich kannte, flirteten mit ihm und gaben sich wahrscheinlich Phantasien über ihn hin. Warum ausgerechnet ich so anders war, wußte ich nicht, aber ich konnte schließlich nichts daran ändern, wie ich war, oder doch? Gewiß wäre ich nicht so geworden, wenn ich Nelson geheiratet hätte, sagte ich mir. Oder doch?

An jenem Abend drehte ich das Schloß an der Verbindungstür

versonnen zwischen meinen Fingern, aber es endete damit, daß ich es doch nicht öffnete. Ich ging ins Bett, ohne das Schloß von der Tür abzunehmen. Nachdem ich die Lichter ausgeschaltet hatte, hörte ich, wie Samuel den Türknopf umdrehte und dann leise fluchte. Nach dem Abendessen hatte er sich in sein Arbeitszimmer zurückgezogen und dort den Rest des Abends damit verbracht, Schnaps zu trinken. Er saß mit dem Rücken zur Tür und drehte sich nicht um, als ich nach ihm sah, ehe ich nach oben ging, um mich schlafen zu legen.

Ich war gerade am Einschlafen, als ich ein Geräusch hörte, das so klang, als würde von außen ein Schlüssel in das Schlüsselloch meiner Schlafzimmertür zum Korridor gesteckt. Ich öffnete die Augen und lauschte, und dann sah ich, wie die Tür sich öffnete.

»Wer ist da?« rief ich und setzte mich auf, als das Licht vom Korridor in mein Schlafzimmer fiel.

»Niemand weiter, nur dein Mann«, sagte Samuel mit einem kurzen, kalten Lachen. »Erinnerst du dich noch an mich?«

»Du hast einen Schlüssel zu meinem Zimmer? Was tust du hier?«

Er kam in seinem Bademantel auf das Bett zu, löste den Gurt und ließ den Bademantel auf den Boden fallen. Er stand nackt vor mir

»Samuel, laß das sein. Du wirst jetzt augenblicklich verschwinden.«

»Ich lasse mir mein Recht nicht verweigern«, erklärte er und kroch zu mir ins Bett. Ich versuchte, auf der anderen Seite aus dem Bett zu springen, aber er umfaßte mein Handgelenk und preßte mich eng an sich. Ich konnte den Schnaps in seinem Atem riechen. Mir drehte sich beinah der Magen um.

»Samuel!«

»Du hast einfach nur vergessen, wie schön es sein kann, Olivia. Ich bin gekommen, um dir dabei zu helfen, deine Erinnerung wiederzubeleben«, sagte er und lachte.

Ich versuchte, ihn von mir zu stoßen, aber er war zu stark und zu entschlossen.

»Ich schwöre dir, wenn du dich widersetzt, erzähle ich es jedem. Ich erzähle es deinem Vater. Ich erzähle es deiner Schwester. Es ist mein Ernst«, betonte er. »Und du weißt ja, wie weit sie den Mund aufreißt. Sogar Nelson werde ich es erzählen«, fügte er hinzu, »damit er endlich aufhört, mich aufzuziehen.«

Der Atem stockte in meiner Kehle, und mein Herzschlag setzte aus, um dann beschleunigt wieder einzusetzen.

Mir blieb nichts anderes übrig, als meinen Widerstand aufzugeben und mich auf den Rücken sinken zu lassen. Sowie ich das tat, fiel er über mich her wie ein Matrose, der wochenlang in seinem Boot gestrandet war, länger, als seine Wasservorräte gereicht hatten, und jetzt drückte man ihm endlich ein Glas frisches Wasser in die Hand.

»Siehst du«, sagte er, nachdem er sich in mich ergossen hatte. »War das nicht schön? Tut es dir nicht leid, daß du nicht mehr von der Sorte gehabt hast?«

Ich kehrte ihm den Rücken zu.

»Du brauchst dich nicht bei mir zu bedanken«, murmelte er. Am nächsten Tag wollte ich ihm meine Wut zeigen, aber er benahm sich, als kämen wir prächtig miteinander aus. Den ganzen Tag lachte er fröhlich, machte Scherze und war nett zu allen. Als ich an jenem Abend nach Hause kam, stellte ich schockiert fest, daß das Schloß an der Verbindungstür entfernt worden war.

Ich fing an, mich darüber zu beklagen, doch er hob die Hand.

»Nelson Childs hat mir gesagt, das sei ein Scheidungsgrund«, sagte er.

»Was? Du hast es Nelson erzählt? Du hast kein Recht, andere in unsere Privatangelegenheiten einzuweihen. Wie kannst du es wagen?«

»Was ändert das jetzt noch, Olivia? Diese Zeiten sind vorbei. Wir sind jetzt wieder wirklich Mann und Frau. Keine Wände und keine Schlösser mehr zwischen uns. Richtig? Richtig«, sagte er und beantwortete damit seine eigene Frage.

In jenem Monat kam er noch zweimal zu mir und anschließend recht oft, bis ich feststellte, daß ich wieder schwanger war. Es schien das zu sein, was er sich mehr als alles andere wünschte.

»Wir werden wieder einen Jungen bekommen«, behauptete er, als er die Neuigkeiten hörte. »Ich weiß es ganz genau.«

Ich nutzte meine Schwangerschaft als Vorwand, ihn aus meinem Zimmer fernzuhalten, und diesmal protestierte er nicht, als ich das Schloß wieder anbrachte. Er wollte nichts tun, was das Kind gefährden könnte.

Einen Monat später gebar Louise Childs einen Jungen, den sie Kenneth nannten, und Nelson und Samuel feierten bis in die frühen Morgenstunden. Ich hörte, wie er nach Hause kam und in sein Bett fiel. Langsam erhob ich mich und ging zur Verbindungstür. Ich schloß sie auf und sah, daß er vollständig angekleidet auf dem Bett lag. Er stank nach Whiskey und Zigarren. Ich hörte ihn stöhnen.

»Wo bist du gewesen?«

»Was? Ach«, sagte er lächelnd, »meine Frau ist zu mir gekommen? Und dabei hat sie behauptet, dazu käme es im Leben niemals. Siehst du, es hat geklappt. Sie begehrt mich also doch.«

»Laß den Blödsinn. Du bist widerlich. Ich nehme kaum an, daß Nelson so viel getrunken hat wie du.«

»Nelson?« Er lachte. »Sie haben ihn nach Hause getragen. Dein ach so geliebter und perfekter Nelson Childs war so betrunken, daß sie ihn nach Hause tragen mußten.«

»Er ist nicht mein ach so geliebter und perfekter Nelson Childs«, sagte ich und wich einen Schritt zurück. Samuel lachte.

»Komm her«, sagte er und streckte die Arme nach mir aus.

»Laß das!« Ich wandte mich furchtsam ab. Er stand mit Mühe auf und fiel wieder auf sein Bett zurück.

»Du kommst jetzt her, Olivia Gordon Logan. Dein Mann will dich.«

»Mein Mann ist ein betrunkener Narr«, fauchte ich ihn an.

»Was?«

»Schlaf jetzt, und beklage dich bloß morgen früh nicht bei mir darüber, wie es dir geht«, sagte ich und trat eilig den Rückzug an. Die Tür schloß ich hinter mir ab. Ich hörte, wie er lachte und dann auf den Boden fiel. Kurz darauf hämmerte er an die Verbindungstür.

»Samuel, du weckst das ganze Haus auf. Laß das bleiben«, rief ich. Er hämmerte weiterhin an die Tür. Ich mußte aufstehen und die Tür aufschließen. Er taumelte und wankte, als er mein Zimmer betrat.

»Ich klage meine ehelichen Rechte ein«, sagte er und hob den rechten Zeigefinger. Er lief zu meinem Bett und fiel bäuchlings darauf. Ich hob seine Füße hoch, zog ihm die Schuhe aus und hob seine Beine auf das Bett. Dann zog ich meinen Morgenmantel an, ging nach unten in unser Gästezimmer und ließ ihn ächzend und volltrunken zurück.

Am nächsten Morgen war er ziemlich beschämt und entschuldigte sich. Ich überließ ihn nur zu gern seinen Gewissensbissen und schwieg zu allem, was er sagte. Von allem, was er getan und gesagt hatte, hatte er mir mit seiner Bemerkung über »meinen ach so geliebten und perfekten Nelson Childs«, den größten Schrecken eingejagt. Ich hatte nie etwas gesagt oder getan, was Samuel den Eindruck vermitteln könnte, meine Empfindungen für Nelson seien ausgeprägt. Aus welchem Quell des Wissens hatte er diesen Eimer Wahrheit gezogen, fragte ich mich.

Es sollte nicht lange dauern, bis ich die Spur zu Belinda zurückverfolgte, die es auf ihre unschuldige Art auskostete, den Keim von Schwierigkeiten in meiner Welt zu säen und dann abzuwarten, welche Saat des Leids sich dort ernten ließ. Anscheinend hatte die Ernte trotz meiner Wut gerade erst begonnen.

14

Ein Leben und ein Tod

Meine zweite Schwangerschaft verlief wesentlich komplizierter als die erste, vielleicht weil ich wirklich nicht vorgehabt hatte, es so schnell wieder passieren zu lassen, und ein Teil von mir es ablehnte, gezwungenermaßen ein weiteres Kind auszutragen. Ich fühlte mich hilflos und nicht in der Lage, über mein eigenes Los zu bestimmen. Ganz gleich, was Samuel wollte, er würde es gegen meinen erklärten Willen bekommen. Das hier hatte nichts mehr mit einer Meinungsverschiedenheit zu tun. Zeitweilig hatte er sich mir buchstäblich aufgedrängt. Wenn es um sexuelle Beziehungen ging, war es einer Frau nicht möglich, nein zu ihrem Mann zu sagen. Seinen Ehemann konnte man nicht der Vergewaltigung bezichtigen.

Ich glaube, Samuel rechnete damit, ein zweites Kind würde bewirken, daß ich Verantwortung abgab und er endlich die Gelegenheit bekam, eine wichtigere Stellung in unserer Firma einzunehmen. Er erwartete, daß ich mich endlich darauf beschränken würde, unseren Haushalt zu führen und unsere Kinder großzuziehen, wie Louise Childs es tat. Ich wußte, daß es ihn, obwohl er sich bemühte, sich nichts anmerken zu lassen, störte, wieviel mehr ich tat als er. Seine Freunde, Nelson vielleicht mehr als alle anderen, zogen ihn damit auf, man müsse wohl eher von ihm als Mr. Gordon als von mir als Mrs. Logan sprechen, aber ich dachte gar nicht daran, unsere Geschäftsinteressen zu gefährden, um die Anforderungen zu erfüllen, die Samuels männliches Ego stellte.

Nach dem dritten Monat litt ich unter heftigen Rückenschmerzen und hatte größere Schwierigkeiten mit dem Magen-

Darm-Trakt. Ich nahm kaum zu, sondern wirkte eher aufgeschwemmt, weil sich statt dessen Wasser in meinem Körper ablagerte. Es wurde so schlimm, daß ich die Arbeit Tag für Tag eher beenden mußte, als ich wollte, um nach Hause zu fahren und mich auszuruhen; im sechsten Monat bekam ich dann gräßliche Unterleibsschmerzen und begann heftig zu bluten; ich hatte Schmerzen, die Ähnlichkeiten mit Wehen aufwiesen; selbst das Atmen fiel mir schwer.

Samuel, der mit Klienten beim Mittagessen war, wurde in die Firma zurückgerufen und half, mich schleunigst ins Krankenhaus zu bringen. Es kam nicht, wie ich erwartet hatte, zu einer Fehlgeburt. Doktor Covington machte mir jedoch sehr strenge Vorschriften.

»Wenn Sie dieses Kind haben wollen, Olivia«, warnte er mich, und sein Gesicht war so streng wie das eines Predigers, der Hölle und Verdammnis ankündigt, »dann müssen Sie mehr Zeit flach auf dem Rücken verbringen. In diesem Stadium der Schwangerschaft kommt es überhaupt nicht in Frage, daß Sie Stunden über Stunden am Schreibtisch sitzen und durch die Gegend fahren. Ihre Schwangerschaft ist jetzt schon extrem bedroht.«

Ich mußte hinnehmen, daß ich wie eine Invalide behandelt wurde. Man fuhr mich in einem Rollstuhl durch die Gegend und behandelte mich wie jemanden, der nicht auf den eigenen Füßen stehen kann. Das Treppenlaufen war mir strikt verboten worden. Für den Rest meiner Schwangerschaft wurde von mir erwartet, daß ich in meinem Schlafzimmer blieb. Damit waren die Grenzen meiner kleinen Welt gesteckt.

Samuel schien meine neuentdeckte Hilflosigkeit zu genießen. Jetzt ging ich nicht mehr jeden Morgen ins Büro, sondern er ging statt dessen hin, nahm meine Anrufe entgegen und traf sich mit unseren Kunden. Mehrere Male mußte ich Entscheidungen, die er auf eigene Faust getroffen hatte, nachträglich abändern oder Zusatzklauseln in einen Vertrag aufnehmen. Das gefiel ihm gar nicht, und er beschwerte sich darüber.

»Niemand behandelt mich mit Respekt, Olivia. Die Leute glauben, alles, was ich tue, wirst du doch im Nachhinein ändern«, jammerte er.

»Ich muß ändern, was geändert werden muß, Samuel«, sagte ich entschieden.

»Aber das macht alles so schwierig. Niemand weiß mehr, wer zuständig ist«, fuhr er fort.

»Solange ich klar denken kann, bin ich für das zuständig, was mein Vater und ich aufgebaut haben, Samuel«, sagte ich. »Bis jetzt habe ich mich schließlich nicht schlecht gehalten, oder?«

Er gab widerstrebend zu, daß ich recht hatte, aber ich sah, wie unglücklich es ihn machte, daß ich zwar zwangsweise auf dem Rücken lag, aber immer noch Einfluß auf alles Geschäftliche nahm. Ich verzichtete beispielsweise niemals darauf, alles selbst zu unterschreiben, ohne meine Unterschrift war nichts rechtsgültig.

Ich bedauerte es, Daddy nicht so oft besuchen zu können, wie ich wollte. Einmal brachte Samuel ihn tatsächlich zu uns ins Haus, aber ich hatte das Gefühl, daß sich die beiden miteinander verschworen hatten und hofften, sie könnten mich zwingen, den eisernen Griff zu lockern, mit dem ich unsere geschäftlichen Angelegenheiten an mich gerissen hatte. Als Daddy anfing, sich auf Samuels Seite zu stellen, drohte ich damit, aufzustehen und sofort ins Büro zu fahren, falls einer von beiden das Thema jemals wieder anschneiden sollte.

»Ich glaube sogar«, sagte ich und schwang meine Beine über die Bettkante, um meine Hausschuhe zu suchen, »ich fahre gleich jetzt rüber und sehe nach, was sonst noch getan werden muß.«

»Nein, das wirst du nicht tun, Olivia«, sagte Daddy. »Du wirst meinen neuen Enkel nicht gefährden. Ich hoffe, daß es diesmal ein Mädchen wird«, sagte er. »Soweit ich gehört habe, steht für dich und Samuel bereits fest, daß ihr das Kind nach deiner Mutter nennen werdet.«

Als Daddy es so formulierte, konnte ich mich nicht mehr durchsetzen. Ich ließ mich wieder auf den Rücken sinken, kam mir aber vor, als seien unsichtbare Ketten um meine Knöchel und um meinen Hals geschlungen. Doktor Covington kam einmal in der Woche, um mich zu untersuchen, doch obwohl ich ihm sagte, mir ginge es wesentlich besser, beharrte er darauf, daß ich weiterhin möglichst tatenlos blieb.

»Es geht Ihnen nur besser, weil Sie auf mich gehört haben, Olivia«, sagte er. »Lange dauert es jetzt nicht mehr bis zur Geburt. Machen Sie sich und Ihrem Baby zu diesem späten Zeitpunkt keine Schwierigkeiten«, schalt er mich. Samuel stand protzig hinter ihm. Mir war nie klar gewesen, wie sehr er es verabscheute, daß ich stärker war als er.

Als Belinda hörte, was los war, rief sie an, um ihrer schwesterlichen Sorge Ausdruck zu verleihen. Ihre Stimme war zuckersüß und triefte von unechten Sympathiebekundungen.

»Ich sollte nach Hause kommen und dir helfen«, behauptete sie. »Du tust mir ja so leid.«

»Es gibt nichts, was du hier tun könntest, es sei denn, du verbrächtest deine Zeit mit Daddy«, sagte ich. »Loretta nimmt mir alles ab. Thelma kümmert sich um Jacob. Lediglich Daddy braucht mehr liebevolle Zuwendung.«

»Ach so. Tja, vielleicht sollte ich einfach eine Zeitlang die Schule schwänzen. Ich habe sie zwar schon fast abgeschlossen, aber wenn ihr mich braucht ...«

»Mach dir keine Sorgen, ich rufe dich an«, sagte ich. »Ist alles in Ordnung? Daddy und ich haben doch keine Überraschungen zu erwarten, oder, Belinda?«

»Wie meinst du das bloß, Olivia? Du hast meine Zeugnisse gesehen, und seit meiner Abreise hast du Cousine Paula jede Woche angerufen, oder etwa nicht? Leugne es ja nicht«, sagte sie, ehe ich etwas darauf erwidern konnte. »Ich weiß, daß du mir nachspioniert hast. Nach allem, was ich weiß, hast du sogar einen Privatdetektiv engagiert, damit er mich im Auge behält.«

»Das ist nicht wahr, Belinda.«

»Es freut mich, das zu hören«, sagte sie und kicherte albern. Aus ihrer Stimme war ganz entschieden herauszuhören, daß sie etwas angestellt hatte, wovon sie wußte, daß ich es nicht gebilligt hätte. Ich bereute, daß ich nicht getan hatte, was sie selbst vermutet hatte: Ich hätte einen Privatdetektiv engagieren sollen, der über sie wachte. Nachdem sie es selbst erwähnt hatte, erschien es mir als eine gute Idee.

Wie dem auch sei, sagte ich mir, war es in meinem derzeitigen Zustand und in meiner Gemütsverfassung nicht gut für mich, wenn ich mich auch noch um sie sorgte. Was auch immer sie getan haben mag, es ist schon passiert, dachte ich mir, und damit genug. Vielleicht war sie ausgerissen und hatte geheiratet. Daddy und ich hätten nicht glücklicher sein können.

Am Dienstag der zweiten Woche meines achten Monats kam Loretta nach oben, um mir zu sagen, ich hätte Besuch. Es war kurz nach elf morgens, und ich hatte gerade mit Samuel telefoniert und war einige der Probleme mit ihm durchgegangen, mit denen er sich an jenem Tag befassen mußte. Er haßte meine Anrufe. Ich konnte mir mühelos ausmalen, wie er das Gesicht zu einer Grimasse verzerrte und mit der Hand auf der Stirn dasaß, als hätte er die übelste Migräne, die man sich ausmalen kann.

»Ich habe Besuch?« fragte ich. Ich hatte keine Ahnung, wer das sein konnte. Vertreter und dergleichen hatten nie Zutritt zum Haus. »Wer ist es?«

»Mr. Childs«, sagte sie. »Ich habe ihm gesagt, ich würde nachsehen, ob Sie heute morgen jemanden empfangen. Er wartet unten«, fügte sie hinzu.

»Nelson?«

»Ich kenne seinen Vornahmen nicht, Ma'am.«

»Es ist kein älterer Mann, oder?« fauchte ich sie unwillig an.

Wie konnte sie in Provincetown leben und nicht wissen, wer Nelson Childs war?

»Nein«, sagte sie.

»Also gut. Schicken Sie ihn nach oben«, sagte ich. »Nein, warten Sie. Reichen Sie mir diesen Spiegel dort«, sagte ich und deutete auf den kleinen Spiegel mit dem silbernen Rahmen, der auf der Frisierkommode stand. Da ich gezwungenermaßen zu Hause bleiben mußte, tat ich so gut wie nichts mit meinem Haar und war ungeschminkt. Ich wußte, daß mein Gesicht runder war und meine Lippen so aussahen, als seien sie mit Luft gefüllt. Das Haar hatte ich mir schon seit Tagen nicht mehr gewaschen. Es ähnelte einem Besen, dessen Borsten schlaff herunterhingen. Ich ließ mir von Loretta einen Schal reichen, um den größten Teil zu verbergen, und dann trug ich Lippenstift auf, ehe ich sie wieder nach unten schickte, damit sie Nelson zu mir führte.

Was für eine Überraschung, dachte ich. Wußte Samuel, daß Nelson zu mir kam? Am Telefon hatte er nichts davon erwähnt. Warum kam Nelson ohne seine Frau? Ich hörte seine Schritte auf der Treppe, strich meine Decke glatt und setzte mich erwartungsvoll auf. Nelson und ich hatten uns schon lange nicht mehr allein getroffen. Meine eigene Nervosität war mir unerträglich. Ich fühlte mich wie ein Schulmädchen. Meine Finger zitterten tatsächlich.

Krieg dich in den Griff, Olivia Logan, befahl ich mir. Er ist auch nur ein Mann.

»Olivia«, rief er aus, als er zur Tür hereinkam. Er trug einen dunkelblauen zweireihigen Nadelstreifenanzug mit einer leuchtend blauen Krawatte. Sein Haar war modisch frisiert, und da er braungebrannt war, wirkten seine Augen grüner denn je. »Es tut mir ja so leid, daß ich dich nicht schon eher besucht habe«, sagte er, als er auf mein Bett zukam. Er beugte sich herunter, um mich auf die Wange zu küssen.

»Hallo, Nelson.«

»Ich war in einen komplizierten Fall verwickelt, der mich über Wochen auf die Bahamas geführt hat.«

»Ich wußte gar nicht, daß du fort warst«, sagte ich. »Auf den Bahamas? Kein Wunder, daß du so gesund aussiehst.«

Er lachte. »Tja, wenn man nur immer arbeitet und keinen Spaß hat, dann ist man ein stumpfsinniger Anwalt.« Er trat zurück und schüttelte den Kopf. Auf seinem Gesicht stand ein breites Lächeln.

»Was ist?«

»Es erscheint so unpassend, die eiserne Jungfrau von Cape Cod bettlägerig zu sehen!« behauptete er. »Ich muß schon sagen, du siehst besser aus, als ich erwartet habe.«

»Ich bin keine eiserne Jungfrau, Nelson«, erwiderte ich. »Ich bin aus Fleisch und Blut und habe Gefühle, wie die meisten Frauen, die du kennst.«

»Sei nicht albern. Du hast absolut nichts von den meisten Frauen, die ich kenne, Olivia. Die meisten sind nicht halb so talentiert wie du.« Er warf einen Blick auf den Stuhl. »Hast du was dagegen, wenn ich mich ein Weilchen setze?«

»Nein, nimm doch bitte Platz«, sagte ich, und er zog den Stuhl näher.

»Wie geht es Louise?« fragte ich.

»Oh, ihr geht es gut. Sie wäre mitgekommen, aber sie hat zuviel mit den Kindern zu tun. Eines gleich nach dem anderen«, sagte er achselzuckend. »So wollte sie es haben.«

»Ach, wirklich? Dann war das also alles so geplant?« fragte ich und dachte an meine eigene Situation.

»Ja, sicher«, sagte er, schlug die Beine übereinander und lehnte sich zurück.

»Nun«, sagte ich nach einer erdrückenden Pause, »ich weiß es wirklich zu würdigen, daß du nach mir siehst, Nelson, aber«, fuhr ich fort und musterte ihn eindringlicher, »ich kann mich des Eindrucks nicht erwehren, daß du nicht nur nachschauen wolltest, wie es mir geht.«

Er schüttelte den Kopf und lachte. »Du bist erstaunlich, Olivia. Ich bin hergekommen, um etwas mit dir zu besprechen, aber trotzdem irrst du dich. Ich habe mich wirklich um deine Gesundheit und das Baby gesorgt, und deshalb wollte ich vorbeikommen und nachsehen, wie es dir geht. Wisch dir also diese Maske des Argwohns vom Gesicht, und reiße deine zusammengekniffenen Augen weiter auf.« Er lachte nervös. »Du gibst mir das Gefühl, als sei ich ein Teenager, der auf dem Klo beim Rauchen ertappt worden ist oder sowas.«

»Also, mach schon. Sag, was du zu sagen hast. Stell deine Fragen, und unterbreite mir dein Anliegen oder was auch immer es ist«, befahl ich.

Er nahm eine aufrechtere Haltung ein. »Du weißt, daß ich für deine Firma die Verteilung über Benington abgewickelt habe, etwas, was dein Vater gemeinsam mit meinem Vater begonnen hat und was ich zu Ende geführt habe.«

»Ja, das ist mir klar«, sagte ich und war enttäuscht, weil ich mit der Annahme richtig gelegen hatte, daß es sich nicht um einen persönlichen Besuch handelte.

»Heute morgen habe ich in der Firma vorbeigeschaut, um Samuel zu begrüßen und Papiere vorbeizubringen, und er hat mir gesagt, ich könnte sie ebensogut hier abliefern. Du läßt ihn nichts unterschreiben, sagt er.«

»Diese Vollmacht habe ich ihm nicht ausgestellt, das stimmt«, sagte ich. »Wo sind die Papiere?«

»Oh, das hat wirklich alles Zeit, Olivia. Ich bin nicht geschäftlich hier. Ich bin aus persönlichen Gründen gekommen. Ich bin als Freund hier. Du erinnerst dich doch noch, daß wir einander gelobt haben, immer Freunde zu sein?« fragte er.

»Ja, ich erinnere mich, Nelson«, sagte ich und schloß die Augen. Meine Lippen verzogen sich zu einem kleinen Lächeln. »Mach schon, sei mein Freund«, forderte ich ihn heraus.

»Ich schwöre es dir ... ich bin hier, weil ich mir Sorgen um Samuel mache, Olivia«, platzte er nach einer kurzen Pause heraus.

»Um Samuel? Warum?«

»Er ... er ist nicht mehr der alte, und ich glaube, es liegt daran, daß du ihn an einer zu kurzen Leine hältst.«

»Was?« Ich wußte nicht, ob ich lachen oder schreien sollte. »Wer hat das aufgebracht? Eine kurze Leine?«

»Das stammt von mir. Er hat es dringend nötig, daß man ihm mehr Autorität und Verantwortung überläßt. Einige eurer gemeinsamen Freunde nennen ihn deinen Laufburschen, und das setzt ihm zu. Das Selbstbewußtsein eines Mannes kann nur ein begrenztes Maß an Verletzungen ertragen, ehe die ganze Persönlichkeit darunter leidet.«

Ich starrte einen Moment schweigend vor mich hin. »Ich hoffe, meine Sorge verletzt dich nicht, aber ...«

»Hat Samuel dich gebeten, daß du heute morgen herkommst und dich für ihn einsetzt?« fragte ich.

»Nein, keineswegs«, sagte Nelson und hob die Hand, als sei er in den Zeugenstand berufen worden und würde jetzt vereidigt. »Es war ganz und gar meine eigene Entscheidung. Ich wollte dir gegenüber ausdrücken, wieviel Vertrauen ich in Samuel setze, und ich fand, es sei wesentlich besser für deine Ehe, wenn du ...«

»Nelson«, sagte ich langsam, »wie gefiele es dir, wenn ich zu Louise ginge und ihr Ratschläge dazu erteilte, wie sie dich behandeln soll? Wie würde das Louise gefallen?« fragte ich.

»Louise und du, ihr habt nicht die Beziehung, die wir zueinander haben, Olivia«, sagte er.

»Was für eine Beziehung?«

»Unsere Freundschaft«, sagte er. »Ich will nichts weniger, als dich verärgern«, fügte er eilig hinzu. Dann streckte er einen Arm aus und nahm meine Hand. »Glaube mir, bitte.«

Ich sah meine Hand in seiner an und spürte, wie mein Herz flatterte.

»Ich bin nicht verärgert, Nelson. Ich bin nur ... überrascht.« Ich blickte zu ihm auf. Er wirkte so ehrlich, so besorgt. Kam er nur her, um sich für Samuel einzusetzen, weil er mir näher sein wollte?

»Vielleicht sollte ich nicht ganz so überrascht sein. Vielleicht ist zwischen dir und mir mehr, als wir uns eingestehen wollen. Vielleicht haben wir es schon immer gewußt«, sagte ich sehr leise.

»Ja, das ist wahr. Du bist sehr intelligent, und du bist mir gegenüber immer ehrlich gewesen, bis hin zu dem Punkt, an dem du mich beschimpft hast, als es sein mußte«, sagte er lächelnd. »Ich dachte, es ginge in Ordnung, wenn ich dir sage, was ich denke. Ich mag Samuel und dich sehr gern«, fügte er hinzu. »Wirklich, Olivia. Wahrscheinlich bist du, abgesehen von meiner eigenen Frau natürlich, die Frau in der ganzen Stadt, die ich am meisten respektiere. Du hast mich schon immer beeindruckt.«

Mein Herz flatterte wie ein kleiner Vogel, der Mut zum Fliegen sammelt. Wagte ich zu sagen, was schon so lange in einem geheimen Winkel meiner Seele verborgen war. »Es ist ein Jammer, daß wir einander nicht eher begegnet sind, Nelson. Wir hätten eine Familie wie keine andere auf dem Kap gründen können. Überlege dir nur, welche Macht wir gemeinsam besessen hätten und was wir alles hätten aufbauen können. Wir hätten inzwischen ein Imperium«, sagte ich, und meine Stimme war gefühlsgeladen.

»Leute sollten nicht nur heiraten, um ein Geschäft miteinander aufzubauen, Olivia. Es muß mehr zwischen ihnen ablaufen«, sagte er in einem herablassenden Tonfall.

Ich zog meine Hand aus seiner. »Ja, du hast natürlich recht«, sagte ich und wandte mich von ihm ab. Ich fühlte mich nackt, entblößt, weil ich ihm meine Gefühle so deutlich gezeigt hatte. »Also, ich danke dir jedenfalls dafür, daß du mich auf Samuels Probleme aufmerksam gemacht hast. Ich werde tun, was ich kann, aber ich werde nichts Unvernünftiges tun, um unsere Freunde, wie du sie nennst, zu beschwichtigen. Ich bin sicher, daß ein Teil davon ohnehin nur das übliche Gerede unter Männern ist.«

»Ich fürchte, ich habe dich erbost.«

»Nein«, sagte ich, und dann drehte ich mich zu ihm um. In

meinen Augen stand Glut. »Nein, du hast mich nicht erbost. Du hast mich nur daran erinnert, was es für eine Frau heißt, eine angeblich männliche Rolle einzunehmen. Ja, ich gebe zu, daß ich meine Firma mit eiserner Hand führe, Nelson, aber das tue ich, weil ich Geschick dafür besitze und sie zu dem aufgebaut habe, was sie heute ist. Es gibt keinen Grund dafür, daß ich nicht so weitermachen sollte, bloß, weil ich eine Frau bin«, sagte ich. »Vielleicht solltest du dein Frauenbild überdenken, Nelson. Möglicherweise bist du nicht so liberal und offen, wie du es dir einbildest.«

Er lachte. »Ich hoffe nur, daß ich nie in die Lage komme, mit dir verhandeln zu müssen, Olivia. Also, wie ich sehe, geht es dir gut«, sagte er. »Du bist stark. Ich werde nicht noch mehr von deiner Zeit in Anspruch nehmen. Erwähne Samuel gegenüber bitte nicht, daß ich hier gewesen bin. Er weiß wirklich nicht, daß ich hier bin«, sagte er und stand auf.

»Also, gut, von mir aus«, sagte ich und sah ihm fest in die Augen. Er starrte mich einen Moment an.

»Soweit ich gehört habe, macht sich Belinda in Boston ganz passabel«, sagte er.

»Wer hat dir das erzählt?«

»Du weißt doch, wie gern die Leute in diesen Kleinstädten reden«, sagte er.

»Ich würde auf nichts schwören, was Belinda tut«, sagte ich. »Ich glaube es erst, wenn ich es sehe. Warum?«

»Sie ...«

»Was ist?«

»Sie hat mich um einen Job gebeten, wenn sie nächsten Monat dieses College absolviert«, enthüllte er.

»Was?« Ich fing schon an zu lachen.

»Sie hat gesagt, sie würde lieber nicht für dich arbeiten.«

»Das wäre mir allerdings auch lieber.«

»Ich dachte, ich sollte es dir besser berichten«, sagte er.

»Was wirst du tun?«

»Ich weiß es nicht.« Er sah mich an, als hoffte er auf meine Genehmigung.

»Findest du nicht, es könnte angesichts der Vergangenheit eine anstößige Situation sein?« fragte ich.

»Es könnte verfänglich sein, sie abzulehnen«, sagte er und sah zum Fenster hinaus.

Mein Herz blieb stehen und setzte dann mit einem Maschinengewehrrhythmus wieder ein, der mir den Atem zu rauben schien. »Du meinst, Belinda hat dir gedroht? Dich erpreßt?«

»Nicht direkt. Vielleicht hat sie sich geändert«, sagte er. »Vielleicht sollte ich ihr eine Chance geben.«

»Tu, was du willst«, sagte ich. »Das tut ihr Männer ohnehin immer«, fügte ich hinzu.

Er fing an zu lachen und setzte dann einen sehr ernsten Gesichtsausdruck auf. »Wir werden es ja sehen«, sagte er. »Ich besuche dich wieder und lasse dir diese Papiere morgen bringen, wenn es dir recht ist.«

»Wunderbar«, sagte ich und wandte mich jetzt von ihm ab. Wie konnte er auch nur in Erwägung ziehen, Belinda um sich zu haben? Ich war wütend.

»Einen schönen Tag noch«, sagte er und ging.

Ich fühlte mich dazu aufgelegt, das Zimmer zu demolieren und wie ein wildes Tier zu wüten. Ich wollte mit den Armen fuchteln und gegen die Wände schlagen. Diese verdammte Gefangenschaft brachte mich um den Verstand. Es war mir verhaßt. Es war, als hätte Samuel mich eingesperrt und den Schlüssel weggeworfen.

»Loretta!« schrie ich. »Loretta!«

Sie kam die Treppe heraufgestürmt und eilte in mein Zimmer. In der Tür blieb sie stehen, mit der Hand auf der Brust und bebenden Schultern. »Ja, Ma'am. Was ist?«

»Nichts ist. Hilf mir aufzustehen und mich anzuziehen«, befahl ich.

»Aber ...«

»Jetzt sofort!« schrie ich. Hatte ich in den Augen aller an Autorität eingebüßt, sogar in den Augen meines eigenen Personals?

»Ja, Ma'am«, sagte sie und ging zum Kleiderschrank, um die Sachen zu holen, die ich ausgesucht hatte.

Die lange Zeit im Bett hatte mich mehr geschwächt, als ich vorausgesehen hatte. Zweimal hatte ich Schwindelanfälle, während ich mich anzog, aber ich kämpfte dagegen an. Als ich fertig war, ließ ich Raymond kommen, der mir beim Verlassen des Hauses und beim Einsteigen in den Wagen half.

»Fahren Sie mich ins Büro«, wies ich ihn an. Als wir dort ankamen, lief er um den Wagen herum und wollte mich stützen, doch ich schüttelte seinen Arm ab.

»Mir fehlt nichts«, sagte ich. Ich wollte mein Büro aus eigener Kraft betreten, damit niemand daran zweifelte, daß ich kräftig genug war, um meine eigenen Angelegenheiten wieder in die Hand zu nehmen.

Unsere Sekretärinnen und Verkäufer waren schockiert, als ich zur Tür hereinkam, mir den Bauch hielt und meine Kurzatmigkeit verbarg. Ich hatte soviel Make-up aufgetragen, daß ich nicht blaß wirkte. Sie waren alle übermäßig hilfreich, aber ich scheuchte sie davon und sagte ihnen, sie sollten sich ihren Pflichten wieder zuwenden, während ich mich auf den Weg zu meinem Büro machte. Ein einziger Blick genügte mir, um zu sehen, daß Samuel die Kontrolle an sich gerissen hatte. Mein Schreibtisch war chaotisch. Überall lagen Papiere und Akten, und auch eine Kaffeetasse und ein Glas mit einem Rest Schnaps standen darauf herum. Der ganze Raum roch nach dem Rauch von Zigarren. Samuel war nicht da.

»Öffnen Sie hier ein Fenster, Dolores«, ordnete ich an. Meine Sekretärin kam eilig herein und riß sämtliche Fenster auf. »Hat denn niemand versucht, hier aufzuräumen während ich fort war?«

»Mr. Logan wollte niemanden in seinem Büro sehen«, erklärte sie.

»Das wundert mich nicht. Wo ist er?«

»Er trifft sich im Whaler's Club mit Mr. Brofman und Mr. Conde zum Mittagessen«, sagte sie.

»Zum Mittagessen? Es ist kurz vor halb vier!«

»Mr. Logan kommt nie vor vier vom Mittagessen zurück«, sagte sie und biß sich dann auf die Unterlippe, als hätte sie bereits mehr verraten, als ihr zustand.

»Keine Sorge, Dolores«, sagte ich und wischte den Schreibtischstuhl ab, ehe ich mich setzte. »Ich werde mich kurz hier umsehen.«

Ich begann, die Unterlagen zu durchstöbern, und es schokkierte mich, wie viele Dinge Samuel nie erwähnt hatte. Einiges hätte schon vor Tagen erledigt werden sollen, und es lagen Gesprächsnotizen von wichtigen Kunden da, die offenbar nie zurückgerufen worden waren. Ich machte mich langsam ans Werk, unterschrieb soviel wie möglich und rief alle erdenklichen Leute zurück. Einer der Kunden teilte mir mit, man hätte sich gezwungen gesehen, sich an eine andere Firma zu wenden. Es blieb mir nichts anderes übrig, als mich höflich zu entschuldigen.

Als Samuel zurückkam, hatte ich mehr als die Hälfte dessen erledigt, was liegen geblieben war. Er betrat das Büro, und ich konnte ihm deutlich ansehen, daß er zum Mittagessen zuviel Alkohol getrunken hatte. Seine Augen sahen aus, als trieben sie freischwebend in seinem Kopf. Er war derart selbstvergessen und benommen, daß er meine Anwesenheit gar nicht bemerkte, bis er auf den Schreibtisch zukam. Er blieb erstarrt stehen, und sein Unterkiefer fiel herunter.

»Was ... zum ... was hast du hier zu suchen, Olivia?« keuchte er.

»Ich arbeite, Samuel. Ich bin dabei, den Berg abzutragen, den du auf diesem Schreibtisch angehäuft hast, und ich entschuldige mich bei einem Kunden nach dem anderen für Rückrufe, die du nicht gemacht hast. Einige der Anrufer waren wirklich verzweifelt. Farmingdale haben wir bereits als Kunden verloren, und etwas anderes als eine Entschuldigung ist mir nicht übrig geblieben.«

»Das stand als nächstes auf meiner Liste. Du machst dir gar keine Vorstellung davon, was hier alles zu tun war. Ich wollte es dir nicht sagen, damit du dir in deiner derzeitigen Verfassung keine Sorgen machst«, erklärte er.

»Du hast wohl geglaubt, daß es mir in meiner Verfassung hilft, wenn du die Geschäfte schleifen läßt?« warf ich ihm an den Kopf.

»Die Firma hat nicht darunter gelitten. Ich habe viel getan, wovon du gar nichts weißt«, protestierte er.

»Genau das fürchte ich«, sagte ich trocken.

»Du solltest nicht hier sein, Olivia. Der Arzt wird sehr böse auf dich und auf mich werden, wenn er erfährt, daß du hier warst«, klagte er.

»Damit hast du nichts zu tun, Samuel. Ich tue, was ich will und tun muß. Sieh dir dieses Durcheinander an. Sieh dich nur um, wie schmutzig es hier ist. Was für ein Beispiel gibst du deinen Angestellten? Hast du etwa geglaubt, ich würde nie mehr in mein Büro zurückkehren?«

»Doch, natürlich. Ich wollte hier alles in Ordnung bringen lassen. Ich hatte mir schon in den Terminkalender geschrieben, daß ich morgen oder übermorgen den Reinigungsdienst anrufe«, sagte er. »Ich kann es dir zeigen.«

Er fing an, in den Dokumenten zu wühlen und seinen Terminkalender zu suchen. »Er muß gerade erst runtergefallen sein. Sieh mal, Olivia, du kommst hier einfach reingeschneit und schimpfst mich aus. Das trägt nicht gerade dazu bei, daß mir unsere Angestellten weiterhin Respekt entgegenbringen.«

»Weiterhin? Was soll das heißen, Samuel? Bildest du dir etwa ein, du besäßest ihren Respekt?« bemerkte ich. »Geh in dein Büro, und laß mich allein, damit ich wenigstens einen Teil des Schadens beheben kann«, sagte ich.

»Ich muß darauf bestehen, daß du augenblicklich wieder

nach Hause fährst«, erwiderte er. Ich konnte ihm deutlich ansehen, daß der Alkohol ihm den Mut gab, den er sonst nicht gehabt hätte. Er hatte die Arme in die Hüften gestemmt und die Schultern zurückgezogen. »Du wirst jetzt Raymond anrufen. Und zwar gleich.«

»Ich schwöre dir, Samuel«, sagte ich, »wenn du nicht augenblicklich von hier verschwindest und mich arbeiten läßt, rufe ich die Polizei und lasse dich aus dem Büro entfernen«, warf ich ihm an den Kopf und sah ihm so fest ins Gesicht, daß er blinzeln und den Blick abwenden mußte.

»Du machst einen Fehler, Olivia. Ich mache mir doch nur Sorgen um dich und unser Baby«, jammerte er. Ich rührte meinen Kopf keinen Zentimeter und wandte auch den Blick nicht von seinem Gesicht ab. Einen Moment lang wußte er nicht recht, was er tun sollte. Er trat von einem Fuß auf den anderen, stotterte wie ein alter Bootsmotor und machte dann kehrt, um aus dem Büro zu stürmen. Dabei rannte er fast Dolores um, die gerade hereinkam.

»Kommen Sie herein, Dolores«, ordnete ich an. »Setzen Sie sich. Sie werden sich jetzt notieren, was ich morgen gern erledigt hätte«, sagte ich. Sie schnappte ihren Block und kam in mein Büro geeilt. »Schließen Sie die Tür. Ich möchte nicht gestört werden«, sagte ich, und wir begannen.

Trotz meiner Begeisterung und Entschlossenheit forderten meine Wut und die Mühe, die es mich gekostet hatte, ins Büro zu kommen, einen enormen Tribut von mir. Kaum eine Stunde später ging mir der Atem aus, und ich spürte, wie geschwächt ich war. Mein Körper wurde regelrecht von einer Woge überspült. Erst wurden meine Beine taub, und dann fühlte ich mich, als sei das gesamte Gewicht meines Körpers auf meine unteren Rükkenmuskeln verlagert worden. Der Schmerz wurde so stechend, daß ich mehrfach tief Atem holen mußte.

»Räumen Sie das kleine Sofa frei«, sagte ich zu Dolores. Samuel hatte Akten auf dem Ledersofa gestapelt. Sie kam meiner Anweisung schleunigst nach, und ich stand von dem Stuhl auf. Dolores konnte sehen, daß ich Schwierigkeiten hatte, und sie eilte mit einem Satz an meine Seite.

»Lassen Sie sich von mir helfen, Mrs. Logan«, sagte sie. Sie nahm meinen linken Arm und schlang ihren rechten Arm um meine Taille.

»Ich muß mich nur einen Moment hinlegen«, sagte ich.

»Selbstverständlich. Sie haben fast eineinhalb Stunden keine Pause gemacht.«

Ich setzte mich hin und ließ mich dann zurücksinken. Dolores hob meine Füße hoch und legte sie auf das Sofa. Sie schüttelte ein Kissen auf und legte es unter meinen Kopf.

»Holen Sie mir bitte ein Glas kaltes Wasser, Dolores.«

»Ja, Mrs. Logan.«

Als sie zurückkam, war der Schmerz in meinem Rücken in meinen Unterleib weitergezogen, und es fühlte sich jetzt an, als sei ein dünner Draht um mich gespannt und würde enger und immer enger zugezogen, bis er sich in mich schnitt. Ich trank das Wasser und holte mehrfach tief Atem.

»Ist alles in Ordnung mit Ihnen?« fragte Dolores.

»Ich muß mich ausruhen«, stöhnte ich.

»Soll ich Mr. Logan rufen?«

»Nein«, sagte ich mit fester Stimme. »Es wird schon wieder gut werden.« Ich schloß die Augen und schlief tatsächlich ein. Als ich die Augen wieder öffnete, saß Samuel mit dem Kopf im Nacken auf dem Ledersessel, der zu der Garnitur gehörte und dem Sofa gegenüberstand. Er fing gerade an zu schnarchen.

»Samuel!« rief ich aus, und er wäre beinah aufgesprungen.

»Was ist? Ach so«, sagte er und rieb sich eilig das Gesicht mit den Handflächen. Dann hielt er in der Bewegung inne und sah mich wütend an. »Was ist? Hast du dich erschöpft? Bist du jetzt zufrieden?«

»Ja«, sagte ich. »Wir fahren nach Hause. Ruf Raymond an.«

»Das habe ich bereits getan. Er wartet seit etwa einer Stunde draußen. Alle anderen sind nach Hause gegangen. Sie wollten bleiben, aber ich habe sie fortgeschickt.«

»Gut.«

»Ich bin froh, daß ich deiner Meinung nach wenigstens eine richtige Entscheidung getroffen habe«, sagte er. Ich setzte mich, und er half mir beim Aufstehen. »Hast du Schmerzen?«

»Nein«, sagte ich. Der stechende Schmerz war verflogen. Ich hatte nur noch diese dumpfen Rückenschmerzen. Wir gingen aus dem Büro, aber in dem Moment, als wir die Tür erreichten, läutete das Telefon.

»Vergiß es«, sagte er. »Es ist nach Geschäftsschluß.«

»Gerade deshalb muß es etwas Wichtiges sein, Samuel. Sieh nach, wer es ist.« Er zögerte. »Ich denke gar nicht daran, wegen eines Anrufs, den niemand entgegennimmt oder erwidert, einen weiteren Kunden zu verlieren«, sagte ich. »Geh ran!«

Er klagte tonlos vor sich hin, als er zum Schreibtisch zurückkehrte. Ich wandte mich ab und wartete.

»Hallo«, sagte er, und während er zuhörte, verlor sein Gesicht alle Farbe. »Nein, Sie haben sich genau richtig verhalten. Wir fahren von hier aus direkt ins Krankenhaus und treffen Sie dort, Effie«, sagte er und legte den Hörer auf.

»Was ist passiert?« rief ich aus.

»Dein Vater ... er ist zusammengebrochen und von seinem Stuhl gefallen. Effie hat einen Krankenwagen angerufen, und sie liefern ihn sofort in der Notaufnahme ein.«

»Laß uns gehen«, sagte ich und ging auf den Ausgang der Firma zu.

»Vielleicht solltest du besser nicht hinfahren, Olivia. Du hast jetzt schon mehr getan, als gut für dich ist.«

»In meiner Vergangenheit bin ich oft an einen Punkt gekommen, an dem ich mehr getan habe, als mir zuträglich war. Ich bin sicher, daß es auch in Zukunft so sein wird, Samuel. Laß uns keine weitere Sekunde mit diesem dummen Gerede vergeuden«, sagte ich.

Er senkte den Kopf und nahm meinen Arm. Fünfzehn Minuten später fuhren wir vor der Notaufnahme des Krankenhauses vor, und Samuel half mir aus dem Wagen. Wir stellten fest, daß Daddy bereits in die Station für Herzkranke eingeliefert worden war. Der Arzt von der Notaufnahme sagte uns, es bestünde kein Zweifel daran, daß Daddy einen Herzanfall erlitten hatte.

»Wie geht es ihm?« fragte ich.

»Kritisch«, sagte der Arzt. »Ich habe Ihren Hausarzt hinzugerufen.«

Sie gestatteten uns Zutritt zur Station für Herzkranke, aber wir konnten nichts weiter tun, nur neben dem Bett stehen und uns ansehen, daß Daddy an Monitore angeschlossen war und ihm Sauerstoff zugeführt wurde. Doktor Covington traf kurz nach uns ein und unterhielt sich mit dem Spezialisten, der sich die Untersuchungsergebnisse und Daddys lebenswichtige Funktionen angesehen hatte. Wir trafen uns in dem kleinen Wartezimmer für Besucher dieser Station.

»Ich fürchte, es ist eine reichlich massive Attacke, Olivia«, sagte Doktor Covington zu mir. »Es kann sogar sein, daß er nicht wieder zu Bewußtsein kommt. Sie sollten nicht hier sein. Sie landen sonst selbst noch in der Geburtshilfestation«, warnte er mich.

»Das ist absolut harmlos«, sagte Samuel, als könnte er es kaum erwarten. »Heute nachmittag war sie im Büro und hat stundenlang gearbeitet. Ich konnte sie nicht davon abhalten!«

»Ist das wahr?« Doktor Covington schüttelte den Kopf. »Ich bin enttäuscht von Ihnen, Olivia.«

»Es ist schon in Ordnung«, sagte ich. Ich schoß Pfeile auf Samuel ab, der sich eilig wieder an Doktor Covington wandte.

»So was von stur«, sagte er.

»Fahren Sie nach Hause, Olivia«, sagte der Arzt.

»Ich bleibe noch ein Weilchen«, sagte ich, »nur für den Fall, daß er doch wieder zu Bewußtsein kommt. Dann wäre ich gern hier.«

»Also ...«

»Einen besseren Ort gäbe es nicht für mich, Doktor Covington, falls tatsächlich etwas passieren sollte«, hob ich hervor.

Er lachte. »Nein, vermutlich nicht. Also gut, aber versuchen Sie, sich auszuruhen«, sagte er. »Ich werde mit der Krankenschwester der Herzstation in Verbindung bleiben. Jetzt gehe ich noch mal rein und sage Bescheid, daß Sie hier warten.«

Ich bedankte mich bei ihm, und er ließ uns stehen.

»Ich rufe Thelma an und sage ihr, daß wir hier sind. Jacob wartet wahrscheinlich schon auf uns«, sagte Samuel.

»Belinda solltest du besser auch anrufen«, sagte ich zu ihm. »Sie wartet nur auf einen Vorwand, das College zu verlassen. Jetzt hat sie ihn«, fügte ich hinzu.

»Findest du nicht selbst, daß du sie etwas zu streng verurteilst, Olivia?« fragte er. Ich blickte erstaunt auf. »Ich meine, es ist doch auch ihr Vater, oder etwa nicht?«

Fast hätte ich gelacht. »Ja, Samuel. Es ist ihr Vater, der Mann, dem sie beim Essen nicht gegenübersitzen konnte. Der Mann, mit dem sie nicht reden konnte, in dessen Nähe sie sich nicht aufhalten konnte, dem sie nicht helfen konnte. Es ist der Mann, dem sie das Leben schwer gemacht hat. Ja, Samuel, es ist ihr Vater, der dort im Sterben liegt.«

»Ich meinte doch nur ... in Momenten wie diesem darf man keine bösen Gefühle hegen«, sagte er.

»Ich hege keine bösen Gefühle. Ich tue nur, was getan werden muß, und ich sage, was gesagt werden muß. Mach dir keine Sorgen, ich werde ihr keine Szene machen. Ruf sie einfach nur an. Und bring mir ein kaltes Getränk mit, wenn du zurückkommst.«

»In Ordnung«, sagte er und ging.

Ich saß allein im Wartezimmer, starrte die Tür an und dachte an Daddy. In Wirklichkeit war er gar nicht mein Daddy, aber ich hatte ihm mehr Grund zum Stolz gegeben als seine leibliche Tochter, oder etwa nicht? Er liebte mich mehr als sie. Er mußte mich einfach mehr lieben. Ich war diejenige, die hier sein wollte, falls er das Bewußtsein wiedererlangte. Ich würde diejenige sein, die er als letzten Menschen sah.

Zehn Minuten später kehrte Samuel mit einem kalten Mineralwasser wieder zurück.

»Belinda war nicht zu Hause. Ich habe eine Nachricht hinterlassen«, sagte er. »Hast du Hunger?«

»Nein, aber du kannst in die Cafeteria gehen und dir etwas holen«, sagte ich.

»Du willst einfach hier sitzen und warten?«

»Ja.«

»Es könnte Stunden dauern. Oder sogar Tage. Du mußt auch an unser Baby denken, Olivia«, sagte er zärtlich.

»Ich warte, solange ich kann, und dann fahren wir nach Hause.« Er stand da und sah mich an. »Ich verspreche es dir«, fügte ich hinzu.

»In Ordnung. Ich laufe nur schnell runter und hole mir ein belegtes Brot. Soll ich dir etwas mitbringen?«

»Nein«, sagte ich. »Danke.«

Er ging, und ich saß da und trank mein Wasser. Ich war so müde, daß ich meine Müdigkeit nicht mehr wahrnahm. Ich fühlte mich eher betäubt. Ich schloß die Augen und lehnte mich zurück. Tagträume setzten ein, und ich sah mich als ein kleines Mädchen, das hinter dem Haus herumspazierte, Pflanzen intensiv betrachtete und die Vögel beobachtete, vor allem die Seeschwalben, die sich auf Muscheln stürzten. Ich hörte nie, wie Daddy an meiner Seite auftauchte.

»Vom Meer gibt es soviel zu lernen«, hatte er gesagt. »Wenn man von einer Strömung davongetrieben wird, ist es manchmal das Beste, sich nicht dagegen zu wehren. Es ist besser, sich treiben zu lassen und seine Selbstachtung und das Gefühl von Kontrolle zu bewahren, vielleicht sogar noch schneller als die Strömung zu treiben. Verstehst du das, Olivia?«

Ich dachte einen Moment lang darüber nach und nickte. »Ja,

Daddy. Es ist mir beim Schwimmen einmal passiert. Eine Woge ist über mich hinweggespült, und ich habe gespürt, wie ich ins Meer hinausgezogen wurde, aber ich habe mich nicht dagegen gewehrt. Ich habe mich treiben lassen, und ich hatte Angst, als ich an die Oberfläche gekommen bin, aber es ist mir gelungen, wieder ans Ufer zurückzuschwimmen.«

»Genau das meine ich. Lerne aus jeder Erfahrung, und du wirst immer mehr daran wachsen, Olivia.« Er tätschelte meinen Kopf und ließ mich stehen.

»Entschuldigen Sie, Mrs. Logan«, sagte eine Krankenschwester und ließ die Seifenblase meiner Erinnerungen platzen.

Ich setzte mich eilig auf. »Ja?«

»Ihr Vater scheint das Bewußtsein ab und zu wiederzuerlangen. Ich dachte, Sie würden vielleicht gern ...«

»Ja«, sagte ich. »Danke.« Ich stand auf und folgte ihr in die Station für Herzkranke.

Als ich auf das Bett zuging, waren Daddys Augen noch geschlossen. Ich nahm seine Hand und wartete, und im nächsten Moment schlug er die Augen auf und sah mich an. Er begann, die Lippen zu bewegen. Ich beugte mich zu ihm herunter und brachte mein Ohr dicht an seinen Mund.

»Ja, Daddy. Ich bin hier.«

»Olivia ... bitte ...«

»Was ist, Daddy? Was willst du von mir?«

»Paß ... auf Belinda ... auf«, sagte er. »Wirst du das für mich tun?«

Ich spürte, wie sich meine Kehle zuschnürte, aber ich brachte mühsam das Wort heraus. »Ja.«

»Versprich es ... mir«, sagte er, und seine Stimme war so leise, daß ich sie kaum hören konnte.

»Ich verspreche es dir, Daddy«, sagte ich.

Einen Moment lang legte sich ein sanfter Schein auf sein Gesicht, und dann schloß er die Augen.

Ich wartete darauf, daß er wieder erwachen würde, aber dazu

kam es nicht. Eine halbe Stunde später starb er. Ich saß da, als der Monitor seine Laute von sich gab und die Krankenschwestern an sein Bett eilten, um zu tun, was sie konnten. Sie baten mich, draußen zu warten. Samuel saß im Wartezimmer. Bei meinem Erscheinen blickte er auf.

»Es geschieht etwas«, sagte ich. »Sie befassen sich mit ihm.«

»Ach?« Er wirkte entsetzt, und das ließ ihn jünger wirken, wie einen kleinen Jungen.

Zehn Minuten später kam die Krankenschwester zu uns hinaus. Ihrem Gesichtsausdruck konnte ich deutlich entnehmen, was sie uns zu sagen hatte. »Es tut mir leid, Mrs. Logan«, sagte sie. Sie nahm meine Hand. Samuel stand auf und schlang seinen Arm um mich.

»Danke«, sagte ich. »Haben Sie Doktor Covington verständigt?«

»Ja«, sagte sie. »Kann ich noch irgend etwas für Sie tun?«

»Nein, danke.«

»Der Arzt wollte, daß ich Ihnen zurede, jetzt nach Hause zu fahren«, fügte sie hinzu.

»Sie brauchen mir nicht zuzureden. Ich gehe ohnehin«, sagte ich.

Wir brachen auf. Als wir den Aufzug erreichten, hatte ich das Gefühl, meine Beine sackten unter mir zusammen. Ich spürte, wie ich auf den Boden sank. Samuel merkte es und hielt mich fester.

»Wir brauchen einen Rollstuhl!« rief er, und die Krankenschwester setzte sich schleunigst in Bewegung.

Sie fuhren mich im Rollstuhl zum Wagen, und Samuel hob mich regelrecht auf den Sitz.

»Vielleicht sollten wir besser hierbleiben«, fragte er sich laut.

»Nein, laß uns nach Hause fahren, Samuel. Sowie ich im Bett liege, wird es mir wieder gutgehen.«

»In Ordnung«, sagte er, und wir fuhren los. »Wie fühlst du dich?« erkundigte er sich im nächsten Moment.

»Schon besser«, sagte ich.

»Ist er noch einmal zu Bewußtsein gekommen, als du bei ihm warst? Konntest du mit ihm reden?« fragte er.

Ich dachte einen Moment nach. Ich war der letzte Mensch, den Daddy zu Gesicht bekommen hatte. Ich war für ihn dagewesen, aber um wen hatten sich seine letzten Gedanken gedreht? Nicht um mich. Nein, um Belinda. Seine Gedanken hatten sich schon immer um Belinda gedreht.

»Olivia?«

»Nein«, sagte ich. »Ich hatte keine Gelegenheit, mich von ihm zu verabschieden.«

15

Es geht weiter

Belinda beantwortete Samuels Anruf nicht. Er probierte es noch einmal, sowie wir aus dem Krankenhaus nach Hause gekommen waren, und dann kam er in mein Schlafzimmer, um mir zu sagen, daß sie immer noch nicht da war. Er hatte hinterlassen, sie solle sofort zurückrufen, aber sie rief uns erst am späten Morgen des nächsten Tages an und behauptete, sie sei zu spät nach Hause gekommen. Ich sprach nicht mit ihr. Samuel sagte mir, sie sei am Telefon, aber ich wies ihn an, ihr zu sagen, sie solle nach Hause kommen. Am Telefon gab es ohnehin nichts zu sagen.

Belindas Reaktion an jenem Tag und in den folgenden Tagen war deutlich zu entnehmen, daß Daddy für sie schon vor langer Zeit gestorben war. Sie weigerte sich, ihn anders als kräftig und lebensprühend im Gedächtnis zu behalten. Der Mann, der aufgrund seines Schlaganfalls ein Gefangener in seinem eigenen Körper gewesen war, war nicht mehr derselbe Mann, den sie als ihren Vater gekannt hatte. Der Schlaganfall hatte ihn für sie in einen Fremden verwandelt, und um einen Fremden konnte sie nicht in der Form trauern, in der sie um ihren Vater getrauert hätte. Vielleicht hatte sie nach seinem Schlaganfall auf ihre eigene Art und Weise um ihn getrauert, sagte ich mir. Eine großzügigere Haltung konnte ich ihr gegenüber nicht einnehmen.

Natürlich zog sie vor allen Außenstehenden eine gute Schau ab. Sie ächzte und weinte, weil es ihr nicht möglich gewesen war, an Daddys Seite zu sein und noch einmal mit ihm zu sprechen, ehe er gestorben war. Sie hatte ihn nie angerufen, weil ihr sein Gestammel am Telefon unerträglich war, und daher hatte sie seit ihrer Rückkehr nach Boston nie wirklich mit ihm geredet. Sie verließ sich darauf, daß Samuel und ich ihr die Einzelheiten über seine letzten Tage und Stunden berichteten.

Jacob war noch zu jung, um wirklich zu verstehen, was sich mit seinem Großvater zugetragen hatte. Thelma machte ihre Sache gut und erklärte ihm, Großpapa sei in den Himmel berufen worden, und dort würde er bei den Engeln leben und über ihn wachen. Ich hörte, wie sie ihm das erzählte und in seinem Zimmer seine Fragen beantwortete. Jacob war ein sehr neugieriges Kind und scheute sich nie davor, Fragen zu stellen. Ich beschloß, ihn nicht zur Beerdigung mitzunehmen.

Daddys Begräbnis war ein noch größeres gesellschaftliches Ereignis als Mutters, da wir seit ihrem Tod so viele Geschäftspartnerschaften eingegangen waren und praktisch jeder einen Abgesandten schickte. Jemand berichtete mir, die Polizei hätte den Leichenzug zur größten Begräbnisprozession erklärt, die bisher im Norden des Kaps stattgefunden hatte.

Aufgrund meiner Verfassung beschlossen wir, nach der Beerdigung keine Leute zu uns ins Haus einzuladen. In der Kirche und auf dem Friedhof drückten sie uns ihr Beileid aus, und dann gingen sie. Belinda kehrte natürlich in mein Haus zurück, und ich wurde von Doktor Covington sofort wieder ins Bett geschickt. Nachdem ich mich ausgeruht und etwas zu Abend gegessen hatte, sagte ich zu Samuel, er, ich und Belinda müßten uns augenblicklich zu einem Familientreffen zusammensetzen.

»Hat das nicht Zeit bis morgen, Olivia? Es ist alles noch so frisch«, klagte er.

»Gerade deshalb ist es das Beste, es jetzt gleich zu tun. Und außerdem spielt in Bezug darauf, was getan werden muß, die Zeit keine Rolle, Samuel. Wenn wir es länger hinauszögern, sitzen andere Leute nur auf heißen Kohlen. Hol Belinda«, sagte ich, und auf seinem Gesicht zeichnete sich der wahre Grund dafür ab, daß er unsere Familienzusammenkunft verschieben wollte. Ich konnte es so deutlich lesen wie die Titelseite einer Zeitung. Die Schlagzeilen standen in seinen Augen und auf seiner Stirn. »Sie ist fort, stimmt's? Wohin ist sie gegangen?« folgerte ich, ehe er auch nur Gelegenheit hatte, es zu bestreiten.

»Sie ist mit alten Freunden ausgegangen«, gestand er.

»Ausgerechnet heute abend? Heute nachmittag ist ihr Vater beerdigt worden, und heute abend geht sie mit alten Freunden feiern? Warum hast du das zugelassen?« fragte ich.

Er schüttelte den Kopf. »Ich glaube, ich hätte sie nicht davon abhalten können, Olivia. Sie hört nicht auf mich«, erklärte er.

»Und warum hast du mir nichts von ihren Plänen erzählt?«

»Ich wollte dich nicht noch mehr beunruhigen,«, sagte er. »Es sind nur noch zehn Tage bis zu dem Datum, das für die Geburt angesetzt ist.«

»Sie hat keinen Respekt vor ihrer eigenen Familie. Es könnte sie nicht weniger interessieren, was die Leute hier über uns denken werden.«

»Vielleicht geht sie nur zu einem ruhigen Abendessen aus und kommt früh nach Hause«, deutete Samuel an. Ich starrte ihn an, und der Optimismus wich aus seinem Gesicht und ließ sein hoffnungsvolles Lächeln zu einer Grimasse der Verzweiflung erstarren. »Möchtest du, daß ich versuche, sie zu finden?«

»Nein, natürlich nicht. Wie sähe das denn aus? Und außerdem käme sie ohnehin nicht mit dir nach Hause.« Ich dachte einen Moment nach. »Das bestätigt mich in dem, was ich ohnehin schon vorhatte«, murmelte ich.

»Was meinst du?«

»Das spielt jetzt keine Rolle.« Ich schwang die Füße über die Bettkante.

»Was hast du vor? Wohin gehst du?«

»Ich werde ein paar Dokumente durchsehen, Familiendokumente«, sagte ich. »Es liegt alles im Arbeitszimmer.«

»Sag mir einfach, was du willst, und ich hole dir alles und bringe es hierher, Olivia.«

»Du weißt nicht, wo die Sachen sind, und ich bräuchte zu lange, um es dir zu erklären. Ich kriege das schon hin«, fauchte ich. »Reich mir meinen Morgenmantel. Tu bitte, was ich dir sage, Samuel«, sagte ich, als er zögerte. »Wenn ich das jetzt nicht tue, kann ich nicht schlafen.«

Widerstrebend brachte er mir meinen Morgenmantel und meine Hausschuhe und begleitete mich ins Arbeitszimmer. Ich setzte mich an meinen Schreibtisch und zog die oberste Schublade auf, um den Schlüssel zu meinem Tresor in der Wand herauszuholen. Er blieb neben mir stehen und beobachtete jede meiner Bewegungen.

»Du kannst jetzt gehen, Samuel. Ich kann es nicht gebrauchen, daß jemand um mich herumlungert. Mir fehlt nichts.«

»Ich könnte dir helfen.«

»Für dich gibt es hier nichts zu tun. Sieh fern, lies etwas, entspanne dich«, sagte ich. Es klang eher wie ein Befehl. Er starrte mich einen Moment an.

»Also gut«, sagte er und bedachte mich mit einem müden Blick und einem matten Lächeln. »Solange es dir gut geht«, fügte er hinzu und ging dann.

Kurz nach Daddys Schlaganfall hatte ich mir seine Akten vorgenommen und seine persönlichen Unterlagen entfernt. Ich hatte seinen letzten Willen, sein Testament und seine Grundstücksurkunden nach Hause mitgenommen und sie in meinen eigenen Safe gepackt. Ursprünglich hatte ich vorgehabt, all das in Belindas Anwesenheit zu lesen, aber jetzt erschien es mir besser, wenn ich alles allein durchsah und eigenmächtig beschloß, was getan werden sollte und was nicht.

Daddy hatte ihr die Hälfte seines Vermögens hinterlassen und die andere Hälfte mir, aber er hatte einen großen Teil in einem Treuhandvermögen für unsere Kinder angelegt. Der Nachlaß war beträchtlich. Belinda würde mehr haben, als sie brauchte, und sie hatte jede Menge Geld zu vergeuden. Die einzige Klausel, die mir vielversprechend erschien und mir eine gewisse Hoffnung gab, war für den Fall gedacht, daß entweder sie oder ich psychische oder physische Beeinträchtigungen erleiden sollten. Dann würde die andere von uns beiden zur alleinigen Verwalterin des gesamten Vermögens. In dem Punkt hatte Daddy Voraussicht bewiesen, fand ich.

Belinda hatte keine Vorstellung davon, wo das Treuhandvermögen aufbewahrt wurde, und sie hatte auch nicht die geringste Ahnung, wieviel wir besaßen. Geld und Eigentumsangelegenheiten hatten sie schon immer gelangweilt. Sie wollte sich lediglich in jedem beliebigen Moment alles Erdenkliche kaufen können. Das war alles, was sie interessierte. Ich sortierte sämtliche Unterlagen und schmiedete Pläne, welche Schritte ich in den folgenden Tagen unternehmen würde.

Belinda kehrte erst am frühen Morgen zurück. Ich war wieder ins Bett gegangen und eingeschlafen, und das war ein Segen, denn wenn ich wach gewesen wäre und sie in ihrem betrunkenen Zustand herumtaumeln gehört hätte, wäre ich außer mich geraten. Sie stand erst am späten Vormittag auf. Ich hatte alle Papiere in mein Zimmer mitgenommen und war organisiert. Ich sagte Samuel, er solle sie zu mir führen, sowie sie gefrühstückt hatte. Sie wollte nur schwarzen Kaffee und kam in ihrem Nachthemd nach oben. Ihr Haar war zerzaust, sie stöhnte, und ihre Lider hingen herunter.

»Du siehst aus wie ein Schiffswrack, Belinda. Wo warst du?«

»Ich war nur mit ein paar Freunden aus, die Mitleid mit mir hatten«, erwiderte sie. »Vermutlich habe ich zuviel getrunken, aber das hat sich nicht verhindern lassen. Ich habe mich so elend gefühlt, und alle haben mir einen Drink nach dem anderen spendiert.« Sie unterbrach sich und sah mich an, als fiele ihr jetzt erst wieder ein, daß auch ich einen Vater verloren hatte. »Wie geht es dir?«

»Gut«, sagte ich mit scharfer Stimme. »Setz dich.«

»Was willst du so früh von mir? Ich möchte mich heute einfach nur ausruhen«, stöhnte sie, und in ihren Augen stand plötzlich Panik. »Ich will nicht ausgeschimpft werden oder mir Strafpredigten anhören.«

»Setz dich, Belinda«, sagte ich streng und funkelte sie an, bis sie den Platz zu meiner Linken einnahm. Samuel stand mit den Händen hinter dem Rücken da und wippte auf den Fersen.

»Sie ist wie Daddy mit seinen Familiensitzungen«, murmelte Belinda. Samuel sah mich an, und das Lächeln fiel von seinem Gesicht ab.

Ich ignorierte Belinda und schlug die Ordner auf. »Diese Dokumente beziehen sich auf Daddys Vermögen«, sagte ich. »Es gibt Eigentum, das wir jetzt liquidieren werden, um die Beträge anzulegen. Ich bin zur Testamentsvollstreckerin bestimmt, und daher werde ich die notwendigen Schritte unternehmen«, sagte ich. In Wirklichkeit war ich nicht die Alleinvollstreckerin, aber ich wußte, daß sie meine Aufgabe nicht in Frage stellen würde, und ich konnte mühelos all meine Vorhaben in die Tat umsetzen, indem ich ihre Unterschrift überall dort, wo sie erforderlich war, einsetzte oder sie dazu brachte, Papiere zu unterschreiben. Sie würde keines der Dokumente auch nur lesen, ehe sie ihre Unterschrift daruntersetzte.

»Gut«, sagte sie und war offensichtlich erleichtert, daß es sich nur um geschäftliche Angelegenheiten handelte. Sie wollte aufstehen.

»Das war noch lange nicht alles«, fauchte ich, und sie setzte sich wieder. »Interessiert dich das denn alles überhaupt nicht?«

»In geschäftlichen Dingen habe ich mich nie besonders gut ausgekannt, Olivia. Du bist auf dem Gebiet die Expertin. Ich bin ganz sicher, daß du alles richtig machen wirst«, sagte sie. »Ich danke dir für dein Vertrauensvotum«, sagte ich trocken. »Ich habe vor, das Haus zu verkaufen.

Sie blickte scharf auf. »Das Haus?« Sie sah erst Samuel und dann mich an. »Du willst Daddys Haus verkaufen?«

»Ja, selbstverständlich. Was wollen wir jetzt noch mit einem so großen Haus? Warum sollten wir uns mit den Kosten des Personals belasten, das dieses Anwesen erfordert? Die Einnahmen werden in den Nachlaß einfließen und besser angelegt werden. Daddy hat auch für unsere Kinder Vorkehrungen getroffen. Es gibt Dinge, die korrekt gehandhabt werden müssen, um zu verhindern, daß wir zuviel Erbschaftssteuer zahlen. Gelder müssen neu angelegt werden, damit das Treuhandvermögen möglichst viel abwirft ...«

Sie schüttelte den Kopf und preßte sich dann die Handflächen auf die Stirn.

»Ich habe bohrende Kopfschmerzen, Olivia. Ich bin sicher daß du alles richtig machen wirst«, sagte sie. »Nur ...« Sie senkte die Hand, und endlich wand sich ein ernsthafter Gedanke durch das Labyrinth von Stroh und drang zu ihrem schläfrigen Gehirn vor.

»Nur was, Belinda?«

»Wenn wir das Haus verkaufen, wo werde ich dann wohnen?« Sie sah Samuel an, aber er hatte die Lippen so fest zusammengekniffen, daß seine Mundwinkel weiß waren.

»Du kannst eine Zeitlang hier wohnen, bis du etwas Vernünftiges findest oder ...«

»Heiratest?« Sie lachte und hopste auf ihrem Sitz herum. »Wie kommt es bloß, daß ihr beide mich immer verheiraten wolltet, Daddy und du?«

»Daddys Gründe sind mir nicht bekannt, aber meine entspringen ausschließlich der Rache am männlichen Geschlecht«, sagte ich. Samuel rang sich endlich doch zu einem Lächeln durch. Es grub sich wie die Scheinwerfer von entgegenkommenden Wagen in Belindas Augen.

»Das finde ich gar nicht komisch«, jammerte sie. »Bei dir ist alles geregelt. Du hast einen Ehemann und einen netten kleinen Jungen, und jetzt erwartest du ein zweites Kind, aber ich ... ich habe niemanden.«

»Und wessen Schuld ist das?« warf ich ihr fast so schnell an den Kopf, wie ihre Worte meine Ohren erreichten.

Sie starrte mich an und verzog dann schmerzlich das Gesicht, rieb sich die Schläfen mit den Daumen und den Zeigefingern.

»Ich habe gräßliche Kopfschmerzen. Ich muß wieder ins Bett gehen. Mir ist ganz egal, wo ich wohne«, sagte sie und stand auf, »aber wenn du das Haus verkaufst und ich hier einziehe, will ich nicht, daß du mich wie ein kleines Mädchen behandelst«, warnte sie mich.

»Benimm dich nicht wie ein kleines Mädchen, und ich werde dich nicht so behandeln«, erwiderte ich. »Was ist mit deiner Ausbildung?« fragte ich, als sie die Tür erreicht hatte.

»Oh, ich habe dort Bescheid gesagt, daß ich nicht zurückkommen werde. Außerdem hast du mir gerade gesagt, daß ich nicht mehr zu arbeiten brauche. Ich bin jetzt eine reiche Erbin.« Sie lachte und ging.

Samuel wandte sich an mich, zog seufzend die Schultern hoch und ließ sie wieder sinken.

»Das hätten wir also hinter uns«, sagte er.

»Ich will ins Haus meines Vaters fahren«, sagte ich zu ihm. »Jetzt sofort.«

»Jetzt? Olivia, du schreibst alle Vorsicht in den Wind und stellst dich gegen Doktor Covingtons Wünsche«, belehrte er mich.

»Du kannst mitkommen oder auch nicht«, sagte ich und legte die Ordner zur Seite. Dann blickte ich mit glühenden Augen und festem Blick zu ihm auf. »Wenn etwas getan werden muß, tue ich es.«

Er schüttelte bedächtig den Kopf. »Ich weiß«, sagte er. »Ich weiß.« Seine Stimme klang schrecklich resigniert. »Also gut. Ich komme mit. Sollten wir Jacob auch mitnehmen?«

»Nein, er wird sich nur fragen, wo mein Vater ist, und dafür habe ich jetzt keine Zeit«, sagte ich. In Wirklichkeit meinte ich, es hätte mir selbst mit Thelmas Beistand zu große emotionale Schwierigkeiten bereitet.

Tatsächlich laugte mich der Aufenthalt in Daddys Haus emotional aus. Seit Mutters Tod und Daddys Schlaganfall wirkte das Haus dunkel und bedrückend auf mich. Es war nur noch eine äußere Hülle dessen, was es früher einmal gewesen war. Es fiel mir schwer, dieses Haus heute zu betreten und mir die grandiosen Galadiners auszumalen, das Gelächter und die Musik, sogar Belindas Gesang. Das sollte nicht etwa heißen, daß es nicht sauber und ordentlich gewesen wäre. Effie hatte ihre Sache großartig gemacht, und deshalb wollte ich sie sobald wie möglich treffen, um ihr zu erklären, was ich von ihr erwartete.

»Es wäre mir lieb, wenn Sie noch eine Weile blieben und das Haus in einem guten Zustand erhielten, damit es sich von seiner besten Seite zeigt, wenn die Immobilienmakler mit potentiellen Käufern kommen, Effie. Wenn Ihre Stellung hier endet, werde ich Ihnen sechs Monate Gehalt bezahlen und natürlich werde ich mein Bestes tun, um hier in der Gegend eine andere Stellung für Sie zu finden, falls Sie das wollen. Ich bin immer sehr zufrieden mit Ihrer Arbeit gewesen.«

»Danke, Mrs. Logan. Das ist mir recht«, sagte sie. Mit dem Verwalter des Anwesens traf ich dieselben Abmachungen.

Ich war körperlich nicht in der Lage, durch das ganze Haus zu laufen und alles anzusehen, zu planen, was ich in unser Haus mitnehmen wollte und was ich zu spenden oder zu verkaufen gedachte, aber ich schlenderte durch das Erdgeschoß und verbrachte eine Weile in Daddys Arbeitszimmer, während Samuel sich oben und im Bootshaus umsah. Als ich dasaß, erinnerte ich mich unwillkürlich an meine zahllosen privaten Gespräche mit Daddy. Er hatte mich immer wie eine Erwachsene behandelt, und ich wußte, daß er große Achtung vor meinen Fähigkeiten gehabt hatte. Ich fragte mich, wie oft er mich angesehen und sich gewünscht hatte, ich sei wirklich seine Tochter, Fleisch von seinem Fleisch.

Die Familie war ihm so wichtig gewesen, wichtig genug, um zu schlucken, was die meisten Männer wahrscheinlich erstickt hätte.

Daddys Arbeitszimmer hatte eine so maskuline Ausstrahlung, von den dunklen Hölzern über seinen Zigarrenkasten bis hin zu den Bildern von Seefahrern, die den Elementen trotzten. Seine alten Waffen waren gemeinsam mit seiner wertvollen Sammlung von Messern in Glasvitrinen ausgestellt. Auf dem Beistelltisch stand ein ledernes Schachbrett mit mittelalterlichen Figuren. Er war stolz auf sein Zimmer, stolz auf sein Haus und stolz auf das, was er erreicht hatte. Er würde mir fehlen, sagte ich mir.

Ich stand auf und lief zum hinteren Ausgang. Samuel stand auf dem Anlegesteg und starrte aufs Meer hinaus. Weiter rechts zwischen den Bäumen war das Grab ohne Grabstein. Niemand außer mir wußte, was dort begraben war. Einen Moment lang überlief mich ein Schauer, denn mir fiel Daddys Grauen wieder ein, als er den eingewickelten Fötus und die Nachgeburt in diese Kiste gepackt hatte und dann in die Nacht verschwunden war, um Belindas Sünden zu begraben, Sünden, die auf unser aller Häupter niederkamen.

»Samuel!« rief ich. Er drehte sich um. »Bring mich nach Hause. Mir wird schwindlig«, sagte ich.

Er eilte zurück. Ich blieb stehen, um noch einen letzten Blick auf den geheimen Ort unter dem Baum zu werfen, und ich sagte mir, bald, schon sehr bald, werde ich all das verkaufen und nie mehr zurückkehren.

Weniger als eine Woche später bekam ich furchtbare Wehen und wurde ins Krankenhaus gefahren, und dort gebar ich unser zweites Kind, einen Jungen, den wir nach Samuels Großvater Chester nannten. Ich wußte, daß Samuel enttäuscht war. Er hatte sich ein Mädchen gewünscht, aber nicht nur er, sondern auch Daddy.

Nach Chesters Geburt blieb ich drei Tage im Krankenhaus. Belinda kam am zweiten Tag, um sich das Baby anzusehen und mich zu besuchen. Sie trug eine sehr leuchtende Bluse in Herbstgold und einen dunkelblauen Rock. Ihr Haar war ordentlich zurückgebunden, und sie wirkte jung und strahlend. Da ich in einem Krankenhausbett lag und gerade erst ein Kind geboren hatte, fühlte ich mich nicht gerade besonders hübsch. Nie war mir der Gegensatz zwischen uns krasser erschienen.

»Mach dir keine Sorgen wegen Samuel«, sagte sie zu mir. »Ich kümmere mich um ihn. Jacob ist auch schon ganz gespannt auf seinen kleinen Bruder. Gestern bin ich mit ihm spazierengegangen«, sagte sie.

»Du meinst doch nicht etwa, daß du dich endlich wie eine Tante benimmst?«

»Doch«, sagte sie lachend. »Aber wie eine junge Tante. Er ist so neugierig auf alles, und er ist so ernst. Ich fürchte, er schlägt nach dir, Olivia. Jedesmal, wenn er lacht, wirkt er hinterher schuldbewußt.«

»Das ist doch lachhaft«, sagte ich, aber ich wußte, daß sie sich nicht in Jacob irrte. Er war ein rücksichtsvoller, grüblerischer kleiner Junge und noch dazu sehr gescheit.

»Nelson Childs hat mir gesagt, daß du ihn um einen Job gebeten hast«, sagte ich plötzlich und sah ihr fest ins Gesicht. Sie zog die Augenbrauen hoch.

»Er hat gesagt, ich hätte ihn darum gebeten?«

»Ja, wieso?«

»Es verhält sich umgekehrt, Olivia. Als er gehört hat, daß ich die Handelsschule besuche, hat er mich gefragt, ob ich für ihn arbeiten würde, und ich habe ihm gesagt, ich würde für niemand anderen als meinen Vater arbeiten«, behauptete sie.

»Wo hast du ihn getroffen, Belinda?« fragte ich skeptisch.

»In Boston. Er hat bei mir vorbeigeschaut, als er von den Bahamas zurückgekommen ist«, erwiderte sie so beiläufig, daß ich keinen Argwohn schöpfen konnte.

»Warum hat er das getan?«

»Das mußt du ihn selbst fragen«, sagte sie. »Ich war ebenso erstaunt wie du.« Sie öffnete ihre Handtasche und zog ihren Schminkspiegel heraus, um ihr Gesicht zu überprüfen, und dann sah sie mich an. »Ich sage dir die Wahrheit, Olivia. Hör auf, mich so anzusehen, als würde ich dir Lügen auftischen.«

»Gut«, sagte ich. In meinem Magen drehten sich heiße Kohlen um. Sagte sie die Wahrheit, und Nelson log? Sicherte er sich nur für den Fall ab, daß sie mir etwas erzählt hatte? Gab es überhaupt einen Mann, dem ich trauen konnte, fragte ich mich.

»Du wirkst tief in Gedanken versunken«, sagte Belinda.

»Ich denke nach, Belinda. Denken ist keine Schande. Eine Schande ist es, sich keinerlei Gedanken zu machen.«

»Chester sieht wirklich süß aus«, fuhr sie fort und sprang von einem Thema zum anderen, als hüpfte sie auf einem Fuß durch Kästchen, die auf Pflastersteine gezeichnet waren. »Ich glaube, er wird Samuel ähnlicher sehen. Samuel ist auch der Meinung«, sagte sie. Sie fügte es nur hinzu, weil sie glaubte, es würde mich ärgern.

»Ach? Ich muß schon sagen, das stört mich überhaupt nicht. Samuel ist ein gutaussehender Mann.«

»Ja, das stimmt. Vielleicht sieht er nicht ganz so gut aus wie Nelson Childs, aber ein gutaussehender Mann ist er tatsächlich«, neckte sie mich. Ich sah sie so finster wie möglich an, und sie lachte. Wie sehr sie mich doch in Rage bringen konnte, wenn sie es darauf anlegte, dachte ich.

Am nächsten Morgen kam Nelson mit Samuel ins Krankenhaus, um sich Chester anzusehen.

»Ein süßes Baby«, sagte Nelson. »Dein Vater wäre sehr stolz gewesen.«

»Daddy hat auf eine Enkelin gehofft, die er verwöhnen kann«, erwiderte ich und fügte dann hinzu: »Wie er meine Schwester verwöhnt hat. Ihr Leben lang ist sie von allen verwöhnt worden.«

Ich beobachtete Nelsons Augen. Sie wandten sich schuldbewußt ab, und er wechselte eilig das Thema.

Manchmal erschien mir die Welt um mich herum, als bestünde sie aus kleinen Tümpeln der Täuschung, aus Lügen, die mich in Verwirrung stürzten und im Treibsand versinken ließen, wenn ich nicht genau aufpaßte, wohin ich trat.

»Ich bin sicher, daß wir eines Tages eine Tochter haben werden«, behauptete Samuel mit geschwellter Brust.

»So schnell nicht«, sagte ich, und die beiden Männer, die nur in ihren Brieftaschen den Schmerz einer Geburt wahrnahmen, lachten herzlich.

Thelma sagte, ihr würde es nichts ausmachen, nicht nur für Jacob, sondern auch für Chester zu sorgen. Sie liebte Kinder wirklich und wollte gern mehr zu tun haben. Ich hielt sie für meine beste Entdeckung und war wirklich dankbar dafür, sie zu haben. Das hieß, sowie ich wieder auf den Beinen war, konnte ich mich meiner Arbeit widmen und mich darauf verlassen, daß sich eine verantwortungsvolle Person um unsere Kinder kümmerte.

Nach meiner Rückkehr aus dem Krankenhaus überschlugen sich die Ereignisse in unserem Leben. Weniger als einen Monat, nachdem ich Daddys Haus zum Verkauf angeboten hatte, bekamen wir ein akzeptables Angebot. Ich schloß die Verhandlungen zufriedenstellend ab und tätigte dann weitere Verkäufe, machte Spenden und brachte die Familienerbstücke zu mir nach Hause, die ich besitzen wollte. Ich forderte Belinda auf, sich in Daddys Haus umzusehen, ob es dort etwas gab, was ihr am Herzen lag, aber sowie sie ihre eigenen Sachen geholt hatte, ging sie nie mehr dorthin zurück. Anscheinend besaß in ihren Augen nichts einen sentimentalen Wert. Das überraschte mich nicht. Sie hatte den größten Teil ihrer Jugend damit zugebracht, Möglichkeiten zu finden, wie sie das Haus verlassen konnte. In meiner Vorstellung benutzte sie es wie ein Hotel und seine Bewohner, sogar unsere Eltern, als Dienstboten.

Belinda fand auch nach Daddys Tod keine Ruhe. Ich erfuhr, daß sie sich in der Handelsschule einigermaßen gut gehalten hatte und sogar ihren Abschluß hätte machen können, wenn sie es gewollt hätte, aber echte Arbeit war nichts, worauf sie sich mit

Begeisterung stürzte. Irgendwie gelang es ihr, ihre Zeit mit oberflächlichen Tätigkeiten zu verbringen. Gelegentlich unternahm sie mit Freunden Reisen, und sie sprach laufend davon, drastische Schritte zu unternehmen.

»Vielleicht sollte ich Schauspielerin werden. Ich könnte mich für eine Rolle in einem Stück im Schauspielhaus von Provincetown bewerben«, erklärte sie eines Abends beim Essen. »Ich habe einen jungen Regisseur kennengelernt, der findet, ich sei genau richtig für eine Rolle in einem Stück, das er gerade inszeniert. Ich treffe ihn am kommenden Wochenende. Zum privaten Vorsprechen«, fügte sie hinzu und sah Samuel mit klappernden Wimpern an. Die Belustigung über sie ließ seine Augen leuchten, als schwirrten Glühwürmchen darin.

»Die Schauspielerei könnte genau das Richtige für dich sein, Belinda«, sagte ich. »Es scheint dir von Natur aus zu liegen, in Rollen zu schlüpfen.«

Sie faßte es als Kompliment auf. »Das sage ich mir auch. Es wird sich ja herausstellen. Eigentlich finde ich es nicht besonders aufregend, Text auswendig zu lernen und endlose Wochen täglich am selben Ort zu verbringen«, sagte sie.

Die Karriere als Schauspielerin war nur eines unter vielen Dingen, mit denen sie liebäugelte, ohne jemals wirklich die Absicht zu haben, sich ernstlich darum zu bemühen. Für Belinda gab es nichts Schlimmeres, als sich zu langweilen. Sie besaß die Aufmerksamkeitsspanne eines Kolibris, der einen Moment lang über einer süßen Möglichkeit schwirrt und sich dann davon losreißt, um weitere und immer wieder neue süße Genüsse auszukundschaften. Selbst, wenn sie auf einer Party mit jemandem redete, schweiften ihre Blicke durch die Gegend, um nachzusehen, ob es nicht einen anderen gab, mit dem sie sich unterhalten konnte. Heiraten würde sie nur, wenn man sie in eine Zwangsjakke steckte und zum Altar schleifte, dachte ich.

Als sich herausstellte, daß Belinda jetzt Geld hatte, lockte sie eine völlig neue Schar von männlichen Bekannten an, die das

Versprechen einer ernsthaften Beziehung wie einen Köder vor ihr baumeln ließen. Ständig meldeten sich Besucher bei ihr an. Sie spielte ihre Spielchen, amüsierte sich mit ihnen und ließ sie dann fallen, als hätten sie die Beulenpest. Sie erschienen trotzdem weiterhin, riefen an und flehten um eine Gelegenheit, ihre Zuneigung zu gewinnen. Es verwunderte mich ohne Ende, wie leichtgläubig die meisten Männer waren.

So ging es fast ein Jahr lang weiter, und dann verging plötzlich eine Woche, und niemand kam. Sie blieb zu Hause, sah fern oder las Zeitschriften und nahm gelegentlich einen Anruf von einer ihrer Freundinnen entgegen. Sie ließ sich häufiger im Büro blikken und zeigte ein gewisses Interesse an dem, was wir taten. Samuel ging mit ihr Mittag essen und beantwortete ihre Fragen, angeblich, um sie bei Laune zu halten und dafür zu sorgen, daß sie mir nicht in die Quere kam. Kurz darauf begann sie wieder auszugehen, aber soweit ich sehen konnte, ging sie immer allein aus dem Haus. Sie hatte natürlich ihren eigenen Wagen und fuhr, wohin sie wollte. Ihr Kommen und Gehen wurde immer unberechenbarer, und wenn ich sie fragte, was sie unternahm, äußerte sie sich kryptisch und prahlte nicht mit den Männern, die sie um sich scharte, den Lokalen, in die sie sie einluden, und dem Geld, das sie für sie ausgaben.

Eines Tages im Büro ging ich zu Samuel und fragte ihn danach. Er schien derzeit mehr über Belinda zu wissen als ich. Er dachte einen Moment nach, lehnte sich zurück und nickte.

»Ich glaube, sie hat jemanden«, sagte er. »Jemanden, mit dem es etwas ernster ist als mit ihrer üblichen männlichen Kost.«

»Wer ist es? Ist es jemand, der uns Schande bereiten wird? Hält sie ihn deshalb so geheim?«

»Ich weiß es nicht«, sagte er. »Ich stelle nur Spekulationen an. Ich weiß wirklich nichts Genaueres. Warum fragst du sie nicht selbst?«

»Ich habe sie gefragt, und sie ist jeder Antwort ausgewichen.«

»Schick ihr jemanden nach«, schlug er lächelnd vor. Ich erinnerte mich wieder, daß sie mir genau das einmal vorgeworfen hatte.

»Vielleicht werde ich es tatsächlich tun«, sagte ich. Er riß die Augen weit auf.

»Ich habe nur einen Witz gemacht. Das tätest du doch nicht, oder?«

»Für uns steht in dieser Gemeinde viel auf dem Spiel, Samuel, nicht zuletzt der Ruf deiner Familie. Kongreßabgeordnete, Richter, wichtige Geschäftsleute und ihre Familien, sie waren alle schon in unserem Haus eingeladen. Man wird nach den Leuten beurteilt, mit denen man verkehrt«, sagte ich, mich an eine der Redewendungen meines Vaters erinnernd.

»Nun ja«, erwiderte er. »Wenn du es für notwendig hältst ...«

»Ich möchte keine weiteren dramatischen Überraschungen erleben«, bestätigte ich.

Er schüttelte verzweifelt den Kopf, widersprach mir aber nicht. Ich ließ eine weitere Woche vergehen, ehe ich beschloß, zur Tat zu schreiten. Es gab Nächte, in denen Belinda gar nicht nach Hause kam. Sie behauptete dann, eine Freundin am anderen Ende des Kaps besucht zu haben oder auf einer Yacht gewesen zu sein, und sie wurde wütend, wenn ich ihr Fragen stellte.

»Ich bin kein kleines Mädchen mehr, Olivia. Ich habe in den Verkauf von Daddys Haus eingewilligt, und ich habe mich bereit erklärt, hier zu leben, solange ich nicht wie ein kleines Mädchen behandelt werde. Ich frage dich schließlich auch nicht jedesmal, wenn du das Haus verläßt, wohin du gehst, oder?«

»Das ist etwas ganz anderes. Wohin gehe ich schon? Entweder ich gehe mit meinem Mann aus, oder ich begebe mich zu Geschäftsterminen.«

»Trotzdem«, sagte sie aufsässig, »nehme ich dich nicht ins Kreuzverhör, stimmt's? Leben und leben lassen.«

»Du gibst Geld aus, als käme es aus der Mode«, sagte ich. »Ich habe einen Packen Rechnungen auf meinem Schreibtisch, mit dem man einen Buchhalter ersticken könnte.«

»All meine Ausgaben sind notwendig«, behauptete sie. »Gehört das Geld etwa nicht auch mir?«

»Wenn du in dem Tempo weitermachst, wirst du deine Erbschaft in wenigen Jahren ausgegeben haben«, sagte ich zu ihr. Sie zuckte die Achseln.

»Ich bin sicher, daß sich jemand finden wird, der für mich sorgt«, sagte sie mit einer arroganten Zuversicht, die mein Blut nahezu kochen ließ.

Die Frustration schlich sich wie Arthritis in meine Gelenke ein. Weshalb ich mich überhaupt mit Belinda abgab, wußte ich nicht. Ich gelobte, sie aus meinen Gedanken zu verbannen, aber gegen meinen Willen bereitete es mir Sorgen, wie wir durch ihr Benehmen dastehen würden. Samuels und mein Ruf hatten sich rasant gebessert. Wir standen wieder auf der Liste derer, die zu allen Parties eingeladen wurden. Die Leute mochten mich nicht zwangsläufig, aber sie brachten mir ganz entschieden Respekt entgegen. Ich dachte gar nicht daran, all das durch meine hohlköpfige und selbstsüchtige Schwester gefährden zu lassen.

Schließlich griff ich zum Telefon und rief jemanden an, den mir ein Geschäftspartner empfohlen hatte. Es handelte sich nicht wirklich um einen Privatdetektiv, sondern eher um einen Versicherungsvertreter. Er hieß Nicholas Koson. Ich empfing ihn nicht in meinem Büro, weil ich nicht wollte, daß Samuel etwas davon erfuhr, daß ich ihn engagierte. Ich suchte ihn auf und sagte ihm, was ich wollte.

»Ich brauche wohl kaum zu betonen, wie wichtig mir Ihre Diskretion ist«, sagte ich.

»Natürlich nicht. Das ist meine Stärke«, behauptete er, und ich händigte ihm zusammen mit den Fotos von Belinda eine Anzahlung aus.

Ich hätte warten und Geld sparen können. Weniger als zehn Tage später kam Belinda von sich aus zu mir und erzählte mir alles. Der dunkle Schatten, der hinter meinem Herzen gelauert hatte, hielt Einzug wie eine siegreiche Armee, die sich vor Freude kaum zu fassen wußte. Ich hatte recht gehabt; ich hatte schon immer recht gehabt.

Manchmal an warmen Abenden, nachdem die Kinder gefüttert und zu Bett gebracht worden waren, ging ich hinaus und setzte mich in meine Laube. Samuel las gern seine Zeitung oder sah sich Sportsendungen im Fernsehen an. In der letzten Zeit ging er immer öfter zum Anlegesteg hinunter und unterhielt sich mit den Fischern. Ich störte mich nicht an meiner Einsamkeit. Sie war mir sogar angenehm. Meine Tage waren hektisch, und ich sah ständig andere Leute. Es tat mir gut, diese ruhigen Momente zu haben, in denen ich darüber nachdenken konnte, wie sich die Dinge entwickelten und was ich mir in Zukunft für die Familie erhoffte. Ich machte mir bereits Gedanken über Jacobs und Chesters Aussichten und fragte mich, was für Männer sie wohl eines Tages werden und welche Frauen sie ehelichen würden. Ich hoffte nur, ich würde größeren Einfluß auf die beiden haben als Samuel.

Heute abend stand der Mond hoch am Himmel und leuchtete hell. Nur eine gelegentliche Wolke streifte sein Gesicht und ließ es einen Moment lang finster wirken. Dann war es wieder fröhlich. Genauso war mir auch zumute.

»Da bist du ja«, vernahm ich, und als ich mich umdrehte, hörte ich Belinda aus dem Haus kommen und sich nähern. Sie trug ein ärmelloses hellblaues Baumwollkleid, und ihre Arme schimmerten im Mondschein. Trotz ihres unbekümmerten Lebenswandels, ihres Trinkens und ihrer langen Nächte hatte sie immer noch eine attraktive Figur und einen bemerkenswert zarten, blühenden Teint. Weshalb sie damit gesegnet war, wußte ich nicht. Dagegen wußte ich ganz genau, daß sie all das als selbstverständlich hinnahm und niemals ihrem Glücksstern dankte.

Eine konstante laue Brise wehte und ließ einige ihrer Haarsträhnen wüst um ihre Stirn flattern. Vor den Stufen zur Laube blieb sie stehen.

»Du beehrst uns wohl heute abend mit deiner Anwesenheit im Haus?« fragte ich. »Oder ist diese Frage ein Vorstoß in deine Intimsphäre?«

Sie wandte den Blick zum Meer. »Du wirst mich hassen«, sagte sie. Mein Herzschlag setzte aus, um dann beschleunigt wieder einzusetzen.

»Ich dachte, du glaubtest, das täte ich bereits«, erwiderte ich. Sie drehte sich um. »Mach keine Scherze mit mir, Olivia. Ich stekke in Schwierigkeiten.«

Ich holte tief Atem. Die Furcht in ihrer Stimme, die sie wieder wie ein kleines Mädchen wirken ließ, erweichte mein verhärtetes Herz. Ich hörte Daddys Geflüster auf dem Totenbett, das Versprechen, auf Belinda aufzupassen, das er mir abgenommen hatte.

»Was hast du denn jetzt schon wieder angestellt?« fragte ich schließlich.

»Ich weiß selbst nicht, wie es dazu gekommen ist. Ich bin immer sehr vorsichtig gewesen, seit ... seit damals«, sagte sie. Sie setzte sich mit dem Rücken zu mir auf die Stufen. Ich rührte mich nicht.

Gegen den Horizont setzte sich ein Luxusdampfer mit seinen schimmernden Lichtern ab. Er war zwar zu weit von der Küste entfernt, doch ich malte mir aus, die Musik und das Gelächter von Leuten zu hören, die all ihre Sorgen hinter sich zurückgelassen hatten. Sie trieben auf einem Schiff der Glückseligkeit, auf dem niemand von Krankheiten, Fehlschlägen oder Niederlagen sprach. All ihre familiären Probleme hatten sie am Ufer zurückgelassen. Wie sehr ich mir doch wünschte, ich könnte über das Wasser fliegen und an Deck dieses Schiffs abgesetzt werden.

»Dann bist du also wieder schwanger?«

»Ja.«

»Bist du ganz sicher?«

»Ja«, sagte sie. »Ich war beim Arzt. Mach dir keine Sorgen«, fügte sie eilig hinzu. »Es ist kein Arzt hier in der Gegend. Er praktiziert in Boston. Er hat mich heute angerufen, um mir zu sagen, daß ich schwanger bin.«

»Und wie beim letzten Mal hast du keine Ahnung, wer der Vater ist, weil es innerhalb eines sehr kurzen Zeitraums zu viele Männer gegeben hat, stimmt's?« sagte ich mit einer Stimme, die vor Ermattung und Ekel triefte. Es war wie ein Déjà-vu-Erlebnis.

Sie drehte sich um. Sogar in der Dunkelheit konnte ich ihre Augen funkeln sehen. »Nein. Ich weiß, wer der Vater ist. Er ist der einzige, mit dem ich im letzten Monat zusammengewesen bin«, sagte sie.

»Ach, wirklich? Wenn das keine echte Erleichterung ist. Hast du die Absicht zu heiraten?« fragte ich.

»Nein, wir können nicht heiraten.«

»Und warum nicht?«

»Er ist schon verheiratet«, sagte sie.

Ich hielt den Atem an. Eis schien in meine Lunge einzudringen und mir alle Luft zu rauben. Es konnte nicht sein. Nein, es konnte einfach nicht sein. »Wer ist es?« fand ich schließlich den Mut und die Kraft zu fragen. Sie schaute wieder aufs Meer hinaus.

»Werde jetzt bloß nicht wütend auf mich«, sagte sie.

Würde sie Samuel als Vater nennen? Mein eigener Mann hatte mich betrogen. Hatte er sie deshalb immer in Schutz genommen und nicht gewollt, daß ich einen Detektiv engagierte? Ich hätte es wissen müssen. Was für ein Dummkopf ich doch gewesen war. Hätte es eine noch peinlichere Situation geben können? Ich enthüllte ihr meine Befürchtungen nicht. »Warum sollte ich wütend auf dich sein? Schließlich verhält es sich nicht gerade so, als hätte ich nicht damit gerechnet, daß du eines Tages zu mir kommst, um mir das zu erzählen, nicht bei dem Leben, das du führst, Belinda.«

»Versprichst du es mir?« fragte sie.

»Laß diese kindischen Spiele bleiben. Rück endlich mit der Sprache heraus.«

Sie wandte sich ab. »Nelson«, sagte sie. »Nelson Childs.«

Wie viele Tode kann man in einem einzigen Leben sterben? Wie oft kann einem das Herz sinken, kann einem alles, was einem Schwung und Auftrieb gegeben hat, schlagartig genommen werden? War ich jemals ohne eine Phantasie schlafen gegangen, die sich um Nelson gedreht hatte? Konnte ich jemals verhindern, daß mein Herz heftig pochte, wenn er sich mir näherte oder mich berührte oder wenn wir bei offiziellen Anlässen miteinander tanzten? Sein Lachen verweilte in meinen Ohren, sein Atem auf meiner Wange. Wie sehr genoß ich es, daß er mich immer wieder mit seinen Augen aufsog, mit diesen lachenden Augen, in denen Lichter funkelten. Wenn es um Nelson Childs ging, war ich eine dämliche Optimistin. Das traf im Grunde genommen nur bei ihm zu.

»Du lügst«, sagte ich.

»Nein, ich lüge nicht. Ich wünschte, es wäre gelogen«, stöhnte sie.

»Wie konntest du ... wann hast du ... und er, ich meine ...«

»Wir haben uns jedesmal in Boston getroffen, wenn er zu einer Verhandlung oder für andere juristische Geschäfte dort erscheinen mußte. Ich konnte nichts dafür!« rief sie aus.

»Weshalb sollte er sich mit dir einlassen? Er ist glücklich verheiratet«, sagte ich in meinem verzweifelten Bestreben, Gründe zu finden und ihr Geständnis und ihre Anklagen abzuschmettern.

»Seine Frau ist ständig schwanger. Im Moment ist sie schon wieder schwanger. Ich weiß nicht, warum. Er mag mich. Er hat mich schon immer gemocht, aber nicht genug, um mich zu heiraten«, klagte sie.

»Warum hast du dich dann nicht von ihm ferngehalten? Wie konntest du das geschehen lassen?«

»Ich weiß es nicht. Ich habe mich gelangweilt, und mit Nelson konnte man immer viel Spaß haben.«

Ich saß da und kochte. Ich wußte nicht, auf wen ich wütender war, auf Nelson oder auf Belinda. Nachdem ich ihn darauf angesprochen hatte, als ich ihn mit Belinda im Bootshaus ertappt hatte, hatte er mir versichert, es würde nie mehr zu etwas dergleichen kommen. Männern sollte man es grundsätzlich verbieten, Versprechen abzulegen, dachte ich. Sowie sie die Worte »Ich gelobe« aussprachen, sollten ihre Zungen schrumpfen.

»Ich vermute, ich muß eine Abtreibung vornehmen«, sagte sie durch ihre Tränen.

Ich dachte einen Moment nach. »Nein«, erklärte ich dann.

»Was?«

»Nein, du wirst keine Abtreibung vornehmen, Belinda. Du wirst ihn nicht einfach ungeschoren davonkommen lassen, nicht diesmal. Ich verbiete es dir«, sagte ich.

»Aber was soll ich denn dann tun? Ich kann kein Baby bekommen. Was soll ich mit einem Baby anfangen?« jammerte sie.

»Es ist nicht nur dein Baby, stimmt's? Es ist auch Nelsons Kind«, sagte ich.

Sie wimmerte und schluchzte und blickte dann zu mir auf. »Was soll das heißen, Olivia? Du willst ihn zwingen, das Baby zu behalten? Das wird seiner Frau gar nicht gefallen, oder?«

»Im Moment denke ich nicht an seine Frau. Hat er etwa an seine Frau gedacht, als er sich mit dir in Boston getroffen hat? Hat er an sie gedacht?« fauchte ich sie an. Sie schüttelte den Kopf.

»Ich will nicht noch ein Baby bekommen«, rief sie aus. »Ich fürchte mich.«

»Das ist Blödsinn, Belinda. Schließlich habe ich zwei Babys bekommen, oder etwa nicht? Der Grund, aus dem es bei dir beim ersten Mal so gräßlich war, ist der, daß du es geheimgehalten hast, statt das einzig Richtige zu tun. Diesmal wird es anders sein. Ja«, sagte ich, und strikte Entschlossenheit verwandelte mein Rückgrat in Stahl. »Es wird ganz anders aussehen. Diesmal hast du mich.«

»Ich fürchte mich trotzdem«, sagte sie. »Allein schon der

Gedanke daran läßt mir einen Schauer über den Rücken laufen«, fügte sie hinzu und schüttelte sich, als würde sie mit Eiswasser übergossen. »Und ich habe jede Nacht Alpträume. Ich kann nicht einschlafen, wenn ich mich nicht in den Schlaf trinke. Hörst du, Olivia?«

Ich wurde ruckartig aus meinen tiefen Gedanken aufgerüttelt und sah finster auf sie herab.

»Ich habe gesagt, daß ich bei dir sein werde, oder etwa nicht? Du brauchst dich vor nichts zu fürchten«, sagte ich zu ihr. »Weiß er es schon? Was ist?« fragte ich, als sie zögerte.

»Nein. Ich dachte mir, ich tue eben, was getan werden muß. Ich wollte ihm nichts davon sagen. Ich habe Angst davor, es ihm zu sagen. Ich hatte Angst, er würde mir die Schuld daran geben oder es schlichtweg leugnen, und dann stünde ich dumm da. Er ist jetzt ein sehr einflußreicher Mann. Muß ich es ihm sagen?«

»Nein«, bemerkte ich leise, »du brauchst es ihm nicht zu sagen. Ich werde es ihm sagen«, äußerte ich.

»Du wirst es ihm sagen?« fragte sie. Sie trocknete sich die Augen und schniefte.

»Ja«, sagte ich und wandte den Blick wieder aufs Meer. Der Luxusdampfer war verschwunden. Bis auf die Spiegelbilder der kalten Sterne oben am Himmel waren keine Lichter zu sehen. »Ja, ich werde es ihm sagen.«

16
Erzwungene Geständnisse

Falls ich noch die geringsten Zweifel hatte, daß Belinda die Wahrheit sagte, und ich wünschte, ich hätte Zweifel daran gehabt, dann wären sie mir am folgenden Nachmittag genommen worden, als ich einen Anruf von Nicholas Koson bekam.

»Kann ich reden?« fragte er in einem lauten Flüsterton, der mir übertrieben dramatisch erschien. Es klang, als sei er heiser.

»Wie bitte?«

»Ist dieser Anschluß sicher, Mrs. Logan?« fragte er und hätte über seinen Mantel- und Degenstil fast selbst laut gelacht, aber ich nahm an, genau dafür bezahlte man solche Leute.

»Natürlich«, sagte ich. »Glauben Sie etwa, meine Telefonleitung sei angezapft worden?«

»Nein, nein, keineswegs. Mein Bericht ist fertig, und da Sie sobald wie möglich unumstößliche Tatsachen haben wollten, dachte ich, ich teile Ihnen die Glanzpunkte verbal mit. Im Lauf der letzten Woche war Ihre Schwester zweimal in Boston. Sie hat im Admiral's Inn ein Zimmer gebucht, gleich im Norden der Stadt, und zwar unter ihrem richtigen Namen.«

»Belinda ist keine Spionin«, rief ich ihm ins Gedächtnis zurück. »Sie ist meine Schwester.«

»Ja, natürlich. Aber wenn Menschen klammheimliche Affären haben, treffen sie gewöhnlich einige grundlegende Sicherheitsvorkehrungen.«

»Nicht meine Schwester«, murmelte ich. Das war nur zu wahr, dachte ich.

»Ja, ich verstehe. Um fortzufahren«, sagte er reichlich näselnd, »sie wurde kurz darauf von einem bekannten Anwalt aus

Provincetown besucht.« Er unterbrach sich. »Sind Sie sicher, daß Sie all das am Telefon hören wollen?«

»Beenden Sie bitte Ihren Bericht«, fauchte ich. »Auf meinem Schreibtisch häufen sich Dokumente, die meine sofortige Aufmerksamkeit verlangen.«

»Ja, schon gut. Es tut mir leid. Sicher kennen Sie den Herrn, von dem ich rede. Es handelt sich um einen gewissen Nelson Childs. Ich glaube, er hat kürzlich ein Richteramt übertragen bekommen. Beim ersten Mal hat er sich knapp drei Stunden mit Ihrer Schwester dort aufgehalten, beim zweiten Mal etwas mehr als vier Stunden«, fügte er hinzu.

Was hätte Nelson so lange bei ihr festhalten können? fragte ich mich. Belindas Konversation konnte es gewiß nicht sein. Waren Männer wirklich derart leicht zu amüsieren? Daß er sie drei Stunden lang geliebt hatte, schied für mich ebenfalls als Möglichkeit aus. Selbst mit Samuels Tatschen und seinen feuchten, sabbernden Küssen dauerte der Sex nie mehr als zehn oder maximal fünfzehn Minuten. Was hätte Nelson drei oder vier Stunden lang mit Belinda anfangen können?

»Für diese Treffen gibt es eine Art Bestätigung?« fragte ich.

»Ich habe Fotos, wie er das Hotel betreten und verlassen hat.«

»Sie haben Fotos von ihm?«

»Natürlich aus einer gewissen Entfernung«, erklärte er eilig. »Ich bin sicher, daß ich nicht gesehen worden bin. Damit verdiene ich mir schließlich meinen Lebensunterhalt, Mrs. Logan.«

»Ich hätte diese Bilder gern heute noch«, sagte ich eilig.

»Von mir aus. Ich habe ein paar diskrete Fragen gestellt, Mrs. Logan. Diese ... Treffen ... waren nicht die ersten. Die beiden haben sich schon vor diesen beiden Malen ... bei etlichen Gelegenheiten dort getroffen. Dafür habe ich gewisse unwiderlegbare Indizien, und ...«

»Schon gut. Es besteht keinerlei Notwendigkeit, am Telefon näher auf die Einzelheiten einzugehen. Trotzdem wäre es mir nicht lieb, wenn Sie ins Büro kämen«, sagte ich und gab ihm klare Anweisungen für unser Treffen in zwei Stunden. Bei der Gelegenheit überreichte er mir ein Päckchen mit detaillierten Informationen und die Fotos, und ich händigte ihm seinen Scheck aus.

»Danke«, sagte ich. »Ich brauche Ihre Dienste in Zukunft nicht mehr.«

Er nickte und sah mich einen Moment neugierig an, ehe er ging. Es kam mir schmutzig vor, daß ich ihn engagiert hatte. Trotz seiner höflichen Art und seines geschäftsmäßigen Auftretens erschienen mir sein Beruf und seine Ziele so schleimig wie die eines Spanners, der seine Perversion zu seinem Job gemacht hatte. Das, was er für mich getan hatte, ließ mich erschauern, aber dann setzte ich mich in meinen Wagen und sah die Dokumente durch.

Mr. Koson war in seinen detaillierten Beschreibungen pedantisch, und er ging sogar soweit, die klimatischen Bedingungen zum Zeitpunkt seines Einsatzes zu beschreiben. Irgendwie hatte er auch Kopien der Hotelquittungen an sich gebracht. Mehr als ein Dutzend steckten für einen Zeitraum von vier Monaten in seinem Umschlag. Das verschlug mir den Atem. Was für eine gute Lügnerin Belinda doch war, und Nelson Childs war ein noch besserer Lügner.

Als ich die Bestätigung jetzt schwarz auf weiß hatte, fühlte ich mich nicht besser oder stärker, und mir war auch nicht wohler zumute. Mein Magen glich einer Waschmaschine die ihren Inhalt schleuderte. In meiner Brust verspürte ich eine tiefe Leere, als sei mein Herz geschrumpft und hätte einen Hohlraum zurückgelassen, der von dem schweren Pochen widerhallte. Ich holte tief Atem, um kühle Luft in mich aufzusaugen, damit sich der Hochofen unter meiner Brust abkühlte. Belindas Geständnis war eine Sache für sich gewesen, aber die gestochen scharfen Farbfotografien anzusehen, auf denen sich Nelson auf den Eingang des Hotels zubewegte, mit strahlender, eifriger Miene, war eine ganz andere Sache. Beim Gehen zeigten die Bilder den Ausdruck eines zufriedenen und zuversichtlichen Mannes, mit hochgezogenen Schultern und erhobenem Kopf und einem stolzen Lächeln auf den Lippen.

Ich kehrte in mein Büro zurück und arbeitete für den Rest des Tages möglichst hart, weil ich versuchen wollte, diese Bilder gewaltsam aus meinem Kopf zu vertreiben. Gegen Ende des Nachmittags schaute Samuel bei mir herein, um mich daran zu erinnern, daß er heute im Wharf Ale House mit seinen Kumpanen, den Fischern, wie jede Woche Karten spielen würde.

»Es sei denn, du hast etwas anderes für uns geplant«, fügte er hinzu.

Diese Worte fügte er jedesmal hinzu, und ich sagte immer: »Nein, es steht nichts an.«

»Ich bin ohnehin zu müde, um heute noch etwas zu unternehmen«, sagte ich.

»Du wirkst bedrückt, Olivia. Fühlst du dich nicht gut?«

»Ich bin nur müde, Samuel. Ich hatte heute viel zu tun. Wenn du öfter hier wärest, würde es dir auffallen.«

»Ich wünschte, du würdest mich hier mehr übernehmen lassen, Olivia. Ich wünschte es wirklich«, sagte er in diesem wimmernden, flehentlichen Tonfall, den ich schon lange verabscheute.

»Wir werden es ja sehen«, sagte ich.

Er nickte wieder, und Skepsis trat auf sein Gesicht.

Sowie er das Büro verlassen hatte, lehnte ich mich zurück und dachte darüber nach, was ich in Hinblick auf Belindas Situation als nächstes unternehmen würde. Es hatte keinen Sinn, die Dinge hinauszuzögern, beschloß ich. Ich stand auf, schloß meine Bürotür und rief Nelson im Büro an.

»Einen Moment, Mrs. Logan«, sagte seine Sekretärin. »Ich sehe nach, ob er zu sprechen ist.«

»Oh, und ob er für mich zu sprechen ist«, dachte ich und wartete. Mein Herz stotterte wie ein Außenbordmotor.

»Olivia!« rief Nelson aus. »Was für eine freudige Überraschung. Handelt es sich um einen geschäftlichen Anruf oder um ein reines Vergnügen?«

»Keines von beidem«, sagte ich. »Wir beide müssen uns heute abend treffen, Nelson.«

»Wie bitte?«

»Ich mache mir schon seit einer ganzen Weile Gedanken über einen angemessenen Ort, und ich habe beschlossen, daß meine Yacht der Treffpunkt sein sollte. Dort können wir sicher sein, daß wir ungestört sind. Komm um acht«, sagte ich mit scharfer Stimme. Seine Erwiderung ließ lange auf sich warten.

»Worum geht es überhaupt, Olivia?«

»Es ist besser, wenn wir um acht darüber reden, Nelson«, sagte ich zu ihm.

»Das kommt ziemlich plötzlich. Ich habe Louise versprochen, mit ihr ins Kino zu gehen und ...«

»Ich würde dich nicht anrufen und so kurzfristig etwas planen, wenn es nicht für uns beide wichtig wäre, Nelson.«

»Vielleicht können wir uns morgen abend treffen«, schlug er vor. »Da habe ich etwas, was ich problemlos absagen kann, und ...«

»Ein Treffen im Admiral's Inn in Boston«, sagte ich.

»Was?«

»Das brauche ich doch nicht wirklich zu wiederholen, Nelson, oder? Um acht Uhr findest du mich auf meiner Yacht«, sagte ich und legte auf. Mein Herz schlug jetzt wie der Gong in einer Standuhr.

Nach diesem Anruf war es mir unmöglich, mich auf meine Arbeit zu konzentrieren. Jedesmal, wenn ich etwas zur Hand nahm, stellte ich fest, daß meine Augen von der Seite glitten und meine Gedanken zu Nelsons Stimme am Telefon zurückkehrten. Würde er die Dreistigkeit besitzen, nicht dort aufzutauchen? Schließlich gab ich auf und verließ das Büro, um früher als sonst nach Hause zurückzukehren.

Samuel fiel beim Abendessen auf, daß ich anders war als sonst, und er erkundigte sich immer wieder nach meiner Gesundheit. Belinda, die wie ein geprügelter Welpe am anderen Ende des Tisches saß, mit gesenktem Blick und großen Pausen zwischen ihren Bemerkungen, sah mich jedesmal an, wenn Samuel mir Fragen stellte.

»Ich habe dir doch gesagt, daß ich nur müde bin, Samuel. Laß diese Fragen sein«, befahl ich ihm schließlich.

»Ich versuche doch nur, dir ein guter Ehemann zu sein«, scherzte er und sah Belinda hilfesuchend an, aber im Gegensatz zu sonst, wenn er sie anlächelte, senkte Belinda den Blick.

Unnötig zu sagen, daß er es eilig hatte, das Haus zu verlassen und zu seiner Kartenrunde zu verschwinden. Sowie er gegangen war, wandte sich Belinda an mich.

»Hast du ... schon etwas unternommen, Olivia?«

»Nein, aber ich werde es tun«, sagte ich zu ihr.

»Was soll ich tun?«

»Du brauchst gar nichts zu tun. Du hast schon längst alles getan«, knurrte ich. Sie fing an zu wimmern. »Du vergeudest deine Tränen, Belinda. Daddy lebt nicht mehr.«

Sie hob den Kopf und sah mich finster an. »Jetzt wirst du mich wirklich hassen, stimmt's? Du wirst mir das Leben zur Qual machen«, prophezeite sie.

»Nein, das hast du selbst schon getan«, sagte ich mit ruhiger Stimme. »Ich werde dein Leben retten, soweit es sich noch retten läßt. Ich werde unser aller Leben soweit wie möglich retten. Das scheint meine Rolle in dieser Familie zu sein.«

»Du genießt es«, warf sie mir vor, und ihre Augen waren jetzt zusammengekniffen. Darauf folgte ein verrücktes, leichtfertiges Gelächter. »Du hast es schon immer genossen. Du hättest Lehrerin oder Predigerin werden sollen. Oder noch besser: Gefängnswärterin.«

»Ich bin, was ich sein muß«, sagte ich mit fester Stimme.

»Du kannst mir glauben, daß ich keine Zeit habe, es zu genießen. Ich erwarte keinen Dank von dir, aber ich erwarte deinen Respekt, Belinda. Und deine Wertschätzung dessen, was ich tue.«

Sie sah mich noch einen Moment mit grollender Miene an, dann fiel ihr Gesicht in sich zusammen, und sie schrumpfte zu einer Kugel, schlang die Arme um sich und senkte den Blick.

»Ich werde ihn heute abend treffen«, enthüllte ich ihr, und sie blickte mit weit aufgerissenen Augen auf.

»Heute abend? Wo?«

»Das spielt keine Rolle. Ich will dich nicht dabeihaben«, sagte ich.

»Wie wirst du ... ich meine, was wirst du sagen?«

»Ich komme zu dir, ehe du schlafen gehst«, versprach ich ihr, »und erzähl dir alles.«

Sie nickte und wirkte jetzt eher dankbar als trotzig. Mir war klar, was sie als nächstes sagen würde.

»Sag es nicht, Belinda. Ich kann nicht mehr hören, wie leid es dir tut. Bitte, geh einfach in dein Zimmer, sieh dir etwas im Fernsehen an, rede mit deinen hohlköpfigen Freundinnen, frisiere dir das Haar, sei ganz du selbst, und warte auf meine Anweisungen.«

Sie schüttelte den Kopf, und ihre Augen füllten sich mit Tränen. Selbst sie wußte jetzt, daß Ausflüchte wie die berüchtigten Strohhalme waren, die jeder zu packen versuchte, um nicht unterzugehen. Das einzige, was sie davor bewahren konnte, in diesem Leben noch tiefer zu sinken, waren die Taten, die ich um ihretwillen unternehmen würde. Diese Erkenntnis stand in ihren Augen.

Sie erhob sich und verließ mit gesenktem Kopf das Eßzimmer, aber ich hatte kein Mitleid mit ihr. Sie war diejenige, die Nelson Childs' Baby unter ihrem Herzen trug, nicht ich.

Ich verbrachte einige Zeit mit den Jungen, ehe ich das Haus verließ. Thelma hatte bei Jacob Wunder gewirkt und ihm tatsächlich ein wenig Lesen und das Addieren und Subtrahieren beigebracht. Bei mir gab er gern damit an. Chester war ein weitaus weniger intellektuell interessiertes Kind und lief schon Monate eher als Jacob. Somit stellte er ein ständiges Problem dar, weil er nach Dingen greifen konnte und sich für alles in seiner Sichtweite interessierte. Schon zweimal war er in Samuels Anglerausrüstung geraten und hatte sich so übel darin verfangen, daß er um Hilfe schreien mußte. Samuel fand das amüsant, aber ich warnte ihn, wenn er seine Geräte noch länger herumliegen ließe, würde ich sie alle in den Abfall werfen.

»Jacob besitzt mehr Verstand als du«, sagte ich zu ihm. Jacob war unendlich viel ernster, wenn es darum ging, auf seinen jüngeren Bruder aufzupassen und ihn davor zu bewahren, daß er Unfug anstellte. Ich begann mich zu fragen, wie zwei Jungen, die dieselben Eltern hatten, so unterschiedlich veranlagt sein konnten.

Unsere Yacht war am Anlegesteg hinter dem Haus vertäut. Es war ein Segelboot von knapp zwanzig Metern Länge, ohne Motor und mit Kajüten. Normalerweise wurden sämtliche Liegestühle verstaut, aber Samuel hatte die Yacht gerade erst am Tag zuvor benutzt, um mit potentiellen Kunden eine halbtägige Segeltour zu unternehmen. Der Abend war neblig und trist. Meine Sicht auf das Meer betrug weniger als zwanzig Meter, aber in der Ferne konnte ich ein Nebelhorn hören, und gelegentlich sah ich in dem Dunst den Scheinwerfer eines Leuchtturms. Es war jedoch schwül, und die Luft war zum Schneiden. Ich glaubte, es könnte jederzeit Regen geben. Kurz vor acht ging ich an Bord der Yacht und wartete, lauschte und schaute auf das Anwesen hinaus. Etwa eine Minute nach acht sah ich Nelson aus den Nebelschwaden erscheinen. Er wirkte wie eine Gestalt, die aus der dunkelsten Unterwelt auftaucht. Mit langen Schritten kam er auf das Boot zu, und als er näherkam, drückte sich im Schlenkern seiner Arme Wut und Ärger aus.

»Also, was ist?« sagte er, als er an Bord der Yacht kam und, die Arme unwillig in die Hüften gestemmt, vor mir stehenblieb. »Ich bin erschienen, wie du es mir befohlen hast.« Er trug eine helle Jacke und Jeans. Ich starrte ihn einen Moment an und sah dann in den Nebel hinaus.

»Warum setzt du dich nicht, Nelson. Es wird eine Weile dauern«, sagte ich mit ruhiger Stimme.

Er zögerte und ließ sich dann mir gegenüber auf einen Liegestuhl fallen. »Also, was ist?«

»Du triffst dich schon seit Monaten mit meiner Schwester«, begann ich. »In der vergangenen Woche hast du sie das letzte Mal getroffen«, fügte ich hinzu.

»Das hat sie dir erzählt?«

»Nein, sie hat mir so gut wie nichts erzählt«, sagte ich. »Aber es hat auch keinen Zweck, daß du es bestreitest.« Ich schaltete eine Lampe an und reichte sie ihm gemeinsam mit dem Ordner, den Nicholas Koson mir ausgehändigt hatte. Nelson verzog die Lippen zu einem schelmischen Lächeln und schüttelte den Kopf.

»Ich frage mich, was das wohl sein mag.« Er las die Unterlagen, und ich wartete, während er die Seiten umblätterte. Als er die Fotos von sich fand, stieß er einen leisen Pfiff aus.

»Du hast uns verfolgen lassen?« fragte er ungläubig.

»Es war nur ein Verdacht, der sich jedoch sehr bald in eine gräßliche Realität verwandelt hat«, sagte ich.

»Ich kann es einfach nicht glauben«, murmelte er, als er das Päckchen wieder schloß.

»Stell dir vor, wie mir zumute ist, Nelson. Ich glaube, ich fühle mich noch betrogener, als Louise sich fühlen wird«, sagte ich. Mit dem Schein der Lampe auf seinem Gesicht sah er so bleich aus wie ein Gespenst, und seine dunklen Augen wirkten seltsam gehetzt.

»Du hast die Absicht, es ihr zu erzählen?« fragte er schließlich.

»Nein«, erwiderte ich und holte tief Atem. »Diesen Aspekt deines Lebens werde ich dir überlassen.«

»Olivia, ich kann nichts zu meiner Verteidigung vorbringen, sondern nur sagen, daß mein Leben in der letzten Zeit sehr schwierig war und ich Ablenkung brauchte. Eines Abends habe ich Belinda zufällig in Boston getroffen, und sie … nun, du weißt ja, wie betörend sie sein kann. Mir ist klar, daß ich der Versuchung nicht noch einmal hätte erliegen sollen, aber ich hatte etwas getrunken, und sie ist so leichtfertig und beschwingt, daß es …«

»Ich will mir all das eigentlich nicht anhören, Nelson. Du hast mir einiges vorgemacht und deine Rolle gut gespielt, vor allem, als du erfunden hast, sie hätte dich um Arbeit gebeten. Mir hätte klar sein müssen, daß es zu einfach ist, Belinda übers Ohr zu hauen und sie reinzulegen.«

Er nickte und beugte sich mit gefalteten Händen vor. »Ich möchte dir versprechen, dir beim Leben meiner Kinder das Gelübde ablegen, daß ich von heute nacht an …«

»Dazu ist es zu spät«, sagte ich mit schwerer Stimme, der Stimme eines Richters, der das strengste Urteil fällt, einer Stimme, die er nur zu gut kannte.

»Was soll das heißen?« keuchte er. »Was wirst du tun?« Er wartete einen Moment, während ich schwieg. »Dir ist doch sicher klar, daß keinem von uns beiden damit gedient wäre, Olivia. Dieses Städtchen blüht an häßlichem Klatsch regelrecht auf. In diesen Gewässern gibt es wahre Haie, Olivia«, fuhr er fort und erhob die Stimme, um mich zu warnen. »Das darfst du nicht unterschätzen. Denke doch bitte an unser beider Familien und …«

»Belinda ist schwanger, Nelson, und das Kind ist von dir«, platzte ich heraus.

Selbst in dem schlechten Licht konnte ich sehen, wie sein Gesicht blutrot anlief. Er schien kein Wort herauszubringen und sich nicht von der Stelle rühren zu können. Schließlich keuchte er und holte dann tief Atem. Er schüttelte den Kopf. »Nein, das kann nicht sein. Sie hat mir gesagt, daß sie die Pille nimmt. Sie hat mir sogar das Päckchen gezeigt. Sie kann nicht schwanger sein. Sie lügt.«

»Es ist von einem Arzt bestätigt worden, Nelson. Belinda mag eine oder zwei oder sogar ein Dutzend Pillen genommen haben, aber ich bin sicher, daß sie tagelang damit ausgesetzt und die Einnahme vernachlässigt hat, um sich, wenn wir es schon beschönigend ausdrücken wollen, eine Hintertür offenzuhalten, und da sie in den letzten Monaten nur mit dir zusammen gewesen ist, und zwar wiederholt, wofür ich hier die Belege habe«, fuhr ich fort und deutete auf den Packen Papiere und Fotos, um den Nagel noch tiefer in seine geschwächte männliche Rüstung zu treiben, »besteht kein Zweifel daran, daß du der Vater von Belindas unehelichem Kind bist.«

»Oh, nein«, rief er aus und schlug sich die Hände vors Gesicht. »Das kann doch nicht wahr sein.« Seine Schultern bebten. »Was habe ich mir bloß dabei gedacht? Wie konnte ich nur so schwach sein?«

Ich konnte es mir nicht erlauben, Mitleid mit ihm zu verspüren, aber es gelang einem kleinen wohlmeinenden Gefühl, sich in die Festung meiner Wut einzuschleichen. Ich hatte gehofft, ich könnte dasitzen, seinen inneren Aufruhr auskosten und Reue aus ihm herausquetschen, aber die Zuneigung zu ihm, die ich in einem geheimen Ort meines Herzens bewahrte, ließ ein gewisses Erbarmen in mir anklingen.

»Es ist zwecklos, bei den Dingen zu verweilen, die vorgefallen sind. Es ist dazu gekommen, und jetzt stehen wir vor den Tatsachen«, sagte ich leise.

»Was wirst du jetzt tun?« fragte er und ließ die Hände von seinem Gesicht sinken. Er sah immer noch gut aus, aber jetzt wirkte er finster und ernst. »Wenn sie eine Abtreibung vornimmt, bezahle ich natürlich dafür und tue alles ...«

»Sie wird keine Abtreibung vornehmen«, sagte ich. »Dafür ist es zu spät.«

»So spät kann es noch nicht sein, Olivia.«

»Ich spreche nicht davon, daß es physisch oder medizinisch zu spät ist, Nelson.«

»Was meinst du denn dann?« fragte er, und es kam fast als ein Flüstern heraus.

»Belinda hat diesen Fehler schon einmal begangen«, begann ich. »Wir haben immer alles beseitigt, was sie angerichtet hat, um den Schaden in Grenzen zu halten und ihr Leiden auf ein Minimum zu beschränken.«

»Ja, aber ausgerechnet diesen Vorfall dazu zu nutzen, ihr eine Lektion zu erteilen ... ich meine ...«

»Ich will ihr nicht nur eine Lektion erteilen, Nelson«, sagte ich mit scharfer Stimme. Ich sah ihm einen Moment fest in die Augen.

»Was hast du vor?« fragte er, und es war ein regelrechtes Flehen.

»Sie wird das Baby bekommen, und das Baby wird hier bei mir aufwachsen. Niemand wird die Identität seines Vaters erfahren.«

Er seufzte, fast schon erleichtert. Dann wandten sich seine Gedanken barmherzig Belinda zu. »Dir ist natürlich klar, daß es in dieser Kleinstadt ihr Ruin sein wird, Olivia.«

»Ich habe schon seit geraumer Zeit keine Hoffnung mehr für sie, Nelson, ganz gleich, ob hier oder anderswo. Belinda wird nie etwas aus sich machen«, prophezeite ich mit der Gewißheit eines biblischen Propheten.

»Findest du wirklich, du solltest all das für sie entscheiden, Olivia?«

»Diese Entscheidungen sind schon vor langer Zeit getroffen worden, Nelson«, erwiderte ich. »Ich handele nur entsprechend und versuche, damit zurechtzukommen.«

Er schüttelte den Kopf. »Also, wenn du entschlossen bist, es so zu handhaben, gibt es vermutlich nichts, womit ich dich davon abhalten könnte.«

Ich lachte.

»Nein, wohl kaum«, sagte ich. Er sah mich scharf an.

»Was willst du von mir? Geld?«

»Ich werde dich ab und zu bitten, mir in Kleinigkeiten behilflich zu sein, natürlich immer sehr diskret«, sagte ich und nickte. »Das heißt, solange ich mich darauf verlassen kann, daß du dich kooperativ verhältst.«

»Das klingt fast wie eine Drohung, Olivia.«

»Es sollte nicht so klingen«, gestand ich ihm zu. »Du solltest meine Entschlossenheit jedoch niemals unterschätzen.«

»Nein«, sagte er, und sein charmantes, zärtliches Lächeln kehrte auf sein Gesicht zurück. »Das sehe ich selbst.« Er lehnte sich zurück. Der Nebel wurde dichter. Tautropfen fielen auf unsere Kleidung. »Weiß Samuel etwas davon?«

»Nein, noch nicht. Mit ihm befasse ich mich später«, sagte ich.

»Dann weiß er also nicht, was du mit dem Kind vorhast? Findest du nicht, er sollte dabei auch ein Wort mitzureden haben? Ich meine, du willst schließlich, daß er dem Kind ein Vater ist.«

Ich spürte, daß ich mich wie eine gespannte Feder zusammenzog. »Du wirst immer der Vater des Kindes sein, Nelson. Du und ich werden es immer wissen«, rief ich ihm barsch ins Gedächtnis zurück.

»Warum tust du das, Olivia? Da steckt doch mehr dahinter. Ich bin ganz sicher. Warum willst du mein Kind in deinem Haus großziehen?«

»Es ist auch das Kind meiner Schwester.«

»Ja, aber ... es steckt mehr dahinter, Olivia.«

»Es hätte mein Kind sein sollen«, sagte ich und traute meinen eigenen Ohren nicht. Ich konnte einfach nicht glauben, daß ich diese Worte äußerte. Wie hatte dem Gefängnis meines Herzens eine so wahrhafte Bemerkung entspringen können? Nelson nickte. Er schien es zu verstehen.

»Tu es nicht, Olivia. Es wird nicht das sein, was du erwartest«, sagte er, und jetzt klangen auch seine Worte prophetisch.

»Ich tue es«, sagte ich. »Wir tun es«, verbesserte ich mich.

Er stieß zwischen geschlossenen Lippen Luft aus und wandte den Blick ab. Die ersten Regentropfen begannen zu fallen. »Gleich erwischt es uns«, sagte er.

»Laß uns hineingehen«, sagte ich und erhob mich. Er folgte mir, wenngleich auch widerstrebend. Ich zündete eine kleine Lampe im Wohnzimmer an und setzte mich aufs Sofa. Er blieb in der Tür stehen, an die Wand gelehnt. Der Regen nahm an Stärke zu.

»Ein kleines Unwetter zieht vorüber. Es wird nicht lange anhalten«, sagte er. Sein feuchtes Haar fiel ihm in die Stirn. Wie jung und gut er aussah und wie sehr er mich an jenen Abend erinnerte, an dem er und ich und Belinda einen Spaziergang am Strand unternommen hatten, an den Abend, an dem er mit ihr schwimmen gegangen war, den Abend, an dem all das begonnen hatte.

Er starrte mich an. »Olivia, du weißt nicht, was du tust. Du kannst nicht mit Menschen spielen wie mit Figuren auf einem Schachbrett. Schachfiguren sind nicht aus Fleisch und Blut, und sie haben keine Gefühle.«

»Du solltest mir dankbarer dafür sein, daß ich mit Menschen spielen kann, Nelson. Ich löse deine Probleme, ich bewahre dir deinen guten Ruf, und ich erhalte dir deine Karriere und dein Leben.«

Er lächelte. »Wie soll ich dir meine Dankbarkeit erweisen, Olivia?«

»Es ist dir so leicht gefallen, Belinda zu zeigen, wie dankbar du sein kannst«, sagte ich. Sein Lächeln verflog.

»Du willst doch nicht etwa wirklich, daß ich ... daß wir ...« Der Regen, der auf das Dach der Yacht trommelte, schien auch auf meine Seele zu trommeln.

»Ist dein Abscheu vor mir so groß?«

»Nein, natürlich nicht, aber das ist etwas ganz anderes. Es ist ...«

»Was?«

»Samuel ist ein guter Freund von mir und ...«

»Oh, bitte«, sagte ich. »Erzähl mir jetzt bloß nichts von dieser Legende über Männer, die sich verbündet haben und einander nicht die Frauen ausspannen. Wenn es um diese Dinge geht, seid ihr alle aus demselben Holz geschnitzt.«

Er schüttelte den Kopf. »Es tut mir leid, daß du so bitter bist.«

»Ach, wirklich?« Tränen traten in meine Augen. »Was weißt du schon über Erbitterung? Du hast immer bekommen, was du wolltest, oder etwa nicht? Du weißt gar nicht, was Frustration ist. Du weißt nichts von Sehnsucht, und du machst dir auch keine Vorstellung davon, wie allein man sein kann.«

Er richtete seinen Blick auf mich, als sähe er mich zum ersten Mal. Ich mußte mich abwenden, und während ich es tat, kam er näher. Ich spürte seine Hand auf meinem Haar und dann auf meiner Schulter, aber ich drehte mich nicht zu ihm um. Er setzte sich neben mich, und dann spürte ich seine Lippen auf meinem Hals. Ich schloß die Augen. Wie sehr ich von diesem Moment geträumt hatte, sagte ich mir. Seine Lippen glitten auf meine Wange, und seine Hand wandte mein Gesicht zu ihm um, damit er mich auf die Lippen küssen konnte. Dann legte sich seine Hand auf meine Brust, und er preßte seine Lippen fester auf meinen Mund.

Der Geruch seines feuchten Haares, der Geschmack seines Mundes auf meinen Lippen und die Berührung seiner Hand auf meiner Taille, die von dort aus unter meine Jacke und meine Bluse glitt, ließen einen Rhythmus in mir erklingen, der meinen Körper erhitzte und meinem Atem Glut verlieh. Ich stöhnte und bewegte mich, damit er meine Beine hochheben und seine andere Hand unter meinen Rock schieben konnte. Als er mich berührte, stockte mein Atem, und einen Moment glaubte ich, vor Erregung ohnmächtig zu werden.

»Ist es wirklich das, was du willst, Olivia?« flüsterte er.

»Ja«, sagte ich, und in meinen Augen stand Entschlossenheit. »Ja. So hätte es von Anfang an sein sollen.«

Er sagte nichts. Statt dessen begann er, erst mich und dann sich selbst auszuziehen. Der Sturm über uns und um uns herum ließ nicht nach, und der Regen fiel jetzt in Strömen auf die Yacht. Das Meer hob und senkte sich und erschuf einen rasenden Rhythmus, den ich gern eingefangen und zwischen Nelson und mir festgehalten hätte.

Er liebte mich mit geschlossenen Augen. Trotz des Umstandes, daß er wirklich da war, mich wirklich in seinen Armen hielt und mich in der intimsten Form, in der ein Mann und eine Frau eins werden können, zu einem Teil seiner selbst machte, verspürte ich nicht die Zufriedenheit, die ich erwartet hatte. In meiner Wildheit und der Verweigerung, eine Enttäuschung zu erleben, stürzte ich mich in einen Orgasmus und fühlte Nelson in mir beben, und wir keuchten beide wie zwei Langstreckenläufer am Strand, die einander in die Arme gefallen waren.

Der Regen fiel weiterhin. Keiner von uns sagte ein Wort.

»Dir war jede einzelne Sekunde verhaßt, stimmt's?« fragte ich anklagend.

»Nein, Olivia, aber was du erwartest, kannst du nicht erzwingen. Du bist es derart gewohnt, Befehle zu erteilen und deinen Kopf durchzusetzen, daß du glaubst, dieselben Techniken auf alles anwenden zu können. So geht es nicht.« Ich wandte mich von ihm ab.

»Es tut mir leid«, sagte er. »Die Umstände ... sie verleiten einfach nicht zu ... es dient nicht gerade dazu ...«

»Nichts daran ist romantisch?«

»Nein, ganz und gar nicht«, sagte er.

»Und du findest es romantisch, dich mit Belinda in einem Hotel zu treffen?« fragte ich mit einem harten, kalten Lachen.

»Es war eine Liebelei, etwas, womit ich mich zerstreut habe, wie ich dir schon sagte«, behauptete er. »Ich bin nicht in Belinda verliebt. Ich bin auch nicht in meine Frau verliebt«, schloß er.

Ich setzte mich auf und begann mich anzuziehen, und er zog sich ebenfalls an. Plötzlich fühlte ich mich schäbig und kam mir sehr dumm vor. Das war mir noch mehr verhaßt als der Umstand, daß er mich nicht so geliebt hatte, wie ich es mir erträumt hatte. Es war besser, in meiner Phantasiewelt zu leben, als mit dieser Realität umzugehen, sagte ich mir.

Der Regen hatte nachgelassen.

»Wir sollten gleich loslaufen«, sagte er und spielte mit dem Gedanken, die Yacht möglichst schnell zu verlassen. Ich fand einen Schirm und reichte ihn Nelson. »Was ist mit dir?«

»Ich habe es nicht so weit«, sagte ich.

»Olivia ... es ist ...«

»Ich möchte heute abend nicht mehr darüber reden«, sagte ich. »Ich werde dich auf dem laufenden halten, und du wirst tun, was getan werden muß, wenn der Zeitpunkt kommt.«

Er starrte mich an, ohne Wut, aber mit echter Neugier, als sei ich eine Art außerirdisches Wesen.

»Also gut. Wenn es das ist, was du wirklich willst«, sagte er schließlich. »Es tut mir leid.«

»Diese Worte sollten aus unserem Wortschatz gestrichen werden. Mit ihnen wird zu grober Mißbrauch getrieben«, bemerkte ich. Fast hätte er gelächelt. Dann nickte er, öffnete die Tür und spannte den Schirm auf, sah sich nur noch ein einziges Mal um und stürmte in die Nacht und den Regen hinaus. Ich sah ihm nach, als er in der Dunkelheit verschwand wie eine Geistererscheinung, ein Gespenst, das meinen Illusionen und Träumen entsprungen war.

Eine Zeitlang stand ich da und weinte. Ich konnte mich nicht erinnern, wann in meinem Leben ich jemals derart geweint hatte. Selbst bei Mutters Tod hatte ich nicht so heftig geweint. Die Tränen fühlten sich wie Tropfen aus Dampf auf meinen Wangen an. Schließlich holte ich Atem, wischte sie fort, hörte auf zu schluchzen und begrub mein Selbstmitleid für immer, ehe ich in den kalten Regen hinauslief, ohne ihn wahrzunehmen oder auch nur zu fühlen, daß ich bis auf die Haut durchnäßt war, ehe ich die Tür zu Belindas Zimmer öffnete und sie keuchte, als ihr Blick auf mich fiel.

»Wo bist du gewesen? Was ist dir zugestoßen?« fragte sie. »Du bist klatschnaß.«

»Es ist alles erledigt«, sagte ich mit einer Stimme, die der Stimme einer Person bar jeglichen Gefühls ähnelte. »Er weiß, was passiert ist, und er weiß auch, was wir tun werden. Über seine Verpflichtungen nach deiner Geburt ist er sich auch im klaren.«

»Soll das heißen, er hat nicht versucht, uns dazu zu bringen, daß wir das Baby nicht bekommen?«

»Diese Entscheidung liegt nicht bei ihm. Nicht einmal der Vorschlag steht ihm zu«, sagte ich. »Er hat keine Rechte, abgesehen von dem einen Recht, sich schuldig zu fühlen.«

»Aber, Olivia ... ich fürchte mich wirklich«, stöhnte sie.

»So ein Unsinn. Das lasse ich nicht zu«, sagte ich zu ihr.

»Ich kann nichts dafür!« rief sie aus und verzog das Gesicht. Ich betrat ihr Zimmer und packte sie an den Schultern.

»Du kannst durchaus etwas dafür. Du wirst genau das tun, was ich dir sage. Dieses eine Mal wirst du für deine Taten zur Verantwortung gezogen werden, Belinda. Hast du mich gehört?« Ich rüttelte sie heftiger, und sie fing an zu weinen. »Hast du mich gehört?«

»Ja«, sagte sie und nickte.

»Gut«, murmelte ich und ließ sie los. »Gut. Und jetzt sieh zu, daß du eine Zeitlang schlafen kannst. In den nächsten Monaten wirst du ein vorbildliches Leben führen, und du wirst ein gesundes Kind gebären.«

Ich blieb in der Tür stehen. Sie sah mich mit Entsetzen in den Augen an.

»Ich schwöre es dir, du wirst es tun«, sagte ich bedächtig. »Du wirst es ganz entschieden tun.«

Drei Wochen später läutete es an einem frühen Abend an der Tür. Wir hatten gerade gegessen. Belinda war oben in ihrem Zimmer, und Samuel hielt sich unten am Anlegesteg auf und nahm Arbeiten an der Yacht vor. Ich hatte mich in mein Arbeitszimmer zurückgezogen und gerade begonnen, Papiere durchzusehen, die ich nach Hause mitgebracht hatte, als Effie in der Tür erschien.

»Da ist eine Besucherin für Sie, Mrs. Logan.«

»Wer ist es?«

»Eine Mrs. Childs«, sagte sie.

Mein Herz schien in meine Magengrube zu sinken. Ich hatte Louise schon seit einer ganzen Weile nicht mehr gesehen, und wir hatten einander nie wirklich nahegestanden. Allein war sie jedenfalls noch nie zu mir gekommen

Louise Childs war eine jener Frauen, die mit der Zeit immer schöner, eleganter und statuenhafter werden. Die Geburt der Kinder hatte ihrer schlanken Figur nichts anhaben können. Sie sah nach wie vor aus, als sei sie gerade aus dem Titelbild einer Zeitschrift gestiegen und zum Leben erwacht.

»Hallo, Olivia«, sagte sie. »Ich hoffe, mein unangemeldeter Besuch stellt keine Störung dar.«

»Nein, ganz und gar nicht. Kommen Sie doch bitte herein, Louise«, sagte ich.

Sie betrat mein Arbeitszimmer, sah sich um und setzte sich dann auf das schmale Ledersofa. Direkt nach dem Hausverkauf hatte ich viele von Daddys Sachen aus seinem Arbeitszimmer in mein eigenes Haus geholt und sie dort in mein Büro gestellt.

»Mag Samuel Waffen?« fragte sie mit einem Blick auf die Stücke, die in den Vitrinen ausgestellt waren.

»Nein, das waren die Antiquitäten meines Vaters«, sagte ich.

»Ach, so.«

Ich setzte mich ihr gegenüber auf den Ledersessel. »Darf ich Ihnen etwas zu trinken anbieten, Louise?«

»Nein, danke«, sagte sie. Einen Moment lang fummelte sie

am Verschluß ihrer Handtasche herum. »Ich nehme an, Sie wissen, warum ich zu Ihnen gekommen bin, Olivia.«

»Nein«, sagte ich. »Ich fürchte, Sie haben mich mit Ihrem Besuch restlos überrascht.«

»Es geht um ... Nelson, und um das, was er getan hat«, sagte sie und sah mir fest ins Gesicht. Ich starrte sie mit unverwandter Miene an. »Er hat mir alles erzählt«, fuhr sie fort.

»Ich verstehe«, sagte ich und fühlte mich, als sei mein Körper ein geplatzter Luftballon und ich hätte keine Luft mehr in der Lunge, um auch nur einen Laut von mir zu geben, von einem vollständigen Satz ganz zu schweigen. Ich fand so schnell wie möglich die Kontrolle wieder und saß mit stocksteifem Rücken da. »Was genau hat er Ihnen erzählt?«

Gewiß hatte er ihr nicht auch von unserem sexuellen Intermezzo auf der Yacht erzählt, dachte ich.

»Er hat mir von ... dem Baby erzählt«, sagte sie, »und von Belinda und von Ihrem Vorhaben«, erwiderte sie mit festem Blicke. Das war anscheinend alles, was er gestanden hatte. Dennoch überraschte es mich, daß sie zu mir gekommen war. Ihr Rückgrat hatte ich mit Sicherheit unterschätzt, sagte ich mir.

»Ach, ja?«

»Ja. Ich bin nicht hier, um Ausflüchte für ihn zu finden«, fügte sie eilig hinzu.

»Warum sind Sie dann zu mir gekommen, Louise?« fragte ich. Unwillkürlich beschlich mich das Gefühl eines weiteren Verrats. Ich war nie auf die Idee gekommen, Nelson könnte Louise so nahestehen, daß er ihr seine Sünden beichtete, und der Gedanke, wenn er es schon tat, könnte sie seine Untreue tolerieren und ihm vergeben, war mir erst recht fremd.

»Ich bin hier, weil ich glaube, daß Sie einen Fehler machen. Ich finde, Sie sollten in Erwägung ziehen, ein anderes Zuhause für das Kind zu finden. Nelson und ich haben darüber gesprochen, und wir sind bereit, sämtliche Kosten zu tragen. Es gibt viele Paare, die liebend gern ...«

»Sie haben mit ihm darüber gesprochen? Sie? Schließlich ist es meine Schwester, die er geschwängert hat, Louise.«

»Das ist mir klar«, warf sie eilig ein. »Ich bin nicht hier, um jemandem Vorwürfe zu machen, und schon gar nicht Belinda. Ich ...«

Ich lachte. »Es interessiert Sie vielleicht, daß ich auch keine Ausflüchte für sie finde. Gewiß trägt sie Schuld, aber wenn es darum geht, das Kind fortzugeben und so zu tun, als sei es nie passiert ... ich denke gar nicht daran, weiterhin alle Tatsachen zu begraben«, sagte ich kopfschüttelnd. »Das lasse ich nicht zu.«

»Aber Belindas Zukunft ...«

»Das ist meine Sorge, nicht Ihre«, sagte ich. Ich lehnte mich zurück, preßte die Fingerspitzen aneinander und lächelte, als mir plötzlich klar wurde, warum sie hier war. »Jetzt verstehe ich. Sie machen sich Sorgen, es könnte eines Tages herauskommen und Sie in schreckliche Verlegenheit stürzen.«

»Nein, überhaupt nicht. Es ist nur so ...«

»Bitte«, sagte ich und hob die Hand. »Lassen Sie uns nicht Lüge auf Lüge häufen. Ich habe Nelson versichert, daß seine Vaterschaft oder, besser gesagt, die Tatsache, daß er das Kind gezeugt hat, nicht ans Licht kommen wird. Sie können also beruhigt sein, soweit dieses Wissen sie beruhigen kann«, betonte ich.

»Haben Sie diese ganze Geschichte wirklich durchdacht, Olivia? Sind Sie sicher, daß Sie es so haben wollen?« fragte sie.

»Ja, Louise, ich will es so haben.«

Sie sah mir meine Entschlossenheit an und lehnte sich mit bebenden Lippen zurück.

»Es hat mich alle Kraft gekostet, die ich aufbieten konnte, zu Ihnen zu kommen und mit Ihnen zu reden, Olivia. Nelson hat mir gesagt, Ihr Entschluß stünde fest, aber ich denke, er hat geglaubt, ich könnte Sie vielleicht davon abbringen, und wenn Sie erst einmal wüßten, daß er mir alles gestanden hat, könnten Sie Ihre Meinung doch noch ändern.«

»Wie kommt er auf diesen Gedanken?«

»Ich weiß es nicht«, sagte sie.

»Dann wissen Sie vielleicht doch nicht alles, Louise.«

Sie zog ein Taschentuch heraus und putzte sich die Nase. Dann holte sie tief Atem und stand auf.

»Es ist eine so üble Geschichte, eine gräßliche Wendung der Ereignisse«, klagte sie. »Bisher war unser aller Leben so vollkommen.«

»Das Leben ist nicht dazu gedacht, vollkommen zu sein«, sagte ich. »Diese Vorstellung ist eine Illusion, und wenn Sie sich gestatten, daran zu glauben, dann leiden Sie nur unter Enttäuschungen.«

Sie sah mich bewundernd an und schüttelte den Kopf. »Wie sehr ich Sie um Ihre Kraft beneide. Sie sind schon immer so stark gewesen.« Sie lächelte. »Irgendwie glaube ich, daß Sie für all das eine Lösung finden werden«, schloß sie.

»Und keinem von Ihnen kann etwas passieren«, sagte ich.

Sie biß sich auf die Unterlippe, sah mich an und wandte sich dann ab, um zu gehen.

»Louise«, sagte ich, als sie die Tür erreicht hatte. Sie blieb stehen und drehte sich um.

»Ja?«

»Wenn Sie stärker werden wollen, dann gestatten Sie nie mehr, daß Ihr Mann Ihnen die Dreckarbeit überläßt.«

»Ich bin nicht seinetwegen hergekommen, Olivia. Sie haben recht. Ich bin meinetwegen hergekommen. Oder vielleicht auch um meiner Kinder willen«, fügte sie hinzu. »Sie haben einmal etwas gesagt, was ich nie vergessen habe.«

»Und was war das?«

»Die Familie. Die Familie sollte wichtiger als alles andere sein«, erwiderte sie. »Falls ich jemals etwas für Sie tun kann, zögern Sie bitte nicht, sich an mich zu wenden.«

Ich sah ihr nach, als sie ging, und ich haßte sie dafür, daß sie die Kraft aufgebracht hatte, zu mir zu kommen.

17
Buße

Den Wutausbruch, mit dem ich am kommenden Nachmittag konfrontiert wurde, hätte ich Samuel nicht zugetraut. In seinen Augen stand eine solche Rage, daß sie blutunterlaufen wirkten. Seine normalerweise braungebrannten Wangen hatten Flecken, die so weiß wie Eierschalen wirkten, und die Haut auf seinen Schläfen war straff genug, daß man eine Trommel damit bespannen konnte. Er riß meine Bürotür bei seinem Eintreten fast aus den Angeln und knallte sie so fest zu, daß die Wände bebten. Ich wollte gerade protestieren, als er den Arm ausstreckte und mit seinem langen rechten Zeigefinger auf mein Gesicht wies.

»Tu es nicht«, befahl er. »Sag kein Wort, solange ich nicht ausgeredet habe.«

Nachdem er diese Worte ausgesprochen hatte, lief er eine Zeitlang wutentbrannt auf und ab. Dann blieb er stehen, holte tief Atem und stemmte die Handflächen auf meinen Schreibtisch, als er sich zu mir vorbeugte. Ich konnte die Glut seiner Augen spüren. Fast rechnete ich damit, daß sich die Abdrücke seiner Handflächen in das Holz brennen würden.

»Deine Schwester hat dir erzählt, daß sie ein Kind von Nelson Childs erwartet, und du hast dich mit Nelson getroffen und ihm gesagt, daß wir beide das Kind behalten und als unser eigenes großziehen werden? Reicht das als Kurzfassung?«

»Wohl kaum«, sagte ich. »Aber für den Moment genügt es.«

»Für den Moment genügt es? Wann genau wolltest du mir eigentlich mitteilen, was in meinem eigenen Haus vorgeht? Wann ...«

»Bitte, Samuel. Hör auf!« rief ich.

Er funkelte mich finster an, mit zusammengekniffenen Lippen. Seine Augen schossen so viele Dolche über den Schreibtisch auf mich ab, daß es mir Schwierigkeiten bereitete, ihn anzusehen.

»Aufhören? Ich soll aufhören, sagst du? Ich weiß, daß ich nicht der Geschäftsmann bin, der dein Vater war. Ich weiß, daß du hier vieles besser kannst als ich, aber ich weiß auch, daß ich trotz allem noch dein Mann bin, der Vater deiner Kinder. Alles, was ich von dir verlange, Olivia, ist, daß du mich mit einer Spur von Respekt behandelst, etwa soviel«, sagte er und hielt den Zeigefinger und den Daumen in einem Abstand hoch, als wollte er mir eine Prise Salz zeigen. Er unterbrach sich und wartete auf meine Reaktion.

»Du hast recht«, sagte ich nach einem Moment. »Du hast vollkommen recht.« Seine Augen wurden vor Erstaunen groß. Er hatte mit meiner typischen Strenge und Schärfe gerechnet. »Ich hätte dich in all das schon eher einweihen sollen. Es war mein Fehler, aber ich war wütend auf Belinda und so aufgebracht, daß ich rot gesehen und die Dinge selbst in die Hand genommen habe.«

»Genauso, wie du es sonst auch immer tust«, sagte er und nickte.

»Ich bin, wer ich bin. Ich bin nicht vollkommen, Samuel.«

»Tja.« Er trat einen Schritt zurück. »Ich muß schon sagen, es ist eine Neuheit, diese Worte aus deinem Mund zu hören, Olivia.« Er sah mich einen Moment an und setzte sich dann vor meinen Schreibtisch. »Was glaubst du, damit zu erreichen? Warum gestattest du Belinda, das Baby zu bekommen und es dann in unserem Haus aufwachsen zu lassen?«

»Es ist ihr Kind, unsere Nichte oder unser Neffe, oder etwa nicht? Kinder gibt man nicht einfach weg wie Fische, die von einem zu großen Fang übrigbleiben«, sagte ich.

»Aber wenn eine unverheiratete Frau ein Kind bekommt, dessen Vater ein verheirateter Mann ist, und wenn wir dieses Kind behalten und es gemeinsam mit Jacob und Chester aufwachsen lassen ... es wird alles unnötig komplizieren, Olivia. Du hast diese ganze Angelegenheit nicht gründlich genug durchdacht und nicht sämtliche Aspekte in Betracht gezogen«, schloß er kopfschüttelnd.

»Hat er dich hergeschickt, damit du mir all das sagst und mich anflehst, das Kind irgendeiner Agentur zu überlassen, und er ein reines Gewissen hat und sich keine Sorgen zu machen braucht? Also, was ist? Hat er dich zu mir geschickt?«

»Er hat mich gebeten, dich zur Vernunft zu bringen, das stimmt schon«, gab Samuel zu.

»Das dachte ich mir.«

»Er ist reichlich verstört.«

»Oh, bitte«, sagte ich und drehte mich auf meinem Stuhl um. »Er ist reichlich verstört. Wie kommt es bloß, daß Männer nur ihr eigenes Leiden sehen?« Ich dachte einen Moment nach und sah Samuel wieder an. »Tätest du dasselbe, Samuel, wenn sich die Dinge umgekehrt verhielten? Hättest du ihn dann etwa aufgesucht und ihn gebeten, zu seiner Frau zu gehen und sich in dieser Form für dich einzusetzen?«

»Das ist eine alberne Frage. Ich habe keine Affären.«

»Natürlich hast du keine. So etwas läßt du dir nicht zuschulden kommen, Samuel. Das ist mir klar. Hast du mir nicht immer wieder gesagt, daß du, ebenso wie ich, an die Familie glaubst? Hast du mir nicht gesagt, mein Vater hätte recht gehabt, uns allen diesen Glauben einzupflanzen?«

»Ja, aber ... was will Belinda eigentlich?«

»Belinda?« Ich lachte. »Sie will, daß alles Unerfreuliche von allein verschwindet, sich in Luft auflöst. So war es schon immer. In der Hinsicht hat sie viel Ähnlichkeit mit meiner Mutter, aber diesmal wird nichts daraus.«

»Du meinst, du wirst es nicht dazu kommen lassen.«

»Ich meine, daß wir die Last unserer Verantwortung tragen werden. Was sie getan hat, betrifft uns alle. Du willst doch gewiß nicht, daß ich das Kind aus unserem Haus verweise, Samuel. Du bist kein Mann von der Sorte, und gerade das hat mich veranlaßt, dich zu heiraten«, sagte ich. »Du gestehst mir Intelligenz zu. Du hältst mir ein Wahrnehmungsvermögen für deine positiven Eigenschaften zugute, Samuel.«

Er sah mich an, und ich heftete meinen Blick so fest und mit einer solchen Aufrichtigkeit auf sein Gesicht, daß er meine Worte schluckte und ihm wohl dabei zumute war. Ich konnte sehen, daß sich sein Selbstbewußtsein wie ein Rettungsboot aufblies.

»Nun, wenn du es so formulierst, vermute ich, daß wir es mühelos hinkriegen könnten. Es ist keine Frage des Geldes oder dergleichen, und wie du sagst, fließt das Blut deiner Familie in den Adern des Kindes. Findest du, wir sollten es wirklich so handhaben, Olivia?«

»Andernfalls täte ich es nicht, Samuel. Es tut mir leid, daß ich mich mit diesem Problem nicht gleich an dich gewandt habe, aber ich mußte vorher erst mit mir selbst ins reine kommen. Ich hätte dir heute alles erzählt.«

Er nickte.

»Also, gut«, sagte er. »Trotzdem tut es mir wirklich leid für Belinda«, fügte er in einem wehmütigen Tonfall hinzu. »Sie hat sich in echte Schwierigkeiten gebracht.«

»Nicht ohne fremde Hilfe«, erinnerte ich ihn. Er zog die Augenbrauen hoch.

»Ja. Also, dann«, sagte er und schlug beim Aufstehen auf die Armlehnen des Sessels. »Jede Familie hat ihre Leichen im Keller. Unsere wird nicht die erste sein, was?«

»Wohl kaum«, sagte ich.

»Kann ich mich in irgendeiner Hinsicht nützlich machen?« fragte er.

»Sag Nelson Childs, er soll aufhören, Abgesandte zu mir zu schicken, statt seine Verantwortung zu akzeptieren. Sag ihm, er soll sich ein Beispiel an dir nehmen, dem besseren von euch beiden, Samuel«, sagte ich.

Er lächelte. »Ich glaube, daß wird er gar nicht gern hören, Olivia.« Er ging auf die Tür zu und blieb dort noch einmal stehen. »Wie werden wir mit Belinda umgehen? Ich meine ...«

»Überlaß das alles mir, Samuel. Von jetzt an bis zum Zeitpunkt der Geburt wird es sich ohnehin vorwiegend um weibliche Probleme drehen«, sagte ich.

»Ja. Ja, ich vermute, du hast recht.« Er dachte einen Moment nach. »Es tut mir leid, daß ich dich so heftig angegriffen habe.«

»Das ist schon in Ordnung, Samuel. Ich kann es verstehen, und ich entschuldige mich noch einmal dafür, daß ich nicht eher mit dir geredet habe.«

Er lächelte.

»Hättest du Lust, dich heute von mir zum Mittagessen einladen zu lassen, Olivia? Wir waren schon seit einer Weile nicht mehr miteinander aus.«

Ich dachte einen Moment nach. »Ja, Samuel«, sagte ich. »Ja, das würde mir Spaß machen.«

Sein Lächeln wurde strahlender, und dann ging er. Ich saß stumm in meinem Büro und lauschte dem Ticken der Miniaturstanduhr auf dem Regal. War ich ein Unmensch, Samuel so zu behandeln? Die einzige Fürsprecherin, die Nelson jetzt noch blieb, war Belinda, und deren Bemühungen würden die vergeblichsten von allen sein. Sie würde genau das tun, was ich ihr vorschrieb, und er würde nicht begreifen, warum. Er würde nicht verstehen, daß ich ihr wirklich mehr eine Mutter gewesen war als unsere eigene Mutter.

Am nächsten Abend versuchte er genau das. Er flehte sie am Telefon an und erbot sich, sich um alles zu kümmern, solange sie bloß tat, was er wollte. Ich saß im Wohnzimmer, las und hörte Musik, als sie nach unten kam, um mir von dem Gespräch zu berichten. Sie war sehr aufgeregt. In ihrer Vorstellung war das Problem damit gelöst.

»Er kennt einen Ort, an den ich gehen und das Baby bekommen kann, und er wird dafür sorgen, daß das Baby in einer guten Familie aufwächst. Er hat recht, nicht wahr, Olivia? Ich kann kein Baby großziehen, und ich kann dich und Samuel nicht damit belasten. Ihr habt schließlich eure eigenen Kinder, um die ihr euch kümmern müßt.«

»Nein, er hat nicht recht. Wir führen dieses Gespräch nicht zum ersten Mal. Ich will kein weiteres Wort davon hören.«

»Aber ich will kein Baby haben, Olivia. Ich will nicht ...«

Ich erhob mich mit einer solchen Wut, daß sie vor mir zurückwich. »Du willst kein Baby haben? Du willst nicht ...«

»Olivia, bitte.«

»Soll ich dich an eine Nacht vor gar nicht so langer Zeit erinnern, eine Nacht, die von Schreien erfüllt war, eine Nacht, die deinen Vater innerhalb von Sekunden um Jahre hat altern lassen? Soll ich morgen eine Spazierfahrt mit dir unternehmen und dich in unser früheres Haus zurückbringen? Soll ich dir zeigen, wo der kleine Junge begraben ist?«

»Hör auf!« Sie preßte sich die Hände auf die Ohren.

Ich ging erbarmungslos näher auf sie zu.

»Habe ich dir je erzählt, daß es Daddy um den Verstand gebracht hat? Daß er nachts das Weinen eines Babys gehört hat? Habe ich dir je erzählt, daß er wie ein Baby geweint hat?«

»Hör auf! Bitte«, flehte sie.

»Du wirst dieses Baby bekommen, Belinda, und es wird hier in diesem Haus aufwachsen. Wir werden keine Kinder mehr begraben, sie weder in der Erde verscharren, noch an andere Familien abschieben«, sagte ich durch zusammengebissene Zähne. »Sprich nie wieder mit ihm. Hast du verstanden? Wenn er anruft, legst du auf oder sagst ihm, er soll mit mir reden. Hörst du mir überhaupt zu?«

»Ja, Olivia. Ja.«

»Geh nach oben. Du brauchst viel Ruhe.«

»Man kann es mir schon ansehen, Olivia. Ich muß Dinge tragen, die es kaschieren. Ich kann nicht mehr ausgehen und mich mit Leuten treffen, ohne daß sie es früher oder später merken«, stöhnte sie.

»Mach dir deshalb keine Sorgen. Du wirst ohnehin bald nicht mehr ausgehen und dich mit Leuten treffen«, sagte ich.

»Was soll das heißen?«

»Wir werden den Leuten erzählen, daß du fort bist, und bis das Kind geboren wird, wirst du dich im Haus und auf dem Grundstück aufhalten, Belinda. Mach dir also deswegen keine Sorgen.«

»Im Haus und auf dem Grundstück?« Sie sah sich beklommen um.

»Geh jetzt nach oben. Tu, was ich dir sage«, schrieb ich ihr streng vor.

»Aber ...«

»Wie viele Frauen wären bereit, sich die Last des unehelichen Kindes ihrer Schwester aufbürden zu lassen, Belinda? Wie viele? Dein Kind wird gemeinsam mit meinen Jungen aufwachsen und dieselben Vorzüge wie sie genießen. Wann wirst du mir deine Dankbarkeit erweisen und dich wenigstens insoweit kooperativ verhalten, daß es mir dabei hilft, dir zu helfen? Wann?« schrie ich.

»Schon gut, Olivia. Schon gut«, sagte sie kleinlaut. »Was soll ich tun?«

»Geh nach oben«, sagte ich. Sie nickte und verließ mit gesenktem Kopf das Zimmer.

Die Tage wurden zu Wochen, und die Vorkehrungen, die ich für Belinda getroffen hatte, wurden in die Tat umgesetzt. Um zu verhindern, daß sie mir nicht gehorchte, ließ ich ihr Telefon abstellen. Wenn ihre hohlköpfigen Freundinnen hinterher anriefen, teilte ich ihnen mit, daß sie für etliche Monate Verwandte besuchte. Mit der Zeit wurden die Anrufe eingestellt, und unser Leben beruhigte sich für eine Weile.

Samuel tat sein Bestes, um Belinda während dieser Phase bei Laune zu halten. Er brachte ihr Geschenke mit, Zeitungen und

Zeitschriften, Schallplatten und Kassetten, damit sie beschäftigt war. Die zweite Hälfte des neunten Monats verbrachte Belinda auch tagsüber weitgehend im Bett und zog sich gar nicht mehr an. Sie vernachlässigte ihr Haar und aß ununterbrochen, gab jeder Laune nach und trieb Effie mit ihren Bitten um dieses und jenes um den Verstand.

»Das ist nicht gut für sie, Mrs. Logan«, beklagte sich Effie bei mir. »Sie wird zu fett. Thelma ist auch meiner Meinung.«

»Wenn ich mich über Diätvorschriften informieren möchte, hole ich mir selbst die Meinungen anderer ein. Geben Sie ihr im Moment alles, was sie haben will«, ordnete ich an.

Dennoch mußte ich zugeben, daß mich Belinda, wenn ich sie jetzt ansah, mit ihrem aufgeschwemmten Gesicht und dem dikken Bauch, der ihre Bettdecke wölbte, an eines ihrer Stofftiere erinnerte. Ihre Arme ähnelten Luftballons. Diese Schwangerschaft war ein Tumor, der an ihrer Schönheit zehrte. Sie schien ohnehin jedes Interesse an ihrem Äußeren verloren zu haben. Ohne ihre hingebungsvollen Freundinnen und ihren Strom von Verehrern hörte sie auf, sich zu schminken. Sogar ihre persönliche Hygiene begann darunter zu leiden, und wenn ich nicht darauf bestand, daß sie ein Bad nahm, wusch sie sich tagelang nicht einmal das Gesicht und die Hände. Es wurde so schlimm, daß sie nicht mehr aus dem Bett aufstand, um auf die Toilette zu gehen, sondern einen Nachttopf benutzte, den sie stundenlang neben dem Bett stehen ließ, bis entweder ich oder Effie kamen, um ihn auszuleeren.

Schließlich wies ich Thelma an, die Kinder von Belindas Zimmer fernzuhalten.

»Sonst bekommen sie noch Alpträume«, sagte ich.

Thelma machte sich große Sorgen um Belinda und auch darüber, wie wir mit ihrer Schwangerschaft umgingen. Sie war kein Mensch von der Sorte, die sich einmischt, aber eines Abends kam sie in mein Arbeitszimmer, um ihrer Sorge Ausdruck zu verleihen.

»Ich weiß Ihre Besorgnis zu würdigen, Thelma«, sagte ich zu ihr, »aber im Moment muß es so sein, wie es ist.«

»Warum, Mrs. Logan?« bohrte sie weiter.

Ich schob meine Arbeit zur Seite und lehnte mich zurück.

»Eigentlich ist es wirklich nicht Ihre Angelegenheit, aber da Sie inzwischen gewissermaßen zur Familie gehören, werde ich es Ihnen sagen«, ließ ich mich herab und schilderte ihr dann das Ausmaß der Schande. Ohne einen Namen zu nennen erklärte ich, daß Belinda von einer einflußreichen Persönlichkeit schwanger war und wir uns bemühten, nicht nur Belinda, sondern auch das Kind zu schützen. Ich bat sie, uns dabei zu helfen und es zu verstehen, und mit dieser Erklärung gab sie sich zufrieden.

»Sie werden jetzt mehr Zeit mit den Kindern verbringen müssen. Ich brauche meine Zeit, um mich Belinda zu widmen«, sagte ich.

»Ja, selbstverständlich, Mrs. Logan. Sie brauchen mir bloß Bescheid zu sagen, wenn ich Ihnen etwas abnehmen kann«, sagte sie, und ich bedankte mich bei ihr.

Für Belinda schien jetzt jeder Tag härter als der vorangegangene zu sein. Sie wußte, daß der Zeitpunkt der Geburt immer näherrückte.

»Wann kommt der Arzt, Olivia?« fragte sie mich eines Abends. »Er hat mich bisher noch gar nicht untersucht.«

»Wir haben keinen Arzt, Belinda. Ich habe es dir doch gesagt. Ich habe Vereinbarungen mit einer Hebamme getroffen. Das ist diskreter.«

»Wozu brauchen wir Diskretion?«

»Die Leute wissen nichts von deiner Schwangerschaft. Wir wollen versuchen, es so lange wie möglich dabei zu belassen. Ich versuche nur, deinen Ruf zu schützen«, sage ich.

»Meinen Ruf? Meinen Ruf?« Sie lachte und sah die Wand an, als stünde dort jemand, als drängte sich wie früher eine Schar von männlichen Verehrern in ihrem Zimmer. »Habt ihr das gehört? Sie sorgt sich um meinen Ruf.« Sie lachte wieder, und jede

Woge ihres Gelächters rollte an wie Husten und setzte sich dann wie ein unkontrollierbarer Schluckauf fort.

»Laß das sein, Belinda.«

»Mein Ruf«, kreischte sie und lachte irre.

Ich trat an ihr Bett und blieb mit geballten Fäusten vor ihr stehen.

»Hör augenblicklich mit diesem Unsinn auf!« befahl ich.

Ihr Gelächter erstarb, bis nur noch ein gedämpftes Schluchzen blieb, und dann schloß sie die Augen und seufzte, als hätte sie ihren letzten Atemzug getan. Ich stand da und wartete. Sie schlug die Augen auf und lächelte mich an, als sei die Welt in Ordnung.

»Sag Effie bitte, daß ich gern Eis hätte – Erdbeereis. Nein, lieber Walnußeis mit Schokoladensirup und Marshmallowsauce.«

»In Ordnung«, sagte ich.

»Ich hatte heute Schmerzen, Olivia. Es hat sehr weh getan«, sagte sie.

»Es ist kein Wunder, daß du Schmerzen hast, wenn du hier liegst und dich wie ein Schwein im Schlamm suhlst, aber mit Wehen kennst du dich ja aus. Wenn es soweit ist, müssen wir beginnen, uns Sorgen zu machen.«

»Es war eine Wehe. Es geht los«, sagte sie und nickte. »Ich sollte mich von einem Arzt untersuchen lassen. Mein Ruf ist mir egal.«

»Ich bestelle die Hebamme ins Haus, und sie wird dich morgen untersuchen«, sagte ich und leitete ihren Wunsch nach einem Eisbecher an Effie weiter.

Die Hebamme war eine Brava, die vorwiegend armen Leuten ihre Dienste erwies, gelegentlich aber auch gutgestellten Familien in Situationen geholfen hatte, die so geheim wie möglich gehalten werden mußten. Sie hieß Isabella, und sie sah aus, als sei sie fast siebzig, obwohl ich wußte, daß sie nicht viel älter als vierundfünfzig oder fünfundfünfzig sein konnte. Sie trug ihr graues Haar lang, und es fiel ihr strähnig auf die Schultern. Ihr Gesicht war gegerbt wie Leder, und sogar im Kinn hatte sie Falten. Belinda keuchte, als sie ihr das erste Mal unter die Augen kam. Später erzählte sie mir, sie hielte sie für eine Hexe.

»Sie hat mich mit einem Fluch belegt!« sagte sie.

»Sei nicht albern«, sagte ich zu ihr, aber nach der Untersuchung wirkte sie noch irrer als vorher.

Isabella sagte voraus, lange würde es nicht mehr dauern, bis Belinda ihr Kind gebar, vielleicht noch eine Woche. Wie sich herausstellte, hatte sie sich verschätzt, denn schon am nächsten Tag setzten bei Belinda so fürchterliche Wehen ein, daß Effie mich im Büro anrufen mußte, damit ich gleich nach Hause kam. Ich ließ Isabella augenblicklich benachrichtigen, aber es stellte sich heraus, daß sie nördlich von Hyannis gerade einer anderen Frau Geburtshilfe leistete. Den ganzen Nachmittag über schrie Belinda und wand sich in ihrem Bett. Effie und ich taten alles, was wir zu ihrer Erleichterung tun konnten, aber nichts schien zu helfen.

»Sie sollte ins Krankenhaus eingeliefert werden, Mrs. Logan«, sagte Effie schließlich.

»Die Hebamme wird bald kommen«, sagte ich zu ihr. Samuel, der ebenfalls nach Hause gekommen war, stand draußen vor der Tür und wirkte ausgesprochen bedrückt.

»Es ist ein Fehler, es auf diese Art zu versuchen, Olivia. Wir sollten sie einfach ins Krankenhaus bringen.«

»Sie wird es gut überstehen, Samuel. Viele Frauen haben ihre Kinder zu Hause geboren. Sogar die meisten, wenn man es bedenkt.«

»Nicht heutzutage, Olivia.«

»Sieh zu, was du über den Verbleib der Hebamme herausfinden kannst. Vielleicht ist sie schon aus Hyannis zurück, Samuel.«

Er ließ sich Zeit und blieb in der Tür stehen, als Belinda immer wieder schrie, meine Hand umklammerte und mich anflehte, etwas zu unternehmen.

»Es gibt nichts, was wir unternehmen könnten, Belinda. Das Baby bereitet sich auf die Geburt vor.«

»So war es damals nicht!« Sie umfaßte mein Handgelenk und zog mich mit einer solchen Kraft zu sich herunter, daß ich verblüfft war. Dann flüsterte sie: »Ich werde bestraft für das, was ich getan habe. Diese Hexe hat mich verflucht. Hilf mir!«

»Hör auf mit diesem Blödsinn«, sagte ich zu ihr. »Sei zur Abwechslung einmal erwachsen.« Ich riß mein Handgelenk von ihr los, aber sie klammerte sich an mein Kleid. Ich mußte ihre Finger gewaltsam von dem Stoff lösen.

»Hör auf, dich derart idiotisch zu benehmen. Ich hole dir jetzt ein Glas Wasser und kalte Handtücher für dein Gesicht.«

»Geh nicht weg! Ich will nicht allein sein wie beim letzten Mal. Ich fürchte mich.«

»Du benimmst dich absolut lächerlich«, sagte ich und verließ das Zimmer. Ich schloß die Tür hinter mir, um ihre gequälten Schreie nicht hören zu müssen.

Einen Moment lang blieb ich draußen im Gang stehen und versuchte dahinterzukommen, was ich mir mehr wünschte: daß Nelsons Baby heil und gesund geboren wurde oder daß es einfach starb wie Belindas erstes Kind.

Ich schlug mir die Hände vors Gesicht und schüttelte den Kopf. Das Echo von Daddys letzten Worten, als er im Sterben lag, hallte in meinen Ohren wider. »Kümmere dich um Belinda. Paß auf Belinda auf.«

»Belinda, Belinda, Belinda!« schrie ich in die Finsternis in meinem Innern. »Und was ist mit mir, Daddy? Was ist mit meinen Gefühlen und mit meinem Leid?«

Ich holte tief Atem, riß mich zusammen und ging nach unten. Samuel eilte gerade aus dem Haus.

»Isabella ist zurück. Ich fahre gleich los, um sie zu holen«, sagte er.

»Gut.«

Ich nahm mir Zeit mit meiner Rückkehr in Belindas Zimmer.

Tatsächlich ließ ich sie fast eine halbe Stunde lang allein, während sie schrie und sich vor Schmerzen wand. Ich hörte, wie sie etwas an die Wand warf. Erst, als ich den Aufprall hörte, kehrte ich in ihr Zimmer zurück.

Als ich die Tür öffnete, gebar sie das Kind. Ihre Augen waren so weit aufgerissen, daß ich glaubte, sie würden ihren Kopf sprengen.

»Warum hast du mich allein gelassen? Hilf mir!«

Zum ersten Mal in meinem Leben fühlte ich mich, als seien meine Füße am Boden festgenagelt. Ich war nicht in der Lage, etwas zu unternehmen, denn ich war hypnotisiert und gelähmt von dem Anblick, der sich mir bot. Ich konnte den Kopf des Kindes sehen! Belinda schrie und packte wie ein wildes Tier den Fötus, um ihn aus ihrem Leib zu reißen.

Ich hörte das Geräusch von Schritten auf der Treppe, und als ich mich umdrehte, sah ich Thelma die Stufen hinauflaufen. Effie folgte direkt hinter ihr.

»Was ist passiert, Mrs. Logan?«

Ich wies mit einer unwilligen Kopfbewegung auf Belinda.

»Meine Güte, es kommt schon!« rief Thelma aus und eilte zum Bett.

Es endete damit, daß Thelma und nicht etwa die Hebamme diejenige war, die Belinda Geburtshilfe leistete.

Es war ein Mädchen.

Es war zwar nicht mein Kind, aber ironischerweise war es die Tochter, die sich Samuel so sehr gewünscht hatte.

Nach der Geburt zeigte Belinda keinerlei Interesse an ihrem eigenen Baby. Sie machte nicht einen einzigen Vorschlag, wie wir es nennen sollten. Samuel, der sich immer ein Mädchen gewünscht hatte, um es nach seiner Mutter zu nennen, gab Belindas Kind schließlich den Namen Haille.

An dem Abend nach Hailles Geburt setzte ich mich in mein Arbeitszimmer und rief Nelson zu Hause an. Sein Hausmädchen nahm meinen Anruf entgegen, und dann kam er mit gedämpfter Stimme an den Apparat.

»Es ist ein Mädchen«, sagte ich. »Wir nennen sie Haille, nach Samuels Mutter.«

»Ist das Baby gesund?«

»Soweit wir es sehen können, ja«, sagte ich.

»Und wie geht es Belinda?«

»Sie ist alles andere als gesund. Sie wird niemals gesund sein«, rief ich ihm ins Gedächtnis zurück.

»Braucht ihr irgend etwas?« fragte er, und seine Stimme war gereizt und abwehrend.

»Im Moment nicht. Wenn du das Kind sehen willst, kannst du morgen abend nach zehn Uhr vorbeikommen«, sagte ich.

»Du machst einen Fehler, Olivia«, sagte er mit einer matten und niedergeschlagenen Stimme.

»Ich glaube nicht, daß dir das moralische Recht zusteht oder du genügend Einblick hast, um zu dieser Schlußfolgerung zu gelangen, Nelson.«

»In Ordnung«, sagte er. »Ich komme morgen nach zehn.«

Er kam. Von jetzt an würde er alles tun, was ich von ihm verlangte, dachte ich. Haille war wie eine Peitsche in meiner Hand. Solange ich sie in meinem Haus hatte, konnte ich mit Nelson umspringen, wie ich wollte. Das verlieh mir ein Gefühl von Macht. Es war keine Liebe, aber für den Moment stellte es mich zufrieden.

Ich erkannte schnell, daß sich in den finsteren Korridoren von Belindas Geist nach der Geburt etwas Gräßliches abgespielt hatte. Sie zog sich in sich selbst zurück und wirkte beinah geisteskrank. Jedesmal, wenn sie das Baby in jener Nacht sah, schaute sie es an, als überraschte sie sein Anblick. Es war, als hätte sie jede Erinnerung an ihre Schwangerschaft und insbesondere an die Geburt verloren. Selbst Tage später, als sie aus dem Bett aufstand und sich frei in ihrem Zimmer bewegte, erweckte sie den Eindruck eines Menschen, der aus dem Koma erwacht ist. Ihr

Gesicht trug einen eigentümlichen leeren Ausdruck, sie lächelte und lachte über die albernsten Dinge und benahm sich, als sei sie nicht viel älter als Jacob. Tatsächlich schlenderte sie häufig in sein Spielzimmer, saß da und amüsierte sich mit seinen Spielsachen, bis ich nach Hause kam und von ihr verlangte, daß sie duschte und sich anzog. Ich wies Effie an, sie auf eine Art Diät zu setzen, aber Belinda mogelte, schlich im Haus umher und naschte salziges Gebäck und Plätzchen, sie aß sogar den Kindern ihren Nachtisch weg.

Sie mied Haille, und manchmal graute ihr so sehr vor ihrem eigenen Kind, daß sie zitterte und weinte. Es war, als glaubte sie, das Baby könne in ihren Leib zurückkehren und sie müsse es noch einmal gebären.

Manchmal brach Belinda, während ich gerade mit ihr redete, unvermittelt in Tränen aus. Wenn ich sie fragte, warum sie weinte, schüttelte sie einfach nur den Kopf und stöhnte: »Ich weiß es nicht. Ich kann nichts dagegen tun.«

Dann verließ ich frustriert das Zimmer. In Wahrheit jagte mir ihr Benehmen Angst ein, und meine Unfähigkeit, etwas daran zu ändern oder ihr Einhalt zu gebieten, erschreckte mich. Nelson traf sie nicht, als er das erste Mal kam, um Haille zu sehen. Belindas Tür war geschlossen, und sie schlief. Ich öffnete ihm persönlich die Haustür und führte ihn die Treppe hinauf zum Kinderzimmer. Samuel, der im Schlafzimmer las, kam heraus, um Nelson zu begrüßen. Die beiden Männer tauschten einen Händedruck aus, redeten jedoch kaum miteinander. Ich führte Nelson zum Kinderzimmer, und er trat zögernd ein. Thelma war nicht da, und daher waren Nelson, ich und Samuel unter uns.

»Sie ist hübsch, nicht wahr?« sagte Samuel, als Nelson einen Blick in die Korbwiege warf.

»Ja.«

»Ich wette, sie wird eine Schönheit werden, was, Olivia?« sagte Samuel.

»Wir werden es ja sehen«, sagte ich.

»Sie macht tatsächlich einen gesunden Eindruck«, sagte Nelson, und seine Stimme war vor Erstaunen belegt.

»Auch Babys, die unehelich geboren werden, können gesund sein«, bemerkte ich. Er verzog das Gesicht.

Dann richtete er sich auf und sah Samuel und mich an. »Kann ich es euch beiden nicht doch noch ausreden? Würdet ihr auf mein Angebot eingehen, sie in einer guten Familie unterzubringen?«

»Nein«, sagte ich mit scharfer Stimme. Ich sah Haille an. »Sie ist jetzt eine Gordon. Vielleicht wird sie nie erfahren, wer ihr Vater ist, aber über diesen Teil ihrer Herkunft wird sie immer informiert sein«, sagte ich.

»Wenn Olivia einen Entschluß gefaßt hat, Nelson, läßt sie sich durch nichts umstimmen«, sagte Samuel lächelnd.

Nelson sah mich an. »Ich weiß«, sagte er. Er sah das Baby wieder an. »Wollt ihr jetzt Geld haben?«

»Wenn ich etwas von dir brauche«, sagte ich, »wirst du es erfahren.«

Er wandte eilig den Blick von mir ab.

»Darf ich dir etwas zu trinken anbieten, Nelson?« fragte Samuel. Er schlang einen Arm um Nelsons Schultern.

»Ja, gern«, sagte Nelson. Er warf noch einen letzten verstohlenen Blick auf mich, ehe er sich mit Samuel zurückzog.

Ich sah auf den schlafenden Säugling hinunter. Es war wirklich ein hübsches Mädchen. Ich wollte es Nelson gegenüber nicht eingestehen, aber ich hatte erwartet, das Kind würde häßlicher sein, möglicherweise sogar mißgestaltet, weil es Belindas Kind war. Meine Gefühle waren hoffnungslos gespalten. Ein Teil von mir hatte gehofft, sie würde verunstaltet geboren werden, und gleichzeitig war ich froh darüber, daß sie ein so süßes und kerngesundes kleines Mädchen war. Sie würde in Nelsons Anwesenheit andere Menschen entzücken, und er würde mich gequält ansehen. Das schien mir immer noch eine köstliche Rache zu sein.

In den darauffolgenden Monaten fing sich Belinda soweit, daß sie wieder ein gewisses Interesse an ihrer eigenen Person zeigte, sich frisierte und sich schminkte, aber jetzt übertrieb sie es mit dem Schminken und sah albern aus, fast schon wie ein Clown. Es spielte keine Rolle, was ich zu ihr sagte. Sie sah mich lächelnd an, stimmte mir in jeder Hinsicht zu und tat dann doch, was sie wollte. Ich war angewidert und sprach mit Samuel darüber, sie eine Zeitlang fortzuschicken. »Vielleicht würden Ferien dazu beitragen, daß sie wieder normal wird, was noch lange nicht heißen soll, ich hätte jemals gebilligt, was sie unter normal versteht«, sagte ich.

Samuel stimmte mir zu, und wir begannen, Pläne für sie zu schmieden. Vielleicht konnte sie eine Reise zu Verwandten von uns in Charleston unternehmen. Vor vielen Jahren war sie schon einmal dort zu Besuch gewesen.

Die Arbeit verlangte mir wieder viel ab. Unsere Firma erlebte einen gewaltigen Aufschwung, und ich konnte ohnehin immer weniger Zeit zu Hause verbringen und mir Sorgen um Belinda machen. Dann rief mich Effie eines Nachmittags an, um mir zu berichten, Belinda hätte das Haus verlassen.

»Ist sie von jemandem abgeholt worden?«

»Nein, Mrs. Logan.«

»Hat sie wenigstens gesagt, wohin sie geht?« Ich schalt mich dafür aus, daß ich ihre Wagenschlüssel nicht versteckt hatte.

»Ja«, erwiderte Effie zögernd.

»Und?«

»Sie hat gesagt, sie ginge nach Hause, Mrs. Logan.«

»Nach Hause? Haben Sie sie fortfahren sehen?« fragte ich eilig.

»Sie hat den Wagen nicht genommen, Mrs. Logan. Sie ist zu Fuß aus dem Haus gegangen.«

»Zu Fuß? In Ordnung. Danke, Effie«, sagte ich und ging zu Samuel, um es ihm zu erzählen.

Als wir sie weniger als eine Stunde später fanden, schlenderte sie über die Schnellstraße. Wagen fuhren, manchmal bedrohlich nah, in hohem Tempo an ihr vorbei, aber sie schien sie nicht wahrzunehmen oder sich nicht daran zu stören. Samuel hielt vor ihr am Straßenrand an, und ich stieg schleunigst aus.

»Belinda, wohin gehst du? Was tust du hier?«

»Oh, hallo, Olivia. Ich wollte nur …« Sie sah sich um, als würde ihr in dem Moment erst klar, wo sie war. »Ich wollte einfach nur irgendwo hingehen.« Sie lachte. »Wohin genau, das habe ich vergessen«, sagte sie. »Ich weiß, das klingt albern, aber heute ist ein so schöner Tag, daß es mir wie ein Verbrechen erschienen wäre, im Haus zu bleiben.«

»Steig in den Wagen, Belinda«, ordnete ich an und öffnete die Tür. »Komm schon, steig ein«, sagte ich.

»Machen wir alle zusammen einen Ausflug?« fragte sie und stieg ein.

»Nicht direkt«, sagte ich, »aber ich glaube, ich weiß, was wir gemeinsam unternehmen. Wir werden alle miteinander verrückt.«

Das fand sie komisch. Wir brachten sie nach Hause, und ich sorgte dafür, daß sie nach oben in ihr Zimmer ging.

»Sie ist noch nicht in der Verfassung für eine Reise, Olivia«, sagte Samuel. »Wir müssen tun, was wir können, damit sie wieder gesund wird.«

»Dafür fehlt mir im Moment die Zeit, Samuel«, sagte ich zu ihm. »Sie muß selbst sehen, wie sie wieder zu sich kommt, und zwar auf der Stelle.«

Er schüttelte den Kopf, als redete ich Unsinn. An jenem Abend ging ich nach dem Essen in Belindas Zimmer. Sie saß vor ihrer Frisierkommode, bürstete sich geistesabwesend das Haar und lächelte verträumt ihr Spiegelbild an, als sähe sie dort wieder ein wesentlich jüngeres und schmaleres Gesicht. »Belinda, ich will mit dir reden, und ich will, daß du mich ansiehst und mir zuhörst«, sagte ich zu ihr. Sie drehte sich langsam zu mir um.

»Ich höre dir immer zu, Olivia«, sagte sie.

»Ja, aber hörst du mich?«

Sie kicherte.

»Wenn ich zuhöre, muß ich dich wohl hören, oder nicht?«

»Du mußt dich jetzt wieder in den Griff kriegen. Ich will, daß du aufhörst, dich wie eine ... wie eine Irre zu benehmen. Ich will, daß du ordentlich ißt, dich ordentlich anziehst, dich zurückhaltend und sorgfältig schminkst und anfängst, dir zu überlegen, was du mit dem Rest deines Lebens anfangen willst. Es geht nicht an, daß du weiterhin allen zur Last fällst. Hast du mich verstanden?«

»Ja«, sagte sie.

»Gut.«

Sie wandte sich wieder zu ihrem Spiegel um und bürstete sich das Haar.

»Eigentlich bin ich ziemlich aufgebracht. Heute hat mich niemand angerufen, Olivia.«

»Dein Telefonanschluß ist doch abgestellt worden, Belinda. Weißt du das nicht mehr?«

»Ach. Wirklich? Kannst du das Telefon dann vielleicht wieder anschließen lassen? Ich erwarte Anrufe.«

Ich starrte sie an, während sie sich weiterhin das Haar bürstete und dann viel zu dick Lippenstift auftrug.

»Das ist einfach lachhaft«, sagte ich. »Dem werde ich ein Ende bereiten. Und zwar jetzt gleich.«

Ich marschierte hinaus und ging in mein Schlafzimmer, um Nelson anzurufen.

»Ich will, daß du etwas für mich tust«, sagte ich, als er ans Telefon gerufen wurde.

»Und zwar?«

»Komm morgen um elf in mein Büro.«

»Ich habe auch Termine, Olivia. Ich kann Klienten nicht einfach versetzen«, sagte er eindringlich.

»Also gut«, sagte ich etwas umgänglicher. »Wann kannst du kommen?«

»Zwischen zwei und drei habe ich Zeit.«

»Gut«, sagte ich.

Ich legte auf und dachte einen Moment lang nach. Ich kam zu dem Ergebnis, das ich mein Versprechen nicht brach. Ganz im Gegenteil hielt ich mich an das Versprechen, das ich Daddy abgelegt hatte. Mein Gewissen war rein. Ich verließ das Zimmer und sah ins Kinderzimmer. Thelma hielt Haille in den Armen und wiegte sie in den Schlaf.

»Sie ist ein wunderschönes Kind, Mrs. Logan«, sagte sie.

»Ich weiß.«

»Belinda wird sich wieder fangen«, fügte sie hinzu. »Ich bin ganz sicher. Wenn sie erst einmal begreift, was für ein wunderbares kleines Mädchen sie hat, wird es ihr wieder gutgehen.«

»Wir werden es ja sehen«, sagte ich und ging nach unten, um Samuel mitzuteilen, was meiner Meinung nach geschehen mußte. Er war außer sich und versuchte, es mir auszureden, aber ich war zuversichtlich.

Am nächsten Tag kam Nelson um halb drei in mein Büro. Samuel war noch nicht von seiner Verabredung zum Mittagessen zurückgekehrt, und daher waren Nelson und ich allein. Er betrat mein Büro, schloß die Tür und setzte sich auf das Sofa, das meinem Schreibtisch gegenüberstand.

»Wird es jetzt immer so weitergehen, Olivia? Du zitierst mich zu dir, und ich habe zu erscheinen?« fragte er, und seine Augen glühten wie zwei Glaskugeln, hinter denen Kerzen brannten.

»Ich habe dich gebeten, mich zu treffen, weil ich jetzt wirklich deine Hilfe brauche, Nelson«, sagte ich, und das verärgerte Hohnlachen verblich auf seinem Gesicht und wurde von einem Ausdruck tiefer Sorge abgelöst.

»Ich verstehe. Worum geht es?«

»Es geht um Belinda«, sagte ich. »Es geht ihr immer noch nicht viel besser. Wir haben beide das traumatische Erlebnis unterschätzt, das die Geburt für sie bedeutet hat«, fuhr ich fort und stand von meinem Stuhl auf, kam um den Schreibtisch herum und lehnte mich daran. Seine Blicke folgten mir. »Das verstehe ich nicht«, sagte er.

»Du erinnerst dich doch, daß ich dir gesagt habe, sie hätte nach der Geburt emotionale Probleme gehabt?«

»Ja, aber ich weiß, daß das nicht ungewöhnlich ist ...«

»Ich brauche keinen Vortrag über die Probleme der Mutterschaft. Hier geht es um eine ernstzunehmendere Geisteskrankheit, Nelson. Sie ist uns allen ... eine zusätzliche Last.«

»Ich habe dich gewarnt, Olivia. Ich habe dir von Anfang an gesagt, das Baby zu behalten, sei ...«

»Ich spreche nicht von dem Baby, Nelson. Ich rede von meiner Arbeit, meiner Firma, meinen gesellschaftlichen Verpflichtungen. Das Baby stellt kein Problem dar. Das Problem ist Belinda.«

»Willst du, daß ich dir einen guten Arzt empfehle?«

»Ich will, daß du mehr für mich tust. Du bist jetzt Richter. Ich will, daß du eine Einweisung unterschreibst. Sie muß in eine Anstalt eingewiesen werden.«

»Was? Das soll wohl ein Witz sein. Du willst sie in einer Anstalt einsperren lassen?«

»Sie braucht dringend psychiatrische Behandlung. Die hätte sie schon immer gebraucht. Aber jetzt geht es endgültig zu weit. Meine Eltern wollten es sich nie eingestehen, aber Belinda ist schon immer labil gewesen. Und jetzt ist sie regelrecht verrückt geworden.«

»Aber du hast nicht einmal eine klare Diagnose eingeholt, Olivia«, protestierte er.

»Von einer ärztlichen Diagnose verspreche ich mir auch kein anderes Ergebnis, Nelson. Ich will, daß du mir hilfst, damit alles reibungslos abläuft. Es gibt eine Klinik in der Nähe. Dort wird sie sich wohl fühlen, aber die Warteliste ist ellenlang. Du mußt deinen politischen Einfluß für mich verwenden, damit sie nächste Woche eingeliefert werden kann.«

»Nächste Woche!«

»Tu, was getan werden muß, und verständige mich, sowie du Resultate hast«, sagte ich.

»Das tue ich nicht«, sagte er trotzig.

Ich lächelte ihn an. »Ach, nein? Hast du etwa vor, dich vor deiner Verantwortung zu drücken?«

»Ich drücke mich vor gar nichts, aber ...«

»Du weißt, warum sie in dieser Verfassung ist und wer ihr das angetan hat. Du hast meine Schwester nicht nur geschwängert und ein uneheliches Kind in die Welt gesetzt; du hast ein furchtbares psychisches Problem bei ihr verursacht. Ich sollte einfach aufgeben und zulassen, daß jeder alles erfährt«, bemerkte ich. »Ich habe es satt, ständig die Schwächen aller anderen zu dekken.« Ich kehrte zu meinem Schreibtischstuhl zurück, setzte mich und senkte den Blick auf meinen Schreibtisch.

»Olivia, bist du dir deiner Sache ganz sicher?« fragte er behutsam.

»Im Moment ist es für sie und für uns das Beste«, sagte ich. »Es ist nicht leicht, richtig zu handeln, Nelson, aber mir war es trotzdem immer möglich.«

»Immer?«

»Ja«, sagte ich und sah ihm fest in die Augen. »Wirst du diese Angelegenheit für mich erledigen?«

»Eine Einweisung könnte ihr sogar noch ernstere Schäden zufügen, Olivia.«

»Du meinst, noch ernstere Schäden als die, die sie ohnehin schon davongetragen hat, Nelson?« fragte ich mit Nachdruck. Er bemühte sich, meinem Blick standzuhalten, doch dann schlug er die Augen nieder und nickte.

»Also, gut«, sagte er leise. »Ich werde mich darum kümmern.«

»Es ist besser für alle Beteiligten, sogar für sie«, sagte ich. »Du wirst es ja sehen.«

Er stand auf und sah mich mit einem kleinen Lächeln auf den Lippen an.

»Warum lächelst du?«

»Ich habe nur gerade daran gedacht, wie sie dich in der Schule genannt haben. Miss Cold, nicht wahr?«

»Ja, und Belinda war Miss Hot. Wer von uns beiden war besser dran mit seiner Veranlagung?« fragte ich herausfordernd.

»Diese Frage wirst du dir selbst beantworten müssen«, sagte er und ging, um zu tun, was ich von ihm verlangt hatte.

Epilog

Verwirrt blieb ich vor Belindas Schlafzimmertür stehen. Sie lachte und redete sehr angeregt, aber ich wußte, daß sie keinen Besuch hatte, und ich wußte auch, daß ich ihr Telefon nicht hatte anschließen lassen. Sie lachte wieder. Ich öffnete zögernd die Tür und sah sie mit dem Telefonhörer zwischen Schulter und Ohr an ihrem Tisch sitzen und sich die Fingernägel lackieren.

»Belinda?« sagte ich, und sie drehte sich um und blickte zu mir auf.

»Es tut mir leid, Arnold, aber meine Schwester ist gerade reingekommen. Ich muß jetzt auflegen. Ruf mich morgen wieder an«, sagte sie. »Ich werde deinen Anruf erwarten« zwitscherte sie und legte den Hörer auf.

»Was tust du da?« fragte ich mit pochendem Herzen.

»Ich rede nur mit alten Freunden«, sagte sie. »Ich weiß, ich weiß, ich verbringe zuviel Zeit am Telefon. Lauf bloß nicht zu Daddy, um mich zu verpetzen«, bat sie mich. »Gefällt dir diese Farbe nicht, Olivia?« Sie zeigte mir ihre Fingernägel. Die der rechten Hand waren dunkelrot lackiert, die der linken in einem helleren Rosaton. »Die Zehennägel werde ich mir in derselben Farbe lackieren. Quin findet das total albern. Warum lackieren sich Mädchen die Fußnägel? fragt er. Die bekommt doch kaum jemals jemand zu sehen, sagt er. Aber das ist nicht wahr. Oft laufe ich barfuß oder trage Sandalen oder ... ach, du meine Güte«, sagte sie plötzlich.

»Entschuldige bitte.«

»Weshalb?«

Sie nahm den Telefonhörer wieder ab. »Hallo. Ich kann jetzt

nicht reden, Louise. Kannst du mich in einer Stunde noch einmal anrufen? Danke.« Sie legte auf. »Also«, sagte sie und wandte sich wieder an mich, »was wolltest du von mir?«

»Ich hoffe, du hast nicht vergessen, daß du heute abreist, Belinda.«

Sie blinzelte mehrfach schnell hintereinander und lächelte dann. »Oh, nein, ich habe es nicht vergessen, aber bisher hatte ich kaum Gelegenheit zu packen, Olivia. Fang jetzt nicht an, mich dafür auszuschimpfen. Es war nicht meine Schuld. Das Telefon hat ununterbrochen geläutet, da inzwischen alle gehört haben, daß ich eine Reise unternehme. Sie sind alle ganz neidisch.«

»Der Wagen steht bereit, Belinda. Mach dir wegen deiner Sachen keine Sorgen. Ich lasse sie dir nachschicken«, sagte ich.

»Ach, tätest du das für mich? Danke. Das ist nett von dir. Ich weiß wirklich zu würdigen, wie praktisch und zuverlässig du bist, Olivia. Die meisten Leute gäben alles dafür, eine Schwester wie dich zu haben, die sich ständig um einen kümmert. Tja«, sagte sie und sah sich um. Sie stand auf. »Ich denke, dann sollte ich jetzt besser meine Jacke anziehen. Ich habe mich für die hellblaue entschieden. Sie eignet sich besonders gut für Reisen, und außerdem ist sie bequem und pflegeleicht«, sagte sie und trat vor ihren Kleiderschrank.

Ich sah zu, wie sie ihre Jacke anzog und dann in den Spiegel sah, um sich mit den Händen über das Haar zu streichen. Diese Geste war so typisch für sie, daß ich sie tausendmal gesehen haben mußte, dachte ich. Sie lächelte, denn sie war mit ihrem Anblick zufrieden.

»Ich vermute, viel länger können wir meinen Fahrer nicht mehr warten lassen. Ich bin fertig«, sagte sie.

Ich verließ ihr Zimmer, und sie folgte mir.

»Ich habe nicht alle erreichen können, Olivia. Es werden also noch viele meiner Freunde anrufen. Ich weiß, daß es mühselig für dich ist, aber du wirst ihnen doch sagen, wo ich zu erreichen bin, nicht wahr?«

»Ja, mach dir darüber keine Sorgen«, sagte ich.

»Prima.« Sie lief mit beschwingten Schritten die Treppe hinunter und blieb in der Tür stehen, um zu warten, bis ich sie eingeholt hatte.

»Du wirkst heute so traurig, Olivia. Gewiß wünschst du dir, du könntest mitkommen, stimmt's? Warum kommst du nicht einfach mit? Du könntest dir eine Zeitlang von der Arbeit freinehmen«, sagte sie. »Wir könnten viel Spaß miteinander haben, zur Abwechslung einmal wie richtige Schwestern sein und lauter alberne Dinge anstellen.«

»Ich komme später nach, Belinda«, sagte ich.

»Ach, ja? Das freut mich«, erwiderte sie, und wir gingen aus dem Haus.

Die Pflegerin wartete neben dem Wagen. Sie öffnete die Tür und sah mich fragend an.

»Es ist alles in Ordnung«, sagte ich. Sie nickte und wandte sich dann an Belinda.

»Hallo, Belinda«, sagte sie. »Ich heiße Clara.«

»Sie haben wunderschönes Haar. Ist das Ihre natürliche Haarfarbe?« fragte Belinda sie. Sie lächelte mich an.

»Ja, die Farbe ist von Natur aus so.«

»Ich spiele mit dem Gedanken, mir das Haar in einer anderen Farbe zu färben.« Belinda stieg ein und nahm auf dem Rücksitz der Limousine Platz.

Clara wandte sich an mich. »Es ist alles geregelt, Mrs. Logan«, sagte sie. »Sie brauchen sich keine Sorgen zu machen.«

»Danke. Ich komme morgen vorbei«, sagte ich. »Falls es irgendwelche Probleme geben sollte ...«

»Es wird keine Probleme geben«, versicherte sie mir. Dann stieg sie in die Limousine.

»Olivia?«

Ich beugte mich herunter und sah Belinda durch die offene Tür an. »Ja, was ist?«

»Fast hätte ich es vergessen. Auf meinem Schreibtisch liegt ein

Brief, der eingeworfen werden muß. Ich habe Adam Franklin geschrieben. Endlich. Er schreibt mir laufend und schickt mir Geschenke. Würdest du dich darum kümmern, daß er den Brief bekommt?«

»Ja, Belinda.«

»Danke.« Sie sah Clara an. »Wenn Sie etwas zu erledigen haben, brauchen Sie nur Olivia darum zu bitten«, sagte sie.

»Wir sehen uns bald wieder, Belinda.«

Sie lächelte, und ich schloß die Tür. Die Limousine fuhr los. Ich stand da und beobachtete, wie sie die Auffahrt hinunterfuhr und verschwand, und dann ging ich ins Haus.

Thelma fütterte gerade Haille, und Chester rannte hinter Jacob her durch das Haus. Sie spielten, sie seien eine Eisenbahn.

»Ich bin der Dienstwagen, und Jacob ist die Lokomotive, Mommy«, rief Chester, als sie an mir vorbeiliefen.

»Sei vorsichtig, Jacob.«

Er sah mich mit seinem ernsthaften Gesicht an, und seine Augen sagten mir, wie überflüssig es war, ihm Warnungen zu erteilen. Sie verschwanden im Korridor.

Ich ging nach oben und sah mich in Belindas Zimmer um. Auf dem Schreibtisch lag kein Brief. Ich war sicher, daß sie diesen Brief geschrieben hatte, aber es war schon drei oder vier Jahre her. Eine Zeitlang stand ich einfach nur da und ließ meine Blicke über ihre Dinge gleiten. Plötzlich fühlte ich mich sehr müde. Ich war froh, daß ich beschlossen hatte, mir den ganzen Tag freizunehmen. Die letzten Tage waren anstrengend gewesen. Ich war zur Klinik hinausgefahren, hatte die notwendigen Regelungen getroffen und getan, was getan werden mußte.

Ich würde keine Veränderungen in Belindas Zimmer vornehmen. Ich war sicher, daß sie immer wieder nach Hause kommen und zwischendurch einen Aufenthalt in der Klinik brauchen würde. Ich beschloß, mich ein Weilchen in den Garten hinter dem Haus zu setzen und etwas zu tun, was ich schon seit geraumer Zeit nicht mehr getan hatte: mich entspannen.

Es war ein herrlicher kristallklarer Tag, und durch die leichte Brise, die vom Meer her wehte, war die Luft angenehm frisch und wohltuend kühl. Längliche Wolkenfetzen zogen über den Himmel. Zwei Reiher kreisten über mir und verschwanden dann hinter dem Hügel. Am Horizont fuhr ein Öltanker nach Nordosten, und zu meiner Linken sah ich, wie sich eine Yacht, die unserer ganz ähnlich war, dem Kap näherte. Die Schaumkronen glitzerten in der Nachmittagssonne. Das Wasser war dunkel, von einem silbrigen Blau.

Eine Zeitlang saß ich da und schaute einfach nur auf das Meer hinaus. Ich war so tief in Gedanken versunken, daß ich nicht hörte, wie Samuel nach Hause kam und sich auf die Suche nach mir machte.

»Und?« fragte er, als er vor den Stufen der Laube stand.

»Was und?«

»Wie ist es gelaufen?«

»Es hat alles bestens geklappt«, sagte ich. »So, wie ich es erwartet hatte.«

»Hast du angerufen, um dich zu erkundigen, wie es ihr geht?«

»Nein, noch nicht. Die Ärzte brauchen Zeit, und sie können es bestimmt nicht gebrauchen, daß wir sie drängeln und ihnen mit voreiligen Fragen auf die Nerven gehen.«

»Wann hast du vor, sie zu besuchen?« fragte er.

»Samuel, sie ist erst seit heute dort. Ich finde, wir müssen ihnen Zeit lassen, sich in Ruhe mit ihr zu beschäftigen, meinst du nicht auch?«

»Es ist nur ... sie tut mir einfach leid«, sagte er.

»Man muß die Kontrolle über seine Gefühle behalten, wenn man für Menschen, die man liebt, das tun will, was am besten für sie ist.«

Er musterte mich mit plötzlich erwachtem Interesse. »Komisch«, sagte er. »Ich konnte mir nie vorstellen, daß du Belinda liebst.«

»Natürlich liebe ich sie. Sie ist meine Schwester, oder etwa nicht?« sagte ich.

Er nickte und schaute auch auf das Meer hinaus. »Nelson hat angerufen. Er wollte wissen, wie es gelaufen ist.«

»Wie anständig von ihm«, sagte ich.

»Er hat wirklich furchtbare Gewissensbisse, Olivia.«

»Es bricht mir das Herz«, sagte ich und schnitt eine Grimasse. Samuel lachte.

»Nelson nennt dich jetzt die Eiserne Jungfrau von Cape Cod.«

»Mich interessiert nicht, wie er mich nennt«, sagte ich. Samuel lächelte mich an. »Es interessiert mich wirklich nicht.«

»Also gut«, sagte er. »Ich werde jetzt duschen und mich fürs Abendessen umziehen.«

»Ich komme auch gleich ins Haus«, sagte ich.

»Diese Haille ... ich schwöre, daß sie jetzt schon lächelt, wenn sie zu mir aufblickt. Sie wird später einmal sehr charmant werden«, bemerkte Samuel.

»Das bezweifle ich nicht«, sagte ich.

Er ging ins Haus, und die Brise wurde ein wenig kräftiger. Ich glaubte, die Jungen schreien und lachen zu hören. In den kommenden Jahren würden sie alle auf diesem Rasen spielen, dachte ich, und zu dritt würden sie wie eine Familie aufwachsen.

»Ich habe recht. Ich weiß, daß ich recht habe«, murmelte ich vor mich hin. Ich glaube, wenn Daddy hier gewesen wäre, hätte er mir zugestimmt. Sogar Mutter hätte mir innerlich zugestimmt, aber nicht darüber reden wollen.

Eines Tages, sagte ich mir, würde Nelson begreifen, was ich alles für ihn getan hatte, und dann würde er mir dankbarer dafür sein. Mit der Zeit würde er mich vielleicht sogar dafür lieben, daß ich der Mensch war, der ich war, und sein Groll würde sich legen. Er würde mich nicht länger ablehnen. In der Hinsicht war ich zuversichtlich.

Aber warum war ich so betrübt? Wenn ich richtig gehandelt

hatte, warum verspürte ich dann keine größere Zufriedenheit? Ich war eine sehr erfolgreiche und mächtige Geschäftsfrau. Ich hatte meine Söhne, und ich hatte Nelsons Tochter. Würde nicht alles genauso kommen, wie ich es haben wollte?

Hätte ich doch bloß in die Zukunft sehen können, nur einen kurzen Blick erhaschen, um mir absolut sicher zu sein! Wäre das nicht wunderbar gewesen? Das war jedoch unmöglich. Damit verhielt es sich wie mit dem Glauben an Wunder, sagte ich mir.

Ich erinnerte mich daran, wie ich als kleines Mädchen einmal am Strand eine Muschel aufgehoben, Daddys Anweisung befolgt und sie an mein Ohr gehalten hatte, und ich hatte das Rauschen des Meeres gehört.

»Wie kann das Meer in einer Muschel sein, Daddy?« hatte ich gefragt.

»Es ist nicht darin. Muscheln sind wie Ohren, in denen das Meeresrauschen enthalten ist«, sagte er zu mir. »In der Nacht entkommt das Rauschen dann und kehrt ins Meer zurück.«

Ich lachte. »Das ist doch albern, Daddy.«

»Nein, Olivia, es ist wahr. Das Rauschen, das du hörst, ist das Rauschen von vor hundert Jahren. Es ist die Stimme des Meeres, die eingefangene Stimme des Meeres. Wenn du wirklich intensiv lauschst, könntest du sogar den Ruf einer Möwe hören.«

Skeptisch lauschte ich noch einmal und glaubte, tatsächlich eine Möwe gehört zu haben. Meine Augen weiteten sich vor Erstaunen.

»Glaube an einen gewissen Zauber, Olivia«, riet er mir. »Wir alle brauchen den Glauben an einen gewissen Zauber.«

Er nahm mich an der Hand, und wir setzten unseren Spaziergang am Strand fort. Ich trug meine Muschel mit mir herum, und dann ließ ich sie in der Dunkelheit fallen.

Ich glaubte, ich würde mein ganzes Leben lang nach ihr suchen.